LE SIÈCLE DES CHIMÈRES

*

Les Ogres du Gange

PHILIPPE CAVALIER

Le siècle des chimères

*

Les Ogres du Gange

ÉDITIONS ANNE CARRIÈRE

ISBN : 2-253-11622-X – 1re publication – LGF
ISBN : 978-2-253-11622-6 – 1re publication – LGF

A ces mots prononcés par Shiva,
le roi, s'étant pieusement préparé,
s'inclina et invoqua le Gange.

Alors la rivière aux eaux pures et
merveilleuses, invoquée par le roi,
vit que Shiva se tenait là
et coula soudain du ciel.

Curieux de la voir tomber, les dieux,
les Grands Anciens, les génies,
les serpents et les ogres accoururent.

Mahâbhârata,
« Le Guide du Pèlerin »,
Livres I, III, IX.

Premier Livre
de David Tewp

Bienvenue aux Indes

Quel jour était-ce exactement ? Je crois que le tampon sur mon livret militaire indique quelque chose comme le 13 ou le 14 septembre 1936. C'est autour de cette date que je suis arrivé aux Indes. Evidemment, j'ai tout de suite été émerveillé. Je n'avais quitté Brighton que pour venir faire mon droit à Londres, l'année de mes dix-neuf ans. Avant cela, je crois bien n'avoir jamais passé une seule nuit en dehors de la maison de mes parents. J'avais toujours mené une vie tranquille, sans plus d'attentes que d'impatiences… la vie ordinaire d'un jeune Anglais de la classe moyenne. Sans vrais problèmes. Sans vraies ambitions non plus… Ce qui m'est arrivé est le simple fait du hasard. Le destin a voulu tout cela. Moi, non.

J'avais connu un professeur à Londres ; un avocat qui avait préféré quitter son cabinet privé pour aller enseigner à l'université. Il aidait les étudiants de province sans relations à forcer les milieux clos de la politique ou des affaires. Il leur ouvrait des portes. Provoquait des rencontres. Créait des opportunités. Il appelait cela « faire entrer le vent dans la maison » et pensait que l'Angleterre périssait de ne pas suffisamment renouveler ses élites. Mettre le pied à l'étrier à quelques provinciaux sans le sou était, je crois, sa façon à lui d'être patriote. Même après toutes ces années, je ne sais si sa conduite était le fruit d'un altruisme véritable ou si d'autres espérances l'animaient. Quoi qu'il en soit, c'est grâce à lui que je suis entré au MI 6, le service de renseignements britannique outre-mer.

Il peut sembler étrange que mon parcours m'ait conduit à collaborer avec l'armée et à intégrer sa structure la plus opaque, que l'on nomme couramment « la Firme ». Mais nous vivions la montée de l'orage, et bien rares étaient ceux qui ne percevaient pas l'imminence de la catastrophe. En Europe, Hitler et Mussolini nous inquiétaient tout autant que l'influence grandissante des Russes. L'Empire vivait sur la rente de sa gloire passée. L'imposture ne serait plus tenable très longtemps. Car il me coûte de l'admettre, mais la puissance réelle de notre nation n'a jamais reposé que sur la faiblesse de celle des autres. Le miracle anglais, ce n'est ni Shakespeare ni Adam Smith ou Disraeli. Depuis Elisabeth, l'étoffe du miracle anglais est faite de l'aveuglement et de l'éparpillement des continentaux.

Ce qui constituait notre véritable préoccupation, en ce milieu des années 1930, c'était la situation dans nos colonies. Parmi celles-ci, l'Inde nous posait tout particulièrement problème. A cette époque, Gandhi avait depuis longtemps déjà commencé à faire parler de lui et si le Congrès, son mouvement, gagnait chaque jour en popularité, ce n'était pas de lui que nous redoutions des coups mortels. Nombre d'officiels britanniques considéraient Gandhi comme un opportuniste, un charlatan ambitieux qui se vêtait d'une loque pour susciter l'apitoiement et forcer le respect. Certains même soutenaient qu'il n'était qu'un pantin manipulé par notre propre gouvernement. A tort ou à raison, cependant, ce n'était pas lui, ses jeûnes et ses jérémiades que nous craignions alors, mais des gens autrement plus actifs et sur lesquels nous n'avions pas barre.

Ces gens étaient nos ennemis farouches. Ils détestaient notre présence, nos lois, nos valeurs, notre religion... Et, par-dessus tout, ils détestaient nos mythes. Le progrès ne les intéressait pas. Ils dédaignaient la richesse matérielle, n'aspiraient pas à nos honneurs, nos titres, nos diplômes. Ils ne sentaient pas les bienfaits de notre égalitarisme, de notre humanisme... Ces gens étaient les véritables nationalistes hindous. Ils étaient nos ennemis. Non qu'ils voulussent notre mort, d'ailleurs. Je ne crois pas qu'ils étaient fanatiques. Non. Ils voulaient simplement notre départ. Ils voulaient redonner à l'Inde son vrai visage, la baigner de nouveau dans ses eaux ancestrales et la sortir de ce que nous autres, Occidentaux, appelons modernité et qu'ils nommaient, eux, Maya, illusion. A la différence de Gandhi, ces gens étaient prêts à employer la violence, à la fois pour chasser les Britanniques et pour lutter contre les séparatistes musulmans qui ne rêvaient que de partition. Ils ne craignaient pas le combat face à face. Méthodiquement, stratégiquement, ils s'y préparaient.

Quelques années avant-guerre, nous étions déjà conscients de tout cela. Mais les hostilités n'avaient pas encore été déclarées. La plaie commençait à suppurer sans être ouverte. Londres espérait cautériser en arrêtant les meneurs au premier faux pas. C'était là une des raisons de ma venue aux Indes. Officiellement, je devais m'assurer que les agissements du MI 6 étaient conformes à la juridiction britannique. Toujours moralistes et procéduriers, les ministres Tories mettaient un point d'honneur à faire respecter le droit à la lettre dans tout l'Empire. A l'heure des périls, et puisque nous voulions faire passer nos ennemis d'Europe pour le Diable, il était vital d'apparaître nous-mêmes comme le parfait exemple d'une société juste, pleinement respectueuse des divergences qui se faisaient jour en son sein.

Les coloniaux, eux, savaient déjà que l'édifice impérial se lézardait irrémédiablement. La base de notre pouvoir aux Indes, l'armée, était déjà largement infiltrée par les réseaux nationalistes. La plupart des sous-officiers indigènes avaient pris conscience que l'Angleterre ne pourrait pas une nouvelle fois soutenir une guerre en Europe et maintenir la paix dans ses colonies. Le pays tout entier frémissait, vibrait d'une attente. Je l'ai senti tout de suite lorsque je suis arrivé à Calcutta. Une tension d'avant l'orage, une condensation d'ozone et d'électricité qui grésillait tout autour de nous et qu'une simple étincelle suffirait à faire éclater… Le colonel Hardens, mon supérieur direct, en était lui aussi très conscient.

— Evidemment, on ne vous l'avouera jamais officiellement, Tewp, mais nous savons tous que d'ici dix à quinze ans nous allons devoir quitter ce pays. Nous n'y sommes plus les bienvenus. Les Hindous veulent redevenir maîtres de la situation, et il ne faut pas leur en vouloir. Après tout, ils sont chez eux, n'est-ce pas ? Mais voyez-vous, notre problème ici, au MI 6, n'est pas d'empêcher l'inévitable. Ni même de le retarder. Notre vrai problème est que les choses se passent en douceur. Et surtout que notre retrait ne se fasse pas au profit d'autrui… je veux dire, au profit d'une puissance étrangère. Vous savez à qui je pense ?

— La Russie, évidemment ! avais-je alors naïvement répliqué. Notre politique a toujours été de l'éloigner des mers chaudes.

— La Russie… Oui, bien sûr. Mais d'autres puissances pourraient devenir redoutables si elles s'alliaient à l'Inde. Je pense au Japon… Je pense à l'Allemagne, surtout ! C'est elle qui possède les meilleurs atouts ici, si nous vidons la place !

Je revois le visage d'Hardens s'empourprer soudainement comme il évoquait l'Allemagne. C'était notre première rencontre officieuse. J'avais déjà assisté à quelques réunions dans son bureau mais nous n'avions échangé alors que des propos formels, sans autre teneur que de banales questions de service. Là, une dizaine de jours après mon arrivée, à cette heure très tardive, pour la première fois seuls lui et moi au cercle des officiers, j'avais le sentiment qu'il voulait abattre d'un coup toutes ses cartes.

— Voyez-vous, Tewp, l'Allemagne, je l'ai combattue dans les tranchées il y a vingt ans. C'était terrible. Ses soldats étaient fiers, courageux, aucunement économes de leurs forces. Nous nous sommes étripés. C'était terrible et stupide. Mais enfin ce fut ainsi… Et puis nous avons gagné. Dire que nous avons joué à être les vainqueurs serait d'ailleurs plus proche de la vérité. Car en ne nous donnant pas la peine d'aller jusqu'à Berlin, nous n'avons pas fait notre travail correctement. Nous avons laissé leur pays sombrer dans la guerre civile alors que nous aurions dû avoir la force d'y construire un régime solide, compatible avec le nôtre. Mais non ! Au lieu de ça, nous avons humilié ces gens à Versailles. Avec leur nouveau chancelier, ils veulent prendre leur revanche, voyez-vous. C'est humain. Et quand un peuple n'a plus rien à perdre, c'est qu'il n'a aussi plus rien à craindre. Il devient alors un ennemi mortel pour des gens aussi gras, aussi platement sociaux-démocrates que nous et les Français le sommes devenus… Si une guerre éclate avec l'Allemagne, je ne donne pas cher de notre peau !

— Mais, mon colonel, cela ne peut pas arriver ! Et quand bien même cela se produirait, il y aurait cette fois les Américains avec nous dès le départ, avais-je ânonné sans vraiment réfléchir, un peu comme un écolier qui récite une leçon apprise par cœur. Les Allemands savent bien que les Etats-Unis entreront en guerre à nos côtés dans la minute qui suivra le premier coup de fusil en Europe. Cette fois-ci, ils n'oseront pas !

— Si vous pensez réellement ce que vous dites, Tewp, vous êtes au mieux un naïf, au pire un imbécile, grogna Hardens. Les Etats-Unis sont entrés en guerre en 17 aux côtés des Alliés essentiellement pour protéger les investissements qu'ils avaient faits en accordant des crédits de guerre à nous autres, Britanniques, et aux Français. Je me souviens très bien de cette année-là. Le front russe s'est effondré, ramenant des combattants ennemis par divisions entières sur le front ouest. Dans l'Atlantique, les U-Boats menaient la danse et coulaient tous les cargos qui transfusaient l'or européen vers les banques américaines. Dans les tranchées des poilus, c'était la pagaille des mutineries… En 17, mon garçon, les Allemands étaient bien près de tous nous renverser le cul dans la sciure ! Alors, vous pensez bien qu'avec un drapeau à croix de Malte flottant sur la tour Eiffel et peut-être même sur Buckingham Palace, impossible pour Washington de se faire jamais rembourser les prêts faramineux accordés à Londres et Paris. Imaginez un peu la tête des actionnaires yankees quand ils ont senti que les *Krauts* allaient les priver de leurs dividendes ! Le torpillage du *Lusitania* et ces histoires d'Allemands fomentant un coup d'Etat au Mexique leur ont donné de bons prétextes, mais le fin mot de l'affaire était ailleurs. Autour de la corbeille de leur Wall Street !

— Peut-être, mon colonel, mais j'ai encore du mal

à saisir ce que l'Allemagne et l'Inde ont en commun actuellement... Une immensité les sépare, leurs cultures sont radicalement différentes... Et puis le Reich n'est pas une véritable puissance maritime. Il ne contrôle pas les détroits. Il n'aurait pas comme nous la possibilité de garder des voies commerciales entre le sous-continent et l'Europe ! Qu'avons-nous à craindre de ces gens, ici ?

— Vous regardez les cartes géographiques avec des yeux trop anglais, Tewp ! Cessez de considérer que les mers constituent des routes privilégiées. Rappelez-vous la Route de la soie. Avec une bonne organisation de son réseau fluvial, des canaux percés ici et là, des voies de chemin de fer placées aux bons endroits, il devient assez facile d'articuler solidement l'Europe continentale à la Mésopotamie et même à la vallée de l'Indus. Avec quelques régimes forts garantissant la stabilité tout au long du parcours, les voies terrestres sont bien plus pratiques que les voies maritimes. C'est notre cauchemar d'îliens. Que serions-nous si le continent se fédérait organiquement autour d'une grande ligne de communication le reliant aux ressources énergétiques du Moyen-Orient et aux richesses de l'Inde ? Le monde n'aurait plus besoin de nous. Nous deviendrions à l'Europe ce que l'Islande est à la Scandinavie : une périphérie inutile. Rien de plus !

— Mais les liens objectifs entre Berlin et Delhi ? insistai-je.

— Ces liens ne sont que trop réels, malheureusement. Vous êtes parmi nous depuis une bonne semaine, je crois. Le nom de Subhas Chandra Bose vous est-il déjà familier ?

— Bose ? Je crois qu'un officier traitant a rédigé une fiche sur lui. C'est un indépendantiste. Il appartient au

Congrès national indien de Gandhi mais n'est qu'un marginal, un théoricien isolé. Pas un meneur.

— Non ! Vous vous trompez ! L'importance de Bose vous échappe. Son influence ne cesse de grandir. C'est un fils spirituel de Tilak. C'est dire que, à la différence de Gandhi, Nehru ou Patel, ce n'est pas un adepte de la non-violence, bien au contraire.

— Tilak ? demandai-je sans oser refuser le méchant petit cigare qu'Hardens me tendait.

— Un érudit. Spécialiste des Védas, mort dans les années 20. Son prestige est encore très grand parmi les intellectuels nationalistes. Bose s'inspire de sa doctrine politique et de son goût pour l'action violente. C'est lui que nous devons maintenant surveiller de près. Lui, ses lieutenants et les étrangers qui gravitent dans son entourage. Je ne parle pas de ces faux diplomates du consulat général d'Allemagne à Calcutta, qui ne sont rien d'autre que des informateurs ordinaires. Non. Ceux qui nous intéressent vraiment, ce sont les inclassables, les francs-tireurs… Malgré votre origine civile, vous avez plein rang d'officier dans ce service et je manque de personnel actif. Je vous affecte donc sur le terrain. Vous allez surveiller les contacts étrangers de Bose. Qui sont-ils ? Pour qui travaillent-ils ? C'est ce que je veux savoir. Le capitaine Gillespie vous donnera les détails dès demain matin. Il est prévenu. C'est avec lui que vous allez vous faire les dents. Il est intelligent. Ce sera pour vous un très bon début…

Je demeurai un instant sans rien pouvoir dire. Jamais je n'avais envisagé la perspective de monter en première ligne. Abasourdi et résigné, j'écrasai mon cigare sans un mot et pris réglementairement congé de mon supérieur, l'estomac noué. Comme j'avais déjà tourné les talons, la grosse voix d'Hardens résonna dans mon dos.

— Tewp, une dernière chose !

— Mon colonel ?

— Je ne crois pas avoir encore eu l'occasion de vous le dire et je m'en veux !…. Bienvenue aux Indes, lieutenant !

Un supérieur, deux subordonnés

J'eus bien du mal à trouver le sommeil au cours du peu qui restait de cette nuit-là. La conversation particulière que je venais d'avoir avec Hardens et, surtout, la nouvelle de mon affectation comme officier de terrain m'avaient mis les nerfs à vif. J'étais irritable et je crois que j'en voulais à la terre entière. A ma décharge, et pour expliquer ces débordements, peut-être faut-il dire que, depuis le jour où j'avais franchi pour la première fois le quartier général de la Firme, à Londres, je n'avais connu que peu de répit. C'était – je m'en souviens mieux que de mon arrivée aux Indes – le 19 janvier de l'année 1936, le jour même où les journaux avaient annoncé la mort de Rudyard Kipling.

Après de brèves formalités, on m'avait affecté à un travail de bureau auquel on n'aurait pu adjoindre le qualificatif d'*exaltant* qu'au prix d'une certaine mauvaise foi. Pendant quelques mois cependant, je fus là, sinon heureux, du moins parfaitement tranquille. J'étais alors persuadé que j'allais demeurer à ce poste pendant une période assez longue et commençai en conséquence à me tailler une vie personnelle à ma mesure : simple et discrète, installé dans un petit meublé que me louait une veuve sans curiosité mais sans froideur. Je profitai sans souci de ce havre de paix jusqu'au jour où l'on me signifia ma mutation aux Indes. Malgré toutes mes réticences, je dus bien me résoudre à embarquer au jour dit sur l'*Altaïr*, un paquebot civil qui assurait la liaison jusqu'à Calcutta.

A bord, la chaleur et le taux d'humidité se firent de plus en plus oppressants à mesure de notre périple, Méditerranée, Suez, mer Rouge, mer d'Oman, golfe du Bengale… La moiteur, la touffeur déréglèrent mon organisme de la plus déplaisante façon, l'obligeant à s'accoutumer dans la douleur à des pressions et des rythmes qui n'étaient pas les siens. J'en ressentis des désordres éminemment désagréables qui me contraignirent à rester alité la plus grande partie du temps. Je ne quittai donc presque pas ma cabine de tout le voyage, passant mes instants de veille à lire ce que j'avais pu emprunter à la bibliothèque du paquebot : Scott, Wordsworth, Maturin, mais aussi Saki et Jérôme…

Je n'en éprouvai pas de chagrin. Tanner mon visage au grand air, poser mes yeux sur l'horizon, sonder les vagues du regard… rien de tout cela ne m'était indispensable. Et même, cela m'ennuyait. Contrairement à beaucoup d'Anglais, je n'ai jamais éprouvé d'attirance particulière pour l'océan. Allongé sur ma couchette, je me contentai donc pour tout paysage des pages de mes livres et laissai derrière moi sans les voir les rives yéménites de l'*Arabia Felix* et les ombres bleutées des falaises de Ceylan…

Enfin, un soir de septembre, juste à la fin de la saison des pluies, nous entrâmes dans le port de Calcutta. Sur le quai, l'officier cartographe John Hume Ross m'attendait. Le retour de l'*Altaïr* vers les îles Britanniques devait assurer son passage en métropole après quatre années passées aux Indes et cette perspective le rendait aussi excité qu'un enfant à l'approche de Noël.

Il me montra mes quartiers, une chambre au cinquième étage d'un casernement réservé aux officiers célibataires de divers corps, et m'initia sommairement aux particularités du service colonial :

— Il n'y a rien de bien, ici, Tewp. Eté comme hiver, il fait une chaleur assommante. Les araignées sont toutes venimeuses et les roussettes arrachent toutes les nuits votre moustiquaire pour vous sucer le sang. Les locaux sont inefficaces et les collègues prétentieux ! Par-dessus le marché, l'alcool, les cigarettes et les prostituées de bonne qualité sont hors de prix. Si vous voulez vous distraire, il n'y a que l'opium qui soit abordable... Je vous souhaite bien du plaisir, Tewp. Moi, je retourne à *Pompey* !

Ce fut là tout le discours d'accueil qui me fut donné. Pas vraiment de quoi mettre du baume au cœur d'un novice... Cependant, mes premières journées de colonial se passèrent bien. Je vaquai à des tâches de bureau très similaires à celles qui m'avaient occupé à Londres et je finis par m'amuser du hasard qui m'avait fait traverser la moitié du monde pour reproduire presque à l'identique ma vie de petite souris anglaise, anonyme et silencieuse. Jusqu'à ce que Hardens finisse par me remarquer et par m'annoncer ma mutation dans le service actif. J'en étais surpris, bien sûr. Bouleversé, même. Allongé sur mon lit, les yeux rivés au plafond, je ne m'endormis qu'au lever du jour, le creux de mes mains trempé de sueur et le ventre crispé d'aigreurs...

*

Après ceux de Londres, les bureaux du MI 6 à Calcutta étaient les plus importants de l'Empire. Ils regroupaient une quantité de services qui se côtoyaient mais ne se mêlaient que très peu. C'était un corps à multiples têtes qu'aucune pensée cohérente n'animait et beaucoup disaient que ce n'était là que le reflet de la tournure d'esprit de l'amiral Hugh Quex Sinclair, l'actuel directeur général des services secrets, qui n'avait apparemment ni la force d'âme ni le charisme de « C », son prédécesseur, le très regretté sir Mansfield Cumming. Les quelques départements qui composaient l'armature de notre service étaient éparpillés au hasard d'une immense cité réservée qui s'étendait aux marges de la ville et qui, hormis le plus grand hôpital militaire du sous-continent, abritait un régiment d'artillerie, un autre d'infanterie indigène, des détachements variés en provenance de diverses colonies et quelques petits corps isolés, comme la police militaire ou des unités du train et du génie. A l'écart, près d'un champ en friche, de monstrueux hangars de tôle constamment surchauffés regorgeaient d'armes, de munitions et de carburants. En échange du droit à la récupération des restes de la cantine, des gamins à demi nus venaient chaque jour vers midi les arroser afin d'abaisser de quelques degrés symboliques la température interne des arsenaux. Les trois blocs administratifs qui régentaient l'ensemble de la vie du camp avaient été placés à grande distance les uns des autres, de manière aléatoire et sans aucun souci d'efficacité puisqu'un même service n'avait que rarement tous ses bureaux dans le même bâtiment. Malheureusement, la Firme ne faisait pas exception à la règle. Hardens et son secrétariat étaient installés dans un grand édifice de cinq étages désigné familièrement sous le nom de Grands Appartements et rassemblant tous les états-majors, mais le chiffre et les archives se trouvaient dans une autre construction, très éloignée, La Dunette, tandis que les officiers subalternes, mes semblables, avaient leurs bureaux dans un troisième casernement, géographiquement placé à l'opposé des deux autres. On avait familièrement baptisé ce bloc le Tonneau de Nelson, certainement parce qu'il était bâti selon une architecture vaguement circulaire, ce qui avait dû rappeler à quelqu'un l'anecdote du retour du corps de l'amiral à Londres après qu'il eut reçu une balle française à Trafalgar : pour éviter que le cadavre ne se décomposât, on avait été contraint de plonger le corps du lord au plus profond d'un baril de rhum.

C'était dans ce bâtiment que le capitaine Odet Gillespie avait ses facilités, au premier étage de cet ancien palais maharadjesque habilement reconverti en établissement militaire, moitié quartiers, moitié bureaux. Avec ses deux premiers subordonnés, les adjudants Francis Edmonds et Marcus Mog, Gillespie occupait une immense pièce de travail qui aurait pu, dans des conditions encore très acceptables, contenir quatre à six personnes supplémentaires. C'était un local calme et frais, au plafond haut, stuqué et mouluré de belles frises mauresques. Fixés à quatre fenêtres larges, des panneaux de bois ajourés tamisaient la lumière crue du dehors et ombraient agréablement la pièce. La vue donnait sur un petit parc à l'anglaise, ondulé d'arbres et de massifs entretenus par des jardiniers indigènes qui opéraient sous la direction intraitable d'un ancien botaniste des serres royales. Il y avait quelque chose de monastique dans ce décor. Une douceur, une componction qui tranchait avec l'atmosphère générale du camp, évidemment plus brute, mieux en accord avec la nature militaire du lieu. Gillespie, pourtant, n'avait rien d'un bon père abbé. Assez cassant, presque discourtois, froid, en tout cas, je lui donnai au jugé une dizaine d'années de plus que moi, trente-cinq, trente-huit ans tout au plus.

Ses traits étaient fins. Nez étroit et un peu long, pommettes hautes, belles dents blanches. Il était assez grand et prenait un soin particulier à toujours se tenir très droit, presque raide. Ses yeux brun clair et une petite pointe de barbe miel lui donnaient l'air d'un faune tourmenté, sec et nerveux, peu habitué à la plaisanterie.

— Le renseignement n'est pas une affaire d'hommes civilisés, Tewp. Définitivement *pas* une matière ragoûtante ! Il va falloir vous y faire. Ce que j'attends de vous, c'est de la personnalité, de l'initiative, du renoncement, et que vous gardiez la tête sur les épaules en toute circonstance. Je me fais bien comprendre ou êtes-vous lent à la comprenette ?

— Non. Je crois vous comprendre, mon capitaine.

— Vous croyez ? Cela m'arrange car j'ai horreur de me répéter. Je vous présenterai tout à l'heure aux adjudants Mog et Edmonds. Vous travaillerez avec eux et, puisque vous êtes plus gradé, ils seront en partie sous vos ordres. Je préfère vous prévenir tout de suite qu'ils sont au courant de votre venue et que cela n'a pas eu l'air de leur faire plaisir. Quant à moi, j'estime que leur réaction est naturelle. Vous devrez gagner le respect de vos subordonnés et ce sera une part importante de votre bonne implantation parmi nous. Le colonel Hardens vous a dit quel personnage occupe nos pensées en ce moment ?

— Chandra Bose, mon capitaine, dis-je en baissant inconsciemment le ton comme si des oreilles indiscrètes affleuraient partout sur les murs.

— Bose, oui... C'est quelqu'un, celui-là... Intelligent. Très intelligent. Il sait ce qu'il veut et ne craint pas de se faire détester. Je ne lui prédis pas une mort de patriarche ! Ça non ! Mais nous n'en sommes pas encore là... Quelques-uns de nos collègues le surveillent tout particulièrement mais, pour le moment, je dirais qu'il n'est pas utile que vous connaissiez leur identité. Ils opèrent à couvert, voyez-vous....

— Bien sûr, fis-je en tâchant de prendre une intonation de vieux routier de l'Intelligence Service, bien qu'un peu froissé de ne pas être mis dans la confidence.

— Ici, nous ne nous occupons pas directement de Bose, mais des personnes de son entourage. Et parmi elles, je vais vous mettre sur un cas périphérique mais peut-être assez intéressant... Hardens vous a prévenu que quelques étrangers tournent autour de lui, je crois...

— En effet, mon capitaine. Il a fait mention d'une Grecque et d'un Italien.

— Oui. Nous avons des dossiers bien fournis sur eux. Il nous manque encore des éléments mais nous savons à peu près d'où ils tirent leurs ressources et quelles sont leurs occupations. La Grecque est une exaltée, l'Italien est à demi sénile. Pas grand-chose à redouter de leur côté. Cependant il y a une petite nouvelle qui vient de faire son apparition. Il s'agit d'une Autrichienne. Jeune. Et qui parle un anglais furieusement teinté d'accent américain à ce que l'on dit, ce qui est curieux. Un prénom bizarre aussi... Tout ce que l'on sait d'elle pour l'instant tient dans ce dossier...

D'un tiroir de son bureau, Gillespie extirpa une mince chemise de carton et la fit glisser devant moi, m'encourageant à la prendre d'un signe de tête. Je l'ouvris et feuilletai les quelques pages qu'elle contenait. Je reconnus des formulaires de délivrance de visa et de permis de séjour temporaire, une fiche d'entrée sur le territoire datée du 25 août courant. Cette fille était arrivée à Calcutta un mois à peine avant moi...

— Ostara Keller, récita Gillespie tandis que je parcourais le dossier. Native de Grätz en Styrie autrichienne, âgée de vingt-trois ans, journaliste photographe au quotidien *Der Angriff*, lancé à grands frais par Goebbels il y a neuf ans et qui serait l'équivalent du *Times* si son comité de direction et une bonne part de ses rédacteurs ne possédaient leur carte du parti national-socialiste… Nous ne savons pas encore si c'est le cas de Mlle Keller. On peut supposer que oui, bien qu'elle ne soit pas de nationalité allemande. Après tout, le père Adolf est autrichien, lui aussi. Ça ne l'empêche pas de s'être fait élire par les *Krauts* ! Quoi qu'il en soit, tous les papiers de la fille sont en règle. Elle loge à l'hôtel Harnett et rencontre Bose avec régularité, environ une fois par semaine, depuis son arrivée. Officiellement, elle mène avec lui une série d'entretiens. Nous avons vérifié. Effectivement, *Der Angriff* publie actuellement sous son nom des chroniques consacrées à l'Inde et aux principaux personnages politiques indigènes. Mais ses articles sont courts et ne doivent pas occuper tout son temps. Ce qu'elle fait en dehors… mystère ! Et c'est ce que vous allez découvrir, Tewp ! C'est ce que vous allez nous apprendre, parce que je veux que vous suiviez cette fille. Nuit et jour. Ne la lâchez pas avant de savoir ce qu'elle vient faire vraiment ici. En n'excluant pas le fait qu'elle soit pour de bon une simple journaliste, évidemment… Des commentaires ?

Pris de court et aucune question ne me venant effectivement à l'esprit, je bredouillai un « non » mal assuré qui fit que Gillespie me jeta un coup d'œil noir où je lus une évidente méfiance quant à l'effectivité de mes capacités professionnelles. Il se força tout de même à paraître rassurant.

— Bien. Dans ce cas, vous pouvez commencer par vous installer à l'abri de ce paravent et étudier ce dossier tranquillement. Il y a un bureau qui vous attend. Ce sera votre chez-vous désormais… Nous ferons un point ensemble dès qu'Edmonds et Mog arriveront.

Je me retournai. Dans le coin opposé à celui qu'occupait Gillespie, un vieux paravent de laque noire s'égayait de vagues figures japonisantes esquissées au trait d'or. Je trouvai derrière lui une table au plateau de fer gondolé, une chaise rudimentaire et un classeur à rideau couvert de poussière. Je m'installai, essuyai grossièrement la table et la chaise mais dus batailler pour ouvrir le classeur à rideau, évidemment voilé. A l'intérieur, je récupérai une brassée de feuilles de papier jaunies et évacuai à la main les moutons de poussière qui s'étaient accumulés dans les compartiments. Enfin, le ménage fait, je concentrai mon attention à l'étude du cas Keller.

Comme m'en avait averti Gillespie, les quelques éléments que nous possédions alors sur cette fille étaient maigres et consistaient pour l'essentiel en copies de pièces administratives en provenance des services de l'immigration. Je relus, attentivement cette fois, sa fiche d'entrée sur le territoire : Ostara Keller, Autrichienne, née le 25 octobre 1913 des époux Althus Keller et Sabrina, née Ginter. Profession : journaliste photographe. 5 pieds, 7 pouces, cheveux blonds, yeux verts. Signes particuliers : néant. Garant de moralité : M. von Salzmann, consul d'Allemagne à Calcutta… Il n'y avait qu'une très mauvaise photographie de bélino pour illustrer la description, sombre, presque totalement brouillée et par laquelle j'étais bien incapable de me forger une idée de la personne à laquelle j'aurais à faire. Cela me chagrinait car j'ai toujours pensé que le physique laisse voir beaucoup d'une personnalité. Sa démarche, son timbre de voix, son port de tête, la manière dont elle arrangeait sa coiffure… Voilà tout ce que je voulais savoir de Keller, bien plus que sa date de naissance ou le prénom de ses parents. J'en étais là de mes réflexions quand apparurent Francis Edmonds et Marcus Mog, qui ne me firent guère une meilleure première impression que Gillespie.

Edmonds était un colosse gras et lourd qui bougeait lentement. On l'entendait toujours chercher son souffle car il respirait constamment la bouche ouverte pour donner un maximum d'air à son grand corps tout empesé de graisse. A ses côtés, Mog paraissait mince comme une feuille de papier. Sa peau en avait aussi la couleur. Je ne savais alors s'il la préservait délibérément de toute exposition au soleil ou si cette étrangeté était due à une déficience quelconque mais, lui donnant un faux air de cadavre, le spectacle en était pénible. Après des présentations réduites à leur plus simple expression, nous tirâmes tous trois des chaises autour du bureau du capitaine, qui enchaîna sèchement sur un nouveau briefing.

— Messieurs, je ne m'encombrerai pas de préambules. Puisque le colonel Hardens en a clairement exprimé le souhait, vous, lieutenant Tewp, prenez en partie les rênes du dossier Keller. Mog et Edmonds vous assisteront sur le terrain. Votre première besogne sera de suivre cette jeune fille tout au long des prochains jours. Nous trierons ensuite les renseignements que vous aurez collectés et puis nous aviserons, selon le résultat de la pêche. Je n'ai pas de consignes particulières à vous donner car je ne pense pas que cette opération nous réserve de mauvaise surprise… A vous de jouer. Dites-nous comment vous comptez vous y prendre…

Tous les regards se posèrent sur moi. Trois paires d'yeux militaires qui attendaient que je les éblouisse. Je bredouillai :

— Comment je compte m'y prendre, mon capitaine ? A quel propos ?

— Mog et Edmonds attendent votre commandement, mon vieux ! Vous savez bien ce que vous allez leur donner à faire, non ?

C'est à cet instant précis que je pris l'exacte mesure de la situation absurde dans laquelle je me trouvais : officier par convention et passe-droit, agent du MI 6 par manipulations et décrets, colonial par hasard et non par nécessité, il y avait longtemps que je n'étais plus en rien maître de moi-même. Poupée manipulée par un artiste maladroit, je devais danser des figures pour lesquelles ma morphologie n'était pas faite, exécuter des numéros auxquels je n'étais pas préparé, accomplir des missions dont je ne connaissais rien et surtout – surtout – me faire obéir d'hommes qui non seulement avaient beaucoup plus d'expérience que moi, mais encore avaient honnêtement gagné leurs galons à la sueur de leur front. J'aurais dû jouer franc jeu avec Gillespie et lui avouer que je ne me sentais pas à la hauteur de ce qu'il me demandait. L'espace d'un instant, il y eut lutte en moi. Non pas celle d'un bien contre un mal, celle d'un ange contre un démon, mais plutôt un combat entre deux tentations également condamnables : facilité de l'effacement contre vertige de l'inconnu. Assis au bord de moi-même, je regardai se démener les deux diables. Et puis, soudain, l'un d'entre eux, je ne sais pourquoi, prit définitivement l'ascendant sur l'autre. Passant sans marge du silence à l'éloquence, je me mis à parler.

— Oui, mon capitaine, je sais ce que nous avons à faire, dis-je, plein d'une fièvre nouvelle. En fait, je propose deux axes. Le premier est une filature simple, en mettant essentiellement à contribution nos intermédiaires locaux. Nous organiserons cela de manière systématique à partir de demain. Le second axe est… Le second axe consiste en… en… eh bien, le second axe…

L'inspiration se tarit d'un coup. Sans aucune idée de ce que pouvait être ce second axe que je promettais à grand renfort de roulements d'yeux et de mains agitées, je ne pus rien faire d'autre que laisser ma phrase en suspens. Sentant bien que j'improvisais et ne faisais que brasser de l'air, Gillespie s'énerva.

— Nous avons bien compris qu'il y a un second axe, Tewp. Maintenant que nous sommes bien préparés à cette pensée, révélez-nous donc à quoi il ressemble…

Le rouge me monta aux joues. Je ne savais plus quoi dire. Des mots sortirent mécaniquement de ma bouche.

— Eh bien, le second axe, c'est bien évidemment… la fouille pure et simple de la chambre de Mlle Keller. Je crois en fait que nous pouvons commencer par là et nous concentrer sur ce problème dès à présent… Voilà !

Compressés par la nervosité, mes poumons libérèrent à la fin de ma tirade un long filet d'air qui les dégagea d'un coup. Finalement ravi de ma petite prestation, je me renversai en arrière, croisai crânement mes bras sur la poitrine et lançai un regard satisfait autour de moi, certain d'avoir joliment répondu aux attentes de Gillespie. Mais, au lieu de se détendre, les trois visages autour de moi semblèrent se fermer un peu plus. Qu'avais-je donc dit de si incongru ? Après d'interminables secondes, Gillespie rompit le silence.

— Vous avez parlé d'intermédiaires locaux à faire intervenir au cours de votre… premier axe. A qui pensez-vous au juste ?

La question me surprit.

— Eh bien, nous avons des indicateurs dans la population, non ? Comme la police a les siens… Enfin… je suppose…

Les trois hommes se regardèrent, puis Mog baissa les yeux, l'air navré, tandis qu'Edmonds ne fit aucun effort pour dissimuler son envie de rire. Gillespie enchaîna.

— Vous supposez mal, Tewp. Il y a longtemps que nous ne travaillons plus avec les indigènes. Ou plutôt, ce sont eux qui ne travaillent plus avec nous. Les artisans, les gamins des rues, les domestiques, les tireurs de pousse-pousse, tous les culs-terreux locaux sont bien trop heureux de gagner quelques roupies supplémentaires en offrant leurs services à d'autres et en nuisant à l'Angleterre. Tous ces adorateurs de vaches n'attendent que de nous poignarder dans le dos, vous savez… Même ici, au sein même de l'armée. Vous venez d'arriver et il est peut-être normal que vous n'ayez pas encore reçu l'avertissement, mais laissez-moi vous le dire tout net, Tewp : quoi qu'il arrive, quelles que soient les circonstances, ne vous fiez jamais à un indigène. Sauf à leur demander de cirer vos souliers ou à leur botter le train, ne leur parlez même pas. De toute façon, c'est du temps perdu avec ces cochons-là.

La teneur d'un tel discours me saisit. Que répondre à une chose pareille ? Aucune parole ne franchit mes lèvres. Voyant que je demeurais circonspect, Mog, de sa voix traînante, tenta d'expliquer :

— Vous savez, mon lieutenant, nos prédécesseurs ont bien essayé, autrefois, mais ils se sont vite aperçus que ces gens n'étaient pas fiables. Ils donnaient de fausses informations ou pas d'informations du tout d'ailleurs. Des singes auraient été plus dociles et plus efficaces !

Les deux autres approuvèrent en riant.

— Oui… Peut-être, dis-je, gêné. Mais vous voulez dire que vous ne travaillez jamais avec des indicateurs ? Comment faites-vous alors, lorsque vous avez besoin de renseignements ?

— Nous nous débrouillons seuls, Tewp. Comme vous allez apprendre à le faire. Maintenant, je suggère que Mog et Edmonds soient rendus à leur devoir. Ils ont encore à finir quelques tâches avant de vous consacrer tout leur temps.

Après un bref salut, les deux sous-officiers prirent congé, me laissant seul avec Gillespie. Ne sachant plus à quoi m'occuper, je résolus de passer aux archives pour trouver d'éventuels exemplaires du fameux journal *Der Angriff* afin de savoir si le nom de Keller apparaissait quelque part dans l'ours ou au bas de quelque crédit photographique. Bien rangé dans une caissette en carton, un commis me rapporta la collection presque complète du dernier trimestre du journal allemand, et je ne fus pas long à y trouver mention de Mlle Keller.

Ce fut dans les numéros de début août, ceux qui faisaient leurs manchettes sur les jeux Olympiques de Berlin, que je relevai pour la première fois le nom d'Ostara Keller, au bas de photographies illustrant diverses épreuves sportives. Je ne trouvai rien d'autre, mais jugeai tous les clichés d'excellente facture. Le cadrage était toujours original, le sens de la lumière et de la composition trahissait une vraie sensibilité, un vrai talent. Cette première recherche servit à rédiger l'introduction de mon rapport à Gillespie. S'il se pouvait que la raison de la présence de Keller à Calcutta fût l'agitation politique, il n'en restait pas moins que l'Autrichienne était une authentique journaliste professionnelle, capable d'effectuer un travail de qualité. Enfin, dans un numéro plus récent, deux pleines pages étaient directement consacrées à son premier reportage aux Indes. Du peu que je connais d'allemand, je compris que l'événement était annoncé au lecteur avec une certaine solennité. D'abord parce que c'était un des premiers reportages au long cours que commanditait *Der Angriff*, ensuite parce que le reporter était une toute jeune femme, enfin parce que celle-ci emportait avec elle un appareil photographique permettant des prises de vue en couleurs et que cela constituait une nouveauté dans la presse quotidienne à grand tirage, ce dont se félicitait abondamment l'article. Effectivement, sur la demi-douzaine de clichés éparpillés sur ces deux pages, quatre étaient colorés. Les tons étaient pâles, bien sûr, assez peu éclatants, mais leur luminosité pourtant n'avait rien de commun avec les ternes chromatiques des prises de vues colorées à la main qui servaient parfois chez nous à illustrer les grands événements dans les journaux à deux shillings. Les sujets des photos ne présentaient qu'un intérêt relatif, d'ordre touristique tout au plus, mais immédiatement, même avec une technique différente, je reconnus dans ces clichés le style Keller. De toute évidence, la fille possédait une sensibilité d'artiste.

Un thé au Harnett

Malgré les efforts sincères que je fis sur moi-même, je ne parvins jamais à m'habituer à la présence du duo Mog et Edmonds à mes côtés. Non seulement la maigreur et le silence buté de l'un me mettaient mal à l'aise autant que la rondeur de l'autre, mais encore ne cessai-je de clairement lire méfiance et mépris dans leurs yeux. Je ne crois pas que je me faisais là des idées. En fait, je pensais comprendre ce qu'ils pouvaient ressentir, à devoir ainsi recevoir des ordres d'un homme plus gradé mais beaucoup plus jeune qu'eux, sans expérience concrète et issu, non du rang, non de la grande école militaire de Sandhurst, mais du monde civil. A leur place, je n'aurais pas aimé moi non plus devoir obéir à un novice. Que fis-je donc pour combler ce handicap de départ ? Bien évidemment, la seule chose à ne pas faire : je me raidis et voulus me faire plus fort que je n'étais.

Le premier après-midi de notre collaboration se passa pourtant en douceur. Nous établîmes le planning de nos tours de surveillance autour de l'hôtel Harnett, un des trois ou quatre meilleurs établissements de la ville. Nous nous lancions des petits sourires par-dessus la table, nous faisant des politesses, des courtoisies de vieilles dames à l'heure du thé. J'interrogeai l'un et l'autre sur leurs disponibilités, voulus savoir s'ils avaient une vie de famille, des contraintes particulières – médicales, peut-être – qui les obligeaient à des horaires précis. Evidemment, m'enquérir de telles informations et vouloir en tenir compte dans l'établissement de nos tours de garde était une grossière erreur. Dans ses rapports avec ses subordonnés, un supérieur ne doit pas transiger et faire passer les accommodements particuliers au détriment des questions de service. On me l'avait appris mais en cette circonstance, croyant naïvement m'acheter la sympathie des deux sous-officiers par de petits arrangements, j'oubliai cette règle pourtant élémentaire que m'avait encore rappelée Odet Gillespie : en aucune circonstance, jamais, on n'achète le respect. On l'impose. Si l'on n'y parvient pas, c'est que l'on n'est pas taillé pour commander et c'est tout.

Enfin, cet après-midi-là, après des échanges de sourires mielleux parfaitement de circonstance, nous parvînmes tout de même à établir un tableau de surveillance à peu près cohérent. Le lancement de la campagne était prévu pour le lendemain. Censé prendre la direction des opérations sur le terrain, je jugeai prudent d'accompagner l'adjudant Edmonds, à qui revenait le premier tour de garde. Il était ensuite prévu que j'effectue la deuxième vacation seul avant que Mog ne vienne me relever pour que la mécanique prenne sa vitesse de croisière.

— Je passerai vous prendre demain matin à 6 heures devant vos quartiers, mon lieutenant, m'avait dit Edmonds en sortant de chez Gillespie. Je m'occupe de nous faire affecter une voiture civile et nous commencerons notre garde. Tâchez de prendre de quoi boire avec vous. Attendre va nous donner chaud.

Comme il n'était pas encore trop tard et que je

n'avais aucune envie de rentrer dormir, j'allai prendre mon repas au premier service du mess, puis voulus m'asseoir au cinéma de la caserne. En traversant un terrain d'exercice qui séparait les deux bâtiments, je croisai un détachement de Gurkhas qui revenaient d'une marche forcée. Je ne savais où leur major les avait emmenés mais les Népalais étaient livides, crottés de la pointe des bottes à la racine des cheveux. Leurs yeux plissés disaient aussi qu'ils n'avaient pas dormi depuis longtemps. Malgré la fatigue qui d'évidence les brisait, ils regagnaient leur quartier en ordre impeccable, marchant au pas cadencé, chantant à tue-tête *My Bonnie*, l'hymne que l'officier supérieur avait choisi pour leur compagnie. Je regardai un instant avec envie ces hommes au visage tanné par le soleil de l'Inde orientale, au corps affûté par les manœuvres quotidiennes en brousse. Qui eût pu dire à les voir que ce pays était un jardin que nous ne savions pas garder ? Je me pris à douter des jugements fatalistes du colonel Hardens, apparemment persuadé qu'il revenait à notre génération de saborder l'héritage colonial puisque nous n'étions plus en mesure de le transmettre intact aux générations prochaines. Pour ma part, je doutais que la situation fût aussi noire. Au cinéma, on jouait *London after Midnight*, dont la totale invraisemblance me parut si insupportable que je quittai la salle bien avant le dénouement de l'intrigue, préférant regagner ma couche où je sombrai enfin dans un sommeil sans rêves.

*

Le lendemain matin à 6 heures, je trouvai comme convenu Edmonds au volant d'une grande Chevrolet noire patientant devant mon casernement. Je ne savais pourquoi, mais je sentis immédiatement qu'il y avait quelque chose d'étrange en lui, quelque chose de différent, que je ne m'expliquais pas mais qui le démarquait de la première impression qu'il m'avait faite le jour précédent. Tenant une cigarette qui se consumait sans qu'il la porte à ses lèvres, sa main était passée par la vitre baissée de la portière. Il eut un hoquet et roula des gros yeux quand il me vit venir à lui. S'éjectant de son siège, il me salua tout en me regardant d'un air perdu.

— Quelque chose qui ne va pas, Edmonds ?

— Mon lieutenant, sauf votre respect, je ne crois pas qu'il soit prudent que vous vous déplaciez vêtu comme vous l'êtes.

— Vêtu comme je le suis ? Mais que voulez-vous dire, Edmonds ?

Je baissai les yeux vers mon uniforme impeccable, alarmé qu'il pût y manquer un bouton ou qu'une déchirure malencontreuse s'y fût soudain révélée.

— Mon lieutenant, une filature demande de la discrétion. Mieux vaudrait que vous vous mettiez en civil. Comme moi.

Effectivement, Edmonds portait un costume de lin blanc. C'est ce qui avait radicalement transformé son allure et me l'avait rendu si étrange quand je l'avais vu. Le rouge me monta aux joues. Il avait raison. Comment avais-je pu être assez idiot pour enfiler cette vareuse et visser sur mon crâne cette casquette qui me faisait repérer à cent yards ? Balbutiant de mauvaises excuses, je remontai dans ma chambre au triple galop pour me changer aussi vite que je le pus et enfin, dans un des rares complets civils que je possédais, je pris place aux côtés du gros adjudant qui fit démarrer la voiture dans un nuage de poussière.

A cette époque, il y avait deux Calcutta. Deux villes distinctes qui se faisaient appeler du même nom.

D'abord, il y avait la Calcutta du peuple, avec ses ruelles étroites, ses quartiers d'artisans, ses faubourgs… Une grande ville vieille de trois cents ans où affluaient chaque jour des dizaines de milliers de paysans pour y vendre grain, volailles, légumes, fibres à tisser et que sais-je encore… La Calcutta des temples et des traditions, une cité qui avait une âme, un souffle et une personnalité unique.

Et puis il y avait l'autre ville, celle des Européens. Evidemment, les Britanniques se trouvaient ici en écrasante majorité avec des familles de coloniaux installées depuis parfois cinq ou même six générations. Mais on y rencontrait aussi des négociants italiens ou grecs, des industriels belges ou français, quelques planteurs hollandais, des Portugais, des exportateurs américains… Combien cela représentait-il de personnes au juste ? Je ne sais pas exactement. Une quinzaine de milliers peut-être. En aucun cas plus de vingt mille. Vingt mille colons occidentaux, hommes actifs, femmes, enfants, vieillards, perdus au milieu d'un irrépressible flot d'indigènes qui ne faisait que croître à chaque instant. Avec ses lignes de tramway, son réseau d'égouts, ses câbles électriques et son central téléphonique, la Calcutta des Européens ne présentait finalement que peu de particularités par rapport aux autres villes coloniales de l'Empire. Un voyageur inattentif aurait aisément pu la confondre avec les quartiers réservés du Cap ou de Singapour. Ce n'était qu'une succession d'avenues larges, de bâtiments élégants qui abritaient familles fortunées, résidences de luxe, banques, théâtres, compagnies d'assurances, cabinets de négociants internationaux, de notaires, d'avocats, édifices consulaires de presque trente nationalités… Cette

Calcutta-là n'appartenait pas à l'Inde. Sauf rarissime exception, aucun autochtone n'y habitait qui ne fût, d'une manière ou d'une autre, domestique ou commis. Il n'y avait pas de mendiants, pas d'enfants ou de chiens errants. Très peu de rats. La zone était protégée de l'Inde véritable, de l'Inde vivante. Les seuls indigènes tolérés ici étaient les domestiques, tous vêtus à l'occidentale et maîtrisant pour la plupart un bien meilleur anglais que celui parlé dans les faubourgs de Londres.

L'hôtel Harnett était situé sur une place bien desservie, à la croisée de deux avenues résidentielles. Garés dans une contre-allée, nous avions une bonne vue sur l'entrée de l'établissement. Des balayeurs étaient en train d'en nettoyer les marches à grande eau tandis que des livreurs se succédaient pour y apporter journaux et paquets. Un portier vêtu d'un costume indien de fantaisie – chamarrures, galons et turban – tenait sa place près de la porte à tambour tout en observant gravement les alentours. Ses yeux s'arrêtèrent à notre hauteur.

— Ce bourricot nous a déjà repérés, dit Edmonds en sortant un paquet de cigarettes de sa poche.

— C'est un problème ?

— Pas vraiment. Il ne nous empêchera pas de faire ce que nous avons à faire. Je doute que la fille ait soudoyé tous les employés de l'hôtel pour la prévenir des mouvements suspects. Et puis, si c'est le cas, cela rendra la surveillance plus… sportive, c'est tout.

— Cela ne semble pas vous affoler, dis-je, remarquant encore une fois le fatalisme de mon compagnon.

— Non. De toute manière, si ça tourne mal, c'est vous qui courrez. Pas moi. Je suis trop vieux et trop rouillé. Trop gros aussi…

Je ne fis pas de commentaires et lui ne relança pas la conversation. Notre première attente commença ainsi.

En chaleur et en silence. Ni lui ni moi n'avions envie de parler. Le soleil monta. C'était une belle journée de début d'automne. Il ne se passa strictement rien avant 9 heures. Aucun client ne sortit, aucun n'entra. Les balayeurs avaient depuis longtemps fini d'astiquer le perron de marbre de l'hôtel, les jardiniers rangé leurs sécateurs et les coursiers déposé tout leur courrier au vaguemestre. Vers 9 heures, des couples commencèrent à sortir. Quelques isolés, aussi.

— C'est maintenant que ça va devenir un peu difficile, me dit Edmonds. Il ne va pas falloir la laisser filer. En espérant bien sûr qu'elle ait passé la nuit dans sa chambre et qu'elle daigne sortir aujourd'hui.

— Si ce n'est pas le cas ?

— Eh bien, nous aurons perdu une journée, ce qui ne va pas faire plaisir à Gillespie. Mais ce ne sera pas la première fois que cela nous arrive. Ouvrez bien les yeux, lieutenant, parce que je ne sais pas mieux que vous à quoi elle ressemble…

— Qu'arrivera-t-il si nous nous trompons de fille ?

— Eh bien… Ça ne fera pas plaisir à Gillespie, mais ce ne sera pas non plus la première fois que ça arrive, répéta Edmonds en gloussant de plaisir, comme au rappel d'un souvenir précis.

Je n'eus pas envie de pousser ma curiosité. Une grosse demi-heure s'écoula sans que ni Edmonds ni moi jugions utile de parler. Nous occupions un bon angle de surveillance mais n'étions tout de même pas tout près du Harnett et il fallait avoir une bonne vue pour distinguer les traits de ceux qui sortaient de l'hôtel. Ne voulant pas manquer Keller, j'avais les yeux exorbités à force de fixer intensément ce petit bout de paysage sur lequel je concentrais toute mon attention. J'allais enfin me décider à faire une remarque sur la nécessité de se munir de jumelles pour la prochaine séance quand Edmonds me frappa d'un grand coup de revers de main sur la poitrine.

— Nom de Dieu ! dit-il en tremblotant de toute sa graisse sur le siège de la voiture.

— Quoi ? Quoi ? fis-je, tandis que mon cœur s'emballait.

— Ce type qui monte les marches pour entrer au Harnett. Je le connais.

— Qui est-ce ?

— Küneck. Un Allemand de Delhi. Officiellement, un petit industriel expatrié. Officieusement, le chef du SD Ausland pour tout le sous-continent indien et la Cochinchine française.

— Le SD Ausland ? demandai-je, avouant ainsi naïvement mon ignorance.

Mais cette lacune dans ma culture du renseignement devait être si monumentale qu'Edmonds ne la remarqua même pas. Il se contenta de poursuivre comme si de rien n'était.

— Oui, oui, le SD, je vous dis, les services de renseignements de leur parti au pouvoir. Pas ceux de l'armée régulière. Pourquoi est-ce qu'il vient traîner ses guêtres ici, ce *Kraut* ? Il faudrait que vous alliez y voir, mon lieutenant. Moi, il m'a déjà croisé. Il me reconnaîtra et ça gâchera tout…

La perspective de devoir suivre un espion allemand ne m'enchantait guère mais il fallait bien que je commence à faire mes preuves sur le terrain. « Vous devrez gagner le respect de vos subordonnés et ce sera une partie importante du succès de votre mission », m'avait prévenu Gillespie. Voilà, j'étais maintenant au pied du mur. Plus aucun moyen de se dérober : le grand jeu débutait vraiment. La gorge sèche, j'ouvris la portière, pris tout juste le temps de lisser mon costume froissé et traversai la rue le plus naturellement possible. En quelques pas, je grimpai les marches du perron de l'hôtel et poussai devant moi le battant de la porte à tambour comme si j'étais un vieil habitué de l'établissement. De notoriété publique, le Harnett n'était pas le meilleur hôtel de la ville, et je crois même avoir un jour entendu dire qu'il n'était un endroit de première classe que pour des gens de seconde classe. De ma vie pourtant je n'avais vu un tel luxe, une telle élégance, un tel raffinement dans la décoration. Gorgées de cire, les boiseries luisaient comme si elles venaient d'être passées au vernis, les cuivres brillaient plus que ceux d'un navire de parade et les tapis étaient si épais qu'ils étouffaient tout bruit. Des yeux, je cherchai le dénommé Küneck mais je ne le vis nulle part dans le hall. Un portique menait à une salle de restaurant où quelques personnes étaient installées, prenant leur petit déjeuner. J'entrai. Küneck était là lui aussi, assis à une table et passant commande. Tâchant de choisir un emplacement discret qui me permettrait malgré tout de bien observer ma cible, je m'installai derrière l'Allemand, saisissant un journal au passage pour me donner une contenance. Küneck, à aucun moment, ne sembla me prêter attention. Je patientai encore quelques minutes en simulant un intérêt pour un article quelconque. Quand je relevai les yeux, une femme s'était attablée face à l'Allemand. Une femme, ai-je dit, mais jeune femme – ou même jeune fille – aurait été plus juste. Assez grande, blonde, fine, les contours du visage correspondant au bélino que j'avais vu chez Gillespie, j'étais certain que c'était elle : Ostara Keller. Le doute n'était maintenant plus permis : d'une manière ou d'une autre, miss Keller pointait bien aux registres d'une agence de renseignements d'une puissance rivale.

De là où j'étais, le couple n'avait aucune vue directe sur moi. Ils ne cherchèrent d'ailleurs jamais à regarder dans ma direction. La contrepartie de cette position discrète était qu'il m'était impossible de saisir le moindre mot de leur conversation et lire sur leurs lèvres ne m'aurait servi à rien puisque je n'entendais pas un mot d'allemand. Je détaillai Keller du mieux que je pus. Autant que je puisse le voir, c'était une toute jeune fille, presque encore une enfant, bien que ses vêtements et ses manières très retenues la vieillissaient un peu. Elle avait un air frais, étonnamment innocent et semblait si jeune – dix-sept, dix-huit ans, peut-être – qu'il était impossible de penser qu'elle pouvait être une espionne. On l'imaginait aisément passer ses journées à se préoccuper de toilettes, de spectacles, de musique, toutes ces futilités ordinaires qui font la vie d'une demoiselle de bonne famille au sortir du collège. Les traits de l'un comme de l'autre bien gravés dans mon esprit, je jugeai plus prudent de prendre les devants et de quitter la salle de restaurant avant qu'eux-mêmes ne s'éclipsent. Passant dans les coins d'ombre, je quittai l'hôtel et retournai à la voiture retrouver Edmonds. Sur le sol, près de la portière d'où il passait toujours son bras, un éparpillement de mégots disait comment son attente avait été employée. Maladroitement dissimulée, il serrait entre ses cuisses une petite bouteille d'alcool.

— Alors, mon lieutenant ? Vous en avez mis du temps ! Vous avez vu quelque chose ? souffla l'adjudant.

— Votre Küneck a pris son petit déjeuner en compagnie de Keller, si vous voulez vraiment le savoir. Et ils avaient l'air d'avoir beaucoup de choses à se dire. Ils y sont d'ailleurs encore.

— Vous êtes bien certain que c'était la fille Keller? Pas une autre?

— C'était elle. A moins qu'elle ait une sœur jumelle. Mais je n'ai pas pu entendre ce qu'ils se disaient. J'étais trop loin. Et ils conversaient en allemand... Mais vous... Parlez-moi de Küneck puisque vous semblez si bien le connaître.

Le sous-officier haussa les épaules.

— Je ne dois pas en savoir beaucoup plus que vous, en fait. C'est le correspondant en chef des services secrets de leur parti national-socialiste. Pas les réseaux de l'armée, vous me comprenez bien, hein, mais le SD Ausland, l'agence extérieure d'Heydrich...

— Oui, oui, je sais parfaitement ce qu'est le SD Ausland, mentis-je mais commençant tout de même à comprendre de quoi il s'agissait.

— Bon. Ce type possède prétendument une petite usine de pâte à papier à Delhi. C'est là qu'il est basé. Il ne se déplace que très rarement. Ce sont ses agents qui viennent au rapport, d'ordinaire. Et d'ailleurs, en parlant de ça...

Edmonds interrompit sa phrase pour se tortiller en tous sens sur son siège et jeter des regards intenses tout autour de nous. Ses gesticulations firent gémir les suspensions de la Chevrolet et tanguer le peu de liquide ambré qui restait dans sa bouteille.

— Eh bien? fis-je, soudain très inquiet.

— Eh bien, ce type est supposé être sous la surveillance constante de nos gars de Delhi. S'ils l'ont laissé partir, il n'y a que deux options: soit il est parvenu à leur fausser compagnie, soit ils sont là, à ses basques. Je regarde si je ne les repère pas dans les environs à faire le guet, comme nous... Mais non... Je ne vois rien.

— Peut-être sont-ils dans l'hôtel?

— Possible… Mais pas capital pour le moment. Nous leur enverrons une copie de notre rapport de toute façon. Le bon point est que nous ayons repéré où se trouve Küneck aujourd'hui et surtout qui il rencontre… Dites donc ! Vous savez quoi, mon lieutenant ? La petite Keller doit tout de même être d'une sacrée importance pour que le gros bonnet du SD se déplace. On a peut-être ferré un gros poisson en croyant seulement pêcher l'ablette !

— Ne vous emballez pas. Pour l'instant nous n'avons rien de concret. Les Allemands mijotent peut-être quelque chose, mais tant que nous n'en avons pas une idée plus nette, ne construisons pas de raisonnement sur du sable.

— Ça va changer dès que vous aurez mis votre second axe à exécution, mon lieutenant ! me dit Edmonds avec un sourire appuyé d'un lourd clin d'œil.

Il voulait dire, évidemment, dès que j'aurais eu le courage de m'introduire par effraction dans la chambre de Keller…

— Que faisons-nous, maintenant, mon lieutenant ? demanda-t-il en allumant une nouvelle cigarette et en faisant disparaître sa bouteille sous son siège.

— Nous nous bornons à faire notre travail. Nous attendons que miss Keller sorte et nous la suivons… Comme prévu, et sans nous occuper de Küneck qui, d'après ce que vous me dites, est quoi qu'il arrive sous la responsabilité d'une autre équipe.

— Exact, mon lieutenant. Donc, nous recommençons à attendre…

Et nous attendîmes. Une heure. Et puis deux… Le milieu de la journée arriva et avec lui l'heure où nous avions prévu qu'Edmonds quitte son poste pour que je poursuive seul la surveillance.

— Il vaudrait mieux que je vous laisse la voiture, mon lieutenant, me dit alors l'adjudant en sortant les clefs de sa poche et en me les tendant. Faites attention. C'est une propriété du service. Et elle est toute neuve. Ne l'abîmez pas !

— Aucun risque, dis-je en prenant crânement le trousseau.

Aucun risque en effet puisque je n'avais jamais conduit de ma vie et n'avais pas la moindre idée de la procédure à suivre pour faire démarrer un tel engin. Mais cela, évidemment, Edmonds ne le savait pas et je n'eus pas le courage de le lui avouer.

— Et vous-même, comment allez-vous rentrer ? demandai-je à Edmonds alors que je voyais bien qu'il lui était pénible de seulement se tenir debout sous les grands feux du jour.

— Pousse-pousse…, me répondit-il simplement en claudiquant vers la périphérie du Harnett, là où attendaient des indigènes maigrelets près de leur taxi à bras.

Je plaignis mentalement celui qui, pour seulement quelques roupies, aurait le malheur de véhiculer les deux cent cinquante livres bien pesées d'Edmonds jusqu'au quartier militaire.

Je me retrouvai seul. De tout le temps où nous avions attendu ensemble, nous n'avions pas vu ressortir Küneck du Harnett. Il devait encore être là, à discuter avec Keller, son agent. Sans autre occupation que celle d'observer depuis des heures les abords de l'hôtel, transpirant dans cette Chevrolet noire qui absorbait le soleil du grand midi, je sentis une terrible somnolence m'envahir. Je tendis une main tremblante vers la bouteille d'eau que j'avais eu soin de prendre avec moi et en vidai le contenu presque d'une traite, gardant seulement quelques gouttes pour me frotter le visage et la nuque. J'en étais là de mes opérations lorsque je vis une silhouette mince descendre les marches du Harnett. Il était presque 3 heures de l'après-midi et Keller, enfin, se décidait à bouger !

La rive des morts

Prendre quelqu'un en filature dans les rues d'une ville qui vous est parfaitement inconnue n'est pas un exercice facile. Je faillis l'apprendre à mes dépens ce jour-là mais, heureusement, Keller choisit de marcher à un rythme de flâneuse, ce qui me permit de la suivre sans encombres. L'heure de la journée à laquelle elle sortait m'était autant défavorable que bénéfique. Comme n'importe quelle ville de climat tropical, le milieu de l'après-midi est généralement le moment où le Tout-Calcutta se calfeutre pour échapper aux grosses chaleurs. Les rues sont presque vides alors et il est bien compliqué d'y passer inaperçu. Progressant de renfoncements en encoignures de portes, je parvins tout de même à suivre la fille sans, je crois, qu'elle me remarque. Elle n'était plus vêtue, comme au matin, d'un élégant tailleur de lin, mais avait choisi une tenue adaptée à la marche : jodhpurs bouffant joliment aux cuisses et ample chemisier flottant librement à la taille, petites bottines et foulard de soie. A sa hanche, tenu en bandoulière, ballottait l'étui de cuir d'un appareil photographique. Mais les décors pourtant pittoresques que nous traversions ne semblaient pas retenir l'attention de Mlle Keller. Tout au long du parcours, elle garda en effet les yeux baissés comme si elle empruntait un itinéraire qu'elle connaissait parfaitement pour l'avoir suivi de nombreuses fois. Jamais elle ne s'arrêta pour vérifier son chemin, jamais elle n'hésita à s'engager dans une rue ou traverser une allée… Elle savait où elle allait et s'y rendait droit, apparemment indifférente à toute autre chose. De sa silhouette fine et souple se dégageait une touchante impression de fraîcheur, de réserve qui correspondait bien aux traits de son visage que j'avais entrevu dans la salle de restaurant du Harnett. Aurait-on pu dire qu'elle était belle ? Ce n'est pas le terme que j'emploierais. Ses traits étaient fins, réguliers, et sa silhouette attirante, mais bien mieux que de la simple beauté plastique, il y avait chez cette fille un charme d'enfant sauvage auquel il devait être difficile de résister et en quoi résidait justement l'essence de son caractère.

Au jugé, la promenade dura presque une heure, très éprouvante pour moi car il fallait que je prenne garde à ne pas marcher trop vite et à conserver une distance de filature idéale. A chaque instant, je priai pour que Keller ne se retourne pas car elle n'aurait alors pu manquer de m'apercevoir, signant ainsi la ruine définitive de tous mes efforts. Heureusement cela ne se produisit pas. Nous traversâmes la partie est du quartier colonial sans plus nous arrêter aux devantures de beaux magasins de Townshend Road qu'aux terrasses de Moore Avenue, puis nous franchîmes un boulevard qui semblait marquer une sorte de frontière, une ligne de fracture nette dans la ville, une séparation qui opposait d'un côté les hautes maisons bâties à l'européenne et de l'autre les grands bâtiments meurtris de l'ancien quartier de la Compagnie des Indes. Après huit décennies d'abandon, ceux-ci conservaient encore nettement visibles les traces de la guerre des Cipayes, ces supplétifs indigènes qui s'étaient révoltés le jour où la rumeur avait couru dans leurs rangs que les cartouches dont ils devaient mordre l'amorce étaient enduites de graisse de bœuf. Débordée par l'ampleur des pillages et des émeutes, la Compagnie avait dû se résoudre à accepter l'intervention directe de la métropole. En échange de la stabilité revenue, celle-ci avait fait tomber l'Inde directement sous sa coupe, mettant un terme au fermage privé du sous-continent. C'était là, dans ce territoire grêlé de ruines, que commençait la véritable Calcutta – celle des temples dédiés au dieu des rats, celle des prêteurs sur gages et des écrivains publics, celle des marchands clandestins d'opium, des teinturiers et des porteurs d'eau, des gamins traînant dans les caniveaux à la recherche d'une croûte, d'une herbe à mâchonner pour faire passer la faim, celle de tout un petit monde livré à lui-même et qui vivait bien souvent encore de la même manière sous gouvernement britannique que ses ancêtres, des siècles auparavant, sous domination mongole.

Pas plus ici que précédemment Keller ne s'arrêta pour observer ce peuple oublié qui se montrait aux crevées de ces architectures délabrées, aux fenêtres de ces façades écaillées, sur ces balcons rouillés et branlants souvent envahis d'une végétation sauvage qui s'enracinait dans la moindre fissure de plâtras. Non, rien de tout cela ne retenait son attention. A aucun moment elle ne s'attarda à saisir lieux ou visages dans son obturateur. La pellicule couleur qu'elle utilisait aurait pourtant eu de quoi exprimer tout son intérêt. Malgré la misère à chaque rue plus apparente, ce n'étaient partout que mordorures des arbres, contrastes violents des saris des femmes, pastel des murs peints, extravagance des étoffes qui séchaient sur des fils tendus au travers des rues… Mais Keller restait insensible au spectacle, jeune fille sage aux yeux baissés et à la démarche calme, paraissant seulement préoccupée d'elle-même. La foule ici était plus nombreuse que dans le secteur européen et, même, plus j'avançais, plus elle semblait compacte, comme un liquide qui se solidifie peu à peu, rendant ma filature d'autant plus difficile que les ruelles se faisaient plus étroites, plus encombrées. On me laissait passer pourtant, sans me demander l'aumône, sans m'importuner, sans me proposer quelque service. Pas plus qu'à celui de Keller il n'y eut d'éclats de voix à mon passage, pas d'appels, pas de sifflets ou de mains posées sur mon épaule pour m'entraîner vers quelque bouge.

Les gens semblaient à peine nous remarquer, s'écartant quand ils le pouvaient sans manifester énervement ou hostilité. Un instant, dans une rue se rétrécissant en goulet, je crus pourtant perdre ma cible, soudainement disparue derrière un amoncellement de balles de paille sur lesquelles dormaient des poules, mais je la retrouvai sans peine quelques yards plus loin, toujours marchant dans la même direction sans forcer l'allure. Nous allâmes ainsi jusqu'aux abords de la rivière Hoogly qui traverse la ville du nord au sud. Je dis rivière mais c'est un terme inadéquat puisqu'il s'agit en fait d'un des nombreux bras du Gange qui s'écarte en delta avant de se perdre dans l'océan.

Des fumées épaisses montaient des rives. Je ne compris pas d'abord de quoi il s'agissait, pensant que peut-être l'on faisait brûler des ordures car l'odeur qui me parvenait était forte et désagréable, à la fois piquante et sucrée, augmentant à chaque pas son emprise. Je levai les yeux vers le ciel. La couleur en était voilée par les colonnes grises qui venaient de la berge. Le soleil lui-même n'était plus aussi éclatant mais ressemblait à un disque terne dans la voûte assombrie. Je fis quelques pas, sans voir encore ce qu'on brûlait. Keller n'était pas loin. Je venais de la voir descendre près de l'eau par un petit escalier de pierre. Je m'avançai vers un semblant de parapet, y pris un instant appui, les paumes posées dans une sorte de cendre grasse qui couvrait la pierre, restant là quelques secondes sans bouger, sans respirer, sans vouloir comprendre ce que mes yeux pourtant me montraient, là, à seulement quelques yards de moi, si proches que j'aurais presque pu les toucher rien qu'en me penchant et en étendant la main…

Je ne sais pas combien il y en avait au juste. Il me semblait qu'ils couraient tout le long de la rive et que l'autre berge, aussi, en était pleine. Trois, quatre, cinq cents peut-être étaient visibles de là où je me tenais. Cinq cents bûchers funéraires en activité, soit tout juste allumés, craquant, ronflant leur feu d'enfer sous les corps étendus, soit presque éteints, effondrés sur eux-mêmes, aplatis, ramenés au ras du sol et n'étant plus que braises rosissantes, flammèches soufflées par le premier vent venu des eaux… Et, par-dessus tout cela, un silence écrasant, terrible, un silence de deuil et d'indifférence tout à la fois, un silence de douleur, de misère et de résignation qui m'étreignit le cœur et me bouleversa, arrêtant un instant le flot de mes pensées, subjuguant en moi toute capacité d'action ou de raisonnement.

C'était la première fois de ma vie que j'étais confronté à une telle vision. La première fois de ma vie que la mort se dévoilait devant moi d'une manière aussi crue, aussi forte, aussi imposante et massive. De toute mon existence je n'avais alors vu qu'un seul cadavre, celui de ma mère lorsque, âgé de dix-sept ans, je l'avais perdue. Encore avait-elle été préparée lorsque l'on m'avait autorisé à la voir et c'est à peine si j'avais remarqué sur son visage un pincement des narines, un étirement des tempes, un léger creusement des joues qui la disaient dépouille et non plus femme vivante. Mais là, sur cette berge mortuaire, tout était différent. Il n'y avait plus de mise en scène, plus aucun de ces jeux d'ombres et de poudre qui font de nos chambres ardentes des théâtres où les morts sont grimés pour épargner de trop grandes frayeurs aux vivants. Là, sur cette grève du bout du monde, la mort n'avait plus honte d'elle-même et faisait bien voir son œuvre. Les corps humains qui se calcinaient n'y distillaient pas seulement d'épouvantables odeurs, encore craquaient-ils d'horrible façon sous la chaleur, exsudaient-ils d'affreuses liqueurs sous la montée d'une température de four qui faisait éclater les tissus, les dissolvait, les liquéfiait en une gelée brunâtre avant de les transformer en gaz, en vapeurs, en nuées cendreuses qui noircissaient le ciel et retombaient partout alentour en flocons gris, huileux, friables et malodorants.

Keller marchait parmi les bûchers, petite tache blanche, silhouette menue et blonde déambulant entre les amas mortuaires avec une indifférence apparente, un détachement, une nonchalance qui me stupéfièrent. Partout autour d'elle il y avait des restes de corps calcinés qui attendaient d'être rendus au fleuve, des débris, épars, d'incinérations récentes ou plus anciennes, qui s'amoncelaient en couches, superposant des strates d'os noircis à des lignes de cartilages vitrifiés. Souvent, dans ce magma, l'on devinait encore la forme d'un corps, le contour d'un visage même, car les feux étaient parfois mal agencés, les bûches, trop serrées, ne pouvant laisser passer l'air; ou bien encore la famille du défunt, étant trop pauvre pour se procurer du bois de bonne qualité, devait se contenter de placer le disparu sur une superstructure de bambous recouverts de palmes. Tout cela brûlait vite et mal, laissant à peine aux flammes le temps de craqueler les peaux, d'assécher les tissus superficiels, de cloquer les chairs. Ces cadavres-là, cadavres des pauvres, n'étaient pas tout de suite remis au fleuve mais étaient laissés à l'abandon pour que les vents et la vermine achèvent ce que les mauvais brasiers n'avaient pas accompli. C'étaient eux qui donnaient à l'endroit son caractère de cauchemar, de morgue à ciel ouvert. C'étaient eux, surtout, que Keller était venue photographier. De là où je me tenais, en surplomb sur le quai, je la voyais, à une trentaine de yards de moi, marcher vers un horrible empilement de troncs mutilés, tordus, cuits comme viande de boucherie, survolés d'une nuée d'oiseaux du fleuve qui s'abattaient sur ce monceau de carne comme des abeilles sur une monstrueuse fleur de charogne.

Keller tira son appareil photographique et commença son travail. Elle prit son temps. Je la voyais se pencher, se tordre, se baisser pour chercher le meilleur angle, trouver le plus bel axe de prise de vue, la plus surprenante vision. Ici, elle s'approchait des feux jusqu'à entrer dans leur onde de chaleur; là, elle poussait des paquets de cendres de la pointe de sa botte pour mieux découvrir les restes d'une ordure humaine à demi enfouie dans le sol; plus loin, elle restait de longues minutes immobile à attendre qu'un charognard vienne se poser près d'elle, ne prenant pas garde aux particules de cendre noire venant souiller ses cheveux blonds... Je ne savais que faire. Devais-je partir et laisser cette fille travailler à ses fascinations morbides ou devais-je plutôt continuer à la surveiller de loin et m'imposer ainsi ces visions affreuses que je supportais mal? Bien qu'il m'en coûtât, je choisis de faire mon devoir et de demeurer sur cette grève le temps qu'il faudrait. Keller s'avançait lentement, à contre-courant, appuyant avec régularité sur son déclencheur, changeant une première fois, puis une deuxième et une troisième fois enfin de rouleau de pellicule. Le jour baissait. La luminosité, déjà moins forte ici que sur le reste de la ville, devenait pareille à celle d'un jour d'éclipse. On n'y voyait presque plus à cent pas. Keller rangea enfin son appareil dans sa gaine, quitta la proximité immédiate des bûchers puis revint sur ses pas, vers un groupe d'hommes maigres, en haillons, accroupis contre une vieille palissade de planches, de longues fourches de bois plantées près d'eux, dans une flaque de vase. A les voir, je devinai qu'ils étaient chargés de manipuler les cadavres, de sortir les corps calcinés des brasiers et les entasser le long de la rive, ceux aussi peut-être qui dressaient les bûchers et en dispersaient grossièrement les restes. Je la vis fouiller dans sa poche pour en ressortir quelque chose – une poignée de roupies, sans doute – qu'elle donna à l'un d'entre eux, un homme grand, décharné, dont on voyait les côtes et auquel de longs cheveux tout raidis de cendres donnaient l'air d'un diable. Prenant sa pique, le fossoyeur mena la fille vers un vieil amas d'ossements posés dans un coin écarté contre un remblai exposé plein sud. Plongeant ses mains dans le monticule à la manière d'un accoucheur penché sur une matrice, il retira de la masse une petite chose ronde, à peine plus grosse qu'un poing. C'était le crâne d'un petit enfant. Un crâne tout bruni d'avoir été passé à la flamme, sali d'avoir été trop longtemps oublié dans le dépôt des chairs décomposées. L'Autrichienne prit sans répulsion l'atroce objet et, l'enveloppant dans le foulard qu'elle portait autour du cou, quitta la grève sans un regard en arrière. Ses yeux, sagement baissés, donnaient à son visage un air d'agneau buté et volontaire, ensemble hargneux et tendre. Je reculai derrière le décrochement d'un bâtiment proche pour la laisser prendre une avance de trente ou quarante yards avant que je ne recommence à la suivre. La nuit venant, j'eus peur un instant que ma tâche ne se complique encore mais j'étais trop heureux de quitter le quartier des morts pour vraiment me soucier de cela. Tout ce qui m'importait était de revenir vers les vivants, de voir des visages animés, des couleurs, d'entendre des sons, des appels, des rires, des cris, et de respirer d'autres senteurs que ces infectes vapeurs de charniers qui empuantissaient tout le quartier des rives de la Hoogly.

Contrairement à ce que j'avais espéré, Keller ne reprit pas le chemin du quartier colonial. Marchant du même pas calme qu'à l'aller, elle s'enfonça plein est, vers la nuit qui tombait vite, toujours plus avant dans la partie strictement hindoue de la ville. Plus de ligne de tramway, ici. Plus d'asphalte sur les routes. Plus même d'éclairage public. Tout juste quelques poteaux électriques taillés à coups de machette dans du bois spongieux et qui ne reliaient qu'une maigre brassée de fils chuintant, sifflant, parfois jetant de longues étincelles bleutées sur la tête des passants indifférents. Ici, plus d'hôtels luxueux destinés aux touristes de la Mère Patrie, mais des bouges grouillant de vermines, des taudis où les paysans échoués des provinces apportaient les germes du choléra, de la peste, de la malaria… Plus d'églises non plus, mais des temples où l'on adorait des dieux étranges. Plus de théâtres ni d'opéras ici mais des estrades de planches vermoulues où des ascètes, enfonçant dans leur chair maigre de lourds crochets d'acier, récitaient, sanglants et droits, un demi-millier de vers du *Mahâbhârata*.

Keller s'enfonçait dans ces ruelles, sous ces arcades et dans ces galeries, dans ces tunnels toujours plus noirs, toujours plus bondés, comme si elle les avait parcourus depuis sa plus tendre enfance. J'eus du mal à la suivre. Elle était grande, certes, et malgré sa chevelure blonde, seul étendard clair parmi les nuques noires, dans ces cônes d'ombre qu'étaient les voies de ce quartier il devenait à chaque seconde plus malaisé de la distinguer. Il fallut que j'accélère le pas, que je bouscule même un peu rudement un homme chargé d'un panier de fruits qui ne voulait pas s'écarter de mon chemin pour ne pas perdre définitivement Ostara Keller dans l'incroyable dédale qu'elle avait choisi d'emprunter.

La fille marqua une pause au débouché d'une rue formant, avec l'embranchement de deux autres voies, une sorte de placette. Un instant, elle sembla chercher des yeux un signe sur une maison, un glyphe, un repère quelconque. Et puis elle s'avança pour frapper à la porte basse d'un édifice de trois étages à la façade presque aveugle, seulement percée d'étroites fenêtres closes. Colorée d'un bleu à la fois profond et vif, la chaux de ses murs reflétait l'exacte couleur du ciel crépusculaire. La place était presque vide. Cinq ou six gamins jouaient tranquillement et sans bruit dans le sable près d'un gros buisson fleuri. Un adulte barbu, assis sur ses talons nus, un turban rouge enveloppant ses cheveux, semblait les surveiller. Il s'amusait à tailler une badine avec une sorte de long couteau à lame double qui ne me semblait pourtant pas précisément indiqué pour ce genre de travail. A part Keller et moi, c'étaient là toutes les âmes humaines que comptait alors la place. Je n'avançai plus, cherchant plutôt à reculer pour gagner un coin d'ombre. Mais cela ne fut pas utile. La porte de la maison bleue s'ouvrit et Keller entra, disparaissant sans hésiter dans le bâtiment, exactement comme un client ordinaire pénètre dans une boutique ordinaire. J'étais interloqué. Pour autant que je pouvais en juger, rien, de l'extérieur, ne permettait de donner à cette maison un office quelconque. Je scrutai la façade sans déceler quoi que ce fût d'anormal. Aucune lumière ne filtrait des rares fenêtres donnant sur la placette. Ni lumière ni son. Ici, décidément, tout était calme. L'agitation des ruelles alentour, leurs bruits, leurs appels, leurs spectacles grotesques et violents n'étaient plus qu'un mauvais souvenir. Je m'approchai à mon tour de la maison bleue. Et puis ma main se lança d'elle-même sur le panneau de bois, frappant vigoureusement trois petits coups secs, sans que j'aie vraiment le temps de me rendre compte de ce que je faisais. Je paniquai ! Pourquoi n'avais-je donc pas attendu tranquillement que Keller ressorte au lieu de risquer de me faire repérer de cette manière ? Je voulus battre en retraite, prendre mes jambes à mon cou pour traverser la place en courant et me faufiler dans un recoin. Mais il était déjà trop tard. La porte s'ouvrit et un petit être – je ne sus s'il était mâle ou femelle tant ses traits étaient disgracieux et contrefaites les formes de son corps – me pria d'entrer sans que ma présence ne semblât le surprendre d'aucune façon. Je pouvais encore prétexter une erreur, bien sûr, mais la curiosité fut trop forte. Je me baissai donc pour franchir cette porte basse, mieux faite pour des enfants que pour des hommes dans la force de l'âge. Je me trouvai dans une sorte de couloir voûté, sombre, aux parois comme luisantes d'humidité. Tout cela était étouffant et donnait le sentiment de se trouver dans le boyau d'accès d'une grotte courant au cœur d'une montagne perdue. Le portier referma au verrou derrière nous puis écarta un rideau. Un long couloir droit s'étirait devant moi sans que mes yeux en perçoivent la fin. Pieds nus, la petite chose commença à y trottiner sans vitesse ni frayeur comme s'il était le plus naturel du monde qu'un étranger se présentât à la porte de cette demeure et y fût reçu sans qu'on lui posât de question. Le sol marquait une déclivité certaine, je le sentais sous mes pas bien plus que mon regard ne le percevait. Nous marchâmes ainsi sur une bonne trentaine de yards le long de ce boyau aux murs lisses, sans portes, sans décorations, puis le guide écarta les pans d'un second rideau et je pénétrai dans une salle, vaste et sombre comme une nef d'église mais basse de plafond et malodorante. Des gens étaient allongés là, sur des nattes disposées en lignes bien nettes. Deux ou trois aides, des adolescents en tunique de mauvais chanvre, vaquaient en silence de l'un à l'autre des affalés, s'affairant à éponger la sueur qui coulait de leur visage, ou à ranimer à coups d'éventail de papier les petits braseros qui crépitaient devant eux. Il y avait parfois une plainte basse, un cri sourd et bref, venu d'on ne savait qui et qui brisait pour une seconde le silence relatif de l'endroit. Un instant – un très court instant –, je crus être parvenu dans une sorte de dispensaire, d'hôpital de quartier où de bonnes âmes recueillaient les malades isolés. Mais lorsque mes pupilles se furent définitivement ouvertes à la lumière brumeuse qui flottait dans la salle, je vis que les patients portaient à leur bouche de longues pipes. J'étais dans une fumerie d'opium.

Ecœuré par l'odeur doucereuse du poison, choqué surtout de me trouver malgré moi dans cet endroit voué à la déchéance humaine, je voulus reculer, quitter ces lieux qui me mettaient encore plus mal à l'aise que la berge où l'on brûlait les morts, mais je sentis une main agripper mon costume et me tirer en avant. Mon guide était toujours là, ne disant rien mais agitant la tête en me faisant bien comprendre qu'il fallait que je traverse la salle commune pour gagner la destination qu'il m'avait réservée. Nous franchîmes ce premier hall de part en part, ensuite une arche encore tendue d'un voile épais pour arriver dans une chambre tout aussi vaste, tout aussi sombre, mais celle-ci vide en son centre et plutôt creusée d'alcôves particulières sur trois de ses murs. Certaines – très peu, deux, trois tout au plus – étaient fermées par un paravent de laque. Le petit monstre me fit asseoir dans l'une des niches libres, me retira mes chaussures, replaça des coussins et me fit m'y allonger. Je n'osai protester, craignant d'attirer l'attention, mais je ne pensais qu'à Keller, bien sûr... Elle était toute proche, j'en étais certain. Mais où ? J'avais frappé à la même porte qu'elle, marché le long d'un unique couloir droit, sans percée ni portes latérales, débouché dans une première salle où je n'avais vu que des indigènes, puis j'étais entré dans cette nouvelle salle aux alcôves qui avait tout l'air d'un cul-de-sac. Alors ? La solution était simple. Keller ne pouvait se trouver que dans une des rares niches occupées. Si je voulais encore la suivre lorsqu'elle sortirait d'ici, la solution la plus simple était d'attendre dans cette alcôve que la fille se décide à partir. Après tout, cette solution n'était pas si mauvaise. Le petit manœuvre déplia un paravent devant moi avant de disparaître quelques minutes pendant lesquelles tout ne fut que silence. J'entendis bien toussoter, un peu sur ma droite et remuer doucement, un peu plus loin, mais, même tombés dans la demi-conscience de la drogue, les adeptes semblaient avoir encore la volonté de respecter la quiétude des lieux et la tranquillité des autres clients. La créature revint, posa devant moi un large plateau circulaire chargé d'objets divers, alluma un petit foyer posé sur un trépied de fonte avant, dans un murmure à peine audible, d'ouvrir enfin la bouche pour me demander cinq livres anglaises. Je me résignai à payer, bien sûr, et puis je fus laissé seul, dans cet endroit qui ne me plaisait pas, face à un échantillonnage de matières et d'instruments dont il était hors de question que je fasse le moindre usage. Je devais donner le change, néanmoins, car j'étais certain que l'on viendrait bientôt vérifier que je n'avais besoin de rien. Je fis d'abord semblant de manipuler doucement quelques objets, avant de me retourner contre le mur, gardant dans mes mains la pipe que l'on m'avait donnée. Une heure peut-être se passa ainsi sans que j'entende rien et sans que l'on s'inquiète de moi. Soudain, je reconnus le frottement que faisaient les pieds nus du gnome qui, je le sentis, se glissa dans mon alcôve. Je me crispai dans ma position, fermant les yeux pour mieux jouer mon rôle de dormeur. Il y eut un petit cliquetis de métal, comme si l'on apportait de nouveaux objets sur le plateau, et puis le serviteur repartit, le silence revint, mes muscles se détendirent et j'osai me retourner. Sur le plateau de cuivre étamé fumait maintenant une théière. Une tasse, une sorte de pot de marmelade et un plat creux rempli de boulettes de pain blanc complétaient le nouveau service. J'étais ravi de l'aubaine. Je n'avais rien avalé depuis mon petit déjeuner du Harnett et cette marche dans la ville indigène m'avait épuisé, et assoiffé. Maîtrisant mal mes mouvements, soucieux surtout de polariser toute mon attention sur les bruits qui pouvaient à tout instant provenir des autres alcôves et trahir un départ soudain, je bus avidement la plus grande partie du contenu de la théière. L'étanchement partiel de ma soif déclencha ma faim. Sans méfiance, je goûtai à la confiture. Je lui trouvai un goût douceâtre, difficilement identifiable. Je crus d'abord que c'était de la figue mais il y avait des arômes plus musqués derrière ce premier goût aimable. J'en pris malgré tout deux ou trois cuillerées parce que j'avais faim et puis terminai le thé avant de me rabattre sur les coussins. Il n'y avait toujours pas un bruit dans la salle. Personne n'était venu s'installer depuis que j'étais arrivé. Personne n'était parti non plus. Autant pour m'occuper l'esprit que pour avoir la sensation de ne pas perdre mon temps, je tentai mentalement de faire le point sur cette journée mais je me rendis compte assez vite que j'avais de plus en plus de mal à articuler une chaîne de pensées logiques. Comme un caboteur emporté au large par des courants trop forts, mon cerveau commençait à dériver sans que j'en comprenne vraiment la cause. Etait-ce la fatigue ? La tension nerveuse ? Mes paupières se clorent d'un coup et ce fut comme si l'on m'enfermait dans une boîte. Ne percevant plus rien du monde extérieur, j'errai longtemps, entre visions et cauchemars, sans que je puisse rien faire pour remonter à la conscience. Vaguement, sans savoir si je délirais encore ou si mes perceptions étaient réelles, je sentis soudain mon horizon basculer.

On m'agrippa, on me souleva comme un enfant. Je me débattis un peu, je crois, sans effet aucun. J'entendis une porte claquer. Un vent frais passait sur mon visage mais mes yeux ne voulaient toujours pas s'ouvrir ni mes membres se remettre à bouger. Paralysé, mon corps n'était plus que celui d'un cadavre, même si mon esprit, peu à peu, refaisait surface. Pendant une éternité, je crus que plus jamais je ne récupérerais mes facultés physiques. Que j'étais condamné à n'être qu'une pensée perdue dans un corps mort. Lentement, pourtant, la vie revint en moi. Ce furent d'abord des rires que j'entendis. Des gloussements d'enfants, fluets et pointus. Je sentis des mains effleurer ma joue, mon front… J'ouvris les yeux à grand-peine. Enfin, après je ne savais combien d'heures d'absence, je revenais à moi. Un visage de fillette me faisait face et me souriait. C'était elle qui avait étendu sa main sur moi. Me voir me réveiller la fit s'esclaffer, lançant derrière elle d'autres pépiements de gosses dont les silhouettes, peu à peu, sortirent de l'ombre. Je crus les reconnaître. C'étaient les petits que j'avais vus à la tombée de la nuit jouer sur la placette alors que Keller venait de pénétrer dans la fumerie d'opium.

La fillette qui me regardait devait avoir dans les dix ans. Assez jolie et pas trop mal vêtue, ses grands yeux sombres lui donnaient un air d'une extrême douceur. D'après son attitude, elle semblait être la meneuse du groupe, la plus effrontée, la plus vive aussi. Je voulus me redresser pour mieux lui sourire mais lorsqu'elle vit que les muscles de mes membres retrouvaient un peu de leur vigueur, son visage se renfrogna aussitôt et elle me gifla de toutes ses forces avant de se jeter sur moi tandis que ses compagnons me saisissaient aux chevilles et aux épaules pour me mettre à plat sur le sol dur. Surpris, étourdi par la violence du coup que la gamine venait de me livrer en pleine face, je succombai sous le poids de cette volée d'enfants des rues qui n'avaient en tête que de profiter de ma faiblesse pour me piller. Dix petites mains plongèrent aussitôt dans mes poches pour les vider du moindre objet qui pouvait s'y trouver : monnaie, mouchoir, mais aussi portefeuille, papiers d'identité et clefs… On dégrafa ma ceinture, on fit glisser ma montre de mon poignet et on arracha les boutons de manchette de ma chemise… Enfin, certainement pour se venger de la maigreur du butin que tout cela représentait au final, la bande se mit à me frapper avec une violence et une cruauté dont jamais je n'aurais cru des enfants capables. Une demi-minute je sentis les coups pleuvoir sur moi. Des petits ongles entaillèrent ma peau, des doigts s'agrippèrent à mes cheveux et les arrachèrent par touffes, des plantes de pieds nus martelèrent mes côtes comme si elles avaient été des planches pourries à faire céder, des poings emboutirent mes mâchoires, mes tempes, mes dents sans que je puisse rien faire. Et puis, sur un signal mystérieux que je ne compris pas, l'attaque cessa et la horde se dispersa en poussant des hurlements de bacchanales. Au-dessus de moi, il n'y avait plus qu'un ciel nocturne piqueté d'étoiles. Je mis du temps à retrouver l'usage de mes membres. Non seulement les effets de la substance que j'avais avalée dans la fumerie troublaient encore mes réactions nerveuses, mais les contusions causées par les gamins zébraient mon corps d'intenses douleurs. Enfin, je rassemblai assez de forces pour me lever. Je saignais du nez et je m'étais mordu la langue sous l'effet d'un coup de poing, mais je ne souffrais d'aucune fracture. Ma filature était fichue. Il n'était plus question maintenant d'attendre Keller et de la suivre dans cet état. Qui me disait, d'ailleurs, qu'elle n'avait pas quitté le bouge tandis que j'avais achevé de cuver le toxique sur le trottoir ? Cela avait dû durer longtemps. Jamais exposé aux stupéfiants, mon organisme était sûrement un terrain excessivement réceptif à leurs effets. Je résolus donc d'abandonner la partie pour ce soir, préférant regagner le quartier colonial pour y demander un peu d'aide.

M'orienter dans le dédale des rues étroites me prit du temps. D'autant que je marchais sans chaussures, peut-être oubliées à la fumerie par les aides ou bien posées à côté de moi et emportées elles aussi par les gamins pillards, je ne sais. Heureusement, à cette heure avancée de la nuit, la ville était presque vide et il était plus facile pour moi d'y circuler sans trop attirer l'attention. Plus vite que je ne l'avais espéré, des points de repère me conduisirent jusqu'aux abords de la Hoogly et puis, de là, enfin jusqu'à Moore Avenue où j'avisai une patrouille qui m'accompagna jusqu'au centre de police le plus proche. Les humiliations commencèrent là. Je dus tout d'abord avouer que, malgré les apparences, je n'étais pas un simple civil ayant subi une petite mésaventure en étant allé s'encanailler dans le quartier indigène, mais un officier du MI 6 en mission. Il fallut ensuite que je me fasse rapatrier à la caserne et que le capitaine Gillespie confirme mon appartenance à son équipe pour que les policiers veuillent bien cesser de me soupçonner d'avoir recherché dans les bas quartiers la satisfaction de je ne sais quelle turpitude. Evidemment, cela n'était qu'un préambule. Les véritables problèmes surgirent lorsque j'eus à rendre compte de ma journée à mon supérieur. Quand je lui avouai comment je m'étais stupidement laissé aller à entrer dans la fumerie sans savoir où je mettais les pieds et que j'avais ingurgité sans méfiance une confiture opiacée, Gillespie explosa.

— Je vous avais demandé de l'esprit d'à-propos et de l'indépendance, Tewp. Pas de vous fourrer tête baissée n'importe où sans assurer vos arrières ! D'autant que, d'après ce que m'a raconté Edmonds, la fille a passé sa matinée à palabrer avec Küneck ! Ce qui fait complètement changer notre affaire de catégorie… Si ce type se déplace pour la voir, c'est qu'elle est importante ! Alors redoublez de prudence, Tewp, et surtout ne prenez pas d'initiatives quand vous êtes seul sans vous assurer que vous pouvez les assumer jusqu'au bout. Et puis aussi, dans ce foutu pays, ne vous empiffrez jamais de ce que vous n'avez pas clairement identifié ! Suis-je clair ?

— Parfaitement clair, mon capitaine, dis-je, la voix pâteuse et incertaine, contrarié que j'étais par les événements qui s'étaient d'un coup retournés contre moi.

A la longue, Gillespie sembla se calmer un peu. Il était 4 heures du matin. Gillespie n'était pas un agressif sur longue distance. Un planton nous avait monté du café frais. Nous le bûmes ensemble comme en signe de paix, tous deux assis sur le rebord d'une des hautes fenêtres ouvertes qui donnaient sur le parc, profitant de la fraîcheur et du silence nocturne, regardant l'aube rosir lentement la ligne d'horizon. La conversation revint sur Keller et le comportement qu'elle avait eu sur les bords de la Hoogly. Tout cela paraissait plonger Gillespie dans des abîmes de perplexité. Il me demanda quelles conclusions je tirais de cet intérêt apparent pour le morbide. Bien sûr, c'était une question qui me hantait depuis que j'avais compris que Keller prenait un plaisir tout particulier à photographier les morts. Qu'une jeune fille puisse se salir les yeux et l'âme à de telles contemplations était un mystère pour moi. Cela me mettait mal à l'aise aussi.

— C'est étrange… Mais c'est finalement une bonne chose pour nous, me dit Gillespie.

— Une bonne chose, mon capitaine ?

— Après une journée d'observation, nous savons que cette fille est en contact avéré avec un membre important d'un réseau étranger, qu'elle aime se promener dans les cimetières au point d'en revenir avec un crâne sous le bras et qu'elle est opiomane ! Finalement, cela nous ouvre beaucoup de perspectives pour agir contre elle. Et encore plus de voies peut-être pour la manipuler…

— Vous songez à la retourner ?

— Attendons encore un peu, mais c'est une possibilité qu'il faut saisir à la première occasion dès qu'un agent ennemi présente une faiblesse… Et Keller me semble une jeune fille bien faible… Si faible…

Chambre 511

Au milieu de la seconde journée de surveillance, je quittai la caserne pour prendre mon tour de garde. La veille au soir, l'adjudant Mog avait trouvé la Chevrolet abandonnée. Un peu après minuit, il crut voir Keller regagner seule le Harnett. Edmonds l'avait ensuite relevé et Mog avait filé dans le bureau de Gillespie pour lui annoncer que j'avais disparu, mais il n'eut le temps d'affoler personne puisque je venais à cet instant de faire ma réapparition au milieu de deux escouades de policiers… Me regardant avec des yeux de poisson, Mog s'en était alors retourné comme si de rien n'était, ne cherchant même pas à savoir ce qui avait bien pu m'arriver. Mes plaies superficielles maintenant nettoyées et pansées, je me sentais prêt à reprendre mon rôle, curieux de savoir à quoi Mlle Keller choisirait aujourd'hui de consacrer son temps. Presque heureux de revenir devant le Harnett, je commençai à me remémorer sereinement les événements de la veille. Certes, j'avais commis une grossière erreur et des gamins en avaient profité pour me dépouiller. J'avais perdu un peu d'argent et en étais quitte pour demander des duplicatas de quelques papiers administratifs. Mais tout ça n'était pas si grave, au fond, au regard des perspectives que nourrissait Gillespie quant au retournement possible de Keller.

Il était vrai que l'addiction de la jeune fille à l'opium pouvait être exploitée. Aux Indes comme dans n'importe quelle ville des Etablissements des Détroits, l'opium était une drogue autorisée dont les débits étaient strictement contrôlés. Bien sûr, sa consommation n'était pas encouragée mais sa production restait une denrée d'exportation sur laquelle reposait une bonne part de l'économie du sous-continent. Que Keller s'abîme le corps et l'esprit à s'imprégner de ce poison me rendait presque triste pour elle mais nous fournissait un terrain propice au chantage et rendait même possible une totale conversion à notre cause.

L'intérieur de la grosse Chevrolet était plein de remugles de sueur, de vapeurs émanant de cadavres de bouteilles de bière et de fumée de cigarette stagnant en brume. Le tout faisait une odeur infecte qui, à tout prendre, valait encore mieux que les relents d'urine chauffée qui vous prenaient au visage dès que l'on baissait les vitres pour chercher un peu d'air au-dehors. Se soulageant comme des chiens, Edmonds et Mog avaient copieusement arrosé le tronc d'un arbre tout proche. Ce brassage infernal me souleva le cœur mais il fallut pourtant bien que je me résolve à le supporter. Je m'installai du mieux que je pus et, soupirant comme un galérien, me préparai à passer de longues heures dans cet inconfort et puis, soudain, à nouveau, tout se précipita. Keller sortit de l'hôtel et monta dans le seul taxi qui attendait aux alentours. Le cœur battant, je sortis en trombe de la Chevrolet et courus après le véhicule pour voir quelle direction il prenait. J'étais affolé. Le pire de ce qui pouvait m'arriver était en train de se produire : l'Autrichienne m'échappait et j'étais incapable de la suivre par mes propres moyens. Des yeux, je cherchai un taxi dans lequel bondir, mais à cette heure, c'était peine perdue. Vidées par les heures de la méridienne, les rues alentour étaient presque désertes. Rien à l'horizon qui puisse me tirer d'embarras. De rage, je serrai les poings jusqu'à m'en faire blanchir les phalanges et puis l'envie me prit de transformer cet échec en triomphe ! Ce départ m'offrait sur un plateau l'occasion idéale de fouiller sa chambre. Mon cœur s'emballa. Certes, le risque était bien réel : j'étais seul, sans appui pour protéger mes arrières et Keller pouvait revenir à tout instant. Si je me faisais prendre, je condamnais à la ruine nos discrètes opérations de surveillance mais si tout se passait bien, je pouvais en peu de temps faire faire un bond considérable à nos investigations. La tentation était trop forte. N'obéissant à aucun fil directeur déterminé, agissant selon mon seul instinct et les opportunités du moment, je quittai la salle de restaurant et allai flâner dans le hall.

Je n'avais pas la moindre idée du numéro de la chambre de la fille ni ne savais à quel étage elle résidait. Il me fallait en premier lieu trouver une astuce pour connaître tout cela sans éveiller les soupçons du personnel de l'hôtel. M'appuyant sur une console, j'arrachai une page de mon carnet et fis semblant d'y griffonner quelques mots puis demandai une enveloppe au réceptionniste, fourrai mon papier dedans et, de ma plus belle écriture, traçai au dos le nom de Keller. Comme je l'avais espéré, le préposé ne se méfia pas, déposa le message blanc dans le nid-de-pigeon affecté à la chambre de Keller, là où reposait déjà sa clef, casier 511. Satisfait, je fis mine de partir mais, contournant un large pilier, je revins discrètement sur mes pas et gagnai l'ascenseur qui justement déchargeait un lot de touristes anglaises s'apprêtant à excursionner, le Baedeker du Bengale déjà grand ouvert dans leurs mains. Le groom en livrée referma sur moi la lourde grille de métal noir et enclencha le mécanisme de montée. La cabine glissant sur ses câbles huilés, je m'accordai un petit sourire complaisant dans le miroir qui me faisait face. A cet instant précis, j'étais assez content de moi, commençant à prendre goût au métier d'espion de terrain. A l'époque, il n'y avait aucun romantisme véritable attaché au métier d'espion. Le cinéma ne connaissait rien de cette profession et la littérature, malgré le récent succès des aventures d'Ashenden, le héros de Somerset Maugham, n'avait pas encore exploré toutes les subtilités du métier. Aux yeux de la plupart des officiers, le renseignement s'apparentait plus aux tâches de basse police qu'à de l'authentique stratégie militaire. Artilleurs, cavaliers, fantassins, marins ou sapeurs, nul ne faisait mystère de mépriser copieusement les gens du MI 6. Mais, pour moi, peu importait le prestige minime que les autres accordaient à nos fonctions puisque je commençais à prendre goût à ce que je faisais. Cela me semblait un jeu. Un jeu de grands gamins, sans aucun doute, et un jeu un peu dangereux, certainement, mais excitant, nouveau et drôle…

Parvenu au cinquième étage, j'arpentai un instant les longs couloirs lambrissés pour me faire l'idée la plus exacte possible de la géographie des lieux. L'hôtel était bâti selon un plan général en L, la façade principale donnant sur la place où était garée la Chevrolet et l'aile restante constituant l'amorce d'une rue très étroite et peu fréquentée. L'entrée de la chambre 511 se trouvait de ce côté. A tout hasard, j'essayai de manœuvrer la poignée de la porte mais, bien sûr, la serrure en avait été soigneusement fermée. Le cœur battant et surveillant si personne n'arpentait le couloir, je frappai doucement à la chambre voisine pour savoir si elle était occupée. Personne ne me répondit. Je tentai ma chance et essayai d'entrer. La porte s'ouvrit. Libre, la chambre n'avait pas été verrouillée par le personnel d'étage. Marchant sur la pointe des pieds pour faire le moins de bruit possible, je m'approchai de la fenêtre, l'ouvris et jetai un coup d'œil au-dehors. Une corniche courait le long de la façade, qui, si je trouvais le courage d'enjamber le balcon, pourrait peut-être m'amener jusqu'à la fenêtre de la chambre de Keller. J'étais résolu à aller jusqu'à casser un carreau pour y pénétrer et à simuler un cambriolage, quitte à emporter quelques menus objets précieux afin d'accréditer cette thèse mais, à mon grand soulagement, je pus voir, en me penchant, que les battants de la fenêtre avaient été laissés ouverts à l'espagnolette. Certain que, ce matin-là, la chance était avec moi, je n'hésitai plus à passer la rambarde de fer et à me positionner sur la corniche. Prenant soin de ne pas regarder en bas et ne voulant même pas me préoccuper de savoir si on pouvait me remarquer, je franchis assez vite les quelques yards qui me séparaient de la 511 puis sautai sur le balcon, passai la main dans l'ouverture de la fenêtre et fis sauter le loquet. J'exultai. Mon coup de poker venait de réussir parfaitement. C'était la chance du débutant diront les jaloux. Peut-être. Quoi qu'il en soit, j'avais réussi, de ma seule initiative et par mes seules qualités, là où le capitaine Gillespie lui-même aurait peut-être échoué, là où Edmonds n'aurait en aucun cas pu se glisser et là où Mog, j'en étais certain, n'aurait même pas pu songer arriver. De cela, je n'étais pas peu fier !

A son retour, il était impératif que Keller retrouvât ses objets personnels, le moindre bibelot à la place exacte où elle l'avait laissé en partant. Je résolus donc de renoncer à toute fébrilité et d'examiner chaque meuble tour à tour, y noter mentalement la disposition originelle des affaires que je serais amené à déplacer. La minutie et l'ordre sont certainement ce qui fait gagner le plus de temps lorsque celui-ci vous fait défaut. En toute occasion, la précipitation n'est finalement rien d'autre qu'un luxe d'oisif. Des disques éparpillés jonchaient le sol, près d'un grand phonogramme posé sur une commode. Je regardai vaguement les pochettes. Il y avait Zita Höllander, une vedette allemande qui faisait concurrence à Marlene Dietrich, Carolina Jis et Harold Beauchamp que je ne connaissais pas… J'ouvris la grande penderie, vérifiai consciencieusement les poches de tous les vêtements, sans rien trouver de significatif. Il n'y avait de même que des objets ordinaires dans les deux sacs à main laissés sur une étagère et je fis encore chou blanc en fouillant une autre penderie qui ne contenait que du linge. Enfin, lorsque je fus certain de ne plus rien avoir d'autre à examiner, j'entrepris d'inspecter le secrétaire qui trônait dans l'antichambre de la suite Keller. Sur le plateau, à côté d'un flacon de pilules étiqueté Pervitine, attendait une machine à écrire de voyage au milieu de feuilles de notes éparpillées, rédigées en allemand. En les parcourant vite, j'y lus quelques noms de personnalités indigènes ou anglaises – Bose et Gandhi, bien sûr, mais aussi lord Linlithgrow, le vice-roi des Indes, ou Edouard VIII lui-même… Tous les tiroirs du bureau avaient été laissés ouverts. D'évidence, la jeune fille ne s'attendait pas à une visite inopinée. Peut-être croyait-elle sa couverture à toute épreuve ou peut-être n'avait-elle finalement rien à cacher ? Un dossier sanglé était rangé dans un tiroir. Je l'ouvris. Il contenait des pages de grand format, pliées en deux, dessinées de cercles de grandeurs diverses annotés de symboles bizarres dont je ne connaissais pas la signification exacte mais qui me semblaient offrir quelque parenté avec ceux autrefois utilisés en chimie pour désigner les éléments avant la classification périodique de Mendeleïev : un cercle centré d'un point pour l'or, un croissant de lune pour l'argent, un cercle percé d'une flèche pour le fer… Des obliques rouges, vertes et bleues zébraient ces diagrammes en tous sens et donnaient à l'ensemble un aspect de filets aux mailles irrégulières, de toile d'araignée distendue… Des noms étaient inscrits en tête de chaque feuille ainsi que des dates et des lieux. Je sortis mon calepin et en notai au hasard, aussi rapidement que je pus, une volée mais il y en avait trop, trois douzaines peut-être, et je dus me résoudre à n'en relever qu'une poignée car je voulais poursuivre ma fouille au plus vite.

C'est sur la table de nuit que je fis la découverte la plus immédiatement intéressante, la plus concrètement exploitable. Il s'agissait d'un carnet de croquis comprenant à la fois dessins et notes rédigées tantôt en anglais, tantôt en allemand, un gros volume composé en fait de plusieurs strates, un assemblage, un empilement de cahiers d'origines différentes. Les papiers variaient, les couleurs des feuilles et leur texture aussi. Certaines pages étaient collées les unes aux autres tandis que l'on voyait parfois les bords mâchurés d'anciennes feuilles arrachées totalement ou à demi. Le style d'écriture et la maîtrise des dessins aussi changeaient, se précisaient, mûrissaient tout au long des pages. C'était une sorte de journal de voyage ou, mieux, un journal intime. Celui de Keller. A première vue, la fille devait traîner ce cahier depuis cinq, voire dix ans, peut-être même depuis qu'elle était enfant… Le volume comptait environ trois cents feuillets d'une écriture mince, déliée, bien lisible et élégante. Un lecteur assidu et bilingue aurait eu besoin de deux ou trois jours pour en venir à bout, et moi-même, si je n'avais résumé mon intérêt aux seuls paragraphes en anglais, je n'aurais certainement pas pu effectuer une lecture sérieuse en moins d'une douzaine d'heures. Bien évidemment, je ne disposais pas d'une telle réserve de temps. Je décidai donc de jeter un rapide coup d'œil aux dessins, espérant que ceux-ci résumeraient les grandes lignes du texte.

Les premières esquisses étaient de simples paysages champêtres qui ne méritaient pas que l'on s'y attarde. Venait ensuite une série sur des villes modernes avec de hautes tours menaçantes et aiguës, grises et lisses comme du silex. Le trait était déjà plus affirmé et dénotait un style, une énergie, une personnalité assurée, hors du temps et des modes. Les premiers portraits venaient juste après. Keller avait croqué des gens de la rue, des anonymes, des passants ordinaires. Il y avait une jeune mère qui traînait derrière elle son enfant comme un fardeau, un clochard adossé à un mur, un Noir cireur de chaussures, des employés de bureau sortant en troupeau d'une bouche de métro… Tous ces gens paraissaient accablés par le destin, et la ligne du dessin rendait bien la souffrance, le désarroi, l'humiliation qui devaient être leur lot commun. Pourtant, je ne décelais aucune pitié dans le tracé des visages et des silhouettes. Pas de compassion, pas de charité dans l'expression de la misère humaine. L'artiste, au contraire, semblait éprouver une grande répugnance pour ces gens, accentuant jusqu'au dégoût les détails misérables des anatomies, la veulerie des costumes et des poses. Ce misérabilisme tranchait avec les croquis suivants, consacrés à ces fameux jeux Olympiques d'août 1936, qui s'étaient déroulés juste quelques semaines auparavant à Berlin. Keller ne s'était pas contentée de photographier les événements pour son journal, elle les avait aussi dessinés avec un talent rare et je jugeai même que ce travail-là était en bien des points meilleur que les clichés parus dans *Der Angriff*. Visiblement, ce n'était plus de la répugnance qui s'affichait dans ses œuvres, mais une grande fascination au contraire pour les corps humains qui s'affrontaient dans des exercices de lutte, d'escrime, d'équitation, de lancers…

N'oubliant pas que mon temps était compté, je tournai rapidement ces pages pour découvrir ensuite une dizaine de portraits consacrés à des dignitaires du parti national-socialiste. Je reconnus le gros Goering et Goebbels l'émacié… Je reconnus le chancelier lui-même, mais ne pus mettre de nom sur les autres. Il y en avait trop. Après un long passage de texte, dans un style qui faisait songer à Callot, à Dürer, une vingtaine d'illustrations à la pointe sèche se succédaient, puisant leur inspiration dans les contes pour enfants. On y voyait des chevaliers, des monstres et des êtres fabuleux errer au crépuscule autour de simples chaumières paysannes où brillait une maigre chandelle sur le bord d'une fenêtre… Quelques pages plus loin, mon cœur s'emballa lorsque je reconnus l'Inde et les rues de Calcutta. Il y avait d'abord quelques vues générales, anodines, presque touristiques : la masse classique du Victoria Memorial, un temple et encore la façade même du Harnett… La page suivante était couverte de croquis représentant divers notables hindous et puis, en tournant encore un feuillet, je découvris un portrait plein, très travaillé, sans aucun doute le plus beau, le plus impressionnant de ceux que Keller avait tracés jusqu'à présent. C'était le buste d'un homme d'âge solaire. Ni trop jeune, ni trop vieux. Son visage était noble sans morgue, grave sans tristesse, supérieur sans mépris ; sa silhouette, fauve sans brutalité, magnétique sans vulgarité… Bizarrement, je ne sais pourquoi, je songeai au sujet de cet homme à l'élégance d'une épée forgée par un maître. Les bustes et portraits en pied des pages suivantes étendaient encore les qualités du premier dessin. Partout se retrouvaient les mêmes longs cheveux noirs, les épaules larges, les grands yeux en amande ombrés de cils épais, le parfait classicisme des traits… Les poses et les vêtements changeaient, bien sûr. D'académiques et un peu figées, les attitudes s'adoucissaient, se rapprochaient de poses de la vie courante, montrant l'homme assis au pied d'un arbre, conversant avec d'autres silhouettes tout juste esquissées, ou bien marchant seul sur une grève… Et puis venaient les nus. Dix, quinze peut-être… Crus. Indécents. Révoltants. L'homme y était représenté en gloire, priapique à l'excès, ardent jusqu'à la caricature, effectif jusqu'à l'écœurement… Je pensai à certaines gravures abjectes du marquis von Bayros ou d'Aubrey Beardsley qu'à l'université des étudiants grivois s'amusaient à faire circuler durant les cours et qui étaient un jour tombées fortuitement sous mes yeux. Je tournais au plus vite ces feuillets obscènes jusqu'à ce qu'une autre série commence. L'homme n'était plus seul cette fois mais avait gagné une compagne à sa semblance. Quel âge pouvait-elle avoir ? Comme lui, environ trente ou trente-cinq ans. Et bien qu'indéniablement l'architecture de leurs traits différât, tout évoquait entre eux une trouble parenté. Un frère et une sœur ? Certainement pas car il y avait décidément trop de dissemblances, mais un lointain cousinage, oui, peut-être… La femme était d'abord représentée en portrait. Puis, comme son compagnon, dans des poses plus naturelles, comme prises sur le vif… Elle y avait toujours un air glacé, distant, presque serpentin, qui effrayait… Les pages suivantes la montraient nue. Je passais vite ces quelques dessins. Mais j'y revins comme malgré moi.

Quelque chose, un détail, m'avait chagriné. Je n'avais pas voulu détailler le corps dessiné, mais mon œil avait accroché une disgrâce, une anomalie qui me troublait. Lentement, je me forçai à examiner les tracés un à un. Sans doute l'équilibre des masses était-il parfait, le corps, à la fois ample et fin, frêle et musclé, attirait… Il était rendu avec une grande exactitude, sans stylisation, sans épure mais au contraire avec un évident souci de précision et de réalisme. Et c'est pourquoi je trouvais si étrange d'enfin saisir ce qui rendait le dessin de cette femme si particulier, si inhumain. Il s'agissait en somme de presque rien. D'une petite ombre absente au creux du ventre. Car, à chaque fois, le modèle féminin avait été représenté l'abdomen totalement lisse, privé d'ombilic. Je vérifiai minutieusement. Ce n'était pas un oubli fortuit. L'erreur se répétait avec constance sur toutes les poses de nu. Aucune exception à cela… Perplexe, je repris les vues du modèle masculin sans trouver la même marque distinctive. L'homme, lui, était bel et bien pourvu d'une cavité ombilicale. Et puis mon cœur s'arrêta net.

Une grande photographie occupait un des derniers feuillets du carnet. Une photographie en noir et blanc, tirée sur papier glacé de qualité et maintenue sur la page par quatre angles de carton. Une photographie qui représentait les deux modèles, l'homme et la femme dessinés, pas moins impressionnants que sur les dessins précédents. Je reconnus le style photographique de Keller, ses jeux d'ombres et la manière caractéristique qu'elle avait d'utiliser les contre-jours. Les deux personnages étaient nus, enlacés devant une grande fenêtre qui ouvrait sur les lignes d'arbres d'un parc. Tous deux faisant face à l'objectif, l'homme tenait la femme dans ses bras et cachait à demi son visage dans les cheveux défaits de sa compagne, mêlant ses mèches noires à celles, claires, de sa maîtresse. Le ventre et les cuisses de celle-ci tombaient à plein dans une flaque de lumière. Les dessins n'avaient pas menti. Aucune dépression ne marquait l'abdomen féminin, décidément plus lisse qu'un galet de rivière. Je refermai le cahier, certainement plus troublé que je ne voulais me l'avouer, et restai un instant en suspens, comme si j'avais tout mon temps, à me demander ce qu'il fallait penser de cette découverte. Comme à contrecœur, je rangeai le carnet là où je l'avais trouvé et repris ma fouille. Il y avait une valise en métal que je n'avais pas encore ouverte. Une grande malle griffée par endroits, un peu cabossée aussi et qui avait dû beaucoup voyager. Elle n'était pas fermée à clef. Elle contenait du matériel photographique professionnel : des boîtiers, des lampes de forte puissance pour les éclairages intérieurs, un trépied, des bidons de produits inflammables qui servaient de révélateur… Et puis, noyée au milieu de ce matériel et passant presque inaperçue parmi les instruments d'optique, une sorte de lunette longue, du genre de celles qui se glissent dans les rainures d'une arme à feu. Je pris l'instrument dans ma main et l'observai un instant. J'y pus lire le nom du fabricant allemand Männlicher, une usine d'armes réputée. Je portai l'embout à mon œil. Le grossissement était si énorme que je ne pus obtenir de bonne mise au point dans l'espace de la pièce. J'allai jusqu'à la fenêtre et effectuai pendant un instant quelques grossiers réglages qui me permirent de mieux juger l'efficacité de l'appareil. Selon mes estimations, celui-ci était prévu pour toucher des cibles à très longue portée, un demi-mile ou plus, peut-être. En aucun cas ce n'était un instrument d'amateur. L'esprit tout enfiévré par cette découverte, je remis la lunette en position et m'acharnai à triturer et à secouer la caisse en métal, persuadé que celle-ci recelait un double fond dans lequel j'allais trouver les parties d'un fusil de tueur professionnel. Mais mes efforts demeurèrent vains ; rien, je crois, n'était caché dans cette malle.

La salle de bains était maintenant la seule pièce que je n'avais pas encore visitée. Je m'y rendis. Une forte odeur chimique stagnait là. Des bacs de révélateur reposaient sur le plat d'une commode et on avait tendu un fil d'acier inoxydable au-dessus de la baignoire. Une ampoule rouge avait été vissée au plafond. De toute évidence, Keller se servait de cet endroit pour effectuer ses tirages. Sur un plat d'émail, une cinquantaine de clichés avaient été empilés. Le premier m'attira l'œil. C'était un des bûchers de la rive de la Hoogly. Je pris machinalement le reste de la pile, curieux d'égrener rapidement ce que Keller avait jugé bon de saisir précisément dans son objectif. Sans surprise, je vis des gros plans sur des corps tordus, fumants, des vues générales sur les enfilades de bûchers, toute une série de visions d'horreur que l'on n'aurait pas osé montrer à des enfants. J'ouvris aussi les derniers placards de la salle de bains sans rien y trouver de particulier. Je m'apprêtai à partir quand je me souvins que je n'avais toujours pas vu le crâne qu'elle avait rapporté la veille au soir. Qu'en avait-elle fait ? S'en était-elle débarrassée ? L'avait-elle oublié dans la fumerie d'opium ? L'avait-elle emporté aujourd'hui avec elle ou bien était-il caché ici, dans un endroit que je n'avais pas encore exploré ? Mentalement, je passai en revue les meubles que j'avais ouverts, les tiroirs que j'avais examinés, les placards que j'avais visités. Je ne me souvenais pas d'en avoir oublié. S'il était encore ici, il devait être caché. Mais où ? Et pourquoi ? Fébrilement, je revins dans la grande pièce, essayant de deviner où pourrait se dissimuler une niche, en vain. Je m'accroupis pour vérifier les plinthes, les lattes du parquet et même, à tâtons, le dessous des meubles. Je revins dans la salle de bains, scrutai chaque carreau d'émail puis, en désespoir de cause, ouvris la trappe d'accès à la tuyauterie de la baignoire. Sans rien y voir, je plongeai la main à tâtons dans ce trou obscur. Mes doigts y rencontrèrent un objet dur, lisse, aux angles droits, sur lequel mes ongles crissèrent. En me contorsionnant un peu, je parvins à le ramener à moi. C'était une boîte plus haute que large, une sorte de carton à chapeau sans couleur ni ornement. Elle n'était pas fermée. Je la posai sur mes genoux et l'ouvris. Apparemment, un seul objet y avait été entreposé. Je reconnus le crâne d'enfant que Keller avait rapporté de la grève des bûchers. Ma paume le cueillit comme un fruit dur tombé à terre. Je voulais l'examiner, essayer de comprendre pourquoi la fille avait jugé bon de conserver ce fétiche atroce et pourquoi il se retrouvait là maintenant, caché sous la plomberie de la salle de bains. Ainsi que j'avais pu le constater la veille, cette structure d'os n'avait que peu de rapport avec l'idée que l'on se fait ordinairement d'un crâne. Il n'était pas blanc et luisant comme ceux qui sont débarrassés de leurs chairs après un long bouillon puis utilisés par des générations d'étudiants dans les facultés de médecine. Non. Il était noirâtre au contraire, couvert d'une sorte de croûte de suie grasse, résultant tout autant de son passage dans la flamme que de son enfouissement dans le charnier. La mâchoire inférieure manquait aussi, certainement désemboîtée au premier feu par la fonte des nerfs et du cartilage. Dès que je l'eus pris dans ma main, je perçus qu'il était plus lourd qu'il n'aurait normalement dû l'être. Je n'avais évidemment pas l'habitude de peser les squelettes, mais c'est une chose que je sentis d'instinct. J'eus l'idée, ou le pressentiment plutôt, que la cavité cervicale avait été remplie de je ne sais quelle matière dense. Je palpai donc cette tête en tous sens, un peu comme je l'aurais fait d'une cassette mystérieuse dont la clef aurait été perdue. Je n'eus pourtant pas longtemps à triturer cette relique humaine pour en trouver le système d'ouverture. C'était un simple trait de scie horizontal qui en avait effectivement séparé la calotte du fond. Il n'y avait ni système de tenons et mortaises, ni charnière, ni chevilles pour joindre les deux parties, seulement un mince boudin de cire qui avait été étalé sur le tranchant de la découpe et agissait comme une colle légère.

Je ne m'étais pas trompé. Ce crâne avait bien été évidé, transformé en récipient. Car des objets avaient été jetés à l'intérieur. Des objets très simples. Mais qui faillirent arrêter à jamais tout battement de mon cœur. D'abord pourtant ce ne fut presque rien. Deux petits rectangles d'une sorte de parchemin roulés dans un mince anneau d'argent et sur lesquels étaient tracés, pour l'un, un mot en écriture hindi, pour l'autre, à l'encre brune, une sorte de dessin ou, pour mieux dire, de pictogramme. Une ligne, parfois brisée, parfois ondulée, qui faisait des boucles et des retours sur elle-même en d'incompréhensibles torsions et qui courait le long d'un grand rectangle lui-même partagé en cases. Je trouvai ensuite une fiole transparente contenant un liquide jaune qui présentait la consistance et l'opacité d'une huile et se troublait d'une multitude de particules lourdes stagnant pour la plupart dans le fond du récipient mais dont certaines dérivaient au hasard. Mais ce n'était pas là bien sûr ce qui soudain m'avait comme retiré tout le sang du corps. Mon cœur s'était arrêté quand j'avais déplié un carré de papier glacé, grossièrement rabattu en quatre. Ce carré, c'était une photographie. Un cliché bien cadré. Net. Presque un portrait de studio. Cela montrait un homme en costume civil accoudé à un parapet qui surplombait un fleuve charriant des morts… Et cet homme, c'était moi ! Je vacillai sous le choc. Je crois que je n'aurais pas pu être plus perturbé si j'avais eu devant les yeux la photographie de mon propre cadavre. Et pourtant ! Car ce n'était pas tout ! Non seulement cette photographie était la preuve que, malgré tous mes efforts, Keller m'avait bel et bien repéré alors que je la suivais, mais il y avait infiniment plus grave, infiniment plus troublant encore… Aux quatre coins de mon portrait étaient plaqués des ajouts. Dans l'angle supérieur droit, je reconnus d'abord un morceau découpé de mon passeport. Mon nom complet, ma date et mon lieu de naissance étaient inscrits dessus. Au même niveau à gauche, c'était une mèche de cheveux que l'Autrichienne avait fait adhérer au papier glacé par quelques gouttes de cire noire. En dessous, je crus reconnaître un fragment déchiré d'un de mes mouchoirs, puis, dans le dernier coin, c'était la plus petite des clefs de mon trousseau volé hier au soir, prise, elle aussi, dans une flaque de matière sombre. Tous les détails de ma mésaventure dans la fumerie d'opium s'éclairaient soudain. Rien n'avait été gratuit. Rien n'était arrivé au hasard. Keller m'avait conduit là sciemment, cherchant un moyen pour me faire perdre conscience, soudoyant certainement la créature androgyne aux pieds nus pour qu'elle me fasse avaler un narcotique, puis elle avait payé les enfants pour qu'ils m'attaquent, me dépouillent et m'arrachent des poignées de cheveux ! Mais ce n'était pas tout. Aux épaules, aux hanches, au cou, ma silhouette était horriblement plantée de fines aiguilles si rouillées et corrodées que les effleurer suffisait à les effriter. Jamais je n'avais rien vu de semblable. Cette découverte me remplit d'un dégoût immédiat, instinctif, et qui me fit presque commettre l'irréparable. J'eus envie de brûler ces immondices, de les faire disparaître pour les rayer de ma mémoire et en conjurer l'existence. Cela aurait trahi la fouille de la chambre, bien sûr. Or, si par ma faute Keller savait déjà que nous la tenions sous surveillance, il fallait éviter à tout prix qu'elle se sente serrée de trop près, traquée comme un gibier. Le bon sens voulait que nous lui laissions un certain champ de manœuvre, il était hors de question qu'elle s'aperçoive que l'un d'entre nous s'était introduit chez elle et avait mis à jour ses sales petits secrets. Je tentai donc de me calmer en me passant le visage à l'eau froide puis, fébrilement, je pris copie du mot hindi et du circuit bizarre de la ligne brisée qui sinuait dans ses cases comme un serpent dans sa cage. Je rangeai ensuite à l'intérieur du crâne tous les objets que j'y avais trouvés, photo comprise, réajustai la voûte d'os sur sa base et replaçai enfin le carton là où je l'avais pris. Après m'être assuré de n'avoir laissé aucune trace, je quittai la chambre 511 par le chemin de la corniche. Le retour se fit sans difficultés particulières, bien que mon esprit fût déjà tout occupé à envisager les conséquences de mes découvertes. Car, bien que je ne connaisse évidemment rien du *modus operandi* qu'elle employait, il était évident que j'avais cerné ce que Keller était en train de pratiquer avec cette photographie, ces objets personnels et ces épingles rouillées. Même si tout cela m'apparaissait grotesque, dénué de tout fondement et trahissant un esprit puérilement superstitieux, je devais me rendre à l'évidence : Keller tentait de pratiquer sur moi un acte de pure magie noire ! Je descendais le grand escalier du Harnett quand j'osai pour la première fois exprimer ce terme consciemment. Que cette fille se soit mis dans la tête de m'envoûter m'aurait certainement fait rire si je n'avais moi-même tenu dans ma main ce crâne infect et vu de mes propres yeux l'image de mon corps lardé d'aiguilles souillées. La réalité de ses intentions et l'absolue froideur d'âme avec laquelle elle semblait les mener me terrifiaient. D'évidence, nous avions en face de nous un agent extrêmement dangereux, sans aucun doute mentalement dérangé mais méthodique, organisé et terriblement efficace dans la mise en pratique de ses délires.

Revenu dans le hall, je récupérai sous un prétexte quelconque le message que j'avais fait glisser dans le casier de la 511. Assis dans la voiture, je passai ensuite deux ou trois mauvaises heures d'attente à me torturer l'esprit. La perspective d'avouer à Gillespie que Keller s'était jouée de moi me rendait honteux comme un enfant fautif. Enfin, quand Mog fut arrivé, il fallut bien que je me contraigne à rentrer pour faire mon rapport au capitaine.

La nuit de Shapûr Street

Rien ne s'était passé comme prévu. Non seulement je n'avais pas trouvé Gillespie dans son bureau mais personne dans le service ne semblait savoir où le joindre. Même au mess des officiers, pourtant bondé à cette heure, il n'y eut pas une seule bonne âme pour me renseigner. Dépité, fatigué, je m'assis un instant dans un coin d'ombre, près de la table où trois soirs auparavant Hardens m'avait signifié mon affectation sur le terrain.

Longtemps, l'esprit vide et le corps fourbu, je laissai mes yeux glisser sur les visages qui m'entouraient. Qui étaient-ils vraiment, ces hommes que la Couronne chargeait de garder la plus belle part dc son Empire ? D'extraordinaires gentilshommes aventuriers, comme au temps de sir Clive et de ses combats contre les coureurs de jungle du Français Lally-Tollendal ? Ou bien plutôt de tristes petits hommes qui plaçaient toute leur métaphysique et toutes leurs envies au fond d'un simple verre de bière ? Trop occupé par mes propres problèmes, je ne voulus pas prendre la peine de me donner la réponse et préférai quitter l'endroit pour m'enfermer à double tour dans mon réduit et tenter d'analyser les éléments de l'après-midi à la lumière de la seule raison. Un à un, je passai en revue les objets trouvés dans la chambre 511.

La lunette de tir, tout d'abord. Pourquoi Keller la gardait-elle alors que je n'avais pas découvert d'autres pièces d'une arme à longue portée ? Se pouvait-il qu'elle ne l'utilise qu'à titre d'instrument de grossissement ? Mais pourquoi alors ne pas préférer à cet appareil fragile et délicat une bonne paire de jumelles ? Et si c'était effectivement la partie optique d'un fusil de précision, à qui donc les balles de celui-ci étaient-elles destinées ? A ces gens qu'elle avait dessinés, si beaux, si nus, dans son carnet ? Et ces derniers, d'ailleurs, qui étaient-ils ? Comment se faisait-il encore que la femme ne semblait pas présenter de nombril ? Etait-ce une anomalie physique bénigne ou cela trahissait-il quelque chose d'autre ? Et puis, surtout, que signifiait cette infecte cuisine de magie noire par laquelle Keller semblait persuadée de pouvoir m'atteindre ? Pensait-elle pouvoir me tuer à l'aide d'un tel attirail ? Ou avait-elle d'autres intentions en tête ? Je n'en pouvais rien savoir. La fatigue, la tension de ces derniers jours me montèrent à la tête et m'étourdirent. Je voulus me ressaisir, fermer les yeux et évoquer un instant un souvenir agréable où puiser un peu de réconfort. Je revis les petits restaurants de Pimlico ou Marylebone dans lesquels, alors que j'étudiais à Londres, j'aimais aller dîner le vendredi soir avec quelques bons camarades. Où étaient-ils, ceux-ci, maintenant ? Pour la plupart fils de bonne famille, ils n'avaient pas à se débattre pour subsister mais se prélassaient déjà certainement dans leur cabinet d'avocat flambant neuf acheté avec l'argent de leur père, ou faisaient l'important dans les confortables bureaux de direction de la Lloyds ou de la banque Rothschild. Ce n'était pas mon lot. Je pris une longue inspiration et la rejetai lentement, évacuant tout l'air contenu dans mes poumons comme pour me purger aussi de mes mauvaises pensées.

Je me levai, pris une chaise et, sur ma table de travail, rédigeai une longue lettre pour mon père, la toute première depuis mon arrivée aux Indes. Il était la seule famille qui me restait. Mes parents n'avaient pas eu d'autres enfants et ma mère était morte alors que j'étais sur le point de commencer mes études. Mon père souffrait de son absence. De la mienne aussi, je pense. Je lui écrivis des propos rassurants et lui promis de m'arranger pour regagner l'Angleterre sans attendre. Je ne savais pas encore que je ne le reverrais pas, la guerre arrivant et moi étant pris dans le tourbillon de mon aventure comme une feuille jetée dans une tornade monstrueuse. Il était bien près de minuit et il ne me restait plus que quelques heures avant de prendre mon tour de garde au Harnett. J'éteignis toutes les lumières, me mis nu, ouvris grand ma fenêtre puis, soulevant la lourde moustiquaire, m'allongeai sur mon lit pour regarder le ciel noir dans lequel montait une tempête. Je fermai les yeux et respirai profondément. Une odeur coupante emplit mes narines. Humidité, chaleur, décomposition de la terre que charge l'ozone venu du ciel… L'orage proféra beaucoup de menaces mais n'en mit aucune à exécution. Il passa au-dessus de Calcutta sans se décider à percer. Je m'endormis.

*

Ce n'était rien. Juste une petite tavelure de prurit rougeâtre située à la base du cou, à laquelle je n'aurais certainement pas prêté attention en temps normal. Je l'avais vue au matin, dans le miroir, alors que je me rasais. Elle ne me faisait pas mal. Ou si peu que je ne démêlai pas vraiment si c'était elle ou l'attention soudaine que je lui portais qui en était la cause. Elle était située exactement là où Keller avait planté une de ses aiguilles rouillées dans mon portrait. Minutieusement, j'avais inspecté tout mon corps pour vérifier que d'autres taches n'apparaissaient pas aux endroits qu'elle avait piqués, mais je n'avais rien vu, rien senti non plus à la palpation. Alors, rassuré – mais à demi seulement –, j'avais à nouveau essayé de rencontrer Gillespie. Son bureau était toujours vide. Mécontent de ne pouvoir faire mon rapport de vive voix, je m'étais essayé à rédiger quelques lignes, narrant grossièrement les circonstances qui m'avaient conduit à opérer la fouille de la chambre 511 et décrivant les principaux objets que j'y avais trouvés. J'étais cependant resté volontairement peu clair sur le fétiche déposé sous la baignoire et plus flou encore sur le fait que c'était ma propre photographie qui servait de support à l'envoûtement présumé que Keller semblait pratiquer. Mon travail fini et n'ayant rien d'autre à faire, je décidai d'avancer un peu l'heure de la relève pour Edmonds. S'extrayant à grand-peine de la voiture, l'adjudant fut ravi de grappiller quelques heures de liberté.

— Keller est là. Mog l'a vue rentrer vers minuit et je suis certain qu'elle n'est pas ressortie. Il paraît que vous l'avez perdue, hier après-midi ?

D'une voix lasse, je répétai à Edmonds les mauvaises explications que j'avais servies la veille à Mog. Il ne sembla pas convaincu mais ne se risqua à aucun commentaire. Je montai à la place du chauffeur.

— Au fait, mon lieutenant, me dit l'adjudant tandis que je refermais la porte sur moi, je crois qu'il serait temps de déplacer la voiture. Ne serait-ce qu'un petit peu. Il y a longtemps qu'elle est là et ça va finir par sembler louche. Faites donc ça maintenant, il y a une petite place plus loin où on devrait pouvoir la loger, je vous guiderai…

Je blêmis. Impossible pour moi de démarrer cette voiture puisque j'étais incapable de seulement faire la différence entre la pédale de frein et celle de l'accélérateur. En une fraction de seconde, tous les prétextes possibles pour justifier un refus défilèrent dans mon cerveau, mais non, décidément, rien de pertinent ne me vint à l'esprit. Tout ce que j'aurais pu dire pour me défausser aurait été grotesque, invraisemblable, ridicule… Pour la troisième fois, j'allais donc en être réduit à une nouvelle séance d'humiliation publique. Tant pis pour moi ! Ravalant toute fierté, j'avouai piteusement :

— Désolé, Edmonds, mais je crois que nous allons devoir procéder autrement. C'est moi qui vais vous guider. C'est idiot de ma part, je sais, mais je n'ai pas osé vous avertir l'autre jour que… je n'ai jamais pris le temps d'apprendre à conduire !

— Ah ! commenta sobrement le gros adjudant comme déjà lassé de mes incongruités. Dans ce cas… Oui…

En baissant les yeux, je sortis du véhicule et allai repérer l'endroit qu'avait choisi Edmonds. Ce n'était qu'à une vingtaine de yards de là et le déplacement ne serait somme toute que symbolique pour un observateur attentif, même si au demeurant il était plus prudent de varier un peu nos stationnements de temps à autre. L'opération ne prit que quelques instants mais j'eus hâte qu'elle se termine et qu'Edmonds vide les lieux au plus vite. Je sentais son regard tout ensemble navré et moqueur se poser sur moi tandis que je m'agitais comme un sémaphore pour le diriger au mieux. L'affaire faite, enfin, le sous-officier partit, l'œil jaune, un peu titubant, maugréant entre ses dents et condamnant un nouveau tireur de pousse-pousse à propulser son impressionnant cubage jusqu'aux limites de la ville.

C'était le troisième jour de surveillance et nous étions au beau milieu de la matinée. Des vagues de chaleur montaient du sol. Encore gorgée d'eau par la saison des pluies, la terre surchauffée rendait à plein le rayonnement d'un soleil extravagant. Le décor n'était que vapeurs et nuées. La tête baissée et les mains croisées dans le dos, je fis quelques pas le long du trottoir, l'esprit évidemment obsédé par la pensée de l'horrible relique qui pourrissait à seulement quelques yards de moi, dans un recoin sombre de la chambre 511.

De la magie je ne connaissais rien. Ou que si peu. Je me souvenais seulement d'une vieille parente excentrique qui avait achevé sa vie en tenant une baraque de cartomancienne, le long de la plage, sur les planches de Brighton. Mon père et moi lui rendions parfois visite, quand j'étais gamin. Et j'aimais cela. Non pour les propos insensés que cette pauvresse tenait, mais pour le décor de bazar qu'elle avait rassemblé autour d'elle : boule de cristal, jeux de tarots aux images comiques, cartes du ciel coloriées de figures fantastiques, vieux livres aux titres mystérieux… Tout ce décorum m'amusait, même si je savais bien – mon père me l'avait dit – qu'il ne fallait surtout pas prendre ces choses au sérieux. Comme tout Anglais ordinaire, j'avais été élevé dans le culte protestant. Sans exagération aucune, pourtant, sans rigidité. Je croyais au Bien. Je croyais au Mal. Mais de manière tempérée. Ce qui me faisait surtout croire aux gens raisonnables et sages dont il fallait protéger l'existence et aux fous qu'il fallait protéger d'eux-mêmes tant que cela était possible. Ma foi allait donc à cette universelle Médiocrité qui me semble l'unique point commun que partagent véritablement les hommes, et toute ma métaphysique s'arrêtait là.

Sans que je m'en rende compte, j'étais parvenu aux abords immédiats de l'hôtel, là où se garaient dans la journée quelques taxis pour attendre le client. Je remarquai que la troisième voiture ressemblait à celle que j'avais vue emporter Keller. Je m'approchai à tout hasard, frappai à la vitre et demandai au chauffeur si c'était bien lui qui avait pris une jeune fille blonde la veille en début d'après-midi. Le type, un Anglais matois, fit mine de s'étonner de ma question et se lança dans une tirade sur l'obligation de discrétion qu'impliquait sa profession. Il me fallut huit livres, presque tout ce que j'avais sur moi, pour lui soutirer enfin l'information. Oui, il se souvenait bien d'une jeune femme, chargée ici même et emmenée à quelque distance, un jour plus tôt.

— Je ne vous ai pas donné huit livres pour un simple oui ou un simple non. Ce que je veux, c'est l'adresse où cette fille a voulu être emmenée. Je suis certain que vous vous en souvenez !

— Bien sûr que je m'en souviens ! C'est une voie en périphérie du quartier moderne. Je l'ai déposée Shapûr Street, numéro 19. Et c'est tout ce que je sais puisqu'elle n'a pas voulu que je l'attende…

Shapûr Street, numéro 19… Je notai l'adresse et puis revins m'asseoir dans la Chevrolet pour méditer ce nouvel élément et tenter de l'associer aux autres. Mais j'avais bien du mal à penser. Ma tête était lourde et mes tempes battaient d'une douleur de plus en plus lancinante, qui me prenait toute la face et me jetait des aiguilles dans les yeux. Je passai ainsi les dernières heures de l'après-midi dans une sorte de fièvre des plus déplaisantes. Heureusement, Keller ne quitta pas le Harnett ce jour-là. Le soir, à la faveur de l'ombre et comme ma vacation tirait à sa fin, je sortis pour détendre mon corps contracté et me rafraîchir à la brise qui se levait. Je desserrai légèrement mon col de chemise et délaissai les abords de la voiture afin de marcher un peu. Il était environ 19 heures. Sur les marches du Harnett passaient des couples en tenue de soirée qui entraient dans la salle de concert où ils venaient danser au son d'un grand orchestre de cuivres dont la réputation d'excellence courait jusqu'à Bornéo. Lentement, l'esprit vide, le cerveau toujours battu par un martèlement fiévreux, je portai mes pas jusqu'à l'aile latérale de l'hôtel, celle où Keller avait sa suite. A peine éclairée, la rue était vide. Je levai les yeux jusqu'au cinquième étage pour repérer la fenêtre de la chambre 511. A contempler la façade de l'extérieur, je restai perplexe devant ce que j'étais parvenu à réaliser la veille. Vue d'en bas, la corniche n'était qu'un mince fil de pierre courant le long d'un mur lisse, sans prise pour les mains, sans rien à quoi se raccrocher en cas de déséquilibre. Avec un frisson m'agaçant l'échine, j'imaginai ce qu'il serait advenu de moi si par malheur mon pied avait glissé ou si j'avais été pris d'un vertige : une chute spectaculaire et mortelle ! J'avais été fou… Les rideaux et les volets de la suite étaient tirés mais on voyait tout de même filtrer un peu de lumière entre les interstices. La fille était donc bien là. D'un pas traînant, je revins à la voiture où je pris mon mal en patience pour attendre Mog qui arriva avec une bonne demi-heure de retard sur l'horaire, ce qui tombait mal et me mit dans une rage noire. Peut-être irrité par cette migraine qui ne voulait pas me quitter et me serrait atrocement les tempes, je m'emportai violemment contre l'adjudant, ce qui ne me ressemblait pas. Ma colère retombée, je voulus rentrer au plus vite à la caserne.

J'avais encore un peu d'argent en poche et je résolus de prendre un taxi mais, au moment où j'allais indiquer ma destination, l'idée me vint que je ferais mieux d'utiliser cette course pour un autre objectif.

— 19, Shapûr Street, dis-je au chauffeur.

Le trajet ne dura pas très longtemps, quinze ou vingt minutes peut-être. Il ne nous fit pas quitter le quartier colonial. Nous filions le long de bâtisses claires, toutes ravalées de frais et entourées de jardins clos. Et puis, au détour d'une rue que rien ne distinguait des autres, le chauffeur ralentit puis s'arrêta tout à fait. Je laissai mes derniers billets au chauffeur qui repartit tandis que je m'avançais, seul, vers la maison inconnue. D'après le peu que je pouvais en distinguer – car de hauts murs formaient une enceinte protectrice bouchant presque totalement la vue –, le bâtiment principal était une énorme villa posée au fond d'un parc qui semblait lui-même vaste, touffu, partout planté d'arbres serrés. Blanche, propre, la grille d'entrée à deux battants était épaisse, arrimée à d'énormes piliers de pierre qui donnaient à l'ensemble des allures de forteresse. Sur une plaque de cuivre étincelante étaient gravés les noms des propriétaires, Dalibor et Laüme Galjero, des noms étranges, dont je ne pouvais déterminer l'origine. A hauteur d'homme, dans un bronze très sombre, deux séries de trois médaillons de pierre couraient sur le mur, de part et d'autre de cette entrée principale. Finement gravés, ils représentaient des monstres, des démons, des hybrides aux traits repoussants. J'hésitai à appuyer sur le bouton de la sonnette qui affleurait en dessous de la plaque de cuivre. Mais j'estimai qu'il était plus sage de prendre des renseignements sur ces gens avant de se présenter sans motif valable à leur porte. Je voulus en revanche longer le mur d'enceinte pour évaluer au moins la taille de la propriété et vérifier l'éventuelle présence d'autres entrées. Peut-être fis-je jusqu'à cent cinquante yards avant de trouver l'angle d'une nouvelle rue. Je pris le petit trot pour continuer mon périple et m'obliger à faire le tour complet de l'enceinte. A première vue, la villa et son terrain devaient occuper un carré d'environ trois ou quatre cents yards de côté, ce qui représentait une surface énorme, située dans la plus belle partie du quartier résidentiel de Calcutta. Comme je m'y étais attendu, je finis par découvrir une porte de service, ouvrant sur l'arrière du domaine. Verrouillée, elle était flanquée des mêmes étranges médaillons qui décoraient l'entrée principale. La rue dans laquelle je me trouvais était étroite, sombre, éclairée de-ci, de-là non par des réverbères à ampoules électriques, mais par quelques becs de gaz qui ne donnaient qu'une lumière tremblotante, et totalement insuffisante. Peut-être est-ce la raison pour laquelle je ne saisis pas sur le coup ce qui se passa réellement.

Il y avait une borne de pierre assez haute qui, non loin du portail, servait de soutènement extérieur au mur. J'y montai et, à partir de cette élévation, tentai d'agripper quelque saillie pour me hisser jusqu'au sommet du muret. Maladroitement, à tâtons, je trouvai une fente entre deux pierres, y pris appui et me soulevai suffisamment pour jeter un coup d'œil à l'intérieur du parc. Malgré l'obscurité dense, je devinai quelque chose parmi les arbres. A ma gauche, se détachait une masse compacte, immobile. En m'appliquant à mieux voir, je discernai une sorte de tour de style oriental, mi-stupa mi-pagode, un bâtiment excentrique dont on ne percevait bien que le toit aigu, formé de plans encastrés, découpés sur le ciel sombre. Alors, sans explication, je me sentis pris d'un vertige épouvantable, compliqué d'une nausée violente. Mes mains se détachèrent de la pierre et les semelles de mes chaussures glissèrent sur leurs points d'appui. Je chutai lourdement à terre, heurtant de mon front le sol dur. Le choc fut tel qu'un instant il me fit perdre conscience. Etourdi, ma stabilité troublée au point qu'il m'était impossible de me relever et de marcher, je restai appuyé sur mes paumes et mes genoux, à trembler de tout mon corps. Du sang se mit à couler sur le sol, s'étalant en une petite mare rouge juste sous mes yeux. Je m'étais ouvert une arcade sourcilière. Non que la blessure fût profonde ou grave, mais j'en ressentis une douleur exagérée qui acheva de me tourner l'estomac. Je fus pris d'infernales crampes, et je ne pus rien faire d'autre que me vider, bavant, geignant, gémissant, tremblant lamentablement pendant un temps qui me parut ne jamais vouloir prendre fin.

Enfin la crise passa. Je me relevai à demi de la soue – sang, bile et déjections mêlés – dans laquelle je baignais et tentai de revenir vers le devant de la maison, là où, peut-être, je pourrais trouver de l'aide. Péniblement, tordu et pantelant, les tempes prises dans un étau de fer, je parvins à me mettre en marche et puis, après quelques pas, je ne sais pourquoi, je me retournai et regardai sans raison les médaillons de bronze encastrés dans le mur. Une sueur glacée me couvrit alors. Sans aucun doute possible, les visages des démons me fixaient ! Ou, pour le moins, c'est l'effet que j'eus alors… C'était comme si leurs yeux s'étaient ouverts et me vrillaient, comme si leurs bouches tendaient vers moi leurs crocs luisants, comme si une vie, soudain, leur avait été prêtée et qu'ils s'amusaient à me voir ainsi meurtri, désemparé… J'eus cette vision, j'eus cette frayeur… Et je m'évanouis.

*

Sur la peau de mon dos, le cercle d'acier du stéthoscope était froid et je n'aimais pas cela. Je fis rouler les muscles de mes épaules et bronchai comme un cheval nerveux.

— Laissez-vous faire, lieutenant Tewp ! Je n'ai jamais vu un patient aussi… impatient et désagréable que vous ! Respirez à fond plutôt que de faire l'idiot !

Résigné, je remplis mes poumons de l'air saturé par les relents de mixtures médicamenteuses qui flottaient dans ce cabinet de consultation où m'examinait un des vingt-huit officiers de santé diplômés et patentés que comptait l'hôpital militaire de Calcutta.

— Donc : migraines, maux de ventre, étourdissements, évanouissement… Et puis petite plaie ouverte au-dessus de l'œil occasionnée par une chute. C'est bien ça ?

Entre mes dents, je lâchai un « oui » sobre et fâché.

— Et que pouvez-vous me dire à propos de cela ? me demanda-t-il en désignant la base de mon cou.

— Je ne sais pas… Je l'ai seulement remarqué hier matin. Mais c'était moins grand et ça ne me brûlait pas…

Le capitaine médecin Nicol était un vieux colonial approchant la soixantaine, bel homme svelte à la barbe argentée bien taillée et aux cheveux gris coupés ras. Il ne buvait pas, ne jurait pas et m'aurait certainement tout de suite paru sympathique si seulement j'avais été dans de meilleures dispositions d'esprit.

— Je n'ai pas de commentaire particulier à faire

concernant votre sourcil éclaté. La blessure s'est refermée d'elle-même mais je vais malgré tout vous fignoler quelques points de suture pour assurer une belle cicatrice. Quant à vos crampes d'estomac et à vos vapeurs, eh bien... disons que vous avez peut-être tout simplement mangé une saleté que vous ne digérez pas, je vais vous donner ce qu'il faut... Mais ce prurit sur la pointe de la gorge m'ennuie beaucoup. D'autant qu'il y en a deux autres en formation, dans le dos. L'un sur la nuque et l'autre à hauteur des lombaires. Le deuxième commence même à suppurer...

— Qu'est-ce que ça peut être ? demandai-je en repensant avec angoisse aux aiguilles que Keller avait plantées dans mon portrait.

Nicol haussa les épaules en signe d'ignorance.

— Pour l'instant, je vais désinfecter et panser. Ce n'est peut-être qu'une allergie passagère. Mais vous viendrez me revoir demain, parce que je veux absolument surveiller ça de près.

Bourré de médicaments pour lutter contre cette migraine et cet état nauséeux qui ne m'avaient pas quitté depuis la veille, je sortis de chez Nicol pour affronter un autre problème : celui de la confrontation avec Gillespie. Cela promettait d'être délicat car j'avais autant à m'expliquer sur ma fouille au Harnett que sur ma mésaventure de Shapûr Street.

En présence d'Edmonds qui se balançait assez crânement sur sa chaise, Gillespie m'écouta sans rien dire, fermé mais apparemment curieux d'entendre les explications que j'avais à lui donner. Lorsque j'eus fini le résumé des événements qui m'avaient conduit de la chambre 511 à Shapûr Street, Gillespie soupira, prit la règle de bois qui traînait sur son bureau et s'amusa à en fouetter l'air autour de lui, exactement comme si mon récit tout entier l'avait, non pas contrarié ou même rendu furieux, mais tout simplement ennuyé au plus haut point.

— Tewp, lâcha-t-il enfin, Tewp, je crois que vous êtes un incompétent ! Vous agissez à tort et à travers sans jamais penser une seule seconde que vous n'êtes qu'un des membres d'une équipe. D'abord, vous auriez dû nous dire que vous étiez incapable de mener une filature correctement. Ensuite, jamais au grand jamais vous n'auriez dû vous lancer seul dans la fouille des appartements Keller à l'improviste. Quant à ce que vous y avez trouvé… je ne sais pas si cela a beaucoup d'importance mais…

Il regarda sa montre et en tapota le boîtier du bout de sa règle.

–… mais dans exactement vingt minutes, ce ne sera plus du tout notre problème !

— Plus notre problème, mon capitaine ? Que voulez-vous dire ?

— Si vous ne m'avez pas trouvé au bureau hier, Tewp, c'est qu'on était en train de m'annoncer que le dossier Keller était sur le point d'être repris par une autre équipe.

La nouvelle me saisit.

— Comment cela, mon capitaine ? Nous ne faisons que commencer à surveiller cette fille… Qui a donné cet ordre stupide ?

— Ne vous emballez pas, Tewp ! Cet ordre émane d'un supérieur, évidemment. Supérieur à vous comme à moi… Et en aucun cas vous n'avez à juger de sa pertinence… C'est à cause de Küneck, si vous voulez le savoir…

— Küneck, le chef du SD Ausland ? fis-je, complètement abasourdi.

— Lui-même. Quand nous avons appris à nos gens de Delhi que Küneck s'était déplacé ici en début de semaine pour voir Keller, cela a eu l'air de les affoler. Un vrai coup de pied dans la fourmilière, à dire vrai. Ils ont averti un de leurs gros bonnets qui nous fait tout arrêter. L'opération de surveillance s'achève pour nous exactement à la fin de l'heure courante. Ce sont eux qui reprennent les choses en main, désormais. Et puis je crois que…

Gillespie suspendit sa phrase et se mordit les lèvres comme s'il regrettait d'avoir amorcé une révélation.

— Et puis, mon capitaine ? le relançai-je.

— Hum… Et puis je crois que quelque chose d'insolite se prépare. Je ne devine pas quoi au juste, mais il y a des rumeurs ces derniers jours… On dirait que l'Inde, soudain, intéresse beaucoup les services de la métropole. Je ne sais pas ce qu'il en est exactement… Enfin, nous verrons bien. Quoi qu'il en soit, lieutenant, les ordres sont formels pour nous : arrêt de l'opération Keller. Nous reprenons notre train-train ordinaire… Autrement dit : nous passons nos journées à faire oublier à nos supéricurs que nous existons. C'est clair, Tewp ?

— Mais, si je puis me permettre, mon capitaine, qu'en dit le colonel Hardens ?

— Il n'en dit rien puisqu'il est en déplacement à Delhi pour dix jours. Il prendra sûrement à son retour la décision d'une nouvelle affectation pour vous. Quelque chose de mieux dans vos cordes. Jusque-là, cessez donc de vous tracasser et profitez de l'aubaine pour vous reposer et prendre un peu de bon temps. Vous avez une mine affreuse !

Des rencontres. Un combat

Que pouvait donc bien signifier, dans l'Inde des années trente, l'expression « prendre du bon temps » dans la bouche d'un capitaine de l'armée coloniale ? Grossièrement résumé, je dirais : s'alcooliser jusqu'à l'abrutissement, fréquenter les maisons de tolérance, risquer sa solde aux jeux de cartes ou aux courses de lévriers, ou bien encore tenter de profiter de l'esprit luxurieux de quelque Occidentale délaissée par un mari que ses affaires ou ses propres maîtresses indigènes occupaient trop. Voilà à peu près à quoi se résumaient les distractions communes du Calcutta des Européens à l'époque et cela, apparemment, contentait tout le monde. Quant à moi, je n'avais évidemment de goût pour aucun de ces prétendus plaisirs. Décidément non, l'envie ne m'avait jamais pris de me laisser aller à de tels comportements. Et puis j'étais terriblement vexé, humilié même, et cela me retirait toute envie de consacrer mon temps et mes pensées à autre chose qu'à l'affaire Keller. Que j'aie agi maladroitement au cours de ces derniers jours était une évidence, mais je ne méritais certainement pas les lourds regards de mépris que Gillespie et Edmonds n'avaient cessé de me couler tandis que je leur faisais mon rapport. Je ne voulais pas non plus être renvoyé dans les cordes d'un quelconque département administratif. Confusément, et malgré mes terribles appréhensions du début, je sentais que j'avais finalement quelques prédispositions pour l'action. Avec un peu de pratique, j'étais certain de pouvoir bien faire. Et puis surtout il y avait Keller et la cuisine du diable qu'elle pratiquait sur moi. Je n'en avais pas ouvertement parlé à Gillespie, préférant lui raconter que l'Autrichienne avait amassé dans sa chambre un bric-à-brac de sorcière, sans rien préciser de mon implication dans ces préparatifs. Cela ne le regardait pas. C'était une affaire personnelle, une question à régler d'urgence entre l'Autrichienne et moi. Mais comment faire ? Aller frapper à sa porte et la sommer de s'expliquer sur le sort qu'elle me réservait ? C'était une solution simple et tentante. Mais je n'aurais sûrement pas marqué dix pas dans le hall du Harnett qu'un des nouveaux espions chargés de sa surveillance m'arrêterait. Car je ne me berçais pas d'illusions : le bureau de Delhi comportait des agents efficaces. Bien mieux préparés et mieux organisés parfois que ceux du Bengale. Ils avaient beau avoir laissé filer Küneck, parier sur leur incompétence n'aurait été qu'une belle idiotie. Alors ? Ne sachant trop comment procéder, je pris la résolution de me renseigner sur ces Galjero de Shapûr Street chez qui, je le savais maintenant, Keller s'était rendue tandis que je fouillais sa chambre. S'ils étaient étrangers, une note devait nécessairement leur être consacrée quelque part.

Un petit sourire entendu étirant son visage tout grêlé d'acné, un jeune sous-officier m'avait complaisamment conduit jusqu'à la bonne travée et mis en main le lourd dossier des Roumains. Car c'était un volume entier qui était ouvert au nom des Galjero, pas seulement une fiche de carton. L'ampleur de l'épluchage à effectuer me fit soupirer si fort que l'archiviste revint vers moi en me souriant largement, ravi de trouver prétexte à engager la conversation.

— Le couple Galjero nous fournit l'un de nos plus gros dossiers, dit-il d'une voix mince. Je peux vous aider à trier tout cela…

A l'évidence, la perspective lui faisait plaisir. J'acceptai donc et, après qu'il m'eut dit s'appeler Eric Arthur Blair, documentaliste de première classe affecté au MI 6 de Calcutta depuis deux années et quatre mois, nous nous installâmes côte à côte à une table, comme deux écoliers sur leur banc, une centaine de documents s'étalant devant nous.

— Vous savez ce que vous cherchez ou avez-vous d'abord besoin d'une introduction générale ?

J'optai de bonne grâce pour l'introduction générale.

— Bien, commenta le petit archiviste avec un air gourmand, alors on commence par la biographie du monsieur.

Ses longs doigts piquèrent avec sûreté un portrait parmi un jeu de photographies. Il me le tendit. C'était un beau portrait en pied, signé par un photographe de Londres. Tout de suite je reconnus les traits réguliers, le regard sûr et l'air de fauve de l'homme qui posait là. C'était chose facile puisque Ostara Keller n'avait cessé de le dessiner tout au long des dernières pages de son carnet.

— Sir Dalibor Galjero, Esquire, dit Blair, usant d'une formule compassée. Né le 25 octobre 1899 à Bucarest, Roumanie… Famille de gros propriétaires terriens. Lui-même sans profession. Vit de ses rentes. Marié à…

Une nouvelle photographie surgit entre les doigts du documentaliste.

— … lady Laüme Galjero, citoyenne roumaine également. Née en février 1902 à Tulcea, bourgade située à l'embouchure du Danube. Sans profession… Fille de gros propriétaires terriens…

Avant de prendre en main le cliché qu'on me tendait, je savais déjà qui j'allais voir. Oui, c'était bien cette femme étrange qu'avait aussi dessinée et photographiée Keller, la belle Vénus au ventre lisse dont les cheveux blonds se mêlaient à ceux, si noirs, de son époux. Elle était évidemment beaucoup plus chaste sur ce portrait officiel que sur celui réalisé par l'Autrichienne, mais cela ne lui enlevait rien de son magnétisme. Cette femme, décidément, était une beauté. Je posai les deux photos devant moi.

— Leur couple ne doit pas passer inaperçu, dis-je autant pour moi-même que pour encourager l'archiviste à d'autres précisions.

— Vous avez tout à fait raison, officier ! Sir et lady Galjero comptent parmi les coqueluches des cénacles mondains d'au moins trois continents. On les voit à Paris, à Londres, à Berlin autant qu'à New York, Chicago, Buenos Aires ou bien Hong Kong, Singapour et… Calcutta où ils possèdent une grande villa.

— 19, Shapûr Street…, dis-je.

— Exact ! Donc, vous les connaissez un peu… Vous les avez croisés ?

Je crus percevoir dans cette question de l'excitation, de l'avidité, et même une pointe de jalousie.

— Non, répondis-je. Mais je crois qu'ils doivent précisément résider au Bengale en ce moment. Vous n'avez pas leur fiche d'entrée sur le territoire ?

Le gamin fouilla dans les papiers et en tira le document que je lui demandais : la copie du formulaire officiel que les Roumains avaient dû remplir en débarquant.

Le tampon indiquait le 23 août dernier comme date d'arrivée. Fait exceptionnel, ils avaient voyagé en avion, non en bateau, à bord d'un des quatre Boeing 247 que possédait alors la Deutsche Lufthansa. Car ces gens – ils ne s'en cachaient pas – venaient droit de Berlin ! Je sifflai entre mes dents.

— Quelque chose qui vous ennuie, officier ?

Je ne répondis pas, préférant obtenir des informations plutôt que d'en donner.

— Entrez dans les détails, maintenant, je vous prie. Qui sont vraiment ces gens ?

— Je vous l'ai dit. Ce sont des mondains. Leur fortune est l'une des plus grosses d'Europe et ils passent leur vie à butiner de-ci, de-là…

— Des engagements politiques ?

— Apparemment oui… Selon les différents rapports qui circulent, ils cultivent quelques sympathies pour les partisans des méthodes fortes… Les Galjero sont des familiers du couple Mosley, les meneurs de l'Union britannique fasciste, et ne se cachent pas de compter parmi les grands argentiers de la Garde de Fer, le mouvement nationaliste roumain. Ce sont des conservateurs, évidemment. Des réactionnaires, même. Mais tout le monde a ses opinions, n'est-ce pas ? Et puis c'est la grande mode en Europe, vous savez : il y a les Allemands évidemment, mais aussi les Chemises noires en Italie, la Cagoule en France, la Phalange en Espagne… Tout ça n'est pas bien grave au fond. L'important est que les Galjero sont des gens charmants, dont la conversation et la présence sont appréciées partout… Tenez, lieutenant, jetez un coup d'œil à cette photographie…

Une nouvelle image glissa sous mon regard. Sur les marches menant à une longue terrasse, une vingtaine de personnes posaient, le fusil à la main. Certains des visages m'étaient vaguement familiers mais l'archiviste m'épargna la peine de chercher leurs noms.

— Cette photo a été prise durant l'hiver 26, lors d'une partie de chasse à Balmoral. Vous reconnaissez là celui qui n'était à l'époque que le prince de Galles, notre souverain actuel Edouard VIII, et à sa gauche, plus grand que tous les autres, Dalibor Galjero bien sûr. Un peu caché sur la droite, c'est l'écrivain anglo-allemand Houston Steward Chamberlain qui s'était à l'époque fixé à Bayreuth et qui y est mort quelques mois plus tard. Ici nous avons John Maynard Keynes, un économiste qui fait beaucoup parler de lui en ce moment et qui a démissionné de la Conférence pour la paix en 1919 parce qu'il critiquait les énormes demandes de dédommagement que les Alliés réclamaient à l'Allemagne. Et puis cet autre, là, à l'air pourtant un peu paysan, eh bien on ne le dirait pas mais c'est l'un des neveux du président Roosevelt… Tous les autres appartiennent au même monde, évidemment…

— Impressionnant ! lâchai-je, plus pour encourager Blair à parler que parce que j'étais véritablement saisi par les fréquentations de sir Galjero.

Du tranchant de la main, je ramenai le gros de la pile de photos devant moi et les regardai une à une, assez rapidement, m'enquérant auprès du jeune homme de l'importance de ce dossier. Cette question sembla beaucoup le gêner.

— C'est que… voyez-vous, lieutenant, les Galjero ont énormément de contacts avec une certaine couche de la population généralement très protégée politiquement… Pour tout vous dire… ils sont connus pour être très libres de mœurs et comme leur beauté les rend très attractifs… eh bien, ils n'ont pas de mal à multiplier les conquêtes dans ce genre de milieu, voyez-vous…

Non, je ne voyais pas trop où Blair voulait en venir. Certes, je comprenais que les Galjero étaient des mondains dont la fortune et la beauté autorisaient toutes les débauches, mais je ne voyais pas en quoi cela justifiait l'accumulation d'une telle documentation sur eux.

— Eh bien… Il y a eu quelques histoires fâcheuses autour d'eux, ces derniers temps… Lors de leur dernier séjour au Bengale, certains médisants les ont accusés de corrompre des tout jeunes gens de la bonne société. Je ne sais pas exactement ce qui s'est passé, mais on a retrouvé dans leur jardin les cadavres de Frederic et Sybil, les deux enfants de lord et lady Bentham… L'enquête a conclu à un suicide causé par une double passion adolescente, mais ça n'a fait qu'amplifier les rumeurs, évidemment…

— Les rumeurs, Blair ? Quelles rumeurs ?

— Leur réputation, plutôt… Leur aura, si vous voulez… Des don Juan mâle et femelle. Attirants et totalement affranchis de la morale commune. Quelque chose comme des créatures de roman.

— Et votre intime conviction sur eux ?

— Malheureusement, je ne les ai jamais rencontrés personnellement… Je suis toutefois persuadé que ce sont des gens intéressants. Quand on dit à ce point du mal de vous, c'est que vous l'êtes forcément, n'est-ce pas ?

— Forcément, abondai-je sans vraiment y croire.

— Et puis il y a autre chose. Toutes ces mondanités ne résument pas à elles seules la personnalité des Galjero. Regardez…

Avec un sourire de chanoine présentant quelque image sainte pour l'édification de ses ouailles, Blair fit glisser vers moi une photographie de grand format, couleur sépia, aux bords crénelés comme ceux d'un timbre-poste. Je la pris en main pour mieux voir. Dalibor et Laüme Galjero tenaient la pose au milieu d'un rassemblement de plusieurs dizaines d'enfants indigènes – trente, quarante, peut-être… –, tous revêtus d'uniformes comme des écoliers anglais. Je levai des yeux interrogateurs vers l'archiviste.

— Cette photographie a été prise au printemps 1933, lors de la visite précédente des Galjero à Calcutta. Les Roumains sont là avec leurs protégés, des gamins doués issus de familles bengalies modestes qu'ils envoient faire leurs études en Europe. Ils paient tout : voyage, scolarité, frais courants… Les gamins sont tous partis pour quatre ou cinq ans. Une nouvelle promotion est en cours de sélection, paraît-il… Alors vous voyez, lieutenant, même s'ils ont de nettes sympathies fascistes, les Galjero ne sont pas des êtres au cœur de pierre, insensibles au sort d'autrui. Je crois que ce sont des gens bien…

Je grommelai pour la forme un vague assentiment qui allait pourtant à rebours de ma conviction intime. Je ne savais pas au juste pourquoi, mais je me représentais mal les Galjero en mécènes désintéressés. Un inexplicable pressentiment monta en moi qui me glaça le cœur.

— A-t-on des nouvelles de ces enfants envoyés en Europe ? demandai-je d'une voix blanche.

L'archiviste parut surpris.

— Je suppose que oui. Personne n'a rien dit de négatif en tout cas. Les familles étaient très heureuses d'envoyer leur progéniture à Berlin. C'était une opportunité inespérée puisque Londres néglige de plus en plus ouvertement les enfants de son propre Empire…

— Donc, vous n'avez pas eu l'écho d'une plainte à ce sujet ? Pas même une rumeur ?

— Pas la moindre rumeur. Mais si vraiment vous voulez des renseignements plus complets il faudrait visiter Thomson Mansion au 284, Durham Lane. C'est là que les gamins sont sélectionnés…

Je jugeai que j'en savais assez. Blair essaya bien de me retenir en m'offrant une tasse de thé mais j'étais fatigué des airs énamourés qu'il prenait lorsqu'il évoquait les Galjero. Une midinette n'aurait pas fait plus de manières en parlant de ses vedettes de cinéma favorites et cela m'agaçait. Je plantai donc là le jeune boutonneux et rentrai dans mes quartiers pour y réfléchir, seul et tranquille. En fait, une autre motivation me poussait à regagner mon antre. Une douleur. Ou plutôt des douleurs de plus en plus fortes, que je sentais me prendre au bas du dos et à la nuque, et qui m'inquiétaient. Le miroir étroit fixé au-dessus de mon lavabo ne me laissait pas beaucoup de possibilités pour m'examiner mais je n'avais pas besoin de voir l'aspect du prurit pour savoir qu'il ne guérissait pas, bien au contraire. La paume de ma main se couvrait d'une sueur de sang, comme si les chairs étaient à vif. Et puis l'irritation de mon cou, qui elle aussi commençait à saigner, me donnait suffisamment à deviner l'état dans lequel pouvaient se trouver les deux autres zones d'irritation. J'épongeai les résidus et couvris les plaies du mieux que je pus avant d'essayer de dormir. Les migraines revenaient, me vidant de toutes mes forces vives. Je n'aspirais plus qu'à passer la nuit au plus vite et revoir le capitaine médecin Nicol dès la première heure de sa consultation. A cet instant, fiévreux et terriblement inquiet pour ma santé, il n'y avait plus que cela qui m'importait vraiment.

*

— Je n'ai vu ça que deux fois avant vous, Tewp. Vous êtes un soldat. Je ne vous cacherai pas que ça s'est mal fini pour les deux pauvres types... Je suis désolé de vous dire ça...

Nicol était sincère. Ses yeux, son visage témoignaient une intense compassion à mon égard. Mais cela n'adoucissait pas pour autant le choc de ses propos.

— Vous voulez dire que j'ai contracté une maladie mortelle, docteur? balbutiai-je, secoué par la nouvelle.

Nicol s'assura que la porte de son cabinet était bien fermée et revint s'asseoir derrière son bureau tandis que je passais ma chemise en tremblant.

— Ce qui m'étonne dans votre cas, c'est que vous êtes fraîchement arrivé de Londres sans jamais avoir été en poste outre-mer. Ça, ça ne colle pas du tout avec le schéma. Et puis... Je ne vous connais pas, bien sûr, mais quelque chose me dit que vous n'êtes pas le genre de type à prendre une maîtresse indigène. Je me trompe?

Je ne voyais pas du tout où Nicol voulait en venir. Quel rapport pouvait-il exister entre la maladie qui commençait à ronger mes chairs, ma venue de Londres et ma vie intime?

— Si je vous demande ça, Tewp, c'est parce que les deux gars dont je vous ai parlé étaient de vieux briscards des colonies à qui il est arrivé une histoire très similaire. Et vraiment, vous ne leur ressemblez pas!

— Quel genre d'histoire, mon capitaine? Si vous m'en disiez un peu plus, ce serait aussi plus facile pour moi.

Nicol prit une longue inspiration et commença:

— Un de ces gars, je l'ai soigné au Caire, où j'étais en poste de 23 à 29. Il était resté longtemps en Egypte sans rentrer chez lui et avait pris deux ou trois filles locales pour compagnes. Et puis un jour, il a sollicité une permission de quatre mois pour rentrer au pays. Il voulait se marier avec une femme respectable. Les concubines n'ont pas apprécié. Elles lui ont mis le marché en main : soit il abandonnait ses projets matrimoniaux, soit elles lançaient un sortilège sur lui. Un sortilège de mort. Le type n'a pas pris ça au sérieux, naturellement. Il est parti, en rigolant, a trouvé une gentille petite et l'a ramenée avec lui au Caire la saison suivante. Trois jours après son retour, il est venu me voir. Il présentait exactement les mêmes symptômes que vous. J'ai essayé de le soigner. J'ai fait tout ce que j'ai pu, ça oui ! Mais deux semaines après, c'était tout de même le croque-mort qui s'occupait de lui.

Je m'assis devant Nicol. Son histoire me désespérait. Je lui demandai pourtant de me raconter la seconde.

— L'autre cas ? Eh bien, c'était ici, à Calcutta. Un peu le même topo. Un officier qui avait une maîtresse attitrée dans la population a voulu retourner en métropole pour trouver une épouse de chez nous. Même cause, même effet. Le gars est mort en trois semaines. Personne dans ce service n'a su comment le soigner… Vous voyez, Tewp, je préfère être franc avec vous et ne pas vous donner de faux espoirs. Même si je vais essayer d'agir avec vous différemment… D'abord, il va falloir me dire si vous avez fricoté avec des filles louches, récemment. Et laissez votre pudeur au vestiaire, ce n'est pas le moment de mentir…

Je souris malgré moi. Non, je n'avais entretenu aucun rapport coupable avec quelque femme que ce fût, Nicol pouvait en être certain. J'expliquai en revanche au capitaine que mes activités m'avaient conduit à suivre une femme et que celle-ci, en se jouant de moi, était parvenue à se procurer mon portrait, des objets personnels, des mèches de cheveux, à connaître mon nom et ma date de naissance, et que j'avais retrouvé moi-même à l'intérieur d'un crâne d'enfant tous ces éléments lardés d'aiguilles oxydées. A l'écoute de mon récit, les yeux de Nicol s'agrandirent démesurément mais, lorsque j'eus fini, il resta un long moment silencieux. Quand il reprit la parole, sa voix était grave. Solennelle, même.

— Croyez-vous en la magie, lieutenant Tewp ?

— Je suis un homme rationnel, mon capitaine. Pourtant je ne suis pas fermé au point de refuser certains principes étrangers à la raison si j'en constate l'effectivité… A dire vrai, je ne me pose pas la question de savoir si je crois en quelque chose ou non. Je suis un pragmatique. Ce quelque chose arrive ou n'arrive pas. C'est tout.

— Donc vous êtes prêt à admettre que quelqu'un vous a…

— Envoûté ?…. A condition que cela contribue à me tirer d'affaire, oui, je suis prêt à l'admettre. Eventuellement.

— Alors vous venez de faire le premier pas sur le chemin de la guérison, mon garçon !

*

Nicol m'avait parlé d'une Française qui vivait à Calcutta, une femme d'âge mûr, qui avait beaucoup voyagé. Garance de Réault s'était appliquée toute sa vie à ne jamais déroger au romanesque de son nom. Parisienne, elle avait passé sa prime jeunesse sans quitter les immeubles cossus du boulevard Saint-Germain – son horizon et ce qu'elle connaissait du monde se trouvant compris entre la place de l'Odéon et la rue de Seine. Puis, le 1er janvier de l'année 1900 à minuit tapant, on lui avait fait épouser en grande pompe un vieux diplomate du Quai d'Orsay, perclus de rhumatismes, qui l'avait, au gré de ses offices, exhibée comme trophée en Afrique, en Chine, en Australie ou dans la Russie des tsars. Là, le géronte avait fini par mourir de froid en voulant puérilement imiter des boyards pataugeant comme des ours dans une Moskova charriant les glaçons par tombereaux. Libre, jeune et gentiment riche, la veuve avait refusé de rentrer en France comme sa famille le lui demandait. Contre toutes les convenances et on ne savait au juste pourquoi, elle avait enfilé un pantalon fourré avant de disparaître pendant des mois en Sibérie, d'où elle était revenue la peau boucanée comme un pirate, une belle balafre d'arme blanche sur la tempe, les cheveux brouillés et l'œil plus clair que jamais, fermement décidée à ne plus remettre les pieds en Europe.

— Cette femme, m'avait dit Nicol, cette femme a vu beaucoup de choses étranges. Je crois bien qu'elle est allée là où nul autre Blanc ne l'avait précédée. Racontez-lui votre histoire. Elle saura peut-être quoi faire…

Le capitaine médecin m'avait griffonné son adresse sur un bristol et puis, en me fourrant deux paquets de sulfamides dans la main, m'avait renvoyé pour s'occuper de patients plus ordinaires. Dans un des bureaux de la Dunette, je réquisitionnai un planton assoupi et me fis déposer devant chez Mme de Réault, à quelques rues seulement du Harnett. Quand elle apprit que je me recommandais du capitaine Nicol, elle ne fit aucune difficulté pour me recevoir. La maison qu'elle habitait ne lui appartenait pas. Elle n'était là qu'en résidence provisoire chez un couple d'amis. Car Mme de Réault était une nomade, toujours en instance de départ, disparaissant parfois de longs mois sans que personne ne sût où la trouver avant de réapparaître tout aussi soudainement sans explications mais avec ses carnets remplis de notes et son sac bourré de plantes séchées, d'échantillons de minéraux et d'objets indigènes inconnus qu'elle revendait aux plus célèbres musées d'ethnologie à travers le monde… Cette vie d'aventures l'avait dotée d'un physique remarquable. Je ne veux pas signifier par là qu'elle était belle, non. Même dans sa jeunesse, je ne pense pas que ce fût jamais le cas, au sens commun du terme. Mais sa présence solaire irradiait tout autour d'elle. De ma vie je ne devais plus rencontrer un être humain animé d'une telle énergie. Nous parlâmes longtemps dans un petit salon du rez-de-chaussée, à l'écart de tout va-et-vient des domestiques.

Je me trouvais dans un tel désarroi que j'osai tout lui dire de ce qui me conduisait vers elle. Sans faux mystère, je révélai mes fonctions et comment je croyais être victime d'une sorte d'envoûtement dont les effets sur moi ne pouvaient plus être ignorés. Elle demanda à voir les prurits, bien sûr, et je dus dérouler un des bandages que Nicol avait fait pour montrer l'état des purulences qui s'étendaient maintenant du cou sur la poitrine et les épaules, de la nuque et des reins sur l'ensemble du dos. Le pansement était déjà plein de sang…

— Vous dites que vous avez pris une copie des deux parchemins que vous avez découverts dans la cavité du crâne. Puis-je les voir aussi, lieutenant ?

J'ouvris les pages de mon carnet et lui montrai les deux signes.

— Le mot hindi est le nom de la déesse Dûrga. Apprendre qu'elle est une des personnifications de la mort dans le panthéon védique ne vous étonnera pas, je suppose…

Je n'en fus pas surpris, évidemment, mais je n'émis aucun commentaire. Elle continua :

— L'autre tracé est surprenant... Surtout effectué par une aussi jeune fille. Quel âge a-t-elle, dites-vous ?

— C'est une jeune femme de vingt-trois ans. C'est ce qu'indique son passeport. Même s'il est faux, je ne crois pas que ce renseignement soit très éloigné de la vérité. Je l'ai vue passer tout près de moi et elle ressemble vraiment à une enfant...

— Alors il doit y avoir quelqu'un derrière elle... Parce que ce qu'elle est en train de faire n'est pas donné à n'importe qui. Cela requiert de longues années de pratique. A moins qu'elle ne soit exceptionnellement douée...

— Mais qu'essaie-t-elle de faire au juste ?

— Vous tuer, évidemment !

Garance de Réault semblait connaître parfaitement les processus d'envoûtement communément utilisés selon elle sur les cinq continents. Bien qu'elle m'eût assuré que ce n'était pas là sa spécialité, son savoir en la matière était impressionnant.

— La sorcellerie est vieille comme le monde, elle existe partout et existera toujours, lieutenant. On aura beau construire des voies ferrées, apporter l'électricité et le téléphone au fin fond du Tibet, inventer toutes sortes de mécanismes inutiles, vous n'enlèverez jamais aux hommes le souvenir et le besoin de ces pratiques. C'est ainsi, on n'y peut rien ! Alors, mieux vaut être du bon côté du manche et savoir à peu près de quoi il retourne pour ne pas se faire piéger... Devinez-vous ce que craint le plus au monde un envoûteur, monsieur Tewp ?

— Que l'envoûté ignore qu'on lui a jeté un sort, je suppose... Le principe d'action de ces choses doit être l'autosuggestion… Quelque chose comme une sorte de conditionnement généré par l'inconscient…

— Non, non, non ! Là, vous raisonnez encore en homme moderne occidental. Quand un sorcier de la brousse africaine ou de la campagne française attaque un troupeau, les vaches n'ont pas conscience qu'on les envoûte. Ça ne les empêche pas de ne plus donner de lait, de mettre bas des veaux mort-nés avant de crever elles-mêmes. L'envoûtement sollicite des forces indépendantes qui sont bel et bien agissantes hors de l'homme, officier Tewp, soyez-en convaincu dès le départ. Ce que craint un sorcier, c'est le « choc en retour ». Pour simplifier, disons que l'envoûtement est comme une balle d'énergie frappée par un tireur en direction d'une cible. Si la cible est atteinte, l'énergie s'y diffuse et finit par s'y perdre avec la mort du sujet. Si, au contraire, la cible est manquée, la balle revient directement vers le sorcier qui ne peut généralement pas l'éviter.

— Boomerang ?

— Exact.

— Mais miss Keller – à ce stade, je ne jugeai même plus utile de cacher son nom –, miss Keller a déjà atteint sa cible. Elle n'a plus rien à craindre…

— Tant que son ouvrage n'est pas terminé, un sorcier est en danger. Les forces qu'il utilise sont volatiles, versatiles… Fragiles aussi. Un rien suffit à les altérer. L'avantage que nous avons sur cette fille est qu'elle ignore que vous avez trouvé son voûlt.

— Son voûlt ?

— Le support d'envoûtement qu'elle utilise. Le crâne et les objets qu'il contient, si vous préférez. Vous sentez-vous capable de vous réintroduire dans sa chambre pour vous en emparer ?

Je prévins Mme de Réault que la chose ne serait pas aisée, surtout si mon état physique empirait. Mon cerveau était pris d'horribles migraines qui me plongeaient déjà dans un état de vertige presque constant mais, s'il fallait le faire, alors, oui, je le referais…

— Bien, dit-elle. Nous allons essayer de détourner la charge polarisée sur vous. C'est la première des choses. Ensuite, nous vous remettrons sur pied. Dûrga est une déesse nocturne. Vous m'avez dit avoir trouvé les deux parchemins glissés dans un anneau d'argent ?

— Oui.

— Alors on peut supposer qu'elle a monté son rite selon les phases de la lune. Nous sommes en période montante actuellement. Ce qui explique la rapidité avec laquelle le voûlt agit… Mais la progression devrait se ralentir dès que nous entrerons en phase descendante.

— Ralentir ? Et puis disparaître ?

— Non. Seulement ralentir. Mais à la fin du cycle lunaire de vingt-huit jours, vous serez bel et bien mort ! Il faut trouver le voûlt avant que cette période ne soit révolue.

En théorie, voler le crâne dans la chambre 511 du Harnett était assez simple. En pratique, cela demandait une présence constante dans l'hôtel pour noter les allées et venues de l'Autrichienne et agir au moment opportun. Or je ne pouvais plus compter sur personne pour m'aider à surveiller la fille. Mog, Edmonds et Gillespie étaient trop heureux d'avoir été déchargés de l'enquête pour accepter de m'aider dans cette tâche invraisemblable. Et puis il y avait un autre problème : Keller me connaissait, maintenant. J'étais certain qu'au premier coup d'œil elle repérerait ma présence aux abords du Harnett. Plus j'y songeais, plus je constatais toutes les difficultés que ce projet recelait. D'après

Réault, pourtant, c'était la condition *sine qua non* de ma guérison. Que faire, alors ? Trouver un partenaire, évidemment. Mais qui ? Nicol était trop âgé pour se risquer à cela. Il me fallait quelqu'un de jeune, de souple, que Keller n'ait jamais vu, que les gens du MI 6 de Delhi ne risquent pas de remarquer et qui pourrait circuler dans les couloirs du Harnett sans y paraître déplacé. Il me fallait une ombre. Il me fallait un fantôme…

Je quittai la maison de Mme de Réault à la fois très soulagé d'avoir découvert une personne attentive à mes problèmes – même si elle donnait vie à mes plus grandes frayeurs – et inquiet d'entrer dans un univers que je maîtrisais mal. Quand j'avais demandé à la Française quelle était la signification de l'autre rectangle de parchemin, celui sur lequel courait la ligne brisée, elle m'avait simplement répondu que ce dessin n'était qu'une sorte de pense-bête pour le sorcier, chacune des cases correspondant à un stade différent de sa concentration.

— Contrairement à ce que l'on croit, il n'y a pas de rituel précis pour établir un envoûtement. Ça ne fonctionne pas du tout comme une recette de cuisine ou une formule de laboratoire. C'est le sorcier qui monte toujours son propre mécanisme, selon la personnalité de la victime, le travail à effectuer sur elle et, surtout, sa propre sensibilité et ses prédispositions… Cette ligne courant dans les carrés, c'est une marelle d'opérateur. Ça ressemble à un code mais c'est destiné à une personne unique : celle qui l'a tracée ! Perdrait son temps celui qui voudrait essayer de la lire…

Je n'avais pas saisi exactement ce qu'avait voulu dire Mme de Réault. Mais peu m'importaient, pour l'heure, les techniques qu'employait Keller afin de me nuire. Je ne sentais que trop leur efficacité dans ma chair et cela suffisait pour que j'accepte la réalité de ses pouvoirs sans rien chercher d'autre à savoir.

Dans la rue, le planton ne m'avait pas attendu, me contraignant à rentrer à pied à la caserne. Il avait plu tandis que je passais l'après-midi à converser avec Mme de Réault. Au versant du soir, la ville était lavée, propre, et luisait presque comme Londres après l'orage. Je longeai quelques rues, la peau de ma gorge et de mon dos me faisant aussi mal que des brûlures. Enfin je trouvai une chaussée rayée de deux traits de métal. Un peu plus loin, un arrêt de tramway rassemblait quelques voyageurs, pressés de rentrer chez eux. Par chance, la ligne conduisait aux abords de la cité militaire. Je montai dans le wagon, payai et pris garde à observer les alentours pour ne pas rater mon arrêt. Un soldat indigène, assis, me salua et voulut me céder sa place dès qu'il me vit mais je lui fis signe de rester sur son siège et dégageai une petite fenêtre de visibilité dans la buée qui s'était accumulée sur la vitre du véhicule. Les tranchants des hauts nuages noirs se doraient au soleil couchant. Le spectacle était superbe. Et puis il y eut un choc inattendu. Le tram freina rudement dans un chuintement terrible, sortit de ses rails et fut secoué comme si nous roulions soudain sur des pierres. Il y eut quelques cris de surprise. Une jeune femme perdit l'équilibre et tomba dans un long bruit d'étoffe déchirée. Enfin le tram arrêta sa course. Avant que nous eussions repris nos esprits, le chauffeur avait sauté à terre, jugé de la situation et nous avait demandé de quitter la rame le plus calmement possible. Nous nous exécutâmes sans affolement. La jeune fille qui avait chuté fut réconfortée par quelques-unes de ses congénères tandis que les messieurs, toujours avides de détails techniques, s'empressaient autour de la carcasse de l'engin et tentaient de comprendre les causes de l'accident. La rame avait arraché ses caténaires puis glissé directement sur la chaussée le long d'une bonne trentaine de yards avant que la force d'inertie ne finisse par stopper le convoi. Je ne m'attardai pas à m'interroger avec les autres passagers sur les tenants et les aboutissants de l'accident. La nuit tombait. J'estimai que la caserne ne devait plus être très loin. Je traversai la place en diagonale et m'enfilai dans une rue que je croyais y mener directement. Je ne sais si ce fut à cause de l'obscurité ou de mon inattention, mais je dus manquer une bifurcation car, plus j'avançais et moins il me semblait reconnaître le quartier. A mesure que je progressais, je vis les maisons s'espacer, le bitume de la rue se soulever, s'écailler et se tordre, défoncé du dessous par la pousse de mauvaises herbes que l'on ne prenait pas soin de couper. Les façades trahissaient le manque de moyens de leurs propriétaires. Des cloques d'humidité marbraient les murs, des volets pendaient hors de leurs charnières et d'épaisses résilles de lierre s'enroulaient sans grâce autour des barreaux des grilles d'enceinte. Je pris une rue transversale pour faire le tour du pâté de maisons et revenir sur mes pas, mais cela ne fit que me perdre un peu plus. Le monde se vidait de toute présence autour de moi. Personne à qui demander mon chemin, pas une indication, pas même une lumière n'était visible alentour. J'avais pénétré par mégarde dans un quartier abandonné, un faubourg obscur et sinistre, fait de maisons vides et de terrains en friche.

Je marchai ainsi quinze ou peut-être vingt minutes, ne rencontrant personne et ne croisant que des chats haut perchés qui guettaient les rats chassés des égouts par les pluies torrentielles du dernier orage. Désorienté, je me coulai dans une venelle boueuse qui me semblait mener dans la bonne direction mais qui n'était qu'un cul-de-sac. Alors que je m'étais arrêté devant le mur qui en scellait le fond, le cœur battant, les tempes prises dans un étau de feu, un bruit résonna derrière moi qui me fit sursauter. C'était une sorte de souffle, mêlé d'un râle… Une plainte, bien plus qu'une menace. Je me retournai vivement en portant d'instinct la main à hauteur de ma hanche, là où pendait, lourde, rassurante, mon arme de service. Une ombre sortit d'un renfoncement. Une ombre humaine, aux pieds nus, vêtue d'un sari délavé et tendant vers moi une main qui n'avait plus de doigts… C'était une indigène, une lépreuse qui me demandait l'aumône. Son visage, qu'elle ne cachait pas, était boursouflé par la maladie, détruit par des cratères de chair qui s'étaient formés sur ses joues, son front, au-dessus de ses yeux, dont l'un n'était plus qu'une simple tache blanche, sans iris, sans pupille… Derrière elle, d'autres silhouettes apparurent, traînant les pieds, tendant vers moi des mains rongées, des mains qui ressemblaient à des serres, des griffes… Je fus entouré, contraint de reculer jusqu'au mur et de m'y adosser pour ne pas tomber sous la pression de ces mendiants qui, toujours plus nombreux, se pressaient autour de moi. J'eus la tentation d'user de la force pour me dégager, non pas en utilisant mon arme, bien sûr, mais seulement en jouant du poing et des coudes pour me frayer un passage au milieu de ces malheureux qui m'étouffaient et dont le nombre m'engloutissait aussi inexorablement qu'une vague marine. Fébrilement, je plongeai ma main dans la poche de mon pantalon, y trouvai quelques pièces que je lançai au hasard parmi la foule, un peu comme un semeur jette son grain dans les sillons. Aussitôt la pression se relâcha autour de moi. Trouvant encore la force de m'excuser, je poussai doucement les mendiants, les laissant fouiller le sol spongieux à la recherche des rondelles de cuivre et d'argent, et je me mis à courir le plus vite que je pus le long du boyau sombre de l'allée, sans même chercher à éviter les flaques de boue où je soulevai des gerbes d'eau sale qui me battaient les jambes.

A bout de souffle, je sortis de cet horrible endroit et continuai ma course au hasard des rues, jusqu'à épuisement. Enfin, pris par un point de côté, je fus bien contraint de ralentir. Mes yeux étaient embués, mon cœur affolé et mes membres tremblaient. Je m'accroupis un instant, prenant appui sur mes cuisses, enlevant ma casquette pour essuyer ma chevelure où perlaient d'énormes gouttes de sueur. Je regardai autour de moi. J'étais de nouveau en ville. De la lumière brillait aux fenêtres des maisons et une échoppe était encore ouverte. Ici et là, des badauds passaient sur les trottoirs. Un homme me regarda d'un air interloqué puis s'arrêta courtoisement à ma hauteur pour me demander si j'avais besoin d'aide. Je me relevai, tentai de me rendre présentable et lui demandai de m'indiquer le chemin du quartier militaire. Avec son aide, je repris la bonne direction, mais cela me prit du temps et, encore une fois, je me perdis. Errant au hasard pour trouver des points de repère, mes détours me conduisirent finalement sur un des côtés du camp, là où s'étendait la friche du terrain d'exercice. Il me fallait encore longer la grille pendant de longues minutes avant d'arriver à l'entrée principale. J'étais fourbu, affamé, trempé d'eau et de sueur et je sentais que mes pansements étaient tout gorgés de sang. La pensée d'être contraint de traverser tout le quartier pour monter à mon cinquième étage m'exaspéra. Intuitivement mais sans trop y croire, je m'attachai à observer le grillage qui cernait la friche d'exercice, espérant y découvrir une trouée, un espace dans lequel je pourrais me glisser et prendre comme raccourci. Effectivement, je finis vite par découvrir un orifice assez grand pour laisser passer un homme, une sortie clandestine utilisée par certains pour quitter l'enceinte militaire sans permission. Un vague buisson la camouflait. Mais il avait mal été remis en place ou peut-être, tout simplement, soulevé pendant l'orage. Quoi qu'il en fût, il ne dissimulait rien de ce qu'il aurait dû cacher. J'étais fatigué et avais envie d'économiser mon temps et mes forces. Enjambant un fossé et des broussailles, je me glissai par l'orifice et traversai latéralement le terrain d'exercice, droit en direction de mon cantonnement, heureux du hasard qui m'avait fait découvrir ce sentier dérobé.

Comme je passais le long d'un hangar d'armement, j'entendis des bruits sourds qui me déplurent. Je m'approchai discrètement. Il y avait des halètements, des râles, une voix basse aussi, qu'il me semblait connaître. J'avançai encore… Au coin d'une baraque de tôle, deux silhouettes étaient enchevêtrées. L'une, énorme, adipeuse, surmontait l'autre, frêle, petite, recroquevillée à terre. Il y eut un coup de pied, puis un autre, tous deux portés au ventre. Le gros homme, je le reconnus tout de suite, c'était l'adjudant Edmonds. Il tenait une bouteille à la main et frappait avec violence un soldat indigène écroulé sur le sol. Des injures affreuses sifflaient entre ses dents. J'aurais pu m'éloigner et ne pas me mêler de cette histoire, j'aurais pu faire semblant de ne pas voir… Mais la scène me mit hors de moi. Sans réfléchir, sans savoir ce qui se passait vraiment, je me jetai sur Edmonds et le repoussai loin du petit homme sur lequel il s'acharnait. Surpris, le sous-officier tituba mais ne chuta pas. Il me reconnut. Embués d'alcool, ses yeux luisaient d'un mauvais jaune et son visage, congestionné par l'effort, suait à grosses gouttes. Sa bouche se tordit en un rictus.

— Tewp ! Ôtez-vous de là que je finisse d'apprendre le respect à ce Shudra… Cette histoire ne vous regarde pas, lieutenant !

J'essayai bien de raisonner Edmonds mais rien n'y fit. Il tenta de revenir vers sa victime et, une fois encore, je le repoussai, ce qui le mit en rage. Le ton monta entre nous. Il cassa sa bouteille sur le mur et voulut s'en servir comme d'une arme, mais l'alcool et sa corpulence gênaient ses mouvements, les rendant lents et maladroits. Il allongea vers ma gorge un premier coup que j'esquivai sans difficulté. J'étais beaucoup plus jeune que lui, infiniment plus alerte aussi, plus leste et plus souple. Je l'entendais souffler comme un bœuf à chaque mouvement. Mon intention n'était pas de le combattre, mon intention n'était pas de le frapper. Je voulais simplement qu'il cessât la lutte en s'épuisant de lui-même. Un autre coup partit, un demi-cercle destiné à m'ouvrir le ventre, mais je sautai en arrière et me remis en garde sans dommage. Edmonds, je le voyais bien, ne jouait pas à me menacer. Il avait beau être ivre, ses attaques étaient toutes destinées à blesser, à tuer, même… C'était comme si lui et moi savions depuis que nous avions croisé nos regards que cet instant devait arriver. Je n'en éprouvai pas de réelle surprise. Peut-être était-ce pour cela que je me sentais en confiance. Trop en confiance… Alors que je reculais pour esquiver une troisième attaque, mon pied roula sur un caillou, déboîtant presque ma cheville, et je tombai de tout mon long. A terre, je n'eus pas le temps de me relever qu'Edmonds se laissa choir de tout son poids sur moi. Paralysé, je ne pouvais plus lutter, plus me défendre. Bloqué dans mes poumons écrasés, l'air ne passait plus dans ma gorge, je ne pouvais même plus crier pour appeler de l'aide ! Edmonds me regarda droit dans les yeux puis me cracha au visage et arma son bras bien au-dessus de sa tête pour me plonger son tesson de bouteille en pleine jugulaire. Mes mains se mirent à battre frénétiquement le gravier tout autour de moi et, d'instinct, je ramassai une poignée de cailloux trempés d'eau que dans un soubresaut désespéré je parvins à lui jeter au visage. Surpris, celui-ci déplaça son centre de gravité en voulant éviter les projectiles. L'accès à ma hanche en fut providentiellement libéré. Je rabattis ma main sur l'étui de mon revolver de service, tirai vivement l'arme hors de sa gaine, rabattis le percuteur et, comme Edmonds relevait son bras pour me porter le coup fatal, je fis feu au jugé, quelque part dans la masse noire, ogresque, de celui qui m'étouffait.

Dans le silence de la nuit, la détonation résonna avec une incroyable puissance. Le corps de mon adversaire bascula lentement et tomba dans la boue. Je me dégageai d'un soubresaut, ignorant les douleurs qui vrillaient mon corps, respirant à plein l'air qui m'avait manqué pendant de si longues secondes. Du pied, j'envoyai au loin le tesson de bouteille qui venait de glisser de la paume d'Edmonds puis me penchai sur le gros homme. Il avait perdu conscience. Un peu de liquide verdâtre moussait au coin de sa bouche et une large tache rouge s'agrandissait sur sa vareuse, au beau milieu de l'abdomen. J'écartai comme je pus les pans de sa veste, déchirai sa chemise et pressai le plat de ma main sur le trou béant, fontaine de sang que ma balle avait ouverte dans la région de la rate. Je savais que ce type de blessure était mortel. Si des soins ne lui étaient pas rapidement prodigués, Edmonds allait mourir. Il me fallait de l'aide. Je jetai un coup d'œil autour de moi. Le petit Hindou était toujours allongé contre la paroi de tôle. Il gémissait doucement mais je sentais bien qu'il avait perdu connaissance lui aussi et ne pouvait rien faire pour aller chercher du secours. Je repris mon arme et déchargeai en l'air, avec régularité, les cartouches qui restaient dans mon barillet.

Bientôt j'entendis des cris, des appels, et vis des torches trouer l'obscurité. J'appelai. Une patrouille me trouva enfin. Un médecin fut appelé et on emporta le corps d'Edmonds dans une ambulance. Les baraquements de l'hôpital, heureusement, étaient tout proches… Avec une intervention rapide, un homme normal aurait eu toutes les chances de s'en tirer. Mais Edmonds n'avait rien d'un homme normal. Je savais qu'il buvait, fumait et mangeait trop. Son organisme devait mal supporter les traumatismes, peiner à cicatriser et à guérir… Comment allait-il résister ? Tant qu'il flottait entre la vie et la mort, je n'étais pas encore un meurtrier. Mais s'il passait ? Qu'allait-il advenir de moi ? J'avais beau avoir agi en état de légitime défense, je n'en étais pas moins responsable d'un crime. Et comment faire maintenant pour récupérer le voûlt chez Keller ? Tous mes plans s'écroulaient. Un capitaine de la police militaire s'approcha, à qui je dus remettre mon revolver Webley. Tandis que, entouré de deux gardes, je montais dans son véhicule de service, je vis que le soldat hindou se relevait péniblement, seulement soutenu et réconforté par un camarade indigène. Aucun médecin, aucun infirmier ne semblaient s'intéresser à lui. Un terrible sentiment de compassion pour ce petit homme m'envahit. Sans rien dire, confus et plein d'une immense tristesse, je me laissai conduire sans protester jusqu'au bureau du chef des Red Caps, la police militaire, qui se distinguait de tous les autres corps par le port d'une bande rouge sang sur leur casquette.

Arrêts de rigueur

Que dire du reste de cette nuit ? Peu de choses car m'arrêter aux détails de la procédure administrative à laquelle je fus soumis n'apporterait rien à mon récit. Je fis, bien sûr, la narration des événements qui m'avaient conduit à tirer à bout portant sur l'adjudant Edmonds : le retour vers la caserne après une soirée passée en ville, la découverte de la trouée dans le grillage cernant le champ de manœuvres et puis la scène que j'avais surprise dans la zone des hangars, Edmonds, ivre et furieux, s'acharnant apparemment sans raison sur le corps étendu d'un soldat indigène, ma lutte avec le colosse et l'acharnement, presque la sauvagerie de celui-ci. Je n'avais fait feu qu'en dernière instance, pour me protéger, pour me sauver d'une mort certaine. Voilà, c'était tout. Je n'avais rien à ajouter. L'officier préposé m'écouta gravement, transcrivit mes propos dans un rapport préliminaire puis me signifia ma mise provisoire aux arrêts, du moins tant que durerait l'enquête qui devait seule déterminer si oui ou non il avait été légitime que je fisse usage de mon arme. Au beau milieu de la nuit, je me retrouvai donc sous les verrous, dans une des cellules du quartier pénitentiaire de la caserne de Calcutta. On m'affecta une pièce où résider seul. Mon rang d'officier m'y donnait droit. Le confort était rudimentaire : un mauvais lit de fer, une paillasse enveloppée d'un drap percé, une couverture tout imprégnée d'une affreuse odeur, un trou comme latrine et un robinet d'eau froide. La lumière venait d'un soupirail barré d'épaisses tringles torsadées qu'il aurait été vain de vouloir desceller. Le décor, en fait, n'était pas surprenant.

Longtemps je restai abattu, assis sur le grabat, sans même prendre garde aux plaies qui tachaient de sang ma chemise. Tout était donc perdu. Condamné à rester ici, je ne pouvais plus agir contre Keller. Quelle que fût l'issue du jugement qu'on prononcerait contre moi, il serait trop tard. L'envoûtement aurait accompli son œuvre depuis longtemps et personne ne pourrait rien y faire… Tristement, je me forçai néanmoins à me nettoyer à l'eau froide. Je défis le pansement qui me ceignait les reins. Comme il était encroûté de sang séché, cela me fit malgré moi pousser un cri… Ayant été enfermé peu avant l'aurore, j'eus vite droit à ma première visite : un garde-chiourme indigène vint m'apporter « Adam et Eve sur un radeau », le breakfast ordinaire du prisonnier, deux œufs posés sur une tranche de pain noir. Je ne les dédaignai pas. La physiologie humaine est ainsi faite. Mon estomac aurait dû être noué et mon esprit rester étranger à toute considération de bien-être matériel, mais il n'en était rien. Je ne pensais au contraire qu'à boire et à manger. J'avais faim ! Pour dramatiques qu'ils eussent été, les révélations de Garance de Réault et les événements de la nuit m'avaient comme rempli d'une énergie nouvelle, d'une joie enfantine. Peut-être était-ce de l'inconscience pure et simple mais je me sentais tout gaillard, finalement assez fier de moi-même, heureux d'avoir osé trouer la peau du gros sous-officier. Je savais que j'avais agi selon le bon droit et ma conscience en était ravie ! Bien sûr, l'état d'Edmonds me souciait et je priais intérieurement pour que le bonhomme s'en tirât, mais cela ne m'empêchait pas – pour autant que cela fût possible – de marcher de long en large dans ma cellule en me frottant les mains et en parlant tout haut, me félicitant de n'avoir pas un instant hésité à intervenir lorsque j'avais surpris le monstrueux adjudant en train de passer ce pauvre type à tabac. Retournant m'asseoir sur le châlit, je mangeai tout ce que le planton m'avait apporté. A son retour, quand il vit mon assiette vide, le soldat sourit puis me gratifia de lui-même d'une autre ration.

— Vous êtes le lieutenant Tewp ? me demanda-t-il, alors qu'il posait près de moi un nouvel « Adam » et une nouvelle « Eve ». C'est vous qui êtes intervenu tout à l'heure en faveur du caporal Swamy, n'est-ce pas ?

— Je ne sais pas comment s'appelle l'homme dont j'ai pris la défense, répondis-je. Et je n'ai pas eu le temps de remarquer son grade non plus. J'ai seulement vu que c'était un soldat indigène… Pourquoi me posez-vous cette question ?

— Pour rien, mon lieutenant. N'y voyez pas offense. Je voulais seulement vous dire que c'était très courageux de votre part. La nouvelle de votre intervention va se répandre vite… Je suis le sergent Panksha, le chef des gardes de nuit. Si vous avez besoin de quelque chose, c'est à moi qu'il faut le demander. Je ferai le maximum pour vous le procurer.

Je ne savais pas encore à quel point Panksha allait être fidèle à sa parole. Dans les minutes qui suivirent, il m'apporta, sans que je lui demande rien, une table, une chaise, changea ma paillasse, troqua ma couverture malodorante pour une autre toute propre, me fournit même en savon et en linge de corps de rechange. Je fis une toilette complète et pus même, tant bien que mal, frotter les taches de sang et de boue qui maculaient mon uniforme. Lorsque, vers 10 heures du matin, je reçus la visite de l'officier chargé de mener l'instruction sur mon affaire, j'étais en mesure de lui faire face de manière décente. A peu près frais et présentable, j'étais certainement mieux armé pour répondre à ses questions que si j'avais encore été souillé des traces de ma bagarre avec Edmonds.

L'entretien se passa relativement bien. Mon interlocuteur m'apprit d'emblée que l'adjudant semblait survivre à sa blessure. L'opération s'était déroulée convenablement et la balle n'avait touché aucun organe vital. Il souffrirait, certes, et longtemps. Mais tout laissait penser qu'il se remettrait sans graves séquelles. Ensuite parce que, étant moi-même rompu à la terminologie et aux procédures judiciaires, il m'était facile de présenter ma version des faits sous le meilleur angle possible. Edmonds, de surcroît, était réputé pour son ivrognerie et ses crises de violence à répétition. Les questions que me posait mon interrogateur étaient précises, concises, de bonne facture et ne s'égaraient jamais du sujet principal, reflétant la pratique d'un bon professionnel. J'aurais certainement posé les mêmes si j'avais été à sa place. Certes, nous ne sympathisâmes pas, mais un certain respect s'instaura entre nous. Bien entendu, il ne s'autorisa aucun commentaire personnel sur mon sort. Ce n'était pas son rôle – je le savais et je m'abstins scrupuleusement de l'en faire sortir –, et rien ne m'apprit quand je serais autorisé à sortir de cette prison. Il me quitta en me promettant de revenir le lendemain m'informer de la situation. De nouveau seul dans ma cellule, je fus bien contraint de prendre mon mal en patience. Je n'avais rien à faire que penser et dormir. Je m'allongeai donc sur mon grabat, finalement rattrapé par la masse de fatigue et de tensions que j'avais accumulées depuis la veille.

A demi enterrées, les caves où l'on retenait les prisonniers étaient fraîches. Elles avaient cet avantage, par rapport aux autres parties du camp, de le demeurer lors des grandes chaleurs de l'après-midi. J'y trouvai donc un certain confort. Je dormis d'un sommeil de plomb jusque vers 18 heures, lorsque le bruit d'une petite troupe rentrant me réveilla. C'étaient les prisonniers du rang qui, assignés à divers travaux durant le jour, regagnaient leur cellule pour la nuit. Il y eut un appel, bref, comme on alignait les hommes dans le couloir, et puis on les serra dans leurs box, à raison de trois ou quatre pour un espace pas plus vaste que celui que j'occupais à moi seul. La plupart de ces types n'avaient que des vétilles à se reprocher : retard enregistré lors d'un retour de permission, petits larcins commis dans les entrepôts, refus d'obéissance, bagarres… rien que l'ordinaire de la justice militaire en temps de paix. Un moment, tout redevint calme puis j'entendis le bruit d'une cantine roulante bringuebaler sur le dallage du couloir. Bruits de serrures qu'on ouvre et qu'on ferme, voix hautes, ordres et répliques donnés en hindi. Je ne percevais pas un seul mot d'anglais. J'en conclus que le service de nuit avait commencé. Si, de jour, la garde était assurée par des Britanniques, les vacations nocturnes étaient conduites par des sous-officiers et des soldats indigènes. Et puisque, moi mis à part, tous les prisonniers étaient hindous, l'emploi de la langue locale redevenait l'usage. A son tour, ma porte s'ouvrit. Comme au matin, Panksha apparut, deux plateaux en équilibre sur ses larges mains ouvertes.

– « Zeppelin dans les nuages », mon lieutenant ! Bon appétit !

Je jetai un coup d'œil à la mixture. C'était une large saucisse bien graisseuse – le « Zeppelin » – noyée dans de la purée de pommes de terre farineuses – les « nuages ». L'excitation, ou pour mieux dire ma faim du matin, s'était évanouie. La vue de tant de nourriture m'écœura. D'un geste, je repoussai les plateaux et retournai m'allonger à plat ventre sur le lit. J'étais abattu, presque effondré. Effondré d'avoir tiré sur un homme, effondré d'avoir à subir l'humiliation de la prison. Effondré d'avoir, en si peu de jours, échoué sur toute la ligne. Effondré surtout de savoir que j'étais désormais réduit à l'impuissance contre celle qui voulait ma mort. J'enfonçai mon visage dans l'oreiller de crin, fermai les yeux et tentai d'oublier comme je pus cette sale journée. Provenant des cellules voisines, au-dehors, j'entendais des bruits de vaisselle, des couverts en fer-blanc qui crissaient sur les assiettes en zinc, des rires, des appels, des échanges vifs, sonores, presque fraternels entre les prisonniers et les gardes. Tous les Anglais étant partis jusqu'à la prochaine aube, la prison devenait comme une enclave d'Inde libre, car il était facile de deviner que la plupart des prisonniers étaient de ceux que l'on nommait avec mépris les *Little Englanders*, qui ne plaçaient pas plus la gloire de l'Empire que le respect de ses lois au premier plan de leurs préoccupations. La nuit était tombée. Les gardiens allumèrent l'électricité. Une clarté crue, vive, blessante, perça mes paupières closes et me vrilla le cerveau comme une mèche d'acier. Je ne savais si cela était dû à l'envoûtement, mais mes yeux ne supportaient plus maintenant que la pénombre. Soupirant, j'étais en train de grimper sur la chaise pour dévisser cette maudite ampoule quand la porte s'ouvrit. Un personnage que je n'avais encore jamais vu entra. De ma position en hauteur, je vis d'abord de lui un rond de tissu bariolé, une sorte de petit tonneau de toile compact aux proportions courtaudes, mal assemblées, assez disgracieuses, à vrai dire. Descendant de mon escabeau improvisé, je vis une face sombre, originellement peu propice à s'ébaudir mais aux traits encore boursouflés par endroits, tuméfiés, bleuis… Le visage d'un homme que l'on avait frappé. Sous une brève moustache bizarrement griffonnée, aux poils hérissés, la lèvre supérieure avait été vilainement fendue, découvrant certainement plus qu'il n'aurait fallu de grandes dents irrégulières. Sur une architecture corporelle apparemment bâtie à l'économie, sans chair, sans graisse, sans matière superflue mais toute tendue d'une armature de muscles vifs qui devaient lui donner une grande force, l'homme portait l'uniforme de service d'un caporal indigène d'un régiment du Génie.

— Qui êtes-vous ? demandai-je, d'un ton dur, irrité de m'être faire surprendre en pleine activité domestique.

— Mon lieutenant, je suis le caporal Habid Swamy. L'homme que vous avez secouru hier soir. Je voulais simplement vous remercier de ce que vous avez fait pour moi, mon lieutenant. Je ne sais pas si d'autres officiers anglais se seraient risqués à intervenir… C'était très courageux de votre part… Merci…

La voix était belle, l'anglais, irréprochable. Il y avait chez le caporal un étrange mélange de douceur et d'énergie qui me le rendit tout de suite sympathique. Avec ses ecchymoses qui le marbraient vilainement, il avait l'air d'un gamin au sortir d'une bagarre de cour de récréation. Sans qu'il y eût aucune méchanceté dans mon intention – une soudaine tendresse plutôt –, je me mis à rire un peu sottement.

— Pardonnez-moi, caporal, je ne me moque pas de vous… C'est que… votre venue est un peu surprenante, voyez-vous… Mais cela me fait plaisir. Très plaisir même… Je suis heureux que vous vous en soyez sorti sans trop de dégâts. L'adjudant Edmonds avait bien l'intention de continuer à vous esquinter, je crois.

— Hum… oui… C'est possible. Ce n'était pas la première fois que l'adjudant et moi avions des mots… Mais ce n'était jamais allé aussi loin. Je ne sais pas ce qui lui a pris… C'est regrettable pour tout le monde. Et pour vous surtout, mon lieutenant, puisque vous vous retrouvez enfermé à cause de moi…

En quelques phrases bien tournées je rassurai Swamy, lui faisant bien comprendre que je préférais croupir dans une cellule plutôt que d'être resté passif et d'avoir eu à supporter la pensée de sa mort ou de sa paralysie… Mon discours sembla plonger le petit homme dans un abîme de réflexions. Je crois qu'il ne s'était pas attendu à tomber sur un type tel que moi, aussi détaché des réalités ordinaires de la vie militaire que je semblais l'être. Evidemment, il ne pouvait pas savoir que mon être entier s'était détaché du monde. Maintenant certain d'une issue fatale et rapide au mal qui me dévorait, j'en étais arrivé à me moquer de tout. Enfin, Swamy prit congé, promettant de revenir me voir assez vite et me priant de l'informer si d'aventure j'avais besoin de quoi que ce fût. Cinq minutes ne s'étaient pas écoulées depuis son départ que ma porte se rouvrit et qu'apparut le visage radieux de Panksha. Une petite foule compacte se pressait derrière lui.

— Est-ce que les hommes peuvent aussi venir vous saluer, mon lieutenant ? me demanda, presque timidement, le chef des gardes de nuit.

— Les hommes ? Venir me saluer ? Mais pourquoi ?

Avant de pouvoir me donner réponse, Panksha fut débordé, poussé à l'intérieur de ma cellule par dix ou quinze personnages en tenue relâchée qui bientôt m'entourèrent, me serrèrent la main avec des signes de tête comiques, comme en font les fidèles devant une statue de saint ou devant un prêtre… Au milieu du brouhaha, je n'entendais que des « Merci » ; « Félicitations, mon lieutenant » ; « Vous avez bien fait… » ; « On vous soutiendra… » Oubliant tout protocole, je reçus des tapes sur l'épaule, une belle bourrade dans le dos, aussi. Ces hommes étaient majoritairement les prisonniers hindous qui purgeaient leur peine dans les cellules voisines. Mais des gardes aussi étaient là, parmi eux, et me félicitaient de même. Je sentis soudain qu'on ouvrait ma main de force et qu'on y plaçait un briquet, un paquet de cigarettes, des barres de chocolat, une pâte de fruits… Panksha me regardait en souriant.

— Vous voyez, mon lieutenant… La nouvelle s'est répandue. Il est rare qu'un Brit' intervienne pour quelqu'un d'ici. C'est même de plus en plus rare. Tout le monde vous en est reconnaissant…

Je dus encore serrer des mains, remercier pour tout ce que l'on m'offrait, assurer que j'avais agi spontanément, sans réfléchir et que j'aurais fait de même pour n'importe qui afin qu'on consentît à évacuer les lieux, à me laisser trouver un peu de repos… Panksha fut le dernier à partir non sans m'avoir glissé à l'oreille que, si mes arrêts se prolongeaient, il y aurait moyen d'accommoder au mieux mon séjour forcé en prison. Et il me fit un clin d'œil appuyé tandis qu'il brandissait et faisait tinter sous mon nez l'impressionnant trousseau de clefs qu'il accrochait d'ordinaire à sa ceinture. Enfin je restai seul. Aussi étroite qu'elle ait été, la pièce était maintenant en complet désordre. La chaise avait été renversée, la table poussée dans un coin par le brusque surgissement de la petite marée humaine et je vis même que des traces de pas maculaient les draps de mon lit !

Un des types avait marché sur mes couvertures sans même que je le remarque ! Je pris dix bonnes minutes pour remettre un peu d'ordre dans mon antre puis finis par dévisser cette ampoule dont la lumière trop blanche me vrillait les yeux. Enfin, dans le silence et la bienfaisante obscurité revenus, je m'étendis de tout mon long et m'endormis…

*

La journée du lendemain se passa sans que l'officier judiciaire revînt. Contrairement à ce qu'il m'avait promis, j'attendis donc vainement sa visite. On me fit sortir de ma cage pour une promenade d'une heure, seul, dans un couloir grillagé s'enfonçant dans une cour bétonnée sans perspective. Deux gardes anglais me surveillaient en me toisant d'un regard mauvais. J'en entendis un demander à son compagnon ce que l'on me reprochait.

— C'est un type qui a tiré sur l'un des nôtres qui ne faisait pourtant rien d'autre que flanquer une rouste à un Shudra, à ce qu'il paraît.

Et il cracha à terre tout en me lançant un regard plein de hargne qui voulait bien dire à qui, de l'Anglais tortionnaire ou de l'Hindou victime, allait sa sympathie.

Et puis, alors que j'étais tout juste revenu de cette promenade, le capitaine médecin Nicol entra, affolé, dans ma cellule.

— Je vous cherche depuis deux jours, lieutenant ! Pourquoi ne pas m'avoir averti de votre situation ?

J'aurais pu rétorquer que tout désormais me semblait vain et que je sentais bien que la partie était perdue. Que je n'avais plus espoir d'arrêter cette lèpre qui chaque jour creusait un peu plus ses sillons dans ma chair, que tout, enfin, m'était égal. Mais je n'en eus même pas la force. Je me contentai de hausser les épaules. Nicol me fit déshabiller et poussa un grognement quand il vit dans quel état se trouvaient les prurits. Il les désinfecta et changea les bandes, puis me demanda si je voulais que l'on me transfère à l'hôpital, mais je répondis que je préférais encore être ici tant que cela serait possible. En prison, au moins, j'étais toujours parmi les vivants. Entrer à l'hôpital, au contraire, c'était emprunter la dernière ligne droite avant la fosse. J'étais malade, certes, mais je sentais confusément que ce n'était pas encore tout à fait l'heure pour moi de m'engager sur cette route. Je le remerciai mais déclinai fermement son offre.

— Avez-vous vu Mme de Réault ? me demanda-t-il alors.

— Mme de Réault est persuadée que je suis envoûté et que seule l'obtention de l'objet sur lequel travaille la sorcière pourra me sauver. Le plus absurde est que je la crois ! Mais maintenant je n'ai plus aucune possibilité d'agir dans le monde extérieur… On me dit que je ne sortirai pas d'ici avant au moins dix jours. Où sera Keller, dans dix jours ? Je ne sais même pas si elle est encore à Calcutta.

Officier du corps de santé, n'appartenant pas au MI 6, Nicol n'était pas en mesure de me fournir de tels renseignements.

— Que puis-je faire pour vous, mon garçon ? me demanda-t-il tristement.

— Revenez changer mes pansements et gardez cette histoire pour vous… Je crois que c'est tout, maintenant…

A regret, Bartholomew Nicol rangea ses instruments dans sa mallette de cuir et quitta ma cellule. Il était tard. Comme la veille au soir, l'escouade des prisonniers condamnés au travail rentra et l'équipe des gardes de nuit prit son service. On m'apporta à manger puis Panksha revint me voir en compagnie de Swamy.

— Mon lieutenant, j'ai entendu dire qu'on ne vous libérerait pas avant le retour du colonel Hardens. Il va falloir que vous preniez votre mal en patience encore quelques jours. Un peu plus d'une semaine, en fait... Il n'y a que lui qui puisse signer votre mise en liberté... Alors, Swamy et moi, on a quelque chose à vous proposer, si vous le voulez...

Visiblement, ce « quelque chose » était un peu délicat à énoncer. J'aurais pu les inciter à parler, mais je n'en fis rien, attendant qu'ils trouvent le courage de se jeter à l'eau. C'est Habid Swamy qui s'y risqua.

— En fait, mon lieutenant, on pense que vous vous ennuyez ici... Alors, puisque la garde de nuit est uniquement indigène, on s'est dit que... vous voudriez peut-être en profiter pour prendre un peu d'exercice au-dehors... Nous pourrions même vous faire sortir de la caserne toutes les nuits et vous y faire rentrer au matin, avant la prise de poste des Brits, enfin je veux dire des Anglais... Le temps vous paraîtrait moins long.

— Vous me proposez une évasion, caporal ? C'est assez... immoral, vous ne trouvez pas ?

— Contraire au règlement, certainement, mon lieutenant, intervint Panksha tout sourires. Mais pas immoral. Ça non... Pas immoral du tout, même. C'est que vous soyez là, à vous morfondre dans ce trou alors que vous n'avez fait que le bien, qui est immoral. Ça oui...

Je réfléchis un instant. C'était diablement tentant... D'autant plus que je savais parfaitement à quoi employer ces providentielles heures de liberté clandestines qui m'étaient soudain offertes, comme par miracle : reprendre ma surveillance au Harnett et m'emparer du voûlt de Keller ! Enfin se présentait une opportunité de contrebalancer le manque de chance dont je souffrais chroniquement depuis que j'avais quitté le pont de l'*Altaïr*. J'acceptai avec enthousiasme.

— Mais il y a une condition, tout de même, m'avertit Panksha.

— Laquelle ? De l'argent ?

— Non, mon lieutenant... Il vous faudra accepter un chaperon... Ce n'est pas que nous pensons que vous ne voudrez pas revenir... C'est juste au cas où... Enfin, il faut être certains que vous serez bien de retour dans votre cellule au matin.

J'accédai de bonne volonté à cette requête.

— Et qui donc m'accompagnera pour ces sorties nocturnes ? demandai-je.

— Moi, monsieur mon officier. Si vous le voulez bien, évidemment, répondit Swamy.

*

Je sympathisai vite avec Swamy. Comme si de rien n'était, il me faisait sortir à la nuit tombée par la grande porte de la prison que Panksha ouvrait royalement pour nous. La seule partie aventureuse du parcours se situait là. Devant le bâtiment des cellules, il y avait un vaste terrain dégagé et bien éclairé d'une quarantaine de yards à traverser, sans qu'il fût possible de se plonger dans un coin d'ombre. Heureusement, aucun incident ne se produisit jamais et c'est sans encombres que nous pûmes, soir après soir, quitter le quartier militaire pour nous enfoncer dans le Calcutta des civils. Ma première escapade avec le caporal fut essentiellement consacrée à nous apprivoiser. Bien évidemment, je n'avais qu'une idée en tête, filer au Harnett pour vérifier si Keller y avait encore sa résidence. Mais mon intuition me disait qu'il fallait d'abord que je me livre à Swamy. Peut-être son aide me serait-elle précieuse pour récupérer le voûlt dans la chambre 511. A tout prix, je devais faire de cet homme mon allié.

— Alors, que faisons-nous, mon lieutenant ? me demanda-t-il la première fois que nous eûmes franchi la barrière du quartier. Y a-t-il un endroit où vous voulez aller ?

— Je ne connais presque pas Calcutta, vous savez… J'ignore ce qu'il est de bon ton d'y faire entre le crépuscule et l'aube. Surtout lorsqu'on est un demi-évadé un peu souffrant ! Avez-vous une suggestion, caporal ?

Swamy sourit. Oui, il avait une suggestion. En fait, c'était une envie simple qu'il formula sans gêne et qui me ravit.

— Eh bien… peut-être accepteriez-vous mon invitation à dîner, mon lieutenant ? Ma femme tient toujours quelque chose de prêt et serait enchantée de vous remercier de vous être porté à mon secours, l'autre soir. Je suis certain que votre visite lui ferait un grand plaisir. Si vous n'y voyez pas d'offense, monsieur mon officier !

Bien sûr que je n'y voyais pas d'offense ! Au contraire, la proposition me charmait. J'emboîtai donc le pas du caporal qui me conduisit par de petites rues de traverse non loin de la caserne, jusqu'à un lotissement de maisons basses en bois, propres, bien entretenues mais modestes et sans étage.

— Ce sont les demeures des familles des soldats indigènes de Sa Majesté Edouard VIII, mon lieutenant. L'administration militaire a la bonté de nous les fournir à bas prix. La mienne est la plus proche du grand massif de bambous…

Il était assez tard cette nuit-là, quand je pénétrai pour la première fois dans la maison de Swamy. Tout y était net, bien rangé. Les meubles bas étaient cirés et luisaient doucement à la lueur tamisée de quelques lampes à gaz. Une odeur de propre flottait dans l'air, à laquelle se mêlait un parfum d'épices. C'était la maison d'un couple sage, sans histoires… Swamy alla chercher son épouse, une petite femme aux traits fins, doux et lisses, aux beaux cheveux noirs tirés en une lourde tresse qui lui tombait au bas du dos.

— Voici Lajwanti, dit Swamy. Elle ne parle presque pas anglais… Pardonnez-lui.

Lajwanti m'accueillit avec un beau sourire de princesse bengalie et une petite courbette de dévote protestante. Elle fila ensuite à la cuisine et en revint avec une simple coupe d'eau fraîche qu'elle me tendit, les yeux mi-clos.

— C'est l'*arghya*, l'eau d'hommage, mon lieutenant, expliqua Swamy. Le premier et le plus important des dons d'hospitalité.

Cérémonieusement, je bus deux gorgées d'eau avant qu'on ne me fît asseoir à une table où un très simple repas me fut servi. Pour la première fois, je découvris le curry, le paprika, le poivre rose et les graines de fenugrec. J'en éprouvai un trouble certain, une sorte de vertige, un peu comme si l'on m'avait fait boire du vin doux. Mais c'était agréable, nouveau et pourtant plaisant… A la fin du repas, Lajwanti s'éclipsa, nous laissant seuls, Swamy et moi. Au-dehors, par la fenêtre ouverte, on entendait des gamins qui riaient et jouaient dans l'obscurité, malgré la nuit avancée… Je ne sais si ce furent ces bruits de jeu qui m'y firent songer, mais une question indiscrète se forma dans mon esprit. Avant que j'aie pu la refréner, elle avait franchi mes lèvres, malgré moi :

— Vous n'avez pas d'enfants, Lajwanti et vous, Swamy ?

Le visage de l'Hindou s'assombrit soudain, comme si j'avais évoqué un malheur. Je m'en voulus aussitôt d'avoir osé poser une question aussi intime.

— Non. Malheureusement nous ne pouvons pas… C'est une chose qui nous pèse beaucoup… Les médecins ont dit qu'il n'y avait rien à faire. Nous aurions beaucoup aimé, mais c'est impossible…

— Je suis navré de ma maladresse, Swamy. Je ne voulais pas réveiller une douleur. Pardonnez-moi…

— Non, mon officier, ce n'est rien… Et puis, nous sommes tout de même entourés d'enfants. En fait, il arrive souvent que la maison en soit pleine. Ils nous réconfortent…

Et Swamy de m'expliquer que sa femme et lui avaient pris sous leur aile une bande de gosses qui avaient eu la malchance d'avoir pour père un Anglais et pour mère une Hindoue. Cas fréquent dans toutes les grandes villes coloniales, et jusque dans les avant-postes les plus reculés, les Britanniques prenaient pour maîtresses temporaires des femmes du lieu et les abandonnaient dès qu'elles étaient enceintes et refusaient d'avorter. Les pauvres filles avaient beau demander réparation et assistance, rien n'était prévu pour elles, évidemment. Finalement rejetées par toutes les communautés, elles devaient se débrouiller seules pour élever une progéniture charriant deux sangs que personne ne voulait voir se mêler au grand jour. C'était une bande de tels enfants, garçons et filles âgés de cinq à quinze ans environ, dont Swamy et Lajwanti s'occupaient de temps à autre, récupérant pour eux des vêtements, un peu de nourriture, essayant de leur donner un rudiment d'éducation…

— A midi, ils vont sous mon ordre manœuvrer les tuyaux d'arrosage des arsenaux pour refroidir les tôles. Du coup, on leur octroie la permission d'aller fouiner dans les cuisines de la cantine pour manger au moins une fois par jour à leur faim. Et puis, il y en a un ou deux qui sont vraiment débrouillards. J'essaye de leur apprendre à lire et à compter. Peut-être pourront-ils s'en sortir finalement. Mais, quoi qu'ils fassent, ils resteront tout de même des Dâlits, des Intouchables…

A l'époque, je ne savais que peu de chose du régime des castes qui caractérisait l'Inde. Je connaissais l'existence d'une hiérarchie entre elles, mais rien de ce qu'elles désignaient au juste, ni qui, et selon quelles conditions les individus en faisaient partie. Sur ce sujet comme sur une infinité d'autres, ce fut Swamy qui me fournit les informations les plus précises :

— Le peuple hindou est séparé en trois divisions majeures, mon lieutenant. La première est celle qui tranche les Dravidiens, les premiers habitants du continent, d'avec les Aryens, les envahisseurs venus du nord. Ensuite, il y a la division des castes. Originellement, celles-ci n'étaient que quatre : les Brahmanes – les prêtres –, les Kshatryas – les guerriers, l'équivalent des chevaliers dans votre Occident –, les Vaysas – les commerçants et les artisans –, et enfin les Shudra, qui sont les paysans et les manœuvres…

— Shudra, intervins-je. C'est un terme que j'ai déjà entendu. Il est prononcé avec beaucoup de mépris, je crois…

— Par des ignorants, oui… peut-être… C'est la caste à laquelle j'appartiens. Il est vrai qu'elle est aujourd'hui méprisée, mais c'est une perversion des temps car, à l'origine, aucune caste ne jouissait d'un quelconque privilège, toutes étaient nécessaires les unes aux autres. Les brahmanes garantissaient la justesse des cultes et des rites pour assurer l'équilibre, les guerriers protégeaient les frontières, les commerçants assuraient la prospérité et les paysans fournissaient la nourriture. Les castes étaient comme les maillons d'une chaîne. Et tout était bien ainsi. Mais la nature du temps, comme celle du cœur des hommes, est de se pervertir. Les castes se sont fragmentées en sous-castes de plus en plus nombreuses, de plus en plus assoiffées de pouvoir, et les prêtres ont cru qu'ils étaient supérieurs aux guerriers, les guerriers plus importants que les commerçants, les commerçants plus honorables que les paysans et ceux-ci infiniment plus méritants que les Dâlits, les Intouchables, qui sont la lie de la société car ils exercent les métiers les plus immondes. Et voilà où nous en sommes aujourd'hui : chacun parle de son voisin avec mépris et rancœur. Ce n'est pas bon…

— Et la troisième subdivision, Swamy ?

— La troisième est la plus récente. Peut-être la plus terrible aussi. C'est celle qui sépare les hindous des musulmans. Celle qui nous plongera un jour très prochain dans la guerre civile. Cette déchirure est contre-nature. Elle est irréparable.

De cette guerre civile que tous semblaient croire inévitable, nous discutâmes beaucoup le reste de cette nuit-là. Pour la première fois, j'écoutais un Hindou me parler de l'Inde, sans honte, sans fard, sans précautions diplomatiques ou faux-semblants. Pour Swamy comme pour beaucoup de ses congénères, la situation était assez simple, la seule voie honorable étant celle des sanghatanistes, les nationalistes hindous qui s'opposaient de toutes leurs forces aux musulmans choyés par Gandhi et par les Anglais. Car chaque Hindou savait bien que les Britanniques avaient déjà choisi de partir et que leur intérêt était de laisser le pays dans le chaos, fruit pourri, rongé par les querelles intestines, déchiré par les luttes de clans et les guerres de religion, donc impraticable pour longtemps à tout autre colonialisme… Quoi qu'il se produisît maintenant, que la guerre en Europe se déclenchât ou non, le sort de l'Inde était réglé pour les vingt années à venir. Dès que les premiers massacres auraient lieu entre musulmans et hindous, le sort en serait jeté : rien ni personne ne pourrait plus rien pour l'Inde…

— Mais Gandhi ? Qu'en pensez-vous ? Ce n'est tout de même pas une création des Anglais, comme certains le prétendent ? Des millions d'Hindous le suivent… Toutes ces foules ne peuvent être achetées !

— Achetées, non, peut-être pas… Mais trompées, oui, certainement. Gandhi est soutenu par les basses castes, les plus nombreuses, les plus faciles à flatter et à retourner. Il n'agit pas pour la vraie grandeur de l'Inde.

— Alors qui ? Bose ?

Swamy resta un instant muet. D'évidence, il rechignait à parler. Surtout de Bose…

— Je porte l'uniforme britannique, monsieur mon officier. Je reçois ma solde de la Couronne impériale. Je ne peux nourrir de trop favorables sentiments en faveur d'un homme qui voudrait abattre l'Empire par les armes. Même si, en mon for intérieur… je ne peux que l'approuver. Mais voyez-vous, mon lieutenant, je me suis engagé il y a vingt années dans l'armée de Sa Majesté. A l'époque, les choses étaient beaucoup plus simples qu'elles ne le sont aujourd'hui. Nous autres, du peuple, n'avions pas l'habitude de songer politique. Aujourd'hui tout a changé. Sans vraiment en avoir conscience, j'ai prêté serment de fidélité à une puissance qui occupe mon sol natal… A ma manière, moi aussi, et tous les soldats indigènes, nous sommes devenus des Intouchables, la dernière, la plus méprisée de toutes les castes de l'Inde et dont la seule mention est comme une impureté dans la bouche…

Swamy détourna la tête et jeta un coup d'œil à sa montre.

— Nous devons rentrer, mon lieutenant. L'aube va arriver bientôt…

Je pris congé de Lajwanti, la remerciant aussi chaleureusement que je le pus pour son hospitalité, puis nous quittâmes la maison de bois pour regagner la caserne. Comme nous marchions en silence dans la nuit noire et fraîche et que nous passions auprès des hangars à munitions, une idée saugrenue explosa dans mon esprit comme une fusée de feu d'artifice.

— Combien dites-vous avoir d'enfants à votre disposition, Swamy ?

La maison des herbes hautes

Mon idée était simple. J'y avais réfléchi toute la journée du lendemain, pesant et soupesant les risques, jaugeant le danger, faisant même la part statistique des impondérables... Mais non, j'avais beau chercher l'argument qui serait à lui seul capable de me faire renoncer, rien, décidément, ne parvenait à me convaincre que mon idée était mauvaise. Osée, certes, mais faisable. Décidément faisable... A la condition *sine qua non* que Swamy lui-même me donnât son feu vert. Car tout, en fin de compte, dépendait de lui... De son jugement autant que de son approbation.

— Je ne peux pas vous dire que je suis emballé par la perspective, mon lieutenant, me dit-il alors que, pour la seconde fois, nous franchissions les barbelés de la caserne et que nous déambulions comme deux collégiens en goguette le long d'une avenue déserte. Faire arroser des hangars à des gamins, passe encore, mais les utiliser pour surveiller des gens, et des gens peut-être dangereux de surcroît, j'avoue que l'idée est peut-être bonne sur le papier. La réalité risque cependant de vous décevoir...

Je n'insistai pas, faisant mine de me ranger à cet avis raisonnable, mais me raccrochant tout de même furieusement à l'espoir que le germe que je venais de planter de manière très hypocrite dans l'esprit du caporal allait soudainement éclore et donner au plus vite une belle fleur sulfureuse.

— Oui, Swamy, vous avez certainement raison. Ce serait trop dangereux… Dommage. N'y pensons plus.

Le temps fit son œuvre. Vite. En cinquante pas peut-être, Swamy avait changé d'avis.

— Peut-être…

— Non, non, Swamy, je vous en prie. Oubliez cette histoire, c'est de la folie…

— On peut toujours essayer pendant vingt-quatre heures avec les deux plus grands. Après tout… si cela peut vous servir, je vous dois beaucoup plus que le simple repas d'hier.

— Mais non, Swamy, ne vous sentez pas contraint, je vous assure. Et puis… ce ne sont que des enfants. Je m'en voudrais de…

— Posons-leur la question. Je crois que ce sera plus simple. S'ils refusent, vous oubliez. S'ils disent oui, nous faisons un essai. Qu'en dites-vous ?

Je dis oui, bien sûr, mais j'y mis les formes. Finaud, Swamy prétendit un instant entrer dans mon jeu mais nos échanges de politesses cessèrent assez vite. Brièvement, je lui narrai les événements des jours précédents. Sa compagnie me mettait en confiance et je n'omis rien des épreuves que j'avais traversées. Tout cela, je crois, l'impressionna grandement.

— Il n'y a pas à hésiter, mon lieutenant. Votre dame française est dans le vrai : il faut récupérer le sale objet qui vous nuit.

Nous parlâmes fort avant dans la nuit pour élaborer un plan simple et sans danger pour les enfants. Evidemment, il convenait de mettre à profit une absence de Keller, donc agir en plein jour, ce qui excluait ma présence. Et puis s'introduire dans la chambre posait problème. Le crochetage de serrure manquait de discrétion. Alors ? Comment pénétrer dans la chambre d'un grand hôtel sans éveiller les soupçons ?

— En s'y faisant livrer ! dit soudain Swamy en claquant des doigts.

Je regardai le petit caporal hindou d'un air dubitatif. Ce garçon avait-il toute sa raison ? Mais le feu qui brillait dans ses yeux me disait qu'il détenait peut-être déjà toutes les réponses à mes interrogations.

— Imaginons que Mlle Keller ait décidé de se faire livrer un complément de bagage. Une malle arrive à son hôtel alors même qu'elle s'est absentée. Que fait le concierge ?

— Il fait monter la malle ?

— Exactement ! rayonna Swamy. Et dans cette malle, ce n'est pas du linge qui est rangé, mais un de mes petits. Khamurjee, par exemple. Dès que le gosse comprend qu'il est arrivé, il sort de la malle, s'empare de l'objet et….

— Et ?

— Et ressort comme il peut ! avoua Swamy, penaud. Oui, la dernière partie du plan est un peu faible. Mais au moins le principe général est assez bon. Qu'en dites-vous ?

Partagé entre l'enthousiasme et le scepticisme, je récapitulai toutes les phases de ce projet bizarre, posant à la volée toute une série de questions auxquelles Swamy s'arrangeait toujours pour répondre.

— Votre enfant rentrera dans une malle ? Il n'y étouffera pas ?

— Nous l'aménagerons !

— Qui fera la livraison ?

— Moi !

— Et si Keller rentre à l'improviste et coince le gamin ?

— Je resterai aux abords de l'hôtel avec un sifflet. Si la femme arrive, je lancerai un signal !

— Et comment nous y prendrons-nous pour que Keller ne s'aperçoive pas qu'elle a été fouillée ? Où le petit cachera-t-il la malle dans laquelle il est venu ?

— Il n'aura pas à la cacher, mon lieutenant ! La femme vous a déclaré la guerre ! Vous vous défendez ! Qui se soucie de ce qu'elle pense ? Je donnerai un tournevis à Khamurjee pour forcer la serrure de l'intérieur. Dès qu'il aura récupéré le crâne, il sortira de l'hôtel à toutes jambes sans demander son reste, et le tour sera joué !

A la réflexion, le plan était assez simple et assez fou pour réussir. L'insistance de Swamy finit par emporter ma décision. On aurait finalement dit que tout cela l'amusait. Je lui en fis la remarque.

— Ce n'est pas ça, monsieur mon officier, mais Khamurjee est doué. Je l'ai toujours su. C'est un gamin à qui j'ai appris beaucoup de choses. Et j'ai aussi entraîné sa mémoire en lui faisant faire le jeu de Kim.

Le jeu de Kim n'était qu'un vague souvenir pour moi et je dus faire un effort pour me rappeler ce roman de Kipling dans lequel un jeune Hindou est initié aux méthodes des services de renseignements coloniaux : le « jeu » en question consistait alors à exercer une panoplie d'artifices mnémotechniques dans le but de ne rien oublier d'une scène, d'un lieu, d'un fouillis d'objets quelconques. A l'heure où n'existaient pas les microfilms, ce genre de capacité était de première importance chez un agent. Je m'étonnai que Swamy ait préparé un gosse à ce genre de travail, exactement comme s'il avait su qu'un jour cela serait utile à quelqu'un.

— Simple intuition, dit-il laconiquement en plongeant très modestement son regard au sol.

Et je n'en sus pas plus sur ce sujet.

— Demain vous revenez ici, je vous présente le gosse, on règle les détails et on se décide pour de bon, reprit-il. Qu'en dites-vous ?

Cela me paraissait une bonne solution. J'étais profondément reconnaissant à Swamy de prendre mes problèmes avec autant de compassion que d'ardeur. J'essayais de lui exprimer ma gratitude quand il coupa court à mes remerciements embarrassés en tapotant son verre de montre.

— Je crois que nous ferions bien de rentrer, mon lieutenant. Le jour va se lever vite maintenant.

Nous regagnâmes la caserne et Panksha ferma comme à regret la porte de la cellule derrière moi. Je dormis un peu avant que Nicol vînt me faire sa visite quotidienne. Malgré toute la sympathie que m'inspirait le bonhomme, je ne crus pas utile de l'informer des petits arrangements pénitentiaires dont je bénéficiais. Cela aurait pu plonger Panksha et Swamy dans de graves ennuis et je ne voulais compromettre d'aucune manière la maigre chance qui m'était donnée de remettre la main sur le voûlt. Le médecin changea mes bandages, me donna de l'aspirine en quantité et voulut me laisser son journal.

— Vous avez vu, Tewp, c'est annoncé officiellement en première page ! fit-il, agacé, en dépliant le quotidien devant lui et en frappant les feuilles d'un revers de main.

— Quoi donc, capitaine ?

N'étant pas d'humeur à suivre l'actualité, je jetai à peine un coup d'œil vers une photographie qu'il pointait du doigt et qui semblait déclencher sa furie. Je ne vis qu'un portrait de notre souverain Edouard VIII.

— Le roi ! Visite officielle aux Indes dans les quinze jours qui viennent !

— Quoi de plus normal ? C'est lui l'empereur maintenant, répliquai-je d'un ton las, agacé par la futilité des propos de Nicol.

Je ne voyais en effet rien d'anormal à ce que le roi, monté sur le trône en janvier dernier, fasse une tournée dans les dominions au cours de la première année de son règne.

— Il ne viendra pas à Calcutta, apparemment. Le Bengale ne l'intéresse pas. Delhi, Lahore, Bombay… mais pas Calcutta. Tant mieux ! Nous n'aurons pas à supporter d'humiliation !

— De quelle humiliation voulez-vous parler, mon capitaine ?

— De quelle humiliation ? Mais enfin, vous savez bien… Cette histoire avec l'Américaine. Il l'emmène partout, vous savez. Vous avez tout de même vu cette répugnante photo publiée à la une des magazines, en août ?

Non, je n'avais rien vu. En août, j'étais tout à mes préparatifs de départ et je n'avais pas le temps de lire les ragots de la presse. Je n'avais aucune idée de ce à quoi Nicol faisait allusion.

— Ça, c'est extraordinaire ! Vous devez bien être le seul Britannique à ignorer qu'Edouard VIII s'est entiché d'une certaine Mme Wallis Simpson ! Une divorcée du Nouveau Monde !

— Une divorcée ? dis-je avec un réel dégoût. Ah, mais quelle idée !

— Et non seulement cela, mais on raconte qu'il veut l'épouser ! Il l'a emmenée en croisière en Méditerranée au mois d'août et a cru malin de se faire prendre en photo avec elle sur la plage. Il avait une serviette enroulée sur la tête ! Imaginez un peu cela ! Ce petit roi maigrelet, enturbanné, roucoulant au côté d'une divorcée en lunettes noires sur une plage de Dalmatie ! Vous imaginez le ridicule de la scène !

J'étais sincèrement choqué. Passe encore qu'un roi célibataire s'autorisât des maîtresses, mais qu'il s'affichât avec une divorcée était authentiquement révoltant.

— Ce n'est sûrement qu'une passade. On ne peut penser sérieusement que cette femme monte sur le trône !

— Ah ça non ! Vous imaginez la tête de l'archevêque de Canterbury ! Ça en ferait, un raffut !

Nicol me quitta sur cette sentence peu amène mais qui traduisait bien aussi mon sentiment. Si Edouard envisageait le mariage, cela ne pourrait raisonnablement le conduire qu'à l'abdication. Mais cela, pour important que ce fût, n'entrait en rien dans mes considérations du moment. Je passai le reste de la journée du mieux que je le pus, me retournant sur mon lit, dormant sur le côté pour ne faire reposer mon corps ni sur le dos ni sur le ventre afin de ne pas irriter les plaies qui s'y étalaient toujours. Des plats que l'on m'apportait je ne prenais quasiment plus rien. Mon estomac refusait presque complètement la nourriture. Je vivais encore sur mes réserves, mais je savais que j'allais m'affaiblir si ce régime continuait. Bientôt, je ne serais même plus capable de quitter la prison pour mes escapades nocturnes. Quel que soit le plan que Swamy et moi adopterions, il fallait agir vite.

Au troisième soir, le caporal revint me chercher et nous reprîmes le chemin de sa demeure. Dans la large pièce bien rangée qui faisait office à la fois de cuisine et de cellier, un bel enfant d'une douzaine d'années était occupé à peler un fruit mais, plutôt que d'en avaler les quartiers, il plongeait sa main sous la table d'où pointait une tête vive, effilée et soyeuse, aux yeux noirs luisants comme du mica.

— Khamurjee s'occupe d'Ulitivi, m'expliqua Swamy, comme si la présence de la bestiole était des plus naturelles. Vous n'avez donc jamais vu une mangouste, mon lieutenant ? me demanda le caporal tandis que je m'approchais pour mieux voir ce petit animal tout en nerfs, en touffes et en longueurs… C'est un excellent chasseur de serpents. Très utile quand on vit près des herbes hautes…

Dès que j'entrai dans son champ de vision, la créature fila se réfugier sous la table d'où il ne fut plus question pour elle de sortir, ce qui fit rire Khamurjee dont le visage, d'évidence, trahissait le mélange des sangs. Sa peau était assez sombre mais ses traits fins ne portaient nulle trace des rondeurs lunaires qui caractérisent souvent les natifs du Bengale. Il se dandinait d'une jambe sur l'autre, pauvrement vêtu d'une vieille chemise raide de crasse et d'un pagne de lin blanchâtre. Il était pieds nus. Ses yeux brillaient.

— Le gamin est un peu ferrailleur, commenta Swamy. Il ramasse des bouts de tôle et les revend à des petits fondeurs artisanaux. Ça ne lui rapporte pas grand-chose, mais au moins, il ne vole pas. Et quand il a vraiment faim, il sait qu'il peut toujours venir ici. Il parle et écrit très bien l'anglais. C'est mon meilleur élève. Il a des dons aussi… Montre-nous, Khamurjee.

Les tirant de sa poche, le caporal tendit deux minuscules crayons de bois à l'enfant, puis il plaça devant lui deux feuilles de papier arrachées à un carnet. Les bras croisés, il attendit que le gamin soit prêt, un crayon dans la main droite, l'autre dans la gauche, avant d'annoncer :

— Histoire des quatre frères. Un tigre et une jeune porteuse d'eau. Quatorze millions sept cent quatre-vingt-deux mille cinq cent soixante-trois que tu diviseras par quatre-vingt-quinze mille trois cent soixante et un !

Khamurjee, alors, réalisa quelque chose d'extraordinaire. Quelque chose que j'aurais juré jusque-là impossible et que je n'ai jamais revu depuis. Sans effort apparent, le gosse se mit à dessiner de la main droite, à poser et à résoudre l'opération de la main gauche tandis que, ses yeux fixés sur les miens, il récitait une fable !

— Il y a bien longtemps, au royaume de Patalîputra, vivaient quatre frères orphelins sans ressources. L'aîné dit aux autres : « Allons chercher à travers la terre de quoi faire l'apprentissage de quelque art particulier et donnons-nous rendez-vous en ce lieu dans un an. » Les frères se séparèrent et se mirent en quête durant une année entière, au terme de laquelle ils se retrouvèrent et s'interrogèrent sur les savoirs qu'ils avaient acquis. « J'ai appris l'art qui permet de créer de la chair autour des os », dit le premier. « J'ai appris l'art de faire naître la peau et les poils autour de la chair », continua le deuxième. « Moi, avec des os, de la chair, de la peau et des poils, je peux créer des membres et un visage », poursuivit le troisième. « Et moi, je peux donner la vie à un être mort qui aurait os, chair, peau, poils, membres et visage », acheva le quatrième. Ensemble, ils s'enfoncèrent alors dans la jungle à la recherche d'un os. Sur le premier qu'ils trouvèrent, le premier créa de la chair, le deuxième de la peau et des poils, le troisième des membres et un visage, avant que le quatrième n'insuffle la vie à l'ensemble. Or il se trouva que l'os que les frères avaient trouvé était celui d'un lion. Ramené à la vie, le fauve se jeta sur les quatre hommes qui l'avaient créé. Il les dévora tous puis rentra tranquillement dans la jungle. Ainsi périrent les quatre Brahmanes orphelins…

Quand son récit fut achevé, Khamurjee poussa vers nous les deux feuilles de papier. Sur l'une, il avait dessiné une silhouette de tigre s'approchant d'une jeune fille en sari qui plongeait sa cruche dans les eaux d'une rivière. Sur l'autre, la division donnée par Swamy était posée et apparemment résolue.

— Le résultat de l'opération est cent cinquante-cinq virgule zéro, un, six, huit, six, deux…, dit l'enfant.

Swamy se redressa de toute sa hauteur. Il était fier de ce gosse, je le voyais bien. Et moi, j'étais excessivement impressionné par la performance de Khamurjee. Ce qu'il venait de réaliser révélait une organisation cérébrale tout à fait hors du commun, caractéristique d'un génie. Muet d'admiration, je lui tendis la main. Sa poignée de main était ferme et volontaire.

— Khamurjee, le caporal Swamy t'a mis au courant de ce que nous projetions de faire ?

— Oui, sir. Je sais qu'il faut aller voler un objet dans la chambre d'une dame à l'hôtel Harnett. Je m'en sens capable.

— Même si c'est dangereux ?

— Qu'est-ce que je risque ? D'être battu par les employés de l'hôtel ? Je sais ce que c'est que de recevoir des coups, monsieur…

A le voir, je croyais volontiers qu'il n'avait pas eu la vie facile. Cela me serra le cœur.

— Je voudrais que tu sois récompensé pour ce que tu vas faire. En fait, je veux te payer.

C'était certainement une mauvaise façon de remercier le gamin des risques qu'il se proposait de prendre pour moi, mais je n'en voyais pas d'autre.

Swamy commença à s'agiter, à dire qu'il n'était pas utile que je songe à cela, mais j'insistai et posai sur la table les quelques livres que j'avais sur moi.

— Je vous en donnerai plus quand je serai sorti de prison. En attendant, je veux que vous preniez cela tous les deux. Vous allez devoir vous procurer une malle, trouver un camion... Ça ne coûtera pas rien...

— Mais nous avons déjà la malle et le camion ! annonça le caporal avec un grand sourire. Tout est prêt !

Swamy n'avait pas perdu son temps. Tandis qu'impuissant j'essayais de prendre du repos dans ma cellule, il avait dégoté une valise assez grande pour que le gamin s'y recroqueville et avait récupéré un vieux véhicule de l'armée, un Bedford bâché mis à la retraite par les mécanos de Sa Majesté qu'il avait rafistolé en un après-midi et remis en état de marche.

— Comment saurez-vous que Keller n'est pas à l'hôtel, Swamy ? Vous ne pouvez tout de même pas passer vos journées devant le Harnett à attendre qu'elle sorte. Et puis vous ne savez même pas à quoi elle ressemble !

— Facile, mon lieutenant... Vous dites qu'elle s'absente pratiquement tous les après-midi. Je n'aurai qu'à téléphoner à la réception en demandant à lui parler. Si le téléphone de sa chambre ne répond pas... on fonce !

La simplicité avec laquelle Swamy résolvait les problèmes me désarmait. Apparemment, la cause était entendue et je n'avais même plus mon mot à dire.

— Tout se passera bien, monsieur mon officier, enchaîna Swamy. Si cet objet est toujours chez cette méchante femme, nous l'aurons, d'une manière ou d'une autre...

Khamurjee me fit un clin d'œil appuyé pour m'assurer que l'assurance du caporal était aussi la sienne. Le spectacle de leurs visages aussi confiants, aussi rayonnants, me fit éclater de rire. Avec leurs bouilles de pirates et leurs sourires ravis, ces deux-là venaient soudain de me redonner une totale confiance en l'avenir.

*

Dans ma cellule, je me sentais comme un général d'armée réfugié dans son bunker alors que ses troupes sont lancées à l'assaut d'une position imprenable. Je voulais que l'opération réussisse, bien sûr, mais je voulais par-dessus tout que rien n'arrive à Khamurjee. Nous l'avions peut-être oublié un peu vite : Keller était un agent des services de renseignements nazis, ce qui signifiait qu'elle était entraînée, méfiante, et que, même confrontée à un enfant, elle ne montrerait certainement aucune pitié. Créé par Himmler lui-même, le MI 6 le savait, le SD était dirigé par un certain Reinhard Heydrich, un géant blond féru d'escrime et d'équitation, à l'intellect froid, qui avait réuni autour de lui une équipe exceptionnelle d'intellectuels et de lettrés dont les excellents résultats dépassaient largement ceux des espions traditionnels de l'Abwehr du falot amiral Canaris. Heydrich et les siens étaient prêts à tout pour parvenir à leurs fins : chantage, manipulations en tous genres, assassinats même, s'il le fallait... Si Keller était membre de cette équipe, je ne doutais pas un instant qu'elle en partageât pleinement le fanatisme et le goût immodéré pour la violence.

C'est à l'instant où je repensais à elle que mes yeux retombèrent sur l'article annonçant la venue aux Indes d'Edouard VIII. Pris d'une soudaine intuition, je relus le programme détaillé des déplacements du roi. Nicol avait raison : Delhi, Lahore, Bombay étaient cités dans la tournée royale. Pas le Bengale. Pas Calcutta. Mon cœur se calma. J'avais cru un instant que Keller était venue ici pour assassiner notre roi. Mais pourquoi serait-elle arrivée deux mois avant la visite ? Et pourquoi aurait-elle choisi de s'installer dans une ville écartée du circuit officiel ? Pourquoi, enfin, l'Allemagne aurait-elle intérêt à abattre Edouard, lui qui, de notoriété publique, était très germanophile ? Non, décidément, mes craintes étaient absurdes ! Je froissai en boule le journal et le jetai dédaigneusement dans un coin de la cellule et puis me rassis sur le grabat, attendant fébrilement que les heures passent. La relève s'effectua comme d'habitude vers 6 heures du soir. Les soldats britanniques avaient terminé leur journée et partaient profiter de leur temps libre, heureux que les Hindous leur épargnent la corvée du service de nuit. Je m'impatientai. Ni Panksha ni Swamy ne venaient ouvrir ma porte comme à l'ordinaire. Enfin, le chef des gardes apparut avec un repas. Il n'était pas au courant de ce que le caporal et moi tramions mais il sentait bien que quelque chose d'anormal était en train de se dérouler.

— Vous avez vu Swamy, Panksha ? lui demandai-je aussitôt.

— Pas encore, mon lieutenant ! Il y a quelque chose qui ne va pas ?

Je fis une moue imprécise. Je ne voulais pas le mettre dans la confidence de l'effraction que nous avions prévue de commettre au Harnett, mais je brûlais de parler à quelqu'un. Je me retins *in extremis* de tout lui dire. Au vu de mon agitation, je crois qu'il quitta la cellule en comprenant bien que la soirée promettait de n'être pas ordinaire. Et elle ne le fut pas.

Une heure plus tard, Swamy ne s'était toujours pas présenté à la prison, son retard me plongeant dans un état de désespoir et d'énervement au-delà de toute description. Enfin, il apparut, en costume civil, le visage défait, les yeux rouges, des mèches de cheveux collées par la sueur pointant en épis de sous son turban.

— Le petit n'est toujours pas sorti du Harnett, mon lieutenant ! Il y est depuis bientôt cinq heures ! C'est beaucoup trop long !

En une seconde, j'enfilai ma veste et nous partîmes en trombe, Swamy m'expliquant ce qui était arrivé tandis que nous traversions la cour de la prison au pas de course, sans nous soucier d'être aperçus par qui que ce fût.

— Au départ, tout s'est passé comme prévu. Le téléphone ne répondait pas dans la chambre de miss Keller et le concierge de l'hôtel n'a pas fait de difficultés pour accepter de livrer le complément de bagage. Ensuite j'ai attendu dans la rue pour surveiller et prévenir Khamurjee de deux coups de sifflet si je voyais la fille rentrer. Mais rien ne s'est passé. Le petit n'est pas ressorti… Alors, j'ai couru vous prévenir…

— Vous voulez dire que personne ne surveille plus l'entrée du Harnett ?

— Si, il y a Anânda qui était avec moi et que j'ai laissé sur place. C'est l'autre gosse dont je vous ai parlé. Mais il ne pourra pas faire grand-chose…

Nous sortîmes de l'enceinte de la caserne par notre chemin habituel. Le camion de Swamy était garé là. Nous le prîmes pour retourner au Harnett le plus vite possible mais, tandis que nous foncions à travers les rues peu animées du quartier colonial, je fis soudain changer de direction au caporal, lui donnant l'adresse de Garance de Réault.

— Mais pourquoi, mon lieutenant ? demanda Swamy tandis qu'il tournait le volant à contrecœur.

— Parce que si le petit n'en est toujours pas sorti, nous aurons besoin d'entrer dans l'hôtel et vous ne pourrez pas y fureter sans être repéré. Quant à moi, je ne peux y pénétrer vêtu comme ça, dis-je en désignant mes vêtements froissés et salis par les journées de cellule, mon uniforme sans cravate ni ceinture, mes chaussures sans lacets, tous objets réglementairement laissés au greffe.

Swamy haussa les épaules et grogna un peu mais appuya sur l'accélérateur. Quelques minutes plus tard, nous sonnions comme de beaux diables à la porte de Mme de Réault, faisant aboyer tous les chiens du quartier. C'était un pari bien fou que je faisais là, ignorant seulement si la Française était au domicile de ses amis ce soir-là. Il fallait bien faire quelque chose pourtant, et cette femme était la seule personne vers laquelle je pouvais me tourner. Grâce à Dieu, elle nous reçut sans hésiter. En deux phrases nous lui exposâmes la situation et elle accepta de se joindre à notre expédition de sauvetage. Heureusement pour nous, son caractère était aussi immanquablement attiré par le danger qu'un copeau de métal par l'aimant.

— Il faudrait que vous vous munissiez d'une valise, dis-je tandis qu'elle se préparait en hâte.

— Une valise, officier ? Pourquoi cela ?

— Parce que le meilleur moyen d'entrer dans un hôtel et de s'y promener, c'est d'en être client ! Vous allez prendre une chambre, si possible au cinquième. Prétextez n'importe quoi… Ce sera notre quartier général. Quand vous serez là-bas, j'essaierai de vous rejoindre. Ensuite, nous aviserons !

— Très bien, je prends une valise, mais surtout, je prends mon Lepage ! dit-elle en sortant d'un tiroir un revolver pour dame qu'elle fourra dans sa poche comme si ce n'était qu'une vulgaire boîte à pilules.

Nous regagnâmes le Bedford que Swamy fit redémarrer en trombe. Trio improbable sur la piste d'un enfant disparu, nous étions concentrés, anxieux aussi, indifférents aux risques évidents que nous prenions. Et tout cela, finalement, était pour me sauver. J'en avais presque honte. Nous arrêtâmes le camion dans la contre-allée où Edmonds avait l'habitude de ranger la Chevrolet du temps où nous faisions nos premières surveillances, puis Mme de Réault sortit et se dirigea vers l'hôtel, ombre frêle portant sa valise. Swamy, lui, sauta à terre pour essayer de retrouver Anânda. Pour ma part, il était convenu que j'attendrais quinze minutes avant de me présenter au concierge pour rejoindre Mme de Réault. Aussi impressionnant de saleté que je puisse être, le personnel ne m'empêcherait pas de monter dans une chambre déjà payée et occupée par une dame respectable. Quant à savoir si des gens du MI 6 étaient en poste à l'hôtel et s'ils me reconnaîtraient, eh bien… c'était un risque supplémentaire à courir, ni plus ni moins.

Swamy trouva Anânda avant que je ne quitte le camion. De tout le temps qu'il était resté en poste, le gamin n'avait pas vu les lumières de la chambre 511 s'allumer, ce qui semblait signifier que Keller n'était toujours pas rentrée. Il fallait néanmoins faire vite. Jamais, alors qu'elle se trouvait sous notre surveillance, Keller n'avait passé une nuit complète en dehors de l'hôtel. Il était presque neuf heures et demie. Le temps, à l'évidence, jouait contre nous. Du mieux que je pus, je mis un semblant d'ordre dans mes vêtements. Swamy me noua sa cravate autour du cou, me donna sa ceinture et ses lacets. Je pouvais me présenter dans le hall d'accueil sans risquer qu'un portier trop zélé ne me jette dehors. M'efforçant de marcher le plus droit et le plus calmement possible, malgré mon anxiété et les douleurs que les prurits m'occasionnaient dans le dos et sur la poitrine, je pénétrai pour la troisième fois sous les ors clinquants du Harnett et demandai à être reçu par Mme de Réault, cliente très récemment arrivée.

— Nous venons tout juste d'enregistrer cette personne, sir. Chambre 434, annonça le concierge d'un ton froid, peut-être impressionné par le teint cendreux de ma peau et l'épuisement qui creusait mes traits.

Malheureusement, Mme de Réault n'était parvenue à se faire allouer une chambre qu'au quatrième étage. Je pris l'ascenseur et frappai trois coups espacés à sa porte. Elle m'ouvrit, son vieux Lepage à la main.

— Ne regardez pas cet engin de travers, me dit-elle. Si vous saviez combien de fois je m'en suis servie ! Et pas seulement pour tirer sur des rats !

A entendre le ton sur lequel elle parlait de son arme, nul doute qu'elle ne plaisantait pas. Nous débattîmes un instant de la marche à suivre. Je proposais de soudoyer un garçon d'étage pour qu'il nous ouvre la porte de la 511, mais Réault développait une conception plus aventureuse de la chose.

— J'ai plus simple et plus sûr : vous ferez le guet et moi, je forcerai la serrure !

— Mais cela prendra du temps... Et si Keller arrive ?

— Eh bien, nous verrons qui d'elle ou de moi tirera la première !

Je voulus m'opposer à une option aussi radicale mais la Française, déjà, s'était enfilée dans le couloir, trottinant jusqu'à l'escalier menant à l'étage supérieur. Planté là comme un benêt, je n'eus d'autre choix que de lui emboîter le pas ou de battre en retraite. Je la suivis, évidemment... Mme de Réault était une femme pleine de ressources. Elle extirpa une longue épingle de son chignon et en tritura la serrure de la chambre de Keller avec une incroyable assurance et une redoutable efficacité. En dix secondes, la porte infranchissable était forcée !

— N'allumez pas la lumière ! fit-elle alors qu'elle me voyait avancer le bras vers l'interrupteur. Inutile de donner l'alerte à cette fille si elle arrive par ce côté-ci de l'hôtel. Refermez doucement derrière vous, Tewp !

Obéissant à cette femme comme à un supérieur, je m'exécutai. Puis, pénétrant dans la chambre, je trouvai une grande malle ouverte posée sur le sol. A coup sûr, c'était celle qui avait abrité Khamurjee. Mais où donc était le gosse ? Nous fouillâmes rapidement la pièce principale sans trouver trace de notre espion. Je poussai la porte de la salle de bains, tirée seulement à demi. L'endroit était plongé dans le noir mais mes yeux, déjà habitués à l'obscurité, virent tout de suite un corps inanimé sur le dallage. Mon cœur s'emballa et je poussai un cri mais, alors que je me précipitais vers Khamurjee, la voix de Mme de Réault résonna dans mon dos avec une telle dureté que je m'immobilisai aussitôt.

— Surtout ne bougez pas, Tewp ! Ou vous êtes mort !

La voix s'était faite soudainement menaçante, presque hostile. Sans comprendre pourquoi elle adoptait brutalement ce ton agressif, je me retournai lentement vers elle. Elle tenait son Lepage en main et le pointait sur moi. Je n'y comprenais rien.

— Sortez de la pièce le plus lentement que vous pourrez, Tewp, surtout ne vous affolez pas !

J'hésitai sur la conduite à tenir. Garance de Réault était-elle vraiment en train de me menacer de son arme ?

— Sortez de cette pièce, officier ! Je sais comment

m'y prendre avec ces bestioles, mais il faut que vous me laissiez le champ libre !

De quelle bestiole voulait-elle parler ? Malgré moi, je jetai un coup d'œil à Khamurjee. C'est alors que je vis sur sa poitrine se dérouler une longue créature aux multiples anneaux qui glissait vers le sol… C'était un serpent, énorme, un animal de cauchemar qui se déployait et venait maintenant droit sur moi !

Réault m'attrapa par la manche et me tira avec une force extraordinaire hors de la salle de bains. Déséquilibré, je tombai lourdement derrière elle, tandis qu'elle s'avançait, résolue, chargeant le monstre, un cobra de presque quatre pieds de long qui venait de se redresser et crachait vers elle comme un chat en furie. Sans se préoccuper de la menace, elle saisit une serviette posée sur le lavabo, l'enroula grossièrement autour du barillet de son arme et fit feu deux fois sur le serpent qui s'écroula, décapité par les décharges. Etouffées par le linge, les détonations n'avaient guère provoqué plus de bruit qu'une toux rauque.

— Le secret de la réussite, c'est la détermination ! dit Réault en repoussant du pied la bête et en se penchant vers le petit corps allongé.

Je me relevai, abasourdi par le sang-froid dont avait fait montre cette femme, et m'approchai moi aussi de Khamurjee. La couleur de sa peau avait pâli et je ne voyais pas sa poitrine se soulever.

— Il n'est pas mort, murmura la Française après lui avoir tâté la gorge. Ses chairs sont bourrées de poison, mais il résiste encore. Il faut le sortir d'ici au plus vite !

Tandis que je prenais le gamin dans mes bras et sentais avec terreur le froid de sa peau, Réault s'agenouilla près de la baignoire et plongea la main dans la trappe déjà ouverte. Je la vis tâtonner un instant puis sortir la boîte que j'avais moi-même découverte lors de ma première venue. Triomphante, elle la cala sous son bras et me précéda pour vérifier si la voie était libre. De nouveau, je me félicitai d'être accompagné de cette femme. Si elle n'avait pas eu la présence d'esprit de récupérer le voûlt, l'affolement qui m'avait pris à la vue du corps inanimé de Khamurjee m'aurait fait oublier ce pour quoi nous courions tous ces risques. Sans trop de difficultés, nous transportâmes le gosse dans la chambre du quatrième étage. Je le déposai sur le lit tandis que Réault vérifiait que la boîte contenait bien le crâne.

— Tout est là, officier Tewp. Nous avons réussi !

A cet instant, peu m'importait que nous ayons remis la main sur cet objet infernal. Toutes mes pensées allaient vers l'enfant et j'aurais tout donné pour pouvoir le sauver. Malheureusement, il me semblait qu'il n'y avait plus rien à faire, tant son pouls était faible.

— Il nous faut un docteur, dis-je. Je vais aller chercher le docteur Nicol !

— Mauvaise idée, Tewp ! Nicol est un bon médecin mais sa science a ses limites. Il nous faut quelqu'un de plus compétent. Et c'est moi qui vais aller le chercher ! Surtout faites-moi confiance, ne bougez pas et surtout ne touchez pas au crâne !

La perspective de rester seul dans cette chambre d'hôtel avec ce gamin mourant me terrifia.

— Et si Keller revient et nous trouve ? demandai-je, affolé.

— Abattez-la ! me dit-elle en me regardant droit dans les yeux et en posant son Lepage dans ma paume.

L'arme était encore chaude et sentait la poudre.

*

Réault avait rejoint Swamy au-dehors et était partie avec lui en trombe vers je ne sais quel quartier de Calcutta. L'attente pour moi avait duré une éternité et je craignais à tout instant que Khamurjee ne cessât tout à fait de respirer.

— Surtout ne le réchauffez par aucun moyen, m'avait prévenu la Française avant de partir. Ni bain, ni couverture. Vous dilateriez ses vaisseaux sanguins et aideriez encore le poison à se diffuser. Laissez-le tel qu'il est. S'il a survécu jusqu'ici, c'est qu'il est capable de tenir encore !

Nous étions une heure avant minuit et notre plan venait de tourner au désastre. Certes, nous avions le voûlt avec nous mais à quel prix ? Je me tordais les mains et pleurais presque de rage tant je m'en voulais d'avoir envoyé ce gosse en première ligne. Quel égoïsme de l'avoir lancé dans cette aventure ! J'aurais dû prendre conscience que Keller était un être redoutable et pervers. Sûrement, elle s'était rendu compte que sa chambre avait été fouillée. Oui, cela semblait cohérent : grisé par les propos de Gillespie sur la faiblesse de cette fille, aveuglé aussi par la trop grande assurance que je mettais dans mes propres capacités, j'étais entré par effraction dans la 511 mais, malgré mes précautions, j'avais certainement dû laisser des traces de mon passage. Désormais plus que méfiante, Keller avait placé ce serpent comme gardien dans le vide de la baignoire, et le petit l'avait libéré en y plongeant la main ! Keller ! Décidément, tout était de sa faute ! Mes doigts se serrèrent convulsivement sur le Lepage. Impuissant et ne pouvant rien faire que regarder ce gosse mourir devant moi, je fus pris d'une sorte de coup de sang. A toutes jambes, je gagnai le cinquième étage par l'escalier de service. Si l'Autrichienne était revenue, j'avais la ferme intention de lui régler son compte immédiatement, sans lui poser de questions, sans chercher à connaître les raisons de sa présence à Calcutta. Je m'avançai dans le couloir. De la lumière filtrait sous sa porte ! Le revolver serré dans mon poing, je collai l'oreille au battant, tentant de deviner dans quelle partie de la suite elle se trouvait, mais je ne perçus aucun son. Soudain, je sentis un tube de métal froid se poser sur ma nuque. Me raidissant, je tournai lentement mes yeux de côté pour découvrir le visage de mon agresseur.

— J'interviens à l'instant où vous alliez mettre à exécution une très mauvaise idée, lieutenant Tewp !

Celui qui avait chuchoté cette phrase était un homme d'une quarantaine d'années, svelte, aussi grand que moi. Il portait un costume clair taillé dans la meilleure des étoffes et n'avait pas ôté son panama. D'un signe, il m'invita à reculer, puis m'enleva le Lepage des mains avant de me faire avancer jusqu'au fond du couloir. Un couple sortit d'une chambre et je songeai un instant à saisir l'occasion mais, comme s'il lisait dans mes pensées, l'homme m'avertit à haute voix que tout mouvement brusque de ma part serait aussitôt sanctionné.

— Où allons-nous ? demandai-je.

— Là d'où vous venez, chambre numéro 434.

Il n'y avait pas à discuter. Ce type était armé et savait apparemment beaucoup de choses sur moi. Je n'avais d'autre choix pour l'instant que de lui obéir. Nous redescendîmes les escaliers et regagnâmes la pièce où Khamurjee, bienheureusement, respirait encore. L'homme me fit signe de m'asseoir dans un fauteuil, près du lit, puis, le dos plaqué contre la porte, il gratta une allumette et porta une cigarette à ses lèvres.

— Ne vous en faites pas, vieux, dit-il tandis qu'une

bouffée de fumée bleue montait autour de son visage. Ne vous en faites pas, je suis de votre côté !

— De mon côté ? Alors que vous me tenez en joue ?

— Remerciez-moi plutôt pour vous avoir évité de faire une énorme bêtise !

Le type me dit s'appeler Surey. A l'en croire, c'était un officier de Delhi.

— La Firme m'a envoyé pour voir qui était cette Keller dont vous faisiez grand cas, ici, à Calcutta. Erick Küneck s'est déplacé pour la recontrer, il paraît ?

Avec Khamurjee mourant à mes côtés, je n'avais aucune envie de parler boutique. Je restai donc muet, ne sachant si je devais faire confiance à ce nouveau venu dont rien ne me prouvait qu'il appartenait réellement à nos services.

— Vous ne voulez pas parler, Tewp ? Dommage… J'aimerais vraiment savoir ce que vous fricotez ici avec un môme indigène agonisant alors que vous êtes supposé être bien tranquille en prison… Et puis surtout, j'aimerais savoir pourquoi vous vous apprêtiez à tuer Keller. C'est bien ce que vous vouliez faire, n'est-ce pas ?

Comment expliquer mon aventure à cet homme ? Comment lui faire comprendre que la fille qu'il prétendait surveiller était une foutue sorcière, assez douée pour rendre malade n'importe qui en plantant des aiguilles dans des photographies ?

— Depuis combien de temps la surveillez-vous ? demandai-je à Surey d'un ton blasé.

— Deux jours. Pourquoi ?

— Il ne vous est rien arrivé d'étrange pendant que vous la suiviez ? Pas de perte d'objets personnels ? Pas de gamins des rues qui s'attachent à vos basques et vous arrachent une mèche de cheveux ou un lambeau de peau ?

Surey se mit à rire.

— Qu'est-ce que vous me racontez, lieutenant Tewp ? Vous cherchez une manière de vous en sortir ? Mais je ne vous menace pas, voyons. Tenez, si cela peut vous rassurer, je range même mon arme.

Joignant le geste à la parole, il fit disparaître son automatique sous son aisselle et s'approcha de Khamurjee pour lui tâter le front.

— Il est dans un sale état, votre gosse. Vous ne croyez pas qu'il serait plus raisonnable d'appeler le médecin de l'hôtel ?

— Non ! Je sais ce qu'il a. C'est spectaculaire sur l'instant, mais il va bientôt sortir de son évanouissement, mentis-je.

— Je ne sais pas si c'est une bonne idée. Mais je vous laisse juge. De toute façon, ce n'en est qu'un parmi les dizaines de milliers d'orphelins qui traînent dans cette ville, à ce qu'il semble. S'il part, ça ne fera de différence pour personne…

— Personne à part moi ! dis-je en saisissant l'occasion pour me détendre comme un ressort et plonger tout à coup vers Surey.

Trop confiant, l'homme ne s'attendait pas à ça. Mon épaule l'atteignit en plein sternum, ce qui le déséquilibra et le fit glisser lourdement du bord du lit. Sautant à genoux sur sa poitrine, je lui pris la tête entre les mains et lui martelai le crâne sur le sol jusqu'à ce qu'il s'évanouisse. Le cœur battant, je me relevai au plus vite, arrachai les cordons d'un rideau, liai mains et jambes du prétendu agent de la Firme et le bâillonnai avec son mouchoir avant qu'il ne reprît connaissance. Ses poches ne contenaient aucuns papiers et son portefeuille n'était garni que d'une dizaine de livres, que je ne lui volai pas. Je pris en revanche son arme et récupérai le Lepage de Garance de Réault. Enfin, je le traînai dans la salle de bains et parvins non sans efforts à le faire basculer dans la baignoire, avant d'aller jeter un coup d'œil dans le couloir pour vérifier que personne n'avait été alarmé par les bruits de lutte. A cette heure, l'hôtel entier résonnait des cuivres du grand orchestre. Trois soirs par semaine, le Harnett s'encanaillait au son de ses musiciens de jazz. Noyé très opportunément par la mélopée, le petit tapage que nous avions fait n'avait alerté personne. Rassuré, je revins dans la salle d'eau avec la ferme intention de faire parler Surey. Qui était-il vraiment ? Comment en savait-il autant sur moi ? Et pourquoi m'avait-il empêché de tuer Keller ? Il fallait que je sache tout cela. Mais, comment ? Faire parler un homme n'est possible que sous la menace ou sous la torture. De quoi pouvais-je bien menacer Surey puisque je ne savais rien de lui ? Quant à la torture, il était de toute façon hors de question que je m'abaisse à employer ce genre de méthodes ! Je me rendis compte que j'étais tout à fait impuissant à tirer le moindre renseignement de mon prisonnier. Dépité, je refermai la salle de bains et retournai m'asseoir auprès de Khamurjee. Une heure passa presque, sans qu'il n'arrive rien. Réault ne réapparaissait toujours pas. Si par malheur je ne regagnais pas ma cellule avant l'aube, la police militaire britannique me considérerait comme un fuyard sur lequel il deviendrait licite de tirer sans sommation ! Enfin, j'entendis du bruit dans le couloir et l'on s'approcha de la porte de la chambre. Par sécurité, je braquai l'automatique de Surey sur l'entrée et crispai mon doigt sur la détente dès que je vis la poignée tourner doucement. Garance de Réault entra. Derrière elle, trois autres silhouettes pénétrèrent dans la chambre. Je reconnus Swamy, mais les deux autres, des Hindous en sari et turban noir, m'étaient parfaitement étrangères.

— Comment va le gamin ? demanda Réault sans se soucier de faire les présentations.

— Comme vous l'avez laissé. Ni amélioration, ni aggravation, je crois.

— Bien, alors nous allons pouvoir passer à la première étape… Ces deux hommes sont des brahmanes. Des prêtres et des médecins. Ils vont prendre en charge le petit. Vous, Tewp, d'après ce que me dit le caporal Swamy, vous auriez tout intérêt à regagner votre prison avant que le jour se lève. Partez, vous ne pouvez plus être utile à rien. Nous nous reverrons ici même demain soir et nous ferons sortir d'ici Khamurjee… Vous verrez qu'il ira mieux !

— Et le voûlt ? demandai-je avec un soupçon d'inquiétude quant à mon propre sort.

— Le voûlt, c'est moi que ça regarde. Mais je vous en parlerai demain aussi. Allez, filez, maintenant…

— Je crains qu'il n'y ait un autre problème, madame !

— Quoi encore ?

En deux mots, j'expliquai que nous avions un nouvel invité, ligoté dans la salle de bains. Nous ne pouvions pas le laisser là vingt-quatre heures. Garance de Réault leva les yeux au ciel.

— Eh bien, mon garçon, c'est pourtant bien ce qui va arriver ! Vous l'évacuerez demain. Allez vérifier ses liens. Je ne tiens pas à ce qu'il se détache.

A contrecœur, je pris quelques minutes pour assurer l'arrimage de Surey dans sa baignoire, mais il était vrai que nous ne pouvions pas prendre le risque de le remettre en liberté. Les yeux grands ouverts, essayant de parler à travers son bâillon, celui-ci s'agitait et me décochait des regards furibonds.

Quand je fus certain qu'il ne pourrait pas se libérer, je quittai la chambre et suivis Swamy hors de l'hôtel. Nous retrouvâmes le Bedford dans la contre-allée et revînmes sans mot dire nous garer non loin de la prison militaire.

— Savez-vous qui sont les gens que Mme de Réault a ramenés avec elle ? demandai-je au caporal tandis qu'il coupait le moteur.

— Pas la moindre idée, monsieur mon officier ! La dame m'a demandé de l'attendre devant un temple, sur Kalighât Road. Elle s'y est rendue seule et en est revenue vingt minutes plus tard avec ces deux brahmanes. Personne n'a parlé tandis que je les conduisais au Harnett.

— Je crois que nous n'avons plus rien d'autre à faire qu'essayer de dormir un peu, Swamy, dis-je tandis que je descendais du vieux camion. Nous n'avons maintenant plus aucune barre entre nos mains !

*

Je reçus ce jour-là la visite de Nicol un petit peu plus tôt qu'à l'ordinaire. Mon état de santé ne s'améliorait pas, selon lui. J'avais le teint cireux et les yeux gonflés, j'avais maigri aussi. Et puis les irritations de ma peau avaient maintenant gagné les épaules et le haut des cuisses, me brûlant horriblement et me faisant perdre chaque jour une quantité de sang plus importante que je ne voulais l'admettre.

— Il va falloir vous hospitaliser, mon garçon. J'en suis navré parce que je suis convaincu que ça n'améliorera pas votre état, mais ça nous permettra au moins de refaire vos pansements deux fois par jour et de vous alimenter par perfusion. Vous avez déjà perdu beaucoup. Si vous vous entêtez à ne rien manger, je ne vous donne pas dix jours, mon vieux…

Je remerciai Nicol de sa sollicitude mais j'insistai pour qu'il ne m'oblige pas à intégrer l'hôpital avant au moins quarante-huit heures.

— C'est idiot et je ne comprends vraiment pas pourquoi vous faites ça. Mais c'est votre peau, après tout ! Voulez-vous de la morphine ? Cela soulagera au moins vos sensations de brûlure…

J'acceptai avec gratitude l'injection d'opiacés, ce qui me permit de m'endormir et de passer la majeure partie de la journée dans une bienfaisante inconscience. Mon corps en avait besoin. Mon esprit aussi. J'en avais assez de me débattre depuis des jours dans un océan de questions qui ne menaient à rien. Pourquoi Keller était-elle venue à Calcutta ? Possédait-elle vraiment des talents d'envoûteuse ? Qui était Surey ? Küneck projetait-il d'assassiner Edouard VIII lors de sa venue aux Indes ? Mais alors, pourquoi rencontrer Keller au Bengale, une province écartée du circuit royal ?…. Rien de tout cela ne semblait avoir de sens… De longues heures durant, la drogue me délivra heureusement de ces énigmes et c'est presque reposé que je me réveillai, une heure avant le crépuscule. Une heure avant que Swamy ne revienne pour m'emmener au Harnett… Nous partîmes lui et moi sitôt la nuit tombée. Il avait dû assurer son service toute la journée dans son régiment et n'avait eu aucune nouvelle de Garance de Réault. Anxieux autant que moi, son visage s'était durci. Je crus qu'il m'en voulait.

— Bien sûr que non, mon lieutenant. C'est à cette mauvaise femme que j'en veux ! A cette Keller ! Je crois que vous auriez bien fait de l'abattre. C'est une bête nuisible à qui il faudrait régler son compte. Maintenant !

Voir Khamurjee inerte et froid, un serpent lové sur son corps maigre, m'avait la veille au soir tendu les nerfs à l'extrême et rendu capable de tout. J'avais voulu tuer Keller, c'était vrai. Et j'aurais pu le faire si Surey n'était pas intervenu. Mais aujourd'hui ? Trouverais-je encore en moi la force que donne la colère ? Si Réault m'apprenait le pire, je ne doutais pas de la réponse. Mais si le petit s'en était sorti ? Non, vraiment, je ne me voyais pas plus décharger froidement mon arme sur l'Autrichienne qu'enfoncer des tiges de bambou sous les ongles de Surey pour le faire parler. Qui que puisse être ce type… Passant crânement devant le concierge du Harnett, Swamy et moi montâmes directement dans la chambre 434 par l'ascenseur. A l'intérieur, une grosse dame écarquilla les yeux en nous voyant entrer dans la cabine. Les remugles de prisonnier malade qui flottaient autour de moi heurtèrent de plein fouet son grand nez poudré, qu'elle pinça avec un terrible air de mépris. Enfin, après trois coups frappés à la porte, nous entrâmes dans la chambre. Toute la lumière était donnée par deux bougies allumées à la tête du lit. Khamurjee, enveloppé dans des couvertures, était à demi redressé, le dos contre le mur, et buvait je ne sais quel breuvage fumant dans une grande tasse aux armes de l'hôtel.

— Il s'est réveillé il y a une heure, nous annonça Réault, les pupilles brillantes et les cheveux un peu ébouriffés. Darpân et Anânda ont fait du bon travail. Ils l'ont tiré d'affaire !

Assis face au lit, les dénommés Darpân et Anânda étaient aussi immobiles que des dieux sculptés. Swamy s'approcha du gamin dans le lit et commença à lui parler doucement en hindi. Le gosse répondait faiblement mais ses yeux souriaient. Swamy était au bord des larmes tant il était heureux.

— Comment avez-vous fait ? demandai-je à Réault. Mais celle-ci se contenta de hausser les épaules et désigna les deux brahmanes.

— Répondre à votre question nous prendrait des heures, Sahib Tewp. Et je pense que nous avons mieux à faire cette nuit… Nous nous sommes occupés du petit Dâlit, c'était le plus urgent. Maintenant, il faut songer à vous…

C'était Darpân qui avait parlé. Grand sans maigreur, c'était un homme de belle prestance âgé d'une cinquantaine d'années environ. Il était impossible de voir sa chevelure cachée par son turban noir, mais ses sourcils et ses cils étaient complètement blancs. Sa voix était profonde et posée – la voix d'un homme à qui l'on pouvait faire confiance.

— Sans eux, je serais incapable de vous aider, officier Tewp, dit Réault. Ce que j'ai vu dans les hauts villages du Tibet, eux le pratiquent. Guérison des mourants, contre-envoûtements… Ils sont même capables de bien d'autres choses… Ils ont été initiés chez les Bôn Pô des lamaseries de l'Himalaya. Peut-être y a-t-il ailleurs dans le monde guérisseurs plus efficaces, mais je ne les connais pas !

— Et Surey ? demandai-je. Toujours dans la salle de bains ? Il va falloir que nous nous en occupions. Pas question de le laisser derrière nous alors que vous avez loué cette chambre à votre nom… Swamy ! Je vais avoir besoin de vous pour évacuer ce type. Comment le sortir d'ici ?

Le caporal tira sur sa moustache.

— J'y ai réfléchi cet après-midi. Quel gabarit fait-il ?

— Grand comme moi, environ, mais un peu plus corpulent. Vous pouvez juger sur pièce vous-même.

Nous entrâmes dans la salle d'eau. Surey était toujours allongé dans la baignoire. Il ne bougeait plus.

— Nous lui avons pressé trois fois un mouchoir enduit d'opium sur le visage. Il dort depuis hier soir, dit Mme de Réault qui s'était glissée derrière nous. C'était la meilleure manière d'avoir la paix.

— Il passera ! annonça mystérieusement Swamy. Ne bougez pas, mon lieutenant. Juste une minute !

L'Hindou fila au-dehors sans donner d'explications puis, revint, l'air satisfait.

— On va pouvoir l'emmener. Soulevez-le par les épaules, je prends les pieds.

Nous extirpâmes Surey de la cuve d'émail blanc et le portâmes sans croiser personne jusqu'à la lingerie de l'étage que Swamy ouvrit à l'aide d'un passe récupéré à l'intendance de son régiment.

— Allez, mon lieutenant, maintenant, on le balance par le toboggan ! Il atterrira au sous-sol sur une pile de linge sale. Le temps qu'il s'explique avec la police de l'hôtel, nous aurons tout le temps de filer !

L'idée me paraissait bonne. Les pieds devant, nous plongeâmes Surey par la trappe qui servait à faire glisser le linge sale des étages jusqu'à la laverie. Avec un bruit abominable, mais sans un cri, le prisonnier chuta du quatrième étage au plus profond niveau des caves. Sortir avec Khamurjee dans les bras ne fut pas aussi compliqué que je le crus. Pour une raison très simple : nous faisions nombre ! Quatre hommes d'aspect étrange portant un enfant enroulé dans une couverture et une vieille dame décidée, nous nous offrîmes le luxe de prendre l'ascenseur et de quitter l'hôtel par le grand hall. On nous jeta des regards inquiets mais personne ne songea à nous arrêter pour nous demander où se rendait notre cortège. Nous plaçâmes l'enfant dans le Bedford et Swamy nous conduisit chez lui, dans la maison des herbes hautes, où Khamurjee resterait alité jusqu'à ce qu'il ait repris des forces. L'essentiel du poison avait été purgé mais il lui fallait encore des soins que les deux brahmanes se chargeraient de lui prodiguer régulièrement. Lajwanti installa le petit dans une chambre à l'arrière de la maison, puis, dans une niche creusée au-dessus de la natte du convalescent, elle alluma une bougie et un bâtonnet d'encens. A la lueur de la flamme dorée, déjà baignée dans les vapeurs parfumées qui se répandaient dans toute la pièce, je vis la statuette d'un homme ventripotent au visage d'éléphant. Quelques fleurs fraîches et une poignée de riz cuit étaient posées à ses pieds.

— Le dieu bienveillant Ganesha, expliqua Swamy. Le protecteur des humbles. Et l'ennemi des serpents…

Un frôlement me passa dans les jambes. Ulitivi, la mangouste, venait voir son maître. Comme un chat, elle se pelotonna dans les bras du gamin dont les muscles avaient tout juste la force de la serrer contre lui. Ils s'endormaient ensemble quand nous quittâmes la chambre.

— Maintenant que cette opération est accomplie, Tewp, nous allons vous débarrasser de ce chien noir qui vous ronge, annonça Darpân.

— Ce chien noir qui me ronge ?

— Ils vont vous désenvoûter, officier, dit plus sobrement Réault.

Comme je l'appris plus tard, les principes du désenvoûtement sont aussi simples que ceux du maléfice, mais Darpân ne chercha pas alors à me détailler les subtilités de son art.

— Quelque chose me surprend dans la technique que la femme a employée pour son œuvre de mort, commenta-t-il pourtant. Je ne sais comment vous en défaire.

Ce sera peut-être douloureux. Et dangereux. Mais ensuite, il faudra que nous parlions. Parce que cette femme utilise des savoirs qui ne sont pas ceux des envoûteurs traditionnels. Il faudra découvrir qui lui a inculqué si jeune de pareilles connaissances. Et les mettre tous deux hors d'état de nuire, le cas échéant… En plus de trois cents livres anglaises, ce sera votre paiement si vous guérissez. L'acceptez-vous ?

Un peu surpris de ce que des prêtres monnayent aussi âprement leurs services, je jetai un coup d'œil incrédule à Mme de Réault.

— Les Bôn Pô sont redoutablement efficaces, mais peu réputés pour leur désintéressement. J'en suis navrée, monsieur l'officier !

— Si vous réussissez, je paierai…

— Vous nous donnerez tout ? L'argent et les informations sur la fille ? insista Darpân en détachant les syllabes.

— Tout ce que vous voudrez si vous empêchez cette lèpre de me ronger complètement, oui, promis-je, à bout de nerfs.

— Alors très bien. Nous commencerons dès demain. Vous disposez de vos nuits, d'après ce que Mme de Réault nous a dit ?

— Jusqu'à présent, oui. Mais je ne sais jusqu'à quand cela durera. Je crains que l'on ne me reprenne cette liberté à tout instant.

— Cela, officier, c'est votre affaire, pas la nôtre. Demain soir, sortez de votre casernement avec le caporal Swamy. Nous vous attendrons chez lui. C'est ce qu'il y a de mieux. Nous aurons tout préparé. En attendant, et c'est la dernière chose que vous puissiez faire pour ce soir, coupez-vous les ongles et confiez-nous les rognures.

Réault me jeta un regard attristé. Sûrement elle devait sentir que ce Darpân n'était peut-être pas tout à fait l'homme auquel j'aurais aimé faire confiance…

*

D'une manière qui me semblait incroyable, mes escapades hors de la prison continuaient de passer totalement inaperçues. Il est vrai que je bénéficiais des meilleures complicités qui soient puisque les geôliers eux-mêmes m'ouvraient les portes et falsifiaient les mains-courantes pour berner la soldatesque britannique. Mais cela, tout de même, ne cessait de m'interloquer. L'Empire était-il donc arrivé à un tel point de délabrement qu'un prisonnier puisse, avec un peu de chance, quitter sa cellule et disposer de son temps comme bon lui semblait ? Voilà qui n'était pas rassurant pour l'avenir. Nous avions discuté avec Nicol de ce relâchement général du service.

— Non, décidément, Tewp, tout fout le camp ! Non seulement notre roi n'est pas à la hauteur dans les affaires intérieures – oui, je sais, je ne devrais pas dire cela, mais c'est une opinion répandue ici, et même votre colonel Hardens ne se prive pas de le dire lorsqu'il a bu un verre de trop au mess –, mais encore il affiche plus que de la sympathie pour nos ennemis. Vous savez qu'il a fait le salut hitlérien le jour où le nouvel ambassadeur d'Allemagne a apporté ses lettres de créance ? Comme ces idiots de footballeurs britanniques à Berlin ! Vous êtes au courant de ça, tout de même, Tewp ?

Qui alors n'en avait pas entendu parler ? Même moi, qui pourtant ne m'intéressais que peu à l'actualité et ne prêtais aucune attention aux manifestations sportives, j'avais eu connaissance de l'incident. C'était à Londres, au cours de mes premières semaines au service juridique du MI 6.

— Vous avez vu ça, David ? m'avait dit en brandissant un journal un collègue hautain qui d'ordinaire ne me parlait jamais.

Par la force des choses, j'avais vu, oui. Et cela m'avait mis mal à l'aise, sans que je puisse précisément dire pourquoi. Contempler la photographie de ces onze Anglais en tenue légère, le bras tendu face à la tribune où se tenait le chancelier Adolf Hitler, m'avait profondément déplu. Comme à une bonne partie de la nation, d'ailleurs, preuve que si tout réflexe de bon sens avait déserté notre classe dirigeante, il restait toujours vivace parmi le petit peuple.

— Tout le monde fait des courbettes devant Hitler et le traite en gentilhomme. Nous le laissons faire, et puis un jour, quand il sera assez fort, il annexera l'Autriche et les Sudètes. Alors nous aurons le même problème qu'en 14 et tout recommencera ! Je vous en fiche mon billet !

Hitler, la politique internationale, la guerre qui menaçait peut-être, tout cela, à cet instant, ne m'intéressait guère. Rongé par la peste rouge que m'avait envoyée Keller, je n'avais de pensées que pour Darpân. Pouvais-je lui faire confiance ? Et pourquoi semblait-il s'intéresser autant à l'espionne du SD ? Mme de Réault ne m'avait rien révélé de lui. J'ignorais où elle l'avait rencontré et pourquoi elle lui accordait tant d'importance. C'était une sorte de prêtre guérisseur. Soit. Mais encore ? Cela ne suffisait pas à définir un homme…

Au milieu de l'après-midi, alors que je délirais à demi sous l'effet d'une fièvre qui n'avait cessé de monter depuis le matin – au point que j'en avais refusé la promenade quotidienne –, la porte de ma cellule s'ouvrit et un homme entra. Ce n'était pas Nicol. Ce n'était pas Panksha. C'était Surey ! Appuyant sa démarche boitillante sur une canne, les mains encore gonflées d'avoir été trop longtemps liées, il tira la chaise près de mon lit. Je me redressai pour lui faire face. Il avait l'air évidemment furieux et une de ses tempes était vilainement marbrée. Sa chute dans le toboggan de la laverie n'avait pas dû se passer en douceur. Sa venue me surprenait trop pour que je puisse prononcer le premier mot.

— Apparemment, vous êtes moins bête qu'il n'y paraît, Tewp. J'avais lu le rapport qui traîne sur vous et je ne me suis pas assez méfié. J'ai eu tort ! dit-il d'une voix qu'il s'efforçait de garder neutre. Vous êtes un garçon qui a de la ressource et qui cache bien son jeu. Je dois même reconnaître que vous êtes plutôt un as dans ce domaine, non ?

— Alors vous avez dit vrai ? Vous appartenez bien, vous aussi, à la Firme ? m'étonnai-je en épongeant d'un revers de main les gouttes de sueur qui me voilaient les yeux. Je suis navré de vous avoir maltraité. Je n'ai pas cru à votre histoire, au Harnett.

— Dommage. Cela nous aurait fait gagner du temps. Mais que vous arrive-t-il au juste ? On m'a appris que vous étiez souffrant.

Je mentis à Surey, prétextant que je n'étais victime que d'une sorte d'allergie compliquée d'une bonne grippe. Comment aurais-je pu le convaincre alors d'une histoire d'envoûtement dont je n'étais moi-même qu'à demi persuadé ? Il grogna d'un air sceptique mais il ne s'était pas déplacé pour prendre des nouvelles de ma santé. Il avait autre chose en tête.

— Comment vous débrouillez-vous pour quitter cet

endroit tous les soirs alors que vous êtes consigné aux arrêts de rigueur ? A vrai dire, cela aussi est le cadet de mes soucis… Si vous vous faites pincer pendant vos escapades, je n'irai pas vous récupérer, Tewp ! Surtout après ce que vous et vos acolytes m'avez fait subir…

— Alors pourquoi êtes-vous ici, Surey ? demandai-je, agacé par tant de préambules.

— Je suis ici pour que vous m'aidiez à y voir clair dans cette histoire avec Keller. Il y a un tas de choses que je ne trouve pas normales. J'ai besoin d'aide.

— D'aide ? m'étonnai-je. Mais pourquoi ne pas consulter le capitaine Gillespie ? C'est lui qui était responsable des premiers jours de surveillance. Et il est libre de ses mouvements, lui…

— Mais Gillespie me pose un problème, Tewp. En fait, l'équipe entière qui a surveillé Keller me pose problème.

— De quel genre de problème parlez-vous, Surey ?

Avec un soupir, l'agent retira son panama et le posa sur un montant du dossier de la chaise.

— Voilà trois ans que Gillespie est le capitaine le moins bien noté de tout le service du colonel Hardens. L'adjudant Mog est un éthéromane notoire, ce qui explique son teint affreux et la lenteur de ses réactions. Quant à Edmonds… eh bien, vous l'avez constaté vous-même : c'est un ivrogne en proie à de fréquentes crises de violence. En termes médicaux, il a tout du psychopathe. En ce qui vous concerne, vous n'êtes qu'un bleu. Un gratte-papier à qui soudain l'on donne sans préparation l'ordre d'effectuer des opérations de terrain. C'est grotesque. Absurde. Hardens est loin d'être un idiot mais on dirait qu'il a sciemment composé cette équipe avec les gens les plus médiocres qu'il ait pu réunir.

Les propos de Surey étaient assez durs et mettaient mon orgueil à rude épreuve. Je ne pouvais lui donner tort, cependant. Il ne m'avait pas fallu longtemps pour comprendre que Gillespie n'était pas aussi scrupuleux qu'il voulait bien le laisser paraître. Et j'avais constaté l'état de délabrement physique d'Edmonds et le peu de vélocité mentale dont Mog avait toujours fait preuve… Quant à mon inexpérience, je ne la connaissais que trop. Mais pourquoi Hardens aurait-il délibérément placé l'Autrichienne sous la surveillance d'incapables ?

— Pour l'instant je ne possède que des bribes d'informations. Et des intuitions. C'est tout. Mais ça me suffit pour être mal à l'aise avec cette histoire. Je surveille d'ordinaire Erick Küneck à New Delhi. Je connais plutôt ses habitudes. Il est casanier et très prudent. Il ne se déplace quasiment jamais pour rencontrer ses agents. Qu'il ait eu un rendez-vous ici avec Keller trahit une activité hors norme pour lui. Tout cela ne m'affolerait pas sans la tournée royale qui s'annonce… Quelque chose est en train de se tramer, Tewp. Quelque chose de grave !

Quelque chose de grave ? Oui, peut-être. Mais quoi au juste ? Surey possédait les deux rapports que j'avais rédigés après avoir suivi Keller à la fumerie d'opium et après avoir fouillé sa chambre. Mis à part les informations sur les pratiques d'envoûtement dont je semblais être la victime, je n'avais rien caché de mes découvertes.

— Pourquoi venez-vous me voir, Surey ? demandai-je, abasourdi par les soupçons qu'il émettait contre Hardens.

— Parce que je suis certain que vous n'avez pas tout écrit dans vos rapports, Tewp. Pourquoi auriez-vous occupé la chambre 434 du Harnett avec cette vieille bonne femme, ce gamin et ces deux Hindous ? Il faut que je sache ce que vous avez découvert sur elle et ce que vous dissimulez… Dans quelle histoire êtes-vous donc embringué ?

Après tout, s'il voulait savoir, pourquoi lui taire ce qui m'était arrivé ? Je lui fis un récit détaillé des événements, de mon évanouissement dans la fumerie d'opium à la morsure de Khamurjee par un serpent dans la salle de bains de Keller.

Surey partit d'un rire mauvais.

— Non, vraiment, j'ai été trop idiot ! C'est moi qui ne tourne pas rond ! Désolé de vous avoir dérangé, mon vieux. Si vous croyez pour de bon que cette fille vous a envoûté, c'est que vous méritiez vraiment votre place dans l'équipe fantoche de Gillespie… Pardon, je m'en vais. Je vous laisse délirer tout à votre aise…

Je voulus le retenir par la manche, mais j'étais à bout de forces. Mon bras bougea à peine.

— Pourquoi… pourquoi pensez-vous que quelque chose se trame contre le roi à Calcutta, alors que le Bengale ne figure pas sur la liste des provinces qu'il doit visiter ? articulai-je néanmoins dans un souffle à peine audible.

Reprenant sa canne et ajustant son chapeau sur son crâne blessé, Surey me jeta un coup d'œil par en dessous.

— Ça, je vous l'aurais dit si vous m'aviez tenu un discours rationnel. Comprenez que je ne puisse livrer un secret d'Etat à un cinglé… Au fait, Tewp, vous êtes gallois ?

— Non. Je suis né à Brighton. Vous auriez pu le lire dans mon dossier. Pourquoi cette question ?

— Vous ne le saviez pas ? Tewp veut dire « imbécile » dans le patois du pays de Galles. Ne vous formalisez pas, mon vieux, mais je trouve que vous portez ça très bien !

*

C'était une nuée d'orage. Les couleurs en étaient étranges, très vives, très lumineuses. Une tempête rouge, jaune et bleu avec des brillances de laque, zébrée de fulgurances électriques. Une tornade de mauvais rêve, aussi assourdissante qu'une salve d'obus, aussi longue qu'une messe des morts. Quand je me réveillai, je compris que je n'étais plus dans ma cellule. J'étais allongé dans un lit blanc, et non plus sur un grabat. La fenêtre n'était plus fermée par des barreaux et une odeur de chlore flottait dans l'air. Je m'appuyai sur mes coudes pour détailler l'endroit mais l'on s'aperçut que j'étais éveillé et l'on s'approcha. C'était le capitaine médecin Nicol. Il portait une blouse et gardait son stéthoscope autour du cou.

— Le gardien vous a trouvé sans connaissance dans votre cellule. Navré, mais plus question d'échapper à l'hôpital, mon vieux…

— Depuis quand suis-je ici ?

— Deux heures environ. Nous vous avons fait immédiatement une perfusion pour vous réhydrater. Vous étiez sec comme un carton.

— Ce soir, parvins-je à murmurer, ce soir, il faut que je retourne en prison.

Nicol eut une moue dédaigneuse.

— A partir de maintenant, vous ne quittez plus cette chambre. D'abord parce que vous n'en êtes pas capable, ensuite parce qu'il y a un garde devant la porte. Vous êtes toujours aux arrêts, si c'est ça qui vous fait plaisir. Mais aux arrêts dans un endroit qui convient à votre état…

— Capitaine Nicol, fis-je tout en essayant de retirer de mon bras la longue aiguille par laquelle le sérum se déversait, c'est vous qui m'avez envoyé vers Mme de Réault. Elle sait comment me soigner. Mais il me faut ma liberté. Ce soir. C'est impératif !

— Je peux autoriser Mme de Réault à vous visiter. Je peux même la faire prévenir maintenant. Et je ne m'opposerai pas à son traitement, si par bonheur elle en a un. Au point où vous en êtes, je ne peux plus rien pour vous. Sauf vous interdire de jouer les filles de l'air. Ça ne ferait qu'aggraver votre cas. Avez-vous mal ? Voulez-vous une piqûre de drogue ?

Oui, j'avais mal. Terriblement. Mais je refusai la morphine. Je ne voulais pas tomber dans l'inconscience et manquer ma chance de rejoindre Darpân chez Swamy dès que l'occasion s'en présenterait. Car déjà j'étais résolu à braver les interdits de Nicol et à franchir les obstacles qui se dressaient devant moi. Après tout, j'avais bien réussi à pénétrer dans la chambre d'une espionne appartenant aux meilleurs services secrets allemands ; sortir d'un hôpital militaire britannique devait être à ma portée.

Nicol réajusta l'aiguille de perfusion dans mon bras, me donna des cachets pour la fièvre et promit de revenir me voir dans l'heure. Dès qu'il fut parti, je me levai et voulus sortir de la chambre, mais un homme de la police militaire était posté devant la porte.

— Je regrette, mon lieutenant, mais vous ne pouvez pas sortir. Votre chambre présente toutes les commodités pour votre toilette et si vous voulez appeler une infirmière, il y a une sonnette à la tête de votre lit.

Le type était de bonne taille. Même en temps ordinaire, je n'aurais pu le terrasser à mains nues qu'au prix de violents efforts. Vidé de mes forces comme je l'étais, l'option n'était pas même envisageable. Je revins dans ma chambre, ouvris la fenêtre et me penchai au-dehors pour constater que la pièce était située au troisième étage et donnait sur la façade du bâtiment – la position la moins discrète qui fût pour une évasion. Maugréant et claudiquant, je vérifiai ensuite dans la penderie si l'on avait au moins rangé mes vêtements. Le meuble était vide. Sans habits, sans chaussures, toute fuite était condamnée d'avance. De nouveau, j'avais besoin de Swamy. Lui seul pouvait me procurer l'unique objet capable d'impressionner un Red Cap : l'uniforme de l'un de ses officiers supérieurs ! Si je parvenais à me vêtir ainsi, je n'aurais qu'à attendre que le garde soit relevé, puis à sortir de la chambre comme si je venais d'y interroger le malade. J'attendis donc en rongeant mon frein que Nicol me fasse une visite et le priai de mander le caporal, qui accueillit l'exposé de mon projet avec une mine boudeuse.

— Comment pourrais-je vous trouver un uniforme de gradé de la police militaire, monsieur mon lieutenant ?

— A la blanchisserie, pardi ! répliquai-je, très fier de moi.

Swamy bougonna mais admit que mon idée n'était pas si mauvaise.

— Il va falloir négocier dur avec le maître teinturier, mais je vais faire mon possible !

Une heure plus tard, il revenait, tout sourires, tenant un sac.

« J'apporte du linge et des effets personnels au lieutenant », l'avais-je entendu annoncer au garde toujours planté devant la porte.

— Je suis parvenu à me procurer ce que vous me demandiez, mon lieutenant. Mais il y a un problème…

— Eh bien quoi, Swamy ?

— Le grade de l'uniforme, mon lieutenant. Il n'y avait que colonel !

Porter un uniforme qui ne correspond pas à votre régiment est déjà une infraction grave au code de l'armée, mais usurper un grade est encore plus grave.

— Bah ! fis-je, fataliste. J'étais prêt à être capitaine ou commandant. Alors pourquoi pas colonel ?

— C'est que vous êtes bien jeune pour une telle fonction, mon lieutenant, s'alarma Swamy.

J'écartai l'objection d'un revers de la main. Mes traits tirés me vieillissaient terriblement, et puis je n'avais pas le choix. Si je voulais être fidèle au rendez-vous de Panksha, il fallait agir droit et vite. « Ne pas hésiter, c'est le secret », avait dit Garance de Réault juste après avoir ouvert le feu sur le serpent. C'était un bon conseil.

Nous parlâmes de Khamurjee tandis que Swamy m'aidait à passer les vêtements aux parements rouges.

— Il a dormi jusqu'au milieu de la matinée et il a recommencé à parler. Quand je suis parti prendre mon service, Lajwanti le faisait manger. Je crois que les brahmanes l'ont vraiment tiré d'affaire. Les dieux en soient loués !

— Où dites-vous être allé chercher ces gens, Swamy ?

— Mme de Réault m'a demandé de la conduire au temple sur Kalighât Road. C'est un monument religieux sans prêtres. Ne s'y installent que des religieux errants qui viennent y faire l'office pour des temps parfois très courts. Quand un brahmane arrive, celui qui était en place reprend son errance. C'est le seul temple de ce type à Calcutta.

— A quel dieu est-il voué ? demandai-je.

— Il est consacré à une déesse : Dûrga ! me dit Swamy à demi-mot, comme s'il craignait de prononcer ce nom.

Durgâ… La déesse du trépas… Ainsi donc, les prêtres qui avaient sauvé Khamurjee et se proposaient de lever l'envoûtement qui ravageait mon propre corps servaient un culte diabolique ! Je n'y pouvais croire. Mais l'heure n'était pas à la perplexité. Rapidement, j'enfilai l'uniforme et envoyai Swamy patrouiller dans le couloir pour m'avertir du changement de factionnaire. Une minute après l'arrivée d'un nouveau Red Cap, je pris un air sévère, sortis de la chambre et claquai la porte derrière moi. A la vue de mes galons, le soldat raidit sa nuque et se mit au garde-à-vous. Je passai sans lui jeter un regard, descendis les trois étages le plus calmement du monde et retrouvai Swamy au-dehors. Parce que j'étais encore privé de mes papiers, nous quittâmes la caserne par notre trou de grillage. Répondant maintenant au doux nom de « Daisy », comme Swamy l'avait baptisé, le vieux Bedford nous attendait de l'autre côté du fossé. En quelques minutes, nous fûmes de retour chez Swamy.

La soirée était déjà bien avancée quand nous retrouvâmes Darpân et Anânda dans la maison du caporal. Mme de Réault était là, elle aussi. Je voulus prendre une minute pour visiter Khamurjee mais Darpân me barra le chemin de la chambre du gamin.

— Il va bien. Et ce que nous allons faire va nous prendre toute la nuit. Venez, Tewp. Vous verrez l'enfant plus tard. Nous avons tout préparé. Il faut y aller, maintenant.

En route, je posai quelques questions qui demeurèrent sans réponse. Darpân ne voulut rien me dire de ce qui était supposé advenir.

— Plus vous en saurez maintenant et plus vous réduirez vos chances de guérison. Si vous en réchappez et que demain vous trouviez encore le goût de la curiosité, alors je vous répondrai du mieux que je pourrai.

Malgré le vrombissement du moteur, Mme de Réault avait entendu ce que Darpân m'avait dit. Elle avait alors coulé vers moi, avec une grande tendresse, un regard presque maternel.

Darpân indiqua à Swamy une route de campagne qui sortait de la ville et longeait une rivière. Son front enturbanné surmontant à peine le volant, le caporal pilotait vite et bien. En moins d'une heure et sur une piste en mauvais état, nous nous étions éloignés d'une bonne trentaine de miles du centre de Calcutta. Darpân fit stopper Daisy sur le bas-côté et nous demanda de descendre. J'étais épuisé. Les émotions de la journée combinées aux doses de morphine et à l'anémie qui me rongeait m'avaient vidé de toute force. Swamy et Anânda durent me soutenir pour suivre le brahmane Bôn Pô, qui avançait dans un pré d'herbes hautes qu'il fouettait d'une badine afin de faire fuir les serpents. Du paysage alentour il ne me reste que de vagues souvenirs. Je me rappelle un ciel noir, sans étoiles et sans lune. Un cri d'oiseau résonnant soudain dans les branches d'un arbre isolé, et une énorme et profonde ligne de bambous que nous traversâmes sur un sentier étroit jusqu'à une rivière bouillonnante.

— Nous sommes quasiment arrivés, dit Darpân en faisant signe aux autres de me poser à terre. Officier Tewp, nous sommes toujours d'accord sur le prix que vous allez nous payer pour vous guérir ?

— Trois cents livres anglaises, Darpân. Je n'ai pas oublié, dis-je en cherchant à reprendre un souffle qui me faisait désespérément défaut. Trois cents livres et plus même si vous arrêtez vraiment la progression de cette maladie.

Jamais encore je ne m'étais senti aussi mal. Les effets de la dernière piqûre d'opiacés avaient disparu depuis longtemps et les escarres me causaient des douleurs intolérables. De plus, je devinais maintenant que la « lèpre Keller » comme je l'appelais à part moi, commençait son œuvre sur mes organes internes.

— Trois cents livres suffiront, reprit Darpân. A condition que vous nous livriez également les informations que vous détenez sur la femme qui vous a fait ça. *Toutes* les informations.

Crachant une bile mêlée de sang et d'humeur amère, je promis tout ce que le Bonnet noir voulut, sans me poser de questions. A genoux sur la terre meuble de la berge, m'enfonçant dans une sorte de néant, je n'étais plus en mesure de refuser quoi que ce fût à qui se proposait de m'aider.

— Bien, approuva Darpân en passant sa main dans mes cheveux trempés de sueur. Alors nous allons commencer…

Opus Nefas

On aurait dit un gigantesque dos d'animal affleurant au milieu des eaux, mais ce n'était qu'une immense roche lisse, un énorme caillou de basalte, noir, luisant, poli depuis des milliers d'années par l'érosion liquide. Darpân m'y avait porté sur son dos, seul, sans solliciter l'aide de Swamy ou d'Anânda, en sautant de roche en roche, par un gué étroit et dangereux qui permettait, si l'on en connaissait la géographie, d'atteindre presque à pied sec l'île rocheuse qui s'allongeait en amande au milieu de la rivière bouillonnante. La nuit était opaque et les cieux, chargés d'ombre, semblaient morts. Il fallait avoir des yeux de chat comme ceux de Darpân pour y voir goutte. Il me déposa au sol et défit mon uniforme. Je n'avais pas la force de résister à ce déshabillage humiliant. Glissant sur ma peau, caressant mon derme purulent, le vent frais de la nuit me fit pourtant du bien. Pendant que Darpân pliait mes vêtements, j'entendis des pas derrière moi. Anânda arrivait, suivi de Swamy et de Mme de Réault qui semblait avoir franchi le gué aussi facilement que les hommes. D'un sac qu'il avait apporté avec lui, Anânda sortit un peu de matériel qu'il étala à côté de moi. Je reconnus le carton à chapeau qui contenait le crâne d'enfant que Keller avait acquis sur les rives de la Hoogly, ce voûlt d'où partait mon mal, et des fioles de verre dans lesquelles stagnaient des huiles colorées et une poignée de cailloux blancs qui résonnèrent avec un bruit mat quand ils roulèrent des mains du brahmane sur le sol. Darpân revint vers moi pour me retirer mes pansements. A vif, les plaies se remirent à saigner. Le Bôn Pô les étudia attentivement.

— Mme de Réault m'a dit que vous ne pratiquiez aucun rite religieux en particulier. Est-ce vrai ?

— J'appartiens à l'Eglise anglicane et je suis d'origine protestante, mais je ne suis pas allé au temple depuis des années, murmurai-je entre mes dents.

— Diriez-vous donc que vous êtes rationaliste, officier Tewp ?

— Me demandez-vous si je souscris à la vision d'un univers où tout sens serait absent ?

Darpân esquissa un « oui » silencieux de la tête.

— Non. Je ne crois pas que l'univers soit vide de sens…

— Alors cela explique la rapidité avec laquelle le mal vous ronge. Vous faites partie de ces gens, très nombreux et très fragiles, dont l'honnêteté spirituelle est le défaut. Vous mettez un point d'honneur à douter de tout sans pour autant sombrer dans l'aveuglement du nihilisme. C'est bien. Mais, paradoxalement, votre manque de conviction fait de vous un être livré à toutes sortes d'influences. Aucune barrière ne vous en protège. Voilà pourquoi vous avez été si facile à attraper pour cette femme…

Je ne comprenais pas ce que voulait dire Darpân, ni pourquoi il jugeait bon maintenant de me parler. Peut-être était-ce une manière de me mettre en confiance, de m'aider à effacer mes peurs. Car j'avais peur. Peur de cette nuit profonde, peur de cette nature qui m'entourait, peur de ces eaux furieuses que je sentais courir autour de moi et dont je redoutais la force, peur enfin de cette maladie étrange dont seuls des prêtres d'une religion que je ne pratiquais pas se disaient capables de me délivrer.

— Allongez-vous dans le sens du courant, lieutenant. Et fermez les yeux.

Docile, je m'installai, la tête tournée vers l'amont de l'île, le corps parallèle au fil de la rivière tandis qu'Ânânda allumait et posait non loin de moi quelques lampes dont les flammes tremblotaient derrière des parois de verre dépoli. Les yeux clos, je l'entendis se déplacer à mes côtés puis je sentis qu'il alignait des objets ronds et froids sur mon corps. La fraîcheur du contact me fit un instant ouvrir les paupières. Concentré, Ânânda était penché sur moi. De ma gorge à mon ventre, il ordonnait les cailloux blancs en une ligne parfaite, sur des points qu'il prenait grand-peine à repérer précisément.

— Ânânda place des sentinelles sur les portes de votre corps, lieutenant. Rien qui doive vous inquiéter. Vous pouvez refermer les yeux, dit Darpân qui, les bras croisés, surveillait le travail de son apprenti.

Un peu à contrecœur, j'obéis. Puis Ânânda étala autour de mes yeux clos une sorte de pâte froide dont le contact me fit trembler.

— Ce n'est que de la boue mêlée d'herbes, officier Tewp. Cela va sécher très vite et vous éviter l'effort de contracter vos muscles pour garder vos paupières fermées.

En quelques instants, en effet, la boue se transforma en une croûte dure, opaque, impossible à briser par le seul jeu des muscles de mon visage. Verrouillant la fatigue extrême qui privait déjà mon corps de toute force, l'obscurité dans laquelle j'étais maintenant plongé agit, au terme de quelques minutes, comme un soporifique. De plus en plus confusément, j'entendis autour de moi des mots prononcés à voix basse dans une langue inconnue, des frottements de pierre, des cliquetis métalliques aussi dont je ne pouvais déterminer la provenance mais dont les vibrations claires n'avaient rien de menaçant. Darpân revint s'agenouiller près de moi.

— Lieutenant David Tewp, dit-il, il va falloir maintenant que votre esprit participe à votre délivrance. Je sais que cela ne va pas se révéler agréable, mais il est nécessaire que vous vous remémoriez l'instant au cours duquel vous avez découvert le voûlt dans la chambre de l'Autrichienne. Le but n'est pas de décrire la scène mais d'exprimer les émotions, les images que vous avez ressenties alors. Croyez-vous que cela soit possible ?

Ce souvenir était encore parfaitement frais à mon esprit. J'hésitai cependant à l'évoquer car c'était pour moi comme de m'enfoncer dans un marais visqueux, une tourbe froide, corrosive, attaquant l'âme tout autant que les chairs.

— Parlez-en à haute voix, m'encouragea Darpân. Et ne craignez pas de changer de sujet si d'aventure vous en ressentiez l'envie… Parlez. C'est tout ce dont j'ai besoin.

Entre mes dents d'abord, puis de plus en plus distinctement, je me mis donc à parler. Au début ce fut physiquement assez éprouvant et il fallut que j'aille puiser dans mes dernières réserves d'énergie pour articuler les mots qui me venaient à l'esprit. Ensuite, comme une machine qui se rode, mes mâchoires se huilèrent, se chauffèrent, se mettant à battre de plus en plus vite au fur et à mesure que ma langue palpitait dans ma bouche. Les mots que je prononçais n'avaient cependant rien de plaisant, bien au contraire. Plus je relatais l'instant de la découverte du crâne d'enfant évidé qui contenait ma photographie, plus mon esprit s'affolait et devait user de termes affreux pour dépeindre les émotions noires qui croissaient en moi, naissaient de moi et me semblaient s'échapper de mon corps comme des fumerolles d'un tas de cendres. Je me mis à parler de ces vapeurs sombres que mon imagination me faisait voir, jaillissant de ma peau en fins rubans pour s'entortiller peu à peu autour de mes membres, autour de ma poitrine et de mes reins pour finalement tisser une gangue dure de tissu roide, empesé et craquant, une carapace étroite, un cocon, un cercueil plutôt où il me fallait pourrir… Mon cœur s'affola et se mit à battre à l'allure d'une charge de cavalerie tandis qu'une gigantesque vague d'angoisse monta du tréfonds de moi-même.

Comme des loups sortant d'un bois, surgirent alors toutes les craintes, tous les malaises, toutes les terreurs que j'avais ressentis au cours de ma vie. Le moindre de mes cauchemars, la plus infime parcelle de peur, rien ne me fut épargné… Cela dura longtemps. Autant de temps peut-être qu'il en faut pour que se joue jusqu'à son ultime réplique une mauvaise pièce de théâtre. Je ne savais même plus si je parlais ou si je m'étais renfermé en moi-même, à me noyer en silence au sein de toutes ces horreurs. Crispé, tendu, mon corps me faisait aussi mal que si j'avais été roué vif par la barre d'un bourreau. Je poussai un long cri et perdis enfin conscience… Je revins à moi lorsque Darpân jeta des gouttelettes d'eau pour humidifier les emplâtres de boue qui fermaient mes yeux et, de ses pouces, il en brisa enfin les sceaux. J'ouvris les paupières. Une ligne jaune montait à l'est au-dessus des arbres, annonçant l'aube. Aucun oiseau ne chantait encore. La brise du matin passa sur mon corps dénudé et me fit frissonner. Je me sentais mieux, pourtant, et voulus me redresser sur mes coudes, ce qui fit rouler à terre les petits cailloux blancs qu'Anânda avait alignés sur moi au début de l'exorcisme. L'un d'eux glissa près de ma main. Je le pris entre mes doigts. Il n'était plus blanc. Ni lisse. Comme tous les autres, il était devenu noir et charbonneux. Comme un éclat de lave.

— Les pierres sentinelles ont bien rempli leur office, me dit Darpân en s'agenouillant à côté de moi. Elles ont absorbé les morsures que le chien noir a voulu vous donner quand il a senti qu'il vous perdait. Le principe du mal qui était entré en vous a été retiré, officier Tewp. Il se trouve désormais dans ceci !

Dans sa main, Darpân tenait une poupée de cire, dans la masse de laquelle, je le vis, étaient incrustées les rognures d'ongles que le brahmane m'avait demandé de lui confier la veille.

— Nous avons créé une diversion pour l'envoûtement de Keller, Tewp. C'est ce simulacre qui maintenant va recevoir et accumuler les charges négatives qu'elle vous destine. Je vais l'enterrer dans un coin de jungle, à un endroit où il se décomposera lentement et où toutes les énergies dont il est maintenant le réservoir pourront se diluer sans affecter personne. Maintenant, il vous reste à disperser vous-même ce qui reste du voûlt dans la rivière pour sceller la fin de tout.

Et il plaça dans ma paume les fragments du crâne d'enfant et les morceaux déchirés de la photographie qui me représentait, naïf et guindé, sur les bords de la Hoogly.

— Faites un effort. Vous pouvez vous lever seul, maintenant.

La compassion n'était pas la caractéristique principale de Darpân. Il ne m'aida pas à me mettre debout. Maladroitement, je repris seul mon équilibre, heureux tout de même de sentir une vigueur nouvelle courir dans mes membres. Certes, ma peau était encore en mauvais état. Mon ventre et mes reins étaient toujours aussi rouges et me faisaient toujours souffrir, mais j'avais le sentiment que leurs crevasses s'asséchaient déjà.

— Nous allons vous donner des huiles pour purifier votre peau, mais ne refusez pas les sulfamides que continueront à vous prescrire les médecins de l'hôpital militaire. Les deux médecines ne sont pas incompatibles. Maintenant, cessez de vous observer et allez jeter dans les flots les objets de la sorcière.

Toujours nu, frissonnant, tenant dans mes mains les débris bruns du crâne d'enfant, je m'approchai seul jusqu'au bord de l'île. Mme de Réault, Anânda et Swamy avaient disparu. J'ouvris mes paumes au-dessus du courant et y laissai tomber les restes du fétiche. Tout disparut en pluie dans les vagues vives, gonflées d'oxygène, que faisait la rivière à cet endroit. Darpân s'approcha de moi et me couvrit les épaules d'une vieille couverture.

— C'est fini maintenant. Vous me devez trois cents livres, officier.

Le pragmatisme dont le brahmane ne se départait pas me fit sourire. Prêtre, il aurait dû n'accorder aucune importance à l'argent. Il n'en était rien.

— Swamy garde le prix de votre prestation dans sa poche. C'est lui qui vous donnera cette somme, lui dis-je tandis que je retrouvais mes vêtements et commençais à me vêtir.

J'étais épuisé et certainement pas tout à fait lucide, mais je crus percevoir le malaise du Bôn Pô, comme s'il avait encore quelque chose à dire, sans toutefois être décidé à parler. Je pensai qu'il n'osait pas me rappeler l'autre part du marché dont nous étions convenus.

— Je n'ai pas oublié ce que vous m'avez demandé sur Keller, si c'est ce qui vous tracasse. N'ayez pas d'inquiétudes : je vous donnerai les informations que vous désirez.

Creusé de rides nouvelles qui s'étaient formées pendant la nuit, le visage de Darpân montrait une immense fatigue. Une inquiétude aussi.

— Oui, nous devons parler de cela au plus vite… Mais avant, il y a une chose que je dois vous avouer. Une chose grave.

Mon cœur se serra. Au ton qu'il employait, je sentis que le brahmane n'allait pas m'apprendre une nouvelle réjouissante. Mes épaules se tassèrent comme pour parer un coup. Il reprit :

— Cette nuit, nous avons échoué, lieutenant Tewp. L'exorcisme n'est pas complet…

Un bourdonnement monta dans mes tempes. De quoi voulait-il parler ? Ne venait-il pas de me dire au contraire que tout était terminé ? Que la maladie allait disparaître ?

— L'exorcisme n'est pas complet parce que je n'ai pas été capable de renvoyer le sort directement d'où il est venu. Ce qui signifie que la femme Keller s'était préparée à un éventuel retournement de sa charge contre elle. Et confirme qu'elle possède de grandes connaissances en ce domaine. Des connaissances beaucoup trop élevées pour qu'on la laisse en user librement…

Garance de Réault m'avait parlé de ce choc en retour qu'évoquait Darpân. « Tant que son ouvrage n'est pas terminé, un sorcier est en danger… », avait dit la Française.

Nous quittâmes l'île par le gué de pierres et regagnâmes la terre ferme sans un mot. Lentement, le charbon de la nuit tombait en cendres grises. Il fallait maintenant que je rejoigne l'hôpital au plus vite sous peine d'être considéré comme un évadé. Nous franchîmes la barrière de bambous par le sentier et débouchâmes dans le pré de hautes herbes. Venant dans notre direction, des ombres énormes et silencieuses s'y mouvaient en file. Nous nous écartâmes pour les laisser passer.

— Des éléphants que leurs cornacs vont étriller à la rivière dans la lumière de l'aube, souffla Darpân.

Assises à califourchon derrière les oreilles des énormes bêtes, de minces silhouettes adolescentes nous regardaient tandis que les animaux passaient. C'était la première fois de ma vie que je voyais de telles créatures. Je tendis la main pour les effleurer. Quelque chose, un instinct, m'y poussait. Je voulais faire mien l'extraordinaire flux de vie qui les traversait. Une vague de chaleur, douce, apaisante, m'emplit à leur contact. Mon cœur, je le sentis, ralentit ses pulsations et, à ce toucher, mes angoisses se diluèrent avant de disparaître tout à fait.

— Ces animaux sont des prisonniers et ne recèlent que très peu de la vraie force qui court dans le corps des bêtes libres. Imaginez ce que vous pourriez ressentir à caresser un éléphant sauvage…, dit Darpân alors qu'il voyait bien que ce contact, aussi furtif fût-il, agissait sur moi comme un baume.

Le convoi passa, laissant un souffle de chaleur et de suint derrière lui, un grand souffle de vie qui me fortifia tant que je n'eus plus à solliciter l'aide de Darpân pour traverser la friche qui nous séparait encore du camion. Mme de Réault, Swamy et Anânda nous attendaient bien là, sages et graves, ne sachant encore s'ils devaient s'attrister ou sourire. Je les rassurai de quelques mots et puis pressai Swamy de nous faire regagner la ville au plus tôt. Le caporal fit vrombir le moteur tandis que je prenais place sur un banc de la ridelle.

— Je ne sais pas si nous aurons l'occasion de nous revoir au cours des jours qui viennent, dit Darpân. Alors, voilà ce que je veux que vous fassiez. Jetez par écrit tout ce que vous connaissez de Keller. Anânda viendra demain soir vous rendre visite dans votre chambre et vous lui remettrez vos notes. Je crois que le petit jeu des sorties clandestines doit maintenant cesser jusqu'à ce que vous recouvriez officiellement la liberté. Et puis, vous avez besoin de repos. Nous nous reverrons tous deux dès que vous serez maître de votre temps.

— Pourquoi tenez-vous tant à obtenir des renseignements sur cette fille ? Est-ce parce que vous voulez vous approprier ses secrets ?

— Non, monsieur Tewp. Ce n'est pas pour m'approprier ses secrets. Cette Occidentale, je crois, est une porte vers quelqu'un d'autre. Voilà pourquoi j'ai besoin de mieux la connaître.

— Quelqu'un d'autre ? Mais qui ?

— Un assassin d'enfants, monsieur Tewp. Oui. Un assassin d'enfants…

*

Regagner ma chambre à l'hôpital militaire n'avait pas été une mince affaire. D'abord parce que, malgré toute la science du pilotage dont faisait preuve Swamy, le camion « Daisy » n'était pas un véhicule aux performances mécaniques illimitées, ensuite et surtout parce que Nicol s'était aperçu de mon évasion et qu'il se trouvait sur le point d'en avertir la police militaire.

— Tewp ! Ne me refaites jamais une frayeur pareille ! Vous vous rendez compte dans quelle situation vous me mettez ? Et qu'est-ce que c'est que cet uniforme ? Vous voilà devenu colonel, maintenant ? Otez ça immédiatement, malheureux !

J'avais subi stoïquement la tempête de remontrances qu'avait fait pleuvoir sur moi le vieux médecin, avant de parvenir à le convaincre de m'aider à dissimuler mon escapade et à berner le garde à l'entrée de ma chambre. Je lui promis pour cela de lui raconter comment des brahmanes m'avaient purgé de mon mal. Le bonhomme était curieux de ces choses et ne manquait apparemment pas une occasion d'en apprendre un peu plus dans un domaine qui le fascinait.

— C'est vrai que vos plaies ne suppurent plus et que la fièvre est beaucoup tombée, me dit-il, lorsqu'il m'eut fait regagner mon lit. J'avoue que c'est presque étrange à constater… Dites-moi, vous… Vous avez vu votre totem alors ?

— Mon totem ? Qu'est-ce que c'est ?

— Eh bien… vous savez… C'est ce que racontent tous ceux qui voyagent au pays des esprits… Ils quittent leur corps, voyagent dans l'astral où ils rencontrent leur guide qui les aide à surmonter les épreuves… Un animal, souvent. Leur totem, quoi !

J'ai certainement dû beaucoup décevoir le capitaine en admettant que rien de tel ne m'était arrivé. Aucun animal ne m'avait accueilli dans le monde des esprits pour la bonne raison que je n'avais aucun souvenir de m'y être rendu.

— Hum… C'est parce que le choc a été trop grand. Votre raison ne pourrait pas supporter la révélation de tout ce que vous avez vu là-bas… Mais ça devrait vous revenir dans vos rêves.

J'eus beau répéter au capitaine que j'étais certain de ne pas avoir quitté mon corps pour « voyager dans l'astral », comme il disait, ce fut peine perdue. Grand lecteur des œuvres du spirite Allan Kardec, habitué à faire tourner les tables, Nicol accumulait les idées préconçues et refusa d'en démordre. Son insistance devenant agaçante, je décidai de tenter une diversion :

— Avez-vous récemment entendu parler d'assassinats d'enfants, mon capitaine ?

Malheureusement, le coup ne porta pas. D'une nature hautement perméable aux ragots et grand collecteur de rumeurs devant l'Eternel, Nicol n'avait pourtant entendu parler d'aucune affaire de ce genre.

— Que me chantez-vous là, Tewp ? Des assassinats d'enfants ? Ici ? A Calcutta ? Dans le quartier européen ? Vous divaguez, mon vieux ! Des morts par homicide chez les civils, c'est très rare, vous savez ? Un tous les cinq ou six ans, pas plus. Des histoires de maris jaloux ou de femmes trompées principalement. Parfois une rixe d'ivrognes qui dégénère, mais rien d'autre. Et c'est alors le bureau de Scotland Yard qui s'en occupe. Pas nous. Mais des morts d'enfants… Non. Quelle horreur ! D'où diable tirez-vous donc cette idée ?

Feignant de ne pas entendre la question, je jouai plutôt à l'épuisé en me recouchant et en fermant les yeux. Grommelant dans sa barbe, Nicol demeura quelques instants encore auprès de moi, puis, comprenant que je n'étais pas disposé à reprendre la conversation, il quitta la pièce, un peu énervé. J'en fus heureux car, même si mon état semblait s'améliorer, je me sentais encore vidé de toute énergie. Le sommeil me prit et je dus lui consentir quelques heures avant de pouvoir rédiger la note sur Keller que Darpân m'avait demandée. J'aurais aimé lui transmettre l'intégralité des éléments que le MI 6 avait rassemblés sur elle, mais m'aventurer jusqu'au bureau de Gillespie pour y dérober le dossier ne semblait pas, raisonnablement, envisageable. Pour l'heure, il faudrait que le Bôn Pô se contente de ce que je pourrais lui fournir. Pourquoi le prêtre poursuivait-il Keller exactement ? Dans le camion qui nous reconduisait en ville, il ne s'était pas montré très explicite.

— Des rumeurs courent dans Calcutta depuis quelques semaines, lieutenant Tewp. Des rumeurs qui prétendent qu'une femme blanche vient à la nuit prendre les enfants Intouchables qui dorment glissés sous les tas d'ordures de la ville. Personne ne les revoit. Personne ne sait ce qu'ils deviennent… Peut-être ne meurent-ils pas. Peut-être sont-ils seulement vendus dans la jungle ou dans les montagnes, sur le marché aux esclaves des tribus délaissées. Ou peut-être les enchaîne-t-on dans les cales d'un cargo et les fait-on partir pour l'Europe ou l'Amérique. Je l'ignore… Mais si c'est la femme Keller qui les prend, pour elle-même ou pour quelqu'un d'autre, alors mieux vaudrait qu'ils fussent morts. Car si cette femme les utilise pour ses actes de sorcellerie, elle doit commettre sur eux des souillures qui les font sortir à jamais de la chaîne des réincarnations. Si elle les touche, ils quittent le cycle du Samsara et leur âme périt à jamais… Aussi misérable fût-elle, aucune créature ne mérite cela.

« Leur âme périt à jamais… » Ces mots m'avaient marqué. Mme de Réault avait aussi entendu les propos du brahmane.

— Des enfants Dâlits qui disparaissent… Ce ne serait pas la première fois. Mais d'ordinaire personne ne s'en soucie. Même pas les Bôn Pô. Pourquoi êtes-vous si pressant en cette affaire, Darpân ?

Le brahmane n'avait pas voulu répondre à la Française, laissant seulement un sourire flotter sur ses lèvres. Un sourire dans lequel on pouvait bien lire toutes les raisons possibles mais qui, sans aucun doute, ne voulait rien partager de ses vrais mystères… J'avais passé la journée à rassembler mes souvenirs sur Keller et à tenter d'en faire un tout cohérent. Les nouvelles révélations de Darpân ne faisaient qu'ajouter de la confusion à un tableau déjà obscur. En premier lieu, nous avions une toute jeune femme dont la prétendue couverture de journaliste cachait manifestement des activités d'espionnage. A elle seule, cette simple constatation aurait suffi à faire expulser la fille du sous-continent, sinon à la faire jeter en prison. Mais ce premier vernis masquait une palette d'autres talents. Et il ne s'agissait plus d'espionnage cette fois-ci, mais d'activités radicalement différentes, de talents fangeux, malsains et tout à fait surnaturels…

Surey, maintenant, surveillait Keller. Je devais le revoir, avoir une conversation avec lui, le convaincre que je n'étais pas si fou qu'il le pensait. Mais où était-il ? Et comment le contacter alors que j'étais encore prisonnier de cet hôpital ? Cette situation ridicule ne pouvait plus durer. Il fallait à tout prix que je retrouve ma liberté dans les plus brefs délais. Aux soldats qui gardaient ma porte, je tentai en vain d'arracher quelques informations sur mon sort. Comme aucun ne semblait en mesure de me donner une réponse, j'entrai dans une colère noire et exigeai sur-le-champ un entretien avec l'officier qui était venu m'interroger au premier jour de mon incarcération. Hurlant tant et plus, ma demande porta et le pauvre bougre, certainement tiré en catastrophe d'une tâche administrative quelconque, se présenta sur l'heure dans ma chambre. Oui, mon dossier était traité avec la célérité et la compétence requises ; non, on ne m'oubliait pas et oui, enfin, il était exact que ma sortie était conditionnée par la signature du colonel Hardens, mon supérieur, malencontreusement en déplacement pour quelques jours encore. Je n'avais cependant aucune raison de m'inquiéter : l'enquête m'était de toute façon favorable puisque l'adjudant Edmonds avait une réputation bien établie de joueur et de buveur, et qu'il était connu pour ses crises de violence et son caractère promptement irritable. Tout cela était bel et bon, mais ne faisait pas passer le temps plus vite.

Il y eut encore une nuit, puis une autre et une autre encore, et seul le capitaine Nicol me tenait informé de ce qui se passait au-dehors.

— Profitez du temps qui vous reste à croupir ici pour vous remettre sagement sur pied. Vos plaies ne saignent plus et s'assèchent, mais cette histoire vous a fait perdre du poids. Et vous n'étiez déjà pas lourd, Tewp. Songez donc à vous étoffer un peu. Vous êtes encore jeune. Votre corps ne demande que ça… Et puis… les hommes sportifs plaisent davantage aux femmes que les maigriots dans votre genre, vous savez…

Cette remarque m'avait fait hausser les épaules. Les femmes… Elles ne m'avaient jamais vraiment intéressé. J'étais sensible à la beauté de certaines d'entre elles, bien sûr, sensible à leur charme, mais cela s'arrêtait là. Je n'avais jamais vraiment éprouvé le besoin de leur compagnie. Ni même jamais songé au mariage – pas plus comme à une nécessité que comme à un devoir ou un plaisir. Sous quelque forme que ce fût, je n'imaginais pas une compagne à mes côtés. Cela m'aurait paru indécent.

— Je me moque de plaire aux femmes, capitaine, avais-je répliqué, un peu maussade.

— Bah ! A quoi bon la vie, alors ?

A quoi bon la vie ? La question ne m'avait jamais effleuré. La vie était là, ni cadeau ni malédiction. Il fallait la prendre comme elle venait et ne pas perdre son temps à tenter d'en percer le mystère. C'était là toute ma sagesse.

— C'est une bien mauvaise question que vous me posez là, docteur… A quoi bon la vie ? Je l'ignore. Je crois qu'il n'y a pas de réponse.

— C'est au contraire l'une des meilleures qui soit. Les seules interrogations qui valent sont celles qui n'ont pas de réponse, vous ne pensez pas ?

— Petite métaphysique de comptoir, mon capitaine. Notre conversation ne va pas au-delà.

Nicol avait souri.

— Mes propos sont peut-être ceux d'un homme un peu sénile, je vous l'accorde, mais en tout cas votre tension remonte sacrément…

Swamy aussi, bien sûr, me visitait régulièrement. Je lui avais demandé de tenter de retrouver Surey.

— Le type que l'on a jeté dans la lingerie ? C'était vraiment un de vos collègues, mon lieutenant ?

— De Delhi, oui. C'est lui qui surveille Keller à présent. Il me prend pour un simple d'esprit mais il avait l'air de chercher mon aide. Je ne sais pas où vous pourrez le contacter.

— S'il est encore après cette mauvaise femme, il doit traîner vers le Harnett. Je le délogerai, monsieur mon officier.

Malgré tous ses efforts, les recherches de Swamy

demeuraient vaines. Trois jours durant il tenta de le localiser mais personne ne semblait avoir vu l'homme de Delhi. Le seul élément dont nous étions certains était que Keller avait toujours sa chambre à l'hôtel. Apparemment, avoir retrouvé son serpent déchiqueté par une salve dans sa salle de bains ne l'avait pas émue outre mesure… Encore une étrangeté à porter à son débit. Enfin, quatre jours après que Darpân m'eut conduit à la rivière, le colonel Hardens revint de Delhi. Une des premières tâches à laquelle il se consacra fut de signer ma levée d'écrou. Les Red Caps cessèrent de prendre racine devant ma porte et Nicol me fit passer une dernière visite médicale avant de m'autoriser à quitter l'hôpital.

— Votre peau est presque redevenue celle d'un bébé. Tewp, vous avez eu de la chance. Quand j'ai vu ce qui vous arrivait, je ne vous donnais pas quinze jours… C'est un miracle…

— Grâce à vous, mon capitaine. Seulement grâce à vous. C'est vous qui m'avez fait rencontrer les bonnes personnes. Sans votre ouverture d'esprit, je crois que je serais déjà mort et enterré. Je vous dois énormément. Je ne l'oublierai pas.

Sensible comme une vieille femme, Nicol écrasa la larme qui perlait au coin de son œil.

— Revenez de temps à autre, Tewp. Si cela vous fait plaisir, bien sûr…

Je promis de repasser souvent. Le vieil homme seul avait été le premier visage britannique à se montrer réellement sympathique avec moi depuis mon arrivée aux Indes. Et c'était vraiment lui, avec ses airs de ne pas y toucher, qui m'avait sauvé la vie. Je n'avais pas l'intention de me montrer ingrat. Au greffe, je récupérai les effets personnels que j'avais dû abandonner à mon entrée en cellule. Vêtu normalement, avec ceinture, cravate et lacets, je retrouvai un peu de ma fierté perdue. On me rendit aussi mon arme de service, le lourd Webley à six coups qui avait failli tuer Edmonds.

— Le colonel Hardens vous attend immédiatement dans son bureau, m'avait-on prévenu alors que je signais les derniers documents administratifs qui faisaient de moi un homme de nouveau libre.

Marchant en pleine lumière pour la première fois depuis dix jours, je me rendis aux Grands Appartements. Dans les jardins, l'air avait subtilement fraîchi, montrant que nous venions de franchir le gué qui sépare l'été de l'automne. Les retrouvailles avec Hardens furent brèves, presque froides. Ce jour-là, le colonel n'avait pas de goût pour les civilités.

— Il y a des choses particulièrement désagréables dans la fonction que j'occupe, lieutenant. L'une d'elles est d'avoir à faire la police entre deux de mes subordonnés. J'ai appris ce qui vous était arrivé pendant mon absence. J'ai lu les rapports et j'ai vu Edmonds. Il admet qu'il était dans son tort. Je le connais un peu. Ce n'est pas un mauvais bougre, mais il est vrai qu'il boit trop. Les charges qui pèsent contre vous sont levées. Je n'ai pas le temps de m'offrir un procès en cour martiale pour vous, Tewp. Alors, si vous êtes d'accord, nous passerons l'éponge sur ce regrettable incident. Evidemment, vous ne travaillerez plus avec Edmonds, Mog et Gillespie. Cela vous convient-il ?

Cela me convenait. Je ne l'avouai évidemment pas à Hardens, mais je n'avais jamais aimé ces types. Et je savais qu'ils me le rendaient bien.

— Comme vous le souhaitez, mon colonel. Puis-je vous demander en quoi consisteront mes nouvelles fonctions ?

Hardens se racla la gorge.

— Je songe à quelque chose de particulier, pour vous, une mission ponctuelle qui serait bien dans vos cordes. Mais ce n'est que pour la semaine prochaine. Je vous en reparlerai. D'ici là... On m'a dit que vous aviez été souffrant... Hôpital et traitement de cheval, hein ? Pour finir de vous remettre, vous avez quartier libre pendant trois ou quatre jours. Ne faites pas de bêtises parce qu'ensuite vous aurez de nouveau un emploi du temps chargé. Allez, Tewp, filez dans votre cambuse et accordez-nous la faveur de vous y faire un peu oublier !

Trop heureux que le triste incident qui m'avait opposé à Edmonds se termine ainsi, je retournai dans mes quartiers sans demander mon reste. Je mis un peu d'ordre dans mes affaires et puis décidai de me rendre en ville pour visiter Mme de Réault. Je la trouvai chez ses amis, heureuse de me voir rétabli, je crois. Nous allâmes marcher dans un parc, non loin de son domicile. Je n'osai pas le lui avouer mais j'étais dévoré de curiosité quant à ce qui m'était arrivé. J'avais mille questions à lui poser sur ce qu'elle savait des pratiques de sorcellerie, sur la façon dont elle avait connu Darpân et sur l'identité exacte de ces moines Bôn Pô dont elle semblait admirer les connaissances au-delà de tout. Enfin, après quelques minutes de conversation banale, j'osai évoquer ces sujets.

— Vous voulez savoir ce qui vous est arrivé, Tewp... C'est normal. Mais ne vous fâchez pas si je vous préviens que je n'en sais au fond pas plus que vous... En fait, la seule chose qui me différencie de la plupart des Occidentaux est que je n'accorde aucun crédit à la foi chrétienne et que je ne la prends que pour ce qu'elle est : une manipulation de grande envergure qui a réussi. C'est tout.

— Vous ne croyez pas en la réalité de Jésus-Christ ?

— Pas une seconde. Si le Christ est un si beau personnage de conte de fées, c'est qu'il n'est rien d'autre qu'une construction de kabbalistes… Beaucoup de gens vous en parleraient mieux que moi et démonteraient pour vous les mécanismes de cette invention. Mais cette fausseté première de la religion chrétienne n'empêche pas qu'au fil des siècles une sorte de condensation se soit produite, une condensation des espoirs, des rêves et des souffrances que cette croyance a générés. Croyez un mensonge avec suffisamment de force pendant des années, Tewp, et cela devient une réalité aussi forte et aussi agissante que n'importe quelle vérité première. C'est une des bases de la magie.

— L'autopersuasion ?

— Appelez ça comme vous le souhaitez. Oui, l'autopersuasion. Peut-être. Toute chose ici-bas est un peu plus que la simple somme des éléments dont elle est composée. Les hommes. Les animaux. Les plantes… Les roches aussi. Et même l'air, les métaux, le feu et l'eau… Tout cela vit. Tout cela rêve et agit. Sur des octaves différentes. Mais au fond, tout obéit à ce que les hindous nomment Dharma : les lois intangibles de l'univers. Je ne parle pas de lois physiques, bien sûr, mais de lois d'équilibre, d'évolution, de mort et de renaissance. Les hindous ne morcèlent pas le monde. Seuls les monothéismes le font…

— Mais… la sorcellerie de Keller ? D'où tient-elle son savoir ?

— Personne d'autre qu'elle ne pourrait le dire, lieutenant Tewp, personne. Mais ce qui est certain, c'est qu'elle a bien compris les lois du Dharma. Elle a eu de bons maîtres. Et c'est pourquoi Darpân la craint tant.

Nous en arrivions là où je voulais en venir.

— Vous avez entendu ses propos sur les enlèvements d'enfants. Que savez-vous de cette histoire ?

— Je n'ai pas revu Darpân depuis le matin où nous vous avons ramené de la rivière. Je n'ai pas pu en parler avec lui. Mais, évidemment, tout cela a piqué ma curiosité. Je me suis promenée dans les bas quartiers. J'ai demandé. Sans rien trouver d'autre que des rumeurs, comme il en court des centaines dans le tréfonds des villes… Alors, que vous dire ? Je ne sais pas…

Je quittai Mme de Réault le cœur un peu serré, avec le sentiment frustrant de ne pas avoir avancé d'un pouce. La seule manière d'avancer maintenant était certainement de donner un bon coup de pied dans la fourmilière. Mais avais-je le droit de le faire ? Et pourquoi aurais-je dû ? Parce qu'on me l'avait ordonné ? Non. Parce que je le devais à quelqu'un ? Non plus… Alors pourquoi ? Parce que tout cela m'intriguait. Parce que j'étais dévoré de curiosité. Voilà pourquoi. Depuis trop longtemps je voyais s'accumuler devant moi les pièces d'un puzzle incompréhensible : une espionne, un couple de Daces, un officier de Delhi, un envoûtement, une aventurière française, deux prêtres exorcistes, un secret d'Etat, un roi qui arrivait aux Indes, des enfants qui disparaissaient dans les bas-fonds… Tout cela était trop disparate pour signifier quelque chose de précis. Et pourtant. Mon esprit sentait qu'il y avait un lien. Un élément commun, oui, attachait toutes ces pièces… Le Harnett n'était pas loin de chez Réault. Je m'y rendis, pensant bien que, si Swamy n'avait pu dénicher Surey, ce dernier me trouverait vite si je pointais mon nez aux abords de l'hôtel. Je flânai un peu devant l'établissement, sans toutefois oser y entrer. Je ne voulais pas risquer un face-à-face avec Keller. Ma volonté y était prête mais une partie de mon être se révulsait à l'idée de cette confrontation. Penaud et triste, je rentrai aux quartiers à la tombée de la nuit sans que Surey se fût montré.

*

Je ne puis dire avec certitude comment s'était formée l'idée. Probablement pendant mon sommeil, ce temps favorable aux raccourcis de la pensée, aux contradictions fécondes, aux paradoxes productifs... Quoi qu'il en fût, je m'éveillai ce matin-là avec la perception parfaitement claire de ce que j'avais à faire. En quelques minutes je me préparai et me lançai à la recherche du caporal Habid Swamy. Le régiment auquel il appartenait n'était pas le plus glorieux de l'armée des Indes. Simple corps du Génie, les soldats qui le composaient n'étaient pas destinés à combattre en première ligne. Ils étaient recrutés non sur leurs qualités guerrières mais plutôt sur leur habileté à manier scies et marteaux, haches et tournevis, et les tâches qu'on leur confiait se résumaient souvent à de simples travaux de charpenterie. Au terme de nombreuses allées et venues d'un bâtiment à l'autre, je finis par trouver Swamy un peu avant midi, en train de surveiller des opérations de coupe dans la scierie. Le bruit de la lame propulsée par une vieille machine à vapeur était assourdissant mais bien moins difficile à supporter que les nuages de fine sciure qu'elle faisait jaillir de tous côtés. Torse nu et un mouchoir noué autour du nez, Swamy me fit signe de sortir dès qu'il me vit. A la grimace un peu gênée dont je le gratifiai, le caporal comprit tout de suite qu'une nouvelle excentricité avait germé dans mon esprit. Sans qu'il sût précisément à quoi s'attendre, je crois que cela l'amusait pourtant déjà, car il me sourit de toutes ses mauvaises dents.

— Seriez-vous libre de m'accompagner quelque part en ville, caporal ? lui demandai-je.

— N'importe quand, n'importe où, mon lieutenant !

Récupérant sa veste poussiéreuse dans la scierie, il revint vers moi en brandissant les clefs de « Daisy » puis nous montâmes dans le camion garé non loin de là et filâmes en ville.

— Où allons-nous, mon lieutenant ?

— Thomson Mansion, répondis-je. 284, Durham Lane.

Concentré sur sa conduite, le caporal ne fit pas de commentaire. Bien que ses yeux surmontent à peine le volant, il pilota « Daisy » à une vitesse effarante dans les rues bondées de Calcutta à cette heure du jour. Lorsqu'un passage était bouché par un amas trop compact de piétons et de charrettes, il faisait geindre l'embrayage et fonçait dans une ruelle transversale sans se préoccuper des nids-de-poule, flaques de purin et autres étals ambulants, dont il écrasait sans scrupules le contenu. Quand il aurait fallu peut-être une bonne heure à un chauffeur ordinaire, Swamy ne mit qu'une dizaine de minutes à atteindre le quartier de la résidence Thomson. Nous nous rangeâmes non loin de l'entrée principale du bâtiment, une maison longue apparemment bien entretenue.

— Et maintenant, mon lieutenant ? Quelle est la chose qui vous intéresse ici, si je puis me permettre ?

Je demeurai un instant sans répondre.

— Connaissez-vous cette maison ? lui demandai-je en retour.

Le caporal hocha négativement la tête.

— A ce que l'on m'en a dit, elle accueille momentanément des enfants hindous. Des enfants doués. Là, on évalue leur potentiel avant de les envoyer effectuer des études poussées en Europe. A Berlin pour être précis. C'est un couple de mécènes qui paie tout cela. Des Roumains, Dalibor et Laüme Galjero... En avez-vous entendu parler ?

Swamy s'obstina à rester muet mais hocha encore une fois négativement la tête, signifiant ainsi qu'il ne connaissait pas ces personnages.

— Une nouvelle promotion est en cours de sélection, paraît-il. Je voudrais voir cela d'un peu plus près... Venez-vous avec moi, Swamy ?

Mais le caporal se tassa sur son siège et fit la moue pour indiquer qu'il préférait rester dans le camion. Je n'insistai pas et partis donc seul vers l'entrée de l'institut. Je n'avais pas de plan précis en tête. En fait, je n'avais aucune autorité pour effectuer quelque enquête que ce fût dans cet endroit. Mon esprit, pourtant, avait relié les propos de Darpân touchant aux supposés enlèvements d'enfants, la visite rendue par Keller aux Galjero et la façon de pensionnat que ceux-ci entretenaient à Calcutta. Tout cela composait une guirlande de faits qui s'emboîtaient trop bien les uns dans les autres pour que je ne m'y intéresse pas d'un peu plus près. Comptant donc sur mon seul uniforme pour suppléer à l'absence de mandat officiel, je justifiai d'une enquête de routine pour tenter de visiter les lieux et d'en apprendre davantage sur Thomson Mansion. La porte principale était fermée. Je tirai la poignée de la cloche qui pendait à portée de main. Une quinquagénaire occidentale vêtue d'une chasuble bleue m'ouvrit. Son visage était plat, des cheveux gris en broussaille étaient visibles à la lisière d'une sorte de voile. Ses pieds étaient nus dans de vieilles sandales de cuir élimé. Au bout de ses orteils, les ongles étaient longs, sales et jaunâtres. Son allure générale était celle d'une sœur d'un ordre séculier. Je me présentai. L'uniforme remplit son office car, bien que cela me surprît, je n'essuyai aucun refus, aucune échappatoire à mes questions. Oui, Thomson Mansion était intégralement financée par le couple Galjero. Oui, il s'agissait bien d'une œuvre de charité destinée à aider les familles hindoues peu fortunées à envoyer leurs enfants dans de bonnes écoles en Europe ; oui encore, il était possible de visiter autant que je le voudrais tous les bâtiments. La femme parlait anglais avec un fort accent germanique. Je l'interrogeai sur sa provenance tandis qu'elle me conduisait par une allée proprette vers l'édifice principal : une vaste demeure à quatre étages ravalée de frais.

— Je viens de Genève, expliqua-t-elle. C'est là que Mme et M. Galjero m'ont recrutée, comme d'ailleurs presque l'ensemble du personnel européen de cette maison. Nous sommes tous venus une première fois en 1933 pour préparer la première promotion, et nous achevons actuellement de sélectionner la seconde. Dès que nous aurons notre contingent, nous pourrons repartir…

Je m'étonnai du terme employé.

— Contingent ! dis-je. Cela fait un peu militaire, non ? Sur quels critères sélectionnez-vous ces enfants ?

— Des critères d'intelligence, de probité et de vitalité. Mais nous ne tenons pas compte des castes dont ils sont issus. Ni de leur sexe. Voyez-vous, nous tentons de former l'élite de l'Inde de demain, monsieur l'officier. Cette Inde qui se sera enfin débarrassée des superstitions et des traditions qui l'enchaînent et l'empêchent encore d'être un grand pays moderne rejetant les idoles et s'ouvrant aux progrès de la science. Avec ces enfants élevés dans le culte de l'égalité de tous les hommes face à la loi divine, nous ne doutons pas que la bataille soit bientôt gagnée !

— Sœur Marietta dit vrai ! L'Inde est encore une terre de mission, monsieur l'officier. Une terre de mission pour la foi. Mais une terre de mission pour la raison, aussi !

Provenant de derrière moi, c'était une voix d'homme qui venait de prononcer ces mots. Sœur Marietta s'arrêta et se retourna, tout comme moi. Sans que nous l'eussions entendu se glisser dans notre dos, un type au visage long et glabre nous observait avec bienveillance, les mains chastement croisées devant lui.

— Je suis Peter Talbot, dit l'homme. Le responsable de Thomson Mansion devant nos généreux mécènes comme devant les autorités de ce pays... En quoi puis-je vous être utile, officier ?

Sœur Marietta m'épargna la peine de répéter mes explications. En quelques phrases elle exposa à Talbot tout ce que j'avais inventé pour justifier ma venue ici. La minceur évidente du propos ne parut pas troubler le directeur, qui ponctuait chacune des fins de phrases de sa subordonnée par de petits gloussements extatiques dont je ne savais s'ils me faisaient penser à ceux d'une dinde dans sa basse-cour ou à ceux d'un simple d'esprit bavotant dans sa cellule. Quoi qu'il en fût, Talbot, lui aussi citoyen suisse alémanique, s'empressa d'accéder sans réserve à toutes mes demandes. J'aurais même juré que, si longtemps espérée, la visite d'un officier britannique le comblait.

— C'est vraiment déplorable à dire, officier, oui, vraiment déplorable, mais votre gouvernement ne semble pas se préoccuper comme il le faudrait des enfants de ses colonies... Pourquoi faut-il donc se tourner vers des particuliers lorsqu'on veut faire le bien autour de soi ? Ne serait-ce pas plutôt à l'Etat de s'en charger ? Qu'en pensez-vous ?

Je n'en pensais rien. Ou plutôt, je pensais que cet homme avait raison, évidemment, mais je n'étais pas venu pour parler politique. Je le lui fis savoir en termes aussi diplomatiques que possible puis je demandai à voir les enfants. Au second étage de la grande maison ravalée, Talbot m'en montra une vingtaine, penchés sur des pupitres d'écolier. Un homme, un Hindou enturbanné, leur faisait la classe en écrivant des listes de vocabulaire allemand sur un tableau noir. Balayant la pièce d'un rapide coup d'œil, j'estimai que les gamins devaient avoir entre sept et quinze ans tout au plus. Il y avait à peu près autant de garçons que de filles, et tous portaient l'uniforme strict que j'avais détaillé sur la photographie de la promotion précédente que m'avait montrée Blair aux archives. L'attitude des enfants était impressionnante de sérieux et d'attention. Pas un n'avait levé les yeux vers nous quand Talbot et moi avions pénétré dans leur salle.

— Notre enseignement porte essentiellement sur l'apprentissage de la langue allemande. Nous essayons aussi de faire perdre à ces enfants leurs mauvaises habitudes issues du paganisme. Mais c'est une tâche malheureusement plus compliquée, car l'hindouisme est un amalgame de traditions qui ne reposent sur aucun dogme fixe et présentent par conséquent le pouvoir d'intégrer tout discours concurrent…

Le Suisse continua à discuter théologie mais je ne l'écoutais plus, cherchant plutôt un moyen de poser sans le choquer la seule question qui m'importait. Après quelques hésitations, enfin, je me décidai à l'interrompre :

— Quand les enfants de la première promotion sont-ils destinés à revenir ?

— Cela dépend des cas. Les premiers seront de retour dans quelques mois à peine. D'autres continueront leur formation pendant une année supplémentaire. Peut-être plus. Tout est fonction de leurs résultats et des ambitions qu'ils manifestent pour eux-mêmes.

— Je suppose, bien sûr, que vous savez comment joindre chacun d'entre eux ?

Talbot ne sembla pas comprendre où je voulais en venir. La lueur d'incompréhension dans son regard me poussa à préciser crûment ma pensée.

— Monsieur Talbot, je souhaiterais que vous me communiquiez la liste de ces enfants et les adresses des établissements où ils résident.

Le Suisse fit bien quelques manières avant de se laisser convaincre. Quelques minutes à peine après avoir formulé ma requête, j'étais en possession d'une longue liste dactylographiée recensant quelque quarante identités de gamins bengalis et précisant l'adresse et la profession de leurs parents ainsi que l'intitulé des centres d'éducation qui les hébergeaient en Allemagne. Je pliai proprement le papier et le fourrai dans ma poche tandis que le recteur me raccompagnait vers la sortie.

— Une dernière chose, si vous le permettez…

— Bien sûr, officier.

— Quels sont exactement les critères qui président à la sélection de ces enfants ?

— Les conditions ont été fixées par Mme et M. Galjero en personne, et je dois dire qu'ils sont assez simples. En premier lieu, les enfants doivent être issus de milieux modestes – nous privilégions même les orphelins ou les petits qui ont été recueillis par une famille éloignée après le décès de leurs parents. Ensuite, il est nécessaire qu'ils présentent de grandes aptitudes intellectuelles naturelles. Peu importe qu'ils soient déjà éduqués ou non. Ce que nous recherchons avant tout, c'est la prédisposition… Nous cherchons des enfants doués. Surdoués, même !

Cela est nécessaire puisque nous les préparons à devenir les phares de l'Inde de demain. Enfin, ils doivent être en bonne santé, car nous ne sommes pas un dispensaire. Il y a d'autres établissements pour cela, comprenez-vous ?

Je le saluai d'un signe de tête et pris congé courtoisement avant de retrouver Swamy qui faisait les cent pas sur le trottoir en fumant un horrible tabac noir dont il s'amusait à cracher la fumée en volutes rondes d'une géométrie très contestable. Il écrasa sa cigarette d'un coup de talon dès qu'il me vit et reprit sa place au volant de « Daisy » sans desserrer les lèvres. Sur le chemin du retour, respectant la hiérarchie, il ne me questionna pas mais se tortillait sur son siège et poussait des soupirs profonds de manière que je comprenne qu'il avait cependant beaucoup à dire. Alors que nous nous étions arrêtés à un carrefour pour laisser passer un convoi de charrettes à bras, la tentation finit cependant par être la plus forte.

— Je ne sais pas si c'est une bonne idée, mon lieutenant, lâcha le caporal tout contrit. En fait, je crois que je ne suis pas d'accord !

— Mais de quoi parlez-vous donc, Swamy ?

— Cet endroit, là… Thomson Mansion… Vous m'avez bien dit que c'est une sorte d'école pour les gamins intelligents, non ?

— Oui.

— Vous voulez y inscrire Khamurjee parce que vous avez vu qu'il peut faire plusieurs choses en même temps et que vous pensez que ma femme et moi sommes trop ignorants pour l'éduquer d'une manière convenable, n'est-ce pas ?

Swamy était si contrarié par ce qu'il s'était imaginé que son visage rond n'était plus qu'une boule de papier chiffonné. Peut-être aurais-je éclaté de rire si de le voir ainsi bouleversé ne m'avait moi-même mis en peine.

— Mais il n'est pas question de ça, Swamy ! Jamais je n'ai pensé vous prendre le petit. Pas plus Khamurjee que n'importe quel autre de vos protégés, voyons !

Et tandis que, rassuré, il relançait le moteur, je me mis à expliquer au caporal les vraies raisons de ma visite Durham Lane.

— C'est une sorte de pressentiment, voyez-vous ? Un pressentiment que je ne peux étayer pour l'instant sur aucun début de preuve, mais je n'aime pas cette histoire de Roumains sélectionnant des gosses ici pour les envoyer loin de leur famille.

— Maintenant que vous avez la liste de ces enfants, nous pourrons vérifier facilement s'ils se trouvent effectivement là où ils sont supposés se trouver…

Swamy était optimiste. Cette vérification ne fut pas si facile. En fait, cela se révéla vite impossible. Rentré à la caserne, j'essayai bien de passer quelques coups de fil en Allemagne, aux numéros que m'avait confiés Talbot. Malheureusement, les communications internationales n'étant pas excellentes, il arrivait que je perde mon correspondant au bout de quelques secondes. Ces ennuis techniques ne faisaient qu'entériner le barrage naturel de la langue. Ne parlant pas l'allemand, je ne parvenais que médiocrement à faire comprendre mes intentions à des interlocuteurs souvent peu amènes et aussi peu versés que moi dans la pratique des langues étrangères. Mes tentatives téléphoniques se soldèrent donc par un échec.

— Vous feriez mieux de rencontrer les parents, jugea Swamy tandis que je reposais rageusement le combiné sur son support. Ils résident pour la plupart à Calcutta. Allons-y maintenant !

La première famille de la liste Talbot était aussi celle qui habitait le plus près du quartier militaire. Nous la choisîmes d'un commun accord pour notre galop d'essai mais, lorsque nous nous présentâmes à l'adresse indiquée, nous ne trouvâmes en guise de maison qu'un amas de planches calcinées dans un jardin devenu terrain vague.

— Où sont les gens qui habitaient ici ? demanda Swamy à une voisine édentée qui écossait des légumes sur le pas de sa porte.

— Maison brûlée, gens partis ! répondit l'ancêtre sans lever les yeux de sa tâche.

Nous tentâmes alors notre chance dans un autre quartier, situé près du fleuve et des ateliers de tannerie. L'odeur qui flottait sur ce district était épouvantable. Cela vous saturait les bronches et vous faisait remonter la bile dans la bouche d'une horrible façon. Après une vingtaine de minutes d'éprouvante déambulation dans ces ruelles pestilentielles, on nous indiqua un pauvre hère tout déguenillé qui touillait une purée d'écorces abrasives dans une grande marmite en aluminium.

— C'est toi qui as un fils nommé Goropal que des étrangers ont emmené ? demanda Swamy en hindi. As-tu des nouvelles de lui ?

— Oui, c'est moi. Mais pourquoi aurais-je des nouvelles de lui ? Si je leur ai vendu ce gosse, c'est précisément pour ne plus en entendre parler ! J'ignore ce qu'il devient et je m'en moque !

Swamy fit la traduction en me lançant un regard dépité. J'eus même le sentiment qu'il me présentait des excuses muettes pour atténuer la dureté des propos de son compatriote.

— Cet homme dit qu'il a vendu son fils aux Galjero ? C'est bien cela ?

— Oui, mon lieutenant. D'après ses dires, il a touché une bonne somme. Mais il a déjà tout dépensé et il n'a plus d'autre enfant aussi intelligent que le premier. Il est retourné frapper à la porte de Thomson Mansion mais ils n'ont pas voulu des autres gosses. Trop bêtes, lui a-t-on dit !

Aussi dépités qu'énervés, ne parvenant toujours pas à obtenir les renseignements que nous désirions, nous quittâmes le quartier des tanneurs. La troisième adresse était celle d'une herboristerie, sise sur une placette calme et propre qu'ombrageaient de grands arbres au tronc énorme. Il était tard, déjà, et le jour s'achevait quand nous pénétrâmes dans la boutique où, sur des claies de bambou, séchaient en bon ordre de gros bouquets de fleurs étranges et colorées qui saturaient l'air de leurs vapeurs lourdes. Une femme hindoue se tenait là, svelte et belle. Quarante ans, peut-être, avec sur les traits un air sage et doux qui à lui seul semblait déjà une médecine pour les maux de l'âme. Une langueur pourtant imprégnait le masque de son visage. Une langueur ou une mélancolie plutôt. Swamy sur mes talons, je m'approchai d'elle sans oser parler. Je n'aurais su dire pourquoi mais sa présence m'intimidait. Un point rouge sang marquait la chair entre ses yeux. Un instant, il polarisa toute l'énergie de mon regard. Swamy, lui, ne semblait pas aussi troublé que moi à la vue de cette silhouette, à qui il fit part en hindi des raisons de notre venue. Tandis que le caporal lui parlait, je vis distinctement des rides se creuser de plus en plus profondément sur les joues et le front de l'herboriste. En une minute, ce fut comme si vingt années avaient soudain passé sur elle.

— Pourquoi ne venez-vous que maintenant ? dit-elle en anglais quand le petit sous-officier eut achevé son préambule.

La question nous saisit. Swamy et moi échangeâmes un regard perplexe, puis je m'approchai de la femme qui s'était mise à trembler légèrement. Animé soudain d'un profond sentiment de compassion, je pris ses mains dans les miennes. Elles étaient aussi froides et raides que les branches d'un arbre tué par l'hiver.

— Un de vos fils a été emmené à l'étranger, n'est-ce pas ? demandai-je. Et il ne vous a pas donné de nouvelles depuis lors. Vous avez averti les autorités mais personne n'a prêté attention à vos plaintes. C'est bien cela ?

La femme n'avait pas besoin de répondre, je voyais bien dans ses yeux que j'avais déjà tout compris de la détresse dans laquelle elle se débattait, seule, depuis tant d'années. Elle nous raconta pourtant son histoire, comment elle avait très tôt compris que son fils manifestait des dons que peu d'autres enfants égalaient. Comment, curieux de tout, il avait appris à lire seul, devinant sans qu'on les lui montre le sens et la valeur des lettres, calculant vite et bien toutes les opérations sans même les poser sur un boulier, et retenant par cœur des passages entiers d'ouvrages compliqués après seulement une ou deux lectures. Et puis aussi comment elle-même, veuve et sans autres biens que cette échoppe, avait désespéré de ne pouvoir offrir à son seul enfant l'éducation qu'il méritait, dans un collège où il pourrait enfin recevoir de maîtres instruits toute la science dont son âme avait soif.

— Un jour j'ai entendu parler de gens qui recherchaient des enfants intelligents pour leur donner une bonne instruction en Europe. Dans un pays dont je n'avais jamais entendu parler. Cela m'a fait un peu peur, mais je suis tout de même allée les voir et je leur ai présenté mon fils. Ils l'ont examiné et lui ont posé beaucoup de questions auxquelles il a répondu chaque fois correctement. Ces gens m'ont dit qu'ils acceptaient de prendre mon enfant et que c'était une chance inespérée pour lui de profiter des bienfaits d'un enseignement en Europe… Ils m'ont félicitée pour l'avoir amené jusqu'à eux avant de me donner un peu d'argent pour me récompenser d'avoir été une bonne mère. J'avais confiance en ces gens. J'étais fière de mon enfant et heureuse pour lui surtout. Alors je l'ai embrassé et je lui ai demandé de m'écrire souvent car je sais lire autant qu'il sait écrire. Il est parti avec d'autres il y a trois années de cela. Et je n'ai jamais reçu de nouvelles depuis ce jour.

Comme une vanne soudain ouverte sur un flot de désespoir trop longtemps contenu, la veuve se mit à pleurer. Elle voulut continuer à parler pourtant.

— De nombreuses fois j'ai sonné à la grille de leur maison de Durham Lane mais personne n'a jamais ouvert. Alors je suis restée des nuits entières à attendre devant la maison, sans voir aucune lumière à leurs fenêtres. Sans plus savoir que faire, je suis allée trouver les hommes du poste de police non loin de chez moi. J'ai raconté ce qui m'était arrivé et j'ai même insisté pour qu'un agent anglais m'entende. Rien n'y a fait. Personne n'a pu m'aider… Aujourd'hui, je rêve toutes les nuits que mon petit est seul et nu, qu'on lui a fait du mal et qu'il erre, tremblant comme un aveugle dans un pays de ténèbres…

Ecouter cette femme raconter son histoire et ses terreurs fut une épreuve pénible. Quand nous la quittâmes, nous étions, Swamy et moi, bouleversés, un sentiment d'impuissance et d'injustice nous étreignant le cœur.

— Je crois que vous venez de lever un gros lièvre, monsieur mon officier… Il faudrait prévenir les autorités civiles de cette disparition. Voulez-vous que je vous conduise aux bureaux du Yard ?

Une nouvelle fois, c'était la voix de la sagesse qui s'exprimait par la bouche de Swamy. Et, une nouvelle fois, je ne l'écoutai pas.

— Gardons la tête froide. Pour l'heure, nous ne possédons rien d'autre qu'une suspicion de ma part et le témoignage de cette femme. C'est trop mince pour se présenter devant un fonctionnaire de police et le forcer à diligenter une enquête contre une institution soutenue par des gens puissants. Il nous faut davantage ! Quelque chose de plus tangible que les plaintes de quelques familles des bas quartiers. Il nous faut des preuves !

Des preuves ! Mais lesquelles ? Et comment les obtenir ? J'avais mon idée, bien sûr. Et Swamy la partageait au point que nous n'eûmes même pas besoin de nous concerter.

— Il faut le faire, mon lieutenant… C'est la seule chance que nous ayons de pénétrer ce lieu et de découvrir ce qui s'y trame vraiment.

Je ne jouai pas au plus fin avec le caporal. Il avait raison et je le savais. Nous rentrâmes à son logis et il appela Khamurjee. Comme lorsque nous lui avions demandé de pénétrer dans la chambre de Keller, au Harnett, recroquevillé dans une malle, et malgré cette expérience pénible, le gamin se montra une fois de plus heureux d'aider et impatient d'agir.

— Si tu es d'accord, je vais t'emmener demain à Thomson Mansion, Kham', où des gens te feront passer des épreuves pour juger de ton intelligence. Tu les réussiras toutes haut la main, je n'en doute pas, à en juger par ce que j'ai constaté de tes capacités. Tu resteras en pension là-bas quelques jours, alors nous reviendrons te récupérer sous un prétexte quelconque.

Toi, tu devras nous rapporter tout ce dont tu auras été témoin dans cet établissement. Mais ne prends pas de risques et n'essaye pas de t'introduire là où tu ne seras pas autorisé à aller. Nous voulons seulement savoir en quoi consiste l'enseignement qui est dispensé aux enfants là-bas. Parle aussi avec tes camarades et mets-les en confiance… Peut-être savent-ils des choses que tu n'auras pas le temps d'apprendre autrement que par leur bouche…

Khamurjee nous assura qu'il avait bien compris ce que nous attendions de lui. Il promit qu'il ne commettrait aucune imprudence, puis il alla se coucher en croquant dans une mangue. Le lendemain, je revins le chercher pour le conduire Durham Lane. Le faire admettre au sein de Thomson Mansion me parut d'une simplicité déconcertante. J'eus un bref entretien avec Peter Talbot lors duquel j'expliquai que le hasard de mon service m'avait fait croiser la route d'un petit prodige indigène, dont je pensais que les talents méritaient mieux qu'un destin de vagabond dans les dépotoirs de la ville. Le directeur m'assura qu'il prenait mon protégé sous sa responsabilité directe et l'admettrait avec joie dans la nouvelle promotion Galjero dès qu'il aurait passé avec succès les tests requis. Avec un pincement au cœur, tout de même, je laissai donc mon espion Khamurjee aux bons soins de Talbot et de sœur Marietta, en me disant pour me consoler que l'enfant courait finalement moins de risques dans l'enceinte protégée de Thomson Mansion que dans les rues malfamées de Calcutta.

*

Ce n'était qu'un carré de papier blanc. Un feuillet que l'on avait glissé sous ma porte pendant mon sommeil.

Une adresse et une heure y avaient été griffonnées pour me donner rendez-vous, mais il n'y avait pas d'autre mention. Pas de nom. Pas le moindre indice qui aurait pu me permettre d'identifier mon correspondant. Etait-ce un piège ? Etait-ce une farce ? Ou était-ce réellement important ? Toute la journée, je me rongeai les sangs à balancer entre les trois hypothèses. Vint le moment auquel il fallut bien que je me décide. De l'un de mes tiroirs je tirai une boîte de cartouches et chargeai méthodiquement le barillet du Webley que j'avais laissé vide depuis qu'on me l'avait rendu. Lesté de ses balles, le revolver pesait encore plus lourd à ma hanche, mais sa présence, même si je ne voulais pas me l'avouer, me rassurait. Je refermai la porte de ma chambre, hélai un taxi et repartis en ville.

L'adresse était celle d'une petite maison sans caractère, sur une rue transversale à Moore Avenue… Aucun nom n'était inscrit au-dessous de la sonnette. Je tournai sans résistance la poignée de la grille d'entrée et j'entrai dans le jardinet mal entretenu qui s'étendait devant l'édifice à un étage, aux volets crevés, tenant à peine sur leurs gonds. Protégées par des bâches goudronnées, deux voitures étaient garées sur le côté. Le soir tombait, baignant le décor d'une lumière violette, incertaine. Si l'on y voyait encore au-dehors, l'intérieur des habitations devait déjà être plongé dans le noir. Aucune lumière, pourtant, ne filtrait de ce pavillon inconnu. J'appelai. On ne me répondit pas. Je fis quelques pas. Par prudence, je défis l'attache qui fermait ma gaine de revolver et m'avançai encore jusqu'aux voitures, tout en essayant de ne pas faire crisser mes semelles sur le gravier. Sur ma droite, il y eut un mouvement soudain dans les arbres qui me fit sursauter et sortir mon arme. Ce n'était qu'un petit singe, que ma venue avait effrayé et qui s'était enfui à mon approche, bondissant de branche en branche pour se réfugier vers les cimes.

Le cœur battant, impressionné par le silence épais qui enveloppait cette maison, je montai la volée de marches du perron. La porte d'entrée était entrouverte. Elle grinça quand je la poussai. Devant moi partait un couloir sombre. Mes yeux n'y voyaient pas à trois pieds. Je tâtonnai à la recherche d'un interrupteur, mais le bouton que je trouvai fonctionna dans le vide. Je n'avais rien sur moi pour faire de la lumière, ni lampe-torche ni allumettes… J'appelai encore. En vain. Résigné à devoir explorer seul ce local déserté, j'avançai encore. Une odeur de renfermé flottait dans l'air, une odeur d'humidité et de pourriture. Cela ne m'alarma pas, toutefois, car j'avais déjà compris que le climat des Indes ronge en quelques jours seulement une maison inhabitée et peut donner des allures de ruine à tout bâtiment dont on néglige l'entretien, même un court laps de temps. J'entrai dans la première pièce située à ma droite. C'était une petite cuisine équipée avec un fourneau, une réserve de bois, des placards et un grand évier. Je fouillai jusqu'à ce que j'y trouve une boîte d'allumettes et une bougie. Muni de cet éclairage, je continuai mon exploration. Il y avait des aliments frais dans le garde-manger. Du café, des légumes en conserves, du chocolat, des bouteilles de bière… A coup sûr de la nourriture d'Occidental. La pièce adjacente était un salon. Une couverture avait été jetée sur un vieux canapé de cuir et du linge d'homme séchait sur des cintres que l'on avait négligemment accrochés au dossier des chaises. Je jetai un coup d'œil rapide aux vêtements. D'évidence, ceux-ci étaient de deux tailles différentes, mais sans aucune étiquette. Pas de monogramme sur la poche pectorale des chemises, pas de mention de tailleur… Rien qui permette d'en identifier l'appartenance ou la provenance. A l'étage, il n'y avait qu'une chambre sans ornements et une minuscule salle d'eau. Deux blaireaux, deux rasoirs, mais un seul flacon d'eau de Cologne… Et puis des pansements dans une poubelle. Et une canne appuyée contre le mur. J'avais déjà vu cet objet, dans la main enflée d'un homme à panama qui claudiquait par ma faute. Surey ! Cet endroit était le repaire qu'il avait pris pour surveiller Keller à Calcutta ! Tout s'expliquait maintenant. L'autre homme qui vivait ici devait être son suppléant. Mais où étaient-ils ? Et pourquoi avaient-ils choisi de me donner rendez-vous en glissant un carton sous ma porte ? Autant de questions auxquelles je n'avais pas encore de réponses. Maintenant rassuré de savoir chez qui je me trouvais, je sortis de la maison et m'assis sur les marches, la bougie à mon côté. Je soufflai un instant. Une odeur que je n'avais pas remarquée en arrivant irrita soudain mes narines. Une odeur de charbon, de brûlé. Mon regard glissa jusqu'aux voitures. Et j'eus un pressentiment. Le cœur battant, je saisis la chandelle, descendis les marches, soulevai violemment la bâche qui couvrait le premier véhicule et en ouvris la portière arrière. L'odeur se fit atroce. A la lueur de la bougie, je vis un amas noirâtre recroquevillé sur la banquette. Un amas noirâtre qui avait été naguère un être humain.

*

Hardens était là. Revenu avec moi et nos premières équipes, qui fouillaient la maison. Mâchonnant son cigare éteint, il semblait m'en vouloir.

— Je vous avais dit de vous faire un peu oublier, Tewp. C'était donc si compliqué ?

— Navré, mon colonel. Mais je ne suis pas allé chercher ce papier que Surey a glissé sous ma porte.

— Je sais que je vous le demande pour la dixième fois : vous n'avez pas la moindre idée de ce qu'il voulait ?

J'étais réticent à parler à Hardens. Si je n'avais personnellement aucune raison de me méfier de lui, je savais que, selon Surey, les gens du MI 6 de Calcutta tramaient quelque chose. Je ne partageais pas cet avis, bien entendu, mais mes escapades nocturnes hors de la prison et la manière assez peu protocolaire qui avait présidé à ma rencontre avec l'agent de Delhi faisaient que de toute façon je préférais rester évasif.

— Pas la moindre idée, mon colonel. Surey est venu me voir à la prison. C'est lui qui avait repris la surveillance de Keller et il trouvait peu clair le rapport que j'avais fait. Il voulait des précisions, c'est tout.

— Et vous ne l'aviez pas revu depuis ?

— Non, mon colonel, affirmai-je avec force, heureux de ne plus mentir.

— Etrange…

Nous étions là, tous les deux, à nous chauffer le dos au fourneau que nous avions allumé dans la cuisine. La lumière était revenue. Un des types de l'équipe de fouille avait remarqué des fils arrachés dans le boîtier électrique et avait su comment les rebrancher. Nous avions trouvé un second corps dans l'autre voiture, dans le même état que le premier. Il devait s'agir de l'assistant de Surey. Au premier coup d'œil, nous n'avions pu discerner qui était qui, et cela n'avait guère d'importance d'ailleurs. J'espérais seulement que ces deux malheureux étaient morts avant d'avoir été brûlés. Mais, à voir les positions dans lesquelles leurs corps avaient été découverts, cela même était peu probable.

— Qui les a tués, à votre avis, Tewp ?

— La première réponse qui vient à l'esprit, c'est… Ostara Keller. Evidemment. Mais tant que nous n'en avons pas la preuve, nous ne pouvons rien faire contre elle.

— Nous pouvons tout de même l'arrêter pour l'interroger, souffla Hardens.

— Ce serait légal. Politiquement parlant, cela risque de nous créer toutefois de gros problèmes. N'oubliez pas que son garant de moralité est le consul von Salzmann en personne. Si nous touchons à sa protégée, il y aura forcément des vagues. A vous de voir…

Hardens se renfrogna. Je le vis serrer les poings dans le vide. Je crois qu'à cet instant il mourait d'envie de serrer ses larges paumes autour du joli cou de la prétendue journaliste de *Der Angriff*. Tandis que cinq ou six types de chez nous achevaient de fouiller la maison, je voulus me vider l'esprit en faisant du café. Puis, comme nous étions là, silencieux, à tremper nos lèvres dans le breuvage fumant, un sergent vint nous voir. Il avait trouvé quelque chose.

— C'était enfoui sous une couche de feuilles, derrière la maison. C'est vide, à peine piqueté par la rouille. Ce n'est pas là depuis trois jours…

L'objet dont il parlait était un bidon en fer-blanc avec des inscriptions en allemand et des idéogrammes qui donnaient une idée des propriétés du liquide qu'il avait contenu.

— Révélateur photographique. Inflammable…, dit Hardens.

— J'ai vu des bidons de ce genre chez Keller lorsque j'ai fouillé ses malles…

Nous nous regardâmes, incrédules.

— Vous croyez qu'elle a utilisé ça pour brûler les cadavres ? demanda le colonel.

J'étais perplexe.

— C'est une forte probabilité. Même si un bidon comme celui-ci ne contient sûrement pas assez de combustible pour réduire deux hommes dans la force de l'âge à l'état de charbon.

— Peut-être en a-t-elle laissé d'autres quelque part dans le jardin… Continuez à fouiller, sergent. Quoi qu'il en soit, vous avez déjà fait du bon travail.

Gonflé à bloc, le sergent repartit inspecter le jardin. Hardens plongea son regard dans le mien et fit résonner le métal vide d'une pichenette de l'index.

— Von Salzmann peut dire ce qu'il veut. Nous avons notre preuve !

Tout fut décidé en quelques minutes. Keller devait maintenant être arrêtée. Même si nous faisions erreur, il était temps d'avoir une conversation sérieuse avec cette fille. Les deux hommes chargés de la surveiller venaient d'être retrouvés carbonisés. Elle ne pouvait pas ne pas être mêlée à cette sale histoire. Hardens me prit avec lui et nous retournâmes au plus vite aux Grands Appartements où nous montâmes en moins d'une heure l'opération de neutralisation de miss Ostara Keller. Tandis que je vérifiais l'effectivité juridique des charges qui pesaient sur elle, Hardens convoqua l'équipe du capitaine Norrington, une bande de gaillards Red Caps patibulaires habitués aux coups de force. Hardens fit les présentations en urgence.

— Le lieutenant Tewp connaît la fille que vous devez prendre. Il va venir avec vous.

Norrington me jeta un coup d'œil sans dissimuler son dédain pour ma maigre carrure. Il était vrai que, comparé à ses sept pieds de haut et ses deux cent cinquante livres de viande rose d'enfant des Costwolds, je devais ressembler à un gamin de huit ans. Moins impressionnants dans leur apparence, les autres membres de l'équipe n'en étaient pas moins de redoutables molosses.

— Tous jouent au rugby. Aucun au cricket ! dit Norrington. Voilà Grant, Dickinson, Gilly, Armstrong, Delawney, Wart, Queer, Liman et Colson : mes chiens de meute…

Hardens me chargea de faire une courte présentation de Keller. Je brossai d'elle un portrait physique aussi précis que possible afin que chacun ait sa silhouette en tête, et j'insistai surtout sur les qualités professionnelles que je lui supposais.

— D'après ce que nous savons d'elle, cette fille appartient au SD Ausland, les services spéciaux nationaux-socialistes que dirige Reynhard Heydrich. Ces gens sont très bien entraînés, font preuve d'un redoutable esprit d'adaptation et n'ont pas de scrupules à faire usage de leurs armes. Lorsque j'ai fouillé sa chambre, je n'ai trouvé qu'une lunette Männlicher. Aucune arme à feu complète. Aucune arme blanche non plus. Cela ne signifie pas qu'elle n'en porte pas sur elle ou qu'elle n'en ait pas acquis une depuis. Nous ne pensons pas qu'elle ait des complices directs dans l'hôtel. C'est pourtant une éventualité que nous ne pouvons écarter. Dès que nous l'aurons, nous devrons l'extraire au plus vite du Harnett, sans lui laisser le temps de se débattre ou d'appeler du secours. Si par malheur vous vous trouvez face à elle, ne la laissez pas vous mordre, vous griffer ou vous arracher les cheveux…

Sérieux comme des papes jusqu'à cette dernière remarque, les hommes de Norrington partirent d'un grand éclat de rire. Je me mordis la langue d'avoir prononcé cette mise en garde dont j'étais le seul, ici, à comprendre la portée.

— Pas d'inquiétude, Tewp. On ne laissera pas non plus cette *Kraut* nous tirer la langue, dit le capitaine avec un grand sourire, puis il claqua des mains pour ramener le calme parmi les siens.

— Je crois que nous devrions nous munir d'une seringue et d'une dose de soporifique… Ce serait plus prudent, insistai-je.

— Le soporifique, il est là, me coupa Norrington en désignant son poing fermé. Si la petite dame se débat, elle se réveillera avec un gros mal de tête. Et c'est tout ! Votre briefing est terminé, lieutenant ?

— Terminé, oui…

— Alors on part ! Dans quarante-cinq minutes cette fille aura été tirée du lit, menottée et ramenée au quartier, mon colonel…

Il y eut les saluts réglementaires, puis Norrington me prit par l'épaule et me fit descendre au pas de charge avec ses hommes les escaliers des Grands Appartements. Un camion et une voiture de commandement nous attendaient déjà au-dehors.

— Tewp, vous montez avec moi. Les autres, dans le Bedford et vous nous suivez.

Norrington était dans l'action. Je me demandais à quoi ce monstre d'énergie pouvait bien passer ses journées lorsqu'il n'avait pas quelque action d'éclat à mener.

Le chauffeur tourna la clef de contact et appuya à fond sur l'accélérateur. A pleine vitesse, nous franchîmes l'enceinte du quartier, laissant tout juste aux gardes le temps de relever les barrières avant notre passage.

— Vous n'êtes pas décidé à mener l'opération en

douceur, n'est-ce pas, capitaine ? dis-je à Norrington, tandis que celui-ci vérifiait l'enclenchement du chargeur de sa Sten.

Je n'obtins qu'un grognement pour réponse. Apparemment, Norrington n'avait cure de mon opinion ou de mon jugement. Ma compagnie ne lui faisait pas particulièrement plaisir. Il ne m'avait pris avec lui que parce qu'il en avait reçu l'ordre. Je jetai un coup d'œil à ma montre. Il n'était pas tout à fait minuit. J'en fus surpris. Les heures que j'avais passées dans la maison où j'avais trouvé le malheureux Surey m'avaient semblé interminables.

— Vous comptez vraiment vous présenter au Harnett avec votre commando armé jusqu'aux dents, capitaine Norrington ?

— Vous avez gaspillé cinq précieuses minutes de notre temps à nous mettre en garde, n'est-ce pas, lieutenant ? Eh bien, soyez heureux : nous prenons vos avertissements au sérieux. Je ne vais pas me triturer les méninges pour la coincer en douceur, cette garce. Nous entrons, nous montons, nous défonçons sa porte et nous l'embarquons. En cinq minutes, ce sera réglé !

Je dois reconnaître que Norrington avait la vertu de rendre aisés les problèmes complexes. C'était le type d'homme qui emporte tout de suite l'adhésion des âmes simples. Un homme qui ne méprisait pas la subtilité, mais dont les habitudes, l'éducation et le caractère le portaient plutôt à lui préférer l'action violente. Nul doute qu'il était à sa place au sein de l'armée. J'indiquai au chauffeur la contre-allée où j'avais passé de si nombreuses heures dans la Chevrolet surchauffée. Nous nous garâmes, le Bedford peinant à ranger sa masse derrière nous. Norrington voulut s'éjecter de la voiture mais je le retins par la manche.

— Attendez ! Je sais quelles sont les fenêtres de sa chambre. Laissez-moi d'abord jeter un coup d'œil. Je veux vérifier s'il y a de la lumière chez elle.

Sans lui laisser le temps de répondre, j'ouvris la portière et, à vives enjambées, parcourus les quelques dizaines de yards qui me séparaient de cette rue transversale sur laquelle donnaient les fenêtres de la chambre 511. Une faible lueur jaune teintait les vitres.

— Une lampe brille dans sa chambre, annonçai-je à Norrington. Elle doit être là.

— Bien ! Maintenant nous y allons !

Il siffla un coup sec en direction du camion, et son équipe de choc sauta du Bedford. Neuf hommes en uniforme de campagne, armes légères au poing. L'opération n'était pas un modèle de discrétion.

— Gilly, Delawney, vous resterez devant l'entrée, près du type aux galons qui fait des courbettes aux clampins. Les autres, vous nous suivrez.

Au pas de course, nous franchîmes la courte distance qui séparait la contre-allée de l'entrée principale de l'hôtel. Tandis que les deux hommes désignés par leur capitaine se plantaient au-dehors, près du portier médusé, nous poussâmes devant nous le lourd battant de la porte à tambour. Il était minuit quinze et, dans la salle de bal du rez-de-chaussée, le grand orchestre gonflait l'air de tous ses cuivres, nous contraignant presque à hurler pour nous faire entendre les uns des autres.

— Armstrong, Dickinson, Grant, appelez les ascenseurs et bloquez-les à ce niveau, beugla Norrington. Quand les trois cabines seront arrivées, les autres monteront avec Tewp et moi au cinquième par l'escalier. Nous redescendrons la fille par le même chemin !

Transpirant d'inquiétude, les yeux écarquillés d'étonnement, un concierge vêtu de noir s'avança vers nous.

— Messieurs, mais enfin, qu'est-ce que tout cela signifie ?

Pris par l'énergie que dégageait notre troupe et ne voulant pas démériter, je pris les choses en main.

— Opération de sécurité intérieure, monsieur. Ne vous inquiétez de rien, nous sommes munis de toutes les autorisations légales et dans cinq minutes tout au plus nous nous serons éclipsés. Tout se passera bien…

Certainement plus impressionné par le gabarit des hommes de Norrington que rassuré par mon petit discours, l'huissier battit en retraite derrière le comptoir de la réception sans plus rien oser dire. Entrant par une porte latérale, une serveuse hurla en voyant les armes au poing des soldats et lâcha le plateau en argent qu'elle portait, déclenchant un bruit de cymbales retentissant. Agacé, Norrington leva les yeux au ciel.

— Alors, ces ascenseurs, ça vient ? hurla-t-il pour se donner une contenance.

Deux cabines sur trois étaient descendues et avaient été bloquées. La troisième se faisait attendre. Elle arriva enfin et s'ouvrit devant deux couples en tenue de soirée. Pour presser le mouvement, les militaires tirèrent les malheureux par la manche. Il y eut des protestations. Il y eut des cris. J'entendis craquer des coutures et un jeune homme en smoking fut projeté à terre d'un méchant coup de poing en pleine face. L'ambiance dans le hall commençait à s'alourdir. Alertés par le remue-ménage, des fêtards accouraient de la salle de bal et je remarquai que le concierge empoignait son téléphone, sans doute pour informer sa direction des événements.

— Il ne faut plus perdre de temps, capitaine. Montons avant que tout l'hôtel soit ameuté !

Norrington fit signe aux hommes désignés pour nous suivre. Quatre à quatre, nous montâmes l'escalier jusqu'à l'étage de la chambre 511. Arrivé sur le palier, un peu essoufflé, le cœur battant, je proposai de partir en reconnaissance, mais le baroudeur qui menait l'assaut voulait s'en tenir à sa tactique simple.

— Pas de chichis, Tewp. On défonce la porte et on y va ! Queer, Colson ! Faites-moi sauter le verrou de la 511.

Les deux Red Caps les plus massifs passèrent devant nous et se placèrent en position. Au signal de Norrington, ils se jetèrent dans un bel ensemble de tout leur poids contre le panneau de la porte de la suite Keller. Frappées par deux fois deux cents livres de muscles et d'os, les fibres de bois craquèrent comme une tige de balsa sous les doigts d'un enfant. Basculant dans la pièce où dormait l'Autrichienne, Queer et Colson chutèrent lourdement sur le sol tandis que, bondissant déjà par-dessus leurs corps emmêlés, Norrington entrait dans la chambre où aucune lumière ne brillait plus. Je voulus m'avancer, moi aussi, mais un des hommes qui demeuraient en retrait pour assurer le renfort me retint.

— Le capitaine a dit que vous deviez rester en arrière, mon lieutenant !

Je commençais à me débattre pour me libérer de la main de fer qui me maintenait sur place quand un cri éclata dans la 511. Un cri de surprise et de détresse jeté par une voix masculine. Il y eut une courte rafale de pistolet-mitrailleur, aussitôt suivie de deux coups secs provenant d'une autre arme à feu. Soudain tremblant, le soldat Liman me lâcha et s'accroupit, mettant en joue l'angle de la porte défoncée. Je sortis mon Webley et m'avançai doucement, dos au mur extérieur de la chambre. Wart, le dernier homme de Norrington, s'était allongé dans le couloir, la crosse de sa Sten bien calée contre son épaule. Plus aucun bruit ne nous parvenait de la 511. Je fis encore un pas. Puis un autre. L'entrée de la suite n'était maintenant plus qu'à trois pieds de moi. D'un revers de manche, j'essuyai la sueur qui me tombait dans les yeux. Je voulus appeler le capitaine mais ma gorge resta nouée. Et puis à quoi bon ? Je savais déjà ce qui était arrivé.

Prenant une profonde inspiration, j'enjambai tout de même les débris de la porte éclatée et pénétrai dans l'antre où, je le savais – je le sentais, plutôt –, Ostara Keller attendait tel un boucher la prochaine bête à abattre. Et cette bête, c'était moi ! Le vestibule était noir, chichement éclairé par les lumières du couloir. Je n'eus aucun mal cependant à me déplacer car j'avais parfaitement mémorisé la disposition des lieux. Où Keller pouvait-elle se cacher ? Derrière des rideaux ? Derrière un meuble ? Je cherchai un interrupteur mais ma main ne caressa que le plat des murs. Brandissant mon arme comme un prêtre aurait agité son crucifix devant lui pour exorciser les démons, j'avançai encore. Un pas. Puis un autre. Tendant l'oreille pour percevoir un souffle, un râle ou un soupir… Mais nul son, dans la chambre, ne montait d'aucune poitrine humaine. Dehors, j'entendis qu'on s'agitait. Des voix dans le couloir perturbaient ma concentration. Alertés par les bruits, des clients et des membres du personnel de l'hôtel avaient dû venir aux nouvelles. Je n'étais pas certain que les soldats pourraient les contenir. D'ici à quelques secondes, une minute tout au plus, on se bousculerait à la porte de la chambre 511. Au mépris de toute prudence, il fallait maintenant agir vite. Je fis un pas de plus dans la pièce, puis mes yeux s'arrêtèrent sur une masse étendue par terre. Un long corps d'homme affalé derrière un canapé. Je reconnus la nuque courte et plissée de Norrington. Une flaque de sang luisait sous lui. Il était trop tard pour lui porter secours…

Comme je longeais le cadavre, ma vision périphérique perçut un léger trouble dans le voilage d'un rideau, une fraction de seconde à peine avant que Keller n'en écartât les pans et ne surgît soudain devant moi, déliant un long coup de dague vers ma poitrine. J'eus le réflexe de me pencher en arrière et cela me sauva la vie car la fille venait de me décocher un coup d'estoc précis destiné à la base du sternum. A peine déséquilibré, je parvins à lever mon Webley à hauteur de son visage et, dans un réflexe de survie, appuyai follement sur la détente. La bouche du canon du revolver ne se trouvait alors qu'à quelques pouces du front de Keller. Rien ne pouvait plus la sauver. Le mécanisme des tiges et des ressorts se mit en action. Le chien bascula tandis que le barillet chargé entamait une rotation d'un sixième pour placer une cartouche devant la pointe du percuteur, puis le marteau se rabattit pour frapper la douille de cuivre. Je vis clairement les traits réguliers d'Ostara Keller devant moi, illuminés par un rai de lumière qui tombait d'on ne savait où, et déjà j'appréhendais l'horrible déchirure qui allait lui crever la face.

Mais rien ne se produisit à part un cliquetis de métal ! Défectueuse, l'amorce n'avait pas fonctionné. Comme le bruit mat claquait sinistrement dans la pièce, un mauvais sourire étira une brève seconde les lèvres de l'agent du SD, puis elle repassa immédiatement à l'attaque en me projetant son pied dans le tibia, juste sous le genou. La douleur me fit hurler. Je tombai lourdement à terre, lâchant même mon revolver. Jurant, je tentai tout de même de me redresser alors que Keller arrivait sur moi comme une harpie et me renversait sous elle, ses genoux défonçant mes côtes. Une de ses mains me serra la gorge en une prise de fer alors que l'autre levait son couteau au-dessus de ma poitrine pour m'en percer le cœur. Assise à califourchon sur moi, les yeux débordant de haine froide, elle ne me laisserait maintenant plus aucune chance de la vaincre, je le savais. Le déshabillé dont elle était vêtue s'était largement ouvert pendant le combat et me laissait voir ses beaux seins nus que tendait et lustrait la fièvre de la lutte. D'instinct, je tournai la tête de côté pour ne pas emporter avec moi cette dernière vision dans l'ombre de la mort mais j'aperçus soudain une silhouette sur ma droite. Tenant sa Sten par le canon, Liman lança un violent coup de crosse en arc de cercle sur la tempe de Keller, qui fut violemment soulevée et projetée au sol. Malgré l'extrême violence du choc, l'Autrichienne se releva plus vite que je n'en trouvai moi-même la force. Nullement assommée, pleinement maîtresse de toutes ses facultés au contraire, elle lança sa dague avec une précision mortelle en plein dans la carotide du malheureux soldat, qui mourut avant même que son corps ne s'effondre le long du mur, écrasant avec fracas une console de teck et le vase rempli de fleurs blanches qu'elle portait. Tout alla très vite ensuite. Keller ne s'attarda pas à m'achever, préférant sortir en courant dans le couloir pour s'échapper. C'était une option folle. Je savais qu'il restait encore un des membres de l'équipe Norrington allongé dans la travée, son pistolet-mitrailleur braqué sur l'entrée de la porte 511. Le plus fort que je pus, je criai un avertissement à son attention.

— Wart ! Elle sort ! Elle sort ! Ouvrez le feu !

De ce qui se passa vraiment je ne vis rien, car j'en étais encore à reprendre une position verticale, seul vivant parmi quatre cadavres du peloton Norrington. Il y eut des cris puis, non pas une rafale d'arme automatique mais une explosion, comparable à celle d'une grenade, aussitôt suivie d'un terrible râle de souffrance. Je reconnus la voix de Wart. Parvenant à récupérer mon revolver dans le capharnaüm de la pièce, je débouchai à mon tour dans le couloir où une poignée de civils se blottissaient le long des murs, les bras passés au-dessus de la tête et les yeux baissés, tandis que le dernier Red Cap, le visage ensanglanté, les mains devant les yeux, gémissait en se roulant par terre. A l'autre bout de la travée, déjà Keller gagnait le palier pour s'élancer dans le grand escalier, les pans détachés de son vaporeux vêtement flottant derrière elle comme des ailes de corbeau. Impossible de perdre de précieuses secondes à examiner le blessé, touché en plein visage par l'explosion de sa Sten ; rattraper l'Autrichienne était plus important que tout. Je bondis à sa poursuite, mon arme à la main – inutile peut-être, mais lourde et rassurante dans ma paume. Sautant les marches à toute volée, je parvins à prendre la fuyarde dans ma ligne de mire et fis feu. Le coup partit, cette fois, mais la balle alla s'écraser dans le mur assez loin au-dessus de Keller. De nouveau j'appuyai sur la détente, prenant bien soin de contrôler les tremblements de mon bras et de bloquer ma respiration tandis que je visais la fille au milieu du dos. Elle n'était pas loin en contrebas, à vingt pieds tout au plus, à peine la distance séparant la queue de la tête d'un bus londonien, pourtant je la manquai. Et de beaucoup, puisque je vis l'impact du plomb faire jaillir une grosse gerbe de plâtre à six bons pieds en arrière et sur la droite de ma cible. Rageant, je renonçai à utiliser mon arme. Soit qu'il fût défaillant, soit qu'une chance surnaturelle protégeât inexplicablement Keller, le Webley était de toute évidence inutile dans cette chasse. Je continuai donc à descendre les escaliers, criant je ne sais quelles folles injures à l'adresse de cette fille qui, bien que chaussée de mules à talons, se mouvait avec la rapidité et l'agilité d'une chatte.

Les détonations, les cris avaient fait monter à notre rencontre deux des policiers militaires que Norrington avait assignés à la surveillance des ascenseurs. Je les vis écarquiller les yeux tandis que fondait sur eux un fantôme de jeune femme à demi nue et que la cage d'escalier résonnait de mes injonctions à ne pas utiliser leurs armes pour arrêter l'agent du SD. Aucun avertissement n'y fit. Dickinson appuya la crosse de sa Sten sur sa hanche et voulut lancer une rafale, mais la cartouche explosa dans la chambre de percussion, criblant le ventre et l'aine du malheureux d'éclats de fer déchirants comme du schrapnel. Armstrong tenta maladroitement de tirer la tige d'armement pour faire monter la première balle de son chargeur dans le canon, cependant le levier, comme soudé au corps de l'arme, resta obstinément coincé. Keller n'eut aucune peine à se débarrasser du soldat en le faisant basculer dans l'escalier d'un coup d'épaule. Avec un affreux craquement de vertèbres, le Red Cap chuta selon un mauvais angle et ne se releva pas.

Keller, déjà, atteignait le rez-de-chaussée. Il n'y avait plus que moi pour l'arrêter, ainsi qu'un homme encore dans le hall d'entrée et deux en station devant la porte à tambour. Malgré la furie qui s'était déchaînée dans l'hôtel, l'orchestre continuait ses partitions comme si de rien n'était. Les cuivres, les timbales, les violons faisaient éclater leurs doucereuses fleurs sonores, contrepoint déplacé au désastre dont l'établissement était devenu le théâtre. Au bruit de l'explosion dans l'escalier, les deux soldats de garde à l'entrée surgirent en renfort. Keller les vit peut-être car elle obliqua sur sa droite pour s'élancer dans la salle de bal telle une nageuse dans les rouleaux d'une mer bien brassée. Désarmée, elle ne pouvait prendre d'otage pour protéger sa sortie. Dansant sous trois énormes lustres de cristal, la foule mouvante pouvait en revanche aisément noyer sa trace. Delawney fut plus rapide que moi et il fila à la suite de la fille sans que je puisse lui interdire l'usage de son arme. J'entendis qu'il hurlait, ou qu'il aboyait plutôt, un magma de mots que je ne compris pas vraiment mais qui devaient être un ordre. Comme j'entrai à mon tour dans la vaste pièce, il tira une longue rafale de sept ou huit cartouches qui, toutes, se perdirent au plafond, certaines ricochant dans les cristaux d'un lustre, hachant en fines échardes de verre le luminaire dont les attaches cédèrent en même temps sous la pression conjuguée des ondes de choc. La masse énorme s'écrasa au sol dans un bruit de bombe mais, par miracle, n'écrasa personne. Dès lors, tout ne fut plus qu'une gigantesque panique. Les issues furent prises d'assaut. Bousculées, frappées, secouées en tout sens par les mouvements de la foule, les personnes les plus faibles, les moins réactives ou simplement les moins chanceuses furent piétinées avec sauvagerie. L'orchestre avait cessé de jouer, bien sûr, et les musiciens, tout aussi paniqués que les danseurs, utilisaient leurs instruments en guise de massues pour se frayer un passage plus vite vers les deux seules portes de sortie. Où était Keller dans cette débandade ? Impossible de la voir. Son négligé noir aux fines arabesques d'or se distinguait mal des innombrables robes de soirée, et les mouvements désordonnés de la cohue la protégeaient mieux encore que si elle s'en était retournée se réfugier dans le ventre de sa mère. Laissant Delawney tenter sa chance et priant intérieurement pour qu'il ne s'avise pas de renouveler la catastrophe qu'il venait de provoquer avec sa Sten, je revins sur mes pas pour essayer de filtrer les sorties latérales dans l'espoir d'y cueillir Keller si elle tentait de les emprunter. Je dus moi aussi jouer des poings et des coudes pour me frayer un passage au sein de ces gens, que les coups de feu et la désintégration du grand lustre avaient paniqués. Je perdis du temps, reçus des coups sournois dans les côtes et les tibias, mais je parvins tout de même, agitant mon Webley sous le nez des affolés, à impressionner suffisamment de personnes pour parvenir enfin à regagner le hall de l'entrée principale. Récupérant le sergent Grant au passage, je l'entraînai avec moi dans le couloir d'apparat qui longeait la salle de danse.

— Il y a deux portes, surveillez la première, moi, je prends la seconde ! hurlai-je au sous-officier, que la tournure des événements ne semblait pas impressionner outre mesure.

— A quoi elle ressemble, cette fille, bon Dieu, mon lieutenant ? eut-il tout de même la présence d'esprit de me demander.

— Blonde, grande, peignoir de soie noir à motifs dorés…

J'avais conscience que la description ne valait rien, mais c'était tout ce que j'étais capable de dire à cet instant… Il aurait fallu un miracle pour que Keller ait maintenant la stupidité de passer devant moi. Je savais qu'elle m'avait reconnu. Elle me connaissait depuis longtemps et ne m'avait certainement pas oublié depuis le sinistre crépuscule de la rivière Hoogly. Ce miracle n'eut pas lieu. Le torrent des échappés s'amincit peu à peu, avant de se tarir totalement sans qu'aucune silhouette ressemblant à l'espionne d'Heydrich ne se dessinât devant mes yeux. Le sergent de la police militaire me lança un regard de dépit auquel je ne pus répondre qu'en haussant piteusement les épaules. Je fis signe à mon nouvel acolyte qu'il nous faudrait nous résoudre à aller fouiller la salle de bal car il restait encore une chance qu'elle s'y fût dissimulée. Soupirant – je craignais aussi d'y retrouver le cadavre du soldat qui était resté dans les lieux –, je revins dans le salon. Sur ma gauche, le lustre éclaté miroitait comme une pyramide de cristaux de sel. A ma droite, l'estrade de l'orchestre n'était plus qu'un amoncellement de pupitres à partitions renversés, d'instruments abandonnés sur place, de bouteilles brisées… Assis, le dos appuyé contre un des pieds du piano, un gros type en veste blanche se tenait la tête en pressant un mouchoir sur sa tempe ; du sang filait d'entre ses doigts. Un peu plus loin, un homme maigre aux cheveux roux aidait une vieille femme à se relever. Hurlant de douleur, la pauvre semblait vilainement blessée. Çà et là, une dizaine d'autres figures s'agitaient plus ou moins faiblement sur le beau parquet ciré, battant des bras comme des nageurs perdus en haute mer. Relevant les nappes de la pointe de sa Sten, le soldat Delawney vérifiait le dessous des tables. Ses mâchoires étaient crispées, ses mains serrées sur son arme au point que je voyais blanchir ses phalanges. Comme je m'avançais vers lui, un souffle d'air frais me frappa soudain au visage. Devant moi, une haute fenêtre laissait entrer le vent de la nuit. Une chaise, une table peut-être, avait été lancée au travers de la vitre pour permettre à quelques-uns une fuite rapide par les jardins. Un lambeau de tissu était resté accroché à l'une des pointes de verre qui brillaient sur les marges de la trouée. Ce n'était presque rien. Juste une longue mèche de soie de couleur noire joliment veinée de fils d'or…

Second Livre
de David Tewp

Le roi sans couronne

Du dictionnaire anglais-allemand que le documentaliste de première classe Eric Arthur Blair avait eu l'amabilité d'extraire pour moi d'un des rayons poussiéreux des archives, j'appris que le mot *Feigheit* signifiait *lâcheté* dans la langue de Goethe, que le terme *Doppelzüngigkeit* se traduisait par *duplicité* et que le germanique *Naivität* se rendait assez correctement par notre vocable *crédulité*. *Feigheit* ; *Doppelzüngigkeit* ; *Naivität*. Lâcheté ; duplicité ; crédulité… Ostara Keller avait griffonné ces mots sur trois feuillets trouvés dans la chambre 511. Avant que ne débute la fouille en règle de ses appartements par les services de police, j'avais à peine eu le temps de remonter ramasser chez elle le grand carnet de dessins et les cartes du ciel annotées. J'avais agi sans vraiment réfléchir. Peut-être parce que je sentais d'instinct que ces documents étaient trop importants pour qu'on les laissât dormir dans des cartons d'archives. Par les descriptions de Garance de Réault, je savais que les feuillets annotés étaient des thèmes astrologiques. Sur ces pages il y avait des noms, des noms britanniques. *Feigheit* résumait toute l'étude astrale que Keller avait dressée du capitaine Odet Willigut Gillespie. *Doppelzüngigkeit* était le jugement terminal et infamant que l'Autrichienne avait édicté concernant le colonel Virgil

Thomas Hardens. Quant au *Naivität*, il figurait l'en-tête de la carte du ciel d'un certain natif de Brighton, le lieutenant David Norman Tewp. Nul autre que moi-même… Oh, il y avait bien d'autres noms et bien d'autres études astrologiques dans le tiroir de Keller ! Je crois que tout l'organigramme du MI 6 des Indes y était passé, et je me demandai comment cette fille avait pu se procurer les dates et lieux de naissance de tous ces gens. Par divination ? Peut-être… Après tout, avec elle, tout finissait par me sembler possible et l'improbable, même, devenait presque banal… Mais, plus sûrement, il était vraisemblable qu'il y eût une taupe chez nous. Et quoi de plus normal, au fond ? Tous les services de renseignements au monde souffrent de cette plaie, et nous-mêmes, Anglais, combien d'agents doubles n'entretenons-nous pas au sein du Deuxième Bureau français, de l'OSS américain, du NKVD soviétique ou du Rikugun Johobu japonais ? Mais cela n'avait pas beaucoup d'importance car désormais toutes mes pensées étaient tournées vers Keller. Je voulais la retrouver à tout prix pour l'abattre comme l'être nuisible qu'elle était. Je n'en avais pas la charge officielle. Juste le blanc-seing tacitement délivré par Hardens après le meurtre de deux agents et l'élimination d'un détachement de la police militaire par cette jeune fille de vingt-trois ans, fine et souple comme une liane, mais torve et féroce comme une louve.

Ce qui était arrivé cette nuit-là au Harnett avait été particulièrement difficile à expliquer aux autorités de la ville. La Firme avait beau jouir d'une certaine marge de manœuvre lorsqu'elle savait rester discrète, le tour tragique qu'avait pris la charge ordonnée par Hardens contre la citoyenne autrichienne Ostara Keller avait évidemment rapidement circulé dans toute la ville et mis en émoi plus d'une bonne âme. Convoqué dès l'aube par le gouverneur de la province, Hardens avait dû s'expliquer, puis subir l'ire du consul von Salzmann qui était entré dans une rage folle lorsqu'il avait appris que la fille avait été traquée comme une bête fauve dans les couloirs de son hôtel. C'est à peine s'il en avait rabattu lorsqu'on lui avait appris que Keller n'avait pas hésité à tuer quatre hommes durant sa fuite, qu'elle était fortement soupçonnée du meurtre de deux agents et suspectée en outre de préparer un attentat sur la personne royale.

— Cela n'a aucun sens ! avait éructé le Berlinois lorsqu'on lui avait présenté les charges pesant sur la fille du SD. Votre souverain Edouard VIII est le plus grand ami que l'Allemagne ait jamais eu sur le trône anglais ! Notre souci est au contraire qu'il règne le plus longtemps possible afin de fortifier les liens entre votre peuple et le nôtre. Deux races cousines ! Presque sœurs ! Et dont notre Führer lui-même a dit qu'elles ne doivent plus jamais se combattre. Ne l'oubliez pas !

Hardens ne m'avait rapporté que des fragments de cette conversation, et j'en avais déduit que le reste de la conférence n'avait pas forcément tourné à l'avantage du colonel. Il était revenu de chez le gouverneur penaud, sachant pertinemment que, signé de la main de l'administrateur civil du Bengale, un rapport le concernant allait sous peu être transmis à Londres. Hardens n'en avait probablement plus pour longtemps avant de recevoir une mutation peu flatteuse.

— Tewp, je me suis laissé emporter, hier au soir. Je n'aurais pas dû confier l'arrestation de cette diablesse à Norrington… J'aurais dû… Je ne sais pas… Enfin, maintenant, cette Keller est dans la nature et ne va pas remontrer son joli nez avant de frapper. Mais qui ? Où ?

Et quand ? Nous n'en savons toujours foutre rien ! Avez-vous découvert des choses intéressantes dans ses affaires ?

Evidemment. Ces thèmes astrologiques, d'abord. J'en parlai vaguement à Hardens, sans mentionner toutefois les commentaires lapidaires dont l'Autrichienne avait estampillé ses études. Non pour épargner le vieil officier, qui devait certainement avoir reçu quantité de noms d'oiseaux chez le gouverneur, mais parce que je savais qu'il ne serait pas sensible à ce versant étrange de la personnalité de Keller. J'avais raison : il balaya l'information d'un revers de main.

— Astrologie ? Ridicule ! Billevesées de continentaux ! Epargnez-moi ça, Tewp.

— Elle est pourtant parvenue à se procurer une vingtaine de noms et de dates de naissance d'officiers du MI 6 en poste à Delhi et Calcutta, mon colonel. Ça, ce n'est tout de même pas rien !

— Oui, peut-être. Mais ne voyez pas non plus des taupes partout. Je ne pense pas qu'il y en ait parmi nous. Le Bengale n'est pas une position suffisamment stratégique et n'importe quel planton indigène un peu débrouillard serait trop heureux de se faire quelques roupies en vendant ce type d'information à qui lui en ferait la demande. Autre chose ?

D'une mallette que j'avais apportée avec moi, j'avais tiré et posé sur le bureau d'Hardens la dague que Keller avait lancée dans la gorge du soldat Liman et que j'avais retirée moi-même de la trachée du malheureux. C'était un couteau de combat long, remarquablement équilibré, à la lame effilée sur les deux bords et au manche de bois noir d'une forme caractéristique.

— Dague réglementaire SS, fit Hardens en examinant l'objet. Très belle arme. Forgée en réduction sur le modèle des glaives de l'armée romaine tels qu'on les voit sculptés sur la colonne Trajane…

— La colonne Trajane, mon colonel ?

— Un pilier érigé pour commémorer les victoires impériales sur les Daces, l'ancien peuple de l'actuelle Roumanie…

Les Daces ? En Roumanie ? Cela me fit penser au couple qui occupait l'immense villa de Shapûr Street. Laüme et Dalibor Galjero… Ne faudrait-il pas les entendre, eux aussi, puisque Keller les avait un jour visités ? Sans doute avaient-ils une idée de l'endroit où la fille se cachait maintenant ? Peut-être même l'hébergeaient-ils ?

— Vous voulez interroger les Galjero ! s'étouffa à demi Hardens quand je lui fis part de mes intentions. Otez-vous ça de la tête immédiatement, Tewp !

— Mais enfin, mon colonel, je ne vois pas pourquoi ces gens bénéficieraient d'un régime de faveur. Ce sont des étrangers sur notre sol, et comme tels ils sont tenus de collaborer aux enquêtes des autorités de la Couronne !

Hardens se racla la gorge, quitta un instant son siège pour sortir deux verres et une flasque d'alcool doux qu'il tenait enfermée dans un placard ; puis, revenant vers moi et nous versant à tous deux un peu de ce liquide rougeâtre et sirupeux, il prit le ton de la confidence pour passer du coq-à-l'âne.

— Vous vous souvenez que j'ai mentionné récemment une mission à laquelle je vous destinais ? Une mission qui vous irait comme un gant…

Cette introduction ne me disait rien qui vaille. Je me tassai sur mon siège et n'émis qu'un vague grognement en guise de réponse.

— Eh bien… cette mission… C’est confidentiel, notez-le bien, Tewp. Cette mission est en rapport avec la venue du souverain aux Indes…

— Faut-il que je quitte Calcutta pour le suivre, mon colonel ?

— Non ! Au contraire. Vous restez en ville.

— Mais le Bengale n’a pas l’honneur de recevoir la visite royale, à ce qu’il me semble.

— Il ne s’agit pas du roi, Tewp. Il s’agit de celle qu’il va peut-être choisir d’épouser. Mme Wallis Simpson…

— L’Américaine ?

— Malheureusement, oui…

Hardens avait du mal à parler et attendait des questions. Curieusement, je n’avais pas envie de lui faciliter la tâche. Je croisai les bras, tel un écolier buté qui ne veut pas comprendre.

— Mme Simpson accompagne le roi aux Indes, Tewp. De manière informelle, bien entendu. Elle restera évidemment en marge des festivités et du circuit officiel. Pendant toute la semaine où Edouard VIII sera en représentation à Karachi, Bombay, Delhi, elle l’attendra… ici. A Calcutta.

En soupirant, je tendis la main vers mon verre et bus d’une traite le breuvage qu’il contenait. Nous restâmes assis là, en silence, pendant une bonne minute. Je savais que les mauvaises nouvelles n’étaient pas terminées. J’en pressentais une autre. Hardens finit par la formuler.

— Lieutenant Tewp, je vous désigne pour servir d’ordonnance à Mme Wallis Simpson tout le temps que durera son séjour. Désolé, mon vieux, mais, vraiment, je n’ai pas le choix !

*

Refuser n'appartenait pas à la sphère des possibles. D'abord parce que l'ordre m'en avait été donné. Ensuite parce que, même à des milliers de miles de Londres, je demeurais un sujet de la Couronne britannique et qu'il était inconcevable pour moi d'oublier la fidélité que je devais à mon roi. Enfin, aussi étrange et déplaisant que ce fût, parce que c'était une occasion inespérée de m'approcher de Keller. La venue de Mme Simpson à Calcutta n'aurait pas été un secret capital si Edouard VIII n'avait prévu de l'y rejoindre pour quelques jours, sitôt terminée sa visite officielle. J'étais certain que c'était la raison de toute l'agitation dont la ville avait été le théâtre ces dernières semaines. Enfin, tout prenait sens : l'arrivée de Keller et ses contacts avec Erick Küneck, le reclus de Delhi, les allusions de Gillespie à l'intérêt que paraissait soudain porter la métropole à la région du Bengale, et même la phrase de Surey concernant un secret d'Etat qu'il ne voulait pas révéler à un fou comme moi, qui prêtais foi aux actes de sorcellerie et d'envoûtement…

Les pièces du puzzle semblaient se réunir… mais semblaient seulement. Car, à l'analyse, de trop nombreuses zones d'ombre et incohérences gâtaient encore la vision d'ensemble. Je m'en fis la réflexion alors que je descendais les marches des Grands Appartements pour regagner mon antre. Von Salzmann l'avait bien dit à Hardens : Edouard était le souverain rêvé pour les Allemands. Pourquoi l'assassiner ? Et pourquoi précisément lors de son séjour aux Indes ? S'il y avait quelqu'un à éliminer pour eux, c'était plutôt Wallis Simpson, la seule et unique personne pour qui le souverain serait prêt à quitter le trône. Si j'avais été allemand, nul doute que la divorcée aurait été la reine noire à évincer d'urgence de l'échiquier politique britannique… Oui, c'était logique.

Mais j'avais toutefois besoin de confronter mes déductions à un esprit solide, un homme à qui la situation à la Cour était familière. Il me fallait parler au très cancanier et très informé capitaine médecin Nicol.

— Notre roi Edouard est monté sur le trône en janvier de cette année, me rappela l'officier de santé en me recevant dans sa cambuse, une pièce qui tenait tout à la fois du cabinet de consultation et d'une chambre de collectionneur d'antiquités. Nous sommes maintenant début octobre. Aussi curieux que cela puisse paraître, c'est encore un roi sans couronne car il n'est toujours pas entré dans Westminster pour y être sacré dans les formes… Administrativement, Edouard le huitième est notre souverain. Spirituellement, il n'en a toujours pas reçu l'onction. C'est pourquoi il peut encore abdiquer sans que cela pose de véritables problèmes…

— Vous ne pensez pas que l'autre option soit réalisable ?

— L'autre option ? Que voulez-vous dire ? Que cette damnée harpie des colonies monte sur le trône d'Angleterre ? Non ! L'entourage ne laissera pas éclater un tel scandale ! Ce sont des chiens de garde, vous savez ? Edouard en a parfaitement conscience, même si c'est un poète, un gamin qui n'a jamais grandi… Plus intéressé par les plaisirs d'une petite vie bourgeoise que taillé pour la munificence et la servitude de la royauté, ce garçon… Même s'il osait se dresser pour imposer cette union, il ne ferait pas le poids devant son frère, ses cousins, le Premier ministre Baldwin et l'archevêque de Canterbury. Il n'a aucune chance. S'il veut que Mme Simpson lui serve le petit déjeuner au lit sans que personne n'y trouve à redire, il n'y a pas d'autre issue pour lui que l'abdication…

— Et si vous étiez allemand, mon capitaine ? Quelle

attitude auriez-vous face à cette perspective d'abandon du trône ?

Nicol se gratta la tête.

— Si j'étais allemand ? Eh bien.... Ce n'est un mystère pour personne, Tewp ! Edouard VIII est... très proche de certains milieux favorables aux régimes durs qui se sont établis sur le continent. Les Mosley sont reçus à sa table, de même qu'une des filles de lord Redesdale, Unity Mitford, dont on dit qu'elle est la maîtresse d'Hitler, et puis beaucoup d'autres encore... Tous ces gens sont mesmérisés par les fakirs de Berlin et de Rome. Ils ne cessent d'en vanter à notre roi la grandeur, l'efficacité, la force, l'audace... Edouard... Edouard est un romantique. Un velléitaire aussi. Mauvais mélange ! Peut-être est-il aussi trop influençable pour un souverain digne de ce nom... Souvenez-vous qu'il a salué le nouvel ambassadeur d'Allemagne en tendant le bras à la manière des nazis. Cela n'a pas fait bonne impression sur ceux qui, à la Cour et dans les ministères, restent foncièrement attachés à notre régime parlementaire...

— Donc ? Si vous étiez allemand ?

— Je prierais tous les jours pour que le fessier de ce gentil garçon chauffe toujours le trône anglais le jour où mon pays entrera en guerre contre la Pologne ou la France, car je serais alors certain de voir Edouard remuer ciel et terre pour que la Grande-Bretagne rompe ses alliances et demeure neutre dans le conflit... Ce qui allégerait considérablement les soucis de mon Führer !

— En conséquence de quoi, vous ne verriez pas d'un mauvais œil l'élimination de Wallis Simpson ?

— Je la souhaiterais même ardemment !

— Et si Edouard choisissait de partir ? Qui le remplacerait ?

— Son frère. Qui prendrait alors le titre de George VI. Et c'est le vœu de beaucoup car, contrairement à son aîné, c'est un germanophobe déclaré qui ne cédera un pouce de terrain pas plus aux nationaux-socialistes qu'aux fascistes italiens ou aux phalangistes de Madrid.

Nicol répondait à toutes mes attentes, à toutes mes interrogations. Voilà donc qu'en marge d'une simple affaire de chambre à coucher – fût-elle royale – se levait une impressionnante ribambelle de considérations d'ordre diplomatique et militaire. Oui, décidément, Mme Simpson, plus qu'Edouard, était la créature à abattre pour les Allemands. Tout était clair maintenant. Keller devait être l'agent envoyé par le SD pour éliminer l'Américaine et préserver Edouard de toute velléité de quitter le trône. C'était simple. Certainement un peu trop… Sans doute y avait-il encore des trappes, des doubles fonds, des leurres dont je ne percevais pas l'existence. Peut-être. Peut-être pas… Impossible de savoir. Je remerciai Nicol pour sa conversation, mais déclinai son offre d'aller dîner au mess. Mes yeux avaient soudain envie de s'imprégner d'autres couleurs que le terne kaki des uniformes. Il me fallait de l'animation et du passage. Il me fallait des gestes naturels, sans salut obligatoire aux supérieurs et sans répliques guindées aux subordonnés. Il me fallait une touche de vie civile.

Kalighât Road

Je pris un tramway qui me déposa en ville et marchai au hasard dans un quartier calme que rien ne semblait distinguer des autres. Venant de l'ouest où ils s'étaient formés au-dessus des eaux du golfe du Bengale, d'épais escadrons de nuages assombrissaient le ciel encore clair à l'orient. Complot d'obscurités, la nuit venait à la rencontre de la tempête. En un beau paradoxe, pourtant, la chaleur devenait à chaque seconde plus étouffante. J'avais de plus en plus de mal à respirer et, dans mon dos, la sueur laissait une longue traînée collante. Déjà rares, les passants, pressentant la venue imminente de l'orage, pressaient le pas pour rentrer chez eux. Il y eut un premier roulement de tonnerre, long et sourd. Je me hâtai jusqu'à un abri – une boutique, un café, un simple porche, même – car je savais d'expérience qu'un déluge se préparait. Je traversai un long mail planté d'arbres malmenés par le vent puis passai les dalles désertées d'une sorte de marché en plein air… Il y avait un bâtiment étrange dont je voyais les toits, un peu plus loin. J'y courus… Un éclair violent phosphora autour de moi et, l'espace d'une seconde, le monde entier devint blanc. Les premières gouttes de pluie tombèrent, espacées, paresseuses, mais grosses comme des yeux de taureau. Comme je m'engouffrais dans la rue qui menait à l'édifice, mes yeux glissèrent sur la plaque d'émail où s'inscrivait le nom de la rue. Kalighât Road… Je m'arrêtai. On avait déjà prononcé ce nom devant moi… La voix de Swamy! «Mme de Réault m'a demandé de la conduire au temple sur Kalighât Road…» avait répondu le caporal quand je lui avais demandé d'où la Française avait ramené Darpân et Anânda, les prêtres Bôn Pô, les sauveurs du petit Khamurjee, dont le savoir étrange m'avait aussi guéri de la lèpre Keller. Kalighât Road, la voie le long de laquelle on avait édifié l'église de Durgâ, la déesse de la mort… Se pouvait-il que ce bâtiment dont j'avais entr'aperçu les toits fût, précisément, ce monument? La pluie, qui se faisait à chaque seconde plus forte, ne me laissa pas le temps de m'interroger. Des rafales de vent m'enveloppèrent et me poussèrent dans cette rue, vers ce temple dont les contours se diluaient dans les eaux du ciel. Relevant le col de ma veste et courbant les épaules, je franchis en courant une sorte de terre-plein boueux, prenant garde d'éviter les flaques qui s'y formaient et y gonflaient à vue d'œil, puis grimpai quatre à quatre les marches de pierre pour m'abriter au plus vite sous le porche à colonnades noires dressées à l'entrée. L'orage crevait en cataractes si bien que je ne voyais maintenant plus rien de la ville. Un rempart d'eau m'isolait maintenant. Comme pris au piège, je me retournai pour faire face au temple. Là, c'était une autre obscurité, plus menaçante encore. Une opacité de caverne, un froid de mausolée. J'avançai pourtant de quelques pas pour mieux me rendre compte de l'aspect des lieux. Je vis quelques chandelles brunes posées à même le sol de pierre. Elles semblaient fournir toute la lumière. J'entrai. Hormis le ruissellement de l'eau que l'on entendait dégouliner en rubans sur les murs de l'édifice, je ne percevais aucun bruit. Mon regard, partout, se heurtait à une forêt de colonnes sculptées. Je me baissai pour ramasser une bougie et m'avançai pour examiner à la lueur de la flamme les détails des piliers mais j'abandonnai bien vite car la lumière ne révélait que de grossières anatomies humaines impudiquement mêlées. Je pris le parti de longer encore les travées. Je ne voyais aucun fidèle, aucun prêtre… Apparemment, j'étais seul dans la nef obscure… Je parvins au fond de la salle. Adossée au mur, une statue de grande taille représentait une figure féminine aux formes pleines et harmonieuses, mais dont le visage régulier me sembla déformé par un sourire plein de cruauté. Il y avait un lit de fleurs noires à ses pieds et, dans une coupe de cuivre, une colombe morte baignait dans une mare de sang coagulé. La vision me déplut. Je m'en détournai et revins sur mes pas, explorant le temple en tous sens sans rencontrer âme qui vive.

Les battements de mon cœur accélérèrent soudain. Un courant d'air tourbillonna autour de moi et m'apporta un parfum lourd que je n'avais pas perçu auparavant. Plaçant ma main devant la flamme de ma bougie, je remontai le filet de vent qui me ramena au fond de la nef, à la droite de la haute statue. En observant mieux cette zone, je distinguai une alcôve qu'un examen trop rapide m'avait jusqu'alors cachée. Le souffle semblait en provenir. Je fis un pas, écartai un rideau couleur de muraille et découvris l'entrée d'un passage obscur. Je vérifiai que le sol fût praticable et m'engageai contre toute raison dans ce boyau étroit, malodorant, tout maçonné de pierres brutes. La flamme de ma chandelle transperçait à peine les ténèbres et ma main devait faire écran devant elle pour la protéger du courant d'air assez violent qui miaulait dans ce rail de pierre. Je m'avançai sur un sol plat pendant une trentaine de yards environ puis une déclivité s'amorça. Peu à peu, je sentis que je m'enfonçais sous terre. Je marchai ainsi prudemment durant trois ou quatre minutes, le souffle court, ma main libre tendue en avant pour tâtonner et tâtant le sol du pied pour ne pas tomber. Enfin, je crus percevoir des échos et même une lueur qui pulsait doucement au bout du couloir. Retenant ma respiration, j'avançai encore jusqu'à identifier précisément deux registres de sons qui se mêlaient. Sur la ligne des aigus, je reconnus des jappements d'animaux. Pas des aboiements de chien, pas des miaulements de chat, plutôt des gémissements comme sont capables d'en émettre des oiseaux parleurs ou peut-être des singes. En revanche, la ligne basse était sans nul doute humaine. On parlait. Ou on chantait, plutôt, doucement, mélodieusement, comme on aurait fredonné une comptine pour endormir un enfant. Le rythme, envoûtant, était susurré par trois ou quatre voix de basse profondes, rassurantes, qui le modulaient en canon comme un chant d'église. Je m'aperçus que la voûte du tunnel se crevait en arche et que, au-delà, se trouvait une salle éclairée par des lampes sourdes ou des torches. Je m'agenouillai et posai ma bougie sur le sol poussiéreux puis passai la main sur mes yeux pour les débarrasser des gouttes de sueur qui tombaient de mon front. A genoux, la tête rentrée dans les épaules, prenant garde à ne faire aucun bruit, je parvins à l'entrée de la pièce. C'était une salle ronde assez vaste, toute frottée d'ocre rouge, embuée de vapeurs d'encens et que trouait une grande fosse dont je ne parvenais pas à voir le fond. Il n'y avait personne dans cette pièce. Les chants et les cris que j'entendais toujours provenaient du puits de pierre, j'en étais certain. Il fallait que je voie de mes yeux ce qui se passait dans ce trou d'où émanait aussi toute la lumière. La salle elle-même était assez sombre, propice à la discrétion si j'avais un peu de chance et si je parvenais à me mouvoir sans bruit. Je m'étendis sur le sol en terre battue et me mis précautionneusement à ramper jusqu'aux abords du puits. Prudemment, j'y passai la tête jusqu'à hauteur des yeux. La fosse devait être profonde de presque quinze pieds et large d'au moins le double. Seule une vieille échelle de fer, du modèle que l'on trouve dans les piscines publiques pour descendre dans les bains, permettait d'y accéder. Cinq silhouettes brunes se tenaient là. Cinq Hindous. Quatre hommes et une femme. Une totale rétractation se fit en moi, comme si mon être entier n'avait plus été qu'un seul et unique nerf mis à vif sur lequel on aurait passé une longue flamme de chalumeau.

Les austères temples anglais résonnent souvent d'interminables sermons évoquant avec horreur le stupre et les fornications déchaînées auxquels s'adonnent les pauvres âmes oublieuses de Dieu. Jusqu'à ce que je jette mon regard au fond de cette fosse, ces termes n'avaient pourtant aucune signification réelle pour moi. La femme hindoue était dévêtue. Jeune, le corps lisse et bien fait, elle était attachée sur un banc grossièrement taillé dans la paroi de la fosse. Ses liens la maintenaient ouverte dans une pose de parturiente, mais cela ne semblait nullement la troubler puisqu'elle souriait au contraire d'un air doux à l'homme qui se tenait auprès d'elle. Cet homme, je le reconnus immédiatement, c'était Darpân. Turban noir, tunique blanche, et toujours son air hautain, détaché, froid… Prisonniers dans une cage étroite à ses pieds, deux petits macaques n'avaient même pas assez de place pour y tourner en rond et se contentaient de pousser de faibles plaintes.

Face au prêtre et à la femme, trois autres figures se tenaient là. Trois Hindous. Nus. Gras jusqu'à l'écœurement et laids jusqu'à la monstruosité, mais de leurs gorges sortait pourtant cette mélopée de sirènes. Et puis tout alla très vite. Darpân ouvrit la première cage, s'empara d'une des bêtes affolées et, d'un couteau qu'il dégaina de sa ceinture, vida les entrailles du malheureux animal sur le corps de la femme. La mélodie s'arrêta et on n'entendit plus que les horribles bruits d'agonie de l'animal et les hurlements de terreur de l'autre singe qui, apparemment, avait compris le sort qu'on lui réservait. Darpân pressa la première dépouille pour en extraire toutes les pulpes vives, la jeta à l'autre extrémité de la fosse puis agit de même avec l'autre bête avant d'étaler les viscères sur la moindre parcelle du corps de la fille dévêtue. Je ne m'abaisserai pas à relater en détail ce qui se passa ensuite car cela ne serait pas utile. De plus, la vérité est que je n'en vis presque rien. Le sang répandu, les cris des bêtes qu'on sacrifiait, les odeurs d'encens et de suints humains qui montaient jusqu'à moi et, surtout, l'obscène soleil rouge de la nudité de la femelle humaine qui s'agitait impudiquement dans ses liens m'avaient déjà retourné l'esprit. Je reculai dans le fond de la pièce et posai mon front contre la pierre froide pour tenter de soulager un peu ma peau brûlante. Je me sentais au bord de la nausée et fiévreux comme au sortir d'une mauvaise ivresse. Les bruits qui me parvenaient maintenant de la fosse n'étaient que gémissements, frottements mouillés, ahanements grotesques ; nul besoin d'assister à l'orgie pour en deviner l'horrible tableau. Doucement, je revins sur mes pas et repris le long couloir obscur jusqu'à la nef du temple que je traversai en courant, avide de retrouver le grand air et la lumière.

Au-dehors, la pluie tombait moins dru. L'orage s'éloignait. L'eau ruisselant sur mon visage me fit du bien, et j'ouvris la bouche pour en boire car mes lèvres étaient crevassées et ma langue, gonflée, sèche comme une pierre ponce. La nuit était là. Déchirant les derniers nuages, un rayon de lune balaya le mail et passa sur moi, me débarrassant des vapeurs malsaines que je sentais s'accrocher à mes vêtements. J'allai m'adosser au tronc d'un arbre, sur le mail. Mon intrusion dans le temple me paraissait un cauchemar dont j'avais un mal infini à m'extraire. Je venais de surprendre Darpân, l'homme qui m'avait sauvé la vie, s'adonnant à des pratiques monstrueuses liant la mort et la débauche. Cela me bouleversait. Mais qui donc, par Dieu, qui donc étaient ces gens auxquels Mme de Réault avait fait appel pour me sauver ? N'y avait-il que des prêtres du Mal pour combattre le Mal ? Où étaient les gardes du Bien ? Où étaient la propreté et l'innocence ? N'avaient-elles aucune valeur, aucune force en ce bas monde ? Comment combattre ces torrents d'abjection qui roulaient dans les veines des hommes, empoisonnaient l'esprit des femmes et les faisaient se jeter les uns contre les autres avec une telle furie, une telle inconscience ? Douloureusement, je repris le chemin de la caserne. Une heure plus tard, trempé et l'esprit tourmenté, je retrouvai la pièce qui m'était familière mais je ne pus m'endormir. Me tournant et me retournant dans mon lit, je ne cessais malgré moi de revoir la scène du puits. Incapable de fermer l'œil, je me rhabillai pour prendre l'air dans les jardins. Il devait être 2, peut-être 3 heures du matin…

Le ciel s'était vidé de tout nuage. Bas sur l'horizon, Mars rougeoyait comme une braise tandis qu'un peu plus haut palpitait l'étoile Sirius, dont les Anciens disaient qu'elle était le soleil secret de l'univers… La Lune était dans son dernier quartier. Je me souvins des propos de Mme de Réault sur les liens qui unissaient l'astre des nuits aux énergies de destruction que Keller avait lancées sur moi. Un cycle complet de vingt-huit jours était nécessaire pour accomplir l'*opus nefas*, son œuvre de mort. Avec un frisson, je songeai à ce qui serait advenu de moi si le capitaine médecin Nicol ne m'avait fait rencontrer la Française et si elle-même ne m'avait confié à Darpân et à son acolyte. Sûrement, je me serais trouvé à la frontière du monde des trépassés, subissant sur mon lit d'hôpital une agonie atroce, sans plus un pouce de chair saine sur tout le corps… Oui, sans Darpân, il n'y aurait eu aucun espoir pour moi. Et pourtant, je l'avais vu de mes propres yeux, cet homme était lui aussi un monstre, tout comme l'Autrichienne qu'il prétendait combattre… Les mains croisées dans le dos, je déambulai un instant dans les jardins, pensif, solitaire et morose. Puis au détour d'un chemin de graviers, je vis deux hommes assis sur le capot d'une voiture d'intendance, à fumer et à deviser à voix basse. Je ne les connaissais pas. Ils m'interpellèrent, car la nuit libère mystérieusement des contraintes et des conventions du jour et il est toujours plus facile d'y lier connaissance. Ils m'offrirent une cigarette que j'acceptai. Eux non plus ne pouvaient pas dormir, mais seule la chaleur les indisposait. L'un était un Ecossais d'Edimbourg, l'autre un Shetlandais, et ils étaient peu habitués au climat de touffeur des colonies. Nous n'eûmes qu'une conversation banale, qui me fit pourtant du bien. Je ne regagnai mes quartiers qu'une heure avant l'aube et, au matin, je décidai de retourner en ville pour discuter avec Mme de Réault. Je voulais qu'elle me dise où elle avait rencontré Darpân et si, vraiment, on pouvait faire confiance à cet homme sanguinaire et luxurieux.

— Darpân est un être exceptionnel, dit la vieille femme assise avec moi sous la gloriette de palmes dans le jardin de ses hôtes. Oui, un être exceptionnel. Pas un aliéné. Pas un pervers. Il suit avec constance, avec scrupules, une voie difficile, au terme de laquelle il espère une transfiguration de lui-même. Un changement. Une métamorphose. Dans un jargon qui n'est fait que pour eux, les pompeux messieurs de la Sorbonne ou de la Royal British Society of Anthropology diraient : une rupture de niveau ontologique. Mais restons simples et laissons-leur l'usage des vilains mots. Darpân est engagé dans la seule tâche digne qu'un humain – qu'il soit homme ou femme – puisse suivre : la quête du Pouvoir pour dépasser les pouvoirs…

— Vous voulez dire que ce n'est pas un prêtre, mais plutôt une sorte de… magicien ?

— Magie, sorcellerie, prêtrise… Tout cela se vaut. Quand un sacerdote catholique, orthodoxe ou protestant officie, dit la messe ou livre les derniers sacrements, que croyez-vous donc qu'il fasse ? Qu'il gesticule dans le vide ? N'appelle-t-il pas à agir des forces qui le dépassent ?

La question me choqua.

— Mais un prêtre chrétien ne peut tout de même pas être comparé à un vulgaire sorcier, madame de Réault !

— Justement si, officier ! Les religions sont des sorcelleries cadrées et entrées dans les institutions. Rien d'autre. Considérez-les autrement et vous vous fourvoierez. C'est l'erreur capitale à ne pas commettre ! J'ai moi-même réalisé un énorme progrès le jour où j'ai compris qu'il fallait décaper le vernis moral que j'avais reçu en Europe pour pouvoir saisir quelque chose aux pratiques ayant cours en Asie. Et j'ai eu le sentiment de progresser plus encore lorsque j'ai appliqué cette absence de prévention aux équivalents occidentaux de ces pratiques. En deux mots, voici comment je pense qu'il faut raisonner : fakirs, magiciens, sorciers, chamans ou même prêtres – quel que soit le nom que vous leur donniez – manipulent des énergies que la science positive ignore ou veut ignorer. Ces énergies sont triples. Elles irriguent à la fois le monde extérieur, la structure intime de l'homme et – dernière couche, peut-être la plus importante – l'imaginaire des communautés humaines. Un peu comme si toutes les craintes, tous les désirs individuels s'agglutinaient et finissaient par devenir consistants, actifs et autonomes ! C'est ce que les mages les plus avancés connaissent sous le nom d'Egrégores. Je pense – je pense car j'ai vu ! – que, maîtrisées, ces trois énergies peuvent avoir des effets dans presque n'importe quel domaine. Ce sont les fameux « pouvoirs » si souvent décrits et si avidement recherchés. Chez la plupart des humains, ce ne sont que des potentiels qui ne seront jamais actualisés. Pour ceux qui parviennent à diriger ces énergies – par initiation, révélation ou même simple « accident » parfois –, le monde peut devenir un champ d'action sans limites dans lequel la morale convenant aux autres hommes ne peut plus, ne *doit* plus avoir cours ! Vous comprenez ?

— Je crois…, fis-je timidement.

— Magie blanche, magie noire, tout cela n'est qu'une distinction intellectuelle pour praticiens en chambre ! Dans le réel, tout se mélange et des hommes de grande valeur peuvent être conduits à opérer des actions que nous jugerions criminelles à l'aune de notre justice profane. Vous savez, il y a même des papes qui, de notoriété publique, se sont livrés à la magie noire pour revitaliser des rituels, des symboles, des lieux importants de leur religion. Et jusqu'à la basilique Saint-Pierre elle-même, dit-on ! Eux n'avaient pas oublié que le christianisme est partiellement un chamanisme comme les autres, obéissant aux mêmes lois énergétiques, aux mêmes lois magiques ! De nombreuses sectes ont comme premier niveau d'enseignement la nécessité de se dépouiller de ces préjugés moraux. J'ai en mémoire le groupe d'un certain Carpocrates, un gnostique. Pour ces gens, la purification de l'âme ne pouvait se faire qu'à la condition de pratiquer d'abord les pires souillures. Même chose chez les musulmans avec la secte des Malâmatiyya, « les gens du blâme ». Ces êtres extrêmement pieux pensaient qu'afficher une pureté d'ascète ordinaire était une inqualifiable preuve d'orgueil aux yeux du monde – imaginez un peu comment ils auraient jugé Gandhi ! Alors, au lieu de se contenter de vivre dans le confort d'une sainteté trop visible, ils se sont mis à voler, incendier, calomnier, forniquer ou même tuer à qui mieux mieux, tout cela pour vivre une ascèse tout intérieure, insoupçonnée et donc plus méritante selon eux. Ils ont laissé des textes qui dépassent en qualité tous ceux des mystiques canonisés par le grand sachem de Rome. Les colonnes du Ciel ont toujours leur pied dans l'Enfer, Tewp ! N'oubliez jamais ça. Aux yeux de notre morale contemporaine, c'est évidemment condamnable, mais en termes de pure magie, le principe que suivaient les carpocratiens ou les gens du blâme était simple, et même sain à y regarder de près : il s'agissait de tarir les possibilités inférieures de leur être en les exprimant jusqu'à saturation. C'était un mécanisme de sevrage. Empiffrez-vous de chocolat une bonne fois pour toutes et vous en serez dégoûté à vie ! Même chose pour les envies de lubricité ou d'assassinat !

— Mais pourquoi subir ce sevrage ?

— Simplement parce que ces potentiels inférieurs bloquent l'expression et la circulation d'autres énergies utiles à l'expression des « pouvoirs ».

Voyant que je restais méditatif, elle poursuivit :

— Ce que disent les psychiatres modernes sur la nécessité de mettre au jour les tourments de son inconscient pour pouvoir se libérer de certaines obsessions est comparable à ce genre de procédés initiatiques, au bout du compte. Le principe est identique. La scène dont vous avez été le témoin hier soir dans le temple de Durgâ participe de cette dynamique. Car l'Inde aussi possède ce type de cheminement. Et la spiritualité hindoue est même une de celles qui expriment le mieux ces potentialités à travers ce que l'on nomme le Maithuna, une des branches du Tantra.

Mme de Réault voulut sortir et se dégourdir les jambes avant de m'en dire plus. La nature de cette femme exigeait le mouvement. Toujours. Les salons l'ennuyaient. Les villes l'étouffaient. Elle n'était pas installée à Calcutta depuis deux mois que déjà elle se préparait à en partir.

— Les montagnes me manquent, officier Tewp. Je crois que je vais bientôt quitter le Bengale. Tout ici est trop… policé. Trop ordonné. Trop peuplé aussi. Il me faut les forêts. Il me faut les cascades et les glaciers. Même à mon âge… Et peut-être leur besoin m'en devient-il plus pressant encore… Cela vous arrivera aussi…

J'avais réprimé un sourire tandis que nous marchions. Non, je ne croyais pas que nous partagions elle et moi le même besoin de mouvement incessant, la même volonté de nous affranchir du monde. Je me savais aussi casanier qu'elle était aventurière, cette femme élégante, fine, au regard aigu, mais doux aussi et presque maternel, quand il se posait sur moi.

— Voulez-vous me parler encore de ce que vous nommez Tantra et Maithuna, madame ?

— Le Tantra, officier Tewp, le Tantra est une discipline dont le principe essentiel est de brasser puis de canaliser les énergies sexuelles pour les diriger vers un but de transformation de l'être tout entier. C'est à la fois une pratique religieuse, une discipline physique et psychique, un chemin initiatique, une philosophie, une absolue sagesse et une infecte sorcellerie. Maithuna est cette forme sorcière, noire, du Tantra. Si vous me permettez l'expression, c'est son « tuyau des égouts ». Les Celtes aussi avaient ça. Ils l'appelaient le Tenghern. Très dur à maîtriser, très dur à supporter, mais très efficace, paraît-il. Dans Maithuna, tout commence par une série d'avilissements sexuels destinés, entre autres, à décaper l'être de son vernis culturel initial. Tout cela peut se mêler de magie rouge, magie du sang animal… dans le meilleur des cas. C'est ce que vous avez dû voir hier soir. Darpân est un maître initiateur du Maithuna. Mais il ne pratique pas les offices avec des sacrifices humains. Enfin… Pour être tout à fait honnête, disons qu'il ne pratique plus depuis longtemps des offices avec du sang humain. Il a passé le cap.

Ma chair fut parcourue d'un frisson glacé.

— Vous voulez dire que Darpân a pratiqué le Maithuna en…

— Selon les règles de l'art, oui… autrefois. C'est ainsi. Voyez-vous, le sang a ses mystères, officier Tewp. Il résonne selon ses forces propres, mais il est aussi un capteur et un fixateur d'autres énergies : celles de la douleur, de la peur, celles du désir charnel aussi… La pulpe des sacrifiés teinte le corps des officiants et les gorge d'une vitalité qui aide à leur métamorphose physique et spirituelle. C'est ça, la magie rouge. Et cela remonte à la nuit des temps. Prenez-le comme vous voudrez, c'est aussi parce qu'il a osé franchir certaines portes que Darpân a pu acquérir les connaissances qui vous ont sauvé la vie, officier Tewp. S'il ne l'avait pas fait dans sa jeunesse, il ne serait pas aussi fort qu'il l'est aujourd'hui…

Le détachement, la froideur, le cynisme même avec lesquels Mme de Réault évoquait le passé criminel de Darpân me révoltaient.

— Comment pouvez-vous rester si calme à l'évocation de telles abominations, madame ? Pardonnez-moi, mais je ne comprends pas ! Ou plutôt je refuse de comprendre ! Verser le sang d'innocents n'a aucune excuse, n'en a jamais eue et n'en aura jamais !

— Qui vous dit que ces gens ont été saignés à mort ? Qui vous dit aussi qu'ils étaient innocents ? Et puis les chrétiens font encore pire en mangeant le corps de leur Dieu et en absorbant son fluide vital tous les dimanches à la messe !

— Mais, madame, ce ne sont là que des symboles !

Cette fois, ce fut la Française qui haussa le ton.

— Ah non, officier Tewp ! Ça, ce serait trop facile ! Il faut savoir ! Soit vous êtes chrétien – et donc authentiquement théophage chaque fois que le prêtre fait fondre l'hostie sur votre langue et verse le vin de messe dans votre gorge –, soit vous ne l'êtes pas, et jouer alors à faire croire que vous êtes un bon fidèle est une abominable tricherie avec vous-même. Les actes de foi ne supportent ni les demi-mesures, ni les roublardises, ni les simulations, lieutenant !

Je me renfrognai. Sur le champ de bataille de la rationalité pure, la Française tenait des positions inexpugnables. J'avais du mal à l'admettre, cependant, et je crus bon de tenter d'éveiller chez elle un début de culpabilité. Je ferraillai durement en voulant l'amener à avouer ce que je soupçonnais, depuis qu'elle avait exprimé ouvertement son admiration pour Darpân.

— Pour en parler si bien et en défendre les prêtres avec une telle fougue, vous avez évidemment pratiqué vous-même le Maithuna, n'est-ce pas ?

Garance de Réault éclata d'un rire clair et franc.

— Il y a des années de cela, il est vrai que j'ai essayé, officier Tewp. J'ai essayé, mais je n'ai pas eu la force de parcourir cette voie très longtemps. Je n'ai connu que d'intenses jouissances physiques, de merveilleux moments de fête des sens… Ce qui n'était déjà pas si mal. L'esprit, lui, n'a pas voulu aller au-delà… Je n'ai pas réussi à le dissoudre. Il est resté tout empli de lui-même. J'ai donc échoué et suis revenue parmi mes semblables. Parmi les médiocres… Tant pis pour moi. Je ne regrette pas ce que j'ai fait. La réussite sera pour ma prochaine incarnation. Qui sait ?

Mme de Réault croyait en la chaîne des existences, ce qui heurtait mes convictions protestantes. Nous restâmes une bonne partie de la journée ensemble, déjeunant au cercle de la Société des Etudes asiatiques, dont la Française était l'une des rares correspondantes étrangères. Ensuite, je voulus marcher encore, seul cette fois, en une bienfaisante flânerie pour unique but. Un instant je m'arrêtai à la vitrine d'un bouquiniste où j'achetai, pour trois fois rien, un petit volume des œuvres de Keats que je me mis à feuilleter tout en me promenant dans la lumière blanche et coupante de l'après-midi bengali. Je relus quelques vers de « La Belle Dame sans merci », la pièce de son œuvre que j'avais toujours préférée à toute autre.

'I met a lady in the meads
Full beautiful – a Faery's child
Her hair was long, her foot light,
And her eyes were wild...

Alors que je tournais les pages sans prêter garde à ce qui m'entourait, quelqu'un se porta à ma hauteur et m'emboîta le pas en silence. Quand je lui jetai enfin un coup d'œil, je vis un homme d'une trentaine d'années portant un costume taillé à la mode hindoue. Son turban était de couleur noire.

— Anânda ! dis-je, très surpris, en faisant disparaître mon livre dans ma poche.

La mine du jeune brahmane était grave et son visage n'avait rien d'aimable.

— Lieutenant Tewp. Puis-je vous demander la faveur de me suivre, je vous prie ? Mon maître Darpân et des amis à lui souhaiteraient vous rencontrer dès maintenant… Ce ne sera pas long…

Je n'aimais pas le ton de sa voix. Sourde, menaçante presque, elle n'était pas prête à tolérer le refus. Et l'éclat méchant qui brillait dans ses yeux renforçait cette impression. J'eus un mouvement de recul devant cet homme qui voulait se faire aussi austère et froid que son maître.

— Je ne pense pas que je vais vous suivre, Anânda. Swamy a payé à votre maître les trois cents livres réclamées et je vous ai écrit un résumé de tout ce que je savais sur Keller… Je crois que nous sommes quittes maintenant. Brisons là, si vous voulez bien…

— Non, officier. Ce n'est pas tout à fait de cette manière que cela va se passer !

Et tout en me parlant, il avança la main vers ma gorge à la vitesse foudroyante d'un serpent soudainement détendu. Je ne sentis qu'une légère pression à l'articulation de ma mâchoire avant de m'effondrer dans ses bras, toujours conscient mais incapable de faire le moindre mouvement. J'entendis une voiture arriver et se garer précipitamment le long du trottoir, tandis que le Bôn Pô s'appropriait mon arme, la passait à sa ceinture, puis me chargeait sur ses épaules et me conduisait au véhicule dont toutes les portes s'ouvrirent. On m'enfourna à l'intérieur comme si j'avais été un pâton tout prêt pour la cuisson. Le visage enfoncé dans le cuir de la banquette arrière, respirant je ne savais même plus comment, la dernière chose que je vis fut mon Keats glissant de ma poche pour tomber à plat dans les eaux sales du caniveau…

'I saw pale Kings and princes too,
Pale warriors, death-pale were they all ;
They cried – La Belle Dame sans Merci
Hath thee in thrall !

L'homme aux lunettes rondes

Le décor était réduit à sa plus stricte expression. Une grande table, des chaises. Des murs nus, anonymes, sans cadres, sans ornements, seulement passés à la chaux. Une ampoule de faible puissance pendait au plafond. Une porte de bois sombre faisait face à celle par laquelle on m'avait fait entrer. J'étais assis, les membres libres, mais je n'avais pas besoin de liens. La manipulation opérée sur moi par Anânda produisait toujours son effet. Il ne m'avait pas frappé et pourtant j'étais assommé, comme incapable de m'extraire d'un profond sommeil. Je ne savais pas où j'étais. Je savais seulement que la voiture avait roulé longtemps, puis qu'on m'en avait tiré sans ménagement pour me porter dans cette pièce sans, je crois, me faire monter d'escalier. De la maison où je me trouvais maintenant, je n'avais vu qu'une façade noire et une succession de couloirs vides, obscurs eux aussi. On m'avait laissé seul. Sans refermer la porte à clef. La précaution était inutile puisque j'arrivais à peine à contracter quelques muscles pour ne pas tomber de ma chaise. Combien de temps cela avait-il duré ? Une heure ? Deux ? Je n'aurais su le dire. Enfin, je sentis un peu d'énergie me revenir. En quelques minutes, le sang se remit à circuler dans tout mon corps, provoquant des douleurs qui me contraignirent à me lever et à m'agiter pour délier mes membres. C'est cet instant que choisit Darpân pour se montrer.

— Je suis navré, officier Tewp. Je crois qu'Anânda vous a causé un plus grand tourment qu'il ne l'aurait souhaité. Cela nous a retardés. Vous comme nous. Il va donc falloir faire vite.

— Faire vite ? Mais quoi donc ? parvins-je à articuler bien que mes mâchoires fussent aussi lourdes et ma bouche aussi cotonneuse que lorsqu'un dentiste vous anesthésie pour vous arracher une dent.

— Tout d'abord, rassurez-vous. Nous ne vous voulons pas de mal, Tewp. Si tel était le cas, j'aurais laissé la femme Keller achever ses opérations sur vous… Détendez-vous et reprenez place sur votre chaise.

Avais-je vraiment le choix ? Résigné, je me rassis tandis que le brahmane ouvrait la porte du fond. Quatre hommes apparurent. Tous étaient hindous, vêtus de longues chemises qui leur battaient le milieu des cuisses, de gilets colorés et de pantalons bouffants. Le plus petit d'entre eux était le seul à ne pas porter la barbe. Lunettes aux verres ronds sur un nez court. Peu de cheveux. Légèrement grassouillet. De belles lèvres ourlées. Et puis un air d'intellectuel… J'avais vu de nombreuses photographies de ce personnage depuis que j'étais arrivé aux Indes. Je me levai pour marquer une forme de respect que je m'imaginais lui devoir, sans trop savoir pourquoi.

— Subhas Chandra Bose, dit Darpân. Netaji ! Notre guide vers la liberté !

Mon corps était encore pantelant mais mon cerveau fonctionnait bien. Je tendis à Netaji une main qu'il ne prit pas, se contentant de me saluer d'un bref signe de tête avant de s'asseoir en face de moi.

— Monsieur David Tewp, dit-il en maniant le plus distingué des accents, savez-vous qui je suis ?

— Je sais qui vous êtes. Tout comme je connais vos ambitions politiques pour l'Inde… Oui. Je sais que vous préférez les Allemands et les Japonais aux Britanniques. Cela ne vous rend pas particulièrement sympathique à mes yeux, monsieur.

Bose se rétracta comme si je lui avais porté un coup. Il ajusta ses lunettes au plus près de ses yeux noirs pour me dévisager un instant sans rien dire. Son regard était intense, direct. Je le soutins.

— Dès mon retour à Delhi, vos confrères de Scotland Yard ou du MI 6 vont m'arrêter, officier Tewp. Dans quelques jours. Quelques heures peut-être. Ils veulent m'empêcher d'agir. Tout particulièrement pendant la visite que votre roi Edouard croit bon de rendre aux Indes… Et je vais me laisser faire… Oui. J'ai l'intention de les laisser me mettre en prison… Savez-vous pourquoi, officier Tewp ?

Non, j'ignorais pourquoi Netaji avait décidé de goûter sans broncher aux geôles britanniques. Peut-être quelqu'un lui avait-il vanté la suavité des « Adam et Eve sur un radeau » ou des « Zeppelin dans les nuages » ? Plaisanterie mise à part, j'ignorais les motivations profondes de cet homme et n'avais aucune intention de me creuser les méninges pour tenter d'en deviner la nature.

— Parce que je vais vous confier une mission, lieutenant. Et je sais que vous allez la mener à bien pour moi.

— Je ne travaille pas pour vous, monsieur… Et je ne vois rien qui puisse m'attirer dans le camp des séditieux. Si vous espérez faire de moi un agent double, je vous préviens que vous n'aurez guère de moyens de pression pour parvenir à vos fins. Je n'ai pas plus de dépendances que de besoins, ma famille est quasiment inexistante et je ne traîne pas non plus derrière moi des dettes de jeu que vous puissiez combler…

Netaji soupira.

— Nous croyez-vous grossiers à ce point, officier Tewp ? Des yeux vous ont observé depuis votre arrivée. De nombreux yeux. Des yeux masculins, des yeux féminins et – qui sait ? – peut-être même des yeux d'une autre nature encore… Oui, on a noté vos habitudes, vos penchants, votre façon de faire… On a compris ce qui vous amenait à réagir, lieutenant… Et c'est bien pour cela que j'ai tenu à vous voir… Justement parce que vous me paraissez un homme intègre et que vous en savez si peu sur vous-même que cela en serait presque comique si nous ne vivions pas des temps éminemment troublés. Que connaissez-vous au juste de la femme occidentale Ostara Keller, monsieur Tewp ?

Keller ! Décidément, encore elle ! Darpân m'avait déjà posé cette question.

— Keller est un agent du SD Ausland. Elle a assassiné deux correspondants du MI 6 ces derniers jours dans des conditions atroces, et, il y a deux nuits, quatre des soldats qui étaient venus l'arrêter au Harnett. Je crois qu'elle prépare un attentat sur une haute personnalité supposée accompagner le roi en marge de sa visite aux Indes… Certainement une personne qui lui est chère et dont la perte brusque pourrait le conduire à modifier certains projets de renoncement au trône. Si vous interrogez Darpân, peut-être vous dira-t-il aussi que cette femme est…

— Netaji sait que Keller est une sorte de sorcière, officier, coupa le brahmane. Mais cela n'est pas le propos du moment…

Netaji posa ses mains bien à plat sur la table, devant lui.

— Les conclusions auxquelles vous avez abouti sont intéressantes mais erronées, lieutenant. La femme Ostara Keller est l'un des plus brillants éléments des services secrets nationaux-socialistes. Elle a été très bien formée, partiellement élevée aux Etats-Unis, parle couramment plusieurs langues et depuis quelques mois grimpe en flèche dans la hiérarchie du SD. C'est aussi un des membres fondateurs de l'Ahnenerbe, une officine de la SS chargée des tâches hors normes. Son officier traitant à Berlin est un des hommes de confiance de Heydrich, le Standartenführer Thorün Gärensen. Cependant, contrairement à ce que vous pensez, Keller n'est pas venue aux Indes pour tuer Mme Wallis Simpson, si c'est à elle que vous faites allusion. Elle est venue pour la protéger. En l'occurrence, Keller est votre alliée !

Mes côtes se soulevèrent comme à une bonne plaisanterie. C'était bien la dernière révélation à laquelle je me serais attendu. Comment Netaji avait-il l'impudence d'énoncer une telle sottise ? De mes yeux j'avais vu Keller tuer des soldats britanniques. Dans ma chair, j'avais souffert de ses infectes manœuvres d'empoisonneuse…

— Comment vous croire, monsieur ? L'homme qui se tient auprès de vous, Darpân, n'a eu de cesse de mettre un terme aux nuisances qu'apporte cette femme. Il la soupçonne même d'enlever des enfants dans les bas quartiers…

— C'est justement parce que Darpân s'est intéressé à ce personnage que nous en savons autant, monsieur l'officier. Nous en savons beaucoup plus… Et nous n'avançons pas sans preuves… Vous sentez-vous maintenant assez solide sur vos jambes pour nous accompagner ?

Je fis signe que oui. Netaji se leva et m'invita à le suivre. La porte du fond donnait sur un couloir sombre qui menait à une grande cour, une sorte de patio courant le long de médiocres bâtiments de bois et de torchis. Il faisait jour encore. Au jugé, j'estimai qu'il restait presque deux heures de clarté. Mon évanouissement n'avait pas été aussi long que je l'avais craint. Une petite foule s'agitait sur l'esplanade : des hommes en pagne, pieds nus, des femmes en pantalon large et veste longue, des enfants aussi, dans le même appareil que les adultes. Aucun regard ne se tourna vers nous.

— Cet endroit est une école, me dit Netaji. Une école clandestine. On y enseigne un art qui n'est plus autorisé par les Anglais depuis longtemps : l'art du kalaripayatt, la science hindoue du combat à l'arme blanche et à mains nues. Toutes les figures qu'elle décline sont inspirées des combats animaux.

Ce furent toutes les explications que je reçus alors car Netaji continua sans s'arrêter le long de la travée ouverte. Je n'eus que le temps de jeter un coup d'œil rapide sur les spectacles fantastiques qui s'offraient à moi. Là, deux hommes se saluaient, les paumes jointes et le buste droit, juste avant que leur corps ne se ramassât soudain, genoux pliés, mains ouvertes tendues devant eux comme si elles eussent été des griffes, puis ne se détendît à nouveau pour les précipiter l'un contre l'autre dans un tourbillon de poussière à l'intérieur duquel ils tournoyaient et se battaient comme des chats sauvages. Vifs et furieux, leurs mouvements étaient incisifs, terriblement précis… Jamais de ma vie je n'avais vu un tel combat. Les bonds que ces deux hommes accomplissaient étaient tout à la fois d'une ampleur et d'une beauté prodigieuses, comme s'ils étaient libérés de la pesanteur. Enfin, l'un chuta à terre et son adversaire retomba sur lui, les talons pointés sur sa gorge. S'il n'avait pas écarté les cuisses au tout dernier moment pour reposer les pieds dans la poussière, de part et d'autre du visage du perdant, nul doute que celui-ci aurait eu la glotte broyée et serait mort étouffé.

Je ralentis un peu, avide de voir encore… Un peu à l'écart, deux femmes s'entraînaient. L'une, en blanc, portait un petit bouclier rond sur son avant-bras gauche et tenait un long ruban d'acier souple dans sa main droite. L'autre, vêtue de bleu, maniait une lance au fer aiguisé, monté sur une hampe de bois d'au moins sept pieds. Leur affrontement était acharné, encore plus spectaculaire que le duel des hommes. Le ruban d'acier que la combattante au bouclier tenait par une sorte de poignée cruciforme était autant un fouet qu'une épée. Il fendait l'air tout autour d'elle avec d'horribles feulements. L'autre ripostait en manœuvrant sa pique de taille et d'estoc, faisant soudain glisser entre ses doigts le manche huilé de son arme pour surprendre son adversaire et lui décocher d'incroyables revers. Elle avait assurément un atout d'allonge et je jugeai que c'était aussi la plus expérimentée : elle utilisait bien son souffle et prenait garde à alterner avec régularité ses phases d'attaque et de défense. Son adversaire, certainement plus jeune en son art, tentait au contraire de placer autant d'offensives qu'il lui était possible mais elle s'épuisait vite à ce jeu et l'on sentait que chaque seconde qui passait lui faisait perdre des forces et du souffle. Et puis, alors qu'elle semblait presque à bout, la porteuse de bouclier lâcha soudain ses deux armes, le rond de bois et le fouet d'acier, elle les jeta loin d'elle, en ouvrant largement les bras telle une crucifiée, offrant sans résister sa poitrine à la pointe de son ennemie. Mais alors que chacun retenait sa respiration et que l'aiguille d'acier était sur le point de pénétrer les chairs, l'incroyable se produisit. De ses paumes nues, comme si elle claquait des mains pour écraser un insecte en plein vol, la fille bloqua la lame de la pique dans une étreinte si forte que l'onde de choc se répercuta dans la hampe, la faisant vibrer si fort que la combattante qui la tenait la lâcha. Récupérant d'une torsion du corps l'arme qui chutait, la fille en blanc la retourna en un éclair pour la pointer sur le front de son adversaire désorientée.

J'avais le souffle coupé, mon cœur devait battre au moins autant que celui des gladiateurs. J'aurais voulu assister à d'autres combats mais, assenée par un des gardes du corps de Netaji, une forte bourrade dans le dos me contraignit à avancer. Nous longeâmes la travée jusqu'à son terme : une porte dont les panneaux étaient renforcés de barres de fer. On l'ouvrit sans utiliser de clef. Netaji me précéda et Darpân me pria d'entrer à mon tour. Hésitant mais contraint, je pénétrai dans une pièce sans fenêtre, au sol bizarrement recouvert de toile goudronnée brune qui craquait sous mes pas et montait aussi sur les murs. Tous les murs. Deux lampes à gaz donnaient toute la lumière. A notre venue, un homme, allongé sur un étroit lit de fer à l'européenne, tenta de se lever mais il devait être malade car il retomba tout de suite en arrière.

— Approchez, monsieur l'officier. Je vous présente M. Erick Küneck… Notre très estimé invité…

Le halo des lampes étant faible, je dus m'approcher au plus près de l'homme alité pour distinguer ses traits. Incrédule, je reconnus le nez fin, les mâchoires creuses et le front fuyant de celui qui m'avait fait face pendant plus d'une heure au Harnett, au premier matin de la filature Keller. L'homme était mal en point. Des bandages entouraient ses mains et son torse. Ses yeux étaient fiévreux et son teint presque aussi pâle que celui d'un mort. Je crus un instant qu'il était lui aussi la victime d'un envoûtement.

— Même si nous lui prodiguons nos meilleurs soins, M. Küneck est encore très faible, malheureusement. Cependant, il va pouvoir vous parler et répondre à vos questions, officier Tewp. Mais peut-être dois-je auparavant vous apprendre comment il se fait que cet homme se trouve aujourd'hui parmi nous. Voyez-vous, c'est un concours de circonstances bien étrange qui nous a conduits vers lui. Et vous en êtes un peu à l'origine. Tout d'abord il y a eu les ordres qui vous ont été donnés par votre hiérarchie de surveiller cette femme, Ostara Keller. Vous l'avez suivie avec tant de maladresse, officier Tewp, qu'il lui a été facile de vous berner. Personnellement, j'émets des doutes sur cette histoire d'envoûtement à laquelle Darpân paraît croire si fort. C'est une possibilité que je ne veux pas écarter tout à fait, évidemment, mais il me semble beaucoup plus simple d'imaginer que Keller est parvenue à vous faire ingurgiter quelque toxique chimique provoquant ces douleurs qui vous ont tant fait souffrir, m'a-t-on dit. Enfin, peu importe. Je ne sais si vous le lui devez vraiment, mais Darpân affirme vous avoir sauvé. J'accepte le romantisme de l'événement tel qu'il le décrit. Tout cela, finalement, n'est qu'anecdote.

J'émis un grognement sonore qui voulait bien dire que ma vie – tout autant que ma mort – ne relevait pas de la simple note en bas de page. Bose ne s'y arrêta pas.

— Quoi qu'il en soit, Darpân a voulu en savoir plus sur cette femme. Il a débusqué l'homme dont vous aviez fait mention dans la note qu'il vous avait réclamée. Il l'a trouvé et l'a un peu… Comment dire ?

— Je l'ai interrogé, précisa sobrement le brahmane.

Le laconisme du Bôn Pô fit rire Bose.

— Oui. C'est cela. Disons que Darpân l'a interrogé. D'une manière un peu pressante, comme vous pouvez le constater, dit Netaji en désignant négligemment le pauvre type pantelant qui bougeait à peine sur son grabat.

— Ne jouez pas avec les mots, Bose. Darpân a torturé l'Allemand, crachai-je avec mépris en lançant un regard de haine au prêtre.

Ce type avait beau m'avoir tiré d'affaire et avoir purgé le corps du petit Khamurjee du venin de serpent qui l'infectait, je ne ressentais désormais plus pour lui que de la haine. L'horrible séance d'orgie dont, par hasard, j'avais été la veille le témoin m'avait déjà rempli de méfiance envers cet homme. Ce que j'avais ensuite appris de lui de la bouche même de Mme de Réault n'avait fait que nourrir cette répulsion nouvelle. Le spectacle pitoyable que m'offrait maintenant Erick Küneck achevait de me rendre odieux le personnage du brahmane au turban noir.

— Oui, il l'a torturé, admit Netaji. Certainement pour de mauvaises raisons et selon un mauvais procédé, je vous l'accorde. Mais pour une bonne pêche…

— Il vous a révélé où se cachait Keller? coupai-je, soudain intéressé par ce qu'allait me révéler le chef du parti nationaliste.

— Peut-être… Ce n'est plus ça l'important. Monsieur Küneck, êtes-vous en état de répéter à cet officier anglais ce que vous nous avez appris?

Par crainte certainement, par lassitude sans doute, Küneck parla. Pendant près d'une heure, d'une voix faible mais ferme, il déroula ce qu'il savait de l'histoire d'Ostara Keller, des buts de sa mission, et relata comment l'ordre des choses s'était brusquement renversé… D'après ses dires, Keller avait été envoyée aux Indes à la demande de Donovan Phibes, un informateur anglais qui travaillait avec le SD Ausland depuis longtemps et en qui les Allemands avaient toute confiance. C'était cet homme, Phibes, qui avait averti très tôt les services de Heydrich de la venue de Simpson au Bengale. Keller avait été dépêchée sur place pour étudier la possibilité d'éliminer en douceur l'Américaine. Elle avait noué un contact direct avec Donovan Phibes, un très haut gradé de l'administration impériale. Celui-ci avait travaillé avec elle pour lui ménager des voies de sortie du pays dès que sa mission serait remplie. Il lui avait aussi procuré de l'argent, préparé des appuis divers et donné des renseignements à foison sur les déplacements prévus d'Edouard VIII et de sa maîtresse… C'était un homme redoutablement bien informé. Trop bien informé, même. Cela avait mis la puce à l'oreille de Keller. Avec Küneck, elle avait retourné le problème dans tous les sens. Des indices, des détails, des vérifications, des recoupements divers avaient fini par mettre les deux espions sur la voie de la vérité : depuis le début, ils n'avaient été que des pions. Depuis le début, Phibes les manipulait. Phibes, Keller en avait acquis la conviction, ne voulait pas se contenter de faire assassiner Wallis Simpson. Il voulait aussi assassiner le roi Edouard VIII et imputer aux Allemands la responsabilité de ce double meurtre…

— Mais enfin pourquoi ? Pourquoi un Anglais monterait-il une telle machination ?

— Pour déclencher au plus tôt une guerre avec mon pays, répondit l'agent du SD dans un râle.

— L'Allemagne n'est pas encore prête à la guerre, monsieur l'officier Tewp, intervint Netaji, voyant que le prisonnier était à bout de forces. Un jour viendra où elle pourra défier l'Europe entière. Un jour viendra où elle sera assez puissante pour cela, si puissante même qu'elle pourra également nous aider dans la lutte que nous menons pour notre indépendance. Mais cette heure n'est pas encore venue. Les plus clairvoyants parmi les anciens Alliés, Français, Anglais – Américains, même –, en ont parfaitement conscience. Pour eux, attaquer l'Allemagne et renverser les nationaux-socialistes avant qu'il ne soit trop tard est la seule manière raisonnable d'éviter une nouvelle guerre longue, terrible, certainement plus sanglante que le conflit de 14. Assassiner le roi d'Angleterre et en faire porter la responsabilité au SD est une œuvre de grand patriote. Donovan Phibes *est* un grand patriote. Mais c'est notre ennemi. Car si son projet triomphe, l'Allemagne sera vaincue, la puissance de la Grande-Bretagne réaffirmée pour les cinquante années à venir et l'Inde ne sera pas libre avant le prochain siècle… Le paradoxe de cette situation est que notre ennemi est aussi le vôtre, lieutenant Tewp, puisque Phibes a pour projet de tuer le roi auquel vous avez juré fidélité !

Les yeux froids de Netaji s'étaient plongés dans les miens comme pour m'hypnotiser, et moi, tel le lapin fasciné par le serpent, je ne pouvais plus bouger, plus penser même. Ce que venait de me révéler Bose venait de provoquer une fêlure en moi. Une série de fêlures, plutôt. Mes certitudes n'étaient plus qu'une vitre fragile qui s'étoilait sous un soudain jet de graviers. Je n'étais plus sûr de rien. Cet homme pouvait me mentir, bien sûr. Il pouvait avoir drogué Küneck pour lui faire tenir un discours conforme à sa volonté. Ou, plus simplement, l'avoir menacé de le torturer encore. Tout était possible. Pourtant, la démonstration faite par Bose était cohérente. Un haut responsable anglais – du cabinet des Affaires étrangères, probablement –, au fait de la situation internationale, pouvait avoir assez de clairvoyance pour anticiper les conséquences d'un nouveau conflit opposant l'Angleterre à l'Allemagne au cours de la décennie à venir. Après dix-huit années d'occupation française, Berlin venait de retrouver la jouissance du bassin industriel de la Ruhr. Son aviation recommençait à se développer et elle avait envoyé en Espagne un corps expéditionnaire, symbolique mais efficace, pour combattre aux côtés des troupes antirépublicaines. Industriellement et opérationnellement, tout indiquait qu'avant dix ans l'Allemagne serait de nouveau capable de porter le fer et le feu sur le continent… Qu'un homme décidé complote pour précipiter les événements et percer au plus vite l'abcès du nazisme paraissait somme toute plausible. Il me fallait pourtant d'autres preuves avant d'adhérer à cette version. D'autres explications…

— C'est donc sans avoir la moindre idée de tout cela que Darpân a enlevé Küneck ?

— Netaji vous l'a déjà appris, Tewp. Je m'intéressais à Keller pour déterminer les sources de ses connaissances occultes… C'est une magicienne noire très efficace. Je suis certain qu'elle aurait beaucoup à m'apprendre. Mais Küneck, lui, ne sait presque rien des talents particuliers de cette femme. En revanche, lorsque je l'ai *interrogé*, il m'a révélé l'existence de Donovan Phibes et comment le SD avait accepté la proposition de celui-ci d'éliminer Wallis Simpson pour qu'Edouard VIII demeure sur le trône. Il m'a dit aussi comment Keller avait finalement deviné les motivations profondes de l'informateur… J'ai jugé que c'était important pour la cause de la liberté. J'ai fait prévenir Netaji et je lui ai tout raconté. Il a ordonné que l'on soigne Küneck et puis il a voulu vous voir. Vous connaissez la suite.

— Mais vous ne vous fondez que sur des suppositions, et les dires d'un homme poussé à bout par les mauvais traitements que vous lui avez infligés. Aucune preuve tangible n'étaye la thèse d'un complot anglais pour assassiner le roi par l'entremise d'une meurtrière allemande ! Et puis nos services étaient à deux doigts de l'arrêter, il y a deux soirs de cela. Je le sais, j'y étais !

J'entendis Bose soupirer. On eût dit que ma remarque lui tapait sur les nerfs.

— Bien entendu qu'on vous a envoyé, vous et personne d'autre, à la tête de ce détachement d'incapables, s'exclama-t-il. Hardens est évidemment un des complices de Phibes. Il vous a désigné, vous, petit lieutenant naïf et sans expérience, pour cueillir une tueuse du SD, avec en renfort une équipe de militaires beaucoup trop impulsifs pour mener cette opération correctement. Face à elle, votre troupe n'avait évidemment aucune chance.

— Mais enfin pourquoi ?

— Pour vous donner l'illusion que Keller était bel et bien traquée. Et que vous étiez à la tête de la chasse, ajouta Küneck qui venait de retrouver un peu de forces.

— Il fallait un naïf à Donovan Phibes, enchaîna Bose. Un témoin. Un homme de bonne foi qui pourrait se porter garant des efforts fournis par Hardens pour arrêter cette femme. Un homme, aussi, qui pourrait accumuler les preuves à charge contre les Allemands après la mort du roi et de sa maîtresse. Un homme simple. Un homme honnête. Vous, lieutenant !

A l'écoute de ces révélations, il me semblait qu'on serrait un étau de fer autour de mon crâne. Une douleur pointue surgit dans ma nuque, transperça mon cerveau en droite ligne et éclata dans mon front. Ma propre mort, à cet instant, m'aurait paru douce, je crois. Bose et Darpân se rapprochèrent de moi. L'un essuyait les verres de ses lunettes embuées par le confinement de la pièce, l'autre, un peu en retrait, m'observait sans sourire.

— Mais pourquoi vous ouvrir de tout cela à moi ? leur dis-je. Quel est le rôle que vous entendez me faire jouer ?

— Nous avons besoin de vous, officier Tewp, parce que nous savons qu'Hardens vous a désigné pour accompagner Wallis Simpson durant son séjour à Calcutta. Au dire de M. Küneck, il est encore possible que Phibes ignore que ses intentions ont été percées à jour par Keller, même si celle-ci ne s'est pas rendue dans la cache qu'il lui avait préparée en cas de coup dur. Car c'est un fait : personne ne sait où se trouve l'Autrichienne actuellement. Désormais, les coups peuvent partir de n'importe où. Puisque vous avez gagné une place aux premières loges, Tewp, c'est maintenant à vous qu'il appartient d'agir. Alors, ne vous trompez pas de cible lorsque les événements se précipiteront.

— Il y a un point que je ne comprends toujours pas, Bose. A vous entendre, Phibes veut éliminer le roi et faire passer cela pour un attentat organisé par les Allemands.

— Exact.

— Mais c'est stupide. Tout le monde sait que si Berlin a intérêt à se débarrasser de Simpson, c'est justement pour qu'Edouard reste sur le trône et ne soit pas remplacé par George VI ! Votre histoire ne tient pas debout !

— Il y a évidemment une subtilité, Tewp. Darpân, voulez-vous répondre pour moi, je vous prie ?

— Peut-être y a-t-il encore un détail que vous ignorez, lieutenant. Quelque chose que votre supérieur Hardens ne vous a pas encore révélé. La partie officielle de sa visite achevée, le roi a décidé de rester quelques jours aux Indes en visite privée, avec sa maîtresse. Il résidera ici, au Bengale… C'est là que nous pensons que Phibes, d'une manière ou d'une autre, frappera. Il y aura un attentat ne visant apparemment que Simpson, mais dont Edouard sera aussi la victime… comme par malchance… Pourtant, le résultat sera là. Jetée à la face du monde, la version officielle des événements sera que des espions allemands auront bel et bien tué le roi d'Angleterre. Ce sera le détonateur qui déclenchera la guerre en Europe.

— Si Edouard meurt ici, au Bengale, avec sa maîtresse, un conflit majeur éclatera dans la semaine suivant le drame… Imaginez le désastre ! Que ça vous plaise ou non, Tewp, vous êtes une des rares personnes à pouvoir empêcher cela. Alors réfléchissez parce que maintenant c'est à vous seul de décider quelle partition vous voulez jouer.

Il y eut un silence. Je ne savais plus quoi dire ni quoi penser. La démonstration de Netaji m'avait troublé plus que je ne voulais me l'avouer. Confus, je cherchais une manière de prolonger la conversation dans l'espoir d'y glaner une information inédite, une piste nouvelle à explorer.

— Que va devenir Küneck ? demandai-je enfin en désignant du menton le pauvre type qui s'était remis à geindre sur son lit de souffrances.

— Je crains que notre ami Darpân ne s'en soit donné à cœur joie avec lui… Objectivement, c'est notre allié. Mais il est dans un triste état… Il a révélé tout ce qu'il pouvait nous apprendre. En ce qui me concerne, son sort m'est indifférent. Je laisse Darpân décider.

Un grand sourire éclairant sa face sombre, le Bôn Pô revint en deux pas vers la couche de l'Allemand puis, dégainant un long poignard à double lame de sous ses vêtements amples, il égorgea le malheureux sans une once d'hésitation. Le sacrifié s'agita une bonne minute dans son lit comme une feuille tremblée par le grand vent, mais il ne cria pas. Sa langue, sa bouche, son larynx, étaient trop asséchés pour cela. Le sang jaillit sur le sol et les murs, sur cette toile goudronnée dont on avait tendu la pièce en sachant que cet endroit allait devenir un abattoir. Je sortis dans le couloir et m'adossai au mur, le cœur au bord des lèvres. Bose m'y suivit. Rajustant ses lunettes sur son nez en bouton de bottine, Netaji, le Guide, me jeta un air de reproche, comme s'il était indécent que je montre de la compassion envers l'homme du SD.

— Vous avez l'âme sensible. Si vous vous trompez de camp, Tewp, c'est ce sort-là qui vous attend. Alors souvenez-vous de notre conversation car notre entrevue est terminée.

Il claqua des doigts comme un sultan des temps anciens. Deux de ses gardes me saisirent par les bras. Fermement, je fus reconduit au-dehors. Le patio où se déroulaient les entraînements de kalaripayatt était maintenant désert. De l'une des ailes de la grande bâtisse s'élevaient des chants graves. Au crépuscule, le calme des prières remplaçait la furie des combats. Darpân nous suivait à distance. On me fit monter dans la voiture qui m'avait amené. Le brahmane s'installa à mon côté. Comme je m'étonnais qu'on me laissât observer librement les alentours, il sourit.

— A quoi cela vous servirait-il de reconnaître cette maison ? Elle a rempli son office. Dans une heure elle sera vide, le cadavre de l'Allemand aura été démembré et jeté aux rats dans les décharges. Quant à Netaji, il sera reparti pour Delhi…

— Et vous, Darpân, où serez-vous dans une heure ?

— Qui sait, David Tewp ? Qui sait ?

In media res

Sans se cacher, les sbires de Chandra Bose m'avaient déposé devant l'entrée principale de la grande caserne de la ville. Il n'y avait pas eu d'adieu de la part de Darpân. Pas de nouvelle mise en garde non plus. Apparemment, tout ce que les gens de l'Arya Samaj, le parti nationaliste hindou, avaient à me dire avait été prononcé dans la maison où Küneck, maître espion du SD Ausland, venait de mourir. A ma hanche pendait de nouveau mon Webley que Netaji m'avait tout de même rendu. Son poids était rassurant. Irrésolu, bouleversé encore par la scène dont je venais d'être le témoin, fatigué par toutes les tensions qui s'étaient accumulées en moi depuis ces derniers jours et l'esprit décidément incapable de trier la vérité du mensonge, je pris le parti de m'accorder quelques heures de repos. Je regagnai ma chambre où, évidemment, je fus incapable de trouver le sommeil. Il n'était pas trop tard ; le mess était certainement bondé. Peut-être avais-je une chance d'y trouver Hardens. Je me rhabillai et sortis en hâte, décidé à mettre les pieds dans le plat et à tout lui raconter de ma rencontre avec Bose. Après tout, en tant qu'officier de la Firme, c'était là que résidait mon devoir.

Le club des gradés était en effet plein à craquer. L'atmosphère enfumée, les bousculades, le brouhaha des rires et des conversations ne me firent pas renoncer à chercher le colonel. Comme je passais de table en table sans l'apercevoir, un major que je ne me rappelais pas avoir jamais rencontré me regarda soudain d'un air révulsé avant de me désigner à la cantonade du bout de son cigare.

— N'est-ce pas le petit lieutenant qui a cru bon l'autre jour de décharger une balle anglaise dans le corps d'un sous-officier anglais ?

Le ton caustique se voulait blessant, de toute évidence. Je ne relevai pas, mais un autre se leva et vint directement à moi, un verre de gin à la main. Je connaissais bien cette silhouette de faune obtus. C'était celle du capitaine Gillespie. Son haleine empestait l'alcool.

— Monsieur Tewp ! Vous revoilà ! Ne vous a-t-on pas signifié à l'entrée qu'on ne tolérait dans cet endroit ni femmes, ni indigènes, ni traîtres ? Or il me semble que vous pouvez revendiquer l'appartenance à deux au moins des catégories précitées ! Je vous laisse le soin de choisir lesquelles ! fit-il en se retournant et en levant son verre à l'intention de ses amis.

L'assemblée fut secouée d'un mauvais rire tandis que je me raidissais. Plutôt que de répondre, j'enfonçai mes ongles dans mes paumes et forçai mon chemin pour parvenir au bout de la salle, là où j'avais enfin entrevu Hardens. Mais l'autre ne l'entendait pas ainsi. Il s'approcha de moi à me toucher et fit barrage de son corps.

— Peut-être ne m'avez-vous pas entendu, Tewp ? Votre présence n'est pas plus acceptée ici que ne le serait celle d'un insignifiant caporal indigène. Retournez donc auprès de vos nouveaux amis, vous vêtir comme eux d'un turban et d'un sarong, monsieur l'adorateur de vaches ! Gardez-nous cependant la meilleure partie de votre personne, voulez-vous ?.... Le jardinier des serres royales tirera peut-être un fumier acceptable de vos crottes pour ses plantations !

La saillie provoqua l'hilarité générale. Cette fois, c'en était trop. Je voulus répliquer mais aucune repartie ne me vint à l'esprit. Il ne me restait plus que mes poings. J'armai vivement mon bras en arrière mais quelqu'un avait anticipé ma réaction. Je sentis le poids d'un homme s'abattre sur moi. Mes genoux fléchirent et je tombai à terre, maîtrisé par un gaillard dont la forte prise paralysait mes membres. A cette bousculade, tous les officiers se levèrent et se rassemblèrent autour de nous. Moi, maintenu au sol, gisant piteusement aux pieds de Gillespie qui se moquait encore de moi. Une voix tonna, que je reconnus. C'était celle d'Hardens.

— Si ces deux hommes ont un différend, dit-il, il est convenable qu'ils puissent le régler loyalement, en dehors de toute hiérarchie militaire. Messieurs, qu'on relève le lieutenant Tewp !

Le comparse de Gillespie relâcha sa main de fer et me laissa me remettre debout. J'étais rouge de honte et de colère, mais je n'avais pas peur. Ça non ! Pas peur d'affronter qui que ce fût en combat face à face.

— Capitaine Odet Gillespie et vous, lieutenant David Tewp, dit Hardens, voulez-vous tomber la veste, oublier vos grades respectifs pour vous mesurer l'un à l'autre et vider ainsi sainement votre querelle ?

Trop heureux d'exprimer enfin tout le mépris qu'il avait toujours ressenti pour moi, Gillespie cracha un « oui » assuré et bravache, certain qu'il était de pouvoir me vaincre en quelques frappes. J'acceptai quant à moi d'un simple hochement de menton bien crispé. Des cris enthousiastes montèrent tout autour de nous, faisant résonner d'une étrange manière cette grande salle vouée d'ordinaire au calme et aux conversations feutrées. En un tournemain, les tables, les divans, les fauteuils de cuir qui faisaient tout le mobilier furent poussés contre les murs et les tapis roulés et écartés pour dégager un cercle net, juste au-dessous d'un lustre de cristal dont on alluma les feux. Tout cela se fit au milieu de cris, de sifflets, d'appels haut portés. Il y eut un premier pari, et de l'argent, en quelques secondes, se mit à circuler de main en main. Assez petit mais vigoureux, des mèches de cheveux blonds laissées partout en friche et des yeux d'un bleu extraordinairement clair, un homme se fraya un passage vers moi.

— Je suis l'aspirant Shaw, mon vieux ! Si vous voulez un assistant, je suis votre homme !

Il me prit la main et la secoua fort, avant de passer prestement derrière moi pour me retirer ma veste d'autorité. Reconnaissant de trouver au moins un allié parmi tous les visages hostiles qui m'entouraient, je me laissai faire de bonne grâce.

— Sur qui pariez-vous, Shaw ? demandai-je, tout en roulant mes manches de chemise, grisé à mon tour par l'ambiance de match de boxe qui montait tout autour de moi.

— Pour vous, bien sûr ! Je dois déjà mes trois prochaines soldes. Si je perds, ce ne seront que dix livres de plus à rembourser. Une goutte d'eau dans un océan ! Si vous étendez Gillespie, je peux me refaire complètement ! Et puis, à part le jeu, mon autre vice est d'aimer les situations désespérées !

L'encouragement n'était pas des plus exaltants, mais ce fut le seul que l'on me prodigua alors et je dus m'en contenter. Hardens s'avança au milieu du cercle et nous fit venir, Gillespie et moi, face à face. Il exigea de nous la plus parfaite loyauté dans le combat : nous ne devions pas porter de coups sous la ceinture, utiliser nos pieds ou nos genoux pour frapper, mordre, étrangler et enfoncer nos doigts dans les yeux de notre adversaire. Ces restrictions mises à part, tout était permis. Je tendis la main à Odet Gillespie, mais il la dédaigna et gagna la périphérie du cercle en me tournant ostensiblement le dos. Quelqu'un frappa avec un cendrier sur un plateau de cuivre et le combat commença. Je m'avançai au centre du ring, malgré les paquets de cigarettes vides ou les pelures d'orange qu'on me jetait au visage, malgré aussi les sifflets et les cris hostiles qui me visaient. Gillespie s'avança également, les dents serrées, ses yeux me lançant un regard noir. Trop vite, trop loin de moi, il envoya une première salve de coups qui ne m'atteignirent pas et que je n'eus même pas à esquiver tant son attaque manquait d'allonge. J'eus le tort de prendre cette maladresse pour de l'inexpérience et me raidis en vue d'une contre-attaque. Mais Gillespie était tout sauf un mauvais combattant. Il pratiquait l'entraînement militaire avec régularité et aimait se battre. Il ne s'arrêta pas à sa piteuse amorce d'engagement et continua sur sa lancée, réitérant son enchaînement – un coup droit suivi de deux petits crochets montants vifs, courts et percutants. Si j'évitai le premier choc, je reçus le doublé en plein menton ! Mon corps résonna sous l'impact. Jusqu'au dernier de mes os, tout en moi subit cette meurtrissure brute, sèche, sévère, qui m'étourdit et me fit chanceler comme si, soudain, je n'avais plus de jambes. Je basculai contre des spectateurs qui me renvoyèrent d'une bourrade au centre du cercle, face à Gillespie, déjà rayonnant et sûr de sa victoire. Confusément, je tentai de profiter de l'impulsion qui m'avait été donnée et partis, les poings tendus en avant comme un bélier, droit sur le capitaine. Mais ma charge était maladroite, enfantine et vouée à un ridicule échec. Gillespie n'eut aucun mal à m'éviter d'un pas de côté et à me faire tomber d'un croc-en-jambe des plus simples. Je m'étalai de tout mon long sur le parquet, mes mâchoires s'entrechoquèrent si fort que je me mordis la langue et qu'un liquide chaud, salé, écœurant, emplit ma bouche. Je crachai au sol une bulle de sang et de salive puis me relevai comme je pus sans que Gillespie mît à profit ma faiblesse pour m'achever. Autour de moi, les spectateurs se déchaînaient en hurlements et en invectives grossières. L'espace d'une seconde, je vis Shaw, visage carré, œil bleu rivé sur moi, articulant à mon adresse des paroles que je ne pouvais saisir… A demi assommé, un filet de sang coulant au coin des lèvres, je me redressai et me remis en garde. Et maintenant ? Quel geste appliquer ? Quel piège tendre ? Quelle stratégie adopter ? Je n'en savais plus rien. Et puis une image éclata soudain dans mon cerveau : celle des deux combattants hindous que j'avais vus s'affronter l'après-midi même dans le patio de la maison où j'avais rencontré Netaji. Je revis ces hommes aussi nettement que si j'avais été assis dans une salle de cinéma, avec leurs mouvements, leurs ruses, leurs tactiques… Si je voulais vaincre Gillespie, il fallait que je me batte comme eux. Retrouvant mon énergie, je copiai une de leurs figures, un saut très haut qui devait dresser le corps de l'agresseur à la verticale de sa victime pour qu'il pût assener à cette dernière un coup violent sur la fontanelle, un point extrêmement sensible de l'anatomie humaine. Détendant les muscles de mes jambes comme des ressorts, je tentai de m'élever le plus haut possible tandis que Gillespie, interdit par l'apparente incohérence de ma manœuvre, cessait subitement tout mouvement. Mais mon corps n'était pas suffisamment musclé ni souple ; ma frappe, qui se voulait aussi définitive que celle d'un merlin abattant un bœuf, resta presque sans effet car elle glissa sur le visage du capitaine sans rien heurter d'autre que son arcade sourcilière. Il y eut des rires, des cris encore… Et puis Gillespie revint sur moi à la vitesse de la foudre, décocha un coup que je ne sus parer et, avant même que j'aie eu le temps d'éprouver quelque douleur, il n'y eut plus pour moi que le noir et la chaleur d'une bienheureuse inconscience…

*

— Lieutenant Tewp ! Mon lieutenant !

Je ne reconnus pas la voix qui m'appelait. Elle paraissait sortir d'un cornet de cuivre, tant elle résonnait. Elle était si désagréable que je décidai de n'y pas répondre, préférant errer dans un sommeil fiévreux et enivrant. Je reçus une gifle. Une seconde. Puis des doigts épais pénétrèrent ma bouche, se forçant un passage entre mes lèvres serrées et mes dents jointes. Mes mâchoires furent brutalement écartées et un liquide fort arrosa mon gosier qui avait été mis à vif par la morsure que je m'étais infligée en combattant. La douleur aiguë me réveilla tout à fait. Je me redressai, me débattis un peu, pour la forme, sans savoir pourquoi ni contre qui, et j'ouvris les yeux. La tête blonde de l'aspirant Shaw était penchée sur moi. Je me mis à tousser et à respirer fort, comme un asthmatique ; lorsque la quinte fut passée, l'apprenti officier me tendit une serviette pour que je m'essuie et me compose une allure à peu près convenable. Tandis que je reboutonnais ma chemise froissée et enfilais ma veste, il me demanda comment je me sentais.

— Je n'ai mal nulle part, tout va bien, mentis-je, alors que deux ou trois meurtrissures me battaient vilainement au visage, au menton et à la tempe.

Péniblement, je me relevai du canapé où l'on m'avait allongé après mon combat perdu contre Gillespie. J'étais encore au club, mais l'endroit avait repris son apparence habituelle : lumières tamisées, meubles rangés, tapis parfaitement placés. Apparemment, il n'y avait plus personne, à part Shaw et moi.

— Je vous ai laissé récupérer tranquillement pendant que les autres sortaient, me dit-il. Vous sentez-vous suffisamment en forme pour vous remettre sur vos jambes ?

Je fis signe que oui.

— Vous avez perdu dix livres à cause de moi, dis-je comme si cela constituait ma préoccupation première. Vous m'en voyez navré. Je crois que j'ai présumé de ma science du combat.

— Oui, j'ai encore perdu, mais je ne vous en veux pas, répondit Shaw en riant. Vous êtes un drôle de contribuable et je vous trouve amusant… C'est déjà une belle consolation. Allons, voulez-vous que je vous aide à regagner votre carrée ?

Je déclinai sa proposition. Je n'avais physiquement pas besoin de soutien. Evidemment, j'étais un peu étourdi mais je n'avais rien de cassé. Surtout, je n'étais pas d'humeur à faire la conversation. Je remerciai Shaw et le priai de me laisser seul. Il le comprit et n'insista pas. Nous nous quittâmes sur le seuil du mess non sans qu'il me conseillât de me faire oublier quelque temps en évitant deux ou trois mois de fréquenter l'endroit.

— Vous êtes en quarantaine, Tewp. Tous les officiers vont vous tourner le dos pendant un bout de temps. Ne le prenez pas mal. D'abord parce que cela passera plus vite que vous ne le pensez, et puis aussi parce que…

— Parce que quoi, Shaw? Livrez-moi le fond de votre pensée…

— Parce que vous le méritez un tout petit peu, Tewp!

Non. Shaw avait tort. Je ne pensais pas le mériter. Mais je n'insistai pas et préférai garder le silence plutôt que de me lancer dans un plaidoyer pour ma cause, qui aurait été vain et fastidieux. Je tentai un petit sourire neutre dans lequel je lui laissai lire toutes les humeurs qu'il lui plût de me prêter, puis nous nous serrâmes la main et il partit dans la direction opposée. Morose, je regagnai ma chambrée du cinquième étage.

*

J'ai une piètre expérience de la vie. Qui, d'ailleurs, peut vraiment se vanter du contraire? On pratique l'existence. On la subit, mais on ne la connaît jamais. D'abord parce que notre moi n'incarne qu'une moitié d'humanité. On naît homme ou femme, et c'est déjà un échec pour qui voudrait tout savoir des secrets du monde. Mais encore combien de chemins négligeons-nous, combien de potentiels choisissons-nous d'ignorer, combien de parts de nous-mêmes trahissons-nous et laissons-nous en friche pour finalement n'en accomplir qu'une seule? Et souvent si mal… Même encore maintenant, il me semble n'être qu'un enfant auquel tout reste à apprendre. N'est-ce pas un sentiment que nous partageons tous?

Au lendemain de ma mémorable défaite face à Gillespie, une tache jaune s'étalait sur ma tempe, j'avais la bouche de travers et gonflée, ma langue était comme recouverte d'échardes, ce qui me faisait articuler les mots en y mettant plus de voyelles que de consonnes. Je ne me sentais pas si mal, pourtant. Au final, ce match de boxe improvisé n'avait pas eu que des inconvénients. En me sollicitant physiquement et en m'assommant un peu, au moins m'avait-il permis de me vider la tête et d'échapper pendant une courte nuit aux horreurs et aux révélations torturantes qui avaient marqué la veille. D'une certaine manière, aussi surprenant que cela paraisse, cet affrontement m'avait permis de remettre de l'ordre dans mes idées. Je renonçai tout d'abord à voir Hardens et à lui révéler ma rencontre avec Bose. Une phrase du pauvre Surey m'était revenue : « Quelque chose est en train de se tramer, Tewp… Quelque chose de grave ! » De son propre chef, Surey avait ensuite avoué n'avoir que des intuitions, des soupçons… aucune preuve. On l'avait tué pourtant. Comment ne pas repenser aux paroles de Netaji ? Se pouvait-il qu'il y eût un Donovan Phibes tramant dans l'ombre un complot ahurissant destiné à faire entrer au plus vite notre pays en guerre contre l'Allemagne, avant que celle-ci ne recouvre toutes les capacités de nuisance dont elle avait fait preuve vingt ans plus tôt ? Hardens ne m'avait-il pas dit quelque chose dans ce sens, lors de notre première conversation ? « En ne nous donnant pas la peine d'aller jusqu'à Berlin, nous n'avons pas fait notre travail correctement… » Voilà ce qu'il avait innocemment lâché au détour d'une phrase ! Hardens ! Etait-il décidément la clef qui pourrait mener à Donovan Phibes ? Plus j'y songeais, plus l'hypothèse me paraissait vraisemblable. Tournant en rond dans ma chambre, je réfléchis longtemps à cela. Toute la matinée j'échafaudai des hypothèses, fouillai dans mes souvenirs pour tenter de donner sens à un regard, un geste, une allusion… La solution de l'énigme, j'en vins à m'en persuader, n'était pas loin. Peut-être l'avais-je même eue sous les yeux ! Peut-être était-elle dans cette pièce même où je m'exaltais en vain depuis des heures. Pris d'une inspiration soudaine, je me mis à déplacer mes propres affaires, objet après objet… Tout y passa. Les livres rangés sur l'étagère au-dessus de mon lit, ma vieille lunette de marine inutilement braquée sur les jardins, mes vêtements civils et militaires. Ma main fiévreuse finit par se refermer sur la crosse de mon revolver… Je l'extirpai de sa gaine, vidai mécaniquement le barillet de ses cartouches qui rebondirent et tintèrent sur le bois de la table, me faisant soudain plus sérieusement penser à la désastreuse série de coïncidences qui avaient fait qu'aucun des fusils mitrailleurs de l'équipe Norrington n'avait fonctionné correctement lors de l'opération menée contre Keller au Harnett. Comme sur les parois incandescentes d'une lanterne magique, je revis les images de Wart se roulant sur le sol, le visage grêlé par l'explosion de la culasse de son arme, de Delawney tirant droit devant lui à hauteur d'homme dans la salle de bal mais ne parvenant qu'à mitrailler le lustre de cristal, dix pieds au-dessus de lui, d'Armstrong actionnant désespérément le levier d'armement de sa Sten avant que Keller ne lui brisât la nuque en le précipitant dans les escaliers, de mon propre revolver enfin, percutant à vide alors que l'Autrichienne ne se tenait qu'à deux pas de moi, sa dague cherchant le chemin de ma chair… Avais-je vraiment repensé à toutes ces coïncidences ? Avais-je seulement pris le temps de bien y réfléchir ? Avait-on saboté ces armes ? Avait-on sciemment envoyé une section appréhender un agent surentraîné avec des munitions de théâtre et des Sten gauchies ? Si tel était le cas, cela ne pouvait que confirmer les dires de Netaji sur l'existence d'un complot au sein même de l'armée britannique. Il fallait donc que je retrouve et vérifie moi-même les armes utilisées l'autre soir au Harnett. A commencer par mon propre revolver ! Je replaçai les balles dans mon Webley et filai droit à l'armurerie principale, une longue bâtisse construite de plain-pied. Derrière une grille percée d'un guichet, un sergent-chef effectuait sa vacation.

— Cette arme ne tire pas droit, chef. Et puis il me faut d'autres cartouches. Celles du lot que l'on m'a attribué font long feu, prétendis-je.

Le type me lança un drôle de regard.

— Les lots de cartouches sont toujours contrôlés avant d'être distribués, mon lieutenant. Plus une ne fait long feu depuis longtemps.... Montrez-moi ça !

Le sergent ouvrit la porte de son réduit et m'invita à passer derrière le comptoir pour l'accompagner dans le couloir de tir que les armuriers utilisaient pour vérifier les armes. C'était une chambre étroite, bétonnée sur trente yards, au bout de laquelle pendaient des cibles en carton que ramenait vers les tireurs un système de câbles, de poulies et un treuil à manivelle.

— Videz votre arme sur cette cible en visant bien le centre… Il faut que je juge l'importance du chassé.

Bras tendu vers la cible, j'ouvris le feu, m'attendant à n'entendre qu'un misérable cliquetis. Mais cette fois le coup de feu partit bel et bien, provoquant un trou rond et net à deux ou trois pouces seulement du cœur de la cible. J'étais stupéfait !

— Vous voyez bien, mon lieutenant. Toutes les cartouches que nous distribuons sont bonnes ! Et cette arme est apparemment bien réglée. Laissez-moi regarder ça de plus près…

Le type prit le Webley et tira en salve les cartouches restantes, ne laissant qu'un vide parfait au milieu du carton. D'un air satisfait, il bascula le barillet et fit tomber les douilles dans sa paume calleuse.

— Elles viennent toutes de chez nous, mon lieutenant. Pas de doute. De bonnes cartouches anglaises qui vous percent un cochon de part en part à cent pas. Sinon, arme très mal nettoyée mais parfaitement réglée, mon lieutenant, reprit l'armurier. Je ne toucherais surtout pas à la hausse, si j'étais vous. En revanche, je ne lésinerais pas sur l'huile de coude pour éliminer les petits points de rouille sur le canon et la platine… Voulez-vous que je procède à un nettoyage complet ?

Je dus rapidement botter en touche pour que le chef consente à oublier le décrassage de mon arme.

— Dans la journée d'avant-hier, on a dû vous apporter des armes utilisées par un groupe de policiers militaires en ville… Ça vous dit quelque chose ?

Le type se gratta la tête. Il alla consulter un adjudant qui se déplaça pour me parler.

— Vous vous intéressez aux Sten des Red Caps qui se sont fait allumer au Harnett, mon lieutenant ?

— Oui. Les avez-vous examinées ?

— Elles nous ont été apportées, bien sûr… Mais elles nous ont été reprises aussitôt. Nous n'avons pas eu le temps d'y jeter un coup d'œil.

— Reprises ? Reprises par qui ?

— Des hommes de la police militaire. Ordre de leur colonel. Navré, mais c'est tout ce que je sais !

*

Du second étage des Grands Appartements, Zacharias Gibbet commandait les deux compagnies de police qui assuraient quotidiennement l'ordre dans l'enceinte des quartiers militaires. Les missions que l'on confiait à ces hommes n'étaient d'ordinaire pas nombreuses : séparer les pugilistes du samedi soir, régler les problèmes de larcins dans les chambrées et autres événements mineurs du même acabit. Il était rare, sinon exceptionnel, que l'on sollicitât ces gens dans des opérations conjointes avec d'autres unités. Le MI 6, en particulier, n'entretenait pratiquement aucun rapport régulier avec eux. La décision d'Hardens de faire appel au capitaine de MP Norrington pour arrêter Ostara Keller n'avait aucun précédent. Je ne sais si c'est cette anomalie de procédure qui décida le colonel Gibbet à me recevoir dès que, sortant de l'armurerie où l'on m'avait assuré que mon Webley n'avait pas été trafiqué, je sollicitai un entretien avec lui. C'était un personnage curieux, d'un abord assez froid, hautain et désagréable, mais qui se révélait vite serviable et même, la conversation avançant, franchement jovial. L'équerre et le compas étaient gravés au fer chaud sur le cuir du sous-main sur lequel il s'appuyait pour écrire.

— *Semper occultus*, me dit-il en remarquant que mes yeux s'attardaient sur ce signe. *Semper occultus* : toujours caché ! C'est bien la devise que s'est choisie votre Firme, n'est-ce pas ? Alors, d'après vous ?

— D'après moi, quoi, mon colonel ? fis-je, interloqué.

— Eh bien ! D'après vous ? En suis-je ou n'en suis-je pas ?

Je ne bredouillai qu'un vague grommellement en guise de réponse.

— Oui, eh bien, vous ne savez pas et c'est tant mieux ! ricana-t-il. *Semper occultus* ! Je m'arrange pour noyer le poisson ! Bon ! De toute façon, la question n'a pas d'importance. Il est étrange que vous soyez venu ici de votre propre initiative, lieutenant. J'ai moi-même cherché à vous voir après cette histoire en ville l'autre soir. Mais votre colonel y a mis son veto. J'espère qu'il ne sait pas que vous êtes ici ?

Je me contentai d'un signe de tête négatif. Gibbet n'en sembla pas surpris.

— Cela vaut mieux… Alors ? Racontez-moi un peu votre version de cette descente de police infernale au Harnett l'autre soir…

Je fis un compte rendu aussi précis que possible de la scène telle que je l'avais vécue avant de poser la question qui me brûlait les lèvres :

— Toutes les armes utilisées ce soir-là ont présenté des défauts de fonctionnement. La mienne y compris. Les armuriers ont rédigé un rapport sur les Sten. J'aimerais connaître les conclusions auxquelles ils sont parvenus.

Zacharias Gibbet gonfla d'air ses joues et les garda ainsi un long moment, comme celles d'un hamster. Aussi comique fût-elle, la mimique trahissait un réel embarras.

— Le rapport de l'armurerie… Oui… Eh bien… Je peux vous en donner une copie si vraiment vous y tenez. Mais sachez-le tout de suite, vous n'y apprendrez pas grand-chose. En résumé, les armes utilisées par l'équipe de ce grand bœuf de Norrington étaient saines. Pas l'ombre d'un doute là-dessus.

Saines. Exactement comme mon Webley ! Ce qui signifiait qu'Hardens avait peut-être commis une imprudence en envoyant une équipe de gros bras arrêter une vipère comme Keller, mais qu'il l'avait fait en leur assurant au moins les moyens d'une bonne défense. En conséquence de quoi, l'assertion de Netaji selon laquelle l'arrestation de l'Autrichienne était une simple mise en scène destinée à brouiller les cartes ne tenait pas !

— Même chose pour les munitions, je suppose ?

— Même chose. Toutes les cartouches des chargeurs ont été examinées avec le plus grand soin et percutées l'une après l'autre. Aucune ne présentait de défaut. Techniquement, personne ne s'explique ce qui s'est passé au Harnett. Il va bien falloir se résoudre à ranger ça dans la catégorie du mystère… Même si ça ne me plaît pas.

Ce que m'apprenait Gibbet changeait considérablement la donne. Quelques heures durant, je n'avais pas été loin d'admettre la théorie du complot prônée par Netaji, mais maintenant il n'était plus question de s'en laisser conter puisque le fait d'avoir trouvé des armes en bon état de marche innocentait Hardens. A tout hasard, je lançai néanmoins à Gibbet le nom de Donovan Phibes sans que cela provoquât de réaction.

— Phibes ? Donovan Phibes ? Ça ne me dit rien. Allez voir aux archives. Vous trouverez peut-être quelque chose…

L'idée n'était pas mauvaise mais les recherches chez le documentaliste Blair demeurèrent stériles. Aucune fiche, aucun rapport n'avaient jamais été consignés sur ce personnage. Pour le MI 6, Donovan Phibes n'avait pas plus de consistance qu'un fantôme.

— Je vais tout de même continuer à fouiller un peu, dit Blair après que nous eûmes passé une bonne partie de l'après-midi à ouvrir des dossiers poussiéreux.

— N'attrapez tout de même pas une maladie des bronches à respirer toute cette cellulose en décomposition.

— Cela ne ferait qu'ajouter à mon charme ! Les toussotements de tuberculeux sont du *dernier chic* chez les archivistes, rit Blair. Cela nous donne un petit air *Dame aux camélias* des plus attendrissants. Ah ! Dumas fils !

Quel talent pour faire pleurer les foules, vous ne trouvez pas ?

— Je ne sais pas, répondis-je. Je ne lis jamais d'auteurs français…

Lorsque je quittai Blair, j'étais définitivement convaincu de l'inexistence de Phibes, ce prétendu conspirateur qui, à en croire Bose, tirait dans l'ombre les ficelles d'une gigantesque manipulation. Certes, beaucoup de questions restaient sans réponse. Même si des contradictions, des paradoxes demeuraient, je préférais encore me raccrocher à la plus simple des solutions : celle qui faisait qu'Ostara s'était rendue à Calcutta dans le but d'abattre Simpson. Non pour la protéger. Toutes les hypothèses sérieuses allaient en ce sens. Que Küneck ait été enlevé et abattu par les indépendantistes hindous ne contredisait finalement pas cette théorie. Peut-être l'avait-on sacrifié pour me manipuler, me faire douter de mes chefs. Peut-être l'avait-on tué pour des raisons d'obscure rivalité entre sanghatanistes et SD. Quoi qu'il en soit, là ne résidait pas le cœur de l'énigme. Quant à moi, la meilleure conduite à adopter était celle du petit soldat de plomb. Je n'avais pas à m'interroger sur la nature de mon devoir : ma qualité et mes obligations ne différaient en rien de celles de n'importe quel officier de Sa Majesté. Je n'avais donc pas à jouer double jeu avec mes supérieurs. Saines et droites pensées, en conséquence desquelles j'obtins de rencontrer le colonel Hardens toutes affaires cessantes.

Son humeur n'était pas des plus favorables. Je le sentis tout de suite en entrant dans son bureau. Il y avait comme une moiteur dans cette pièce aux fenêtres pourtant grandes ouvertes, une désagréable aigreur dans l'air ambiant qui faisait penser au confinement d'un terrier d'animal inquiet. Malgré le parti de l'absolue franchise que je venais de prendre, je compris que j'aurais du mal à tout avouer à Hardens. Quelque chose me retenait. Ce n'était pas de la méfiance vis-à-vis de cet homme d'apparence bonasse, car je le croyais incapable de duplicité. Ou plutôt c'était une méfiance qui se dérobait à toute analyse, ni construite ni intellectualisée. Pour cacher le véritable motif de ma venue, je prétextai donc de futiles questions de service quant à ma prochaine mission d'accompagnateur de Wallis Simpson.

— Oui, Tewp, je vous ai promis une ordonnance. Vous pouvez choisir qui vous voulez, ce n'est pas un problème. Je viens aussi de vous faire libérer un petit bureau dans ce bâtiment. De cette manière, vous n'aurez plus à croiser Gillespie dans les couloirs du Tonneau de Nelson. Est-ce là tout ce que vous vouliez savoir ?

— Non, mon colonel. Que faisons-nous pour Ostara Keller ?

— Ce n'est plus votre problème direct. Ce n'est plus le mien non plus, d'ailleurs. Delhi a pris les choses en main. Ils ne me tiennent même plus informé. Alors, oubliez cette *Kraut*. Quelqu'un de chez nous finira par lui mettre la main dessus un jour, n'en doutez pas.

Le ton était sec, définitif. Hardens se lança dans une longue tirade assez virulente, me faisant bien comprendre que le problème de cette fille n'était plus le mien et que je devais maintenant me concentrer sur mes nouvelles fonctions, et rien d'autre. Lady Simpson avait une épouvantable réputation de capricieuse et de coquette. Il fallait que je m'attende à ce qu'elle me brise les nerfs pour des broutilles. Plutôt que de me tourner les sangs à vouloir retrouver l'Autrichienne, je devais plutôt me préparer à supporter cette infecte créature d'Américaine…

— C'est un dragon, Tewp ! Vous avez beau cultiver des airs de preux chevalier, je vous conseille de ne jamais l'oublier ! Compris ?

J'avais compris. Comme je portais le tranchant de ma main à mon front pour saluer et prendre congé, je suspendis mon geste pour lâcher encore deux mots.

— Donovan Phibes…, dis-je d'une voix tremblante alors qu'Hardens se concentrait déjà sur la paperasse éparpillée sur son bureau.

Le colonel me fusilla du regard.

— Qu'avez-vous dit, Tewp ?

— Quelqu'un a prononcé ce nom devant moi récemment et n'en a pas fait l'éloge. Savez-vous qui est ce Donovan Phibes, mon colonel ?

Hardens émit un grommellement informe, haussa les épaules et replongea en silence dans ses papiers comme si de rien n'était. Je crus comprendre que la conversation était terminée. Je saluai et tournai les talons. Alors que je posais la main sur la poignée de la porte, Hardens me demanda :

— Qui vous a donné ce nom, Tewp ?

— Un informateur. Un indigène de la rue…, mentis-je.

— Un indigène de la rue ? Tiens donc ! Alors les rumeurs étaient fondées, Tewp ?

— Quelles rumeurs, mon colonel ?

— Vous vous êtes mis à fréquenter des Hindous ?

— Je pense que ces gens auraient beaucoup à nous apprendre. Peut-être les méprisons-nous trop…

— Vous pensez mal, Tewp. Aux colonies, il y a deux sortes de Britanniques : les sensibles et les pragmatiques. Les premiers s'émerveillent des couleurs de la flore exotique, des paysages et du pittoresque des mœurs indigènes. Au bout de quelque temps, ils oublient de passer une jaquette pour dîner, troquent leur costume cintré contre un sarong et se mettent à apprendre la langue du cru. Au bout de quelques mois, ils peuvent avoir rompu les amarres qui les retenaient à l'Angleterre. Ils n'en seront jamais intégrés pour autant et les locaux, bien au contraire, les mépriseront pour avoir oublié ainsi leurs vraies racines. Les autres, les pragmatiques, peuvent paraître rigides – bornés même – aux esprits délicats. Ils s'attachent à des symboles et des comportements en apparence futiles, par exemple se sangler sous les tropiques comme s'ils étaient encore dans leur club de Londres, et refusent d'adresser la parole à des indigènes dans la rue – tout comme ils refuseraient de parler à des ouvriers ou des lingères dans leur propre pays. Ces gens-là n'abdiquent pas leur personnalité. Ni leurs origines. Ni leur éducation. Les colonisés les haïssent, peut-être, mais au moins ils les craignent. Donc ils les respectent. Ce sont ces gens qui ont fait l'Empire, Tewp. Eux et personne d'autre. Méditez ça plutôt que de vous compromettre avec des locaux qui vous raconteront n'importe quoi pour vous mener en bateau. Donovan Phibes n'existe pas, lieutenant. J'ignore ce qu'on a voulu vous faire croire exactement, mais ce n'est qu'un canular d'indigène pour vous soutirer de l'argent ou quelque passe-droit. Tenez-vous-le pour dit !

Sur ce, je quittai le bureau d'Hardens, portant sous le bras un dossier confidentiel complet décrivant à l'usage des services concernés les déplacements du roi et de sa méphitique maîtresse. Dans le nouveau bureau qui m'avait été alloué, j'étudiai le plus sérieusement du monde ces documents, m'appliquant à prendre des notes, composer des fiches, apprendre par cœur le planning. Le roi devait atterrir le mercredi 14 octobre à l'aéroport de Delhi, puis voyager dans tout le pays pendant une semaine complète, accumulant réceptions, visites, inaugurations, conférences en tous genres. Au terme de ces sept journées, il était prévu que s'achève son parcours officiel. Il n'était indiqué nulle part qu'il devait ensuite rejoindre sa maîtresse à Calcutta pour un séjour privé. Netaji, encore une fois, m'avait menti. Pour ma part, je devais attendre cette femme à l'aérodrome militaire puis me mettre à sa disposition durant toute sa visite. Son adresse de résidence au Bengale n'était pas précisée. L'information tomberait en dernière minute. Question de prudence. Dans une note qui avait été rédigée à ma seule intention, il était dûment spécifié que les questions de sécurité ne relevaient pas de mon domaine de compétences. Ordonnance locale de Mme Simpson, je devais loger sous le même toit qu'elle, m'assurer de son bien-être et l'accompagner sans discuter partout où elle désirerait se rendre. Une importante somme d'argent en liquide, ponctionnée sur la cassette royale, me serait confiée. Elle devait être consacrée aux dépenses courantes de cette femme, à ses caprices. Pour me seconder, j'étais autorisé à prendre deux suppléants, sous-officiers ou hommes du rang, à ma convenance, afin qu'ils facilitent mes propres tâches domestiques et me libèrent de tous les autres soucis que ceux découlant de ma mission… A qui pouvais-je donc confier cette fonction ? Je ne connaissais presque personne, et mes mésaventures avec Edmonds et Gillespie ne m'avaient pas rendu plus populaire parmi les gradés que chez les troupiers brits. Deux noms me vinrent à l'esprit : le brun caporal Swamy et le blond aspirant Shaw. Je les fis chercher tous deux mais si l'Hindou accepta mon offre avec enthousiasme, l'Anglais se montra plus que tiède.

— Mon lieutenant…, commença-t-il, visiblement gêné. Si c'est un ordre, je serai bien obligé de m'y plier, évidemment. Mais si ce n'est qu'une demande informelle, permettez-moi de la décliner.

— Ce n'est pas un ordre, Shaw. Je ne vous force en rien. J'avais seulement pensé que cela pourrait vous amuser et vous changer de la routine, c'est aussi bête que cela.

Mais rien n'y fit. Shaw ne voulait pas qu'on le vît trop avec moi. Je compensai cette défection par l'adhésion exaltée du caporal Swamy.

— Il y aura une gratification sur votre solde, caporal. Et une mention sur votre livret militaire.

— Merci, mon lieutenant !

J'en avais à peine fini avec ce recrutement qu'un planton m'apporta un bon et un billet m'enjoignant de me rendre de toute urgence chez le tailleur des officiers. A la dernière minute, Hardens avait pensé que deux uniformes neufs et bien coupés ne seraient pas superflus pour que je fasse bonne figure aux côtés de la si distinguée Mme Simpson.

Dans des locaux tout en longueur, à l'intérieur desquels des monceaux de tissus pliés, roulés, chiffonnés s'amoncelaient du sol au plafond, le maître couturier tyrannisait une escouade de petites mains locales agrippées à leurs machines à coudre comme si elles y avaient été enchaînées de toute éternité. Partout, ce n'étaient que ronron de navettes, grincements de pédaliers, tac-tac des aiguilles mécaniques qui perçaient la fibre, raclements des ciseaux sur les patrons en papier, éructations des repasseurs qui peinaient, à demi nus, incommodés par la vapeur et la chaleur… Dans un coin de cette usine, son bureau monté sur une estrade haute de cinq marches, un Anglais longiligne et osseux surveillait et chronométrait les activités. Il tenait en main un sifflet de chef de gare et regardait constamment sa montre de gousset avec autant d'anxiété que le lapin blanc d'Alice. On me le désigna comme le responsable de l'endroit. Je m'approchai, et lui tendis mon billet. Il le lut sans un mot, me décocha un regard furieux mais résigné, plongea un instant le nez sur son planning puis, d'un geste trahissant un énervement de première classe, il saisit une gomme dans un tiroir, effaça deux noms dans des cases et siffla cinq fois de toutes ses forces. La stridulation était si pénible que je me bouchai les oreilles pour m'en protéger. Aussitôt, deux Hindous ayant pour tout vêtement un short de toile et un turban blanc abandonnèrent les machines sur lesquelles ils étaient penchés pour accourir à ses ordres.

— Cet homme-là, dit-il aux tâcherons en me désignant de son index long comme une anguille, vêtu, habillé, costume d'honneur. Deux fois. Avec chaussures et accessoires. Prévenez cordonnier. Qualité : gravure de mode ! Temps accordé : quatre-vingt-dix minutes ! Vous, l'officier, suivez ces hommes et laissez-vous faire ! Revenez me voir quand ils auront fini ! Allez !

Le ton ne souffrait aucune réplique. Je descendis les marches et emboîtai le pas aux deux types qui avaient déjà sorti de leur poche qui un mètre ruban, qui un carnet et un crayon. Tandis que nous marchions, l'un prenait mes mensurations, voletant autour de moi tel un papillon, et l'autre prenait des notes. Ils me poussèrent dans une cabine tendue de toile, me dévêtirent presque complètement, m'enroulèrent des étoffes autour des jambes, des bras, du torse, les serrèrent un instant si fort que je crus devenir momie, puis partirent en riant coudre l'ensemble tandis qu'un nouvel ouvrier me faisait enfiler une paire de bottines neuves mais souples.

En moins de temps que l'homme au sifflet ne leur en avait accordé, je fus vêtu de pied en cap, doté de deux uniformes de parade flambant neufs, qui me convenaient à merveille. Jamais de ma vie je n'avais eu si fière allure. Ravi, je retournai voir le chef d'atelier.

— Montrez-moi ça, vous ! me dit le squelette en m'inspectant comme si j'avais été un mannequin de cire dans la vitrine d'Harrod's.

— Ça gode, bon Dieu ! Ça gode ici. Ça gode là. Et là, ça gode encore plus ! Travail de jean-foutre ! Mais il faudra vous en contenter, mon vieux ! Quatre cent cinquante uniformes à retailler d'ici la semaine prochaine pour le bataillon des Midlands ! Plus de temps à vous consacrer ! Allez, sortez d'ici, je ne peux plus rien faire pour vous !

Fâché de ce que ma nouvelle tenue, que je trouvais seyante, fût si mal jugée par un professionnel, je quittai le hangar des couturiers d'un pas qui manquait d'assurance. Il me faudrait m'habituer à porter ces vêtements élégants de la manière la plus naturelle qui fût. Devant Mme Simpson, c'était le jeu, je devrais paraître autant que faire se peut homme du monde. Mais de quel monde, exactement ? A dire vrai, je n'en avais pas la moindre idée. Je ne savais plus qui j'étais depuis mon arrivée aux Indes. Il me semblait m'être glissé en peu de temps dans la peau de trop de personnages : celle d'abord d'un officier novice comme soudainement tombé du douillet nid anglais sur le sol dur des colonies ; ensuite celle d'un apprenti espion à la poursuite de dangereux agents d'une puissance adverse ; celle encore de la pauvre victime d'une étrange maladie que seul un meurtrier avait su guérir… Il y avait enfin le David Tewp rebelle, renié par ses pairs autant qu'il était aimé par les indigènes et, pour terminer, le Tewp un peu dandy, voué à endosser la panoplie du chevalier servant aux ordres d'une parvenue, une intrigante dont tous disaient qu'elle était la plus détestable des créatures ! Me plaignis-je de mon sort ? Oui ! Un peu. Comme j'ai l'extrême faiblesse de parfois me laisser aller à le faire. Mais cela ne dura pas longtemps car je trouvai une consolation dans la pensée qu'au moins, dans ce pays, j'avais une chance de finir par rencontrer le vrai David Tewp, celui après lequel je courais depuis l'enfance et que, d'évidence, je n'avais encore jamais pu attraper. Oui, j'en avais la conviction : quelque part dans cette lointaine province du Bengale, attendait encore mon ombre, attendait encore mon âme…

L'arrivée de la scandaleuse

L'aube suivante nous surprit déjà au travail, Swamy et moi, dans mon nouveau bureau des Grands Appartements. En dix minutes, nous dégageâmes un endroit pour que le caporal s'installât à son aise, puis nous passâmes la matinée à relire ensemble le détail du programme qui nous avait été livré. Simpson n'était bien évidemment tenue à aucune obligation officielle. Sa présence aux Indes relevait du plus pur déplacement privé et ne devait être mentionnée ni à la presse ni à qui que ce fût d'étranger au service. Swamy et moi étions tenus par le devoir de réserve et nous avions conscience que faillir à celui-ci nous coûterait ni plus ni moins nos carrières.

— Où va loger cette femme ? Il n'en est fait mention nulle part.

— Question de sécurité, précisai-je. Nous devrions le savoir aujourd'hui. C'est Londres qui détient encore cette information.

— Ce sera sûrement le grand hôtel Ascot, hasarda Swamy. C'est le meilleur de la ville.

— Mieux que le Harnett ? demandai-je en me rappelant le luxe de l'hôtel où avait un temps résidé Keller.

— Incomparable, mon lieutenant. L'Ascot est un endroit de première classe pour…

— … personnes de première classe ?

— Sans aucun doute, monsieur mon officier, répondit Swamy en souriant de toutes ses dents.

Puis, désœuvrés, et à défaut d'une meilleure occupation, nous décidâmes de chercher des photographies de Mme Simpson pour nous faire une idée du personnage.

— Où pourrions-nous trouver un portrait de cette lady, Swamy ? demandai-je.

— Certainement pas dans le *Pickaxe*, mon lieutenant ! dit-il pour plaisanter en faisant allusion à la gazette du corps du Génie.

Où donc, dans une caserne, aussi grande fût-elle, pourrions-nous trouver des journaux susceptibles de présenter Mme Simpson à leurs lecteurs ?

— Peut-être dans une des salles d'attente de l'hôpital, risqua le caporal, ravi de son illumination.

Nous nous rendîmes de concert jusqu'au bâtiment sanitaire et nous y furetâmes jusqu'à ce que nous trouvions une pile d'illustrés que nous remontâmes tranquillement éplucher dans notre bureau. Il y avait des *Esquire*, des *Harper's Bazaar* et aussi cette toute nouvelle revue, *Life*, dans laquelle je trouvai la première photographie de Wallis Simpson. C'était un cliché suffisamment grand et net pour que l'on pût se faire une idée précise du visage et de l'allure générale de cette femme brune au curieux physique aigu, aux épaules maigres, aux hanches droites de garçon.

— Pas l'air commode, commenta sobrement Swamy.

Pas l'air commode, en effet, cette femme toute de dureté et de froideur apparentes. Assez laide aussi, pour autant que l'on pût en juger. Je me demandai ce que notre roi Edouard pouvait lui trouver. Je soupirai, pressentant que j'aurais du fil à retordre au cours des journées qui s'annonçaient. Je lus ce soir-là quelques bonnes pages de Joseph Conrad où je trouvai à la fois distraction et énergie, puis, une heure après minuit, j'éteignis les feux et m'endormis, mes deux uniformes neufs soigneusement brossés et suspendus à de grands cintres.

La matinée du lendemain passa sans que je m'en aperçoive. Hardens me parla encore, m'abreuvant d'ordres autant que de conseils, avant de me confirmer l'heure d'arrivée de la maîtresse du roi à l'aérodrome, entre 5 et 6 heures du soir. Je passai donc le reste de la journée dans cette attente fébrile. Je me sentais nerveux comme un comédien au jour de sa première. Allais-je jouer correctement mon rôle ? Allais-je donner convenablement la réplique ? Je n'en savais rien et me sentais de plus en plus angoissé à l'idée de devoir fréquenter des gens issus d'un monde si étranger au mien.

— Voulez-vous que je vous montre comment conduire « Daisy », mon lieutenant ? Cela nous éviterait à tous deux de tourner en rond ! me proposa Swamy, que l'inactivité rendait morose comme un chien dans une cage. Peu tenté au début par la suggestion, je me laissai tout de même persuader. Mes débuts de conducteur ne furent pas glorieux mais, fort heureusement, la leçon se déroula loin des baraquements, dans la partie la plus isolée – la plus défoncée aussi – du terrain d'entraînement. Swamy me montra les commandes principales de « Daisy » : les freins, l'accélérateur, l'embrayage, l'indicateur de vitesse, la jauge d'essence, puis il mit en marche et roula à l'allure minimale sur dix yards avant de me passer le volant.

Il s'avéra vite que je n'avais pas la conduite dans le sang. Je me trompais régulièrement de pédale, accélérant quand je voulais ralentir et m'arrêtant alors que mon intention était de remettre les gaz... Je fonçais avec une constance étonnante droit dans les nids-de-poule du terrain. Tout bringuebalait dans la cabine, les tôles des portières, les sièges, et nous-mêmes, abominablement secoués par ma conduite erratique, faite d'arrêts brusques, de redémarrages laborieux, de temps morts puis d'emballements soudains... Au bout d'une bonne heure de ce pénible exercice, j'avais mal aux bras à force de tenir le volant et mal aux fesses à force de les serrer. Swamy se tenait le front car un de mes coups de frein l'avait assez lourdement propulsé contre le pare-brise. Surtout, j'étais découragé et convaincu de n'être jamais capable d'aucun progrès dans cet art. Mes maladresses finirent par avoir raison de la bonne volonté du caporal, qui descendit du véhicule en me regardant d'un air navré.

Enfin arriva l'heure fatidique où je dus abandonner ma nouvelle ordonnance pour me rendre, seulement en compagnie du colonel Hardens, à l'aérodrome militaire où, escorté de deux chasseurs Hurricane, un Lancaster de transport civil devait nous amener lady Simpson. Il était cinq heures et quart. Le temps était venteux et de hauts nuages gris annonçaient peut-être un orage pour la nuit. Hardens était tendu et ne cessait d'ouvrir et de fermer ses grandes mains. Je le voyais dans le rétroviseur. Il avait pris place, seul, sur la banquette arrière de la limousine, tandis que j'étais monté à l'avant, à la gauche du chauffeur.

— Vous ne m'avez toujours pas dit à quel hôtel descend notre hôte, mon colonel, remarquai-je alors que nous longions la route menant au terrain d'aviation.

Il y eut un silence gêné qui ne me dit rien de bon. J'insistai.

— Mon colonel ? Où lady Simpson va-t-elle résider ?

J'entendis un raclement de gorge, puis un autre avant que la voix de mon supérieur ne se décidât enfin à franchir ses lèvres.

— Je ne l'ai moi-même appris que tard dans la matinée, Tewp. Mme Simpson va prendre ses quartiers chez de vieux amis à elle. Des gens… des gens qui comptent parmi ses proches. Et qui ont été introduits depuis longtemps dans l'entourage de notre souverain Edouard VIII. Des gens respectables en tous points, ne vous inquiétez pas…

— Sir et lady… ? commençai-je en laissant à Hardens le soin de terminer la phrase.

— Sir et lady… Galjero… Shapûr Street ! lâcha-t-il finalement, tout bouffi d'énervement et de contrariété. Il fallait bien que vous l'appreniez à un moment ou à un autre, nom de Dieu !

Mon cœur se serra dans ma poitrine. Je me retournai pour avoir une conversation face à face avec Hardens. Curieusement, je n'étais pas surpris de cette révélation. C'était au contraire comme si je n'avais attendu qu'elle depuis l'instant où j'avais appris la venue de Simpson aux Indes et son installation pour quelques jours à Calcutta. Tout cela était… eh bien… dans l'ordre des choses. Cela faisait partie d'un enchaînement logique de catastrophes. Il me semblait que je tenais en main une bouteille que quelque fou remplissait un à un d'ingrédients détonants, sans que je puisse intervenir, jusqu'à l'inévitable explosion finale.

— Mon colonel… Comment pouvons-nous laisser Mme Simpson s'installer chez des gens dont nous savons pertinemment qu'ils ont reçu la visite de Keller ?

— Cela, vous ne l'avez pas vu de vos yeux, Tewp ! Vous le savez par les racontars d'un chauffeur de taxi.

Ce n'est pas une preuve. Et puis, toutes les précautions ont été prises. Une enquête serrée a été conduite sur ces Galjero. Par la Firme, bien sûr. Par Scotland Yard aussi. Et certainement par d'autres services encore… S'il y avait le moindre doute quant à leur honnêteté, soyez assuré qu'on aurait tout mis en œuvre pour que Simpson change d'avis. Mais voilà, on n'a rien trouvé. Les Galjero sont blancs comme neige. Rien à leur reprocher. Simpson les connaît depuis des années. Bien avant, même, d'avoir rencontré le roi. Comment voulez-vous lui interdire de les fréquenter ? Après tout, malgré le ramdam qu'elle nous fait faire, cette bourrique n'est qu'une personne privée. Et une étrangère par-dessus le marché ! Alors, même si elle avait envie de passer un dimanche chez Jack l'Eventreur, nous ne pourrions que la laisser faire.

— Mais enfin, protestai-je en crispant les doigts sur le siège, vous savez pertinemment que Keller a pour objectif de tuer Wallis Simpson. Si ces gens sont ses complices, ce sera pour elle un jeu d'enfant d'y parvenir…

— Pourquoi croyez-vous donc qu'on vous envoie comme berger, Tewp ? Pour porter les paquets de la mère Simpson ? Un peu de jugeote, mon vieux ! Et je vous préviens : si l'Américaine casse sa pipe à cause de vous, ce n'est pas à Gillespie que je vous donne en pâture, mais à tous les officiers anglais, depuis la passe de Khaïbar jusqu'à Bornéo !

Hardens enfonça ses poings dans ses poches et se rétracta dans son coin comme un bernard-l'ermite dans sa coquille. Le sujet était clos. Que je le veuille ou non, j'avais maintenant à prendre en main, quasiment sans aide, une situation ahurissante et diplomatiquement explosive. Le caractère revêche de la maîtresse du roi passait d'un coup au dernier rang de mes soucis. La voiture franchit les grilles protégeant la piste d'atterrissage et s'arrêta tout au bord. Hardens et moi en descendîmes en silence, chacun gardant pour soi ses angoisses et ses regrets. A quoi aurait-il servi de les partager ? Nous attendîmes quelques minutes, puis trois officiers de la Royal Air Force vinrent nous rejoindre et nous annoncèrent que l'avion était en train d'effectuer ses manœuvres d'approche. Nous tournâmes nos regards vers le nord, où un point se mit à grossir dans le ciel tandis que le vrombissement du double moteur à hélice couvrait peu à peu tout autre bruit. J'eus envie de partir. De quitter cet endroit où je ne me sentais pas à ma place et de disparaître dans un trou où personne, jamais, ne me trouverait… Mais cela ne se passa pas ainsi. Je restai là, stoïque, droit, les mains solennellement croisées dans le dos, aussi raide qu'une statue dans mon uniforme amidonné, à fixer le manchon à air dont le tissu bariolé claquait au vent. Le Lancaster toucha le tarmac, rebondit une fois dans un long saut souple qui fit perdre une bonne épaisseur de gomme à ses pneus, puis se posa tout à fait et roula jusqu'à nous. Le pilote ouvrit la vitre latérale du cockpit pour nous saluer de la main. Plus haut, planant juste au-dessous des premiers nuages, deux Hurricane tournoyaient en protection.

— Le théâtre commence, lieutenant. Jouez la comédie du laquais mais ne perdez rien de ce qui vous entoure, articula Hardens avant de franchir d'un pas mécanique la courte distance qui nous séparait du débarcadère qu'on plaçait sous la porte de l'appareil.

Le ciel était d'un très beau gris, doré par le soleil bas. Il faisait chaud. Un souffle d'air caressait nos visages. Mme Wallis Simpson, favorite de notre souverain Edouard VIII, possible future reine d'Angleterre et impératrice des Indes, apparut sur la plate-forme, radieuse, dans un tailleur cintré de soie bleue qui épousait sa silhouette déjà bien menue pourtant, la rendant aussi mince, souple et menaçante qu'une venimeuse liane de jungle... Il n'y eut pas de photographie. Il n'y eut pas de bouquets maladroitement remis par la main d'un jeune enfant. Non. Il n'y eut rien de tout cela. Presque aucun protocole. Juste une brève présentation de la part d'une ordonnance qui avait voyagé avec la protégée du roi et dont la mission, visiblement à son grand soulagement, s'arrêtait là. Il y eut quelques ébauches de sourire vite figées, une longue main gantée négligemment tendue pour le colonel, une amorce de regard vers moi, et ce fut tout. L'Américaine monta à l'arrière de notre véhicule sans plus de formalités et nous partîmes en trombe vers Shapûr Street, laissant derrière nous deux chambrières et une bordée de *privates* s'occuper de l'acheminement des malles de la maison Simpson. Assis au côté du conducteur, je tâchai de lancer des coups d'œil aussi discrets que possible à la passagère installée à l'arrière. Hardens n'étant pas homme à pouvoir longtemps supporter un silence, il crut poli d'interroger la dame sur le voyage qu'elle venait d'effectuer et autres billevesées du même acabit. D'aimables babillages commencèrent, auxquels je ne prêtai guère attention, pour mieux analyser la situation dans laquelle je venais d'être plongé. D'ici peu, notre voiture traverserait les allées du parc de la villa Galjero. Que pouvais-je faire pour empêcher cela ? Rien ! Rien ne me sauverait cette fois du danger qui pesait sur moi... En fuite, Keller s'était fondue dans le décor. Nul doute qu'elle était là, à rôder en attendant son heure. Et si, au contraire, tout ce que j'imaginais était vrai ?

La voiture avait quitté la campagne pour entrer dans

les faubourgs de la ville. Nous longeâmes une cimenterie, une scierie industrielle et, un peu plus loin, une mission jésuite et un dispensaire. Parvenus à un carrefour encombré de cyclistes, de charrettes tirées par des ânes, de piétons portefaix et de vaches maigres baguenaudant librement sans aucunement se soucier des encombrements qu'elles créaient, nous tournâmes vers le sud dans une longue avenue qui menait aux quartiers résidentiels européens. Si les battements de mon cœur et les emballements de mon esprit s'étaient calmés, les paumes de mes mains étaient encore moites. Je les essuyai sur mes cuisses et jetai un coup d'œil dans le rétroviseur. Hardens et Simpson avaient terminé leur conversation de convenance. Ils regardaient maintenant le paysage défiler par la vitre sans se préoccuper l'un de l'autre. Les aisselles d'Hardens s'auréolaient de larges taches de transpiration. Simpson, elle, semblait aussi fraîche qu'un bouton de rose. Le chauffeur ralentit et s'enfila enfin dans Shapûr Street. La nuit n'était pas encore tombée, mais la portion du vaste parc qui s'étendait devant le bâtiment se trouvait déjà tout illuminée de flambeaux, de torches et de feux brûlant dans de hautes vasques de verre. Le spectacle était superbe. Sous ces lumières irréelles, des paons, des ibis glissaient comme des esprits sur les pelouses, battant des ailes sous des tonnelles de fleurs épanouies, lançant leurs cris d'âmes en peine près de bassins et de fontaines aux eaux claires. La voiture s'arrêta devant la façade de la maison, une immense demeure très longue, très blanche, devancée d'une terrasse. Deux silhouettes attendaient, fines et droites, dans un coin d'ombre. Dalibor et Laüme Galjero. Mon cœur accéléra ses pulsations et j'eus la sensation d'entrer dans un nuage de coton. Je sentis que, d'une certaine manière, mon esprit quittait mon corps. J'étais à la fois très lucide, présent dans l'instant, et en même temps parfaitement détaché de la scène, comme si la partie essentielle de mon être s'était retirée en un lieu où rien ni personne ne pourrait jamais l'atteindre.

Je descendis le premier de la voiture et ouvrit la porte à Mme Simpson : un *butler* rompu aux finesses d'un long service ne l'aurait pas mieux fait. Puis, tandis que l'Américaine posait le pied par terre, je me reculai de trois pas pour laisser ses hôtes venir à elle. Tandis que ces gens descendaient la jetée de marches, j'osai enfin porter un regard direct sur eux. Les traits de leurs visages, je les connaissais déjà, de même que le tracé de leurs silhouettes. Rien, donc, ne me surprit vraiment dans leur physionomie. Mais ce qui me causa un choc, ce fut le magnétisme, le charisme qu'indéniablement ils dégageaient. A l'image des vedettes de cinéma ou des grands chanteurs d'opéra peut-être. Mais c'était pourtant encore bien plus que cela. Bien plus qu'une beauté formelle. Il y avait autre chose en eux, et je cherche pour le définir un mot qui serait à la fois simple et chargé de force. Un terme tout ensemble précis, coupant et net mais aussi ouvert et solennel. Il ne m'en vient pas d'autre que celui de *mystère*. Oui, ces gens recelaient un mystère… Ou mieux encore *incarnaient* le mystère… On avait le sentiment devant eux de se trouver face à de grands fauves. C'était à la fois exaltant et terriblement humiliant… Il y eut des échanges courtois entre eux et Mme Simpson, échanges qui trahissaient une longue amitié et une grande confiance aussi. Hardens fut introduit, puis vint mon tour. Une demi-minute, tous les regards se tournèrent vers moi, mais seul mon grade fut prononcé et on ne me serra pas la main. Je n'étais ici qu'une simple fonction. Pas une personne. Lady Galjero m'accorda la grâce d'un faible sourire, mais je crus voir briller dans ses yeux verts comme déjà la trace d'une moquerie. Le colonel et moi laissâmes ensuite le couple prendre soin de la nouvelle venue. Tous trois entrèrent dans la maison tandis qu'Hardens me donnait discrètement ses dernières recommandations.

— Deux piquets de surveillance sont en poste dès maintenant aux abords de la maison. Ils savent qui vous êtes. Si vous avez besoin de renfort, appelez-les. Hormis ça, pas de vague et pas de bavure. Rangez votre orgueil dans votre poche et mettez vos problèmes personnels au vestiaire. Je veux que ces quelques jours se déroulent sans incident. Maintenant, je vous quitte… Bonne chance !

Je saluai mon supérieur et regardai la voiture qui nous avait amenés disparaître au bout de l'allée. Un domestique hindou portant un chatoyant costume traditionnel qui déclinait la gamme des rouges les plus lumineux vint à moi.

— Je suis Jaywant, lieutenant. Le second intendant. Si vous voulez me suivre jusqu'à votre chambre, nous procéderons à votre installation.

Je lui emboîtai le pas dans le corps de la maison. Nous montâmes au second étage et Jaywant ouvrit une porte au fond d'un long couloir, dont le sol de marbre luisait comme un miroir.

— Nous avons pensé que cette chambre vous conviendrait, lieutenant. Elle se trouve au même étage que la suite de lady Simpson, mais une pièce inoccupée vous en sépare. Cela satisfait-il à vos exigences ?

Impressionné par le luxe que je découvrais, je ne répondis pas. Le serviteur prit mon silence pour du mécontentement.

— Si cet endroit vous semble trop inconfortable, peut-être pouvons-nous prendre d'autres dispositions, commença-t-il d'une voix sincèrement chagrine.

Bien sûr, je déclinai l'offre. La chambre était splendide. Vaste, calme, ornée d'énormes bouquets de fleurs fraîches, les murs tendus d'admirables soieries du Cachemire représentant des scènes mythologiques où des dieux archers combattaient des monstres noirs aux grimaces terrifiantes. Jaywant me montra la salle d'eau à double fenêtre puis fit glisser les portes d'une penderie où avaient été préparées diverses commodités à mon usage.

— Serviettes, savon à barbe, rasoir, fragrances… Si vous constatez le moindre manque, faites-m'en part immédiatement. J'ai été placé à votre service exclusif pour tout le temps de votre séjour parmi nous.

J'avoue que j'étais sous le charme de tant d'attentions. Même si l'on m'avait dédaigné durant les présentations, j'étais d'évidence une personne attendue. Moralement, cela me fit du bien. Je m'enquis auprès de Jaywant des habitudes domestiques de la maison : heures approximatives des repas, consignes particulières à respecter en présence des Galjero. Formulaient-ils des exigences notables ? Appréciaient-ils plutôt tel ou tel type de comportement, que sais-je encore ?

— Mme et M. Galjero sont des personnes très simples, monsieur l'officier, répondit Jaywant. De mœurs très douces et de compagnie agréable pour ceux qu'ils accueillent sous leur toit. Je ne crois pas que vous deviez modifier en rien votre comportement pour leur plaire.

— Y a-t-il d'autres invités que Mme Simpson actuellement ?

— Personne. Mme et M. Galjero sont trop heureux de profiter de la présence si rare de lady Simpson pour gâter ces instants avec d'autres résidents. (Il baissa les yeux avant d'enchaîner.) Le dîner sera servi dans une heure, monsieur. Vous serez installé dans la pièce jouxtant celle où Mme et M. Galjero recevront leur hôte. Votre repas sera le même que le leur… Je viendrai vous chercher. Bonne détente, monsieur l'officier.

Et il sortit, après m'avoir confié la clef de ma chambre. Je restai un moment à m'interroger sur l'attitude à tenir. En fait, les choses ne se présentaient pas si mal. Il semblait tacitement convenu entre tous que je ne serais ici qu'une fumée, une ombre de présence. En somme, un domestique portant un uniforme beige au lieu d'une veste de couleur vive. Je m'en accommodais très bien. Au mieux, on m'adresserait la parole une ou deux fois par jour pour me saluer et prendre congé, au pire on garderait le silence à ma vue et on me laisserait faire mon travail sans y prêter aucune attention. Je commençais à reprendre un peu confiance. Moi qui m'étais tellement tourné les sangs à la perspective de côtoyer au quotidien Simpson et les Galjero, j'entrevoyais la perspective d'une issue heureuse à cette mission. Mes muscles se relâchèrent d'un coup et je me laissai tomber sur le lit pour y fermer un instant les paupières.

« Attention, Tewp ! Ne t'endors pas ! Ne te laisse pas éblouir par tout ce luxe dont on t'entoure. C'est le regard brillant du serpent qui veut amollir sa proie ! »

Quoi ? Qui avait parlé ? Une présence inconnue ici, dans cette chambre ? Ou simplement une part de moi-même qui refusait de se laisser bercer par le calme des apparences ? Oui, c'était cela. Ma voix intérieure. Mon instinct ! Anxieux. Frémissant. Flairant partout le danger et le mensonge sous les flatteries et les convenances. Devinant partout les pièges et les poisons sous le marbre des murs, les ocres des fresques…

« David ! David, mon garçon ! N'oublie rien de Keller ! Rien de Keller et du SD, rien de Bose et de Darpân... Graisse ton arme plutôt que de frotter tes galons ! Muscle tes bras plutôt que de jouer comme un enfant ! »

Dégrisé soudain, je passai mon visage à l'eau froide. Quand Jaywant vint me chercher, j'étais parfaitement maître de moi et savais que je foulais en plein le territoire des serpents.

*

Aucun élément notable ne marqua cette première soirée. Comme le serviteur m'en avait averti, on me fit prendre place, seul, à une table dressée dans un boudoir attenant à la salle à manger où l'on servait Simpson et les Galjero. De leurs voix je n'entendais qu'une mélodie vague, sans plus de timbre que de vraies modulations. Il y avait bien, de temps à autre, des petits rires, mais je ne pouvais rien deviner des remarques qui les avaient provoqués. Sans être fermée, la porte qui séparait les deux pièces avait été trop tirée et puis, surtout, je ne prêtais pas attention à ce qui se disait. Pas plus que je ne me serais permis d'ouvrir une lettre qui ne m'était pas destinée, je ne me sentais autorisé à écouter aux portes. Le constat de ce scrupule m'amusa. « Le renseignement n'est pas une affaire d'hommes civilisés, Tewp. Définitivement *pas* une matière ragoûtante ! » m'avait averti le capitaine Gillespie à notre première rencontre. Et c'était vrai que j'avais grand mal à fouiller dans les vies des gens, à briser leur intimité, à m'intéresser à leurs petites histoires. Il fallait que la cause fût importante pour que je me résolve à cela. A cette condition, oui, peut-être pouvais-je alors trouver en moi suffisamment de ressources pour éliminer des obstacles que d'autres, à la fois moins scrupuleux et plus conventionnels, n'auraient pu abattre. Je pris en paume un lourd couvert en argent, un superbe couteau portant le poinçon des anciennes manufactures royales de France, et m'amusai à capter mon reflet dans sa lame. Mes yeux brillaient, mon cœur battait avec calme et force dans ma poitrine… Je me sentais confiant. Il y eut du bruit dans la pièce voisine et je vis l'ombre des domestiques qui passaient devant l'embrasure de ma porte en portant charges et plateaux. Simpson et les Galjero passaient au fumoir. Jaywant vint assurer la fin de mon propre service avant de me présenter un coffret de cigares et un verre de cognac de la part du maître des lieux. Quittant la table, je m'assis dans un fauteuil crapaud et patientai jusqu'à ce que chacun voulût bien regagner ses appartements. Lorsque je fus certain que Mme Simpson s'était éclipsée pour la nuit, je quittai enfin mon réduit, marchai un peu sur la terrasse pour profiter de la fraîcheur de la nuit et de la beauté des lieux, puis montai m'étendre enfin.

Les grands fauves

C'était la dernière vision que j'avais eue avant de glisser lamentablement à terre et de m'évanouir sur le sol de la ruelle courant derrière Shapûr Street : une tour étroite, fine et austère, au toit pentu de pagode et aux murs bizarrement boursouflés par je ne savais quelle anomalie dont je ne pouvais rien distinguer, car j'étais loin, bien trop loin pour observer l'édifice en détail. Mme Simpson et Laüme Galjero, marchant devant moi, se tenant par le bras, se parlant à l'oreille, pouffant comme deux collégiennes, arpentaient le parc. Dix bons yards derrière elles, je les suivais, les mains croisées dans le dos, le jarret tendu, jetant de-ci, de-là des coups d'œil aux roses, aux massifs, aux animaux d'agrément qui coloraient l'herbe de leurs teintes vives et mouvantes. Au détour d'une allée de fin gravier, mon regard était tombé sur cet épi de pierre noire, ce mausolée d'allure sinistre, luisant sous le soleil du grand matin. Il était loin, presque à un demi-mile peut-être, car le parc était immense. Et protégé par une lisière d'arbres serrés vers laquelle aucune sente, aucun chemin tracé ne paraissait devoir mener. Je restai une minute là, immobile, la main portée en visière, à observer la construction, mon esprit attiré vers elle, aimanté par un pressentiment. Puis j'entendis, tout proche, un beau rire de femme.

— Vous bayez aux corneilles, monsieur l'officier ? Venez plutôt nous rejoindre et nous dire enfin qui vous êtes !

Ma gorge se serra. Détournant les yeux des frondaisons, je vis, soudain paniqué, Laüme Galjero s'approcher de moi en me souriant doucement. Sa longue silhouette dansante était prise dans une robe de crêpe légère dont les plis la modelaient presque jusqu'à l'impudeur. A cet instant, ses yeux pour la première fois plongés dans les miens, je voulus plus que toute autre chose au monde oublier que j'avais un jour contemplé le cliché de son corps nu. Je sentis sa main fraîche, rosée, presque froide, se poser sur mon poignet et le serrer pour me contraindre de venir avec elle. Je frissonnai au contact de cette femme, comme j'avais frissonné sur l'île de pierre lorsque, sous la lune violette, j'avais retiré mes vêtements trempés d'eau glacée après que Darpân m'eut précipité dans les flots. Accrochée à mon bras, son épaule tout contre moi, elle me tira un peu pour me faire rejoindre lady Simpson que la scène amusait.

— Laüme, quelle idée ridicule ! dit-elle d'une voix extraordinairement rauque. Ne torture pas ce malheureux, tu vois bien que c'est une oie !

Je blêmis sous l'insulte. C'était la première fois que Simpson semblait porter le regard sur ma personne, et c'était pour proférer une remarque extraordinairement blessante. J'aurais voulu tuer cette femme sur place, la foudroyer et la briser comme un bois sec ! Laüme Galjero fit la moue.

— Est-ce vrai, monsieur l'officier ? Est-ce vrai que vous êtes une oie ? Nous nous posons la question depuis hier… Eh bien ? Répondez donc, ou je croirai que cette vilaine femme a raison !

— Je m'excuse, mesdames..., commençai-je.

Mais je n'eus pas le loisir de développer ma défense que déjà Simpson partait d'un rire moqueur.

— *Vous* vous excusez, officier ? Ne vous a-t-on donc pas appris qu'on ne s'accorde jamais le pardon à soi-même, mais que l'on prie les autres de bien vouloir vous accorder leurs excuses ? Marque d'estime et de respect que je ne vous délivre pas, d'ailleurs ! Eh bien, Laüme, tu vois ! Je l'ai senti tout de suite : c'est une oie. Une sale petite oie mal élevée... Tu perds ton temps avec lui, ma chère...

— Mais j'aime les gens mal élevés, Wallis ! répondit la femme Galjero en me serrant de plus en plus fort. Les brutes, les niais, les rustres sont souvent capables de vigueur et d'élans dont les raffinés ont oublié les voluptés... N'est-ce pas, lieutenant ?

Rouge de honte à l'allusion excessivement osée que venait de formuler Laüme Galjero, je ne répondis pas, baissai les yeux au sol et tentai, sans violence mais aussi sans faiblesse, de dégager mon bras de l'emprise de sa main. Elle ne voulut rien savoir et ne me lâcha pas. Bien malgré moi, je dus marcher à son côté, serré contre elle à la toucher, ma hanche contre sa hanche, ma cuisse contre sa cuisse. Et toujours les taquineries pleuvaient, insultantes, méchantes, perverses, de plus en plus équivoques. A tout cela, je choisis de ne rien répondre. Aux provocations, je ne répliquai pas. Aux sollicitations, je demeurai sourd. Aux attaques, j'opposai un silence hautain. En mon for intérieur, pourtant, je subissais chaque phrase, chaque mot qu'échangeaient les deux femmes, comme un coup d'épée. Ce jeu puéril me meurtrissait plus que ne l'avaient fait les poings de Gillespie ou les grandes mains d'Edmonds sur ma gorge, et j'enrageais de ne pas pouvoir leur répondre.

J'aurais voulu toutes deux les gifler, les battre, les cravacher comme de mauvaises juments et puis les laisser là, pantelantes et marbrées de coups, à pleurer dans leur parc de poupée. Mais de tout cela je ne pouvais que rêver car jamais je n'aurais osé lever la main sur une femme…

Nous marchâmes ainsi, entre gloussements étouffés et saillies odieuses, jusqu'à une portion de terrain taillée en labyrinthe. Plus hautes que taille humaine, des haies de bambous avaient été coupées en section de couloirs courbes qui s'enroulaient, se mêlaient, s'enchevêtraient autour d'un centre de fontaines et de bassins. Nous y allâmes droit, sans nous perdre. Là, enfin, Laüme Galjero lâcha mon bras. Les femmes s'assirent sur un rebord de pierre, près d'une vasque d'eau décorée de tritons, de naïades et de Neptune. Je voulus quitter la compagnie de cette divorcée insolente et de cette Slave à l'esprit tout embué de mauvais mots. Mais la voix de Simpson – une voix de maîtresse d'école sévère et sèche comme un fouet – me l'interdit.

— Je ne vous ai pas autorisé à partir, petit Tewp. Restez donc encore un peu. Il y a des choses que vous devez savoir !

Le ton était grave. Sans trace d'ironie, cette fois. Je m'étonnai. Enfin la conversation semblait redevenir sérieuse.

— Des choses que je dois savoir, madame ? Je vous écoute, dis-je, tentant de faire comme si les minutes qui avaient précédé n'avaient jamais existé.

Laüme sourit et baissa les yeux vers l'eau. Elle y trempa ses doigts déliés, aux ongles longs et forts, créant des courants et des vaguelettes par les battements lents qu'elle y faisait.

— Oui, reprit Simpson. Des choses que vous devez savoir si vous voulez bien me servir. Car ce sont les ordres que vous avez reçus, n'est-ce pas ? Me servir ?

— Pas comme un domestique, madame. Comme un soldat ! précisai-je en me redressant de toute ma stature et en bombant le torse aussi amplement que le permettait mon uniforme.

— Très bien. Comme un soldat ! Et comment un soldat sert-il donc une dame, à votre avis ?

Je soupirai, sentant bien que le jeu de la mouche et de l'araignée allait reprendre. Je restai silencieux.

— Un soldat sert une dame en lui accordant un baiser ! Embrassez-moi, lieutenant ! C'est ce que je veux !

— Madame ! lâchai-je, indigné et tout empourpré de colère.

— Peut-être ignore-t-il ce qu'embrasser veut dire et qu'il faut lui montrer ? suggéra Laüme Galjero tandis que, d'un geste suave, très étudié, elle sortait sa main de l'eau, enroulait ses doigts autour des premiers boutons de sa robe et les faisait sauter un à un, offrant ainsi à ma vue une chair claire, blanche, soyeuse et palpitante.

Sans savoir si j'éprouvais fascination ou répulsion, je vis alors les deux femmes se pencher l'une vers l'autre, très doucement, très affectueusement, comme pour échanger un long, très long, baiser d'amantes. Puis elles me fixèrent comme deux Gorgones aux yeux de fer. Je sentis leur double regard ficher en moi leurs pointes brûlantes et mon esprit s'embrasa d'un million de pensées affreuses, d'envies répugnantes. Ulcéré, je tournai les talons pour me réfugier, chancelant, derrière la première haie. Le sang me battait aux tempes et j'entendais, tout proche, leur rire éclatant à travers les feuillages. Il y eut des bruits d'étoffes froissées, des cris encore, puis deux grandes gerbes d'eau jaillirent dans un bruit d'éclaboussures au-dessus des massifs.

— Surtout ne regardez pas, lieutenant ! Nous sommes nues et nous prenons notre bain ! pépia Simpson.

— Ou bien regardez, au contraire ! Et venez frotter nos peaux de vos grosses mains calleuses de garçon d'écurie ! dit la Galjero d'une voix de sirène.

Il y eut des barbotements et des projections d'eau. Je voulus sortir du labyrinthe sans me retourner mais je me perdis dans les travées, revins sur mes pas sans m'en apercevoir et, à l'instant où je pensais avoir enfin découvert la sortie, je débouchai à nouveau sur l'ombilic du dédale. Sans que j'en voulus pourtant rien voir, mes yeux captèrent un instant l'image terrible, magnifique et écœurante des corps dévêtus des deux femmes, mêlés l'un à l'autre, la chair glissée dans la chair, les membres liés aux membres, les cheveux défaits agrippés aux cheveux défaits, qui se tordaient et gémissaient ensemble. Je reculai, m'enfuis, déchirai un voile de feuillages pour quitter au plus vite cet endroit et regagnai à grands pas la terrasse située à l'arrière de la maison. Dalibor Galjero était assis là, innocent et tranquille, à déchiffrer silencieusement une partition, totalement inconscient des lubricités dégradantes auxquelles se livraient son épouse et son invitée. Remarquant mon trouble, il m'interpella mais je ne voulus pas répondre, préférant la grossièreté à la courtoisie car je sentais que toute conversation était au-dessus de mes forces. Je montai dans ma chambre, allai me passer le visage à l'eau froide et enfilai une chemise propre. Comme je m'apprêtais à redescendre pour expliquer mon attitude à sir Galjero, j'entendis des cris venant du parc. Des fenêtres de ma salle d'eau je vis alors Mme Simpson et Laüme, enveloppées dans d'immenses draps de bain, trottiner pieds nus dans l'herbe depuis le fond du domaine en direction de la maison. Elles étaient suivies de trois ou quatre domestiques, des hommes, tenant sur leurs bras tendus en équerre leurs vêtements trempés. A les voir ainsi, gazouillant ensemble, fraîches, leur chevelure humide relevée et gardée dans un savant emmêlement de tissu gaufré, marchant à petits pas de Chinoises, le battement de leurs chevilles entravé par l'étroit fourreau des serviettes blanches, à les voir ainsi donc, on aurait dit deux fillettes innocentes et gentilles qui revenaient d'une simple baignade. Sans méfiance, pensant qu'elles ne me verraient pas, je m'avançai dans l'embrasure de la fenêtre. Mais ma silhouette devait se découper sur la façade blanche, cela attira le regard de Mme Simpson qui, dès qu'elle m'aperçut, poussa un cri de victoire. Ecartant vivement les bras, elle laissa tomber à terre le tissu qui la voilait. Nue, rose sur l'herbe verte, elle me fit un grand signe de la main et se mit à courir à toutes jambes vers la maison, toujours dévêtue, au vu et au su de tous, sous les yeux des boys que ce spectacle ravissait mais ne semblait pas surprendre. Laüme Galjero ne l'imita pas, préférant garder son air de petite fille chaste et prude, ses allures de vierge nonnette sous sa cornette d'éponge. Elle sortit sans hâte de mon champ de vision. A part moi, sans que j'ose une seule seconde me l'avouer clairement, j'aurais souhaité que ce fût elle qui se soit ainsi dépouillée de toute vêture… Je reculai dans l'ombre de ma chambre, plus confus, plus troublé encore qu'auparavant. On frappa à ma porte et on tourna la poignée sans m'accorder le temps de répondre. C'était Dalibor Galjero qui maintenant venait à moi.

— On ne m'en a encore rien dit, mais je crois deviner ce qui s'est passé dans le parc avec Mme Simpson et mon épouse. Ne vous offusquez pas de ces gamineries, officier. Elles en sont coutumières et cela ne doit pas porter à conséquence. Ces puérilités ne vous attaquent pas personnellement, je vous assure…

Galjero était grand – plus qu'Hardens. Et plus encore que Darpân, qui me dépassait pourtant d'une tête. Ce n'était pas un géant cependant. Juste un homme très élancé et très ample. Irradiant d'une autorité naturelle qu'augmentait encore le ton de sa voix, non tranchant et sec, mais au contraire très doux, velouté presque, tendu d'une grande force. La voix d'un prêtre sans onctuosité, d'un guerrier sans bravade… Une voix de prince. De roi, peut-être.

— C'est bien ainsi que je compte clore l'incident, répondis-je à Galjero du ton le plus cassant que je pus. On m'avait averti des… fantaisies de Mme Simpson. Mais j'avoue qu'il faut en avoir été témoin, sinon victime, pour en mesurer toute l'ampleur. Maintenant que je sais à quoi m'en tenir, j'éviterai de donner prise à ces jeux. Voilà tout.

Galjero sourit. S'avançant vers moi, il me tendit la main. Je la serrai.

— Vous réagissez avec magnanimité et esprit d'à propos. Peu en auraient été capables, je crois. Je suis heureux de vous recevoir sous mon toit, lieutenant… ?

— Lieutenant David Tewp, dis-je fort et clair.

Sir Galjero fronça les sourcils.

— Tiens, je n'aurais pas cru que vous fussiez gallois ! lâcha-t-il avant de s'éclipser.

Cette remarque acheva de me mettre en rage !

*

Le déjeuner se déroula selon le même rituel que le dîner de la veille, exception faite que je pris grand soin de ne croiser personne dans les couloirs et les salons. Jaywant, certainement mis au courant de l'incident des bassins, montrait une grande sollicitude envers moi, une grande courtoisie. Il semblait froissé de ce qui m'était arrivé. Je lui en fus reconnaissant.

— Savez-vous quelles sont les intentions de Mme Simpson pour cet après-midi ? lui demandai-je alors qu'il m'apportait un café délicieux, subtilement parfumé aux graines de cardamome.

— Les heures de grosse chaleur seront vouées au repos, comme il est d'usage. Ensuite, la soirée sera consacrée à la visite du sultan Mûradêvâ qui est un familier de la maison. Je crois que c'est tout ce qui a été prévu pour aujourd'hui. Mais j'ignore ce qu'il en est pour plus tard. L'habitude n'est pas aux programmes stricts ici, monsieur, plutôt à l'impulsion des fantaisies du moment.

— *Semper juvenescens ! Toujours printanier*, comme le dit saint Irénée de Lyon à propos de l'Esprit-Saint ! Oui, *semper juvenescens* ! C'est le mot d'ordre auquel cette maison obéit !

En costume clair mais nu-pieds et chemise grande ouverte sur son torse bronzé, Dalibor Galjero venait de prendre appui contre la porte du boudoir. Il était entré comme une ombre. Pas plus que Jaywant, je ne l'avais entendu venir. Nous sursautâmes dans un bel ensemble. Comme s'il avait été surpris par le diable en personne, le serviteur s'empressa d'achever son ouvrage en silence et se faufila au-dehors, me laissant seul avec son maître.

— Jaywant a raison. Nous allons tous dormir une heure ou deux. Ces après-midi torrides sont invivables.

Mais vous n'êtes pas obligé de vous assoupir. Vous pouvez profiter de ce temps pour lire un peu, ainsi que je le fais moi-même, tandis que Laüme s'endort et rêve à d'autres mondes… Seriez-vous grand lecteur, lieutenant Tewp ?

Je répondis que oui, au point qu'il m'arrivait souvent de préférer la compagnie des livres à celle des hommes.

— Comme je vous comprends ! Et comme je partage moi-même ce sentiment… Venez avec moi. Je vais vous montrer ma fierté, ici, ma grande bibliothèque de Calcutta… Je l'appelle, pour moi-même mais avec beaucoup de dérision, la Daliboriana… Ce n'est que la partie indienne de ma collection. J'en garde une autre part à New York et une troisième à Paris. J'ai le sentiment de mieux maîtriser cette masse de volumes en la fragmentant. Car, croyez-moi, vous ne devez pas vous laisser aller à trop aimer les livres, lieutenant Tewp. Après tout, ce ne sont que des morceaux de papier, des tombeaux pour de la pensée morte. Ce qui compte, en vérité, c'est l'esprit vivant, la chair qui pulse. Rien d'autre.

Je ne compris pas ce que voulait dire Galjero. Qu'il évoquât avec tant de légèreté l'inanité des livres alors que des autodafés avaient lieu partout en Allemagne me troubla. Je le suivis en silence, ne sachant que penser, dans un dédale de couloirs, jusqu'à ce que nous nous arrêtions devant une large porte coulissante, tendue de toile rêche, chevillée à la mode japonaise. Sur un des montants de bois était accroché un médaillon en relief qui me rappela ceux plaqués sur les portes d'entrée de la villa. Comme à l'extérieur, cette figure représentait le masque d'un animal fabuleux au groin long, une sorte de sanglier ou de phacochère… Galjero fit glisser la porte sur ses rails huilés au camphre. Nous pénétrâmes alors dans une vaste pièce ombragée, baignée d'encens à la manière d'une nef d'église. Des braseros de cuivre distribuaient également ces vapeurs partout dans l'espace.

— Fumigations pour éloigner les insectes, atroces dévoreurs de papier, rien de plus, dit Galjero, voyant que ce décorum de temple m'interloquait.

Sur les murs couraient des colonnes d'étagères en teck clair.

— Cela n'a presque l'air de rien, mais si l'on additionne la longueur de tous ces rayonnages, on obtient un décompte dépassant le demi-mile, m'apprit fièrement mon hôte. Je ne sais pas s'il y a en ville une bibliothèque comparable. Mis à part celle de la Société des Etudes asiatiques, évidemment.

Ses dents blanches, sans défaut, luisaient comme des pointes de sabre. Instinctivement, je reculai. Pour me donner une contenance, je pris un ouvrage au hasard, que je serrai contre ma poitrine en une sorte de bouclier dérisoire. Mais Galjero resta tranquille, préférant rire de mon choix.

— Reliure jaune, lieutenant Tewp ! Très bonne pioche ! Vous vous intéressez donc à la littérature érotique ? Qui l'eût dit ? Et quel est celui que vous vous êtes choisi pour l'heure de la sieste ? Foin de toute timidité ! Montrez-le-moi !

Il me le prit des mains avant que je réagisse pour l'en empêcher.

— *Manuel de civilité pour les petites filles à l'usage des maisons d'éducation*, du Français Pierre Louÿs… Ah oui ! Celui-ci est récent mais il passera à la postérité ! Voulez-vous que je vous en lise un extrait ?

— C'est inutile ! fis-je, affolé de ma nouvelle maladresse, mais déjà Galjero ouvrait le volume et en tournait les pages.

— J'insiste ! La littérature érotique est faite pour être lue à haute voix. Et puis ce *Manuel* est d'une telle drôlerie. C'est un recueil de conseils pour les ingénues. Ecoutez donc celui-ci…

— Merci, non ! Je crois que je vais découvrir tout cela par moi-même, dis-je en refermant ma main sur le livre, préférant passer pour un pervers que de subir une telle lecture.

— Fort bien, fort bien, mon ami… Mais ne voulez-vous pas aussi l'*Hermaphroditus* d'Antonio Beccadelli ? J'en possède ici une fort belle édition illustrée… Indispensable pour traduire correctement Ausone… Et puis peut-être encore cette histoire charmante, *La Porte de l'âne* ? Un anonyme contemporain mais très suggestif. Ecoutez plutôt son résumé : à Rome, sous Domitien, une jolie patricienne est faussement accusée d'adultère et condamnée au lupanar. Prenez-le, je vous laisse savourer la suite…

— Décidément non ! Merci de vos bontés car, en fait, mes lectures ordinaires sont plus… chastes.

— Ah, oui ? Vraiment, quel dommage ! s'exclama Galjero d'un air déçu. Mais peut-être voulez-vous dire… molles ? Vos lectures ordinaires sont plus molles. Comme il vous plaira, cela m'est égal… Revenez ici quand vous voulez maintenant qu'on vous connaît… Enfin, maintenant que *vous* connaissez le chemin, pour être plus précis. Fouillez tout à votre aise, amusez-vous de nouvelles découvertes. Il y a des estampes dans le grand meuble à cartes et un *Kama Sutra* exceptionnel dans un des tiroirs. Je vous laisse, maintenant. A plus tard.

Et il disparut comme un chat. Je remis à leur place les indécents volumes jaunes dont Galjero avait cru bon de me charger les bras, puis passai quelques dizaines de minutes à tenter de déchiffrer les titres au dos des autres livres. Tous les alphabets se mêlaient ici. Du latin, du cyrillique, du grec et de l'hébreu, de l'arabe aussi et encore du sanskrit en grand nombre, et enfin ce qui me parut être du chinois ou du japonais peut-être, et je vis même des hiéroglyphes égyptiens imprimés sur toute une série d'ouvrages. Je doutais, bien sûr, que Dalibor Galjero, tout érudit et savant qu'il fût, sût déchiffrer la moitié seulement de ces systèmes d'écriture. Il arrive malheureusement un point où les bibliophiles se laissent déborder par leur passion et s'entichent des volumes pour la beauté de leur reliure ou parce qu'ils préfèrent rêver sur les mystères qu'ils contiennent plutôt que de faire l'effort d'en apprendre la langue.

Je m'attardai un peu à chercher les ouvrages d'ésotérisme et de magie, ne doutant pas qu'il y en eût. Mais, soit qu'ils fussent camouflés, soit que leurs titres fussent rédigés dans un alphabet inconnu de moi, curieusement je ne trouvai rien de semblable. Lassé de tourner en rond dans ces vapeurs d'encens qui commençaient à me causer des migraines, je sortis. Fébrile, je retournai dans ma chambre et me laissai tomber, les bras en croix, sur mon lit. La chaleur était écrasante. Au plafond, le grand ventilateur aux pales de cuivre avait du mal à donner un peu de souffle à cet air lourd, compact, qui pesait sur la maison et me faisait regretter la fraîcheur de cave de la prison militaire. Je me traînai jusqu'à la salle d'eau où je pris une longue douche glacée qui me revigora. Alors que je m'habillais, j'entendis une voiture écraser le gravier de l'allée centrale. Un klaxon qui résonna trois fois fit criailler les paons et s'envoler les ibis. La porte de la chambre de lady Simpson claqua. Ses pas martelèrent le marbre du couloir avant de s'évanouir dans l'escalier. J'attendis un peu puis descendis à mon tour observer discrètement les nouveaux arrivants.

*

Le sultan Mûradêvâ était un de ces seigneurs locaux, fleur fanée aussitôt qu'éclose, issu d'une branche ancienne de l'aristocratie bengalie. Autrefois puissants, terribles, maîtres incontestés sur leurs terres, ces gens n'étaient plus aujourd'hui que des pantins laissés en place par la grâce des Britanniques qui ne voyaient en eux que des supplétifs dociles à leur politique. Leur fortune leur restait, bien sûr, et avait même sans aucun doute gonflé depuis l'arrivée des Occidentaux, qui avaient ajouté aux ressorts de l'économie traditionnelle ceux, infiniment plus puissants, de la Bourse et des échanges mondiaux. Mûradêvâ, petit homme cuivré au visage fin et à la soyeuse chevelure noire, était donc possesseur d'une belle fortune qu'il employait à ses plaisirs bien plus qu'au bonheur de ses sujets. Vif, d'humeur toujours joyeuse, ce cabri ne cessait de virevolter de l'un à l'autre, des Galjero, qui en riaient fort, à Simpson, qui jalousait sa munificence mais n'osait rien en montrer. Longeant les couloirs, je me faufilai jusqu'à la pièce où j'avais désormais mes habitudes et m'apprêtais à y passer le reste de la soirée quand Mme Simpson, pour se distraire du salon bruyant où le prince laissait éclater sa joie de vivre, vint vers moi. A sa vue, tous mes muscles se tendirent. Je me levai vivement de mon fauteuil et me fixai dans une attitude proche du garde-à-vous. Pourtant, ce n'était pas un visage méchant qu'elle m'offrit. L'Américaine souriait, au contraire. Et me tendait la main.

— Je ne voudrais pas que vous soyez fâché de nos fantaisies de ce matin, lieutenant. Mme Galjero et moi avons la sotte habitude de taquiner les beaux jeunes gens. Faisons la paix et soyons amis, plutôt. Je vous promets d'être sage avec vous, désormais.

Ses yeux brillaient d'une lueur franche. Elle me parut sincère. Un peu contrit tout de même, je pris sa main dans la mienne et la serrai avec loyauté. J'exprimai quelques phrases modestes pour lui assurer que je ne lui en tenais pas rigueur et que c'était avec gratitude que j'acceptais sa demande de trêve.

— Je suis ici à la fois pour votre sécurité et votre confort, madame. Je vous suis reconnaissant de ne plus me considérer comme un jouet.

— Chose entendue, monsieur l'officier Tewp. Chose entendue… Maintenant, venez donc avec nous écouter le sultan Mûradêvâ…

Nez pointu, lèvres minces, presque inexistantes, cou élastique paré d'une triple rangée de perles fines, Wallis Simpson me prit par le bras et m'entraîna dans le salon frais où les Galjero, serrés l'un contre l'autre, mollement avachis dans un large canapé, écoutaient en souriant le prince débiter je ne sais quelle faribole de mondain. Deux silhouettes enveloppées de gaze blanche se tenaient silencieuses et immobiles derrière lui. On me présenta sans que les fantômes voilés ne bougent d'un pouce. Etaient-ce des gardes ? Peut-être. Mais leur fine stature évoquait des femmes plutôt que de solides gaillards. Alors ? Des maîtresses ? Des courtisanes ? Je n'en pouvais rien dire, mais elles étaient à ce point figées que je pensai qu'elles étaient finalement d'authentiques statues. Je m'assis dans un fauteuil à l'écart et me forçai à prêter attention aux divagations de l'Hindou qui enivrait son auditoire d'un flot de ragots, de potins, de médisances sur diverses figures de la haute société de la ville et de la province. Je ne connaissais personne des individus mentionnés, mais le ton était incisif, piquant, les anecdotes bien tournées. Pour insignifiants qu'ils fussent, les bavardages du prince Mûradêvâ savaient au moins amuser. Bien malgré moi, je ris avec les autres. Cela dura une heure sans qu'il fût possible de l'interrompre, puis son énergie retomba d'un coup. Il s'enfonça dans son siège et ne voulut plus poursuivre, comme lassé de lui-même, étourdi de son propre venin…

— Allons, prince, dit Dalibor, qui n'avait cessé de caresser la main de son épouse, dites-nous enfin qui sont ces personnes qui vous accompagnent et qui sont demeurées si calmes et si patientes auprès de vous…

— Oh, mais c'est vrai ! s'écria le petit sultan d'une voix aiguë. Je les avais oubliées ! C'est la première des deux surprises que je vous ai apportées aujourd'hui ! Avancez, mes colombes, et montrez-vous !

Obéissant à la demande, les deux silhouettes glissèrent jusque devant nous, puis, d'un même mouvement, firent tomber le voile qui les couvrait des pieds à la tête. Deux très jeunes filles apparurent alors, vêtues chacune d'un léger pantalon bouffant et d'un bustier très serré qui laissait leurs bras nus et exposait à la vue leur ventre plat. Des bracelets cousus de clochettes entouraient leurs chevilles et leurs poignets. Des tiares et des bijoux étaient piqués dans leurs cheveux.

— Deux danseuses… Elles sont à vous, lady Simpson, je vous les offre… Vous pouvez les emmener avec vous en Angleterre ou bien les jeter après usage ! Hi, hi, hi !

Et il partit d'un rire de fouine, odieux, qui vrilla mes nerfs. Je l'aurais volontiers battu.

— Les emmener avec moi ? gloussa Simpson. Tels des animaux perdus que l'on ramasse sur le bord d'une route ? Oui, l'idée est plaisante. Mais je crois que je vais me contenter de leur présence ici. Ensuite, je vous les rendrai…

— Comme vous voulez, ma chère… Mais laissez-moi vous expliquer comment vous en servir. Tout d'abord, il faut connaître leurs noms. Celle que vous voyez à gauche, la plus grande, la plus voluptueuse aussi, est Rajiva. La seconde, Madurha, un peu plus frêle, est aussi la plus experte aux jeux de l'amour. Elles sont toutes deux très souples, très caressantes… La première possède un vase naturel étroit. La géographie de la seconde est plus ouverte. Je conseille en priorité son autre voie car elle la cède avec science et plaisir. Je dis cela pour Dalibor, au cas probable où vous acceptiez de les lui prêter, bien sûr…

— Bien sûr, dit Simpson en glissant un horrible sourire d'entremetteuse à sir Galjero.

Laüme ne broncha pas.

— Allons, jeunes filles, montrez à votre nouvelle maîtresse comme vous possédez bien l'art de la danse et de la joie !

Mûradêvâ claqua dans ses mains tel un roi barbare, un Attila d'opérette. Aussitôt les deux filles commencèrent leurs déhanchements, provoquant les rythmiques sur lesquelles elles se mouvaient par des coups de talon frappés au sol et des secousses de leurs poignets qui faisaient tinter les clochettes et vibrer l'air tout autour d'elles. Musiciennes et danseuses à la fois, elles enchaînaient les figures, les positions, avec une grâce toute singulière. Coordonnées, symétriques, leurs compositions jouaient avec les anamorphoses, les gémellités, les effets de miroir. Puis je vis que, subtilement, par touches légères, cette mécanique se déréglait, que les artistes prenaient peu à peu leur autonomie, s'arrachant à leur harmonie première. Dans une dynamique nouvelle, des rôles apparaissaient, une dramaturgie se dessinait. Les rapports que leurs gestes signifiaient n'étaient plus ceux de l'égalité, mais au contraire d'une domination et d'une soumission. Grande, musclée, Rajiva jouait à l'homme. Souple, ondine, Madurha était la femme… Cela dura longtemps. De ma vie je n'avais vu un tel spectacle, j'ignorais que le corps humain puisse dégager dans ses poses une telle force de lubricité et d'innocence confondues. Le sultan haletait, mordait son poing à regarder ainsi ces femmes danser l'amour physique. Les Galjero, eux, semblaient imperturbables, comme s'ils n'assistaient qu'à un spectacle banal… D'un étui de laque Mme Simpson avait extrait une cigarette qu'elle avait vissée sur un long tuyau de nacre. Les bouffées qu'elle en tirait et qui flottaient jusqu'à moi étaient épicées, fauves, bien loin de l'odeur du tabac ordinaire. Elle tendit l'objet à lady Galjero qui le garda pour elle et en acheva la succion avec des grognements de chatte s'étirant au soleil. Les deux danseuses parvenaient à l'acmé de leur prestation. Leurs corps s'épousaient au rythme toujours plus vif des clochettes puis, quand il parut que la cadence atteignait son pic et ne pouvait progresser sans déchirer nos tympans, tout s'arrêta soudain. Il y eut un cri. Mûradêvâ, le visage baigné de sueur, la gorge gonflée, les yeux exorbités louchait sur le ventre des filles. Il avait chaud. Il avait froid. Il ne savait plus que faire. Son trouble était comique à voir. Je pensai à part moi qu'il était comme un morceau d'étoupe qui se serait enflammé de lui-même. Brûlé à ses propres jeux, le maharadjah réclama à boire. Un boy lui apporta un verre de citronnade glacée qu'il but d'un trait et conclut d'un rot dont il ne se formalisa pas plus qu'un enfant.

— Qu'en dites-vous ? demanda-t-il enfin, tandis qu'il retrouvait un semblant de tenue.

Lady Simpson le remercia de ce cadeau si original et lui promit d'en faire bon usage, et ce, d'un ton si pondéré, si naturel, que je ne pus discerner si ses propos étaient sérieux ou ironiques.

La conversation se mit à rouler sur le Tantra, l'art hindou de l'amour. Tout le monde, sur ce sujet, semblait vouloir donner son avis, faire connaître ses préférences, livrer des exemples.

— Savez-vous, dit le sultan, que certaines pratiques du Tantra ont pour but la divinisation de la femme ? Malheureusement, il faut pour cela qu'elle accepte pendant dix mois au moins de se passer d'homme ! Pendant tout ce temps, son futur amant dort sur le sol, à ses pieds. Ensuite il est autorisé pendant six mois à dormir à son côté gauche – mais sans qu'il y ait contact –, puis six mois encore à son côté droit dans les mêmes conditions. Alors, seulement viennent les premiers attouchements. Mais, pour la consommation finale, il faudra attendre encore un an… Cela donne au final presque trente-six mois de totale abstinence !

— Demeurer trente-six mois sans homme ? Impossible ! gémit Mme Simpson comme si on l'écorchait. J'agonise déjà quand trente-six heures se passent sans que l'on me touche !

Cela fit rire tout le monde et ne scandalisa personne. Apparemment, j'étais bien le seul dans cette assemblée à cultiver une morale ordinaire, prompte à la sévérité, amie de la rigueur. J'aimais la chasteté, la propreté dans les rapports humains et détestais par-dessus tout les débordements physiques, tous les fastidieux laisser-aller du corps. Cette conversation m'indisposait, j'avais le cœur chaviré d'entendre le détail de toutes ces bizarreries qui paraissaient si naturelles aux autres, si indispensables à leur équilibre. Je ne comprenais rien de cela et demeurai coi, tentant de me faire oublier, refusant même d'un geste, pour mieux rester dans l'ombre, que le domestique qui s'approchait ne fît briller la lampe posée sur la table à côté de moi.

On servit enfin le dîner et je prétextai une question de service pour m'éclipser, m'épargner une nouvelle séance de bavardages. Je sentais qu'il me fallait l'air frais de la nuit, la vue d'un visage ordinaire aussi, la simple présence d'un être aussi banal que moi. Je me souvins qu'Hardens m'avait dit qu'un piquet de gardes stationnait à l'entrée de la villa. Je m'y accrochai comme à une planche de salut et traversai le parc pour aller saluer un instant ces gens, mes semblables. Il me fallut dix bonnes minutes de marche vive pour me rendre de la maison à la grille de Shapûr Street. Au-dehors, installée près de deux camions de la police militaire, une escouade montait la garde. Je m'attardai à bavarder avec ces hommes le plus longtemps que je pus, fumant même jusqu'au bout la cigarette âcre qu'ils m'avaient proposée et dont l'odeur de paille mouillée n'avait rien de commun avec les essences grésillant dans la bouche de Simpson. Sur mes genoux, je griffonnai un mot à l'adresse de Swamy et le confiai à leur sergent pour qu'il le remît en main propre à celui qui était devenu, par les hasards du destin, mon ordonnance. Je lui fixais rendez-vous pour le lendemain en lui demandant de m'apporter quelques affaires personnelles que j'avais laissées dans ma chambre militaire. Mais ce n'était là qu'un prétexte. J'avais en fait besoin de parler à quelqu'un qui me connût un peu. Sinon pour m'épancher, du moins pour faire partager mon inconfort à un semblant d'ami. Comme il empochait mon billet et que je m'apprêtais à retourner chez les Galjero, le sergent voulut me prendre à part. Nous nous mîmes à longer le mur, près des médaillons gravés.

— Il y a une chose que je voulais savoir, mon lieutenant, commença-t-il, embarrassé… Comment est-ce là-dedans ?

Je le regardai, étonné, puis me lançai sans méfiance dans une description formelle des lieux, pensant que seule la curiosité lui avait fait poser cette question, mais il m'arrêta.

— Non, non… je ne vous demande pas à quoi ressemble la baraque. Je veux savoir si… si vous vous sentez bien là-bas…

Non, évidemment que je ne me sentais pas bien. Loin de là, même. Mais je ne pouvais pas le lui dire. Je le regardai en pinçant les lèvres.

— Parce que nous ici… Enfin, les hommes et moi… Notez, pas tous, hein, mais beaucoup tout de même… Eh bien… on a l'impression d'être devant une sorte de cimetière… Ou d'abattoir plutôt. Penkawr, que vous voyez là-bas près du camion… il a travaillé dans des boucheries industrielles. Il dit que ça pue le sang ici comme dans les usines à viande. Tout pareil… Et d'autres patrouilles l'ont remarqué aussi… C'est déjà ma troisième vacation sur ce trottoir et chaque fois j'en fais des cauchemars. Je rêve de cet endroit. Avec du sang partout… Et les sculptures de ce mur me rigolent au nez et veulent m'avaler !

J'arrêtai le sergent qui s'emballait, s'empourprait, semblait soudain victime d'une crise d'angoisse pareille à celles que j'avais moi-même subies lorsque j'étais encore sous les effets des sorcelleries de Keller. Je le calmai du mieux que je pus, employant des mots simples, banals mais qui à la longue apaisèrent sa nervosité. Comme nous revenions sur nos pas, le sous-officier se tordant encore les mains et moi finissant de le rassurer, nous perçûmes un bruit de moteur qui enflait. La porte de la résidence s'ouvrit de l'intérieur et la puissante Torpedo blanche du sultan Mûradêvâ passa en trombe devant nous, faisant crisser ses pneus sur l'asphalte avant de disparaître à vivre allure dans la rue mal éclairée. Plantant là le sergent et ses visions, je rentrai à grands pas, espérant que Mme Simpson n'avait pas profité de mon absence pour me fausser compagnie… Et pourtant, c'était effectivement ce qui venait d'arriver ! L'Américaine avait filé avec l'Hindou pour une tournée des cabarets du quartier colonial. Je voulus retourner à l'entrée, courir jusqu'au sergent, prendre avec lui un véhicule et me lancer aux trousses de l'évadée, mais Dalibor Galjero m'en dissuada.

— Laissez donc, lieutenant. Mme Simpson est assez grande pour s'occuper d'elle-même. C'est une femme libre et forte. Une *garçonne*, comme on disait à Paris il y a quinze ans. Il ne lui arrivera rien. Et puis Mûradêvâ connaît la ville comme sa poche. Il ne lui fera pas prendre de risques et nous la ramènera à l'aube, fraîche comme un lys, douce comme une biche, je vous assure…

Résigné, je me laissai persuader. Maugréant, furieux contre moi, je montai dans ma chambre, éteignis la lumière et tentai de trouver le sommeil. En vain. Non seulement je m'accablais de reproches et me rongeais d'angoisse quant au sort de la maîtresse du roi, laissée presque seule dans une ville gigantesque, grouillant de mille dangers, mais chaque fois que je fermais les paupières, les images de cette pénible journée venaient me polluer… L'image de la main de Mme Galjero posée sur mon poignet, de ses doigts mouillés dégrafant sa robe jusqu'à l'amorce de ses seins, de sa langue rose et vive qui se souillait au contact de Simpson la mégère, de son corps nu, si blanc, si beau, qui ondulait avec tant de joie et d'impudeur contre celui de l'Américaine renversée, le souvenir de ses gémissements de féline enfin, quand ses sens acceptaient l'emprise de je ne sais quelle drogue inconnue… Bouleversée par toutes ces pensées, ma chair s'irritait. Je me retournais sans cesse dans mon lit sans trouver une position qui me permît de respirer librement… Car un poids, de seconde en seconde toujours plus lourd, toujours plus implacable, m'étouffait. Tous mes muscles me faisaient mal et ma peau s'irritait au moindre frottement des draps. Je me levai d'un bond rageur, me vêtis, sortis de ma chambre et descendis l'escalier. Sur le premier palier, j'entendis des sons venant du premier étage. De la musique et des rires aussi…

De la lumière douce, dorée, passait par l'entrebâillement d'une porte. Je reconnus les miaulements feutrés de Laüme Galjero. Cela agit en moi comme une hypnose. A cet instant, je ne m'appartins plus, pris tout entier par le besoin de voir ce qui provoquait de tels gémissements d'extase. A pas de somnambule, d'automate privé de cervelle et de volonté, j'avançai dans le couloir jusqu'à la porte d'où filtrait la mélodie, que je poussai un peu… Elle pivota sans bruit, sans rien trahir de ma présence.

C'était une pièce décorée à l'orientale, toute frottée d'ocre rouge, tendue de soieries chatoyantes, jonchée de tapis épais et de coussins énormes, éclairée par quelques grosses bougies éparses. Il n'y avait pas de table, pas de chaise, rien d'autre pour s'asseoir que des piles de tissus irisés, de fourrures fines, de jetés de cachemire négligemment posés à même le sol.

Quatre silhouettes se tenaient là. Trois assises à regarder la dernière, dressée, qui se mouvait devant eux au rythme de la musique issue, me semblait-il, d'une grande niche voilée par un tissu opaque… Ce n'était pas une musique mécanique, sortie d'un phonogramme ou d'un poste de TSF chuintant une méchante mélopée moderne gravée sur sillons de cire. Non. C'était une musique vivante, frappée et percutée sur de vrais instruments, résonnante et pourtant discrète afin de ne pas distraire du spectacle qu'elle accompagnait. Je reconnus le son d'un luth, celui d'un tambourin, d'une flûte aussi… Trois ou quatre musiciens devaient être installés dans la cavité close, où ils jouaient sans voir les évolutions de la danseuse qui se balançait au son de leurs rythmes lents. Car c'était une danseuse qui bougeait devant les trois spectateurs autorisés et devant moi, voyeur clandestin en marge de la scène. Mais cette danseuse n'était ni la grande Rajiva, ni la mince Madurha. La danseuse était Laüme Galjero, haut jet de chair crayeuse, lisse, nue… Elle se balançait doucement tel un navire à l'amarrage. Faisant rouler et tanguer son bassin, elle ouvrait ses cuisses en rythme, montrant de plus en plus largement la plaie de sa vulve tendre, et ses mains touchaient son ventre, ses flancs, caressaient ses seins… Car ce n'était plus une femme que j'avais devant moi. Plus une Occidentale rangée et respectable, toute balkanique qu'elle fût, mais une démone, un succube, un animal lubrique d'un autre monde qui prenait autant de plaisir à se montrer, à s'exhiber, à se prostituer que les autres à la prendre et à la caresser de leurs yeux humides. Ces autres, c'était Dalibor, les cheveux roides, les mains tremblantes. Lui aussi semblait fasciné, comme s'il contemplait la nudité de son épouse pour la toute première fois. Quant aux esclaves qu'avait amenées avec lui le sultan Mûradêvâ, Rajiva et Madurha, le spectacle les mettait en transe. Au feu qu'on leur montrait, elles s'enflammèrent d'un coup. Quittant les bras de Dalibor, qui négligemment effleurait le bas de leur ventre, elles se dépouillèrent de leurs vêtements, se dressèrent, nues, pour rejoindre la dame blanche et danser avec elle les figures qu'elle leur enseignait. Et bientôt ce ne furent plus que trois beaux corps qui s'ouvraient en cadence, pulsaient ensemble et se refermaient puis s'ouvraient encore avec la même obscénité mais aussi avec la même nécessité, la même force et le même désir de vivre qu'un muscle cardiaque. A cette danse de poulpe, à ces ondulations de chairs fines, le dernier personnage poussa un cri, un râle. C'était un homme que je n'avais pas encore vu, massif comme un bouddha. Un Hindou imberbe et sans turban, aux cheveux grisonnants et huileux qui bouclaient dans son cou épais. Il était placé de trois quarts mais la faible lumière de la pièce ne me permettait pas de distinguer ses traits… Laüme Galjero, lentement, se mit à glisser vers un tissu qui bombait étrangement sur le sol. Toujours gracieuse, toujours dansante, toujours lubrique et tournant maintenant sur elle-même pour bien montrer ses fesses dures, elle se pencha pour soulever le carré de toile verte qui cachait un immense serpent lové sur ses anneaux. Elle prit la bête froide dans ses bras forts, l'enroula autour d'elle, joua à passer sa tête triangulaire sur son cou, ses épaules, ses joues… Les autres filles dansaient toujours et la musique n'arrêtait pas, reproduisant sans cesse la même boucle mélodique, profonde, enivrante comme un vin doux… Laüme, le reptile posé en étole sur son corps frêle, s'avança alors vers l'homme inconnu et, sous le consentant regard de Dalibor, écarta les cuisses devant son visage pour qu'il porte la bouche à sa fente, dont je voyais bien qu'elle était aussi luisante que les écailles du serpent. L'homme prit tout du festin qu'on lui offrait. Cela dura longtemps. Un temps infini. Des heures, des jours, des années affreuses… Je ne savais plus. J'étais mortifié, désespéré comme un adolescent trahi. Mon âme implorait pitié mais mes yeux voulaient pourtant voir, prendre cet instant, ces mouvements, ces révulsants échanges et garder inscrite à jamais au fond de leur rétine l'image infecte et fabuleuse de la jouissance de Laüme Galjero, ses mains agrippées à la tignasse du gros homme, son ventre clair se soulevant de plaisir, son ventre lisse, net, dépourvu de marque d'avoir été un jour nourri au sang d'une mère…

Je reculai de l'embrasure de la porte, reculai dans le couloir et m'enfuis de cet étage d'où montaient en torsades de nouveaux sons de bacchanales. Mon cœur battait à tout rompre, mes veines étaient gonflées et pressaient mes nerfs, ma gorge ne voulait plus s'ouvrir et l'air me manquait comme si je me noyais… Me cognant aux murs, je titubai jusqu'au-dehors, ouvris une porte-fenêtre avec fracas pour m'écrouler dans l'herbe, à l'arrière de la maison. La face plongée dans la terre grasse, je fermai les yeux et tentai de redevenir maître de moi-même. Peu à peu, rafraîchi par l'humus dont je sentais l'odeur douce pénétrer en moi pour agir comme un baume, je me calmai enfin et recouvrai mes esprits, et un peu de ma dignité. Dégrisé, je me relevai et tendis les mains devant moi. Toutes noircies qu'elles étaient d'avoir griffé le terreau des pelouses, je les passai sur mon visage et m'en frottai longuement. Cela me régénéra et acheva de me rendre ma lucidité. Je me retournai pour contempler la façade de la villa. Du dehors, on ne voyait briller aucune lumière. Tout semblait paisible et endormi. Je savais pourtant que derrière ces murs se prodiguaient des caresses affreuses, se déchaînaient sans aucun frein les pulsions les plus honteuses. Cela m'offusquait et m'attristait. M'attristait, oui, car j'avais pitié de ces gens, de ces Galjero surtout, à qui la miséricorde divine avait tout donné – beauté, fortune, éducation et intelligence –, mais qui jugeaient bon de cultiver les perversions les plus grossières, les amitiés les plus vaines. Oui, en vérité, ces gens étaient à plaindre !

Je voulais marcher dans la nuit, seul, loin de tous ces gens que je ne comprenais pas. Je me mis à errer dans le parc, sans but. Je trouvai un banc sous une tonnelle et m'y allongeai pour regarder les étoiles, propres, nettes, tourner au-dessus de moi. Le ciel brillait comme une scène de théâtre. Les astres bougeaient, je les voyais courir d'un bout à l'autre de la voûte nocturne, tourbillonner en une danse cosmique dont je n'entendais rien. Cela parlait pourtant. Et mieux que des mots. Je basculai dans une sorte de vertige inverse. Je me sentis aspiré vers ces hauteurs qui tout ensemble étaient la cime et l'envers du monde. Car il m'apparut alors, en une sorte de révélation, que ce n'étaient pas les astres qui dominaient la Terre mais qu'au contraire c'était notre planète qui tombait, ivre, éperdue, solitaire, vers eux, en une chute infinie qui durerait jusqu'au dernier souffle du dernier homme… Je fermai les paupières et m'endormis. Au-dessus de moi, tout proche mais impossible à atteindre, se dressait le grand stupa sombre. Puis le jour commença à rosir l'horizon. Des oiseaux se mirent à pépier et un brouillard se forma au-dessus de la pelouse, qui tomba sur moi comme un drap mouillé.

Un froissement de feuillages me tira d'un coup de cette nouvelle rêverie. Je me redressai. Maintenant habitués à l'obscurité, mes yeux distinguèrent sans peine les quatre silhouettes du couple Galjero et des deux danseuses hindoues qui marchaient à vive allure vers le fond du parc. Aussitôt, je me plaquai dans l'ombre pour qu'ils ne me voient pas et je les laissai passer, fantômes silencieux glissant dans la nuit finissante de l'Orient. Je les suivis à bonne distance, retirant par précaution mes chaussures afin que mes pas ne fassent pas crisser le gravier des allées. Ils longèrent le labyrinthe de bambous, traversèrent une nouvelle étendue de pelouse où dormaient les paons et atteignirent cette ligne d'arbres ensauvagés qui paraissait marquer la lisière entre la partie ordonnée des jardins et leur zone rebelle, leur jungle. Leurs formes entrèrent dans les taillis et disparurent à ma vue. M'approchant à mon tour, je vis qu'un massif d'épineux barrait la piste qu'ils avaient prise. Tâtonnant, m'éraflant les paumes sur les feuilles coupantes, je tentai en vain de localiser la trouée qu'ils venaient d'emprunter mais je me trouvai devant un mur défensif, un réseau de barbelés végétaux qui refusaient de me laisser passer. Je longeai cette lisière sur cent yards, revins sur mes pas, partis à l'opposé sans plus de succès… Je fis demi-tour enfin, désespéré, impuissant, les mains en sang, et rentrai à la villa.

Le jour montait vite. Très bientôt la maison grouillerait à nouveau de domestiques, lingères, serviteurs qui s'activeraient à préparer la nouvelle journée des maîtres. J'avais envie de thé fort et chaud. Je poussai la porte des communs. Attablée à l'extrémité de la grande table d'office, j'eus la surprise d'y découvrir Mme Simpson qui plongeait négligemment ses lèvres dans un grand bol de café. Ses yeux étaient tirés et marqués de lourds cernes mais elle semblait calmée, comme adoucie. Un serviteur lui apporta une assiette contenant une énorme omelette au lard.

— Vous prenez quelque chose, Tewp ? me demanda-t-elle en levant à peine son regard vers moi.

— Je n'ai pas faim, madame, merci, répondis-je d'un ton pincé.

— Allons, allons, ne vous laissez pas aller. Prenez des forces, beau militaire.

— Des forces ? Mais pourquoi donc ?

— Le prince Mûradêvâ nous avait promis deux surprises. La première était banale. Ce n'étaient que les danseuses. La seconde, beaucoup plus excitante, c'est, pour dans quelques jours, une…

— Une ?

— Une chasse au tigre, petit Tewp ! Une chasse au tigre !

La Suite des Princes

J'avais laissé Mme Simpson se sustenter tranquillement ; puis, l'estomac plein et les sens repus, elle avait regagné sa suite d'où elle n'était plus sortie de toute la matinée. Après son départ, j'étais demeuré un instant seul dans la cuisine, à tapoter nerveusement le bois de la table de la pointe d'un couteau. Jaywant était entré et avait paru contrarié de me voir ainsi installé, sans façons, dans les communs.

— Je ne suis pas un invité de lady et sir Galjero comme les autres, répliquai-je lors qu'il proposa de me servir mon petit déjeuner dans ma chambre. Je suis ici en service, non pour mon agrément. Je peux finir de déjeuner ici. Nous en profiterons pour bavarder un peu, si vous le voulez bien.

Le second intendant me regarda avec surprise.

— Bavarder ? Ce serait avec plaisir, Sahib Tewp… Mais… de quoi ?

— De tout et de rien…, commençai-je, un peu mielleux, tandis qu'il nettoyait les reliefs du repas de Mme Simpson. Parlez-moi un peu de vos maîtres par exemple. Sont-ils des gens agréables à servir ?

— Très agréables, monsieur. Ils ont leurs petites fantaisies, comme tous les maîtres. Mais ils ne frappent jamais leurs domestiques – ce qui est rare. Et puis…

nous les voyons assez peu. Il leur arrive de ne pas séjourner à Calcutta pendant plus de deux années parfois… Ils ont beaucoup d'autres résidences, vous savez.

Et Jaywant d'entamer un long panégyrique des Roumains. Combien ils étaient prévenants avec leurs hôtes, comment ils aidaient ceux qui se trouvaient dans le besoin, combien ils étaient aimés de tous ceux qui les côtoyaient… Tout cela, au début, me parut être le discours convenu d'un maître d'hôtel qui se fait un devoir de ne pas dénigrer ses employeurs devant un tiers. Mais le ton de Jaywant était si convaincant, ses éloges si naturels que je finis par le croire tout à fait sincère dans la dévotion qu'il portait aux Galjero. Je choisis alors d'aborder un autre sujet.

— J'ai cru voir une personne évoluer au premier étage, lançai-je le plus innocemment du monde tandis que l'Hindou posait un grand pot de café brûlant devant moi. Un homme que je n'avais encore jamais vu ici. Y a-t-il d'autres résidents que Mme Simpson ?

Jaywant se crispa.

— Mais non, monsieur. Je crois vous l'avoir déjà dit. A ma connaissance, vous êtes les seuls invités de la résidence. S'il y avait quelqu'un d'autre, je ne manquerais pas de le savoir, je vous assure…

Jaywant ne paraissait pas mentir. J'eus beau tenter d'autres questions, d'autres allusions, je n'obtins rien de plus de lui. Comme je remontai dans ma chambre pour m'y rafraîchir, on me prévint qu'une ordonnance m'attendait à la grille. Swamy était là, marchant de long en large sur le trottoir.

— Je vous apporte un pli du colonel Hardens, mon lieutenant, me dit l'Hindou en me tendant une enveloppe cachetée. Il m'a bien précisé que je devais vous remettre ceci en main propre.

J'ouvris la lettre cachetée de l'index. Ecrit de sa main mais non signé, ce n'était qu'un ordre simple m'enjoignant de me tenir au prochain minuit devant cette même grille, où Hardens viendrait en personne me retrouver. C'était tout. Il n'y avait pas d'explications, pas de commentaire, pas l'ombre d'un indice me permettant d'entrevoir ce qui pouvait motiver cette entrevue tardive ou justifier sa nature clandestine. J'en fus condamné à échafauder de pures spéculations.

Mme Simpson ne voulut pas quitter la résidence Galjero ce jour-là. Elle dormit jusqu'à l'heure du déjeuner puis passa tout son après-midi étendue sur une chaise longue en compagnie de Laüme Galjero, feuilletant des magazines et commentant les articles en pouffant comme les plus ordinaires des femmes. Livré à moi-même, j'occupai mon temps à fureter aux abords de la maison, profitant de la lumière du jour pour chercher la voie qui me permettrait d'accéder au fond du parc, près de la tour noire. Tous les chemins qui semblaient y mener n'étaient que des impasses tressées de hautes parois végétales. S'il y avait un passage – et il y en avait sûrement un –, il devait être dissimulé par un habile trompe-l'œil que je ne parvenais décidément pas à repérer. Je revins sur mes pas, feignant d'être oisif, mais essayant d'engranger un maximum d'informations sur la disposition des lieux, les habitudes du personnel, les indices qu'untel ou untel pouvait laisser de son passage ou de ses activités, cherchant toujours à savoir ce qu'il était advenu du gros homme entrevu dans la chambre des orgies ou des deux danseuses que je n'avais pas revues depuis qu'elles avaient été conduites à l'aube par les Galjero au fond du jardin.

Une ancienne écurie avait été transformée en garage. J'y entrai. Cinq ou six véhicules automobiles superbes y étaient entreposés, dont prenaient soin deux domestiques en combinaison noire. Je passais respectueusement ma main sur les tôles polies, sur les cuivres et les chromes quand la voix de Dalibor résonna derrière moi :

— Bugatti Royale type 41, 1927. Je l'ai achetée à New York. Elle est un peu dépassée au niveau esthétique, évidemment, mais ses performances sont remarquables. Je l'ai acquise d'un ancien pensionnaire de Rikers Island, la grande prison de la côte est des Etats-Unis. La prison des gangsters de New York ! On surnommait celui qui me l'a vendue « l'homme qui ne pouvait pas mourir » : Legs Diamond en personne ! Ce nom vous dit quelque chose ?

— Je ne sais pas grand-chose des truands, monsieur Galjero. Ce n'est pas à ces gens que va mon estime, d'ordinaire.

— Bien dit, officier Tewp… Ce ne sont que des brutes. Et puis, malgré les dix-sept balles qu'il avait reçues dans le corps sans trop en souffrir au cours de sa carrière, il a bel et bien fini dans une mare de sang… Mais dites-moi, je vois que vos yeux brillent. Que diriez-vous de piloter cet engin ? Lady Simpson a émis le souhait de rester tranquillement ici ce soir. Laissez-moi en profiter pour vous faire découvrir les accélérations de cette mécanique.

Avant même que j'aie pu répondre, le Roumain ouvrit la portière de la Bugatti et me poussa fermement à l'intérieur. Les clefs étaient sur le tableau de bord. Il fit démarrer le moteur et, en moins d'une minute, nous quittâmes la propriété par la grande porte. Nous roulâmes en silence tandis que nous longions les boulevards qui menaient loin de la ville. Dalibor Galjero avait une conduite souple, fluide et faisait preuve d'une grande sûreté de jugement, même s'il s'amusait parfois à faire semblant de prendre des risques. Nous fonçâmes plein est, en direction de la côte. Le paysage changea rapidement, passant d'urbain colonial à urbain local puis à campagnard et à des friches enfin. Dalibor ne disait toujours rien, concentré qu'il était sur sa conduite, enivré par la vitesse qu'il ne cessait d'augmenter au fur et à mesure que nous quittions les zones habitées. La route déboucha enfin sur la mer et nous obliquâmes vers le nord pour suivre le littoral sur une longue ligne droite.

— C'est ici que je voulais vous emmener, dit Dalibor en ralentissant. Cette route est parfaitement rectiligne sur presque dix miles. Et la chaussée est en assez bon état, pour autant que cela soit possible aux Indes évidemment. C'est sur cette piste que la voiture donnera son maximum. Prenez ma place, Tewp !

Je voulus protester mais il descendit et me força à passer de son côté. Je soupirai. Certes, Swamy m'avait montré les principales manœuvres pour faire avancer un vieux camion de l'armée, mais j'ignorais si elles pouvaient s'appliquer à une automobile aussi puissante.

— Je préfère vous prévenir, sir, je suis loin d'être un conducteur expert !

— Bah ! Aucune importance. Laissez-vous guider, c'est elle qui fera le travail, dit Galjero d'un air parfaitement dégagé tout en coupant l'extrémité d'un cigare. Allons, je vous en prie.

Je récapitulai mentalement les opérations nécessaires au démarrage, désengageai prudemment la pédale de frein, embrayai, accélérai… La voiture gronda quelque peu mais ne fit pas d'embardée. Dans mes mains le volant était souple, docile. Je montai lentement le régime du moteur jusqu'à atteindre une vitesse de croisière que je jugeai raisonnable.

— Allez, allez, Tewp ! m'encouragea Dalibor. Ce n'est pas une mécanique pour timoré ! Elle aime être brutalisée ! Foncez, foncez !

J'appuyai sur l'accélérateur. Trente miles à l'heure ! Quarante ! Cinquante ! Jamais je n'avais été aussi vite... Mon cœur se mit à battre comme celui d'un enfant qui s'amuse à aller toujours plus haut sur une balançoire. Mais tout cela n'était qu'une vitesse ridicule pour Dalibor Galjero qui, posant soudain son pied sur le mien, enfonça la pédale presque à fond ! Nous passâmes en un instant de cinquante à quatre-vingts puis cent miles à l'heure !

— Plus vous conduisez vite et plus vous êtes en sécurité, cria Dalibor tandis que le moteur ronflait. Plus vous roulez vite et plus vos nerfs se concentrent, plus vous êtes réactif... C'est le secret ! Le secret pour tout, d'ailleurs ! Il faut aller vite en toutes choses, Tewp ! Vivre vite en toutes choses !

« Vivre vite en toutes choses ! » martelait Dalibor. « Ne pas hésiter ! » m'avait dit Mme de Réault. C'était au fond la même philosophie que pratiquaient ces gens pourtant si différents. Le Roumain retira sa jambe, me laissant l'entière responsabilité de la conduite. Je ne freinai pas, conservant cette allure, l'augmentant même encore, trouvant soudain une nouvelle confiance en moi dans la découverte de la vitesse. Je me mis à rire, grisé, séduit.

— Je crois que vous avez raison, sir... C'est plus facile quand on va vite !

*

Dalibor Galjero ne m'avait pas laissé lui rendre le volant pour rentrer à la villa. Nous y revînmes en soirée, alors que le soleil tombait de l'autre côté du monde et que les serviteurs allumaient les torches piquées sur les vastes pelouses de la propriété. Je fis crier et s'envoler les paons en roulant trop près du plan d'eau où ils profitaient de la montée de l'ombre fraîche pour s'ébrouer. Après un dîner sans histoires qui répéta sans variante le jeu des tables séparées, Wallis Simpson et les Galjero regagnèrent leurs chambres comme de sages écoliers, si bien qu'à minuit, comme j'en avais reçu l'ordre, je me trouvais à attendre sur le trottoir, à faire les cent pas le long des médaillons grimaçants. Je n'attendis pas longtemps, pourtant, car une voiture du haut quartier général s'engouffra dans Shapûr Street et s'arrêta à ma hauteur. Baissant sa vitre, Hardens en personne m'invita à monter à ses côtés. Curieux de savoir ce que pouvait bien signifier cette nouvelle bizarrerie, sans mot dire je pris place dans le véhicule qui prit à vive allure la direction du centre-ville. D'ordinaire rosé, voire sanguin, le teint du colonel était blême. Ses traits, tirés comme par une maladie grave, reflétaient l'angoisse, et son silence était d'une telle profondeur que je n'osai l'interroger sur notre destination. Une question vaine puisqu'il était désormais parfaitement évident qu'Hardens n'était en cette affaire qu'un simple coursier à qui une main encore anonyme avait confié la mission de me prendre en charge. Entrant dans son petit jeu du mystère – un jeu auquel je commençais à m'habituer depuis plus de trois semaines que j'avais été soustrait à mes fonctions juridiques pour être lancé sur le terrain –, je respectai si bien le mutisme de mon supérieur que celui-ci finit par en être indisposé. Ce fut lui qui rompit le silence.

— Eh bien, Tewp, vous n'êtes donc pas curieux de savoir où cette voiture vous conduit ? demanda-t-il sans me regarder.

— J'en suis curieux, mon colonel. Bien sûr. Mais je ne me sens pas autorisé à vous poser la question. Et j'imagine que si vous faites tous ces mystères, c'est pour une excellente raison. Je la connaîtrai tôt ou tard. Alors, oui, je suis curieux. Mais je ne suis pas impatient.

Hardens grogna comme un vieil ours. Ma réponse ne lui donnait guère l'occasion de poursuivre la conversation. Il avait quelque chose à me dire, pourtant.

— Ne jouez pas au plus fin avec moi, Tewp. Vous vous donnez complaisamment des airs d'imbécile et de petit gommeux alors que vous êtes en réalité bien plus futé que la plupart d'entre nous… Vous savez très bien que je vais vous dire où nous nous rendons… Je vais vous le dire parce que, de toute façon, vous l'avez déjà compris, n'est-ce pas ?

— Je crois que je l'ai compris, mon colonel. Oui… Nous allons chez Donovan Phibes, n'est-ce pas ?

Hardens retira sa casquette et en essuya en soupirant le bandeau intérieur à l'aide d'un mouchoir qu'il avait sorti de sa poche.

— Oui, c'est cela, dit-il après qu'il eut achevé son petit nettoyage. Nous allons chez Phibes. Ou plutôt, nous allons là où on peut le rencontrer… Navré d'avoir dû nier l'existence de ce personnage l'autre jour dans mon bureau. Mais les événements m'y contraignaient.

Donovan Phibes ! L'homme dont m'avait parlé pour la première fois Netaji lors de mon enlèvement. Le Britannique qui, selon les sangthanistes, organisait un complot contre son propre roi ! Ainsi donc, Hardens faisait bien partie de son groupe ! Netaji avait raison ! Je voulus l'interroger plus avant mais Hardens refusa d'en dire davantage.

— Encore quelques minutes et vous saurez tout ce qu'il y a à savoir, Tewp. Ne vous alarmez pas. Tout se passera bien…

La voiture continua sa course un ou deux miles encore dans la Calcutta coloniale. Je reconnus fugacement une portion de Moore Avenue, puis nous nous arrêtâmes devant le grand hôtel Ascot où un voiturier anglais se précipita pour nous ouvrir la porte. Hardens me retint par la manche avant d'entrer dans l'établissement.

— Attendez une seconde, Tewp. Vérifiez votre tenue. Vous êtes sur le point de faire une rencontre importante. Tirez un peu sur votre veste pour la défroisser et ajustez vos buffleteries correctement.

J'obéis puis, tel un père qui conduit pour la première fois son petit garçon à l'école, Hardens vérifia que j'étais présentable.

— Maintenant allons-y, dit-il en me précédant d'un pas résolu à l'intérieur de l'hôtel.

Sans conteste, l'Ascot était un hôtel de catégorie supérieure à celle du Harnett. L'opulence de sa décoration, l'ampleur de son architecture et l'ambiance policée qui y régnait distançaient d'une bonne longueur les fastes pourtant bien réels de son concurrent. Hardens passa devant le vaste comptoir de la réception et nous fit prendre l'ascenseur qui desservait en privé les chambres les plus spacieuses.

— Suite 904, dit-il au groom.

La grille se referma dans un chuintement huilé et la cabine s'éleva pour un trajet de quelques secondes, que le colonel mit à profit en s'époussetant et vérifiant jusqu'à l'état de propreté de ses ongles. Qui que fût Donovan Phibes, il n'était apparemment pas homme à tolérer le moindre relâchement dans l'apparence de ses interlocuteurs. Etait-ce à lui précisément qu'Hardens pensait lorsqu'il m'avait tenu son petit discours sur les deux sortes de colons, les romantiques qui portaient de l'intérêt aux mœurs locales et les pragmatiques qui, au risque de friser le ridicule, refusaient tout abandon des traditions britanniques ? Peut-être. Il ne me faudrait pas plus que quelques minutes pour le savoir. L'ascenseur ralentit et s'arrêta au neuvième étage. Hardens laissa le groom ouvrir la grille puis il me précéda dans le couloir bref, silencieux, tapissé d'un dégradé de tons verts. Une belle porte à double battant nous faisait face au fond du corridor. Fixée au-dessus d'une sonnette en bakélite noire, une plaque peu discrète indiquait orgueilleusement « 904, Suite des Princes ». De nouveau, Hardens se tourna vers moi et me demanda de lui confier mon revolver. J'eus une hésitation. Même s'il avait été vérifié en ma présence par les armuriers, je ne plaçais plus une grande confiance dans mon Webley depuis les dysfonctionnements qu'il avait connus au Harnett. M'en séparer, pourtant, me gênait. Et puis c'était aussi – avant tout, peut-être – une question d'orgueil. Se défaire volontairement de son arme est comme un renoncement, une abdication. A cet instant précis, cela m'ennuyait de céder sur ce point. Crânement, le regard planté dans celui du colonel, je me contentai de vider le barillet dans ma main, ne confiant à mon supérieur que les six cartouches qu'il contenait puis je rengainai l'arme vide. Cette manœuvre n'était que symbolique, bien sûr, mais elle m'épargnait la désagréable impression de nudité que je n'aurais pas manqué de ressentir si le Webley avait été absent de ma hanche. Hardens fit disparaître les balles dans sa poche, frappa trois coups secs à la porte et entra sans attendre qu'on lui réponde.

— Venez, Tewp. Donovan Phibes nous attend dans le grand salon…

La Suite des Princes était immense. J'estimai qu'elle devait à elle seule occuper jusqu'au tiers du neuvième étage. Nous passâmes une première antichambre précieusement meublée, une seconde, plus luxueuse encore, un couloir où deux hauts miroirs au cadre doré se faisaient face, avant d'entrer dans le grand salon. Je savais que je n'étais pas en danger physique immédiat et que, selon toutes probabilités, dans quelques minutes, quelques heures tout au plus, je sortirais vivant de l'hôtel Ascot. Cela n'empêchait pas mon cœur de s'emballer. La démarche un peu raide, les mâchoires serrées et une pointe de nervosité fouaillant mes viscères, je gardais les yeux au sol. Par pudeur, par angoisse, par jeu peut-être aussi, je voulais prendre mon temps pour découvrir le visage de Phibes.

— Lieutenant David Tewp, du bureau du MI 6 à Calcutta, dit Hardens d'une voix forte pour me présenter.

Lentement – aussi lentement que je le pus et avec un sens de la dramatisation qui s'accentuait au fil des jours –, je relevai les yeux. Et ma respiration s'arrêta dans ma poitrine. Contre toute attente, je ne me trouvais pas face à un homme. En face de moi, assis dans de moelleux fauteuils de cuir brun, attendaient douze individus. Un dernier siège restait vide. Placé au milieu de la rangée, je compris tout de suite qu'il n'était pas pour moi. Effectivement, Hardens alla l'occuper sur-le-champ. Lequel d'entre ces personnages était Donovan Phibes ? Lequel était le maître des autres ? Même si certains portaient divers uniformes de l'armée britannique et d'autres de simples costumes civils de bonne facture, aucun n'arborait de signe vestimentaire permettant de le distinguer des autres. Ces gens, manifestement assez âgés pour la plupart, auraient pu constituer le public masculin type d'une très ordinaire réception d'ambassade. Trois ou quatre d'entre eux portaient un frac. L'un fumait tranquillement la pipe, un autre mâchonnait un biscuit tandis que certains se contentaient de réchauffer le verre de cognac qu'ils tenaient à la main.

— Tewp, je vous présente Donovan Phibes, fit Hardens en désignant toute l'assemblée de sa paume ouverte.

— Je… je ne comprends pas très bien, mon colonel, balbutiai-je en tentant vainement de reconnaître au moins un visage parmi cette assemblée.

— Donovan Phibes est tout simplement un nom fictif composé à partir des initiales des personnes présentes. De gauche à droite, laissez-moi vous présenter MM. Dolester, Obadiah, Neville, Olint, Vouillé, Arlene, Nathan, Polley – le H est pour Hardens, naturellement – et puis Ibhart, Borway, Enquist et Sebastian.

L'un après l'autre, au fur et à mesure qu'ils étaient cités, ces messieurs fort dignes me gratifièrent d'un léger signe de tête auquel je me dispensai de répondre, n'oubliant pas que, malgré leur civilité apparente, je ne savais encore rien de ce qu'ils me voulaient.

— Peut-être Donovan Phibes va-t-il devoir mourir ce soir, Tewp, poursuivit Hardens. Car peut-être – et c'est ce que nous espérons tous ici – va-t-il falloir trouver un nouvel acronyme pour notre petite troupe… Un acronyme qui inclurait le T de votre nom, Tewp. Si nous vous avons fait venir ce soir, c'est effectivement parce que nous souhaitons vous voir rejoindre nos rangs !

— Vos rangs ? Mais dans quel but, mon colonel ? J'ai

déjà entendu le nom de Phibes. On m'a parlé de ses objectifs. De ses intentions… J'ignore si l'on m'a dit vrai. Mais s'il s'avérait que ce fût le cas, je crois que vous avez eu raison de me désarmer, mon colonel. Car mon devoir serait de mettre un terme au complot qu'il prépare…

Ma tirade et surtout le ton très agressif, presque arrogant, que j'avais employé firent rouler de gros yeux à plus d'un. Je vis qu'Hardens ouvrait la bouche pour répondre, mais quelqu'un à ma gauche le devança.

— Etes-vous conscient de ce qui se déroule actuellement en Europe, officier Tewp ?

C'était Obadiah qui s'était levé de son fauteuil. Vêtu d'une veste sombre et d'un gilet gris, c'était un vieux monsieur un peu chauve, rondelet, physiquement peu impressionnant mais dont les yeux noirs et vifs, très mobiles, pétillaient.

— En Europe, monsieur ?

— En Europe, sur le continent… Depuis trois mois, l'Espagne est entrée dans une phase de guerre civile qui s'annonce longue, sanglante, et dont l'issue va vraisemblablement porter au pouvoir un régime appartenant à la même mouvance que ceux déjà en place à Rome et à Berlin. De leur côté, les Italiens ont envahi l'Ethiopie et rêvent de reconstituer l'Empire romain. En France, la griserie qu'a entraînée l'élection du Front populaire n'aura qu'un temps. En se réorganisant, l'opposition se radicalise et cherche des appuis au-delà du Rhin. Le parlementarisme n'en a peut-être plus pour longtemps là-bas, comme vous l'expliquera beaucoup mieux que moi M. Vouillé, ici présent.

Un grand homme distingué, aux tempes argentées, me gratifia d'un discret signe de tête.

— En Allemagne, continua Obadiah, certaines communautés sont persécutées. Nous recevons chaque jour des rapports plus alarmants. Des rapports de témoins dignes de confiance, comme ceux que nous fait parvenir par exemple le bourgmestre de Leipzig, Karl Goerdeler. Depuis 1934, les cafés allemands sont interdits aux juifs. Les piscines et les cinémas aussi. Les spoliations sont de plus en plus fréquentes. On interdit maintenant aux israélites de diriger leurs propres entreprises, leurs propres industries… On brûle les œuvres de Spinoza, de Proust, de Freud… Les médecins, les avocats, les journalistes, les professeurs juifs ne peuvent plus exercer. Jusqu'à quand leur permettra-t-on de rester en vie ? Croyez-vous donc que tout cela ne soit qu'une mauvaise passe ? Un simple feu de paille qui va s'éteindre de lui-même ? Répondez-moi avec sincérité, lieutenant Tewp.

Je soupirai. Obadiah me contraignait à formuler une réponse que je rechignais à exprimer.

— Non, monsieur. Malheureusement, il ne s'éteindra certainement pas de lui-même.

— C'est ce que nous pensons également, monsieur Tewp. Nous pensons aussi qu'une guerre finira par éclater en Europe. Et qu'elle s'étendra au monde entier. Personne n'y échappera. Dans cinq ans, dans dix ans peut-être. Ce sera le conflit le plus atroce et le plus meurtrier que l'Histoire aura jamais connu. La planète en sortira bouleversée à jamais, peut-être même saignée à blanc… Aujourd'hui l'Allemagne a récupéré la Ruhr et la Sarre, ses deux grands viviers industriels. Les usines tournent maintenant à plein régime là-bas. Bientôt – très bientôt –, Berlin va retrouver une marine, une aviation, une armée blindée et une artillerie qui lui permettront de dicter sa loi en Europe centrale. En Autriche, en Tchécoslovaquie, en Pologne, en Hongrie et même à l'Ouest, très certainement, en Hollande, en Belgique, voire en France. Que pourra faire l'Angleterre alors ? Son isolement ne la protégera pas longtemps si le continent se retourne contre elle… Imaginez-vous cela, lieutenant Tewp ? Votre esprit est-il capable d'appréhender quelle invraisemblable somme de souffrances cette guerre va générer ? Des villes en nombre vont être rayées de la carte. Des pays et des peuples entiers aussi, peut-être. Si cela ne tenait qu'à vous, laisseriez-vous faire, lieutenant Tewp ?

Obadiah avait fini littéralement électrisé, porté par les faits qu'il exposait, le tableau terrible qu'il brossait. Je retrouvais dans ses gestes, dans sa voix, dans sa ferveur, la même fougue qui avait animé Chandra Bose lorsqu'il m'avait dépeint le chaos qui noircirait probablement les dix années à venir. Les conclusions et les intérêts de ces deux hommes étaient opposés, bien sûr, mais leur acharnement à défendre leur cause était d'une nature toute semblable. Le petit homme au gilet gris se rassit lourdement, provoquant par réaction la soudaine levée de l'un des douze autres visages de Donovan Phibes. Quel était le nom de celui-ci ? Peut-être était-ce Ibhart, peut-être Polley… Quel que fût son patronyme, l'uniforme qu'il portait était celui, gris-bleu aux galons dorés, d'un officier supérieur de la RAF.

— Votre colonel nous a parlé de votre valeur, Tewp. Peut-être serait-ce à lui de vous en détailler les motifs, mais laissez-moi vous expliquer pourquoi nous vous avons fait venir ici ce soir.

L'aviateur fit une pause assez longue. Une pause savamment étudiée pour souligner l'importance de ses propos. Il voulait qu'enfin nous atteignions le cœur du volcan, ce point de fusion où tous les mystères étaient supposés fondre comme neige au soleil. Malgré la solennité de l'instant, je sentis que mes mains étaient redevenues sèches et que mon cœur ne battait plus aussi fort. Certes, tous les yeux de Donovan Phibes étaient braqués sur moi mais au lieu de me déconcentrer et de me priver de mes moyens, cela, maintenant, me donnait une certaine force. J'ignorais encore pourquoi, mais je devinais que ces gens avaient besoin de mon concours. Ce qui me donnait un avantage certain sur eux. Je laissai l'aviateur poursuivre en faisant en sorte que l'émotion ne passe pas sur mes traits.

— Tewp, nous pourrions passer la nuit à vous parler de nos convictions. Pas plus que vous, nous ne jouissons malheureusement d'assez de temps pour cela. Tous ceux que vous voyez rassemblés ici ce soir sont soit de hauts responsables militaires, comme je le suis moi-même, soit des diplomates ou des représentants d'organisations internationales discrètes mais influentes… Nos formations, nos parcours, notre nationalité, nos choix intellectuels parfois même nous différencient. Deux choses nous rassemblent, cependant. Tout d'abord, une volonté : celle d'œuvrer pour la Bienfaisance, pour l'Amour fraternel et pour l'Harmonie entre les hommes. Une conviction ensuite : il est des occasions dans l'Histoire où le Bien ne doit pas se contenter d'être une vertu passive, mais peut et doit lutter avec férocité pour sa préservation, même s'il est contraint pour cela d'employer des méthodes condamnables. Nous regrettons tous ce que nous nous apprêtons à faire, Tewp. Mais il faut maintenant que vous le sachiez : Donovan Phibes n'existe que pour une seule et unique finalité, éliminer le roi d'Angleterre, Edouard VIII, ici, à Calcutta, et en faire porter la responsabilité directe aux services secrets allemands.

Je ne cillai pas – évidemment, pour moi, cette révélation n'en était pas une. Même si je n'en avais rien cru sur l'instant, Netaji m'avait déjà préparé à envisager la possibilité d'un tel complot. Pourtant, malgré cela, le choc était rude, car il ne s'agissait plus d'une simple hypothèse d'école, d'une option brumeuse et, somme toute, excessivement peu probable. J'avais maintenant à considérer la réalité immédiate et tragique de la chose. Mais Phibes n'en avait pas encore tout à fait fini avec moi. Ce fut à Hardens qu'il revint de m'exposer la raison de ma comparution devant l'assemblée réunie dans la Suite des Princes.

— Je suppose que vous avez beaucoup de questions à nous poser, Tewp. Et nous y répondrons. Mais avant cela, nous devons vous dire très exactement ce que nous attendons de vous…

*

Les cartouches garnissaient à nouveau le barillet de mon Webley lorsque la voiture d'Hardens me déposa, peu après 5 heures du matin, devant la grille de la villa Galjero. Pouvais-je dire alors que j'étais le même homme que celui qui avait été introduit auprès de l'étrange congrégation portant le nom de Donovan Phibes qui agissait dans les coulisses du monde pour tenter d'en modifier radicalement l'histoire ? Non, évidemment. Mais ce changement n'était pas dû au fait que je savais désormais que le complot contre le roi Edouard était une réalité, et non le mensonge d'un habile manipulateur. Il était dû à une autre dimension de l'intrigue, une dimension qui m'avait été révélée par mon colonel et que je n'aurais jamais pu soupçonner de mon propre chef. Une dimension terrible, monstrueuse, et qui était sur le point de bouleverser à jamais ma vie… Je n'avais pourtant pas vendu mon âme à ces treize hommes. Je ne l'avais pas monnayée contre de l'argent ou une faveur, l'assurance d'un grade ou celle d'une position sociale avantageuse. J'avais fait bien pire que cela ! De mon plein gré, j'avais *donné* mon concours à Phibes. Il n'existait aucun retour en arrière possible !

— Vous ne vous sentez pas bien ? Vous êtes tout pâle, lieutenant.

La voix grave de Dalibor Galjero me surprit comme je traversais le premier salon du rez-de-chaussée. Sa haute silhouette s'était soudain détendue à mon approche, lançant sa longue anatomie hors d'un quartier d'ombre où, un instant plus tôt, elle reposait tranquille, silencieuse, peut-être somnolente, sur un divan profond.

— J'ai eu un long rendez-vous de travail avec mes supérieurs. Ce n'est que cela, sir, répondis-je en retirant instinctivement ma casquette tel un domestique obséquieux pris en faute par son maître.

— Vos horaires de service sont beaucoup trop longs. Votre hiérarchie aurait dû prévoir quelqu'un pour vous relever de temps en temps. Y a-t-il quelque chose que je puisse faire pour vous, David ?

Je n'aimai pas entendre mon prénom dans la bouche de Galjero. Cela me mettait mal à l'aise. Lui n'avait pas à s'abaisser à cela, et je n'avais pas à subir cette familiarité. Il s'approcha de moi. Tout près. A me toucher…

— Votre esprit tremble et s'agite. Je le sens. N'est-ce pas, David ?

Je baissai les yeux, n'osant répondre. Durant la soirée passée en compagnie des treize comploteurs, nul n'avait prononcé le nom des Galjero. Personne n'avait mentionné ces gens étranges chez qui résidait Mme Simpson. Pourtant remarquables en bien des points, les Roumains semblaient ignorer l'existence de

Donovan Phibes. A part moi, pourtant, je ne pouvais m'empêcher de penser que ce couple sulfureux avait son rôle à jouer dans l'obscure mécanique qui, de la chambre d'Ostara Keller à la cellule sordide où Küneck avait été égorgé, liait de manière mystérieuse tant de personnalités de haut rang, tant d'intrigants qui voulaient décider de rien moins que du sort du monde.

— Je suis simplement fatigué, monsieur. Il est inutile de chercher des causes imaginaires.

Galjero me regarda en souriant doucement.

— Vous ne me persuadez pas. Mais comme vous le souhaitez. Je vous laisse prendre un peu de repos. Nous reparlerons plus tard, peut-être…

Pendant une heure à peine, je restai étendu sur mon lit, les yeux fermés, pour tenter d'oublier la situation nouvelle qui était la mienne désormais. Rien n'y fit. Sans cesse me revenaient en mémoire les visages et les voix des hommes qui avaient consacré toute la nuit à me convaincre du bien-fondé de leur croisade.

— Nous avons créé une vague d'événements qui désormais nous échappent, Tewp, c'est vrai, avait avoué Olint, le principal représentant de la Banque d'Angleterre aux Indes. Mais il est encore temps de corriger le tir. Nous voulons que vous nous y aidiez…

— Cette femme, cette Ostara Keller, c'est à cause de nous qu'elle est venue ici, avait enchaîné l'armateur Neville. Depuis trois mois déjà, dès que le MI 6 et le ministère de l'Intérieur ont été informés par le cabinet du roi que le souverain projetait une visite aux Indes en compagnie de Mme Simpson, nous avons tenté de tromper le SD Ausland. Küneck a vite mordu à l'hameçon. Mais la tueuse que Berlin a dépêchée ici a eu des doutes…

— Je l'ai rencontrée moi-même trois fois, dans cette pièce où nous nous trouvons, avait alors poursuivi sir Jacobus Dolester, un homme d'allure molle qui occupait cependant l'enviable fonction de conseiller particulier de l'actuel gouverneur des Indes, lord Linlithgrow. A son comportement, j'ai tout de suite senti qu'Ostara Keller était différente du commun des mortels. J'ai joué longtemps au chat et à la souris avec elle, endossant du mieux que je pouvais la personnalité de Donovan Phibes, un prétendu familier des cercles du pouvoir ici, aux Indes. Le masque n'était pas bien difficile à porter, évidemment… Nous ne savions pas exactement quand le souverain allait arriver. Il a reporté inopinément son voyage plusieurs fois. Il a fallu ruser pour la faire patienter. Et même envoyer à ses basques des gens du MI 6 – aussi peu compétents que possible, en l'occurrence le capitaine Gillespie, ses deux sbires incapables et… vous-même, mon cher ! – pour qu'elle ne se doute pas que les responsables du bureau, ici, étaient au courant de sa mission…

— Une excessive placidité de la Firme à son égard aurait fini par la rendre encore plus méfiante qu'elle ne l'était déjà, avait précisé Hardens. En tant que résidente étrangère ici, il était logique qu'elle finisse par intéresser un service quelconque… Donc nous avons ménagé nous-mêmes un contre-feu. Navré de vous avoir désigné, mais vous aviez le profil idéal, Tewp.

— Celui d'un naïf et d'un maladroit, voulez-vous dire, mon colonel ?

Hardens avait baissé le nez à cette question.

— Et puis, très peu de temps après votre entrée en scène, les choses se sont précipitées, avait repris Dolester. Malgré toutes les sources de renseignements qui sont les nôtres, des éléments nous manquent encore pour relier entre eux les événements qui ont fait que Keller a disparu purement et simplement de notre champ de vision. D'abord, et c'est peut-être ce qui a tout déclenché, il y a eu l'adjudant Edmonds qui a cru bon de faire un rapport direct à New Delhi concernant la venue de Küneck à Calcutta. Les imbéciles font parfois de redoutables dégâts par excès de zèle. Gillespie a jugé l'information trop importante pour la faire transiter d'abord par Hardens. Croyant bien faire, il a court-circuité la hiérarchie, ce qui a poussé Delhi à dessaisir sur-le-champ votre équipe du dossier au profit de l'agent Surey. Fin pisteur. Fin traqueur.

— Trop fin. Beaucoup trop fin. Malheureusement pour lui…, avait soupiré dans son coin le dénommé Nathan. Nous lui avons parlé, pourtant. Mais il n'a rien voulu entendre. Dieu sait pourtant si nous avons utilisé tous les arguments dont nous disposions ! Jusqu'aux plus outrageusement matériels…

Je revois encore les treize visages de Donovan Phibes se refermer d'un coup comme l'un des leurs évoquait le sort tragique qui avait dû être réservé à l'agent Surey : Milton Millicent, un mercenaire, un exécuteur des basses œuvres plutôt, avait été chargé d'éliminer l'homme au panama et son équipier, puis de laisser un indice grossier incriminant Keller…

— Le carré de papier sous ma porte, c'était donc vous, et non Surey…, avais-je alors soufflé.

— Il fallait bien que quelqu'un découvre les corps, Tewp. Sinon, comment lancer un ordre d'arrestation contre elle ?

J'étais resté un long moment interdit. J'avais eu beau retourner le problème en tous sens, décidément, je persistais à ne pas comprendre pourquoi Hardens m'avait envoyé ce soir-là à la tête d'une section de policiers militaires aux armes faussées cueillir Keller au Harnett. C'était alors M. Vouillé qui avait pris le relais des explications.

— Nous avons agi de la sorte d'abord parce que nous savions que Surey vous avait parlé alors que vous étiez encore en cellule, Tewp. Il vous avait sûrement entretenu de ses doutes. Vous donner l'ordre express d'arrêter Keller nous faisait jouer – et gagner – sur les deux tableaux. Soit, comme c'était le plus probable, vous y perdiez la vie et alors nous n'avions pas à vous réserver le sort de Surey, soit vous échappiez par miracle au massacre et vous reveniez du Harnett persuadé de la bonne foi du colonel Hardens. Evidemment, vous pourrez qualifier notre manœuvre de cynique. Nous en assumons collectivement la noirceur tout autant que la nécessité.

Toutes ces révélations m'avaient atterré. Tuer Surey et son coéquipier, lancer – sans l'ombre d'un scrupule – à la rencontre d'une tueuse professionnelle des hommes inconscients, aux armes inefficaces, et ourdir enfin la mort de leur propre souverain… Comment diable des hommes avec de si hautes responsabilités, des hommes qui se devaient d'être d'irréprochables exemples, pouvaient-ils concevoir ces crimes abjects ? La question restait sans réponse, ce qui avait d'ailleurs peu d'importance car je n'étais pas encore parvenu au terme de leurs révélations…

— Pas une seule seconde il ne vous est venu à l'esprit que le capitaine Norrington était malgré tout en mesure d'arrêter Keller au Harnett ? avais-je demandé, alors que le sang s'était depuis longtemps figé dans mes veines et que plus un muscle ne vibrait en moi.

— Pas une seule seconde, lieutenant Tewp. Nous nous doutions bien qu'il y aurait des survivants parmi les membres de votre groupe. Et vous-même, peut-être… Mais nous avions la certitude que Keller ne pourrait pas se faire prendre… Pas même être blessée sérieusement.

— Mais les armes… elles n'étaient pourtant pas sabotées… J'ai vérifié moi-même mon Webley…

Un silence gêné avait suivi ma remarque. Hardens avait toussoté, le poing serré devant sa bouche. Obadiah s'était soudain mis à regarder le plafond. Neville avait concentré son attention sur le sol… Enfin, Dolester s'était décidé à reprendre le fil du discours.

— C'est un point assez délicat à expliquer… L'agent Keller m'a fait une démonstration extrêmement impressionnante lors de notre première entrevue. Une démonstration dont je ne m'explique toujours pas les tenants et les aboutissants. Je vous épargnerai la description complète de la scène. Pour simplifier, disons qu'elle…

Dolester laissa sa phrase en suspens. Ses lèvres s'étaient pincées, son front s'était ridé. On sentait bien qu'il fournissait un effort pour chercher ses mots, les choisir… dans l'espoir d'être explicite sans pour autant se voir contraint d'employer des raccourcis peut-être ridicules. Malgré toute sa bonne volonté, il n'y était pas parvenu… Hardens avait soupiré aussi bruyamment qu'un vieux morse avant de se décider à venir à son secours.

— Sir Dolester cherche à vous dire que cette *Kraut* possède la faculté de provoquer des dysfonctionnements dans les armes à feu, avait alors achevé le colonel avant que tout son être ne fût secoué par un éclat de rire nerveux.

*

Trois petits coups frappés à ma porte me tirèrent d'un demi-sommeil agité, lardé des souvenirs et des phrases de la nuit. Bondissant nerveusement sur mes pieds, je n'eus que le temps de me ceindre les reins d'un drap pour aller ouvrir. Poli, patient et grave, Jaywant attendait dans le couloir, les bras croisés sur la poitrine.

— Mme Simpson vous fait dire qu'elle ne quittera pas la propriété de la journée, lieutenant. Lady et sir Galjero vous informent quant à eux qu'ils recevront simplement quelques amis en soirée. Demain en revanche sera peut-être consacré à une excursion… C'était tout ce que j'avais à vous apprendre, monsieur l'officier.

Je remerciai le second intendant d'une phrase inachevée, puis, comme je refermais la porte sur lui, je crus voir qu'il se dressait sur la pointe des pieds pour regarder à l'intérieur de ma chambre. Cela piqua ma curiosité et je me retournai pour chercher quel était l'objet de son intérêt. Je ne vis au centre de la pièce que l'amoncellement de vêtements que j'avais portés la veille et négligemment jetés sur le sol, dans ma hâte. Comme j'acceptais l'offre que me fit Jaywant de porter mon uniforme à la lingerie et que je lui tendais ma veste, un long et très fin reflet cuivré tortillé sur la manche accrocha la lumière du matin qui entrait à flots. Machinalement, je saisis entre mes doigts ce que je pris d'abord pour un simple fil de poussière. Ce n'était pourtant pas cela, mais un cheveu. Un long cheveu roux… La trace infime, quasi immatérielle, mais tellement évocatrice, d'un homme affreux, d'un homme comme je n'en avais encore jamais vu et qui m'avait été présenté par le collectif Donovan Phibes dans la Suite des Princes…

— Tewp, avait dit Hardens après qu'il eut enfin maîtrisé le fou rire qui l'avait pris à l'évocation du pouvoir miraculeux que Dolester prêtait à Keller sur les armes à feu, je crois qu'il est temps que cessent les explications détaillées. Faisons bref désormais car, à bien y regarder, la situation est simple. Nous avons tenté de manipuler des agents du SD et de leur faire porter le chapeau d'un attentat sur la personne de Mme Simpson. Un attentat préparé par nous bien sûr, et qui aurait dû éliminer le souverain en même temps que l'Américaine. Si tout s'était déroulé selon nos prévisions, nous aurions abattu Keller et Küneck, puis fourni à l'opinion britannique toutes les preuves de l'implication des Allemands dans ce drame. Une guerre immédiate s'en serait suivie et nous l'aurions gagnée. Les hommes que vous rencontrez ici ce soir ne forment pour vous que la partie visible d'un réseau autrement plus vaste. Donovan Phibes ne se résume pas à treize personnes. Donovan Phibes, c'est vingt, trente, cinquante fois plus de membres que vous n'en voyez ici… Des banquiers, des généraux, des industriels, des philosophes, des députés, des ministres, des scientifiques de onze nations différentes réparties sur les cinq continents… Et il y a même des Allemands parmi nous, Tewp ! Oui, des Allemands, qui savent que la seule solution pour éviter la catastrophe qui s'annonce est de prendre les devants et de balayer les ogres qui ont pris le pouvoir à Berlin, à Rome, bientôt à Madrid, en Roumanie ou ailleurs… Tous ces gens dont nous avons l'appui n'attendent qu'une étincelle pour convaincre les anciens Alliés de reprendre les armes et de foncer au cœur de l'Europe afin d'y installer enfin un régime compatible avec nos démocraties. Un régime pacifique dont plus personne n'aurait rien à craindre.

— Vous faut-il vraiment la mort d'un roi pour cela ? avais-je commenté tristement.

— Cela frappera l'opinion. C'est le plus simple et le plus direct des *casus belli*… Une occasion que nous ne pouvons pas manquer, même si Keller s'est enfuie. Après l'opération du Harnett, elle aurait dû rejoindre le repaire que nous lui avions assigné en cas de coup dur. Tout l'attendait là-bas. De l'argent, du matériel… tout ce dont elle avait besoin. Mais elle ne s'y est pas rendue. Et nous avons perdu toute trace de Küneck également. L'opération s'emballe, Tewp. Elle nous échappe. Les agents du SD ont certainement compris le rôle que nous voulions leur faire jouer. Ils vont tout faire pour que notre opération échoue. Mais nous pouvons encore retomber sur nos pieds… Un homme traque les Allemands. Il sait déjà que Keller est toujours en ville… Bientôt il la retrouvera. Bientôt il la tuera.

Sur un signe d'Hardens, le dénommé Borway s'était alors levé pour ouvrir en silence une porte au fond du salon. Un homme l'avait franchie, un homme ou plutôt un monstre de foire. Un lutteur. Un hercule. Un géant. Quelle taille et quel poids ce monument de chair et de muscles pouvait-il faire ? Largement plus de six pieds. Sept, au bas mot… Et trois cents livres bien pesées pour le moins. Trois cent cinquante peut-être même… Il était si grand qu'il avait été obligé de se baisser pour passer sous le linteau de la porte. Pourtant, malgré son exceptionnelle corpulence, il ne semblait nullement lourd ou emprunté. Au contraire, il déplaçait sa masse énorme avec vivacité, réactivité et même selon les rythmes d'une furtivité naturelle qui faisait presque de lui une sorte de fantôme, transparent et silencieux. Si, en tous points, cet homme était énorme, sa venue parmi nous n'avait pourtant rien dérangé des équilibres subtils de la pièce à la décoration délicate.

— Diarmuid Langleton ! avait dit fièrement Hardens.

Notre chasseur ! Celui qui va débusquer et dépecer en notre nom la belle Mlle Keller !

En bon maquignon d'hommes, en bon combattant de 14 aussi, le colonel ne cachait pas son admiration devant l'incroyable phénomène naturel qu'était à lui seul Diarmuid Langleton, Ecossais d'Edimbourg dont le visage imberbe tout à la fois rond et bosselé – caractéristique des Celtes – s'encadrait d'une tignasse rousse tombant en torsades folles et s'illuminait de deux iris d'un vert tendre étonnamment luisant.

— Diarmuid est un homme d'un autre temps, officier Tewp. Il n'utilise jamais d'armes à feu. C'est pourquoi il retrouvera Keller et ne craindra rien des prétendus pouvoirs magiques que Dolester prête à cette femme et qu'il ne mentionne qu'en tremblant.

J'avais surpris alors le conseiller de lord Linlithgrow, tassé dans son fauteuil, murmurant entre ses dents une insanité à l'adresse d'Hardens.

— Par ailleurs, avait continué le colonel sans remarquer l'injure, cette montagne ne craint pas non plus l'acier effilé des dagues SS qu'affectionne cette fille. Montre, Diarmuid !

Sous mes yeux ébahis comme sous le regard effaré des douze hommes qui, comme moi, découvraient l'incroyable spectacle, l'Ecossais fit craquer les boutons de sa chemise à col haut et, jetant la charpie par-dessus son épaule, nous révéla un torse et un cou entièrement couverts d'innombrables anneaux de métal. Cousus à même la peau, ceux-ci formaient une cotte de maille serrée, impénétrable, aussi impossible à enlever qu'à briser… La vision de cette chair humaine prise à jamais dans la résille d'acier était aussi fascinante que pénible à voir. Plusieurs membres de l'honorable assemblée des Donovan Phibes n'avaient pu réprimer des interjections de dégoût…

— Ne doutez pas que son corps tout entier soit ainsi protégé, gentlemen…, s'était vanté Hardens, indifférent aux commentaires, comme si nous avions encore besoin d'être convaincus de la force d'âme qu'il avait fallu à l'Ecossais pour s'imposer cette mortification.

Diarmuid avait un court instant fait jouer ses muscles et trembler sa carcasse, avant de s'immobiliser, à deux pas de moi. Comme aimantée par la masse métallique que je voyais luire sous les lampes tamisées de la pièce, ma main s'était avancée vers les anneaux frottés d'huile. Une fraction de seconde, je revis les écailles du serpent abattu par Mme de Réault dans la chambre 511 du Harnett. Dans l'agencement savant des mailles qui couvraient Diarmuid, je reconnaissais quelque chose de la peau ophidienne. Le même velouté et la même froideur. La même menace et la même sensualité… Puis, comme une foudre venant d'en haut, la paume du géant s'était soudain serrée autour de ma gorge. Soulevé de terre par la poigne du monstre, je m'étais retrouvé, à demi étranglé et déjà à demi évanoui, face au visage grimaçant de Diarmuid. Sa bouche énorme s'était approchée de moi et ses mèches rouges avaient balayé mon visage avant que sa voix caverneuse ne tonnât un avertissement que je n'avais pas compris. C'est à cet instant, sûrement, qu'un de ses cheveux était tombé sur le tissu de ma veste…

Dharma

De la journée du 17 octobre 1936 il ne me reste que peu de vrais souvenirs. Jaywant m'en avait averti au matin, Mme Simpson avait émis la volonté de passer l'essentiel de son temps à se reposer dans sa chambre. Les Galjero, quant à eux, avaient tout simplement disparu. Les domestiques n'attendaient leur retour que pour le soir et aucun ordre précis ne leur avait été donné jusque-là. Cette relative liberté de mouvement qui m'était offerte me convenait fort bien car j'avais beaucoup à penser. Beaucoup à décider aussi… Cette journée, je le savais, était l'un des tout derniers instants de calme avant la tempête. Tout s'était clarifié quelques heures plus tôt, dans la Suite des Princes. Mais je n'avais pas vraiment eu le loisir d'assimiler ce qu'impliquait l'agrément que j'avais alors donné à Donovan Phibes.

— Vous acceptez donc de vous joindre à nous, officier Tewp ? avait conclu Hardens au terme de ces longues heures de discussion et de débat qui s'étaient déroulés dans l'enceinte à la fois luxueuse et confinée de l'hôtel Ascot.

— J'accepte, avais-je lâché, sur l'instant convaincu par la pertinence des arguments qui m'avaient été présentés.

— Attention ! avait alors averti le petit Obadiah. Etes-vous absolument certain de bien comprendre ce que nous vous demandons, lieutenant Tewp ?

Ô grand Dieu ! oui, j'avais bien compris ce que Donovan Phibes attendait finalement de moi. Ce n'avait pas été la menace de me livrer sans défense à Diarmuid qui m'avait décidé à me glisser dans le rang des comploteurs. C'était autre chose. Rien d'autre, en fait, que la pure, simple et très froide rationalité. Ces gens m'avaient fait venir pour me persuader de la justesse de leur cause. Ils avaient réussi. Oui, j'allais accomplir ce qu'ils réclamaient de moi. De ma propre main, j'allais tuer le roi Edouard VIII et sa maîtresse ! J'allais déclencher une guerre entre les nations du monde ! Oui, mais peut-être – et nous l'espérions tous – la toute dernière guerre à l'échelle de l'histoire des hommes !

— Si Keller apprend ou comprend que c'est désormais sur vous et sur vous seul que repose la réussite de notre projet, c'est évidemment vous qu'elle cherchera à abattre. A partir de maintenant, vous montez en première ligne, Tewp. Mais rassurez-vous. Vous ne partez pas tout à fait à découvert. Diarmuid vous protège. Il trouvera les agents du SD avant qu'ils ne puissent tout faire échouer.

— Votre Ecossais n'aura pas à s'occuper de Küneck, avais-je alors appris à Donovan Phibes. Il est mort sous mes yeux, égorgé par les nationalistes.

Ayant désormais choisi mon camp, il me semblait que je n'avais plus à cacher quoi que ce fût à mes nouveaux partenaires. Quelques phrases me suffirent pour les informer de ce que je savais des intentions de Bose et du fakir Darpân. Un long silence avait suivi mon récit. Un silence non de consternation mais de solennité car le doute, désormais, n'était plus permis : deux camps s'affrontaient bien, dressant les agents du SD alliés aux hommes de Netaji, contre les comploteurs du groupe Donovan Phibes. D'un côté, la préservation à court terme d'une paix préludant à une guerre totale, de l'autre, une provocation énorme justifiant un conflit bref et localisé destiné à vider une fois pour toute l'abcès brun qui grossissait au cœur de l'Europe... Je ne regrettais pas mon choix. Même si j'aurais aimé n'avoir jamais eu à trancher entre ces deux partis. Les événements en avaient décidé autrement. Quoi qu'il arrivât désormais, je ne pouvais plus me contenter d'endosser la personnalité du petit fonctionnaire gris et anonyme qui me convenait autrefois si bien. Donovan Phibes venait d'ouvrir pour moi la porte de l'Histoire. Que cela me plaise ou non, il me fallait à présent la franchir...

*

De toute cette journée-là Mme Simpson ne daigna pas se montrer. Elle demeura recluse dans sa chambre où elle se fit même servir son déjeuner. Cela me convenait très bien. Evidemment, je n'avais plus la moindre envie de croiser cette femme, maintenant que je savais que sa mort allait venir de moi. Je ne connaissais pas encore les détails de ce que les hommes de la Suite des Princes avaient fomenté pour éliminer le roi et sa maîtresse. La manière importait peu, d'ailleurs. Tout ce qu'on m'avait appris était que l'on ne me demanderait pas d'agir avant qu'Edouard fût arrivé à Calcutta. Les modalités de l'attentat ne me seraient communiquées qu'à la toute dernière minute, par le colonel Hardens en personne. Que m'avait-on promis en échange ? Peu de choses, en fait. L'impunité, assurément, et c'était bien là la moindre des choses. De l'argent, aussi. Beaucoup d'argent même. Mais j'avais énergiquement refusé toute forme de récompense matérielle. Je n'étais pas un mercenaire. Je n'étais pas à vendre. Intellectuellement et moralement, les positions de Phibes étaient justes. Par mon geste, par mon crime, j'allais sauver des centaines de milliers de vies – des millions peut-être. Cela suffisait à ma rétribution. J'en étais même joyeux. Presque fier.

La matinée passa pour moi dans cet d'état d'exaltation. Tout me semblait clair, imparable, évident. Je m'étais engagé à commettre un double meurtre mais cela ne me paraissait guère plus condamnable que d'abattre des chiens pris par la rage. Et puis, comme le jour avançait, une fébrilité terrible monta en moi. Mes mains se tordirent, mes poumons se compressèrent. En vain je cherchais l'air. Plus les heures passaient et plus ce sentiment d'oppression devenait insupportable. La mauvaise conscience, enfin, jaillit comme une source sombre du fond de mon cœur et m'engloutit. Qu'avais-je donc promis à ces hommes ? Quel démon m'avait pris de me ranger à leurs côtés ? Phibes ne me demandait pas d'égorger de vulgaires cochons dans la cour d'une ferme, bon sang ! C'était un double assassinat qu'on voulait que j'exécute. Et pas sur n'importe qui ! Sur le roi et celle qu'il voulait épouser ! Comment avais-je pu donner mon consentement à une telle abomination ? Il fallait que je réagisse, que je fasse échouer le complot ! Oui, mais cela signifiait aussi laisser le champ libre à Bose et à Keller, des ennemis déclarés de la Grande-Bretagne ! De quelque côté que je me tourne, c'était l'impasse ! Soit j'aidais Phibes et je devenais un criminel, soit je laissais agir Keller et je favorisais le jeu de l'Allemagne et des indépendantistes hindous contre l'Angleterre ! Que faire alors ? Ne pas agir ? Se contenter de subir les événements ? Cela ne me semblait plus possible. Statique, pris entre les deux feux, je ne pouvais qu'être impitoyablement écrasé ! Tordu de douleurs nerveuses, le corps secoué de tremblements, parlant tout seul en tournant en rond dans ma chambre, je devais avoir l'air d'un damné. Vers quelque point que mon analyse portât, le constat était toujours le même : j'étais définitivement seul face à mes choix ! De l'aide ! Il me fallait de l'aide ! Mais vers qui me tourner ? En qui pouvais-je avoir confiance ? En Bartholomew Nicol ? Certes, mais il n'était qu'un vieux capitaine médecin sans pouvoir, sans influence. Il ne pourrait rien de concret, d'efficace pour moi. Mme Garance de Réault ? Evidemment non ! C'était une personne intelligente, à n'en pas douter, et décidée. Mais elle était étrangère et je n'oubliais pas que c'était par son entremise que Darpân était entré dans la danse macabre qui se déchaînait autour de moi. Alors qui ? Habid Swamy et l'aspirant Shaw étaient eux aussi à écarter. Simple caporal hindou et tout jeune officier sans expérience, ils auraient eu moins d'influence encore que le bonhomme Nicol. Seul demeurait Zacharias Gibbet, le lieutenant-colonel de la police militaire. Pouvais-je vraiment me livrer à cet homme ? Je n'en savais rien. L'équerre et le compas gravés sur son sous-main, le rappel de la devise du MI 6, *Semper occultus* – toujours caché – qu'il n'avait cessé de me lancer lors de notre entretien, ne m'inspiraient, à dire vrai, rien qui vaille. Gibbet était certainement un homme à double fond lui aussi. Il fallait pourtant que je me jette à l'eau, que je fasse un pari, si je ne voulais pas subir seul et sans recours aucun le monstrueux fardeau dont j'avais inconsidérément chargé mes épaules.

Cessant tout débat avec moi-même, je courus sans plus attendre jusqu'aux sentinelles postées autour de la villa Galjero et ordonnai à leur sergent de me déposer au plus vite au quartier, devant les Grands Appartements. Nous étions encore en pleine journée et j'avais conscience qu'Hardens ou l'un des nombreux espions qui, à la caserne, semblaient dévoués à la cause de Donovan Phibes pouvaient m'apercevoir et comprendre mes intentions. Mais cela m'était égal. Dès que j'aurais franchi le seuil du bureau du chef de la police militaire, il ne pourrait plus rien m'arriver. Et puis l'enjeu était si énorme qu'il valait bien que je tente ma chance. Comme un damné, je grimpai quatre à quatre l'escalier qui menait à l'étage de Gibbet. Allongeant le pas, je traversai en hâte le couloir de son service et frappai à sa porte sans prendre le temps de parler au secrétaire affolé, qui déjà surgissait derrière moi pour m'arrêter.

— Mon lieutenant ! Mon lieutenant ! Vous n'avez pas le droit !

N'entendant pas de réponse à mes coups, j'essayai d'activer la poignée. Mais un tour de clef y avait été donné.

— Où est le colonel Gibbet, caporal ? Je dois le rencontrer immédiatement ! Affaire de première importance ! hurlai-je au planton, scandalisé par le mauvais sort que je réservais aux règles élémentaires de la bienséance militaire.

— Le colonel Gibbet ? Mais c'est que..., répondit-il, gêné.

— Quoi donc ? lui lançai-je méchamment.

— Eh bien, c'est qu'il est décédé hier soir, mon lieutenant !

La brutalité de l'annonce me fit vaciller. Heureusement, le caporal me soutint et fit prestement glisser une chaise jusqu'à moi.

— Zacharias Gibbet est mort ? Mais enfin, comment cela ? m'étonnai-je une fois remis de ce choc.

— Une chute, mon lieutenant. Il est passé au travers d'une vitre du dernier étage de la Dunette en se battant avec un type. Une vulgaire histoire de femme, apparemment. Ils sont tombés tous les deux. Aussi morts l'un que l'autre. Vous n'êtes pas au courant ? Toute la caserne ne parle que de ça.

— Un autre type ? Quel autre type, caporal ? demandai-je avec une appréhension grandissante.

— Je ne connais pas son nom. Un jeune gamin archiviste. Le bruit court qu'il avait couché avec la maîtresse en titre du colonel Gibbet. Mais ce n'est qu'une rumeur…

Un jeune gamin archiviste ! Eric Arthur Blair, évidemment ! Ce ne pouvait être que lui. Bien sûr, je n'accordai pas une seconde le moindre crédit à la version de l'affaire qui courait dans les chambrées. Si Blair et Gibbet ne comptaient maintenant plus parmi les vivants, ce n'était pas à cause d'une histoire de coucherie. C'était tout simplement parce qu'on m'avait vu avec eux et qu'on avait compris que je les avais interrogés sur l'identité de Donovan Phibes. L'atrocité de la situation me sauta à la gorge, me serrant le larynx plus fort encore que ne l'avait fait la poigne de Diarmuid la veille. L'annonce de ces deux morts avait achevé de me dégriser. Comment donc avais-je pu oublier que ces gens, tout banquiers, diplomates ou capitaines d'industrie qu'ils fussent, avaient déjà sur les mains le sang de l'agent Surey et de son équipier ? Avec ces nouvelles victimes innocentes venait aussi à moi la preuve qu'ils n'hésiteraient pas à m'éliminer, une fois ma tâche accomplie. David Tewp était pour eux un naïf utile qu'ils avaient nommé ordonnance de Wallis Simpson afin de l'introduire en douceur auprès du plus haut personnage de l'Etat. Mais dès que le rôle de Tewp le benêt arriverait à péremption, il n'y aurait plus d'autre choix que de l'éliminer lui aussi. Je connaissais leurs noms. Je connaissais leurs visages et leurs motivations. En aucun cas ils ne pourraient se permettre de me laisser en vie ! Toutes ces réflexions me traversèrent en un instant l'esprit comme autant de traits de foudre. Etourdi, presque broyé par les événements qui se précipitaient, je parvins tout de même à me relever et à quitter aussi discrètement que possible les Grands Appartements. J'eus grande envie de me faire conduire jusqu'à l'hôpital où je savais qu'à cette heure Nicol consultait encore. Je refrénai cette tentation pourtant, car il était désormais hors de question que je mette en danger la vie de qui que ce fût. Quoi qu'il pût arriver désormais, c'était en solitaire que j'allais affronter la catastrophe annoncée.

*

Une fête improvisée battait son plein lorsque je revins chez les Galjero. Dalibor et Laüme avaient apparemment ramené de je ne sais où une poignée d'invités, dont les tuxedos et les robes longues ne masquaient que fort peu leur allure naturellement perverse et arrogante, à l'image de celle de Mme Simpson. Je ne fis qu'entrevoir ces gens car il m'était apparu que chaperonner l'Américaine de trop près était inutile tant que je conservais le titre de tueur patenté que m'avait décerné la veille au soir Donovan Phibes, l'hydre à treize têtes et aux centaines de mains venant de « onze nations différentes réparties sur les cinq continents » pour reprendre les mots précis d'Hardens. Je montai donc dans ma chambre pour me reposer. Je n'avais presque pas dormi au cours des dernières quarante-huit heures et le manque de sommeil, ajouté à la tension générée par les derniers événements, commençait à prélever un lourd tribut sur mon état physique. Allongé, je m'endormis aussitôt. Je n'avais eu la sensation de sommeiller qu'un court moment lorsque je fus réveillé brutalement par un effleurement sur ma joue. Malgré l'ombre qui enveloppait la pièce, je distinguai les traits de Laüme Galjero penchée sur moi. Comme brûlé par un tison, je me rétractai aussitôt, et d'un geste rude ramenai le drap sur ma poitrine sans prêter attention à mon cœur qui s'emballait. La femme Galjero me souriait mais ne disait mot. Profondément échancrée, sa robe noire dénudait impudiquement ses épaules, ses bras, le sillon tendre entre ses seins tandis que ses lèvres entrouvertes laissaient voir sa langue fine et rose. Elle prit mon menton dans sa main et approcha lentement son visage du mien. L'odeur de sa chair satura mon être, pénétra mon esprit, le lia comme l'aurait fait le philtre d'une sorcière. Presque pétrifié, je crus que c'était la mort elle-même qui s'avançait vers moi tant je me sentais incapable de réagir, incapable de penser. Puis, alors que la bouche de Laüme allait se poser sur la mienne, une ultime étincelle de lucidité se ranima en moi, qui me fit repousser de toutes mes forces la créature qui s'offrait. Un très bref instant, mon rejet provoqua une sorte de combat. Nos mains se mêlèrent, nos bras battirent l'air, je sentis ses longs ongles durs zébrer mon torse et vis des éclairs de haine jaillir des yeux pourtant si beaux de cette femme. Mais la bataille cessa aussitôt, et nous nous écartâmes l'un de l'autre sans plus nous regarder. Laüme se redressa et quitta ma chambre. Sans prendre la peine de se retourner, elle énonça pour moi comme une sentence :

— Si vous vous étiez abandonné ce soir, je n'aurais pas posé de limites à ce que je vous aurais accordé, David. Dommage pour vous… Oui, vraiment dommage que vous m'ayez frustrée ainsi de mon désir.

Puis elle referma la porte et il n'y eut plus que le noir autour de moi. Un noir affreux, abyssal, une obscurité comme je n'en avais jamais traversé, même lorsque Darpân et Anânda m'avaient plongé en catalepsie sur le rocher au milieu de la rivière bouillonnante afin de me délivrer des œuvres néfastes que Keller avait tissées autour de moi. Longtemps je restai assis dans mon lit, interdit, tremblant, à écouter les bruits de fête et d'orgie qui montaient des salons. Je ne voulais pas descendre, je ne voulais pas voir. J'imaginais trop bien ce qui se passait pour m'abîmer l'âme à en être le témoin direct. Je n'avais nul besoin de cela… non, vraiment nul besoin…

A l'aube, les invités partirent, un peu ivres, un peu claudiquants. Les hommes étaient en chemise et toutes les femmes encore à demi nues. Les voitures les prenaient là, sur le perron, et personne ne semblait choqué que les domestiques, les chauffeurs, les valets puissent être les témoins de tant de débauche et d'abandon.

Comme je m'y étais attendu, la propriété demeura calme tout au long de la matinée. J'en profitai pour faire savoir par estafette à Habid Swamy que je désirais qu'il se présente d'urgence à la grille de la villa. Moins d'une heure plus tard, le petit Hindou claquait réglementairement des talons devant moi.

— J'attends vos ordres, monsieur mon officier !

Swamy et moi ne nous étions pas vus depuis quelques jours. Sa compagnie me fit du bien, même si je n'avais pas de consignes à lui donner. Ce que je voulais, c'était parler. Hors de question pourtant de lui révéler un tant soit peu l'existence de Donovan Phibes ou de l'alliance tacite qui liait maintenant Keller aux hommes de Bose ; hors de question aussi de lui révéler que les brahmanes Darpân et Anânda étaient de mèche avec les sanghatanistes. Je choisis de l'interroger plutôt sur Khamurjee et Thomson Mansion.

— Rien de nouveau, mon officier. Kham' se débrouille toujours pour me transmettre ses rapports. Il n'y a apparemment aucun élément qui cloche dans l'organisation de leur fondation. Je crois même que le petit va bientôt me demander de jouer le jeu jusqu'au bout et de le laisser partir dans leur prytanée de Berlin.

L'incongruité de cette perspective me fit rire malgré moi. M'étais-je à ce point mépris sur les gens de Thomson Mansion ? Qu'avais-je imaginé ? Qu'ils étaient des monstres mangeurs d'enfants ? Non, encore une fois, tout cela était ridicule. J'interrogeai Swamy sur les rumeurs qui couraient sur la mort de Zacharias Gibbet et d'Eric Arthur Blair, mais il ne me rapporta que ce que le planton des Red Caps m'avait soufflé la veille.

— En quoi puis-je vous être utile, mon lieutenant ? finit par me demander Swamy, qui sentait bien que les sujets de conversation que je choisissais n'étaient que des prétextes derrière lesquels je dissimulais mes préoccupations véritables.

— En rien… ou plutôt si…. Trouvez-moi Darpân !

L'ordre ne fut pas du goût du petit homme. Il me regarda d'un drôle d'air avant de se résoudre à partir pour le temple de Kalighât Road, d'où Mme de Réault avait fait venir le prêtre au turban noir pour qu'il soignât Khamurjee au Harnett, et où, un soir d'orage, j'avais moi-même surpris Darpân en train d'opérer l'abjecte cérémonie du Maithuna. En attendant fébrilement que le Bôn Pô daignât se présenter, je retournai vers le corps de la maison. Jaywant avait évoqué la veille la possibilité d'une sortie, mais la maisonnée n'en présentait aucun des signes précurseurs.

— Je crois que mes maîtres et Mme Simpson préfèrent encore se reposer aujourd'hui, officier Tewp. Ils doivent vouloir garder leurs forces pour la chasse au tigre que le sultan Mûradêvâ organise dans trois jours.

— Cette activité est-elle dangereuse, d'ordinaire? demandai-je.

— Pas pour les chasseurs, monsieur. Les tigres n'attaquent pas les éléphants sur lesquels les tireurs sont installés. En revanche, il arrive que des porteurs ou des rabatteurs soient emportés. Oui, cela se produit parfois. Souvent même. C'est le tribut qu'il faut payer, dirait-on…

L'esprit tout agité de visions de mort et de sang, je regagnai ma chambre, que j'avais décidé de ne pas quitter avant la tombée du soir. Je laissai la porte entrouverte pour ne rien manquer des bruits domestiques. J'étais maintenant assez familier des lieux pour distinguer les sons ordinaires de ceux qui marquaient une activité impliquant Wallis Simpson. Mais je n'entendis de tout l'après-midi que des murmures de conversation, des entrechoquements de tasses et de théière, des rires étouffés, puis, le soir arrivant, des cliquetis de glaçons dans des verres. Si une excursion avait été programmée pour aujourd'hui, il devenait à chaque minute plus évident qu'elle avait été annulée. Personne ce jour-là ne monta s'enquérir de moi. Je descendis tout de même pour dîner dans le boudoir qui m'était réservé et, dès que je le pus, je repartis me terrer dans mes appartements, vivement contrarié par la fin de non-recevoir que Darpân semblait réserver à mon désir de le rencontrer au plus vite. Peut-être Swamy ne l'avait-il pas trouvé. Peut-être le Bôn Pô avait-il jugé préférable de quitter la ville en attendant que la crise fût résolue d'une manière ou d'une autre… Ou bien… ou bien Diarmuid avait-il déjà commencé à traquer les sanghatanistes impliqués dans la lutte contre Donovan Phibes ? Car dans ma folle perte de contrôle de la nuit passée à l'hôtel Ascot, dans ce moment de totale déprise de moi-même qui m'avait fait agréer au plan monstrueux des treize comploteurs, j'avais eu la faiblesse de livrer les identités de Darpân et de son apprenti. A l'écoute de ces noms, le visage de Diarmuid avait été un instant déformé par un rictus affreux, une sorte de grimace de sanglier qui lui avait fait découvrir toutes ses dents et montré qu'il les avait toutes fait tailler en pointes ! Peut-être l'Ecossais avait-il commencé à traquer Keller en remontant cette piste ? Dans ce cas, malgré les talents des Bôn Pô et leur goût pour la cruauté, je jugeais qu'ils n'avaient aucune chance face au monstre cuirassé des Highlands.

Je passai ainsi à me ronger les deux heures avant minuit. Au-dehors, la lune brillait, pleine et ronde dans un ciel sans nuages, baignant les pelouses d'une étrange lumière, à la fois grise et drue, qui dressait en de singuliers reliefs tous les volumes des feuillus, des fontaines, des bâtiments… Mes yeux s'étaient abîmés depuis de longues minutes dans cette vaine contemplation lorsque je remarquai soudain un mouvement irrégulier agiter le fond des arbres. Je n'eus que le temps de saisir ma vieille lunette de marine – que j'avais eu la présence d'esprit de fourrer dans mon paquetage – pour voir un cortège avancer droit vers la partie ensauvagée du parc. En tête de la file, je reconnus la haute silhouette de Dalibor Galjero. Venaient ensuite Laüme, Simpson puis une troisième silhouette féminine, vêtue d'un long châle à la mode hindoue qui la couvrait des pieds à la tête. Je crus identifier Madurha, la plus fine des danseuses du sultan Mûradêvâ. Devant elle marchait encore une toute petite ombre triste, drapée seulement d'un mauvais linge. Un enfant ! Comme au soir de la première orgie, j'étais certain que la destination de la troupe ne pouvait être que ce fameux stupa noir qui se dressait au milieu de la sauvagerie tel un doigt de chair maigre. Soudain électrisé, je bondis à l'étage supérieur, où je savais que j'aurais une bien meilleure vue sur le parc depuis une des fenêtres du couloir. C'était mon unique chance de découvrir le chemin caché qu'empruntaient les Galjero pour quitter la partie ordonnée des jardins. Pieds nus, je courus aussi vite que je le pus vers mon poste d'observation. Comme je braquai à nouveau la lunette, le groupe arriva à la lisière du bois. La lune éclairait la scène comme en plein jour. Je voyais tout ! Seul Dalibor s'approcha d'un arbrisseau planté en avant des autres et s'agenouilla respectueusement devant lui comme s'il était une idole, une façon de petit dieu sylvestre. De sa poche, il tira une fiole contenant je ne sais quel liquide qu'il versa respectueusement sur la terre entourant l'arbre nain. Ses lèvres bougeaient, je le voyais. Mais j'étais bien incapable de deviner quelles paroles il prononçait alors. Que diable faisait-il donc ? Etait-ce une sorte de rituel ? Un acte magique ? Un acte de pure superstition pour impressionner Simpson et la danseuse ? Impossible à dire. Je voulus revenir détailler le groupe des femmes et de l'enfant, mais un tremblement dans les branches basses toutes proches attira mon attention. Alors même que je n'y pouvais croire, je vis distinctement des tiges d'épineux s'écarter comme par magie et en quelques secondes libérer un chemin parfaitement rectiligne, un sentier propre et droit qui s'enfonçait au cœur même de la jungle ! Quel artifice de prestidigitateur produisait donc ce miracle ? A grand prix et à grand-peine, tout un réseau de câbles et de poulies devait avoir été enfoui dans le sol pour commander le retrait de branches et de taillis artificiels. C'était la seule explication logique, et je savais les Galjero suffisamment excentriques pour concevoir un tel stratagème. Cela devait assurer aux Roumains un redoutable ascendant sur les âmes simples à qui ils donnaient spectacle de la chose. Wallis et la belle Laüme furent les premières à disparaître sous les ombres noires des grands arbres. La danseuse les suivit, poussant rudement l'enfant devant elle. Dalibor enfin passa la lisière, les buissons se refermant sur lui et tissant une résille d'épines infranchissables à qui ignorait le passage secret. Tout redevint comme avant. L'illusion était parfaite. Même prévenu de son existence, l'œil ne pouvait rien discerner du porche végétal.

J'abaissai mon télescope et redescendis discrètement à l'étage inférieur. Pour la première fois depuis de très nombreux jours, j'avais enfin le sentiment de progresser dans ma quête. D'autant qu'un détail me tournait encore en tête. C'était, je le sentais, quelque chose d'important. Aiguisé par la lunette, mon regard avait saisi quelque chose dans la scène du passage vers la forêt sauvage. Un infime fragment d'information que mon cerveau, trop occupé à comprendre les manœuvres qu'effectuait Galjero pour s'ouvrir un passage au travers les ronces, avait choisi de momentanément reléguer pour un second temps d'analyse. Mais voilà que ce détail m'échappait, comme un papillon devant la main d'un enfant… La main d'un enfant ! Ou plutôt, la main de la danseuse qui avait poussé l'enfant vers les arbres ! Je l'avais vue, cette main, une fraction de seconde. Elle n'était pas brune comme aurait dû l'être celle de Madurha. Elle était blanche ! Blanche et déliée comme celle d'Ostara Keller ! Mon sang se figea instantanément dans mes veines ! Keller était ici ! Et son repaire n'était autre que le stupa au fond du parc des Galjero ! A cette pensée, mon esprit s'emballa ! L'agent d'élite du SD Ausland, la protégée d'Heydrich, celle que je traquais depuis des semaines, un mois bientôt, cette Autrichienne prétendument née vingt-trois années plus tôt à Grätz des œuvres charnelles d'Althus Keller et de Sabrina Ginter, cette sorcière caressant les crânes et dressant les serpents, cette furie plantant sans faiblir sa dague dans la gorge de soldats aguerris, cette fille, enfin, traquée par un géant roux au corps couvert d'acier, cette fille ne se trouvait plus qu'à quelques yards de moi ! Cette découverte me plaçait à la croisée des chemins. Je n'avais plus qu'un coup de fil à passer, qu'un billet à écrire pour que l'Ecossais vînt fondre sur sa proie. Dans une heure, tout serait terminé pour Keller et plus personne ne serait en mesure de s'opposer au plan de Donovan Phibes. Mais si je choisissais au contraire de me taire, si je conservais pour moi seul ce que je savais, tout serait différent. L'histoire du monde en serait changée ! Cette pensée, ce choix, cette décision à prendre étaient grisants, étourdissants… Je n'étais rien, je ne valais rien, et pourtant en cet instant se concentrait dans mes mains un pouvoir immense ! Un vertige me prit. Je fermai les yeux et me laissai choir lourdement, sans retenue, sans tricherie. Le choc fut violent. Mon crâne heurta le sol si fort que j'en fus presque assommé, mais la douleur, paradoxalement, stoppa d'un coup le sortilège de mon abrutissement. Je rouvris les yeux comme si je me réveillais d'un long cauchemar et me redressai, presque heureux ! Enfin, je savais quoi faire !

D'abord je pris une plume et du papier et, d'une traite et sans ratures, je couchai sur le papier tout ce que je savais de Donovan Phibes. Je n'omis rien, pas plus les noms des comploteurs que la teneur de leurs propos, l'avant-veille, dans la Suite des Princes de l'Ascot. Puis je procédai de même pour les sanghatanistes, décrivant tout ce que je connaissais de Bose, Darpân, Anânda... Je décrivis le meurtre de Küneck et précisai aussi tout ce que l'Allemand avait révélé avant de mourir. En une bonne heure tout fut fait. Je pris une enveloppe, cachetai le dossier à l'intérieur et libellai l'ensemble à l'adresse du procureur du vice-roi à New Delhi. Le lendemain, j'en avais l'intention, je confierais le document à Habid Swamy qui aurait pour mission de le porter à qui de droit si jamais il m'arrivait malheur d'ici à la fin du séjour aux Indes du roi Edouard VIII. Car ni notre souverain ni Mme Simpson ne mourraient ici tant que je serais officier du MI 6 en poste à Calcutta. Cela, j'en avais la ferme intention ! J'avais à peine remisé l'enveloppe dans le tiroir fermant à clef du secrétaire de la chambre que j'entendis une porte s'ouvrir doucement au rez-de-chaussée. J'éteignis aussitôt la lumière, dégainai d'instinct mon Webley et me plaquai dos au mur, juste derrière la porte d'entrée de ma suite. Une voix intérieure me disait que celui ou celle qui entrait en catimini dans la maison était venu pour moi ! Tendant l'oreille, j'entendis une marche de l'escalier craquer sous un poids humain. Il y eut ensuite un long moment de complet silence. Trois minutes. Quatre, peut-être. Puis je vis la poignée de ma porte pivoter... Je retins ma respiration pour ne pas alerter l'intrus, tandis que mon pouce relevait très lentement le chien du revolver. Je plaçais mon index sur la queue de détente quand une haute silhouette se profila sur le seuil. A son turban noir, je reconnus aussitôt Darpân ! Le brahmane se déplaçait voûté, tel un félin aux aguets, redoutant de tomber dans un piège. Il ne s'était pas encore retourné et je jugeai préférable de le laisser avancer encore un peu avant de me manifester à lui, car je redoutais de déclencher une réaction irraisonnée de sa part. Quand j'estimai que la distance entre nous était suffisante pour nous assurer une sécurité mutuelle, je permis à un souffle léger de passer entre mes dents. Le brahmane se retourna aussitôt. Dans sa main brillait un long poignard à deux lames !

— Tewp ! murmura-t-il tandis que je braquais le canon de mon arme à hauteur de son front. Tewp ! J'ai vu votre ordonnance Swamy ! Que me voulez-vous ?

Sans abaisser mon revolver, je demeurai face à lui sans rien dire un instant encore, tentant de deviner à l'éclat de son regard si ses intentions étaient hostiles ou s'il venait vraiment répondre à mon appel. Il dut comprendre le sens de mon immobilité car il replaça de lui-même son arme dans son fourreau. Tout juste rassuré, je laissai moi aussi mon bras retomber le long de mon corps.

— Bon Dieu, comment êtes-vous entré ici, Darpân ? sifflai-je.

Le brahmane se contenta de se diriger vers un fauteuil et d'y prendre mollement place.

— Savez-vous que les Britanniques ont mis Netaji aux arrêts, Tewp ? me dit-il enfin d'un ton détaché tandis que je m'approchais de lui en basculant le percuteur de mon arme en position normale.

Je me moquais bien de ce qu'il pouvait advenir de Bose dans l'immédiat, moi qui avais en tête d'autres préoccupations de bien plus vaste envergure.

— Ce n'est pas pour vous demander des nouvelles

de votre Netaji que j'ai envoyé Swamy vous chercher, Darpân ! J'ai beaucoup de choses à vous apprendre ! Et bien peu de temps pour le faire !

Du mieux que je pus et, surtout, le plus rapidement possible, je brossai pour le brahmane un tableau de ces dernières journées. Je n'omis aucun détail. Ni l'introduction de Khamurjee au sein de Thomson Mansion, ni la visite au colonel Zacharias Gibbet, ni bien sûr la rencontre avec Donovan Phibes, ni même la toute récente découverte de l'endroit où se dissimulait Ostara Keller… Lorsque j'eus achevé mon récit, le visage du prêtre était barré d'un étrange sourire.

— Je suis heureux de constater que vous avez enfin choisi votre camp, Tewp. Vous avez bien fait de m'avertir. Nous étions sur le point de procéder à votre élimination. J'espère que vous ne nous donnerez pas l'occasion d'appliquer cette directive. Quant à ces hommes qui se cachent derrière le pseudonyme de Phibes, j'ose espérer que vous nous livrerez leurs noms…

— A part Hardens, je n'en connais nommément aucun, mentis-je. Ils se sont présentés à moi sous de simples numéros de 1 à 13. Mais ce n'est pas cela qui importe. L'information capitale est que c'est à moi qu'ils ont confié la mission d'éliminer le roi et sa maîtresse !

— J'ai bien compris, Tewp. Et j'ai compris aussi que vous vous refusiez à commettre ce crime, n'est-ce pas ?

— C'est cela. Mais pour déjouer le complot de Phibes, j'ai besoin de vous !

— De moi, Tewp ? Mais pour quoi ?

Je décrivis à Darpân le monstre des Highlands lancé à ses trousses et à celles de Keller. La peinture que j'en fis ne parut pas impressionner outre mesure le Bôn Pô.

— Beau morceau d'homme que ce Diarmuid Langleton, à vous en croire, Tewp. Mais il n'est que de chair et de sang, après tout. Peut-être est-il efficace et a-t-il la confiance du groupe Phibes, mais aucune rumeur concernant un tel personnage n'est encore parvenue jusqu'à moi. Considérons-le pour l'heure comme un problème mineur, voulez-vous ?

Le géant Diarmuid, un problème mineur ? Moi qui l'avais vu de mes yeux et qui avait senti les callosités de ses énormes mains broyer ma gorge, je n'étais pas certain de pouvoir partager le calme optimiste de Darpân.

— Un problème mineur, dites-vous ? Peut-être pourrait-il n'être que cela après tout… A la condition que vous sachiez manier aussi bien – et mieux même – les arts noirs que Keller, répliquai-je avec une certaine complaisance.

— Que voulez-vous dire, exactement, Tewp ?

Des pages d'un livre où je l'avais entreposé avec soin, je sortis un long et mince fil de couleur cuivrée.

— Un des cheveux de l'Ecossais est resté sur ma veste. Si vous êtes vraiment ce que Mme de Réault affirme, peut-être pourrez-vous affaiblir au moins ce monstre en l'envoûtant !

Ces paroles enflammèrent le prêtre. En une seconde, je vis son visage changer, s'ouvrir et s'épanouir à l'idée de faire œuvre de mort. Un os dégoulinant de moelle jeté à un chien famélique n'aurait pu produire plus d'effet.

— Depuis combien de temps dites-vous posséder cette relique ?

— Environ soixante-douze heures, maintenant. Est-ce important ?

— Trois jours ? C'est parfait ! Plus que parfait ! Voulez-vous me confier ce fragment, Tewp ?

Non sans un certain dégoût, je replaçai le cheveu entre les pages du volume et tendis ce dernier à Darpân qui le fit aussitôt disparaître sous sa large ceinture.

— Page 51, précisai-je.

— Tout monstrueux qu'il soit, cet homme est d'ores et déjà vaincu, assura Darpân. Le bras armé de Donovan Phibes est sur le point d'être tranché ! Bel ouvrage, officier Tewp. Et bel esprit d'à propos ! Netaji a eu raison de placer sa confiance en vous.

Préférant ne pas répondre, j'enchaînai sur le problème Keller. Cette femme était là, toute proche, très certainement encore dans le stupa des Galjero. Et un enfant était avec eux ! Un gosse maigre et mal vêtu, assurément un môme des bas quartiers. Un de ceux, peut-être, qui disparaissaient sans laisser de traces et sans que personne ne s'en préoccupât vraiment…

— Vous devinez et redoutez le pire à ce propos, officier Tewp, je le sens, dit Darpân en se caressant la barbe après que j'eus ramené la conversation sur ce sujet. Et je crois que vous avez raison, car c'est aussi mon sentiment… Si vous n'aviez pas fait croire à Phibes que vous entriez dans son jeu, la présence de Keller ici aurait été un atout considérable pour nous puisqu'elle aurait tout tenté pour protéger le roi et sa maîtresse. Mais maintenant que nous savons d'où partira l'attaque que projettent les comploteurs – de vous, Tewp, en l'occurrence –, cette femme n'est plus utile à notre cause. Il serait même prudent que nous l'éliminions le plus vite possible pour éviter qu'elle ne tombe aux mains des sbires de Donovan Phibes. Car je devine évidemment que l'Ecossais n'est pas leur unique tueur en lice…

Eliminer Keller ? Oui. Cela me convenait. Je désirais en finir avec elle une bonne fois pour toutes. En fait, cela faisait partie intégrante de mon plan d'ensemble. Car quelques heures auparavant j'avais enfin trouvé la solution à tous mes problèmes. Dans ce vertige qui m'avait pris et m'avait fait chuter, j'avais reçu comme une illumination, une révélation. En fait, la voie de sortie de ce maelström au sein duquel j'étais plongé était si simple, si enfantine qu'il était somme toute normal que je n'aie pu l'appréhender auparavant. Partout j'étais entouré d'ennemis. Quoi que je fasse, quelque parti que je prenne, je me heurtais à des impossibilités, à des contradictions, à des dangers innombrables et des intérêts définitivement antagonistes… L'unique façon de résoudre ces conflits était de jouer seul contre tous ! Donovan Phibes était un ennemi autant que les sanghatanistes. Keller était à abattre. Hardens aussi. Et Darpân tout autant que Diarmuid ! D'une manière ou d'une autre, tous complotaient. Tous devaient donc être mis hors d'état de nuire ! C'était aussi facile que ça ! Mais comment parvenir à un succès complet autrement qu'en se servant des forces des uns pour abattre les autres ? C'était une tactique excessivement dangereuse, bien sûr, mais efficace et payante… C'était pour cela que j'avais demandé à Swamy de me trouver Darpân. Le brahmane était la première pièce que je voulais bouger sur l'échiquier bengali. Oui, j'avais trouvé la solution : pour vaincre, il fallait obstinément refuser le rôle du pion que tous voulaient m'assigner et revendiquer la maîtrise de la totalité du jeu ! Déjà, grâce à l'heureux hasard qui avait voulu que le géant des Highlands dépose un peu de lui-même sur ma veste, j'avais été capable de faire jouer le brahmane contre l'Ecossais. La manœuvre allait bientôt porter, j'en étais certain. Mais il ne fallait pas s'arrêter là. Darpân constituait une figure redoutable. La seule peut-être, à l'exception de Diarmuid, à pouvoir s'opposer efficacement à Keller. Il convenait de pousser l'avantage et de le lancer aussi contre l'Autrichienne.

— Je sais comment Galjero passe de l'autre côté du rideau d'épines qui protège le stupa, murmurai-je au Bôn Pô sur le ton de la confidence. L'aube ne se lèvera pas avant deux heures. Nous pouvons essayer de pénétrer dans la tour. Qu'en dites-vous ?

Mais Darpân ne se révéla pas très enthousiaste. Bien sûr, il voulait savoir ce que les Galjero, Simpson et Keller pratiquaient exactement en ces lieux, mais je sentis qu'il gardait pour lui des réserves qu'il rechignait à formuler. Je dus insister pour qu'il consentît à parler.

— Visiter la tour ? Oui… Mais ne vous attendez pas à ce que ce soit facile, Tewp. Elle est certainement protégée d'une manière dont vous n'avez même pas idée. Si je suis dans le vrai, cette construction est un temple. Un *temple* ! Savez-vous ce que ce mot apparemment innocent recouvre en réalité, Tewp ?

Je n'étais pas certain de comprendre le Bôn Pô. Lançait-il là une vraie question ou tentait-il de se dégager d'une aventure qui lui faisait peur ?

— Un temple n'est pas une construction ordinaire, Tewp ! C'est un lieu où se convoquent et tourbillonnent des forces bien réelles ! Si nous pénétrons dans cette tour, il nous faudra soit nous faire accepter des énergies qu'elle contient, soit les combattre et les vaincre. Ce n'est pas une excursion qui s'improvise. Il faut du temps, de la méditation, des rites, des aides…

— Nous ne pouvons pas nous permettre le luxe d'attendre, Darpân ! C'est maintenant qu'il faut agir, pressai-je.

— Sauf à vouloir mourir, je vous assure qu'il est impossible de se forcer un passage vers cet endroit cette nuit !

Comme j'entrais dans une colère noire devant une telle mauvaise volonté à saisir notre chance, Darpân se leva d'un bond, me saisit par la manche et m'entraîna hors de la chambre.

— C'est tout bonnement infaisable et je vais vous le prouver tout de suite, dit-il, excédé.

A pas de loup, nous quittâmes la villa et traversâmes les vastes pelouses en nous glissant d'un coin d'ombre à l'autre. Darpân voulait que je le conduise au point exact où j'avais vu Dalibor Galjero s'agenouiller et faire ses simagrées devant l'arbuste rabougri. Nous y parvînmes au terme de quelques minutes d'une progression si prudente et si silencieuse qu'elle n'éveilla aucun des paons endormis dans les herbes.

— C'est bien ce que je craignais, annonça le brahmane tandis que nous nous tenions près de l'avorton végétal.

— Mais de quoi parlez-vous donc ? répliquai-je aussitôt, de plus en plus irrité par les airs pleins de sous-entendus qu'affichait mon compagnon au turban noir.

Pour ma part, je ne voyais qu'une méchante racine tordue, vaguement feuillue et dont le faîte culminait piteusement à deux pieds du sol.

— Vous ne sentez rien, Tewp ?

— Non !

— Et vous persistez toujours à croire que ce végétal n'est qu'un levier qui commande un mécanisme faisant coulisser les buissons d'épines ?

— Oui !

— Alors cherchez comment cela est supposé fonctionner !

Résigné, je voulus m'agenouiller par terre pour remuer le sol autour de l'arbuste et dégager quelques-uns des rouages qui devaient s'y dissimuler. Mais soudain, alors que je m'avançai, je fus pris d'une épouvantable crise d'angoisse. Je me mis à trembler et mon estomac se révulsa à la simple idée de plonger les mains dans la tourbe et les racines. C'était si fort que je fus même submergé par une irrésistible envie de pleurer... Des larmes se mirent à couler sur mes joues tandis qu'une tristesse infinie, inexplicable, s'abattait sur moi et me rendait incapable du moindre mouvement. J'avais honte, je me sentais ridicule mais, malgré toute la conscience que j'avais de mon état, aucune pensée ne parvenait à me calmer ! Darpân me tira violemment en arrière et me gifla. Peu à peu, le terrible chagrin qui s'était posé sur mes épaules desserra son étreinte et je redevins maître de moi-même.

— Cet arbre n'est pas ce qu'il paraît être, Tewp. C'est un guerrier végétal. Un être vivant, qui pense et qui agit... Il a été élevé, éduqué pour cela. Il a une fonction. C'est le gardien du seuil ! Il protège l'accès de la sauvagerie et vous ne pouvez rien faire contre lui si vous ne savez pas de quelle manière le combattre ! Tout ce que vous tenterez empiriquement contre lui se révélera inutile. Et très dangereux pour vous. Venez, maintenant. Nous devons rentrer. Il ne faut surtout pas nous faire surprendre ici !

Nous prîmes le petit trot pour retourner à la villa. Dans le ciel, la lune pleine luisait bas sur l'horizon et faisait vibrer tout le parc silencieux par bordées renouvelées de sept vagues de lumière mauve...

*

Darpân était parti comme il était venu, furtif et mystérieux, une heure à peine avant que le soleil ne se levât. Le temps lui avait été compté pour me parler de ce qu'il nommait avec autant de respect que de méfiance les « génies familiers ».

— C'est une connaissance vieille comme le monde et qui est la base essentielle de toute magie authentique. La scène d'ouverture des buissons dont vous avez été le témoin tout à l'heure le prouve : Dalibor Galjero connaît bien cet art subtil. C'est certainement lui, le maître de Keller, lui qui l'a formée aux envoûtements de mort ! Il faudra le tuer, comme l'Autrichienne. Et sa femelle aussi... Comment la nommez-vous, déjà ?

— Laüme, répondis-je à grand-peine, brisé que j'étais par la perspective de la mort de cette créature si belle, si envoûtante et pourtant si perverse.

— Il faudra les tuer tous les trois, affirma impitoyablement le brahmane. Car si leur savoir est tel qu'ils peuvent commander aux arbres, c'est qu'il est temps que quelqu'un se dresse face à eux... Le Dharma veut apparemment que je sois celui-là.

Le Dharma. C'était une des notions les plus simples et les plus complexes qui régissait la métaphysique hindoue. Tout à la fois destinée universelle et loi d'équilibre, le Dharma était comparable au Tao des adeptes de la religion Zen. Ce n'était pas un juge. Pas un législateur. Il n'était pas identifiable à une personne et intégrait en son sein toutes les contradictions qu'engendre le cycle de la vie et de la mort, de l'amour et de la haine, de l'indifférence et de l'attachement... Le Dharma était l'âme des Indes. Tant qu'un Hindou vivrait pour l'honorer, ce pays aux dimensions de continent resterait la dernière grande citadelle païenne du monde...

Seul dans ma chambre après le départ de Darpân, je fus contraint de ronger mon frein une bonne partie de la journée. Un peu après midi pourtant, on me fit appeler pour que je me rende auprès du colonel Hardens. Le chef félon du MI 6 de Calcutta m'attendait en fumant une cigarette à l'arrière de la voiture de service qu'il avait fait garer dans Shapûr Street.

— Le roi Edouard arrive demain, Tewp, me dit sobrement la voix de Donovan Phibes. Tenez-vous prêt à agir…

— Quand cela se passera-t-il ?

— Le jour d'après. Lors de la chasse au tigre. Sur les terres du sultan Mûradêvâ. C'est ce qu'il y a de plus simple… J'aurais aimé avant – le plus vite possible à vrai dire. Mais il nous faut redoubler de prudence.

Le visage d'Hardens reflétait une angoisse intense. En quelques jours seulement il avait perdu du poids. Ses joues étaient creuses. Je vis aussi qu'il s'était mal rasé. Il sentait la sueur et la peur.

— Qu'en est-il de Keller ? demandai-je hypocritement. Diarmuid l'a-t-il retrouvée ?

Le colonel lâcha un « non » bref qui semblait contenir toute son anxiété. Puis, après un silence pesant que je n'osai briser, il se remit à parler.

— Dolester. Le conseiller de lord Linlithgrow… Vous vous souvenez de lui, Tewp ?

J'acquiesçai.

— Il est mort. Salement. Dans son bureau sans fenêtre et fermé de l'intérieur à triple tour. C'est l'Autrichienne, je n'en doute pas. Mais personne ne comprend comment elle a fait son coup. Les autres commencent à paniquer. Il est grand temps que cette histoire se termine.

— Vous ne voulez toujours pas me dire comment je suis supposé éliminer le roi et sa maîtresse, mon colonel ? Cela me permettrait de me préparer…

Hardens grogna comme un ours puis, jetant son mégot éteint par la vitre, il se tourna vers moi pour me faire face.

— Edouard et Simpson seront placés dans la nacelle du même éléphant. Le cornac mis à part, vous serez expressément désigné par le chef du protocole comme étant la seule personne autorisée à monter avec eux sur la bête. Officiellement, vous chargerez leurs fusils… Assez tôt au cours de la partie de la matinée, le cornac fera prendre un certain sentier à sa bête. C'est un chemin de jungle qui se conclut brutalement en bourbier. Une fois l'animal enfoncé dans la tourbière, vous déchargerez deux balles d'une arme que je vais vous confier dans la tête du souverain, et deux autres dans celle de l'Américaine. Ensuite vous sauterez de la nacelle sur la rive où vous serez récupéré par des hommes à nous. L'un d'eux vous conduira en sécurité tandis que les autres se chargeront des derniers détails…

— Quels derniers détails, mon colonel ?

— Nous allons placer dans la nacelle un cadavre de votre corpulence et vêtu d'un uniforme semblable au vôtre. Il faut absolument que les enquêteurs ne vous identifient pas comme étant l'assassin. Officiellement, ce seront les Allemands qui auront fait le coup. Officiellement, le lieutenant David Norman Tewp aura trouvé la mort en même temps qu'Edouard et Wallis. Vous aurez certainement droit à des funérailles nationales, mon vieux, mais vous serez alors beaucoup trop loin pour y assister autrement que par presse interposée.

Hardens plia son vieux corps et tira de sous son siège une mallette de cuir qu'il me tendit.

— A l'intérieur se trouve un pistolet automatique Lüger avec trois chargeurs pleins. Evidemment, vous n'aurez pas besoin d'autant de munitions, mais c'est une précaution. C'est avec cette arme que vous devez tirer. Avec cette arme seulement, souvenez-vous-en bien. Et chaque fois en pleine face. Ne faites surtout pas de chichis !

Hardens me plaqua rudement le sac contre la poitrine avant de conclure l'entrevue de quelques mots.

— Voilà, Tewp. Vous savez l'essentiel. Qu'il ait abattu Keller d'ici là ou non, Diarmuid sera constamment près de vous au matin de la chasse. Il vous protégera… Allez, retournez à vos occupations du moment et n'oubliez pas la finalité qui nous motive tous… Adieu, mon garçon !

Cela sonnait presque comme un adieu. C'était totalement stupide de ma part, mais j'en étais presque ému. Ce gros poussah d'officier supérieur avait pourtant sur les mains le sang de l'agent Surey et de son équipier, celui de Gibbet et de Blair, il s'apprêtait à faire verser celui de son propre souverain et complotait aussi certainement ma mort… Malgré tout, je ne parvenais pas à le haïr tout à fait… Quel imbécile j'étais !

Le matin de l'éléphant

Décidément, Mme Wallis Simpson n'était pas une personne comme les autres. Bien qu'encore officiellement unie à son second époux, un courtier maritime de la côte est, elle avait fait de Londres, en 1935, sa résidence principale. Naturellement attirée par le luxe et l'argent, douée pour les fêtes et mondaine par-dessus tout, elle s'y était vite taillé une réputation de pétroleuse, digne des frasques de ses plus grandes amies du cercle des Américains expatriés : les incontrôlables et délétères Gloria Vanderbilt, Consuelo Thaw ou Thelma Furness… C'était à cette dernière que Wallis Simpson avait sournoisement dérobé son soupirant actuel, un certain personnage étroit aux cheveux cassants et pâles, prince de Galles de son état et futur roi d'Angleterre ! Aussi dissemblables qu'on pouvait l'être – l'un renfermé et sérieux, l'autre expansive et effrontée –, les deux amants ne s'étaient plus quittés. Au jour de son sacre, en janvier 1936, Edouard avait versé le tiers de sa fortune sur le compte de Wallis, trois cent mille livres sterling au bas mot, et lui avait offert pour bague de fiançailles morganatiques une énorme émeraude dont on disait qu'elle avait appartenu au Grand Moghol en personne… Plus rien ne semblait pouvoir désormais séparer le roi de sa maîtresse. Plus rien, sauf peut-être le machiavélisme de quelques-uns qui ne connaissaient que trop bien les penchants assurément germanophiles de ce couple improbable, mais si terriblement influent. Influent au point que de leur vie ou de leur mort pouvait dépendre le sort du monde.

— Mon épouse et moi avons une parfaite conscience de la position dans laquelle se trouve aujourd'hui Wallis, m'avait avoué Dalibor Galjero alors que nous roulions tous deux à bord de la voiture qui avait appartenu au bandit Legs Diamond. Nous l'avons rencontrée il y a plus de dix ans. Elle n'était pas grand-chose à l'époque. Pas une lady. Juste une femme intelligente et qui promettait beaucoup, mais sous l'emprise d'un mari alcoolique qui la battait. Sa vie n'était pas simple, et nous l'avons un peu aidée. Elle nous en a été reconnaissante. Et puis le hasard a fait son œuvre, ou un peu plus que le hasard même, peu importe… Et voilà qu'aujourd'hui, elle se tient sur le seuil de Buckingham Palace ! Qui l'eût cru ? Je ne pense pas qu'elle soit jamais reine d'Angleterre, si vous voulez mon avis. Mais certains le craignent. Et d'autres l'espèrent. Quoi qu'il arrive, cela ne sera pas sans conséquence, vous savez…

Je savais, oui. Avec le Lüger qui n'attendait que d'accomplir son œuvre dans la masse cervicale de Mme Simpson et de son royal amant, j'étais particulièrement bien placé pour juger de la pertinence de l'assertion… La dernière journée précédant la venue du roi fut certainement la plus lente de celles que j'avais vécues dans la villa Galjero. Darpân m'avait promis de revenir dans la nuit pour que nous tentions ensemble de nous introduire sans heurts jusqu'au stupa, et toutes mes pensées se focalisaient sur cet instant bien plus que sur la chasse au tigre prévue pour le surlendemain, car j'avais décidé d'agir au coup par coup, sans anticiper l'avenir. C'était un luxe d'homme délivré des affres du temps. Tout le contraire de moi…

Les nerfs certainement mis à vif par l'arrivée imminente du souverain, Simpson ne tenait plus en place. De quelque endroit de la villa où je tente de me réfugier, j'entendais sa voix, pourtant grave et sourde d'ordinaire, piailler horriblement jusqu'à moi. Plusieurs fois au cours de la journée elle s'emporta violemment contre un domestique pour des vétilles, et même le placide et impeccable Jaywant eut à subir injustement ses reproches. Enervée comme une mouche un jour d'orage, cette femme électrisait l'air autour d'elle. Je le sentis dès qu'elle apparut au matin. Hautement irritable moi-même, je m'arrangeai pour ne pas la croiser. Enfin la nuit tomba et je pus, soulagé, regagner ma chambre. Je ne sus jamais par quel miracle Darpân s'y était introduit et m'attendait déjà. Ses yeux luisaient comme ceux d'un oiseau de proie.

— Vous serez heureux d'apprendre que le cheveu roux a été utilisé avec succès, Tewp… L'homme auquel il appartient ne vivra pas plus de cinq jours. Et sa corpulence de colosse n'y changera rien.

— Cinq jours ! Mais c'est beaucoup trop long ! Ne serait-il pas possible de raccourcir ce délai ?

Le brahmane me fusilla du regard avant de me conseiller froidement de prendre moi-même soin d'éliminer le géant Diarmuid Langleton si je ne trouvais pas les méthodes Bôn Pô suffisamment efficaces.

— Cet homme n'atteindra pas le prochain mois, Tewp. Il lui reste encore un peu de temps à vivre, mais un ver, déjà, le ronge de l'intérieur. Chaque minute qui passe le rend plus faible… Même si nous devons l'affronter à mains nues, nos chances de l'emporter augmentent à chaque instant tandis que les siennes diminuent en conséquence.

— Et en ce qui concerne la neutralisation de ce « gardien du seuil » que vous redoutez tant, pensez-vous maintenant être capable d'agir ?

— Nous serons fixés sur ce point sitôt qu'il sera possible de nous glisser dans les jardins sans éveiller l'attention, officier.

Il nous fallut nous armer de patience un peu plus d'une heure, puis, aussi silencieusement que la veille, nous retournâmes à la lisière des bois sauvages. Là, le brahmane me demanda de m'aplatir dans l'herbe à ses côtés sans bouger ni parler tant qu'il ne m'en aurait pas donné expressément l'autorisation. Lui-même alla s'agenouiller là où Galjero l'avait fait une nuit plus tôt et, d'un sac de toile qu'il avait pendu à son côté, il sortit un pot de jardinier dans lequel germait avec peine un minuscule rameau. Tout doucement, Darpân se mit à psalmodier des paroles que je ne comprenais pas. Peut-être était-ce de l'hindi mais le prêtre murmurait à voix trop basse pour que je reconnaisse les sonorités qu'il modulait avec grâce. Que faisait-il au juste ? Charmait-il le gardien végétal ? Le flattait-il ? Le persuadait-il du bien-fondé de notre cause ? Le chant de Darpân dura une bonne dizaine de minutes. C'était lent, c'était long, c'était terriblement assommant ! Si assommant que cela finit par me bercer. Je me serais peut-être même endormi dans l'herbe fraîche si, tout à coup, la voix de l'Hindou ne s'était faite plus menaçante. Comme j'ouvrais à nouveau les yeux, je le vis soudain arracher violemment la pousse verte qui se dressait dans le pot de terre, la porter à sa bouche et la mâcher sauvagement ! Le gardien végétal en fut secoué d'un frisson. Aucun souffle de vent ne passait à cet instant sur le parc, et pourtant le buisson fut parcouru d'un tremblement comme si un souffle d'air traversait ses branches. Dans le même temps je perçus un froissement de feuilles dans mon dos. Me retournant, je vis que les plus proches buissons d'épines se séparaient les uns des autres... Darpân venait d'ouvrir pour nous le chemin vers la tour noire !

— Comment vous y êtes-vous donc pris ? demandai-je tandis que nous avancions côte à côte sur le sentier dégagé.

— Je n'ai pas voulu perdre mon temps à lui faire des flatteries ou des offrandes car je savais que je ne pourrais rien lui proposer de mieux que la nourriture que lui dispense celui qui l'a amené à la vie. Alors je lui ai raconté qui j'étais, ce que j'avais fait subir à d'autres créatures vivantes... Il a fallu pourtant une petite démonstration pour le convaincre définitivement !

— Vous voulez dire que vous avez menacé l'arbre ?

— La peur de la souffrance, David Tewp, est une clef universelle à laquelle toutes les créatures sont sensibles. C'est un secret simple, mais qui peut ouvrir presque toutes les portes du monde... Presque toutes...

Les paroles du Bôn Pô étaient terribles. Mais cette première épreuve qu'il nous avait fait remporter prouvait aussi sa valeur. Si nous avions à tuer Ostara Keller ce soir même, je ne doutais plus que ce prêtre fût en mesure de triompher de l'agent du SD. Nos longues foulées nous rapprochaient de la tour dont nous distinguions de plus en plus précisément les détails d'architecture. Soudain, au détour d'un coude que faisait le chemin, nous débouchâmes sur une berge de douves... Le stupa se trouvait là, à quelques dizaines de yards de nous, mais apparemment inaccessible ! Car la tour se dressait au centre d'une île artificielle, une butte herbeuse émergeant au centre d'un lac dont les eaux lisses se parsemaient de nénuphars et de fleurs aquatiques multicolores. Un pont la reliait au continent, mais c'était une passerelle télescopique dont le mécanisme, savant entrelacs de câbles, de poulies et de manivelles, faisait que l'on pouvait depuis l'île en rétracter une partie de manière à empêcher toute intrusion menée depuis la terre ferme. Rapidement, Darpân et moi fîmes le tour des douves dans l'espoir de découvrir un gué, un autre pont, une étroite langue de terre ou un canot peut-être, nous permettant d'accéder à la tour. Nous dûmes nous rendre à l'évidence : si nous voulions accoster, nous devrions entrer dans l'eau ! Résignés, nous nous dévêtimes, pliâmes nos effets par terre puis entrâmes, nus, dans l'eau noire et glacée. Je serrai dans mes mains mon couteau et un briquet qui ne me quittait jamais, bien que je n'aie pas l'habitude de fumer. La distance qu'il nous fallait franchir n'était pas très importante, mais nous perdîmes contact avec le sol boueux en quelques pas et il fallut nous tremper tout entiers puis nager une vingtaine de brasses avant de nous hisser sur l'autre rive. Sortis de l'eau, nous reprîmes notre souffle et nous ébrouâmes comme nous le pûmes, nous frottant grossièrement de poignées d'herbes sèches pour nous éponger. Avec son turban noir pour seul vêtement, Darpân aurait presque été comique à voir si la pointe menaçante du stupa ne s'était dressée au-dessus de nous. L'étrange construction était une tour ronde, d'une dizaine de yards de circonférence, et d'une bonne trentaine de haut. Sa surface extérieure était entièrement sculptée de figures humaines mâles et femelles lubriquement entremêlées. Ricanant au-dessus de la porte, je crus reconnaître le visage de la déesse Durgâ, prêtresse de la mort et de la métamorphose dont m'avait parlé Réault et dont j'avais déjà observé une représentation similaire dans le temple de Kalighât Road, celui-là même où avait officié Darpân.

— Cette figure, dis-je au prêtre, c'est bien votre maîtresse Durgâ, n'est-ce pas ?

— Durgâ n'est pas une déesse que l'on s'approprie ou qui approprie, rectifia aussitôt le Bôn Pô. Elle est trop changeante et trop exigeante pour cela… Venez, essayons d'entrer !

Nous avançâmes ensemble vers la tour, le cœur battant, fascinés par les sculptures qui ornaient l'intégralité du fût de l'édifice. Oubliant que j'étais nu et que quelqu'un – mais qui ? – pouvait m'observer, je voulus décrire un cercle lent tout autour, à bonne distance d'abord, puis plus près, pour observer les détails des fresques dont mon regard avait du mal à se détacher. Toutes montraient des corps humains dans les poses les plus explicites. Ce n'étaient que scènes de débauche et, malgré l'attirance certaine qu'elles exerçaient sur moi, je m'en lassai vite. Darpân, déjà, avait franchi l'unique porche qui donnait accès au cœur du bâtiment. Je décidai de ne plus perdre de temps à observer les reliefs luxurieux et me coulai dans les pas du prêtre. L'intérieur était obscur, sans fenêtres. Je battis mon briquet et passai la flamme autour de moi. Sur le sol, par chance, se trouvait un vieux flambeau desséché dont je n'eus aucun mal à embraser l'extrémité. De cette torche, je balayai l'entrée. Nous vîmes un espace vide, au plafond bas, sans percée d'escalier. Apparemment, la tour avait été construite sans moyen d'accéder aux niveaux supérieurs, si tant est qu'il y en eût en réalité. Le sol était composé d'une vaste dalle de pierre lisse, brillante et dure, sans aucun joint apparent, mais entaillée de rainures entrelacées en spirales et volutes dont il était impossible de distinguer le schéma général. Mes yeux glissèrent sur une ligne profonde de ce réseau et la suivirent malgré moi. Ma tête fut alors comme prise dans un étau. Mon cerveau sembla se rétrécir dans ma boîte crânienne et mon souffle s'accéléra. Je ne pouvais que suivre cette ligne gravée qui s'enroulait sur elle-même tel un serpent et me faisait tourner la tête jusqu'au vertige. Mon estomac se révulsa et je fus pris d'une violente nausée irrépressible. Je vomis un long moment, mes tempes bourdonnaient, mes yeux chaviraient et mes muscles avaient perdu toute leur force. Je vacillai. Darpân me saisit vigoureusement par les épaules et me fit sortir de force au grand air. Pendant quelques minutes je continuai pourtant à ressentir les effets de ce vertige qui me paralysait. Mes yeux mêmes ne captaient plus qu'un flou orangé, tout palpitant de luminescences laiteuses tandis que mon crâne résonnait d'un bruit d'ouragan. Peu à peu, je repris possession de moi-même et pus me traîner vers la berge où je trempai mes paumes dans l'eau avant de m'asperger abondamment le visage.

— Je vous avais prévenu, officier Tewp. Cet endroit est un temple. Un vrai temple. Ce qui veut dire qu'il est parcouru d'énergies. Il vit ! C'est lui qui vous fait cela. Vous êtes un profane. Il ne veut pas de vous !

Après les arbres qui ressentaient la peur, voilà que le brahmane prêtait une âme aux constructions ! Décidément, je n'étais plus réceptif au monde qui m'entourait… Malgré toutes les questions qui se bousculaient dans ma tête, je me contentai de m'asseoir dans l'herbe, en silence, la tête entre les genoux. J'étais déçu et découragé. Cette tour était un leurre, tout bêtement. La pièce que nous avions découverte n'était qu'un inutile cul-de-sac sans porte, sans fenêtres, sans trappe et sans escalier. Keller ne pouvait s'y être cachée. Il fallait encore chercher ailleurs !

— Vous sentez-vous mieux ? Pouvons-nous continuer, maintenant ? me demanda mon compagnon en me posant la main sur l'épaule.

— Continuer, Darpân ? Mais où cela ? Il n'y a rien ici et le parc est trop grand pour que nous y errions au hasard…

Le brahmane se pencha vers moi, l'air surpris.

— Il y a un escalier dans la tour, Tewp. Vous ne l'avez donc pas remarqué ?

Comme je ne répondais pas, Darpân me souleva de terre et me força à revenir vers l'entrée. Instinctivement, mon être tout entier se refusait à franchir de nouveau la porte de ce bâtiment et je dus faire appel à toute ma raison pour ne pas me débattre et m'enfuir loin de cet endroit où je m'étais senti frôlé par l'aile de l'ange de la mort. Ce n'était pas mon corps qui ne voulait pas avancer vers cette tour, mais mon esprit, qui ne pouvait en supporter l'idée. Là, dans cette petite pièce ronde, j'avais été submergé par une terrible vague d'émotions noires qui m'avaient bouleversé. Mes tripes avaient réagi en se vidant mais ce n'avait été là que le symptôme physique d'un malaise beaucoup plus grave, presque métaphysique… Là, en quelques secondes après que mes yeux s'étaient perdus à courir sur la ligne gravée dans le sol de pierre, j'avais été envahi par un désespoir sans nom qui avait roulé sur moi comme une avalanche de montagne et qui m'avait jeté jusqu'au tréfonds de moi-même. De ma vie je ne voulais plus ressentir ça ! Tremblant, je levai les yeux sur la tour qui me fit l'effet d'une aiguille noire plantée dans un sol électrique. Il me semblait que toute la terre autour de moi vibrait d'une plainte affreuse émise par des centaines, par des milliers de voix. C'était une impression de cauchemar ! Darpân sentit que je flanchais et il eut, comme la veille au soir, recours à l'ancestrale méthode de la gifle bien sentie pour me ramener à la conscience.

— Cela constitue un autre secret de magie pratique qui ouvre aussi de nombreuses portes, commenta-t-il froidement après que sa paume eut sévèrement brûlé ma joue.

Le laconisme du commentaire me fit quasiment éclater de rire, ce qui me fit grand bien et me permit de recouvrer mes esprits. En un instant, la peur disparut presque, si bien que je me sentis assez fort pour retourner dans la tour. Dès que je franchis le seuil de la pièce noire, j'eus pourtant la tentation de porter mon regard vers les lignes du sol.

— Surtout ne regardez pas les dessins ! m'ordonna Darpân. Cela finirait par vous tuer ! Venez, il faut descendre maintenant…

— Descendre ? Mais où ça ? demandai-je, interloqué et furieux, car j'avais beau scruter l'endroit, je ne discernais pas le moindre passage.

— Eh bien, cet escalier, officier ! hurla le prêtre en désignant un vague emplacement à ses pieds. Vous ne le voyez toujours pas ?

Je baissai les yeux et, comme précédemment, seule la roche plate s'offrit à ma vue, parfaitement lisse, n'eussent été les fines gravures serpentines qui l'entaillaient sur toute sa surface.

— Il n'y a rien ici ! m'exclamai-je, énervé au plus haut point et sentant déjà revenir des symptômes de malaise.

— Assez parlé. Maintenant il faut descendre ! éructa le brahmane avant de me pousser sans ménagement d'une grande bourrade dans le dos.

Au lieu de m'étaler sur le sol comme je m'y attendais, mon pied s'enfonça et j'eus la sensation d'une rapide descente en ascenseur. Sans savoir comment, je me retrouvai aplati sur une volée de marches. Ma bouche s'ouvrit toute grande. Je ne pouvais y croire ! J'aurais assisté à la marche sur l'eau de Notre-Seigneur à Tibériade que je n'aurais pas été plus ébaubi ! Regardant autour de moi, je dus me rendre à l'évidence : je me trouvais bien sur la deuxième ou troisième marche d'un escalier qui s'enfonçait dans le sol de la tour ! De son évidente présence dans la pièce d'entrée, je n'avais rien vu, rien décelé, rien soupçonné !

— Ne perdez pas votre temps à vous demander comment ce qui vous arrive est possible, officier ! Descendez !

Darpân était déjà dans mon dos et je sentis au ton impérieux de sa voix qu'il brûlait d'arpenter les méandres des souterrains. Eclairé par la torche que le prêtre avait prise en main, je descendis jusqu'au bas de cet escalier raide, sans rampe, glissant comme des galets de plage à marée basse. Par approximation du nombre de marches, je calculai mentalement l'aplomb que nous venions de descendre à une grosse vingtaine de yards, après quoi nous atteignîmes un palier terminal d'où partaient deux couloirs. Le plus large étant celui de droite, nous le suivîmes d'instinct. Nous passâmes sous un linteau de pierre orné de sculptures représentant des monstres en train de déchirer des formes humaines recroquevillées, dont je ne sus distinguer si elles étaient naines ou enfantines. Nous débouchâmes ensuite dans une salle à la géométrie biscornue, tout en arêtes et en angles vifs. Dans chacun de ces angles se dressait une statue de Durgâ la Noire. Le sol était creusé de rigoles dans lesquelles stagnait un liquide visqueux, que la mauvaise lumière de notre flambeau hoquetant une fumée opaque nous fit voir de couleur brun clair et comme tavelé de moisissures grises. Darpân se pencha pour tremper son doigt dans la flaque. De la farine, du miel, de l'huile avaient été déposés en offrande dans des bols de cuivre.

— Du sang ! cracha le Bôn Pô. Et répandu il y a peu. Pas cette nuit même, mais celle d'avant, peut-être.

Nous explorâmes la pièce sans trouver le moindre cadavre. D'où venait donc tout ce sang ? Au jugé, il devait y en avoir une bonne dizaine de litres répandus sur le sol. A peu près ce que pouvait contenir les corps de deux adultes, ou ceux de trois ou quatre enfants. Il n'y avait plus rien à faire ici. Nous revînmes sur nos pas et prîmes le couloir de gauche. Après quelques dizaines de yards effectués dans des conditions pénibles car les murs du passage se rétrécissaient en entonnoir et le plafond s'abaissait d'autant, nous vîmes une forme humaine allongée sur le sol. C'était une petite fille d'une huitaine d'années, qui portait uniquement une ceinture de toile crasseuse autour des reins. Darpân se précipita pour tenter de faire quelque chose pour elle mais tout aurait été vain. La gosse avait été saignée et laissée là pour y mourir. Son cœur ne battait plus, ses yeux étaient révulsés. Deux plaies l'avaient vidée : une à la jugulaire, une autre au poignet gauche, comme si la première n'avait pas été suffisante. La petite s'était débattue et avait cherché des appuis sur le mur où, de loin en loin, on voyait des traces rouges encore fraîches.

— C'est cette enfant que vous avez aperçue dans votre lunette hier au soir, Tewp ? me demanda Darpân, qui examinait le cadavre en le palpant avec des gestes de médecin légiste.

— A cette distance, ce n'était qu'une ombre dont je n'ai pas précisément distingué les traits, répondis-je, bouleversé. Mais c'est possible, oui…

— Ce sous-sol est un abattoir, Tewp. Préparez-vous à des visions qui risquent de ne pas vous plaire. Continuons !

La salive avait du mal à passer dans ma gorge. Nu, sans arme – j'avais dû laisser mon revolver au sec avec mes vêtements sur la rive opposée –, avançant courbé dans ce boyau de pierre, je me sentais aussi fragile et démuni qu'un embryon germant dans sa matrice d'entrailles puantes. Darpân semblait, quant à lui, beaucoup moins troublé que moi. Il assura sa prise sur sa dague à lames jumelles, notre seul moyen d'attaque et de défense, et nous reprîmes silencieusement notre progression laborieuse. Là, nous débouchâmes sur une salle aux voûtes hautes, d'apparence assez semblable à celle de la première nef. Mêmes statues de la déesse des métamorphoses et même disposition approximative des lieux. Un détail variait cependant. Des anneaux de bronze corrodé – une quarantaine peut-être – étaient enchâssés à fleur de sol.

— Pour l'instant, ne touchez à rien, Tewp ! prévint le prêtre qui s'était redressé pour scruter attentivement la géographie de l'endroit.

J'attendis un instant que le Bôn Pô achevât de passer la flamme de la torche dans les recoins les plus sombres. Excepté les pétillements secs du flambeau, le silence était complet, épais, impressionnant. Un silence de chapelle ardente. Darpân revint vers moi et me fit comprendre d'un signe de tête qu'il m'autorisait à tirer sur l'un des anneaux. Rongé d'anxiété, je saisis au hasard un des cercles de métal et exerçai sur lui une traction forte. Une trappe s'ouvrit. Les anneaux étaient fixés à de minces couvercles de pierre qui recouvraient des fosses d'un pied carré de surface environ, à peine aussi profondes que la moitié d'un corps d'adulte. Le prêtre au turban noir plongea la lumière dans l'orifice, où nous discernâmes une masse recroquevillée et desséchée, de forme grossièrement humaine… Comme nous ne pouvions pas bien voir de quoi il s'agissait, nous dûmes nous résoudre à extraire cette chose de son trou. A genoux, nous la saisîmes d'un commun effort mais, dès qu'elle fut assez dégagée, les muscles de nos bras se relâchèrent, et l'objet nous échappa avant de retomber dans sa niche, produisant un bruit mat et soulevant un nuage de poussière. Nous fûmes contraints de recommencer l'opération pour détailler le cadavre entreposé dans la cavité, car c'était effectivement un mort que nous exhumions là, une momie d'enfant indigène d'une dizaine d'années. La texture en était friable et s'égrenait en cendres sous nos doigts. Les traits du visage semblaient exprimer un intense sentiment de frayeur. A la place des yeux, deux taches jaunes luisaient faiblement.

— On dirait…, souffla Darpân en désignant les orbites du cadavre.

— … de l'or, poursuivis-je, incrédule. On a versé de l'or fondu sur ses yeux !

Furieusement, nous tirâmes sur d'autres anneaux et mîmes au jour d'autres cadavres pareillement desséchés. Le sous-sol de cette tour était une nécropole d'enfants dont les cavités oculaires avaient été saturées d'or liquide !

Pour la première fois depuis que je l'avais rencontré, je crus voir Darpân perdre le contrôle de lui-même. Son regard passait de l'une à l'autre des momies, cherchant à comprendre ce qu'on avait réellement fait subir à ces malheureux enfants. Je n'avais pas besoin qu'il me l'avoue pour constater que cette découverte le plongeait dans des abîmes de perplexité.

— J'ignore quel est le rite qui a été employé ici, officier Tewp ! J'ignore la pratique et j'ignore la finalité. A dire vrai, je n'ai jamais rien vu de pareil…

— Mais ce sont des cadavres anciens, remarquai-je. Ils datent de plusieurs siècles au moins… Voyez comme ils sont desséchés. Seul le temps a pu les rendre aussi friables.

— Vous faites erreur, Tewp. Ce sont des morts récents. Très récents. Regardez celui-ci…

Sa main tendue désignait un corps qui n'était pas celui d'un enfant, même s'il en possédait l'apparente minceur. C'était un cadavre de femme, de jeune fille. Si elle était morte nue, elle portait encore aux poignets et aux chevilles de brillants bracelets à clochettes. Aucune trace de corrosion ne gâtait ces bijoux, dont les motifs et les ornements étaient identiques à ceux que j'avais vu parer les corps des danseuses Rajiva et Madurha !

— Je la reconnais ! m'exclamai-je. C'est une courtisane qui a été offerte à Simpson par le sultan Mûradêvâ ! J'ai vu les Galjero la mener ici, elle et une de ses semblables, il y a quatre nuits !

Affolé, je me précipitai pour mieux observer les autres corps. Beaucoup n'étaient plus qu'amas de cendres, de dérisoires contractions d'êtres humains qu'une combustion surnaturelle avait rapetissés et désarticulés au point de les faire ressembler à de grotesques pantins, secs et noircis. Mais, sur quelques-uns, l'infernal procédé de dessiccation que l'on avait employé pour les drainer de tous leurs fluides n'était pas parvenu à effacer tous les détails des quelques pièces de vêtements qui parfois leur restaient.

— Regardez ces fragments de tissu ! dis-je à Darpân tandis qu'entre mes doigts se délitait la trame d'une étoffe épaisse. Ils ressemblent à ceux que portent les enfants recueillis à Thomson Mansion !

Et cela, hélas ! n'était que trop vrai ! A la lueur du flambeau que le brahmane posa alors à côté de moi, je reconnus sans l'ombre d'un doute les broderies des uniformes de la première promotion Galjero, celle dont j'avais vu la photo dans le bureau du malheureux archiviste Blair, celle aussi à laquelle appartenait le fils unique de la veuve herboriste que Swamy et moi avions rencontrée dans les bas quartiers. Quel sort avait-on réservé à ces enfants ? Et pourquoi avoir conservé leurs corps de cette manière ? La gorge sèche, l'esprit et le cœur révulsés par ce que nous venions de mettre au jour, je me tournai vers Darpân. Son visage tendu paraissait s'être soudain couvert de sueur, la carnation de sa peau était passée du brun au gris.

— Il doit y avoir quelque chose d'autre, dit-il entre ses dents. Une raison pour laquelle on leur a fait ça. Et précisément ici, dans cet endroit ! Cherchez, Tewp ! Cherchez !

Chercher, oui, mais quoi ? Darpân avait déjà fait le tour de la salle sans aucun résultat. Comment étais-je supposé découvrir quelque chose alors que je m'étais révélé incapable de distinguer un escalier qui s'ouvrait à mes pieds ?

— Un autre gardien. Je sens qu'il y a un autre gardien qui nous empêche de voir ! hurla presque le Bôn Pô au bord de la crise nerveuse. Il faut le trouver et le détruire pour pouvoir aller plus loin. C'est la seule solution !

Je ne savais pas de quoi il voulait parler mais je n'avais d'autre ressource que de le suivre. Il se mit à palper frénétiquement les murs de ses mains tremblantes, effleurant la pierre à la recherche d'une ouverture ou d'un mécanisme qui se déroberaient au regard. Mais la fouille ne dura pas longtemps. Plongé dans une sorte de transe, Darpân avait trouvé en quelques minutes à peine ce qu'il cherchait. Dans la paume de sa main, il me montra alors une pierre, un simple et tout petit galet gris, rond, sans marque aucune, qu'il avait tiré de je ne sais quel interstice entre deux parpaings.

— C'est ça, annonça-t-il sans même me regarder. Ça qui protège l'endroit ! Tant qu'elle sera vivante, nous ne pourrons pas voir ce qui se cache vraiment ici…

Une pierre vivante ! Même si cela dépassait tout entendement, je n'en étais plus à une folie près maintenant, moi qui avais déjà subi dans ma chair toute l'horrible réalité d'un envoûtement et vu de mes yeux des buissons rétracter leurs épines après qu'on les eut simplement menacés ! Mais déjà Darpân tirait sa dague à deux lames de sa ceinture et travaillait la surface du galet à la pointe de celle-ci.

— La pierre est creuse. Il y a un liquide à l'intérieur, que l'on nomme condensateur. Le voûlt fabriqué par Keller pour vous tuer en contenait un aussi, rappelez-vous.

Je me souvenais parfaitement qu'outre ma photographie, mes papiers officiels et une poignée de cheveux, le crâne préparé par l'Autrichienne contenait une sorte d'huile contenue dans une ampoule de verre.

— Tewp, poursuivit Darpân d'une voix blanche, il va falloir que nous agissions vite. Si vous voulez disposer d'une chance de sortir vivant de cet endroit, il va falloir que vous respectiez scrupuleusement mes instructions !

Les traits du brahmane semblaient se creuser d'instant en instant. Une gigantesque tension l'habitait, qui résonnait aussi en moi et me faisait claquer des dents de peur.

— Pour désactiver cette pierre gardienne, il est nécessaire de pratiquer un sacrifice. Je pourrais y parvenir sans cela mais il me faudrait du temps. Beaucoup de temps. Des rituels répétés sur au moins une lunaison. Ce n'est pas possible. Il me reste la manière forte. Ce qui implique, sinon ma propre mort, du moins ma mise hors d'état de réagir pendant une certaine durée… Je vais être franc avec vous, lieutenant, je ne sais pas exactement ce qui va se passer une fois que j'aurai ouvert cette pierre et répandu ce qu'elle contient sur le sol. Il se produira un choc sur moi, c'est une évidence. Peut-être sur vous aussi, mais c'est toutefois peu probable. Quoi que je fasse, quels que soient les symptômes qui me prennent, même s'ils sont spectaculaires, ne vous préoccupez pas de moi, vous perdriez votre temps. Recommencez plutôt à chercher au long des couloirs. Je pense que nous sommes passés devant l'entrée d'un troisième passage qui vous sera révélé une fois que le gardien sera désactivé. Fouillez-le et trouvez ce qui doit être trouvé… Ensuite, je ne sais pas… ce sera à vous d'improviser. Si j'en suis encore capable, je vous aiderai de mon mieux… Eliminez Keller et les Galjero. Vous pourrez même alerter les autorités britanniques. Vous avez d'ores et déjà suffisamment de preuves pour cela…

Sans que je puisse faire ou dire quoi que ce soit pour m'opposer à son plan, la main de Darpân piqua la pierre de la pointe de la dague à un endroit où je la vis s'enfoncer presque sans résistance au travers d'une sorte de bouchon de cire. Crevé, l'orifice répandit aussitôt une odeur infecte, presque corrosive tant elle était forte. Je reculai d'instinct mais Darpân, lui, se raidit plutôt et, d'un geste décidé, retourna le galet, duquel quelques gouttes à peine d'un liquide clair coulèrent lentement sur le sol. Le brahmane agita la pierre pour s'assurer qu'elle s'était totalement vidée, puis la lança de toutes ses forces sur le visage de la statue de la déesse Durgâ, où elle explosa littéralement en une nuée de poussières coupantes.

— Darpân ! m'inquiétai-je. Tout va bien ?

Mais déjà le brahmane ne m'entendait plus. Tournant dans la pièce tel un lion dans une cage, son visage se déformait sous le coup d'une angoisse terrible tandis que ses yeux s'injectaient de sang et que ses lèvres se retroussaient sur ses dents blanches. J'ignorais ce qui le prenait, mais son apparence s'éloignait à chaque instant un peu plus de toute humanité. Regard fou, glaires affreuses dégoulinant au coin de ses lèvres, le Bôn Pô était en proie à une crise épileptique foudroyante. Secoué de tremblements de plus en plus violents, son corps se tenait pourtant toujours droit, malgré les incroyables convulsions qu'il subissait maintenant. J'aurais voulu m'approcher, lui lier les membres de ma ceinture et lui enfoncer un mouchoir dans la bouche pour qu'il ne s'étouffe pas en avalant sa langue, mais j'étais nu, sans ressource aucune pour me porter au secours du prêtre ! Alors que je cherchais désespérément des yeux un objet utile, Darpân se mit soudain à courir vers la sortie de la nécropole. Je l'appelai, lui enjoignant de revenir vers moi, en vain. Brandissant avec lui la lumière, le brahmane plongeait déjà dans le boyau quand je compris qu'il me fallait le suivre si je ne voulais pas me retrouver seul ici, plongé dans les ténèbres, entouré de ces cadavres cendreux qui me faisaient horreur. Je m'élançai derrière Darpân, mais celui-ci était plus agile que moi et il avait pris une confortable avance que je ne pus combler. Sur les murs devant moi jouaient les reflets de la torche. Ils étaient mon seul repère, mon seul phare au long de ce couloir bas, étroit et glissant où stagnait un air épais, qui ne pouvait nourrir mon corps que d'une énergie mauvaise. Essoufflé, je sentis que je perdais du terrain, la lumière du flambeau s'éloignait tant que, d'une seconde à l'autre, il me faudrait poursuivre mon chemin dans le noir complet. Et puis je vis que la clarté augmentait à nouveau. Le brahmane devait s'être arrêté pour m'attendre. Soulagé, je forçai mes muscles noués à un effort accru pour rejoindre mon compagnon, mais quand je le retrouvai enfin, il n'était plus qu'un cadavre supplémentaire. A quelques yards seulement de l'endroit où, un instant plus tôt, nous avions découvert le corps de la petite inconnue, gisait maintenant le Bôn Pô. Submergé par une frayeur incontrôlable, il avait de sa dague à double lame percé son propre cœur… Horrifié, couvert de sueur, le cœur battant une chamade infernale, j'arrachai l'arme de sa main et pris la torche qui crachait une fumée noire près de lui. Je savais qu'il n'y avait plus rien à faire pour lui et que, pour mystérieux et puissant qu'il fût jamais, Darpân le prêtre sorcier avait maintenant lui aussi accompli son Dharma. Mais pourquoi au juste avait-il fait cela ? Pour me permettre de dégager un passage que la magie de la pierre ronde dissimulait au profane. Etait-ce là une chose possible ? Suffisamment, en tout cas, pour qu'un homme y sacrifiât sa vie. Je fermai les yeux de l'Hindou et me mis en marche. Pour que sa mort eût un sens, il fallait au moins que je me force à parcourir encore les souterrains du stupa. Même si je pensais ne rien y découvrir de nouveau, je le devais à sa mémoire. Balayant d'un revers la sueur qui tombait sur mes yeux, je marchai droit devant moi, et dus, malgré ma répugnance, repasser près du corps de la petite fille égorgée. Comme je l'enjambais, la flamme de ma torche vacilla et se rabattit de côté sous l'effet d'un souffle qui me glaça jusqu'aux os. Tournant la tête, je vis qu'une cavité sombre, haute comme un homme, marquait maintenant l'amorce d'un passage ! Combien de temps étions-nous restés, Darpân et moi, aux abords du cadavre de la petite sans percevoir cette entrée ? Cinq, huit minutes peut-être… Et nous n'avions rien vu !…. Impossible ! Impossible à moins que Darpân ait eu raison et qu'une magie soit assez forte pour dissimuler des parties entières d'un édifice à un ignorant comme moi autant qu'à un maître en magie comme le Bôn Pô ! Ma main droite crispée sur la garde de la dague, je plongeai mon flambeau dans ces ténèbres et m'y avançai. Le couloir n'était pas bien long. En fait, il s'agissait plus d'une vaste niche que d'un goulet. Et ce que j'y découvris me surprit fort, d'autant que je m'étais préparé à affronter de nouvelles atrocités. Mais non. Ce qui avait été entreposé avec tant de soin et protégé avec autant d'efficacité était ni plus ni moins une caisse de bois comme on en voit dans tous les ports du monde, une caisse de transport de taille modeste – celle d'une table de cuisine environ –, ouverte et débordant de copeaux de bois tassés en vrillons. Une étiquette à demi déchirée était apposée sur le flanc de la caisse. J'y déchiffrai quelques mots allemands imprimés en alphabet gothique : *Deutsche Lufthansa, Tempelhof…*

Je savais que Tempelhof était le nom du plus grand aérodrome de Berlin, celui situé au plus proche du centre-ville et qu'utilisaient de préférence les dignitaires du parti national-socialiste. Je savais aussi – Blair me l'avait appris – que les Galjero étaient arrivés à Calcutta directement depuis la capitale allemande, en empruntant un vol long courrier de la Lufthansa. Cette caisse devait avoir voyagé avec eux. Cette caisse qu'ils dissimulaient dans le sous-sol d'un abattoir… Je me redressai et vins me coller tout contre les planches de bois, pressant mon ventre si fort qu'une fine écharde piqua mon abdomen et y fit perler une goutte de sang. Lâchant ma dague à terre, le cœur battant, j'écumai les premiers copeaux de bois pour dégager le contenu de la malle. Sous la surface de protection, mes doigts effleurèrent une plaque de marbre noir, que je saisis à deux mains. Elle pesait une dizaine de livres et avait à peu de chose près la dimension d'un volume de grand format. Des inscriptions niellées d'argent y avaient été sculptées aussi bien sur l'avers que sur le revers, mais je ne sus les déchiffrer, les signes utilisés m'étant parfaitement inconnus. Il s'agissait d'une écriture pourtant, j'en étais à peu près certain car j'observai que tous les glyphes se répétaient avec une régularité d'alphabet. Retournant la dalle, j'entendis une sorte de clapotis à l'intérieur et cela me fit peur. Je songeai à la pierre gardienne que Darpân avait vidée quelques instants plus tôt devant moi et à la terrible conséquence que cela avait provoquée. Révulsé par cet objet que je devinais habité d'une force mauvaise, je reposai la pierre noire sur son lit de copeaux et reculai jusqu'à la sortie du stupa, laissant à regret derrière moi le cadavre du brahmane, exsangue dans les souterrains froids. « Cette tour est protégée d'une manière dont vous n'avez même pas idée… », m'avait-il prévenu la veille. Quelle ironie ! Ce n'était pas moi, le « profane » comme il m'avait nommé de manière assez méprisante, qui gisais maintenant au plus obscur de ce temple, mais bien lui, « l'initié » sur qui j'avais tellement compté pour vaincre Ostara Keller ! Défiant toute prospective, Darpân avait quitté le grand jeu de son propre chef. Certes, c'était un ennemi de moins sur l'échiquier, mais c'était aussi une pièce puissante avec laquelle j'avais momentanément voulu faire alliance qui m'était retirée prématurément dans la partie… Restait à espérer que l'*opus nefas*, l'envoûtement de mort que je lui avais fait lancer sur Diarmuid l'Ecossais, se révélerait finalement efficace, car je me savais bien trop faible pour affronter le bourreau de Donovan Phibes en surplus de l'agent d'Heydrich.

Brisé de fatigue et d'amertume, je dus retraverser les douves glacées à la nage avant de pouvoir reprendre le chemin de la villa Galjero. J'ignorais si le « gardien du seuil » qui régentait l'accès à la jungle consentirait à me laisser franchir le rideau d'épines mais, comme je m'approchais de la frontière, les buissons se délièrent d'eux-mêmes sans que j'eusse rien à faire. Une porte mécanique n'eût pas mieux rempli sa fonction. La nuit s'éclaircissait dangereusement. Dans moins d'une heure, maintenant, il ferait grand jour… Je partis en courant vers la villa et regagnai ma chambre sans croiser quiconque, si ce n'est un premier boy qui commençait son service dans la lumière naissante. Hardens m'avait prévenu : c'était aujourd'hui qu'Edouard VIII devait arriver à Calcutta. Au plus tard, le Royal serait aux côtés de sa maîtresse en début de soirée. Si je voulais agir, cela ne me laissait plus beaucoup de temps. Agir ? Mais pour quoi, au juste ? Dénoncer les Galjero comme assassins d'enfants ? C'était évidemment mon devoir. Mais était-ce le bon moment ? Peut-être pas. Car à qui dénoncer ces gens qui s'apprêtaient, précisément aujourd'hui, à accueillir sous leur toit le personnage le plus essentiel de l'Empire ? A qui m'adresser pour que l'opération se déroule en douceur ? Certainement pas à Hardens ni aux membres du groupe Phibes, dont l'intérêt était que le programme du souverain ne souffrît pas la plus petite variation jusqu'à l'heure de la chasse au tigre. Aux gens de Scotland Yard à Calcutta ? Je ne les connaissais pas et, selon toutes probabilités, ils avaient été eux aussi infiltrés ou corrompus. Aux gens de la suite directe du roi ? Non, car je savais déjà que son chef du protocole était du côté de Phibes. Ce type n'était certainement pas le seul traître. Encore une fois, le constat final était simple : excepté le caporal Habid Swamy sur lequel je savais pouvoir indéfectiblement compter, j'étais bel et bien seul !

*

Le 20 octobre, vers 5 heures du soir, Edouard VIII fit son entrée dans la propriété de Shapûr Street au volant de sa lourde Daimler blindée. Malgré les apparences et dès qu'une occasion lui en était donnée, le roi n'aimait en effet rien tant que se défaire du carcan des conventions et sortir des rigidités que son rôle lui imposait. Petit garçon fragile élevé dans les lourdeurs de l'ère post-victorienne, Edouard, d'évidence, n'avait jamais eu la fibre royale. D'une majesté qu'on lui avait imposée, il n'avait ni la gestuelle ni le charisme. Dans ses vêtements toujours un peu étriqués, portant ces fameux pantalons à revers dont il avait lancé la mode, il n'avait jamais voulu renoncer à sa part d'humanité. C'était ce qui le rendait immédiatement sympathique, proche des basses classes même, mais c'était aussi ce qui le perdait à Buckingham. A qui y prétend, le trône d'Angleterre exige l'abandon des petitesses humaines. Rarement souverain avait, autant qu'Edouard, voulu oublier cette règle belle et terrible. Victoria, son arrière-grand-mère, l'avait quant à elle impeccablement compris. George V, son père, ancien officier supérieur de la Navy, s'était lui aussi assez bien sanglé dans le rôle. Mais Edouard, tout le monde le sentait, n'avait pas la force d'âme nécessaire pour un tel renoncement... Avec Simpson, plus encore qu'avec tout autre, Edouard n'était pas un roi. Pas un homme non plus. Au côté de Wallis, Edouard redevenait enfant. Je le vis tout de suite lorsqu'il se précipita vers elle dès qu'il eut arrêté son véhicule devant la terrasse des Galjero. Sans prêter attention à quiconque, il courut presque se jeter dans ses bras, se pelotonner comme un chaton perdu contre le corps maigre de celle à laquelle il avait choisi de livrer toute sa confiance et qui était devenue son seul horizon, son unique phare, son essentielle raison de vivre... Simpson elle-même dut finir par trouver inconvenante la scène des retrouvailles car, après une longue série d'embrassades et de mignardises, elle repoussa du bras son amant qui s'était collé à elle avec la force d'un crustacé arrimé à son rocher. Son long visage un peu chiffonné par la contrariété, le roi fit mine tout de même de s'intéresser enfin aux Galjero. Il salua Laüme, serra la main de Dalibor et consentit à pénétrer dans la villa. Bien sûr, je n'eus pas droit au moindre égard, au moindre signe d'intérêt de la part du souverain. Je savais qu'il avait vu mon uniforme, car je m'étais planté près de la porte-fenêtre par laquelle il avait dû passer pour s'installer dans le grand salon, mais pour lui, je n'avais pas plus d'importance que les domestiques hindous de la maison Galjero. En visite privée, il n'avait pas toléré d'être accompagné de la horde habituelle de commis, pages, gardes, chambriers qui composaient sa Maison directe. Hormis un secrétaire et son *butler* particulier, Edouard avait déjà renvoyé tous ses gens en Angleterre. Le public, lui, ne devait jamais savoir que le roi passait encore quelques jours aux Indes. Officiellement, le souverain était en route vers Londres pour se consacrer à préparer la cérémonie que la toute proche rentrée de la Chambre des Lords lui imposait.

Mais, pour horripilants qu'ils soient, ces détails de la vie et des amours royales ne me perturbaient guère. Le seul événement vers lequel étaient polarisées toutes mes pensées était la journée du lendemain. Je m'appliquai donc à me rendre transparent et laissai glisser la soirée en évitant soigneusement les abords immédiats de ces deux couples dont l'existence, à dire vrai, m'inspirait presque un égal dégoût… Je ne pus dormir, cette nuit-là. J'aurais dû, pourtant, mais plus les heures avançaient et plus montait en moi une fébrilité que je ne pouvais maîtriser. Qu'allait-il se passer lors de la chasse ? Hardens m'avait-il dit toute la vérité ? Etais-je vraiment celui que Donovan Phibes avait choisi pour assassiner le roi ou tout cela n'était-il qu'un nouveau piège ? Et moi, comment parviendrais-je à traverser cette épreuve en conservant mon intégrité, mon honneur ? Qu'allais-je devoir sacrifier ? Ces pensées me conduisirent à évoquer pour moi-même la déesse Durgâ, maîtresse de la douleur et des changements. A en croire les événements affreux et sanglants qui se succédaient depuis que j'avais franchi la passerelle de l'*Altaïr* six semaines auparavant, la divinité terrible m'avait pris dans son ombre. Peut-être était-ce elle qui tenait mon destin tout entier dans ses mains ? Enfin, l'aube arriva. Résigné, je glissai le pistolet allemand Lüger que m'avait confié Hardens dans la gaine où dormait habituellement mon revolver anglais Webley, puis je descendis attendre les ordres. Déjà les couloirs de la grande maison se zébraient d'allées et venues incessantes. Ici, les domestiques rapportaient aux cuisines les plateaux du petit déjeuner qu'Edouard et Simpson s'étaient fait servir dans leur chambre.

Ailleurs, c'était un émissaire du sultan Mûradêvâ qui s'énervait à donner des instructions à une armée de sous-fifres dont l'attention n'était apparemment pas la qualité première. Là encore, c'était le secrétaire du roi en personne qui vérifiait le contenu des quelques malles qui seraient chargées dans les coffres des voitures destinées à transporter la compagnie jusqu'aux abords de la jungle… La trentaine, l'œil bleu, les cheveux rasés sur la nuque, l'homme devait être le correspondant que Phibes avait placé dans le premier cercle des familiers du roi. Je ne savais quelle était sa fonction exactement, mais Hardens m'avait signalé que la gestion des détails protocolaires relevait de sa compétence. C'était lui qui devait me désigner comme étant l'unique personne autorisée à grimper dans la nacelle de l'éléphant aux côtés du souverain et de sa maigre Américaine. Il me lança un mauvais regard comme je m'approchais de lui, et je vis qu'il était déjà en nage. La sueur ruisselait littéralement sur son front. Lui non plus ne devait pas avoir passé une très bonne nuit ! Agissait-il par conviction, comme j'étais supposé le faire moi-même, ou bien subissait-il des pressions le forçant à collaborer au complot ? Je ne le sus jamais ; alors que je m'apprêtais à engager la conversation, j'entendis une voix sourde crier mon nom à la volée dans le grand escalier.

— Officier Tewp ! Venez un peu ici !

C'était Mme Simpson qui m'appelait, et son ton n'aurait pas été plus autoritaire si elle s'était adressée à un vulgaire chien de compagnie. Cela m'irrita au point que mon corps en fut parcouru d'un frisson. Je dus obéir néanmoins, puisque j'étais officiellement l'ordonnance particulière de cette mégère. Je me retournai. Wallis, en haut des marches, s'était déjà apprêtée pour la chasse : veste et pantalon safari à poches plaquées, bottes de cuir roux lacées jusqu'aux genoux. A ses côtés se tenait une pâle silhouette en pyjama bleu. Le roi Edouard ! Je fis un salut réglementaire à son intention, puis grimpai jusqu'à eux, le cœur battant, craignant que le souverain déclinât l'invitation de Mûradêvâ tandis que je serais contraint de suivre son amazone à la chasse. Une annulation du plan initial était la chose que je redoutais le plus au monde car je voulais maintenant en finir le plus vite possible. Aujourd'hui même, et à n'importe quel prix, il fallait livrer à la police les comploteurs du groupe Phibes, puis, une fois que l'attentat aurait été déjoué, mener l'arrestation immédiate de ces Galjero et leur faire avouer le motif de tous ces meurtres d'enfants…

— Voici le lieutenant David Tewp, dit sobrement Wallis à Edouard tandis que je me raidissais réglementairement devant eux. Le lieutenant est ce garçon absolument délicieux qui a tout fait pour rendre mon séjour ici… vraiment amusant… C'est le parfait exemple d'un jeune Anglais sobre et droit, qui a la tête sur les épaules. N'est-ce pas, lieutenant ?

Les propos de Wallis étaient courtois mais son intonation, que je connaissais bien maintenant, trahissait à son habitude une ironie subtile qui me blessa. Qu'est-ce que cette femme voulait donc encore de moi ?

— Lieutenant, continua-t-elle tandis que je sentais le regard du roi sur mon visage, lieutenant, vous qui êtes plein d'esprit et savez exprimer la ferveur de vos convictions, persuadez le roi de nous accompagner à cette chasse si amusante. Il a décidé de faire sa mauvaise tête !

Les mots de Wallis donnaient corps à mes craintes. Si le roi ne répondait pas à l'invitation de Mûradêvâ, Dieu seul savait ce que Donovan Phibes pourrait inventer comme solution de rechange pour mettre son plan à exécution. Si une telle option advenait, il y avait très peu de chances pour que je sois de nouveau mis dans la confidence. Impossible alors de faire échouer, par mon intervention, la tentative de meurtre ! Comme à l'accoutumée, je me mis à bredouiller quelques mots maladroits, puis, la nécessité faisant tout à coup son œuvre, je gagnai en éloquence, inventant sous l'effet d'une subite inspiration les mensonges les plus énormes pour forcer la décision du roi.

— Le sultan est un homme délicieux, sire. Je suis certain que vous trouverez beaucoup de plaisir en sa compagnie. Je crois aussi savoir – mais peut-être ne devrais-je pas mentionner cela devant Mme Simpson…

Je suspendis ma phrase pour susciter la curiosité du couple. Wallis me regardait avec des yeux ronds. Je crois qu'elle n'avait pas encore compris que je mentais et pensais qu'effectivement Mûradêvâ lui avait caché ses véritables intentions.

— Un secret ? dit Edouard, qui s'anima soudain. Il y a un secret ?

— Un secret. Oui. Ou plutôt une surprise, sire. Une très grosse surprise qui vous est destinée à tous deux et qui perdrait tout son sens si l'un de vous seulement en profitait…

Dans son pyjama dont la poche poitrine était délicatement brodée aux armes royales, Edouard sautilla sur place deux ou trois fois en claquant des mains, surprenant même Wallis qui ne s'attendait pas à une telle démonstration.

— Chic, chic, chic ! S'il y a une surprise, alors c'est entendu, je viens !

Et il partit presque en courant dans sa chambre pour s'habiller. Wallis me regardait en pinçant les lèvres, ne sachant s'il fallait penser du mal ou du bien de mes talents d'improvisation.

— J'espère pour vous que cette histoire n'est pas une invention, Tewp. Parce que si Edouard n'a pas la surprise que vous venez de lui promettre, je ne donne pas cher de votre avenir, mon garçon !

— Je n'ai aucune crainte, madame. Je vous promets que ni notre souverain ni vous-même n'allez vivre une journée ordinaire !

*

Depuis plus d'une heure, les muscles de mon corps étaient littéralement mâchés, roulés, broyés par les cahots de l'énorme bête sur le dos de laquelle nous avions pris place, le roi, Wallis et moi. La partie arrière de la nacelle fixée sur un éléphant des Indes n'est pas l'endroit le plus confortable du monde. On y ressent tous les cahots et les balancements de la marche lente de l'animal et c'est presque aussi épuisant que de se tailler soi-même son chemin dans la brousse à grandes volées de coupe-coupe. Ainsi que Donovan Phibes l'avait organisé, je m'étais vu désigner comme accompagnateur unique du couple royal, au grand dam du *butler*, garde du corps habituel de Sa Majesté, qui fut relégué au simple rôle de suiveur. Chamarré d'or et de soieries, notre éléphant était le plus grand et le plus fort de la troupe. Les autres – une quinzaine de bêtes environ – étaient de taille plus petite et moins richement parés.

— Cette bête est le fleuron de mon écurie, avait annoncé fièrement Mûradêvâ. Seule une bête royale est digne de porter un couple royal !

Une chasse au tigre est toujours un événement social d'une extrême importance au Bengale. Entourée de rites, vernie d'habitudes, elle donne l'occasion à celui qui l'organise de montrer toute sa puissance et d'étaler son faste aux yeux de ses sujets comme à ceux de ses rivaux. Je n'avais pas saisi si Mûradêvâ était complice de Donovan Phibes ou une simple marionnette entre les mains des comploteurs. Si d'aventure il était l'un des nombreux relais de la machination, Phibes avait dû lui proposer gros pour qu'il acceptât de participer à cette aventure, car la mort programmée du roi sur ses terres entacherait sa réputation de manière indélébile.

— A quoi pensez-vous donc, Tewp ? Vous rêvassez ?

Mme Simpson s'était retournée et ses yeux, masqués par des lunettes noires pour la protéger de la violente lumière qui tombait du ciel en lignes presque verticales, étaient braqués sur moi. Je répondis par un demi-sourire, en tentant de dissimuler ce que j'étais réellement en train de faire tandis que notre éléphant allongeait le pas pour se porter en tête du groupe des quatre ou cinq bêtes portant princes et gentilshommes de la Maison Mûradêvâ. Car je ne rêvassais pas, contrairement à ce que croyait Simpson. J'étais même en pleine activité : de la pointe d'un couteau, je m'acharnais à rendre inoffensives les cartouches de fusil en séparant les balles de plomb de leur douille de cuivre. Par-dessus tout, je voulais que les armes à portée de main du souverain et de sa maîtresse ne soient utilisables en aucune façon. Et tant pis s'ils voulaient chasser le tigre pour de bon ! Par de savants petits coups de son crochet d'acier recourbé, le cornac demanda à sa bête d'accélérer son allure. Lentement mais avec régularité, l'éléphant se mit à distancer le troupeau. Les balancements de la nacelle devinrent de plus en plus amples, ce qui semblait amuser Wallis et Edouard mais faisait monter en moi un vertige comparable à celui causé par le mal de mer. Mon cœur commença à battre plus fort car je sentais le traquenard se refermer sur nous. L'éléphant fonça à travers la friche, soulevant un nuage de poussière autour de son énorme corps caparaçonné de fanfreluches et de bannières. J'entendis une voix que je ne reconnus pas appeler derrière nous. Peut-être quelqu'un qui s'inquiétait de voir l'éléphant royal s'éloigner du groupe principal. Mais le cornac ne ralentit pas l'allure, préférant au contraire l'augmenter pour nous faire gagner au plus vite un taillis de bambous où je savais qu'il allait nous perdre... Il fit tenir le rythme au pachyderme pendant cent bons yards encore, puis nous entrâmes sous le couvert des arbres.

Wallis et Edouard se souriaient l'un à l'autre de toutes leurs dents, tels des gosses amoureux sur un manège de foire, tandis que je n'étais plus qu'une boule de nerfs à vif. Tout autour de nous, des branches souples se mirent à fouetter notre dais, nous contraignant à rentrer la tête dans les épaules pour protéger nos visages. Wallis retira promptement le casque léger qu'elle portait et choisit de le tenir devant elle comme un masque. Edouard l'imita aussitôt. Le cornac se retourna alors, vérifiant comment ses précieux passagers supportaient la traversée du sous-bois. Constatant qu'ils ne pouvaient le voir, il me sourit et, à ma seule intention, passa son pouce sur sa gorge en désignant Simpson et Edouard du menton. Puis il s'appliqua à son office pour nous faire enfin rejoindre un sentier tracé et dégagé où les ramures n'atteignaient plus la nacelle. A vive allure, nous continuâmes pendant des minutes qui me semblèrent durer des heures. Nous nous enfoncions au cœur d'une jungle où la lumière, tamisée par une végétation à l'incroyable densité, était celle d'un constant crépuscule. Partout autour de nous se dressait un mur vert qui nous encerclait et nous retranchait à chaque instant un peu plus du monde des vivants. Insouciants, heureux, Wallis et Edouard se caressaient les mains en babillant des vétilles. Et puis, soudain, il y eut un grand choc qui nous précipita en avant ! Je tombai lourdement sur le dos de mon souverain, qui gémit sous l'impact, tandis que je sentais l'éléphant s'enfoncer de toute sa masse dans une sorte de gouffre. La fondrière ! Affolé, pris dans la boue qui déjà l'aspirait, l'animal leva sa trompe et barrit, lançant un appel qui résonna sur les troncs des arbres et fit s'envoler en bande une nuée d'oiseaux rouges… Wallis et Edouard cherchaient à se redresser. Quant à moi, plus prompt, conscient surtout que les événements allaient maintenant s'enchaîner à une vitesse folle, j'étais parvenu à reprendre ma position. De là, je vis que le cornac, tourné vers moi, me hurlait d'agir.

— Pistolet ! Pistolet ! Maintenant ! cria-t-il en mimant le geste de braquer une arme à feu sur le roi.

Feignant de répondre à son injonction, j'empoignai le Lüger mais, au lieu de le pointer sur les deux silhouettes devant moi, je visai le cornac et fis feu presque à bout portant. Mêlée aux barissements de l'éléphant qui s'enfonçait inexorablement dans le marécage, la détonation s'entendit à peine. Touché à mort, l'homme glissa tel un sac de grain le long du garrot de sa monture et plongea tête la première dans la bourbe brune où il disparut tout entier en quelques secondes. Wallis hurla, tandis qu'Edouard, pétrifié, me regardait sans savoir que faire. L'éléphant jetait ses dernières forces à tenter d'avancer dans la boue pour s'en dégager. Mais il aurait fallu qu'il reculât, au lieu de marcher droit. Ses efforts ne faisaient que hâter sa disparition dans la fondrière et nous menaient nous aussi de plus en plus loin de la terre ferme. Il était nécessaire d'agir, et vite. D'une salve groupée de trois coups de feu décidés, je perçai la boîte crânienne de la bête. Du sang et des morceaux de peau et d'os volèrent, et l'animal, stoppé net, cessa aussitôt de bouger. Tel un bateau qui sombre, son corps s'enfonçait certes toujours, mais plus lentement, cette fois. Au jugé, j'estimai que le sacrifice de la bête venait de nous faire gagner à peine plus d'une minute. C'était peu et beaucoup à la fois. Peu, car le soudain silence me permettait d'entendre du bruit dans les taillis – certainement les hommes de main de Phibes qui venaient s'assurer que mon travail était accompli avant de m'assassiner et de me jeter dans la fosse de boue moi aussi – et beaucoup car je voulais encore croire que la surprise de ma trahison allait me donner un avantage décisif sur eux.

— Sire, madame ! chuchotai-je à l'attention du couple recroquevillé sur le plancher de la nacelle. Surtout ne bougez pas, ne parlez pas et ne vous relevez pas ! C'est un complot pour vous abattre ! Mais nous avons l'avantage. Faites-moi confiance et dans quelques minutes vous serez sains et saufs !

Par prudence, j'introduisis un nouveau chargeur plein dans mon pistolet et m'accroupis en embuscade derrière un panneau de la nacelle, ne faisant dépasser que mes yeux de la paroi d'osier tressé. Le bruit d'un groupe avançant vers nous se précisait. Combien pouvaient-ils être ? Trois ? Cinq tout au plus, à en juger par les sons. Derrière nous, exactement là où l'éléphant avait percé les arbres pour s'affaler soudain dans la bourbe, deux silhouettes d'Occidentaux apparurent, bientôt suivies de deux autres. Quatre hommes en tout, vêtus en broussards, tous armés de pistolets-mitrailleurs Sten. Le premier, un type assez grand, le meneur apparemment, hurla mon nom :

— Tewp ! Phibes nous envoie ! Le boulot est fini, mon vieux ? Montrez-vous qu'on vous tire de là !

Que fallait-il faire ? Jouer la comédie en attendant de pouvoir abattre ces renégats à bout portant ou bien agir sur-le-champ ? « Agir vite ! Sans hésiter ! C'est le secret ! » me hurla ma voix intérieure. Oubliant toute raison, oubliant toute peur, je pris une profonde inspiration, bloquai ma respiration et me redressai d'un bond pour ouvrir le feu sur les sbires de Phibes. Je savais que le Lüger ne contenait que neuf cartouches et qu'il fallait tirer au moins deux balles dans le corps de chaque assaillant pour s'assurer que chacun était réellement hors de combat. Huit coups devaient donc porter. Une balle, une seule balle pouvait se perdre… C'était peu. Trop peu. Mais c'était aussi l'unique façon de vaincre car je savais que je n'aurais pas le temps d'introduire un nouveau chargeur dans le pistolet que déjà les survivants cribleraient la nacelle de leurs rafales. En combat déclaré, de face et à cette distance, les Sten posséderaient tous les avantages. Tout cela, je l'avais compris dès que les types étaient arrivés. Mais réfléchir ne comptait plus maintenant. Il était trop tard pour ça. Méthodiquement, aussi vite et aussi précisément que je le pus, je pressai la détente souple de mon Lüger. Je tirai par séquence de deux coups sur la même cible. Ma puissance de feu était très faible. Une erreur fatale aurait consisté à l'éparpiller. Au contraire, il fallait l'organiser, la diriger, la concentrer avec une implacable détermination. Mes deux premières balles étaient évidemment destinées au ventre ou au torse du meneur. Mieux valait un doublé facile dans cette zone large que de tenter le très difficile coup unique en pleine tête. Je crois que le grand mercenaire n'eut même pas le temps de me voir surgir de derrière le panneau de la nacelle. Les deux balles qu'il reçut dans l'estomac le couchèrent au sol sans qu'il pût réagir. Avec un même succès, je visai l'homme à sa gauche qui, pas mieux que son compagnon, ne dut comprendre d'où partaient les coups. Je fauchai le troisième type alors qu'il tirait sur le levier d'armement de son pistolet-mitrailleur. Mon bras, déjà, tremblait un peu car l'arme était lourde dans mon poing et l'angoisse de l'échec venait à nouveau parasiter ma détermination. Je vis que la seconde balle partit totalement à côté et éclata un tronc près de lui, faisant jaillir une pluie de fibres d'écorce. Bien qu'il fût déjà au sol, je tirai une troisième fois sur lui et l'atteignis en pleine gorge cette fois. Ma volonté était revenue et déjà j'alignais le dernier homme. Celui-ci, affolé par la tournure des événements, me fixait sans bouger. Il brandissait sa Sten à bout de bras, la tenant par le canon. Je refusai de voir qu'il n'était plus une menace pour moi et tandis qu'il lâchait son arme pour signifier qu'il abandonnait le combat, je tirai sur lui mes deux derniers coups. Il tomba avec lenteur, face en avant, à la limite de la flaque de boue dans laquelle l'éléphant s'enfonçait toujours. La fusillade n'avait pas duré plus de quinze secondes, et nous disposions d'encore un peu de temps avant que la nacelle à son tour ne fût engloutie. Par prudence, je garnis d'abord mon arme de son dernier chargeur pour me préparer à d'autres mauvaises surprises et puis baissai les yeux vers le souverain et sa compagne.

— Il faut maintenant s'extraire de ce bourbier. La terre ferme est assez loin et nous ne pourrons pas l'atteindre en sautant. Il va falloir user d'un autre moyen. Pouvez-vous tous les deux prendre place sur le cou de l'éléphant, exactement là où le chevauchait son cornac ?

Les visages d'Edouard et Wallis étaient aussi livides que des spectres. A contempler son expression vide, je compris que mon roi ne comprenait rien à ma demande, mais Simpson, elle, certainement dotée d'un instinct de survie plus développpé, recouvrait ses esprits. Elle ramena ses jambes sous elle et se redressa avant de tirer son amant par la manche.

— Vite, les pressai-je. Enjambez la cloison et accrochez-vous au harnachement. Surtout ne glissez pas !

Wallis grimpa comme elle put sur les épaules de l'énorme monture dont le garrot était maintenant à moins de trois pieds de la surface du marais. Edouard la rejoignit tant bien que mal tandis que, le pistolet passé dans ma ceinture, je m'accrochais aux parements ruisselant sur les flancs de la bête morte pour y chercher le moyen de déboucler la nacelle et de la faire tomber dans la mare de boue, le plus près possible de la berge, ce qui requit une grosse minute d'efforts pour un piètre résultat, car je ne pus contrôler la chute de la lourde panière, qui s'écrasa dans la boue avec un bruit d'éponge mouillée de très mauvais augure. Quelle distance ma manœuvre nous avait-elle fait gagner ? Six pieds environ. Huit peut-être. Je passai en bandoulière autour de mon torse une longue sangle de cuir que je venais de récupérer, puis je me lançai sur la nacelle où j'atterris assez bien mais que mon poids fit s'enfoncer d'au moins deux pieds dans la boue. Fébrilement, je fixai la courroie entre le réseau des tresses d'osier de la nacelle et puis je jetai le filin vers la berge où son extrémité se prit dans un fourré. Enfin, il fallut sauter de l'île improvisée sur la terre ferme. Je n'avais aucun élan et seulement une chance infime de réussir à gagner la berge sans disparaître dans la vase, mais je devais la tenter. Alors que je bandais les muscles de mes jambes et que je m'apprêtais à bondir, je vis que s'écartait un taillis tout proche. Silencieusement, une forme humaine en sortit. Une forme mince, à l'air candide, aux cheveux blonds noués en chignon. Ostara Keller ! D'instinct, ma main se referma sur la crosse de mon arme que je braquai sur la fille immobile. Je fis feu mais, comme le soir où j'avais visé son visage à bout portant, inexplicablement, rien ne se produisit ! Comme soudée, et bien que je la compresse de toutes mes forces, la détente refusait de bouger. Sans se préoccuper de moi, l'agent du SD se dirigea vers le lien de cuir que j'avais attaché à la nacelle et en vérifia la solidité. Je compris qu'elle voulait nous aider. Pour l'instant, nous étions dans le même camp ! Je fis signe à Wallis et au roi de me rejoindre dans la nacelle. Dès qu'ils furent à mes côtés, Keller se mit à tirer de toutes ses forces sur la bride. Il aurait fallu que l'Autrichienne fût dotée d'une force herculéenne pour tracter efficacement le poids de trois adultes dans une nacelle elle-même aspirée par un siphon de boue. Elle en fut incapable. Mais le peu de progrès qu'effectua ainsi notre embarcation me permit de sauter vers elle avec plus de succès qu'auparavant. Je pris mon élan et atterris à deux pieds du bord de la mare, si bien que Keller n'eut même pas besoin de m'aider à reprendre position sur la terre ferme. Sans prononcer un mot, mais côte à côte désormais, nous tirâmes sur la bride afin de rapprocher autant que possible Edouard et Wallis. Lorsque nous fûmes incapables de les amener plus près, je me résolus à aller les chercher. J'avançai dans la mare et hurlai à Wallis de sauter dans mes bras, ce qu'elle fit sans tergiverser. Légère comme une mante, je la portai pour lui éviter de tomber dans la boue puis la lançai sur la berge où elle atterrit à genoux aux pieds de Keller. Et puis ce fut le tour d'Edouard, très digne, qui se jeta vers moi non sans avoir passé les doigts dans sa chevelure pour rectifier sa coiffure. Maigre d'aspect, fluet, presque, le souverain était beaucoup plus lourd qu'il n'y paraissait. Sous son poids je m'enfonçai presque jusqu'à mi-cuisses dans le bourbier. Rassemblant mes dernières forces, je propulsai enfin mon royal fardeau sur la berge où il tomba, les mains en avant et la tête heurtant le sol avec un bruit mat. Il me fallait maintenant sortir à mon tour du piège gluant qui me happait dans un gargouillis atroce. Keller ne m'aida pas. Elle savait qui j'étais, et ma vie lui importait peu. La mission que lui avait confiée le SD était de tout mettre en œuvre pour préserver la vie d'Edouard, non celle de David Tewp ! Je ne pouvais pas davantage compter sur le secours du roi ou de sa maîtresse, trop préoccupés par leur propre personne pour avoir conscience de la situation dans laquelle je me trouvais. Mais tout cela n'était pas grave, car, en bon enfant élevé sur les plages dangereuses de Brighton, j'avais appris de mon père la seule technique efficace pour sortir des vasières. J'écartai les bras en croix et me laissai choir sur le dos, ramenant à la surface mes jambes engluées puis roulant sur moi-même pour m'extraire du marais, noir de boue et d'immondices, épuisé et fébrile, mais vivant ! Pantelant, j'étais en train de me redresser lorsqu'un nouveau bruit me parvint à travers la trouée d'arbres. Je crus tout d'abord qu'un des éléphants du cortège nous avait localisés et se dirigeait vers nous, mais ce n'est pas un animal qui écarta les branches avec vigueur et rage, c'était le géant Diarmuid Langleton, le tueur chargé par Donovan Phibes d'éliminer Keller pour fournir son cadavre en justification à l'attentat mené contre le roi et Wallis Simpson. Sa masse monstrueuse déchira les taillis et il surgit devant nous, rouge de hargne, féroce et obtus, mais ne portant pas d'arme. Je vis que la peau de son visage était tavelée de prurits sanguinolents, comme ceux dont j'avais souffert lorsque Keller avait jeté sur moi son œuvre de mort ! Grâce au cheveu rouge que je lui avais donné, Darpân était donc parvenu lui aussi à lancer un sort sur le géant, l'affaiblissant déjà certainement ! Une seconde, il se figea sur place pour évaluer de la situation. Devant lui, presque à ses pieds, gisaient, morts, les quatre mercenaires de Phibes que je venais d'abattre. En retrait, à quelques yards à peine, Wallis et Edouard s'étaient recroquevillés l'un contre l'autre, ne comprenant rien au tourbillon qui s'était soudain déchaîné autour d'eux et les avait jetés, crottés, faibles et tremblants, au centre d'une arène où le nombre de morts dépassait celui des vivants. Keller était toujours là, elle aussi. Comme ceux de l'Ecossais, ses poings ne serraient sur aucune arme. A six pieds d'elle, une Sten était tombée dans la boue…

— Diarmuid ! hurlai-je au géant. Arrêtez ! Phibes a échoué. Ne tentez rien ou ce serait votre mort !

Le monstre ne m'écouta pas. Non qu'il fût stupide, mais c'était un prétorien, un fanatique prêt à se battre comme un loup pour que triomphe la volonté de ses maîtres, et il avait parfaitement compris qu'il était encore en son pouvoir de renverser la situation s'il réussissait à nous tuer tous les quatre… Son cerveau travailla une fraction de seconde à choisir l'ordre de priorité de ses cibles, puis il cessa toute réflexion pour se jeter telle une tornade sur Ostara Keller, l'ennemi qu'il avait jugé le plus dangereux pour lui. L'agent d'Heydrich comprit que la première charge lui était destinée et qu'elle n'aurait même pas le temps de se saisir du pistolet-mitrailleur qui gisait non loin de ses pieds. Elle esquissa un mouvement de parade mais elle sous-estima l'agilité qui caractérisait l'Ecossais. Il est vrai qu'elle n'avait pas été témoin, contrairement à moi dans la Suite des Princes, de l'extraordinaire vivacité de cet homme qui avait la faculté de mouvoir sa masse de buffle avec la grâce et la souplesse d'un chat. Le choc pour la fille dut être affreux. Un cheval au grand galop l'aurait heurtée de plein fouet qu'elle n'aurait pas été projetée plus loin. Elle s'écrasa dans une flaque de boue tout près de la rive du marais.

Car Diarmuid avait parfaitement conscience du parti qu'il pouvait tirer du bourbier dans lequel venait de disparaître la carcasse de l'éléphant. Etourdie, inconsciente peut-être, Keller ne se relevait pas. J'avais une décision à prendre, une décision cruelle. Devais-je laisser Diarmuid s'emparer de la fille et la jeter dans la tourbe ou devais-je sauver la sorcière du SD ? Depuis longtemps déjà, je m'étais tracé une ligne de conduite en décidant de jouer seul la partie et de laisser mes adversaires s'entre-tuer. J'aurais dû être cynique et m'en tenir là. Oui, j'aurais dû. Mais, pour mon malheur, je ne pus supporter de voir Keller finir ainsi car je savais que, si elle mourait maintenant, tous ses secrets disparaîtraient avec elle. Je sortis donc mon Lüger et déchargeai deux balles dans le corps de Diarmuid avant qu'il ne se saisît de l'Autrichienne. J'avais oublié cependant que le corps du tueur était protégé par une peau de fer. Les projectiles pénétrèrent tout de même sa chair, mais leur impact fut terriblement amorti par les anneaux que le géant s'était fait coudre. Diarmuid hoqueta sous le choc mais resta ferme sur ses jambes. Mes coups de feu n'eurent d'autre effet que d'attirer son attention sur moi. Keller momentanément hors de combat, je devenais sa seconde cible… Il se rua dans ma direction et fut sur moi en quatre enjambées. Je n'eus pas le temps d'ajuster mon tir. A l'aveuglette, je vidai mon chargeur sur lui, approximativement à hauteur de son visage, appuyant avec frénésie sur la détente. La concentration du feu était si forte qu'un nuage de poudre bleue monta devant mes yeux, me voilant brièvement toute perspective, puis j'entendis comme un bruit d'arbre qui s'abat. Devant moi, à un pied à peine, le cadavre de Diarmuid Langleton venait d'achever sa charge folle dans une mare de boue. Frappé de plein fouet par ma rafale, le géant roux n'avait presque plus de tête et toutes ses mailles d'acier ne l'avaient protégé en rien. Je jetai à terre mon arme vide et ramassai la première Sten que je trouvai puis voulus m'approcher de Keller pour la faire prisonnière. Mais, là où un instant auparavant elle gisait sans connaissance, il n'y avait plus aucune trace d'elle ! Incrédule, je crus l'espace d'une seconde que la tourbière l'avait avalée mais, m'approchant pour mieux voir, je constatai que des marques de pas menaient du lieu de sa chute droit vers la forêt... Une nouvelle fois, l'Autrichienne m'avait échappé ! Je n'eus pas l'occasion de me lancer à sa poursuite. Des cris, des appels montaient tout autour de nous. Enfin, d'authentiques secours nous parvenaient. Du sentier émergèrent des hommes de la suite du roi qui me mirent en joue en m'ordonnant de m'allonger dans la boue, les mains croisées sur la nuque. Bouleversé, pas loin de claquer des dents, le souverain trouva tout de même assez de force d'âme pour intervenir en ma faveur et expliquer que sa maîtresse et lui-même me devaient la vie. Relâché, je pus livrer à mon souverain les premiers détails du complot Phibes.

— Majesté, dis-je, je pressens que cela vous sera pénible à entendre, mais je crois qu'il y a une seconde affaire qui réclame votre attention. Une affaire qui implique malheureusement au plus près sir et lady Galjero.

Après que l'on eut couvert les épaules d'Edouard d'un plaid sec et propre, je me permis de le prendre un peu à l'écart afin que Mme Simpson n'entendît pas ce que j'avais maintenant à révéler. Je ne sais plus comment je m'y pris pour présenter la chose de la manière la plus concise et la plus sobre possible, mais peu de mots me suffirent pour évoquer les corps d'enfants calcinés et tassés dans des niches que j'avais moi-même découverts dans le sous-sol du temple des Roumains, les propres hôtes d'Edouard.

— Il faut procéder immédiatement à l'arrestation du couple Galjero, sire, dis-je sur le ton le plus impérieux. Et aussi investir Thomson Mansion afin de protéger les enfants qui y sont hébergés.

Edouard me regarda de ses yeux impassibles et froids, dodelinant de la tête, se taisant tout le temps que je lui livrai les incroyables détails de mon histoire. Lorsque j'eus achevé mon récit et énoncé toutes mes requêtes, il fit venir à lui le plus haut gradé des quelques officiers alors disponibles : un commodore de la Navy.

— Accompagnez ce lieutenant du MI 6 et portez-vous provisoirement sous son commandement. Je lui donne toute autorité de police pour mettre aux arrêts le couple Galjero et toute personne liée à eux qu'il jugera bon de vous désigner. Ne laissez personne se mettre en travers de votre route. Est-ce clair ?

Nullement gêné par la boue qui en réduisait piteusement l'effet martial, le commodore claqua des talons et salua son souverain avec un profond respect avant de se tourner vers moi pour réitérer son salut impeccable, malgré les gerbes de saletés que cela faisait jaillir sous ses semelles. Lui et moi ne perdîmes pas de temps en présentations circonstanciées. Je lui ordonnai de me désigner une dizaine d'hommes sûrs, et nous partîmes au grand galop hors de la forêt, à la recherche de l'éléphant des Galjero, confiant à d'autres le soin de mettre en lieu sûr Edouard et Wallis. Malgré nos efforts, nous ne trouvâmes nulle trace des Roumains. Interrogés un à un, les nobliaux locaux, qui ne comprenaient plus rien aux événements, affirmèrent que le couple avait été perdu de vue dès les premières minutes de la chasse, et même Mûradêvâ, pâle comme un linge et tremblant comme une feuille, n'avait aucune idée de ce qu'ils avaient pu devenir.

— Je vous assure, officier, que je ne sais pas grand-chose de ces personnes ! En fait, elles me sont tout à fait étrangères… Juste de simples connaissances de salon… Et encore, même cela c'est déjà beaucoup dire !

Je n'écoutai pas plus avant les misérables dénégations du prince. Elles sonnaient si faux qu'elles en devenaient pénibles à entendre.

— Commodore, dis-je, les Roumains sont certainement repartis à Calcutta. C'est dans leur propre villa qu'il va falloir les arrêter ! Suivez-moi !

Nous rassemblâmes nos hommes et les fîmes monter dans les voitures civiles les plus rapides que nous pûmes réquisitionner, tandis que le commodore et moi-même empruntions la Daimler du roi. Fonçant sur les pistes empoussiérées du Bengale, nous gaspillâmes stupidement une heure à nous perdre alors que nous croyions prendre un raccourci, si bien que, lorsque nos pneus crissèrent enfin sur l'asphalte chaud de Shapûr Street, il était malheureusement près de 5 heures du soir ! Faisant une halte auprès du piquet de garde toujours de faction, nous apprîmes que les Galjero étaient arrivés presque trois heures auparavant avant de repartir au volant de deux voitures, il y avait une trentaine de minutes de cela. Une estafette à moto était là, à qui j'enjoignis instamment d'aller chercher le caporal Swamy et de le ramener à la villa. Le motocycliste n'avait pas encore appuyé sur sa pédale de démarrage que, sous ma direction, le commodore remettait les gaz à plein régime pour traverser le parc à grande vitesse. Certes, on venait de me l'apprendre, les Roumains n'étaient déjà plus là et je n'avais aucune raison de croire que le garde m'avait menti mais, puisque je n'avais aucune idée de la direction que les Galjero avaient prise, la dernière carte à jouer était celle des domestiques de la villa. Sur le second régisseur Jaywant, tout particulièrement, se concentraient tous mes espoirs. Nous le trouvâmes dans un salon où il emballait des affaires dans une caisse. Notre irruption, arme au poing, ne parut guère le surprendre.

— Jaywant, demandai-je vivement, savez-vous où sont partis vos maîtres ?

— Non, Sahib. Je l'ignore. Et même si je le savais, je ne vous le dirais pas.

— Jaywant ! hurlai-je en secouant rudement l'homme par les épaules. Vous savez ce que vos maîtres pratiquent dans la salle de la tour noire ? Vous savez ce qu'ils font à des jeunes filles ? A des enfants ?

Oui, Jaywant savait. Il le savait depuis toujours, mais cela ne l'empêchait pas, pour quelque obscure raison, de préférer le silence et la complicité criminelle à la trahison de ses maîtres. Détournant le regard, il s'enferma dans un mutisme dont je sentais que rien ne pourrait le tirer. J'eus envie de le rouer de coups pour le contraindre à parler, mais je me retins et me contentai de le renverser rudement dans un fauteuil.

— Il doit bien y avoir un moyen de deviner où ces gens sont allés, s'essaya le commodore. Galjero a-t-il un bureau ? Peut-être devrions-nous le fouiller ?

J'ignorais où se trouvait le bureau de Dalibor Galjero. Durant mon séjour à la villa, je n'avais parcouru que quelques pièces, ayant été soigneusement tenu à l'écart de l'essentiel du bâtiment. Comme je tentais d'évaluer en mon for intérieur les chances de découvrir un indice exploitable dans d'éventuels documents abandonnés par Galjero, Jaywant plaça un fulgurant coup de poing au défaut de la jambe du commodore. Meurtrissant un nerf, le choc contraignit l'officier de marine à plier le genou, tandis que de ses doigts soudain desserrés glissait la crosse de son arme. Jaywant fut assez vif pour s'emparer du pistolet avant qu'il ne tombât à terre et, relevant le chien de son pouce, il percuta une cartouche en pleine nuque du pauvre type.

— Jaywant ! Non !

Mais déjà plus rien n'était possible, ni pour sauver mon compatriote, ni pour m'éviter d'ouvrir le feu à mon tour sur le second régisseur de la villa Galjero. En une seconde, je crispai deux fois l'index sur la détente de mon pistolet et touchai l'Hindou en plein front, presque à bout portant. Son crâne doublement éclaté fit comme un soleil rouge. Pour la sixième fois de la journée, je venais de prendre une vie humaine… Je ne m'attardai pas à me lamenter. Pantelant, je sortis en courant du salon où s'entremêlaient tragiquement les cadavres du Brit' et de l'Hindou. Les domestiques encore présents hurlaient et tentèrent de m'empêcher de sortir, mais la vue de mon arme dont le canon fumait encore suffit à les tenir à distance. Ma présence ici n'était plus nécessaire. Il aurait fallu fouiller de fond en comble la villa mais je n'avais pas le temps de me consacrer à ce travail de police. Une tâche plus urgente m'attendait, une tâche qui primait désormais sur toute autre : délivrer au plus vite Khamurjee de Thomson Mansion.

Je repris la Daimler du roi et fus bien contraint de la conduire moi-même cette fois-ci. La tension, la colère, l'impuissance contribuaient paradoxalement à concentrer mon énergie et à la canaliser, aussi n'eus-je aucun mal à faire démarrer le lourd engin et à regagner la sortie de la propriété. Comme j'atteignais presque la fin de Shapûr Street, je croisai l'estafette que j'avais envoyée chercher Swamy. Je reconnus le petit Hindou assis en croupe de la moto, les bras enlacés autour du torse du pilote. Nous freinâmes pour nous porter à la hauteur l'un de l'autre.

— Prenez le volant, Swamy ! Il n'y a plus rien à faire pour le moment chez les Galjero. Je veux maintenant récupérer Khamurjee au plus vite.

Tandis que le caporal se glissait avec une délectation de connaisseur sur le siège en cuir de l'automobile de luxe, je fis signe au motocycliste de nous précéder pour dégager la route.

— Durham Lane, hurlai-je de toutes mes forces pour couvrir le vacarme des deux moteurs. Nous allons Durham Lane !

Le soldat leva le pouce en l'air, rajusta sur son nez ses lunettes de conduite maculées de poussière et fit rugir son engin. Swamy, les dents serrées, le buste si penché qu'il en touchait le volant, le suivait de près. Malgré la puissance de nos véhicules, nous mîmes presque trente minutes à atteindre Thomson Mansion. Nous y trouvâmes une grille close, qui le resta obstinément malgré nos appels et coups frappés du plat de la main sur la tôle vibrante. Une lourde chaîne graissée bloquait le portail.

— J'ai une paire de pinces dans mes fontes, mon lieutenant ! glapit le motocycliste.

Avec ses cisailles, le *private* attaqua au hasard un des

maillons. Bien qu'il serrât de toutes ses forces, il ne parvint cependant pas à entamer suffisamment l'acier pour faire céder l'ensemble. Il recommença. Je m'impatientais. Il n'y avait pas trace de mouvement dans la maison, alors que nous provoquions un raffut de tous les diables à l'entrée. Tout cela me semblait de très mauvais augure.

— Nous perdons notre temps. Faites-moi plutôt la courte échelle ! ordonnai-je.

Lâchant sa pince, le soldat me tendit ses mains jointes en étrier et me propulsa en haut du muret. Des tessons de bouteille pris dans le ciment me tailladèrent cruellement la paume droite. Meurtri, je me laissai retomber en contrebas dans un massif d'œillets, puis sortis un mouchoir de ma poche et enrobai ma main gluante de sang tandis que Swamy apparaissait à son tour à l'aplomb de l'enceinte et que j'entendais notre troisième homme donner de furieux coups de muscles en reprenant son ouvrage de sape sur la chaîne. Ne nous préoccupant plus de lui, mon caporal et moi gravîmes en courant une pente gazonnée menant au bâtiment principal, dont tous les volets étaient clos. Nous atteignîmes la porte d'entrée : close elle aussi, vraisemblablement verrouillée en deux ou trois points. Swamy saisit son arme et tira huit cartouches de 45 millimètres dans le panneau inférieur, ce qui mâchura et affaiblit assez le bois pour que les violents coups de pied qu'il y porta ensuite ouvrent un passage suffisant pour sa petite corpulence. L'Hindou plongea dans le trou d'ombre qui béait devant lui comme un ratier s'engouffrant dans le terrier d'un garenne puis déverrouilla les loquets pour me faire entrer. Dans la rue, le soldat venait enfin d'avoir raison de la chaîne et il accourait en sueur jusqu'à nous, curieux de connaître la raison de la fusillade qui avait fait s'envoler en croassant tous les oiseaux aux alentours. Tandis que le caporal glissait un nouveau chargeur dans son automatique, je m'avançai à grandes enjambées dans le hall d'entrée où ne brillait aucune lumière. Je m'immobilisai en plein centre de la pièce car je distinguais mal la géographie des lieux. Un grand escalier menant aux étages, des portes fermées, des couloirs, c'était tout ce que je percevais. Il semblait n'y avoir aucun bruit dans l'édifice. Où donc les enfants pouvaient-ils bien avoir été emmenés ? Etaient-ils toujours avec sœur Marietta et Peter Talbot ? Un pinceau de lumière balaya l'endroit et la voix du motocycliste résonna dans mon dos :

— En haut des escaliers, mon lieutenant ! Je crois qu'il y a quelque chose !

Le filet de lumière s'était arrêté sur les dernières marches, juste avant le palier du premier étage. Là, une masse inerte bloquait le passage. Nous montâmes à pas prudents, chacun de nous tenant son arme à la main. Mais ce qui nous attendait sur ce palier n'était pas dangereux. Ou ne l'était plus. C'était le cadavre d'un homme blanc que je n'avais encore jamais vu. Du même âge environ que Talbot, il était aussi vêtu à la même mode que le responsable de Thomson Mansion. Comme aucune trace de sang n'était visible sur lui, je n'aurais su dire de quoi il était mort. D'un arrêt cardiaque, peut-être. Mais peu importait la cause après tout, car mort, il l'était assurément, comme me le confirmait l'absence de pulsations à sa veine jugulaire, là où mes doigts s'étaient un instant posés pour vérifier l'état de cette nouvelle victime.

— Est-ce Peter Talbot ? demanda Swamy.

Comme je faisais « non » d'un hochement de tête, le caporal se mit à grimper les étages en appelant Khamurjee de toute la force de ses poumons. Le soldat s'élança sur ses talons. Il ne savait pas qui nous cherchions mais sentait que ce lieu était tout empli de vapeurs méphitiques qui laissaient présager le pire. Je montai moi aussi dans les étages et les aidai à fouiller les salles de cours, mais toutes étaient vides, rangées et propres.

Ce fut au troisième niveau que nous découvrîmes alors ce que nous ne pourrions jamais oublier et qui marquerait nos vies à jamais. Là, dans un vaste dortoir d'une vingtaine de lits, les enfants de la seconde «promotion Galjero» avaient été réunis et sauvagement égorgés. Aucun n'avait été épargné. Ni garçon. Ni fille. Aperçu à la faible lueur d'une torche électrique, le spectacle de ces corps couverts de sang et déjà nimbés d'un atroce nuage de mouches à cadavres me fit défaillir. Une bouffée de chaleur monta en moi, provoquant un étourdissement. Je dus sortir de la pièce pour m'affaler dans le couloir, cherchant désespérément sur le dallage une trace de fraîcheur pour calmer ma fièvre, soigner mon vertige… Le *private*, lui aussi, n'avait pu supporter cette horrible vision. Recroquevillé à terre non loin de moi, il sanglotait, le visage caché dans ses bras, tandis qu'une large tache d'urine s'étalait sur son entrejambe et gouttait sur le sol. Seul Swamy avait eu le courage de rester. Je ne sais comment, sans lumière et au milieu de tous ces corps empilés, il retrouva Khamurjee, le tira hors du charnier et le prit dans ses bras. Lorsqu'il ressortit avec lui de la chambre du massacre, il n'était plus le même homme. Quelque chose, au plus profond de lui, s'était brisé pour toujours…

*

Ce qu'il advint ensuite au fil de cette épouvantable journée est de peu d'importance. J'avais sauvé la vie d'un roi et celle d'une intrigante, et démasqué un trio d'assassins d'enfants. Bien des questions demeuraient pourtant sans réponse, bien des mystères impénétrables, en comparaison desquels les rouages du complot monté par Donovan Phibes paraissaient d'une parfaite simplicité. A des officiers dépêchés tout spécialement de Delhi pour l'occasion, j'avais plus tard tout dévoilé de l'affaire, donné tous les noms et fourni toutes les preuves. Peu d'arrestations s'en étaient suivies. La plupart des hommes que j'avais rencontrés dans la Suite des Princes avaient en effet préféré le suicide à l'infamie d'une inévitable condamnation à la peine capitale. Quant à ceux qui s'étaient montrés assez sots ou assez lâches pour se laisser prendre, ils furent gardés au secret et rien de leur procès ni de leur fin ne fut révélé au public. Officiellement, la journée du 21 octobre 1936 resta blanche sur l'agenda royal, et plus personne n'en parla jamais. C'est par de tels arrangements qu'on fait généralement l'Histoire et que se résolvent le mieux les affaires gênantes : par un pur et simple oubli qui contente toutes les parties. Pas plus que je ne revis jamais Wallis Simpson je ne fus replacé en présence d'Edouard VIII. En décembre, deux mois après l'incident du Bengale, suivant les inclinations de son cœur – et fait unique dans l'histoire de la monarchie britannique –, le roi abdiqua pour épouser sa roturière. Le couple, riche à millions, choisit l'exil en France pour y mener une vie de fêtes et d'oisiveté. Cela, évidemment, convenait mieux au tempérament insouciant des protagonistes que la tourmente des problèmes politiques internationaux. Le digne George VI monta sur le trône et les courtisans germanophiles qui papillonnaient autour de son frère aîné s'éclipsèrent à jamais des couloirs glacés de Buckingham Palace... Un nouveau colonel fut nommé à la tête du MI 6 à Calcutta, en remplacement du traître Hardens, retrouvé pendu dans son bureau le soir de l'échec de son complot. Des mains mêmes de Flecker, ce nouveau supérieur – un grand chauve au nez busqué et aux yeux étroits, que l'on ne connut bientôt plus que sous le doux sobriquet de « Bouclé » –, je reçus mes galons de capitaine et fus fait chevalier de l'ordre de la Jarretière par décision spéciale du souverain à qui on avait tout rapporté des détails de mon aventure.

Quelques jours avant cette cérémonie, j'avais reçu une missive de Londres dont les lettres fines étaient tracées à l'encre bleue. C'était un mot de Mme Simpson. Elle me remerciait pour ce que j'avais fait et me présentait ses excuses pour s'être si mal comportée avec moi. Mais ce n'était pas l'essentiel de son message. Non. A dire vrai, celui-ci n'était pas expressément couché sur le papier, il fallait le déchiffrer entre les lignes. Ce que je n'eus aucun mal à faire car j'étais parfaitement conscient de ce qu'elle voulait me demander. Depuis le soir où, dans ma vieille lunette de marine, je l'avais aperçue en compagnie des Galjero franchir la barrière d'épineux qui protégeait l'accès au stupa, c'était son destin tout entier que je tenais entre mes mains... Jamais pourtant je ne me servis de ce formidable outil pour quémander quelque faveur que ce fût. Bien mal m'en aurait pris, je crois, car ç'aurait été faire moisson sur les cadavres des enfants de Thomson Mansion. J'aurais vécu cela comme le pire des sacrilèges. Et puis, que savais-je réellement des turpitudes de Mme Simpson ? Que lui avaient donc montré les Galjero ? Des momies d'enfants ? Des sacrifices ? Des messes noires ? A priori, je doutais que les Roumains aient laissé cette femme pénétrer leurs horribles secrets. Et je doutais plus encore que, si jamais elle avait été introduite à ces mystères, Mme Simpson se fût compromise dans ces messes noires. Elle aurait beau posséder une personnalité complexe aimant jusqu'au vertige le luxe et la vie facile, être perverse, extraordinairement habile à la manipulation, elle était aussi intelligente et certainement consciente des limites à ne pas dépasser. La danse frénétique, les orgies, les drogues mondaines mêmes restaient de son domaine. Tous ces vices étaient communs et pouvaient être contrôlés. Ce qui n'était évidemment pas le cas des plaisirs dont le prix à payer était des crimes de sang… Joueuse, Simpson savait qu'elle était sur le point de remporter la mise de sa vie en épousant Edouard. A y réfléchir intensément, j'étais parvenu à me convaincre qu'elle n'aurait pas perdu la tête au dernier moment en fréquentant les Galjero tout en sachant qui ils étaient vraiment.

— Qui ils sont vraiment ? Honnêtement, je l'ignore ! avais-je platement répondu à un commissaire du Yard qui m'avait un jour interrogé sur les Roumains.

Et c'était la vérité. J'ignorais tout du vrai visage de ces gens. Hôte froid et courtois, Dalibor m'avait paru bien falot en comparaison de sa femme sur laquelle, d'ailleurs, il ne semblait pas posséder une grande emprise. Laüme, elle, était beaucoup plus intéressante que son époux, beaucoup plus attirante… Un authentique mystère planait sur elle, que symbolisait si bien le parfait poli de son ventre, et je me disais souvent que son mari n'était à ses côtés qu'une ombre qu'elle traînait comme par habitude, mais sans le nourrir d'un amour authentique. La force du couple, c'était elle. Indéniablement. Sa volonté et sa détermination au Mal…

A l'exemple de l'affaire Phibes, le dossier Galjero tourna court. Il y eut évidemment un semblant d'enquête conjointe entre les services civils du Yard et les nôtres, mais cela ne servit qu'à égarer des pièces du dossier, entremêler les compétences de manière factice et, au final, accoucher d'une souris. Tout cela, bien sûr, avait été voulu.

— Vous vous en étonnez, mon garçon? m'avait demandé le capitaine médecin Nicol à qui, un soir de tristesse, j'avais offert un verre au mess. Vous savez pourtant quel est le sort que l'on réserve à ce genre de chose! C'est que vous avez levé un sacré lièvre, mon vieux. Un lièvre tellement gros, tellement improbable que cela a effrayé tout le monde. Imaginez un peu: un type et sa bourgeoise – pas anglais, certes, mais qui se prélassent tout de même en pointillés parmi la bonne société britannique de la ville depuis une dizaine d'années, qui en connaissent tous les petits secrets crapoteux, qui en ont même été la coqueluche pendant longtemps… – eh bien, ce couple – lui, amant de la moitié des jeunes filles, des femmes et peut-être de certains hommes de la haute société coloniale, elle, même tableau mais dans l'autre sens –, ces gens riches à millions et dispensateurs de bienfaits sans nombre se révèlent en fait être des assassins, des maniaques, des fous ayant dépecé ou réduit en cendres soixante gamins sans que personne se soit aperçu de quoi que ce soit… Et il a fallu que vous, un blanc-bec – pardonnez-moi, cela n'a rien de personnel –, un blanc-bec donc, tout juste descendu de la passerelle du navire, ayez eu suffisamment de lucidité ou de chance pour leur arracher leur masque! Comment voulez-vous que tous ces braves gens avalent la pilule? Impossible! Absolument impossible! Vous leur posez une colle sans solution, ils préfèrent donc considérer qu'il n'y a pas de problème ! Et voilà ! Pfuittt ! acheva-t-il en frottant ses paumes l'une contre l'autre tel un magicien qui fait disparaître une colombe.

— Mais je ne comprends pas, rétorquai-je en haussant la voix. Il y a des morts dans cette histoire. Et pas seulement un commodore de la Navy. Il y a des gamins innocents, bon Dieu ! Vous ne croyez pas qu'ils méritent qu'on s'intéresse à eux ? Que la justice s'intéresse à eux ?

— Dans l'absolu… oui. Vous êtes dans le vrai. En réalité, cela ne se fera pas.

— Mais ce serait contraire à toutes les règles de la morale ! m'insurgeai-je en tapant si fort du poing sur la table que la casquette de Nicol glissa à terre.

— Assurément, renchérit le capitaine en ramassant son couvre-chef et en le brossant d'un revers de coude. Contre toutes les règles. Sauf de la seule et unique règle qui compte vraiment : celle de l'inertie ! Je vous fiche mon billet que « le Bouclé » a reçu des ordres du gouverneur Linlithgrow en personne pour étouffer l'histoire. Les cocus n'aiment pas le scandale, vous savez ? C'est une constante simple et sûre de la nature humaine.

— Les cocus ? Vous voulez dire…

— Que la femme du gouverneur couchait avec les Roumains ! Surtout, gardez ça pour vous, Tewp ! Inutile que ce ragot sorte du sous-continent ! dit Nicol en souriant largement et en dramatisant le ton jusqu'à l'ironie la plus franche.

Ainsi donc l'affaire était entendue. Aussi atroce qu'aient pu être leurs crimes, les Galjero resteraient libres de parcourir le vaste monde pour y trucider autant d'enfants qu'ils le voudraient. Je ne doutais pas une seule seconde que leurs méfaits ne s'arrêteraient pas aux limites de Calcutta, ni mêmes aux frontières du Bengale. Sous d'autres cieux, sur d'autres continents, ils avaient déjà certainement recommencé leur chasse infernale. Mais pour quoi au juste ? Dans quel but ? Et surtout : comment les arrêter ? Car il fallait les arrêter, évidemment. Et cette tâche m'incombait, j'en étais persuadé. Elle m'incombait non seulement parce que le hasard m'avait fait croiser le chemin de ces gens, mais aussi et surtout parce que je l'avais solennellement promis à Habid Swamy le soir même où nous avions retrouvé le petit Khamurjee parmi les cadavres de Thomson Mansion. Dès que nous le pouvions et à l'insu de tous, le caporal et moi tentions de tresser les fils épars que j'avais imprudemment tirés depuis le jour où j'avais très maladroitement suivi Keller au bord de la rivière Hoogly. Longtemps nous piétinâmes, ne glanant que des renseignements disparates qui nous semblaient aussi peu s'accorder que des pièces provenant de puzzles différents. Discrètement, malgré les ordres qui m'avaient été donnés de ne plus m'occuper de cette affaire, j'avais toutefois fait parvenir un grossier descriptif des Galjero et d'Ostara Keller à quelques-unes de nos antennes à Madras, Goa, Delhi et même à Sumatra, au Caire ou à Bagdad ; mais rien, jamais, ne m'était parvenu en retour… Mes moyens étaient limités et, bien que je jouisse du grade de capitaine, je ne pouvais agir efficacement. Une fois Swamy définitivement détaché auprès de moi comme ordonnance, on m'avait en effet affecté à un poste administratif sans plus de contacts avec le terrain. Confinée dans un bureau sans grâce des Grands Appartements, ma tâche se résumait à rédiger de courts memoranda pour le « Bouclé », les brouillons de ses discours ou des circulaires qu'il destinait au service… Cela ressemblait fort à un placard doré et ce travail ne m'occupait que quelques heures par semaine. Le reste du temps, je le passais à me ronger les sangs et à penser aux Galjero, à me demander comment les retrouver pour les amener à payer leurs crimes, mais j'étais isolé et je savais que l'on se méfiait de moi. Bien plus encore qu'au temps où je n'étais qu'un « bleu » naïf et gauche, j'étais devenu une sorte de paria. Certes, on ne ricanait plus dans mon dos et l'on n'osait plus me barrer le passage lorsque d'aventure je rôdais au mess, mais l'on me battait froid car – je l'avais appris par Nicol, l'unique colonial qui ne craignait pas de me côtoyer – la rumeur disait que j'avais le mauvais œil et que je portais la guigne à tout Britannique ayant le malheur de me fréquenter – le capitaine médecin figurant, bien sûr, l'heureuse exception qui confirme la règle. Par la force des choses, j'avais croisé plusieurs fois le capitaine Gillespie et même les adjudants Mog et Edmonds – bien remis, celui-ci, de la blessure que je lui avais infligée au foie mais incapable d'avaler une goutte d'alcool depuis la nuit terrible où il avait failli m'ouvrir la gorge avec un tesson de bouteille. Les trois gaillards avaient à chaque fois détourné la tête plutôt que d'avoir à me saluer. Toujours est-il que les seules pensées qui hantaient mon esprit étaient celles qui concernaient les Roumains et la fille du SD. Longtemps, patiemment, je cherchai à démêler par moi-même l'incroyable écheveau d'événements fantastiques dont j'avais été le témoin direct. Dès la fin de 1936 et durant toute l'année 1937, je devins ainsi une sorte de rat d'archives, hantant les librairies et les bibliothèques publiques de Calcutta. Déçu, insatisfait du peu d'informations que j'y trouvais, je poussai encore mes recherches en m'affiliant à des cercles d'érudits tels que la Société des Etudes asiatiques ou la Société théosophique. Là, avec rage, avec fièvre, je passai des après-midi entiers à déchiffrer de vieilles notes d'ethnologie ou d'histoire des religions afin de percer à jour les secrets des sorciers Keller et Galjero. Car pour moi, désormais, la réalité effective de la magie ne faisait plus de doute. Rationnel, je l'avais été autrefois, certes, mais sans excès ni fermeture d'esprit. C'est donc sans effort véritable que je glissai le surnaturel et ses possibles dans mon système de pensée et ma métaphysique générale. Rien ne s'opposait sérieusement à cela, pas plus mon bon sens à l'échine souple que ma foi chrétienne dont la banalité tranquille et le peu d'épaisseur dogmatique étaient, somme toute, fort accommodants. Enrichi, mon horizon intérieur n'en fut pas profondément modifié et continua pour l'essentiel de s'orienter aux boussoles banales du Bien, du Mal et de la Petitesse comme principale déesse menant le genre humain sous toutes les latitudes et selon toutes les époques. La révélation que l'univers était *magique*, traversé de forces inconnues des hommes ordinaires, ne déclencha chez moi pas plus un appétit de pouvoir qu'une sourde espérance en une rédemption quelconque. Je suis né avec cette chance aussi rare qu'immense de n'être ni un passionné ni un avide. Ces bonnes dispositions d'esprit, alliées à une persévérance qui passe souvent pour de la maniaquerie aux yeux de qui me connaît mal, me permirent d'avancer tout au long des années 1937-1938 à une vitesse de croisière raisonnable sur les mers étranges des savoirs secrets.

Au début, tout ne fut pas simple, pourtant. Mme de Réault n'étant plus là pour me guider – la Française avait bouclé ses malles et quitté le Bengale –, je fus contraint de me tailler une voie dans la jungle de ces questions avec mon propre discernement pour coupe-coupe. Les Indes, heureusement, étaient depuis des siècles la terre d'élection des cultes les plus étranges, si bien que, pourvu que l'on prît un peu d'intérêt à ce domaine, il était chaque jour possible d'y faire des rencontres étonnantes. Si l'on exceptait les fakirs et autres prestidigitateurs des rues, on pouvait facilement rencontrer des Européens pénétrés de mysticisme aux valeurs plus ou moins établies. Très répandus dans tout le sous-continent où leur mouvement était d'ailleurs né des visions de la Russe blanche Blavatsky en accointance avec le génie publicitaire du colonel américain Olcott, les théosophes narguaient encore les maçons, malgré la récente défection du poète Krishnamurti, leur prophète annoncé. Ailleurs, martinistes et rosicruciens s'accordaient parfois sans jamais atteindre la fusion, tandis que les nouveaux venus du mouvement anthroposophique de Rudolf Steiner tentaient tant bien que mal de prendre racine sur une terre déjà saturée de greffons sectaires importés en contrebande d'Occident depuis trois siècles. De tout cela je fis le tour en quelques semaines à peine, comprenant vite que ce ne serait pas de la bouche de ces gens en mal de pardon que je découvrirais ce que je voulais vraiment savoir. Car j'eus l'occasion de le remarquer non pas une, deux ou cinq fois, mais plutôt dix ou vingt, dès que je commençais à interroger de prétendus frères haut gradés sur les échelles maçonnes, théosophiques ou martinistes à propos de l'effectivité de la magie, tous ces beaux messieurs si pleins d'importance se récriaient comme de vieilles dames frileuses. De toute évidence, ces gens ne recherchaient et n'estimaient que la vague excitation intellectuelle qui s'attache à l'étude de la philosophie et de la théologie – fussent-elles teintées aux eaux troubles d'une métaphysique veinée d'occultisme. Ils ne s'intéressaient qu'à pérorer dans les salons, pérorer dans les clubs et parader dans les loges. Aucun n'était prêt à payer le prix fort pour s'engager dans une des voies de la véritable initiation magique.

Néanmoins, celle-ci existait. Des centaines d'heures de lecture, de réflexion et de recherches personnelles m'en avaient convaincu. Il me fallut pourtant attendre un jour d'août 1938 pour avoir l'occasion d'en parler sérieusement avec Mme de Réault, revenue pour quelques semaines à Calcutta afin d'y passer la période de la mousson. Personne ne le savait encore, mais l'Europe et le monde n'avaient même plus douze mois de paix à vivre avant que ne se déclenchent les événements qui allaient effacer pour toujours l'ordre ancien. L'Asie, comme les autres continents, serait bientôt emportée dans l'ouragan.

A peu près ignorante des événements qui s'étaient déroulés juste après son départ, la Française me fit raconter par le menu tout ce que j'avais vécu depuis notre dernière rencontre. La vieille femme me laissa défiler mon histoire sans exprimer d'étonnement ou d'impatience, puis, d'une voix devenue un peu plus rauque avec l'âge, elle parla :

— Officier Tewp, je crois que vous pouvez vous estimer chanceux ! Il y a peu de gens dont la raison n'aurait pas fait naufrage après avoir traversé ce que vous m'avez décrit. J'y vois un signe. J'y vois même une prédestination. A quelle fin, je l'ignore, et c'est à vous seul qu'il appartient de le découvrir un jour. Donc, sur ce point précis, je ne saurais vous être utile. En revanche, si j'ai bien compris ce que vous attendez de moi, je peux effectivement vous éclairer de quelques lumières sur certains points que vous avez mentionnés. Avez-vous une préférence pour commencer ?

— Prenons les choses dans l'ordre, hasardai-je. Peut-être pouvez-vous me dire s'il est plausible que les Galjero aient tenté de suivre une voie initiatique impliquant à la fois la débauche sexuelle et des sacrifices d'enfants ? Ces gens sont-ils convaincus qu'il est possible d'acquérir des pouvoirs par des rites religieux criminels ou sont-ils de purs aliénés ?

— Vous avez raison de vouloir débuter par cette distinction, dit-elle. S'ils sont fous, les Galjero seront toujours imprévisibles, volatils, et ils renouvelleront constamment leurs cibles comme leur manière de tuer. Essayer de prévoir leur comportement relèvera de la cartomancie ou de la lecture dans le marc de café, parce que leurs motivations ne sont pas forgées au feu d'un désir unique mais relèvent du caprice de l'instant. En un mot : vous n'êtes pas près de les attraper ! Cependant, je crois que nous pouvons d'emblée écarter cette hypothèse. Tels que vous me les avez décrits, ces gens sont méthodiques, froids, réfléchis. Il est évident qu'ils agissent avec un schéma en tête, selon des exigences bien précises de victimes et de rituels criminels. Si vous parvenez à définir leurs buts et la tradition dont ils tirent leur savoir, alors peut-être anticiperez-vous leurs mouvements, leurs besoins et leurs aspirations. Vous ne ferez pas de la *prédiction*, comme dans le premier cas, mais de la *prévision*. Ce sera plus simple pour vous. Vous y mettrez certainement le temps et il vous faudra de la chance, mais vous aurez un jour ou l'autre l'occasion de les arrêter, si telle est votre ambition.

Nous discutâmes longtemps, elle et moi, ce jour-là, tandis que d'épais torrents d'eau s'abattaient sur les vitres de la véranda où nous étions installés. Bien que nous fussions en plein après-midi, la noirceur des nuages avait fait tomber la température d'un coup et Mme de Réault avait dû réclamer au boy un plaid d'hiver qu'elle avait étalé sur ses jambes, le temps que se calme la tempête.

— Mais enfin, madame, avais-je poursuivi, avez-vous la moindre idée de ce que ces gens recherchent en sacrifiant des enfants de la sorte ? Avez-vous jamais vu quelque chose de semblable au cours de vos voyages ? Ces momies cendreuses ? Ces yeux remplis d'or ?.... Et cette pierre noire gravée qui a été transportée d'Allemagne et que nos services n'ont pas retrouvée dans les sous-sols du stupa ? Qu'est-ce que tout cela signifie ?

— Franchement, capitaine Tewp, je n'en ai pas la moindre idée… En magie, vous savez, malgré tout ce que l'on peut lire – et même parfois chez les auteurs les plus honnêtes –, il n'y a pas de maîtres. Il n'y a que des apprentis. Car c'est un sujet aussi vaste que l'univers. Nul ne peut prétendre en avoir une vue d'ensemble à peu près complète et cohérente. Nous qui nous sommes engagés sur ce chemin – que cela soit le fait d'une prédestination, comme le pensent les Hindous, ou plutôt celui de notre libre arbitre, comme préfèrent le croire les Occidentaux –, nous ne sommes que des aveugles avançant à tâtons… Oui, rien d'autre que ça…

Je dois dire que le pessimisme dont faisait preuve Mme de Réault au soir de sa vie n'était pas des plus rassurants. Elle, que j'avais connue seulement quelques années plus tôt si vive, si énergique, avait été comme rattrapée soudainement par les ans. Son corps avait rapetissé et ses yeux ne brillaient plus… J'eus la grossièreté de lui en faire la remarque.

— C'est que nous avons depuis longtemps atteint les rivages du Kali Yuga, capitaine Tewp, l'âge de la discorde et de la décrépitude… J'en subis moi aussi les conséquences. Même si cela ne date pas d'hier, mais depuis – 3102 de l'ère commune, pour être précise. Depuis la fin des guerres narrées dans le *Mahâbhârata*…

— Kali Yuga ? demandai-je.

Il me semblait avoir lu ce terme mais je ne me rappelais pas son exacte signification.

— Contrairement aux monothéistes et aux rationalistes – ces derniers étant bien les dignes fils des précédents, soit dit en passant ! –, les Hindous pensent que le temps n'est pas linéaire, ascendant, mais évolue comme tout dans la nature, selon des cycles d'expansion et de rétractation. Le Kali Yuga, c'est l'hiver du temps. C'est aussi l'hiver de la morale et de la connaissance. Une période de dénégation et de rétractation avant l'élan d'une nouvelle expansion. Pas très original, tout cela. Juste un calque de tous les rythmes naturels…

Mme de Réault se tut un instant, comme perdue dans ses pensées. Je sentis qu'elle faisait un effort pour se reprendre et retrouver le fil de notre conversation. Je l'y aidai.

— Encore une fois, madame, vous n'avez aucune idée du mobile des Galjero ?

— Si vous voulez absolument mettre une étiquette sur ces gens, je pourrais dire qu'ils correspondent assez bien à ce que Migne – un abbé encyclopédiste du siècle dernier – a nommé Goètes. La Goétie étant l'art d'invoquer les esprits malfaisants dans des lieux souterrains en leur faisant offrande de jeunes enfants dans les entrailles desquels le praticien peut aussi lire l'avenir ou découvrir un secret de nature magique. Ce que cet homme et sa compagne cherchent est accessoire et doit être assez banal. Peut-être s'imaginent-ils acquérir la longévité ou atteindre à l'immortalité… Peut-être veulent-ils passer vivants dans un quelconque au-delà… Que sais-je ? Quoi qu'il en soit, drainer les énergies vitales d'êtres vivants, d'enfants tout particulièrement, est un acte qui peut déboucher sur des résultats étonnants. Avec ce nombre si important de victimes à leur actif, je pense que ces gens ont déjà activé en eux des centres subtils qui leur ont ouvert des éventails de possibilités auxquelles n'a pas accès le commun des mortels. Dont vous faites partie, officier Tewp ! Ils croient qu'ils sont en train de purifier leur âme en la trempant dans le sang d'autrui. C'est paradoxal mais c'est ainsi ! Et cela leur confère un énorme avantage sur vous. Un avantage presque décisif !

— Lequel ?

— Keller et les Galjero connaissent bien les souillures qui les obsèdent, et je devine que c'est encore loin d'être votre cas, officier Tewp !

*

La voix de la Française avait fini par s'érailler comme celle d'une vieille pie. Etait-ce la fatigue de ses derniers voyages, l'âge qui finalement avait fondu sur elle et la dépeçait à petits coups de bec ou bien encore quelque autre raison ignorée par moi, mais Garance de Réault n'était plus la pétroleuse que j'avais connue. Je la quittai presque sur la pointe des pieds, heureux d'avoir appris tant de choses en conversant avec elle, mais aussi un peu pincé de n'avoir pu tirer de cette femme aucun élément concret exploitable dans ma chasse aux tueurs d'enfants.

Quelque temps encore je m'astreignis à mener la vie austère d'un officier de l'administration coloniale ordinaire. Le jour, je traitais des dossiers anodins ; la nuit, j'étais heureux quand j'atteignais l'aube sans que le souvenir de Khamurjee ne soit venu me hanter.

Souvent, trop souvent peut-être, lorsque la mélancolie et le désespoir se faisaient trop lourds à porter, je ne pouvais m'empêcher de rôder aux alentours de Shapûr Street. La propriété avait été laissée à l'abandon. Personne ne s'en occupait plus. Au point qu'un jour, rongée de rouille, la grosse chaîne qui avait été passée aux barreaux de la grille céda sous ma poussée. Anxieux, mal à l'aise, mais dévoré de curiosité, j'avais alors marché par les allées jusqu'à la façade de la grande maison. La pourriture était partout. Le crépi des murs s'effondrait en plâtras, les volets et les fenêtres avaient plié sous les orages et les moussons, des araignées énormes couraient sur la terrasse encombrée de feuilles mortes et de branches rompues… Je n'entrai pas, me contentant d'errer au hasard dans ce lieu si étrange qu'éclairait alors une lumière basse. Je revis le labyrinthe de bambous et la fontaine sculptée où Laüme et Simpson s'étaient baignées nues devant moi, je revis la lisière de la sauvagerie où Darpân avait contraint le « gardien du seuil » à nous ouvrir le passage. Entre les anciennes pelouses bien propres et la jungle, toutes les différences s'étaient presque effacées. Avec beaucoup d'efforts, je retrouvai l'arbuste magique. Le dégageant des broussailles qui étaient nées autour de lui, je ne sus pourtant rien obtenir de lui. Morose, secrètement nostalgique aussi, je partis donc de Shapûr Street sans être parvenu à percer les mystères et les sacrilèges qu'on y avait perpétrés.

Et puis, après tous ces horribles mois de langueur

et d'impuissance, monta enfin ce jour étrange de décembre 1938 où deux coups de tonnerre éclatèrent à seulement quelques heures d'intervalle. Ce fut d'abord une simple lecture dans la tranquille salle d'études de la Société des Etudes asiatiques qui me fit bondir sur place. Depuis la fin de l'année 1936, j'étais un habitué de l'endroit, et je m'y rendais souvent pour explorer à l'estime l'énorme fonds d'archives constitué par des générations de conservateurs aussi scrupuleux qu'étonnants. Car, sous la toilette très convenable d'une congrégation d'humanistes des plus sourcilleux et des plus probes, se cachait une sorte d'enfer renfermant non point une collection d'ouvrages licencieux, mais plutôt des textes rares consacrés à la magie, à la sorcellerie, aux croyances diverses et variées de la plupart des peuplades qui s'étalent des berges du Liban à la côte de Coromandel… Et tout cela n'était point fadaises d'illuminés ou fantasmagories de mythomanes en mal de reconnaissance. Non. Tous les documents classés et conservés par la Société des Etudes asiatiques, à l'abri de la poussière, de la lumière et des rats, étaient d'authentiques et sérieuses études d'authentiques érudits, occidentaux pour la plupart et même britanniques dans leur écrasante majorité ! Tout cela, je l'avais remarqué depuis longtemps, bien sûr, et j'en avais partiellement fait mon miel. Mais, ce jour-là, le hasard voulut que ma main piquât au hasard dans une pile de vieilles notules non référencées un opuscule de trois pages consacré à la mythologie des pierres de garde dans les cités antiques des vallées du Jourdain, du Tigre et de l'Euphrate. L'auteur en était un certain Constantin Aloïs Chadwick, apparemment obscur chroniqueur – textes et dessins – d'une campagne de fouilles conduite de

1847 à 1850 par un groupe du British Museum. Le texte décrivait dans ses grandes lignes la mission qui avait conduit ces gens depuis les collines entourant Jérusalem jusqu'aux marges du désert mésopotamien. Selon cette courte notice, il était de tradition dans l'Antiquité européenne aussi bien que moyen-orientale de consacrer des pierres ou des statues à la protection d'endroits spécifiques, maisons de particuliers mais aussi édifices publics, militaires ou religieux. Cela avait été le cas en Grèce aussi bien qu'en Judée. A l'appui du texte – strictement académique et qui ne disait rien, bien sûr, des rituels employés alors pour consacrer ces talismans –, le dessin du supposé Palladium de Jérusalem avait été tracé. C'était un vulgaire carré de pierre cuite gravé de glyphes. L'auteur suggérait que l'intérieur en était creux et rempli à l'origine soit d'un liquide huileux consacré selon le dogme, soit d'une poudre de cristaux. Il ne citait pas les sources sur lesquelles il s'appuyait pour avancer de telles hypothèses, mais cela ne m'importait guère. Tout ce que je retins, c'était le parallèle que je pouvais faire entre la description de ces *palladia* antiques et la pierre noire que j'avais vue chez les Galjero, dans le sous-sol de la tour diabolique… Frénétiquement, j'orientai mes recherches dans cette direction et, entrant même en contact épistolaire avec un fameux professeur de philologie de Cambridge, je finis par acquérir la conviction que la pierre sombre remplissait une fonction comparable à celle des anciens *palladia*. Tirant les conclusions de ce que j'avais vu dans la tour, j'estimai aussi que le liquide que j'avais entendu remuer dans sa cavité aurait pu être constitué non d'une simple huile consacrée, mais bel et bien du sang des enfants sacrifiés ! « Le fluide sanguin possède de très étranges vertus, officier Tewp ! » m'avaient dit Darpân et Réault. « C'est le liquide de vie que toutes les religions adorent de manière directe ou symbolique. » Malheureusement, je ne pus qu'accumuler et trier les rares documents disponibles sur la question – de sèches études universitaires pour la plupart –, car mon esprit était occupé à d'autres considérations. Au soir de la journée au cours de laquelle j'avais exhumé la plaquette de Chadwick, je fus en effet abordé en pleine rue par un civil aux allures de clerc de notaire, qui demanda à me parler dans un lieu tranquille. Jugeant honnête la mine du solliciteur et appréciant la manière retenue qu'il avait employée pour se présenter à moi, je le conduisis au bar du Harnett, dont je m'étais fait une halte ordinaire lors de mes sorties en ville. Ce ne fut qu'une fois installé là, parmi les acajous et les ébènes d'un salon écarté, que l'homme consentit à me révéler ce qui l'amenait à moi.

— Je me nomme Sebastian Piggot, monsieur l'officier Tewp. J'appartiens à la société d'enquêtes privées Xander et associés, de Londres, qui m'a mandaté tout spécialement pour vous rencontrer.

De toute évidence, Piggot n'arpentait le sol des colonies que depuis peu. Son teint était clair et sa régulation calorifique corporelle réglée sur le climat frais de la métropole : il suait à grosses gouttes bien que nous fussions presque à la verticale d'un énorme ventilateur, dont les étincelantes pales de cuivre brassaient l'air avec une force de brise calédonienne.

— Si je comprends bien, monsieur Piggot, vous êtes une sorte de détective. C'est cela ?

— Pas précisément. Je ne suis qu'un commissionnaire, officier Tewp, pas un enquêteur au sens strict du terme. Si je suis venu ici vous rencontrer, ce n'est pas pour vous soutirer des informations mais pour vous remettre en mains propres un dossier dont un de nos clients souhaite que vous preniez connaissance.

Tout en parlant, il ouvrit la serviette de cuir qu'il traînait avec lui et en sortit un beau dossier relié dont le plat était frappé aux armes de la maison Xander. Il me tendit le document de manière fort gracieuse.

— Nos clients sont lord et lady Bentham. Ce nom vous est-il familier, capitaine ? demanda Piggot comme je commençais d'étudier les pages du recueil.

Je sursautai. J'avais entendu parler une fois de ces gens dans le bureau de l'archiviste Blair, au moment où il égrenait pour moi le douteux pedigree des Galjero : « On a un jour retrouvé les cadavres des deux enfants de lord et lady Bentham dans le jardin des Roumains… L'enquête a conclu à un suicide causé par une double passion adolescente… L'affaire a été classée. »

— Lord et lady Bentham ont eu vent de ce qui s'est passé ici au cours de l'année 1936, bien qu'il faille relever que l'affaire a été magnifiquement étouffée, oui, vraiment magnifiquement… Nos clients sont depuis toujours persuadés de la culpabilité directe de Mme et de M. Galjero dans la tragique disparition de leur fils et de leur fille. Malheureusement, ils n'ont rien pu prouver jusqu'ici, mais ont chargé notre agence de récolter contre eux le maximum de renseignements… Et je dois dire que depuis l'affaire des Indes, leur dossier s'est sérieusement étoffé…

Mon cœur se mit à battre plus fort et je m'aperçus que, moi aussi, je transpirais à grosses gouttes. Piggot était bien laid mais je l'aurais volontiers pris dans mes bras pour l'étreindre comme un vieux camarade, tellement j'étais heureux de ce qu'il m'apprenait : Swamy et moi n'étions pas seuls à vouloir neutraliser les

Galjero ! A l'autre bout du monde, en métropole, un couple que le malheur avait frappé s'était lui aussi mis en chasse ! L'émissaire de Xander et associés m'épargna la lecture immédiate du dossier en me le résumant.

— Depuis la fin de l'année 36, les Galjero ont littéralement disparu de la circulation. Ils ne sont pas plus allés à New York qu'à Londres ou à Paris… Une source d'information – peu digne de confiance toutefois – affirme les avoir localisés un temps à Berlin, un temps à Venise… Mais nous ne sommes sûrs de rien. Peut-être se sont-ils retirés sur leurs terres en Roumanie ; toutefois, la situation politique que traverse ce pays rend l'accès à leur domaine difficile et la présence d'observateurs étrangers périlleuse. Nous travaillons actuellement à établir un contact fiable sur place, mais ce n'est pas encore chose acquise. Quoi qu'il en soit – et voilà ce qui m'amène réellement à vous, officier Tewp –, notre agence a appris que l'œuvre charitable que les Galjero entretenaient à Calcutta était loin d'être unique en son genre. Des centres semblables ont existé depuis le milieu des années vingt à Bornéo, Dakar, Ceylan, Damas et Buenos Aires… Tous fonctionnaient sur le même modèle : sélection d'enfants pauvres et prétendu envoi de ces gosses en Occident où on ne les a jamais revus… Chaque fois que des plaintes commençaient à poindre ou des soupçons à naître, les Galjero se débrouillaient pour graisser la patte aux autorités, fermaient le centre et partaient recommencer leur petit manège ailleurs. L'affaire du Bengale paraît cependant y avoir mis un coup d'arrêt…

Bornéo, Dakar, Ceylan, Damas, Buenos Aires, Calcutta… Ce que m'apprenait Paggot m'étourdissait… Depuis une quinzaine d'années, les Galjero sélectionnaient des gamins à l'intellect élevé sur l'ensemble du globe. Combien cela faisait-il d'enfants sacrifiés par ces monstres ? Quatre ou cinq cents peut-être… Car comment pouvait-on imaginer que les Roumains aient agi avec les gamins d'Afrique ou d'Amérique du Sud autrement qu'avec ceux de l'Inde ? L'ampleur de leurs crimes donnait la nausée…

— Mais pourquoi lord et lady Bentham ont-ils souhaité que je sois informé de tout cela ? demandai-je à Piggot après avoir avalé d'un trait le verre d'alcool fort que j'avais réclamé.

— Parce qu'ils ont appris le détail de ce qui vous était arrivé. Et qu'ils ont estimé que vous constituiez désormais un des meilleurs atouts pour abattre ces monstres. Voulez-vous collaborer avec lord et lady Bentham, capitaine Tewp ?

Troisième Livre
de David Tewp

Les Ivans

Je reposai ma nuque contre la lave de béton froid et tentai de détendre les muscles de mon corps raidi par le gel intense qui régnait au-dehors. Malgré le brouhaha qui m'entourait dans l'abri, les allées et venues des hommes tout autour de moi, les ordres donnés et les chants forts entonnés, les odeurs de sueur, de tabac noir et de chou qui saturaient l'air confiné du réduit de commandement, je parvins à fermer les yeux et à m'endormir un moment. Comme à chaque fois que mon esprit se relâchait, je me revis des années plus tôt, alors que j'étais encore en Inde. En cet instant précis, transi et brisé de fatigue, mon battle-dress blanc couvert de cristaux de neige et de plaques de boue, c'est là que j'aurais aimé être, sous les chauds orages de Calcutta, plus encore que dans les beaux quartiers de Londres ou sur une jetée de Brighton. Huit années j'étais resté en Inde, au service du MI 6, avant d'être envoyé à l'automne 1944 à l'antenne que la Firme entretenait à Moscou, chez ces alliés contre-nature qu'étaient devenus pour un temps les Soviétiques. Le paradoxe de ma situation résidait dans le fait que je n'étais ni espion ni clandestin. D'autres se chargeaient de ces tâches. Ma mission personnelle était des plus officielles, parfaitement connue des autorités de l'Armée rouge qui lui donnaient un appui que je ne qualifierais pas d'absolu, mais, pour le moins, de « diplomatique » et cela me suffisait. Bien entendu, je ne jouissais pas d'une totale liberté de mouvement et, depuis la première minute où j'avais posé le pied sur le sol de leur Mère Patrie, on m'avait adjoint un commissaire politique qui ne m'avait plus quitté et nous avait suivis dans toutes nos tribulations, Habid Swamy et moi. Car j'avais gardé à mes côtés le petit Shudra hindi. Il est vrai que j'avais gagné quelques privilèges depuis le jour où Sebastian Piggot m'avait proposé de profiter de l'aide de lord et lady Bentham. Grâce à eux, j'avais considérablement pu étoffer mes connaissances sur les Roumains. Si la guerre n'était survenue, je crois même que j'aurais fini par céder à leur demande de quitter l'armée pour me consacrer entièrement à la poursuite des Galjero. Mais le destin en avait décidé autrement.

En 39, les armées allemandes passèrent la frontière polonaise, provoquant une riposte hésitante de la Grande-Bretagne et de la France qui ne fit que précipiter la catastrophe. L'incendie s'alluma en plusieurs points, de Narvik au Caire. Peu à peu, le monde entier s'obscurcit et je n'étais pas le seul à penser que nous traversions le Kali Yuga, l'âge sombre des derniers temps… En Inde, pourtant, le conflit ne nous toucha pas de front. Certes, quelques régiments furent détachés pour la forme en Europe où ils se firent d'abord proprement tailler en pièces dans la poche de Dunkerque, mais l'essentiel des troupes coloniales demeura sur place, subissant tout au plus un redéploiement stratégique destiné à prévenir une tentative de débarquement japonais. De 41 à 45, les combats de grande ampleur que l'Empire menait en Asie contre son adversaire nippon n'atteignirent jamais directement le sous-continent indien. Bose, en revanche, principal adversaire de la présence anglaise aux Indes, n'hésita pas à pactiser ouvertement avec les Allemands. Grâce à des complicités bien établies, Netaji, le Guide, parvint à s'échapper de la résidence surveillée où il était assigné et gagna Berlin fin mars 1941. Là, il organisa les premiers éléments d'une prétendue armée de libération, notamment composée par nos propres soldats indiens de la VIIIe Armée capturés par Rommel en Afrique du Nord. Bose et ses lieutenants firent tant et si bien qu'ils persuadèrent environ quatre mille de leurs semblables de rallier leur cause, et c'est ainsi que, sous l'emblème d'un tigre bondissant, la Légion indienne fut incorporée à la Wehrmacht et en devint le 950e régiment d'infanterie. Les aléas de la guerre scindèrent bientôt ce corps en deux. Une partie fut affectée en Hollande puis en France, l'autre engagée sur le front de l'Est où les Hindous combattirent courageusement les Soviétiques à un contre cent. Il y eut beaucoup de morts dans leurs rangs. Des prisonniers aussi. L'Armée rouge n'avait pas pour habitude de prendre soin des malheureux qui tombaient entre ses mains. Nous autres, Britanniques, savions que des Indiens combattaient contre nos alliés soviétiques. Je ne sais au juste pour quelle raison, une bonne âme du Haut Commandement s'émut du sort de ces hommes et fit en sorte que les prisonniers hindous du front de l'Est soient placés sous notre garde, plutôt que déportés dans les camps de Sibérie. Notre volonté était aussi de retrouver Bose. Nous en avions encore l'espoir car nous ignorions à l'époque qu'il avait quitté l'Allemagne en sous-marin à destination du Japon, où il comptait persuader l'empereur de débarquer aux Indes. Nous pensions qu'il était resté en Europe pour commander sa Légion de renégats. Nous le voulions pour le traduire en justice et ne faisions pas confiance aux communistes pour nous le remettre, s'ils le capturaient. Peut-être Mme de Réault aurait-elle nommé cela « prédestination ». Je me refuse, quant à moi, à donner un nom à ce hasard, même s'il advint que ce fut à moi et à nul autre que l'on s'adressa pour remplir la fonction d'intermédiaire entre les prisonniers de la Légion indienne et les autorités de l'Armée rouge. Ma tâche officielle consistait à interroger les captifs hindous, à centraliser leurs témoignages et à essayer d'en tirer des conclusions quant à la localisation exacte de Netaji. Autant qu'il m'était possible de le faire, il m'était également demandé de recueillir les plaques d'identité des morts et d'organiser le retour en Inde des soldats de la Légion que je pourrais récupérer. J'insistai pour qu'Habid Swamy fût promu sergent avant notre départ, de même que, pour la circonstance, j'avais été élevé d'un seul coup d'un seul de deux échelons dans la hiérarchie et étais devenu colonel du MI 6 !

— Les Russes ne vous respecteront pas si vous n'êtes qu'un simple commandant, m'avait dit le « Bouclé » quand, lui-même devenu général, de sa main devenue constamment tremblante – il avait contracté le paludisme en se baignant inconsidérément dans un marigot – il m'avait épinglé mes nouveaux galons.

Via l'Afghanistan, le Caucase et l'Ukraine, j'étais parvenu d'abord à Moscou, d'où l'on me transféra par vol spécial vers la portion du front où les Rouges se heurtaient à la brigade des Tigres de Netaji, à la frontière occidentale de l'Ukraine. Nous étions en novembre 1944 et les Soviétiques avaient depuis longtemps repris le contrôle de la situation sur le terrain – non après la chute de Stalingrad, comme il est couramment dit, mais après la gigantesque bataille de blindés qui s'était déroulée près de Koursk et qui avait littéralement brisé l'épine dorsale de l'armée allemande en territoire soviétique. La suite de la campagne n'avait été qu'une longue retraite d'agonie pour tous ces soldats perdus, enrôlés de gré ou de force sous la croix de Malte. La Légion indienne de Bose comptait parmi ceux-là, au milieu d'Espagnols, d'Italiens, de Cosaques, de Flamands, de Français, de Suédois et même d'Irlandais ou d'Anglais engagés volontaires aux côtés de nos ennemis. Je ne dirai pas le détail de notre carnet de route, cela n'apporterait aucun élément nouveau sur la fin de la guerre à l'Est. Epaulé seulement par Habid Swamy, j'obtins des résultats suffisamment probants dans ma mission de « récupération » des Hindous de la Légion pour que Londres et Moscou s'accordent pour me laisser finir mon travail en paix. Le commissaire politique que les Russes m'avaient adjoint se nommait Grigor Ténidzé. Sa mère était polonaise et son père géorgien. Malgré *Le Capital* dont il me récitait souvent des passages entiers comme d'autres ânonnent leur catéchisme, c'était un jeune type assez bonasse, aux grandes mains terminées par d'étranges doigts aplatis dont la vue mettait mal à l'aise. Je ne dirais pas qu'il faisait montre d'une intelligence des plus vives, mais il parlait un anglais très correct, seulement gâté par un mauvais accent. Nous nous supportâmes plutôt bien. Je crois qu'il eut de moi une assez bonne opinion, ce qui fortifia ma position unique de médiateur patenté de l'armée anglaise au sein des troupes de l'Union soviétique ! Un jour de janvier 1945, je visitai un camp de fortune où les Ivans – c'était le surnom des Rouges – avaient rassemblé une centaine de combattants allemands et étrangers tombés dans une poche marécageuse à la frontière ukraino-bulgare. On m'avait rapporté que des hommes basanés faisaient partie du lot et que l'écusson de leur compagnie était un tigre bondissant. Parmi les prisonniers hâves, transis de froid, de peur et de faim qui étaient parqués comme des bêtes en plein champ boueux sous de mauvais auvents de toile goudronnée, je trouvai effectivement une poignée de légionnaires de l'Azad Hind Fauj, la dénomination officielle de l'Armée de l'Inde libre créée sous égide allemande. Selon mes habitudes et conformément à mon ordre de mission, j'interrogeai ces hommes aussi complètement que possible et je dressai une fiche mentionnant les éléments de biographie qu'ils avaient livrés. De l'idée que je me ferais d'eux dépendrait en grande partie leur sort. Si je les jugeais simples soldats perdus, passés, sans savoir comment, des troupes de Montgomery à celles de la division de choc Gross Deutschland, j'organiserais leur retour au pays où ils seraient emprisonnés quelque temps avant d'être rapidement rendus à la vie civile. Si j'établissais au contraire qu'ils avaient agi par conviction politique et que leur engagement dans les rangs ennemis n'était pas seulement le fruit d'un malheureux hasard, je les destinerais aux barbelés du Camp 20, un centre de juridiction spéciale installé en Grande-Bretagne où nous regroupions et gardions au secret les opposants à la Couronne. Y étaient détenus aussi bien des prisonniers de l'Irish Republican Army que des espions nazis capturés sur le sol anglais, des cadres nationaux du mouvement fasciste d'Oswald Mosley, des traîtres britanniques enrôlés chez les SS puis capturés sur le front Ouest, ou des révoltés irakiens pro-Allemands du parti de Rachid Ali Al-Qalaïni.

Des Hindous que je rencontrai ce jour-là, deux étaient natifs de Ceylan, un de Delhi, un autre de Bombay et un dernier de Calcutta. Aucun officier ou sous-officier parmi eux. Ce n'étaient que de pauvres bougres sans éducation qui n'avaient guère connu que l'état militaire, et qu'une fantaisie tragique du destin avait précipités des ergs surchauffés du désert libyen aux taïgas russes balayées par les vents glacés. Ils n'avaient pas mangé depuis plusieurs jours et n'avaient cessé d'être en butte aux vexations des Ivans qui s'amusaient de leur peau sombre et de leurs grands yeux doux. Comme j'étais heureux de pouvoir leur fournir un peu de chaleur et de tranquillité, mes interrogatoires duraient le plus longtemps possible et je profitais de l'occasion pour les ravitailler en thé, biscuits ou margarine… Des quatre premiers, je ne tirai aucun renseignement de valeur, mais ce que dit le cinquième nous fit bondir sur nos chaises, Habid Swamy et moi. Il se nommait Khanansu et était membre du corps de santé de sa compagnie. Alors qu'il faisait retraite au milieu d'un convoi constamment harcelé par les partisans et mitraillé par les avions Yacks, il avait été appelé pour soigner une femme et des enfants qui venaient d'être blessés comme le half-track blindé qui les transportait avait versé dans le fossé. En plusieurs mois de débâcle, c'était la première fois qu'il voyait une Allemande et des gamins parmi la troupe. Tout le monde savait ce qu'il advenait des femmes prises par les Soviétiques, et le Haut Commandement avait depuis longtemps cessé d'envoyer du personnel féminin sur le front russe. Khanansu leur avait prodigué des secours selon le maigre contenu de sa besace et il s'apprêtait à rejoindre son unité quand son officier vint lui annoncer qu'il était momentanément affecté au service exclusif de cette femme et de ces enfants. Il devait assurer leurs soins, à l'exclusion de tout autre blessé, jusqu'à ce qu'il fût relevé de ses fonctions et pût rejoindre sa compagnie. Il passait sous les ordres directs de la femme qui, si elle portait des vêtements civils, n'en avait pas moins la position d'un officier de haut rang. Plusieurs jours durant, il accompagna donc ce groupe étrange sur les routes défoncées de l'Europe orientale. La femme était blonde, mince, assez jeune. Elle portait constamment un appareil photo et en faisait un usage fréquent. Elle parlait un anglais très riche, avec un fort accent que Khanansu ne connaissait pas. Lorsqu'elle découvrit que l'Hindou venait de Calcutta, elle évoqua beaucoup cette ville où elle disait avoir séjourné.

— Son nom ! Connais-tu son nom ?

— Elle s'appelle Mlle Keller ! dit innocemment l'Hindou, loin de se douter dans quel état cette révélation nous mettait, Swamy et moi.

Fébrilement, je sortis de ma serviette une vieille photo jaunie qui ne m'avait pas quitté depuis des années. C'était le cliché qui ornait le tout premier dossier que j'avais consulté sur l'Autrichienne, celui que m'avait donné le capitaine Gillespie, des années auparavant, un matin de grand soleil dans son bureau du Tonneau de Nelson.

— Est-ce cette femme ? demandai-je, anxieux, à l'infirmier.

— Oui. Je crois que c'est elle. Même si elle est plus jeune sur la photo.

— Sais-tu où elle se trouve maintenant ? le pressa Swamy.

— La dernière fois que je l'ai vue, c'était là où j'ai été capturé, dans un village où le convoi faisait halte et qui a été attaqué par une colonne de chars russes un peu après l'aube. J'ai été assommé par un pan de mur qui est tombé sur moi. Je me suis réveillé au camp de prisonniers. C'est tout ce que je sais.

Le sergent Swamy et moi nous regardâmes un long moment en silence. Après huit années de vaine poursuite et malgré l'aide inattendue des Bentham, voilà qu'un hasard formidable nous mettait sur la trace d'Ostara Keller, la complice des Galjero, ces ogres du Gange… La fièvre s'empara de nous. Par-dessus tout, nous redoutions que la fille fût déjà morte, tuée pendant l'escarmouche décrite par Khanansu ou au cours des combats suivants. Quel que fût son état présent, morte ou vive, il nous fallait impérativement la retrouver. Même si nous ne devions rien voir d'autre que son cadavre gelé dans un trou d'obus.

Nous allâmes prévenir Grigor Ténidzé et lui exposâmes la nécessité de dresser un historique aussi précis que possible des combats menés dans la zone au cours des dix derniers jours. Je m'attendais à un refus catégorique ou, pour le moins, à une interminable série de questions, mais son approbation fut immédiate et sa spontanéité faillit bien me désarmer. Nous passâmes la nuit entière et jusqu'au midi du lendemain à travailler sur l'emplacement supposé des unités du secteur, les directions d'avancement et de contournement, les heures de barrages d'artillerie et les relevés des morts et des disparus comptabilisés au registre des unités régulières. Impossible de tenir un tel décompte pour les bandes de partisans qui grouillaient sur les arrières de la Wehrmacht en débandade et lui infligeaient des dégâts considérables sans qu'il fût évidemment possible d'obtenir un compte rendu fiable de ces opérations de francs-tireurs. D'après ce que nous parvînmes à apprendre toutefois, un groupe blindé portant l'étoile rouge avait sérieusement accroché la colonne Keller là où nous l'avait décrit Khanansu, mais une unité de Panzer avait soudainement débouché d'un bois et étrillé les

Ivans avant de couvrir la fuite de la colonne allemande. Aucun cadavre de femme ou d'enfant n'avait été vu par la suite parmi les tués ennemis, lorsque les réguliers russes avaient repris le terrain. Ténidzé ne comprit pas le soupir de soulagement que le sergent Swamy poussa dès que nous comprîmes qu'Ostara et les gosses avaient au moins survécu à cette attaque. Dans l'incapacité de tirer sens d'autres informations, nous prîmes le parti de remonter nous-mêmes la ligne de front et de pister la colonne Keller, quoi qu'il nous en coûtât, dussions-nous y perdre la vie…

Les Tigres de Netaji

Nous plongeâmes en enfer. Ténidzé avait bien essayé de nous dissuader de tenter une telle aventure, rien n'y fit. Résigné, il dut embarquer avec nous dans la chenillette ZIS-42, camion tout-terrain extraordinairement résistant qui nous servait de véhicule de service. Le commissaire politique n'avait jamais été au front. Je crois que la perspective tout à la fois l'effrayait et l'excitait. Comme nous, il ne cessait de parcourir les lignes arrière et constatait l'épouvantable résultat des combats qui faisaient rage non loin de là. Il avait vu des hommes, quasiment coupés en deux par la mitraille, s'accrocher encore à la vie. Il en avait vu d'autres amputés des quatre membres, certains brûlés sur tout le corps, leurs humeurs sourdant sur une paillasse de crin, sans qu'aucun médicament pût leur être donné. Il avait vu des mains gonflées par des engelures au triple de leur volume normal, il avait vu des visages à moitié emportés, des entrejambes sans plus de génitoires, des crânes décalottés qui laissaient apparaître le cerveau encore actif… Il avait vu tout cela dans les camps de prisonniers, les hôpitaux, les charniers… Il avait vu tout cela, et pourtant il savait qu'il lui manquait quelque chose. Il voulait savoir s'il pouvait en supporter plus, se confronter à ses limites. C'est pour cette raison qu'il nous accompagna. Nous lui donnions un prétexte. Somme toute, je crois qu'il nous en était presque reconnaissant…

*

Nous partîmes un matin de la mi-février. Nous avions embarqué toutes les provisions possibles : des pièces de rechange pour le moteur et des bidons d'essence, des conserves, des briques de lard enveloppées dans du papier huilé. Quelques armes, bien sûr. Nous n'avions pas d'ordre de mission, mais cela importait peu. La zone à laquelle nous voulions accéder n'était plus sous aucune juridiction. C'était le lieu de la guerre, le territoire de l'affrontement, un lieu de vérité, de danger, de liberté aussi. Il n'appartenait désormais plus qu'à nous de survivre. A voir si nous en étions capables…

Dès les premières heures de route, nous sûmes que nous venions de changer de monde. Tout ici paraissait plus vrai. Nous remontâmes d'abord une ligne de trois centaines de T-34 à l'arrêt dans la steppe, puis suivîmes un large cours d'eau gelé, jusqu'à trouver un pont. Swamy pilotait. Vite, comme à son ordinaire. Il n'avait pas été long à maîtriser les subtilités de la conduite sur neige, parant aux dérapages par des accélérations fiévreuses et négociant les virages par le blocage des roues motrices et l'utilisation des chenilles fixes comme des patins de traîneau. Les lourdes tôles du ZIS en rugissaient de plaisir. Les heures de clarté étant peu nombreuses, le sergent sollicitait durement la mécanique. Toujours plus avant, nous nous enfoncions dans la guerre. Le jour se levait vers 9 heures du matin et brillait, morne, jusque vers 15 heures. La lumière virait alors à l'orangé pendant une vingtaine de minutes, tirait ensuite un long moment sur le violet puis se plombait d'un gris de plus en plus dense, jusqu'à la nuit qui s'installait complètement avant 5 heures du soir. Il fallait s'arrêter, la température chutant alors brusquement d'un acceptable moins vingt au grand midi à un mortel moins trente-cinq, moins quarante degrés Celsius dès qu'il faisait noir. C'étaient les heures les plus dangereuses. Non que nous redoutions une attaque allemande, mais le froid engourdissait et gelait dru un homme immobile en quelques minutes. Nous devions alors rester dans la voiture, ne pas couper le moteur pour que les pièces ne soient pas, elles aussi, brisées par le gel qui fendait tout, et dormir à tour de rôle par tranches de vingt minutes puis nous réveiller pour secouer nos muscles et frotter notre nez et nos doigts, parties du corps les plus exposées à la pétrification. En trois jours de ce régime, nous ne parcourûmes qu'une soixantaine de miles. Ténidzé parlait encore en verstes, comme au temps des tsars. Il en comptait à peu près quatre-vingt-dix. Aux chefs de poste que nous croisions, aux commandants d'unité que nous dépassions, nous demandions s'ils n'avaient pas combattu des éléments de la brigade Hazad Hind Fauj ou repéré un blindé léger allemand rempli d'enfants. Nous n'obtînmes pas de réponse positive jusqu'à ce que le capitaine d'un groupe d'éclaireurs venant de s'accrocher avec une partie de l'arrière-garde ennemie nous rapporte qu'il avait repéré des types à peau brune parmi les combattants adverses et que cela l'avait surpris – sa mission n'étant pas d'engager sérieusement les ennemis qu'il rencontrait mais simplement d'en estimer le potentiel de résistance. Il avait décroché lorsqu'il avait compris que ces étranges figures exotiques étaient des soldats bien entraînés, armés et d'évidence résolus à vendre chèrement leur peau. Il les avait laissés se replier dans un bois, à deux heures de marche de l'endroit où nous nous trouvions alors. Il ne savait rien, en revanche, d'un groupe d'enfants et d'une femme voyageant dans un half-track. Obligeamment, il nous montra l'emplacement de l'accrochage sur une carte d'état-major mais nous déconseilla de nous y rendre avant que la zone fût sécurisée par l'infanterie, ce qui n'aurait pas lieu avant plusieurs jours.

— Non seulement il va faire noir dans peu de temps, mais la météo annonce une tempête pour la nuit. Je serais vous, je trouverais un abri où passer tranquillement les prochaines quarante-huit heures. Le blizzard va figer tout le monde, de toute façon. Vos foutus hindous comme les autres…

— Il a raison, dit Ténidzé. Retournons au dernier village et faisons le gros dos en attendant la fin de la purée de pois !

C'était la solution raisonnable. Curieusement, je l'adoptai sans que Swamy ne protestât. Il savait que nous devions nous économiser. Nous rebroussâmes chemin jusqu'à un bourg paysan qui avait été l'objet d'intenses combats les jours passés mais dont tenaient encore debout certaines maisons en dur et quelques hangars aux parois en tiges de tournesol tressées. Il y avait même un abri de commandement dans lequel nous trouvâmes refuge, parmi les équipages de trois groupes de chars KV14, des monstres à la mobilité détestable mais dont le canon crachait des obus de quatre-vingts livres. Ils faisaient partie d'une brigade de la Garde, l'élite de l'Armée rouge. Réchauffant mon corps transi à la chaleur d'un poêle pour la première fois depuis six jours et profitant d'un instant de répit, je m'endormis, ne tenant aucun compte des chants rugueux des tankistes, entendant du dehors monter lentement la tempête et sentant durcir encore le froid de la nuit. Je plongeais dans les ténèbres en me berçant des souvenirs de l'Inde lorsqu'une série d'explosions secoua les murs du bunker. Je m'éveillai en sursaut et regardai autour de moi. C'était la panique dans l'abri. Les trois lampes à gaz qui donnaient toute la lumière ne permettaient pas d'y voir grand-chose et les hommes devaient tâtonner pour chercher leur arme et se marcher dessus pour quitter le fortin au plus vite et parer l'attaque. Car déjà, au-dehors, des crépitements de mitrailleuses annonçaient qu'il y avait combat. Contre toute attente, les Allemands avaient profité de la montée de la tempête pour tenter un coup de force d'une audace folle et dynamiter la quarantaine de chars à l'arrêt du régiment soviétique qui les talonnait. Habid Swamy, Ténidzé et moi laissâmes le bunker se vider avant que de bouger nous-mêmes. Je saisis un pistolet-mitrailleur sur une table et voulus me diriger vers la sortie mais Swamy hurla :

— Ne bougez pas, mon officier ! Ecoutez ! Des mitrailleuses lourdes Spandau et des mortiers de 50 ! Fritz a piégé Ivan ! Ils sont en train de balayer les équipages ! Si nous sortons, nous serons pris sous leur feu nous aussi !

Ténidzé s'était replié dans un coin et ne semblait pas vouloir faire preuve d'un héroïsme acharné. Tout commissaire politique qu'il était, il paraissait tenir à sa peau plus encore qu'à la victoire du prolétariat – ce qui finit de me le rendre sympathique. Nous attendîmes. La fusillade, intense, dura cinq, huit minutes peut-être. Il y eut encore des explosions, des cris, des ordres affolés lancés en russe, puis des éclats de voix en allemand résonnèrent tout près de nous… Paniqué, je me hissai au niveau d'une des meurtrières du bunker et jetai un coup d'œil au-dehors. Les chars flambaient comme des meules de paille, éclairant le village d'une lumière de jour d'été. Je vis des hommes recouverts de suaires blancs courir un peu partout et achever sans pitié des silhouettes étendues sur le sol. Il commençait à neiger de gros flocons duveteux balancés par des rafales d'un vent de plein nord. Au contact de cette humidité, les carcasses des chars en flammes fusaient d'une vapeur qui s'étalait au ras du sol en nuages compacts. La tempête approchait, et les Russes avaient commis l'erreur de chercher à s'en protéger beaucoup trop tôt, laissant à une poignée d'Allemands résolus le champ libre pour tenter un coup ravageur. En quelques minutes, matériel et hommes des compagnies blindées qui nous avaient accueillis avaient été réduits à néant. Sortant d'une nappe de fumée tel un ange de l'Apocalypse, un soldat portant un lance-flammes se dirigea à pas lourds vers notre bunker. Sporadiquement, il appuyait sur la détente de son arme et faisait ronfler un affreux jet bleuté devant lui. Certain de ce qui allait se produire si je ne réagissais pas au plus vite, j'épaulai mon arme et alignai l'homme au jugé, déchargeant trois salves de trois cartouches pour l'arrêter. Je le touchai. Il s'effondra dans la neige sans qu'explosent les bonbonnes de nitrogène et d'huile qu'il portait sur le dos. Je poussai un soupir de soulagement. Si la pensée de ma propre mort m'était tout compte fait tolérable, la perspective d'une infâme agonie dans un brasier m'était insupportable. Un coup de sifflet retentit et les ennemis décrochèrent. Ils avaient causé suffisamment de ravages pour ne pas insister et risquer de provoquer une contre-attaque qu'ils ne pourraient certainement pas repousser. Ce qui s'était passé devait être l'œuvre d'une trentaine d'hommes tout au plus, qui auraient bien gagné leur

Croix de fer de première classe s'il y avait encore eu, à Berlin, un service capable de décerner les décorations. Lorsque nous n'entendîmes plus au-dehors que le sifflement du vent et le craquement des incendies, nous quittâmes le bunker et ne pûmes que nous borner à constater les dégâts. Il y avait des morts partout, une centaine peut-être, presque tous portaient l'uniforme soviétique. La neige recouvrait déjà partiellement leurs cadavres. Encore quelques minutes et ils seraient complètement ensevelis sous la couche blanche. La curiosité fut plus forte que le froid intense qui me sciait les muscles, et je poussai jusqu'à l'endroit où j'avais abattu le servant du lance-flammes. Je le trouvai déjà raidi par le gel, le bec de son arme éteint sous lui. Je m'emparai de l'engin puis retournai le grenadier. Son visage était brun et, sur sa manche, il portait un écusson montrant un tigre bondissant sur fond blanc, vert et safran, les trois couleurs de l'Inde.

*

— Il n'y a rien que nous puissions faire sinon attendre, dit Ténidzé. La tempête est trop forte. Impossible de tenir debout dehors !

Le Géorgien avait raison. Quelques minutes après que nous eûmes regagné le bunker, le blizzard se déchaîna et la neige tombait maintenant en cataractes. D'un coup, le thermomètre chuta encore, pour atteindre moins cinquante degrés Celsius, la barre physique à partir de laquelle les pierres éclatent. La seule chose à faire était de nous pelotonner le plus près possible du poêle à charbon et, surtout – surtout ! –, de remercier la terrible ironie du sort qui venait de nous désigner comme seuls possesseurs d'un abri relativement bien isolé, pourvu d'un système de chauffage rudimentaire, mais suffisamment fourni en carburant. Nous héritions en outre d'un lot de caisses de vivres standard et même de l'alambic artisanal du détachement de la Garde avec lequel les hommes préparaient un casse-poitrine à côté duquel la vodka faisait figure de doucereux laitage. Ainsi approvisionnés, nous aurions pu attendre le printemps sans quitter notre nid. Nous demeurâmes trois jours dans l'abri avant que la tempête ne s'affaiblît assez pour que nous puissions sortir. Ténidzé et moi parlâmes beaucoup histoire et politique. Il m'interrogea sur l'Inde, dont il était curieux, et sur les mœurs anglaises, dont il paraissait envier le luxe bourgeois sans mauvaise conscience prolétarienne. Enhardi par ses façons, je lui avouai que j'avais imaginé un commissaire politique soviétique plus fanatisé, tout pétri d'intransigeance et de certitudes.

— Les commissaires politiques sont comme les curés ou les pasteurs de chez vous, me dit-il. Il arrive qu'ils perdent la foi…

— C'est ce qui vous est arrivé ?

— Oui. J'ai perdu la foi un peu à cause de vous. Je veux dire, à cause des Anglais.

Une fois de plus, Grigor venait de piquer au vif ma curiosité. Il avait envie de parler. Je n'eus pas à le relancer.

— En septembre 1939, l'Union soviétique et l'Allemagne étaient encore des pays alliés, vous vous souvenez ?

— Oui, opinai-je. Et alors ?

— Alors, le premier jour de septembre, les Allemands envahissaient la Pologne, le pays de ma mère, et vous autres, Anglais, leur déclariez la guerre. Mais quand, un peu plus tard, l'URSS est entrée elle aussi en

Pologne et a fini d'écraser ce qui restait de ce malheureux pays, ni les Français ni les Britanniques n'ont émis la moindre critique. Ce qui était mauvais perpétré par les Allemands ne semblait avoir aucune importance accompli par les Soviétiques ! Eh bien, pour ça, voyez-vous, je vous en veux, à vous autres, Occidentaux !

— Mais je ne vois pas en quoi cela a pu vous faire perdre la foi dans le communisme !

— Ça m'a fait perdre la foi en l'honnêteté ! En la parole donnée. En la justesse d'une cause ! Voilà. Le jour où les Soviétiques sont entrés en Pologne sans provoquer de réaction, je me suis dit que la grande camaraderie universelle promise par Marx et Lénine ne pourrait jamais rivaliser avec la veulerie inhérente à l'espèce humaine. Dès lors j'ai cessé d'être communiste parce que j'ai cessé de croire en l'Homme. L'Homme n'est qu'une abstraction. Un pur concept. Aucun rapport avec la réalité ! Mais cette révélation ne m'a pas rendu fou. Au contraire ! J'avais ma carte du Parti depuis longtemps, j'étais bien vu de mes responsables et j'avais un bon poste qui me donnait le droit de partager un appartement avec deux personnes seulement. Alors, j'ai fait comme si de rien n'était. Je suis toujours commissaire politique et j'en garde les avantages. Mais je ne suis plus aveugle et je me sens mieux ! Si je peux quitter l'URSS un jour et tenter ma chance ailleurs, je n'aurai aucun regret. C'est pour ça que j'ai appris à parler votre langue…

Cette conversation me plongea dans des abîmes de circonspection. Après l'aveu qu'il venait de me faire, je crus bon de confier à Ténidzé ce que Swamy et moi avions vécu à Calcutta. Pendant toute une nuit, je lui narrai donc comment nous traquions des assassins d'enfants et par quel extraordinaire hasard nous venions, ici même, d'être remis sur la trace de l'un d'entre eux. L'histoire le fascina et il prit fait et cause pour notre croisade. Contre toute attente, dans un abri perdu au milieu d'un village dévasté, alors qu'une tempête faisait ronfler ses vents mortels tout autour de nous, voilà que je venais d'adouber un nouveau chevalier !

— Les enfants que la fille semble avoir avec elle… qui croyez-vous qu'ils sont ? me demanda-t-il.

— Je l'ignore. Des gosses perdus raflés au hasard des routes, je pense. Elle doit les garder pour les ramener aux Galjero… Il faut que nous la rattrapions avant qu'elle y arrive !

— Il y a des rumeurs dans les villages, dans les villes, vous savez ? Il paraîtrait que les Allemands ont sélectionné des gamins dans les territoires envahis. Des gamins répondant à des critères physiques mais aussi à des spécificités intellectuelles. Ils les ont pris, tout simplement, ou alors parfois achetés à leurs familles. On dit qu'ils les ont emmenés en Allemagne… Le NKVD a réussi à savoir que les *Krauts* ont appelé ça l'opération Lebensborn… Ça vous dit quelque chose ?

Le nom ne me disait rien. J'interrogeai Swamy du regard mais il secoua la tête pour signifier qu'il n'avait jamais entendu ce nom de code.

— Des sélections d'enfants, dis-je, pensif. Comme en Inde, à Dakar ou à Buenos Aires…

— La petite mère Keller est peut-être en charge du Lebensborn, poursuivit Ténidzé. Ça expliquerait qu'elle se promène ici en jouant la nounou !

— C'est possible, oui. Même si les enfants tués par les Galjero ne correspondaient certainement pas aux critères physiques recherchés par les théoriciens de Rosenberg.

— Alors, ces gens sont quoi ? Des ogres, comme dans les contes ? Ils mangent les enfants ? hasarda Ténidzé, moitié plaisantant, moitié sérieux.

Je ne sus quoi lui répondre. Depuis des années, j'étais face à un mur. J'étais persuadé que ce que me disait le Géorgien sur les rafles d'enfants que les Allemands menaient en pays conquis n'avait qu'un rapport périphérique avec les meurtres des Indes. Mais il y avait gros à parier que les Galjero et Keller aient décidé cette opération Lebensborn afin de s'approvisionner eux-mêmes en « matière première » pour leurs Tenghern, Maithuna ou n'importe quelle autre descente aux enfers qu'ils se créaient. C'était plausible après tout. La guerre étant elle-même une opération criminelle de grande envergure, elle offre d'infinies opportunités aux esprits malades et une relative garantie d'impunité. Tels que je pensais connaître les Roumains et l'Autrichienne, ils n'auraient pas laissé passer une pareille occasion sans réagir. Quant à savoir si ces gens étaient des monstres de contes, je crois qu'à cette époque mon opinion était faite depuis longtemps. Et c'était oui…

*

Après presque trois jours sans baisser d'intensité, la tempête se calma. Nous passâmes plusieurs heures à retrouver puis dégager notre ZIS des six pieds de neige qui le recouvraient. Heureusement, la chenillette n'avait pas été détruite dans les combats, mais la faire démarrer nous prit une journée entière. Il nous fallut d'abord entourer le véhicule de feux pour réchauffer les tôles, puis changer les pièces du moteur et du train brisées par le gel, enfin mettre l'engin à tourner toute la nuit pour être en mesure de repartir dès le lendemain matin. Le froid, toujours extrême, rendait chacun de nos mouvements douloureux et il nous était impossible de rester plus de trente minutes hors du bunker, nous devions y revenir pour nous réchauffer afin d'éviter des engelures mutilantes. Nous travaillâmes par roulement et enfin, aux premières lueurs de l'aube du quatrième jour, nous pûmes repartir droit vers l'ouest, là où nous savions que se trouvaient les colonnes allemandes en fuite. Vers le milieu de la journée, nous fîmes halte dans ce qui restait d'un hameau de quatre ou cinq isbas défoncées. Sur les murs de l'une, on avait peint *Prolétaires de tous les pays unissez-vous*, en lettres cyrilliques rouges dégoulinantes. Je ne sais pourquoi, nous crûmes bon de fouiller les décombres. Mal nous en prit car nous y fîmes des découvertes affreuses. Dans le coin d'une baraque, nous vîmes des corps humains grossièrement entremêlés portant l'uniforme allemand. Les visages de certains avaient été fendus à la hache.

— Sûrement pour récupérer les dents en or, expliqua Ténidzé.

D'autres types, vraisemblablement seulement blessés lorsqu'ils avaient été faits prisonniers, avaient été ligotés et on avait plongé leur tête dans le ventre ouvert de leurs camarades morts, les condamnant à un atroce étouffement dans le fouillis des viscères. Derrière un appentis, nous trouvâmes encore une dizaine de soldats nus, à demi plongés dans des tonneaux d'eau maintenant congelée. La mort qu'on avait réservée à ces malheureux n'avait plus rien à voir avec les lois de la guerre. Ce n'était que pure barbarie, jouissance de l'humiliation et de la souffrance d'autrui.

— Les partisans…, souffla tristement Grigor. Personne ne les contrôle. Et personne ne les jugera jamais pour cela…

Malheureux comme les pierres après notre découverte, nous reprîmes notre progression en silence, puis, au sortir d'un immense champ de neige verglacée, nous retrouvâmes le groupe d'éclaireurs dont le capitaine nous avait dit qu'il s'était frotté aux Hindous quelques jours plus tôt. Le tableau de la situation qu'il nous fit nous alarma. Son unité n'avait pas eu à parcourir de grandes distances pour retrouver les Allemands, la fuite de ceux-ci ayant été bloquée par une armée de partisans qui les avaient contraints à se figer sur leur position. Selon l'estimation du capitaine, il devait y avoir huit cents ennemis maintenant retranchés sur une éminence boisée qu'encerclaient deux ou trois mille francs-tireurs assez bien armés et qui ne tarderaient pas à demander des renforts d'artillerie lourde pour en finir au plus tôt avec cette poche de résistance. Ce n'était plus qu'une question d'heures, et ce qui restait de la colonne Keller serait crucifié par un tir de barrage qui nivellerait le paysage sur des dizaines d'hectares. Si près du but, nous venions d'échouer. A moins de franchir la double ligne de feu des assiégeants et des assiégés, il nous était impossible de soustraire Keller et les enfants placés sous sa garde à leur anéantissement programmé. Toutes les questions qui depuis des années nous hantaient, Swamy et moi, étaient sur le point de rester à jamais sans réponse.

— Qui commande ces partisans ? demanda Ténidzé au capitaine.

— J'ai parlé à un chef qui semble plus ou moins les tenir. Ce sont des fous, vous savez, des brutes. Un ramassis de pillards, d'anciens déserteurs des années 41-42, de coureurs des bois, de paysans qui n'ont jamais vu un livre de leur vie…

— Pas même *Le Capital* ? souleva Ténidzé non sans une pointe d'ironie.

— Le quoi ? fit le capitaine, plein de morgue.

J'admirai le courage de cet homme qui s'offrait le luxe de narguer ouvertement un commissaire politique dont il avait parfaitement reconnu la fonction en distinguant les insignes particuliers cousus sur son uniforme. Si nous n'avions pas été si près du front et si Ténidzé avait été pétri de l'importance de son rôle, nul doute que le capitaine aurait été sévèrement châtié pour cette impudence. Mais Grigor n'émit qu'un vague sourire teinté de lassitude avant de nous prendre à part, Swamy et moi.

— Si celui qui les mène nous laisse faire, il y a peut-être un moyen de parler aux Allemands et d'offrir une chance de s'en tirer à votre Keller et aux gosses. Je m'en occupe !

Il prit en main la conduite de la chenillette et nous amena jusqu'au premier poste des partisans où il se fit connaître et demanda à rencontrer le commandant. Un incroyable gaillard à peau de mouton tapa bientôt à la vitre de notre véhicule. Nous ne doutâmes pas un instant que cet homme était le responsable des atrocités vues quelques heures plus tôt. Je dus me maîtriser pour ne pas l'abattre sur-le-champ.

— Général Teteïev ! Qu'est-ce que vous voulez, camarades ? commença-t-il en ouvrant la bouche sur un terrible sourire vert.

Il portait un infect dentier de cuivre totalement oxydé qui lui faisait un rictus abominable.

— Nous sommes ici pour t'aider, camarade général ! dit très sérieusement Ténidzé. Nous allons donner l'ordre de pilonner ce réduit pour que vous n'ayez pas à le prendre d'assaut, mais avant, nous allons voir si ces chiens veulent se rendre. Il nous faut une heure pour négocier. Je te demande d'ordonner la halte au feu à tes hommes pendant ce temps.

— Pourquoi faire des prisonniers ? demanda Teteïev. Il faut les nourrir et les garder ! Ça coûte plus cher que faire des morts !

— Le camarade Staline veut des prisonniers, général. Il veut des prisonniers pour les montrer à Moscou. L'Armée rouge ne sème que des cadavres derrière elle. Ce n'est pas bon ! Le prolétariat moscovite veut pouvoir cracher aux visages des ennemis de la mère patrie, comprends-tu ? Nous avons suffisamment d'Allemands morts. Maintenant, ce qu'il nous faut, ce sont des Allemands vivants. On les mettra dans des cages, comme au cirque ! Il faut de l'humiliation, vois-tu ! Pour la victoire totale, camarade ! Si tu nous laisses faire, je te promets que tu seras reçu au Kremlin ! Imagine un peu ! Staline te faisant lui-même les honneurs du palais ! Comme un triomphe de général romain !

Les yeux de Teteïev se mirent à briller d'excitation. Il ne savait certainement pas ce qu'était un général romain, mais Ténidzé venait d'allumer dans son âme d'enfant une flamme qui mettrait longtemps à s'éteindre.

— Staline ? Le Kremlin ? Le triomphe ? Oui… Bon, allez-y ! Ramenez-moi la reddition de ces enfants de putains capitalistes ! Je décrète le cessez-le-feu pendant une heure ! Pour la victoire !

— Tu ne le regretteras pas ! Une dernière chose, camarade… Aurais-tu de la toile vert et jaune ?

*

Coopératif, sans oser poser de questions, Teteïev nous trouva ce que Ténidzé réclamait et nous fixâmes sur l'avant de notre chenillette blanche les bandes de toile de couleur de manière à imiter grossièrement le drapeau de l'Inde. Le paysage étant uniforme, il était peu probable que les assiégés nous permettent d'avancer jusqu'à eux sans aligner leurs tirs sur nous avant de percevoir le drapeau blanc flottant sur notre carlingue. Les couleurs vives, au contraire, attireraient suffisamment leur attention pour qu'un officier utilise ses jumelles à détailler notre engin et y décèle le signe de trêve. C'était du moins notre tactique, notre espérance... Retenant notre souffle, nous fîmes avancer le ZIS à allure modérée au travers du rideau de partisans soviétiques qui venaient, sans comprendre pourquoi, de recevoir l'ordre de cesser leurs tirs d'usure. La butte à laquelle s'accrochaient les Allemands de la colonne Keller se situait à trois cents yards. Presque vingt minutes nous furent nécessaires pour franchir la distance tant le terrain était crevassé de trous d'obus, de dénivellations traîtres et de plaques de glace si lisses que nos chenilles ne parvenaient pas à les mordre.

— Espérons qu'il ne restait plus de mines aux *Krauts* pour piéger le terrain, dit soudain Ténidzé en souriant de toutes ses dents.

Le danger semblait révéler chez lui une nouvelle nature, plus féroce, plus vive. Swamy me lança un regard paniqué. Nous nous comprîmes. Qu'ils étaient loin, pour nous, les chauds paysages de l'Inde, la ville moite aux moussons si fertiles et le ronronnement paisible de la vie coloniale ! Nous entrâmes en marche lente dans un couloir fait d'arbres noirs, trognons déformés, souches tout juste soulevées de terre par les obus des dernières pièces allemandes. Un homme surgit devant nous. Il agitait les bras pour nous faire signe d'arrêter. Cinq autres le rejoignirent, arme au poing, visages creusés, yeux luisant d'épuisement.

— Attention ! nous fit Ténidzé. Ces bougres-là n'ont

pas l'habitude qu'on leur fasse la politesse de leur demander s'ils veulent se rendre. Ils vont être très méfiants. On aura de la chance s'ils ne nous abattent pas avant que nous ayons ouvert la bouche !

Obéissants, nous descendîmes les bras en l'air. Comme nous l'avions espéré, les couleurs hindoues avaient amené un petit gradé de la légion Netaji parmi les Allemands. C'est à lui que nous tentâmes d'expliquer notre offre.

— Je n'ai pas le pouvoir de faire quoi que ce soit pour vous, répondit le sous-officier, totalement ahuri de voir arriver en pleine bataille une mission de secours de trois bonnes âmes parlant anglais. Il faut rencontrer l'*Hauptmann* Linden. C'est lui qui commande ici... Je vous servirai d'interprète. Venez...

Escortés de quatre types à la mine patibulaire, l'Hindou nous conduisit au sommet par une petite route encaissée. Dès que nous fûmes éloignés de quelques pas, nous entendîmes s'ouvrir les portes de notre chenillette. Nous étions certains que le pillage de nos réserves ne prendrait pas longtemps, mais cela nous était égal. Sur le point de réaliser le face-à-face avec le gibier que nous chassions depuis tant d'années, nos pensées ne tendaient que vers cet accomplissement. Nous ne nous étions pas concertés sur la conduite à tenir face à Keller. Cela n'aurait servi à rien. Nous n'agissions qu'en réfléchissant à l'instant présent, comme des bêtes. C'est ainsi qu'il faut se comporter face à un fauve, ne rien calculer, abandonner sa raison et faire surgir la seule inspiration, les seuls instincts... Ce sont eux qui vous sauvent dans les pires moments.

En chemin vers le sommet de la colline, nous pûmes voir que les troupes allemandes s'étaient méthodiquement enterrées, creusant des tranchées, tassant des monticules de neige en redoutes, coupant des arbres et amassant des rochers pour abriter les mitrailleuses lourdes et les dernières unités de PAK dont les fûts avaient été abaissés à hausse zéro pour balayer non le ciel, mais l'immédiat horizon. Ces hommes savaient qu'ils étaient pris au piège et qu'ils allaient vraisemblablement mourir là, que leur corps allait bientôt s'ouvrir dans la neige dont ils tacheraient la blancheur du rouge sombre de leurs viscères, méprisés, maudits, oubliés de tous... Sur leur visage il n'y avait pas d'amertume pourtant. Leur combat était perdu d'avance et ils allaient être pilonnés par une artillerie qu'ils ne verraient jamais ou bombardés par une escadrille contre laquelle ils ne pourraient pas se défendre, mais cela leur importait peu. Je crois que plus rien ne portait ces hommes. Plus d'engagement ou de croyance. Plus d'espoir non plus. Il n'y avait pour eux désormais que la certitude de la mort toute proche. Mais cela ne les effrayait pas. Je ne savais au juste pourquoi, mais ils m'évoquaient Mme de Réault. Tous les hommes que je voyais avaient ses yeux clairs et calmes, comme s'ils étaient déjà entrés dans l'autre monde. Il n'y avait pas de panique. Chacun demeurait à son poste sans signe d'énervement particulier. La forêt était une cathédrale assiégée et nous y marchâmes non moins recueillis que si nous étions dans la travée d'un temple... Nous arrivâmes au dernier bastion, un périmètre dégagé où les derniers véhicules frappés de la croix de Malte et du casque blanc, marque distinctive de la Gross Deutschland, avaient été disposés en quinconce, ultime et dérisoire barricade contre un assaut qui n'aurait peut-être jamais lieu. Au centre, un grand feu crépitait. Les hommes d'une roulante y réchauffaient des rations. N'eussent été les armes partout dressées, on eût dit un paisible camp de pionniers. Un homme, emmailloté dans une double épaisseur de capotes blanches, inspectait l'installation d'un Nebelwehrfer, un lance-roquettes à huit tubes braqués sur le chemin que nous empruntions et qui déchiquetteraient la première vague des partisans si Teteïev lançait l'attaque. L'Hindou nous amena jusqu'au vérificateur, se tint au garde-à-vous, deux pas en arrière, pour traduire nos paroles.

— Je suis l'*Hauptmann* Linden, le plus haut gradé ici. Veuillez vous présenter.

L'*Hauptmann* n'avait certainement pas plus de trente ans, ce qui lui conférait un statut de vieillard parmi ses troupes dont la moyenne d'âge était extrêmement basse. Ses yeux étaient vifs, sa voix portait bien. Je déclinai nos trois noms et nos grades puis demandai s'il comptait des enfants parmi les réfugiés qu'il escortait. Cela le fit rire.

— Il n'y a presque que des enfants, ici, colonel Tewp ! Regardez ! fit-il en montrant du doigt les deux artilleurs tout près de nous.

Je jetai un regard à ceux qu'il me désignait. Le diable s'ils avaient dix-sept ans…

— Avez-vous des enfants en bas âge qui ne combattent pas ? repris-je avec un soupir.

— Oui. Malheureusement nous en avons. Que leur voulez-vous ?

— Vous proposer de les faire sortir de ce camp retranché avant qu'il ne soit trop tard.

— Vous me proposez de les sauver ? C'est la première fois que les Alliés feraient preuve de grandeur d'âme. Je pensais que leur habitude était de liquéfier les civils au phosphore sous les raids de leurs bombardiers. Si ce n'est pas un traquenard, il va de soi que j'accepte.

— Une femme les accompagne, n'est-ce pas ?

— Oui.

— Nous souhaitons lui proposer de venir avec nous elle aussi.

Il y eut un silence, puis Linden demanda qu'on aille chercher Keller.

— Je ne peux répondre pour elle. Elle n'a pas un statut militaire. Elle est membre d'un bizarre institut du Parti. Elle est en droit de disposer d'elle-même. Au fait, comment savez-vous qu'elle est ici ?

— C'est une longue histoire dont je n'ai nulle envie de vous faire confidence, *Hauptmann*. Mais je vous promets que, si elle vient avec nous, elle sera, comme les enfants, sous responsabilité britannique, et non soviétique.

— C'est un assez bon point pour vous…, remarqua Linden, pensif. Tentez de la convaincre, mais je vous préviens que c'est une enragée…

Nous attendîmes le temps que Grigor échange une cigarette avec Linden. Avec leurs visages penchés l'un vers l'autre pour allumer leur tabac à la flamme du même briquet, ils me paraissaient presque jumeaux. Non dans leurs traits, évidemment, mais dans l'esprit qui les animait. Entre le Géorgien et l'Allemand, quelle différence, au fond ? C'est à cet instant que je découvris que le conflit qui déchirait l'Europe depuis six années n'était pas un combat idéologique opposant un empire du mal à une coalition des purs, comme les politiciens voulaient nous le faire croire… Non. Ce conflit était une abominable guerre civile et, quel qu'en fût le résultat, nous la finirions tous physiquement et spirituellement exsangues, à jamais amputés d'une part essentielle de nous-mêmes… J'en étais là de mes pensées quand apparut une mince silhouette blanche au côté de Linden. Je reconnus Ostara Keller. Mon cœur s'arrêta. Je n'osais plus respirer. Je ne l'avais pas revue depuis bientôt dix ans, lorsqu'elle m'avait échappé, là-bas, à l'autre bout du monde, le matin de la chasse au tigre organisée par le sultan Mûradêvâ. A en juger par ses traits, pourtant, cela aurait pu ne dater que d'hier. Certes, ses joues étaient creusées par la fatigue et ses yeux soulignés de cernes profonds, mais les lignes de son visage étaient toujours aussi symétriques, aussi lisses et harmonieuses. Sortant de sa capuche fourrée, deux ou trois mèches d'un blond pâle voletaient au vent. Ses gants de gros cuir serraient un pistolet-mitrailleur. Linden lui transmit notre proposition. Elle nous toisa d'un regard de profond mépris puis s'adressa directement à nous en anglais.

— Croyez-vous que je sois de ceux qui se laissent prendre ? Retournez d'où vous êtes venus et finissons-en. Quant aux enfants, ils sont à moi et je ne vous les confierai pas ! Je n'ai rien de plus à vous dire, sinon que vous pouvez vous estimer heureux que je ne vous vide pas mon chargeur dans le ventre !

Sa bouche aux lèvres roses crachait les menaces avec un fort accent d'outre-Atlantique, j'aurais pu jurer qu'elle avait été élevée à New York ou Chicago. Quoi qu'il en soit, sa réponse ne m'étonnait pas. Je me tournai vers Linden. Lui seul pouvait trouver les mots pour la convaincre. L'*Hauptmann* vit mon regard désespéré. Il passa la main sur son front mais resta silencieux. Il se campa devant la jeune femme et lança de toutes ses forces son poing fermé sur sa tempe. Ostara tomba de tout son long dans la neige molle et ne se releva pas. Linden lui noua aussitôt les mains avec un bout de cordelette qu'il gardait dans sa poche. Nous étions stupéfaits.

— Je vais faire chercher les enfants, nous dit l'Allemand. Ils vont partir avec vous. Comme elle. J'espère que vous tiendrez votre parole et ne la livrerez pas aux barbares parce que je préférerais encore la tuer moi-même pour lui épargner ça. C'est tout ce que je peux faire… Maintenant, foutez le camp !

Ténidzé me tapota l'épaule et me montra son bracelet-montre. Teteïev nous avait accordé une heure et il ne restait guère de temps avant qu'il ne donne l'ordre de reprendre les hostilités. Si nous nous attardions, nous risquions d'être bloqués dans le camp ennemi. Heureusement, les gosses arrivèrent vite. Ils étaient une quinzaine, tous de sexe masculin, âgés de sept à douze ans environ. Un peu maigres, ils semblaient néanmoins en bonne santé, malgré parfois quelques signes de légères contusions sur les pommettes ou sur le front. Aucun ne parlait anglais, mais ils écoutèrent tous avec une grande attention ce que leur dit Linden, qui me désigna comme celui à qui il fallait obéir désormais. Je vis trente yeux se tourner vers moi d'un bloc. Cela m'impressionna et me serra le cœur. Nous attendîmes encore le soldat qui avait reçu l'ordre de rassembler les affaires de Keller, puis Ténidzé bâillonna la fille qui gisait toujours dans la neige, la jeta sur ses larges épaules comme un ballot de linge et ouvrit la marche du retour. Swamy mit en rang les enfants, et se plaça en serre-file pour faire suivre le mouvement. Désemparé, la gorge nouée, je regardai Linden une dernière fois, puis me résolus à mon tour à quitter les lieux. Nous marchâmes le plus vite possible. Des trous d'hommes creusés un peu partout dans la neige, nous vîmes s'élever de maigres silhouettes emmitouflées de blanc. L'une d'elles brandit un drapeau et l'agita haut. Le tigre de l'armée de l'Inde libre claqua sauvagement au vent hivernal.

— *Auf Wiedersehen, Kinder !* clamèrent les derniers survivants de l'Azad Hind Fauj.

Les gamins s'arrêtèrent et leur firent signe en retour. Quelques-uns pleuraient. Un des plus petits sortit du rang en courant et, malgré la neige où il plongeait à mi-corps à chaque pas, alla se précipiter dans les bras du soldat le plus proche, comme s'il avait été le membre le plus cher de sa propre famille… Swamy eut beaucoup de mal à l'arracher à l'homme auquel il s'accrochait comme un dément. Le gamin pleurait toutes les larmes de son corps et était inconsolable. Les autres se contenaient mais n'en semblaient pas moins bouleversés.

— Il faut les comprendre, mon officier, expliqua le sergent. Ces gamins ont voyagé depuis des semaines avec ces hommes. Ils les ont pris en affection. Ils feront pareil avec nous, mais ça prendra un peu de temps…

Il avait raison, je le savais, et si l'émotion de cette séparation m'étonnait, elle ne m'inquiétait pas. Je m'interrogeais plutôt sur les liens que cette bande de gamins perdus avait pu lier avec Keller. Comment jugeaient-ils cette femme sur les ordres de laquelle ils avaient été enlevés ? Avaient-ils deviné l'atrocité du sort qu'elle leur réservait ? Ces pensées m'occupèrent tout le temps qu'il nous fallut pour regagner notre camion. Contrairement à ce que j'avais craint, celui-ci n'avait pas été pillé. Rien ne manquait. Nous fîmes monter les enfants dans la ridelle où Grigor les accompagna. Je liai Keller, toujours inconsciente, dans la cabine, et nous repartîmes tant bien que mal vers les positions soviétiques, abandonnant à leur sort les Allemands et leurs étranges alliés, les Tigres de Netaji. Puis nous redescendîmes vers les positions tenues par les partisans rouges. Brandissant son arme, Teteïev vint à notre rencontre, nous forçant à faire halte. J'aurais aimé donner à Swamy l'ordre de foncer à travers ses lignes pour m'épargner la peine de m'expliquer, mais je craignais que ce rustaud n'ordonnât de tirer sur notre véhicule si nous faisions mine de nous enfuir. Grigor sauta du camion et lui annonça que nous avions échoué à obtenir la reddition des troupes ennemies, ce qui plongea le général dans une colère noire. Teteïev avait rêvé pendant une heure de devenir un héros national. Le réveil que nous lui proposions ne lui convenait pas. Sa colère enfla encore quand il vit Keller dans la cabine et les gosses se serrant peureusement dans la ridelle. Il hurlait pour les faire descendre quand un long sifflement déchira l'air. Nous levâmes les yeux au ciel. Partant des positions allemandes, nous vîmes une traînée de condensation zébrer la voûte au-dessus de nous, puis il y eut une terrible gerbe d'explosions à deux cents yards sur notre gauche. Des paquets de terre, de pierres et de neige jaillirent en belles ellipses lentes, et nos regards se tournèrent vers l'éminence que nous venions de quitter et d'où s'élevait maintenant un chant :

Märkische Heide,
Märkischer Sand
Sind des Märkers Freude
Sind mein Heimatland...

De minuscules silhouettes dévalaient la pente en courant, en chantant et en tirant à la fois. Des crépitements d'armes à feu fusèrent tout autour de nous. Comme un loup se retourne contre la meute, de nouveau Fritz avait choisi d'attaquer Ivan ! Teteïev lâcha un abominable juron et nous planta là, courant droit devant lui pour rameuter ses hommes, dont certains, paniqués, commençaient déjà à se débander. Swamy fit repartir le ZIS aussi vite qu'il put. J'y remontai tant bien que mal avec Grigor. Pendant quelques minutes encore, nous pûmes observer les combats qui faisaient rage derrière nous. Dans le rétroviseur, je vis le drapeau de l'Inde flotter distinctement en tête de la vague d'assaut de *Hauptmann* Linden, puis le brouillard et la nuit recouvrirent tout…

De l'issue de ce combat, nous ne sûmes jamais rien et cela ne nous concernait plus. Nous étions heureux d'avoir pu tirer quinze gamins de cet enfer, c'est tout ce qui nous importait. Nous roulâmes tous feux allumés pendant deux ou trois heures, sans parler, sans sourire. Keller s'était réveillée et avait compris la situation. Elle ne bougeait pas. Elle paraissait résignée. Nous nous dirigeâmes plein est, loin, très loin derrière la ligne de front.

Le palais de verre

C'était une hypnose. Il y avait d'abord la fatigue, bien sûr. Le froid. La tension constante de ces derniers jours passés à côtoyer la mort… Mais il y avait surtout le désarroi qui vous saisit quand enfin prend corps un événement auquel vous avez consacré vos pensées les plus intimes, les plus ferventes, pendant des années. Ostara Keller était là, prisonnière, à côté de nous. Swamy et moi n'osions pas la regarder. Nous gardions les yeux braqués droit devant nous, sur la frêle trouée jaunâtre que les phares du camion parvenaient à creuser au cœur de la nuit. Ne pas quitter la méchante petite route que nous avions fini par trouver nous semblait désormais la seule chose importante au monde. Cela dura longtemps. Et puis, il y eut un premier hoquet du moteur, un autre, plus sinistre, et un troisième encore qui nous arrêta tout à fait. Il fallait réapprovisionner. Je sautai à terre et fit quelques pas dans la neige pour me dégourdir les jambes. Nous étions dans un bois. Le ciel était dégagé. La lune était presque pleine. J'allai jeter un coup d'œil à l'arrière. Ensevelis sous des monceaux de couvertures que nous avions récupérées dans le bunker de la Garde, les enfants dormaient, pelotonnés les uns contre les autres. Grigor veillait sur eux, l'air attendri. Je marchai encore un peu tandis que Swamy siphonnait un baril de kérosène dans le réservoir. Dans la lumière bleue qui baignait le paysage, j'aperçus une grille de fer sur le bas-côté du chemin. Je m'avançai, poussai la porte et distinguai, derrière un mince rideau d'arbres, un grand bâtiment qui scintillait doucement sous les étoiles. Je marchai encore pour mieux voir. C'était une sorte de petit palais assez bas, de style XVIIIe, peut-être la résidence d'agrément d'une importante famille noble de la région, certainement inhabitée.

— Parfait pour y passer le reste de la nuit, colonel Tewp ! Nous sommes tous éreintés !

Je n'avais pas entendu Ténidzé se glisser à ma suite. Je le regardai. Il était affreux à voir. Chaque parcelle de son visage trahissait l'épuisement. Je frémis en pensant que je devais lui ressembler. Nous appelâmes Swamy, qui fit avancer la chenillette jusqu'aux abords de la maison de maître, puis je partis en exploration avec Ténidzé. Nous brisâmes la porte d'entrée et pénétrâmes à l'intérieur. J'eus l'impression qu'une gravure de conte de fées s'ouvrait devant moi. Le palais possédait encore tout son mobilier, mais tout était recouvert de givre. Une couche blanche immaculée vernissait chaque pièce, chaque objet, la moindre partie de décor… Personne n'habitait plus ici depuis longtemps, mais il aurait suffi d'un rayon de lumière pour réchauffer l'endroit et tout aurait pu, je crois, ressusciter en un instant. Nous visitâmes en hâte quelques salons d'apparat avec leurs tableaux fixés aux murs, une bibliothèque complète avec tous ses livres sagement alignés, du sol au plafond, sur trois ou quatre cents rangées, une salle de musique avec clavecin, harpe et partitions sur lutrin, puis une immense cuisine aux innombrables piles d'assiettes de porcelaine translucide et aux hauts verres de cristal rouge et or… Nous trouvâmes une réserve de bûches sèches dans un cellier et nous en fîmes un feu dans la cheminée du grand salon. Nous allâmes ensuite chercher les enfants et les installâmes en demi-cercle devant le foyer. Tout s'effectua en silence. Tout comme nous, je crois qu'ils avaient compris d'instinct que cet instant et ce lieu n'appartenaient pas tout à fait à la réalité mais à un autre temps, une autre histoire que celle où les pays du monde entier se précipitaient les uns sur les autres pour se déchirer comme des fauves. Il n'y avait pas un bruit, à part les bûches de chêne et de bouleau qui craquaient dans l'âtre, pas un murmure, pas un souffle au-dehors. Le vent était tombé et, par les hautes fenêtres, on voyait que le ciel lui-même ne bougeait plus. Les garçons se serraient les uns contre les autres, les plus grands donnant la main aux plus petits. Tous nous regardaient sans crainte apparente et obéissaient à nos directives traduites par Ténidzé, sans chercher à se rebeller. Beaucoup, même, nous souriaient…

— Que faisons-nous de Keller, monsieur mon officier ? me demanda Swamy lorsque tous les enfants furent prêts à passer la nuit.

— On l'amène ici, évidemment. C'est l'endroit le plus chaud. Mais on ne lui défait pas ses liens.

Le sergent fit la grimace. Je crois qu'il aurait aimé qu'on l'abandonne dans le camion, mais elle y serait morte d'hypothermie en deux ou trois heures à peine. Je laissai l'Hindou et Ténidzé veiller sur les enfants et j'allai chercher Keller, le cœur battant à l'idée de notre premier face-à-face sans témoin. J'ouvris la porte de la cabine du ZIS et la trouvai allongée en chien de fusil sur la banquette de conduite. Elle essayait tant bien que mal de se réchauffer mais je vis que son visage avait déjà viré au bleu et qu'elle respirait très mal. Je lui ôtai le bâillon de la bouche et l'aidai à marcher jusqu'à l'intérieur. Ses membres étaient engourdis par le froid et sa circulation sanguine ralentie par les cordelettes étroitement nouées par Linden. L'*Hauptmann* n'avait pas triché. Il ne lui avait laissé aucune chance de se défaire des ligatures. Affaiblie comme elle l'était, je jugeai peu dangereux de la laisser quelques instants sans attaches près du feu, sous la surveillance armée de Swamy, et j'emmenai Ténidzé avec moi au camion pour décharger des caisses de rations. L'heure qui suivit fut occupée à nous sustenter.

Nous n'étions pas pourvus de quoi faire un festin mais il est des occasions où un simple morceau de chou posé sur une tranche de pain noir dégage plus de saveur et de réconfort que ne le pourraient tous les mets savants d'un maître-queux parisien. Le ventre plein, les enfants s'endormirent un à un, bercés par la chansonnette hindoue que Swamy s'était mis à fredonner pour eux. Quand le dernier des gamins eut fermé les yeux, je liai Keller de la manière la moins inconfortable que je pus et, un pistolet-mitrailleur soviétique posé sur mes genoux, je m'installai dans un grand fauteuil près de la réserve de bois pour prendre le premier tour de garde et alimenter le foyer. Il me fallait réfléchir. En plein hiver de guerre, j'étais subitement devenu responsable d'une quinzaine d'orphelins étrangers, ainsi que d'une femme dont tout me portait à croire qu'elle avait activement participé à une série d'enlèvements et de meurtres d'enfants sur au moins deux continents. A qui confier ces petits ? Comment s'assurer de leur retour au pays ? Et que deviendraient-ils ensuite ? Seraient-ils placés dans des institutions compétentes où une éducation convenable leur serait offerte ou seraient-ils livrés à eux-mêmes dans ce monde tourmenté que la guerre était sur le point de faire naître ? Et Ostara Keller ? Où la juger ? Comment même l'accuser devant un tribunal régulier ? Swamy et moi n'avions qu'un dossier composé de suspicions, de doutes, de pressentiments… Si je savais qu'elle avait un temps trouvé refuge dans la tour des Galjero, aucune preuve tangible ne m'assurait qu'elle eût été complice des crimes des Roumains. Après tout, nous n'avions jamais vu de nos yeux Keller en train de poignarder un enfant ni de boire son sang… Je posai un long moment mon regard sur Swamy. Un des gosses avait posé sa tête au creux de ses genoux et, somnolant, faisait balancer les plaques d'identité militaire que l'Hindou portait autour du cou. Le sergent lui passait la main sur le front, avec la même douceur que celle dont il avait fait preuve au chevet de Khamurjee, des années auparavant. Ténidzé, lui, avait allongé son grand corps osseux en lisière du groupe des enfants et avait innocemment sombré dans le sommeil. Repliée sur elle-même, Keller ne bougeait pas. Deux heures passèrent sans que je trouve de solution aux problèmes qui agitaient mon esprit, puis j'allai réveiller Ténidzé pour son tour de garde.

— Keller n'a pas bougé ? me demanda-t-il en murmurant.

— Non. Elle semble paisible.

— Vous l'avez fouillée ?

Je secouai négativement la tête.

— L'idée ne m'en est même pas venue.

— Demain matin, il faudra le faire. Par sécurité. En attendant, nous devrions jeter un coup d'œil dans son barda. Où est-il ?

Je retournai dans le camion chercher le sac de Keller. Il devait être 3 ou 4 heures du matin. La lune brillait. Au loin, quelque part dans les bois, j'entendis hurler des loups. Ténidzé et moi allâmes dans la cuisine pour examiner le contenu du sac sans réveiller les enfants. Sur la grande table d'office nous étalâmes un appareil photographique et une dizaine de rouleaux de pellicule non développés, quelques pièces d'uniforme disparates, divers menus objets sans intérêt, un porte-cartes du modèle utilisé par les officiers allemands, une grande serviette de cuir contenant apparemment les dossiers médicaux des enfants ainsi qu'une cinquantaine de documents officiels ornés du tampon de plusieurs ministères à Berlin.

— Qu'y a-t-il dans cette satanée boîte en fer, à votre avis ? demandai-je à Ténidzé en saisissant un coffret de métal aux parois renforcées dont l'ouverture était condamnée par un gros cadenas d'acier.

— Aucune idée, mais l'ouvrir va être difficile sans le code. Il y a six mollettes à dix chiffres. Vous savez combien cela représente de possibilités ?

— Je n'ai pas de temps à perdre à deviner, dis-je en tirant mon arme de poing et en percutant une cartouche sur le cadenas qui éclata comme un ballon.

J'ouvris la boîte. J'avais déjà vu beaucoup de choses concernant Keller, mais ce qui était contenu dans ce récipient blindé me plongea dans la stupéfaction. Je triai une cinquantaine de longues aiguilles d'une matière qui me sembla être de l'ambre, une boule de résine vierge dégageant un parfum miellé très agréable, des morceaux de chandelles de diverses couleurs, des sachets d'herbes odorantes et aussi deux figurines de cire en forme de bonshommes. A y regarder de près, on distinguait nettement des fragments humains – ongles, cheveux, poils, amas de sécrétions diverses – pétris dans leur pâte. Des clous rouillés étaient plantés un peu partout sur leur anatomie. L'ensemble inspirait un intense dégoût. Il y avait une troisième statuette, très différente des précédentes, celle-là. Elle était épaisse, en terre cuite émaillée, d'une forme vague de fœtus humain. Des dessins géométriques compliqués étaient gravés partout sur son contour. Je songeai aux lignes spiralées vues autrefois sur le sol du stupa des Galjero. Un bouchon scellé fermait l'objet sur le dessus. En l'agitant à mon oreille, j'entendis une sorte de liquide remuer à l'intérieur.

— C'est RE-PU-GNANT, mon officier ! martela Swamy, que le bruit de la détonation avait attiré jusqu'à nous.

— Fatras de sorcière ! cracha Ténidzé. Foutue femelle ! Toutes ces saletés sont bonnes à brûler !

J'étais moi aussi profondément horrifié par toutes ces choses qui ne me rappelaient que trop le voûlt autrefois découvert sous la baignoire de la chambre 511 du Harnett. J'avais encore parfaitement en mémoire les affreuses journées au cours desquelles j'avais vu mon corps lentement rongé par une peste immonde, que seule avait pu arrêter une cérémonie d'exorcisme tenue au milieu des eaux d'une rivière bouillonnante. Les deux figurines de cire lardées d'aiguilles souillées me faisaient plaindre intérieurement les deux malheureux envoûtés par Keller. Qui pouvaient-ils être, ces gens ? Et comment les aider ? Détruire ces poupées démoniaques serait-il suffisant pour les sauver ? Seule Keller pouvait répondre.

— Attendons de savoir ce qu'elle va nous apprendre de ces objets, dis-je. Je veux savoir à quoi elle destine ça.

— Vous voulez soutenir une thèse de psychiatrie sur son cas ? s'étonna Ténidzé. Je vous garantis un joli succès en faculté !

J'allais sourire quand une voix fluette retentit atrocement dans la pièce où nous avions laissé Keller et les enfants. Nous bondîmes tous trois hors de la cuisine et courûmes vers le salon, redoutant le pire. Ce que nous venions d'entendre n'était pas le cri d'un enfant en proie à un simple cauchemar. C'était un cri de terreur, un cri de panique pure qui glaçait les os. L'arme au poing, nous fîmes irruption dans la pièce. Les enfants étaient là, tassés en groupe dans un coin obscur, loin de la cheminée. La place qu'avait occupée Ostara Keller était vide et, pire que tout, deux petites silhouettes étaient allongées, inertes, devant le feu.

— Où est la femme ? demanda Ténidzé aux enfants tétanisés, tandis que Swamy et moi nous jetions sur les corps étendus.

Nous ne pûmes que constater notre impuissance à ramener à la vie les deux garçonnets sauvagement égorgés. Pour eux, il n'y avait plus rien à faire. Devant les cadavres, Swamy ne put retenir ses larmes : l'un des deux était le petit qui s'était endormi sur ses genoux.

J'entendis un des gosses, le plus vieux, je crois, répondre brièvement à Ténidzé.

— Le gamin dit qu'il s'est réveillé quand il a entendu un des plus jeunes s'agiter parce que Keller voulait lui prendre quelque chose des mains. Puis elle s'est énervée et lui a tranché la gorge avec un couteau qu'elle a sorti de sa botte. Alors il a crié. Elle a eu le temps d'en tuer un autre et d'en emporter un troisième avant que nous arrivions ! Elle est partie par cette porte, dit-il en désignant un passage qui s'ouvrait dans le fond de la salle.

— Un couteau dans sa botte ! Sacré bon Dieu ! fis-je en me maudissant de ne pas avoir osé la fouiller. Demandez-lui ce qu'elle voulait prendre au gamin, ordonnai-je au Géorgien.

— C'est idiot ! Il dit que c'était le collier du sergent ! répondit-il sans comprendre.

Nos yeux se tournèrent vers Swamy. Il avait compris.

— J'avais enlevé mes plaques d'identité pour amuser le petit ! Il s'est endormi en les tenant dans sa main…, avoua piteusement le Shudra. Qu'est-ce qu'elle peut vouloir faire avec ça ? acheva-t-il d'une voix blanche.

— Peu importe pour l'instant ! Swamy, mettez une couverture sur ces cadavres et restez avec les gosses. Ténidzé, venez avec moi. Elle ne pourra pas aller bien loin !

Nous avançâmes dans la bouche d'ombre du couloir. Mon cœur commença à battre la chamade. Je me revis dans les sous-sols du stupa, à Calcutta. J'avais la même impression d'étouffement, la même sueur moite coulant au creux de mes reins. Je venais de replonger au plus profond d'un vieux cauchemar… Grigor se tenait derrière moi. Lui aussi semblait envahi d'une nausée qui n'aurait pas dû être celle de deux hommes lourdement armés chassant une femme dans les couloirs d'un palais désert. Nous étions censés être les chasseurs et pourtant, obscurément, nous nous sentions les proies… Nous traversâmes précautionneusement plusieurs salles que nous n'avions pas encore visitées. Comme partout ailleurs dans le château, elles étaient couvertes d'une mince couche blanche cristalline. Le plancher craquait sous nos pas. Je me retournai et baissai les yeux.

— Que faites-vous ? demanda Ténidzé.

— Nom de Dieu, regardez ! jurai-je. Quand nous marchons, nous laissons des traces bien visibles sur le givre. Elle devrait en faire autant. Pourtant il n'y en a pas ! Rien depuis le début ! C'est impossible !

— Je ne pense pas que le petit ait menti ! A part le couloir que nous avons emprunté pour aller de la cuisine au salon, il n'y a qu'un seul corridor qui parte de cette pièce. Et c'est là que nous sommes !

— Elle s'est cachée tout près et nous l'avons déjà dépassée ! C'est la seule explication ! Il faut revenir sur nos pas !

Nous refîmes le parcours en sens inverse en fouillant méticuleusement tout sur notre passage et, surtout, en faisant attention à ne pas laisser passer de traces de pas. Mais nous ne vîmes aucune autre empreinte que les nôtres et ne trouvâmes aucun indice trahissant la présence de Keller ou de l'enfant. Nous revînmes là où nous attendaient Swamy et les gosses.

— Alors ? fit anxieusement le sergent.

Nous lui répondîmes silencieusement par des signes d'impuissance. Nous étions désorientés.

— Je vais aller vérifier le camion, dis-je, et démonter le carburateur. Ténidzé, allez récupérer les affaires dans la cuisine. Nous allons attendre le lever du jour pour fouiller dans des conditions convenables. Il y a trop de zones sombres où elle peut se cacher.

— C'est sage, mon officier, approuva Swamy.

Je me rendis sur l'esplanade où nous avions laissé le ZIS mais ne parvins pas à démonter le carburateur. Je ne m'en alarmai pas. Toutes les pièces du moteur étaient contractées par le gel et au moins deux heures d'une chauffe savante seraient indispensables avant de pouvoir faire démarrer le véhicule. Impossible pour Keller de s'en emparer et de fuir sans cette longue opération préalable. Où qu'elle se dissimulât à présent dans le palais, elle était prise au piège. Si l'Autrichienne avait été seule, je crois que je l'aurais volontiers abandonnée à son sort. Mourir gelée ou dévorée par les loups dans les steppes de l'Europe orientale n'eût pas été une mauvaise fin pour le monstre qu'elle était. Mon âme aurait facilement pu se contenter de ce que, en d'autres temps, certains auraient appelé jugement de Dieu. Mais il y avait l'enfant qu'elle avait pris en otage. Il fallait tout tenter pour le sauver, le ramener à la lumière. Nous ne pouvions pas le laisser. Toujours sur mes gardes, je regagnai l'intérieur du bâtiment. M'entendant revenir, Ténidzé m'appela dans la cuisine où je le trouvai devant l'étalage des biens de Keller.

— Il manque des objets ! annonça-t-il, d'un ton funèbre. La grosse boule de cire n'est plus là. Ni les aiguilles d'ambre…

— Vous en êtes certain ? Vous pensez que des rats auraient pu emporter ça ?

— Il n'y a pas de rats dans ces régions, l'hiver. Et puis, à supposer qu'il y en ait, passe pour boulotter la cire, peut-être… Mais les aiguilles ?

— Vous avez vu des traces sur le sol ?

— Aucune ! Mais pas de doute, cire et aiguilles ont disparu !

Nous échangeâmes une interrogation muette. Pourquoi cette fille serait-elle venue ici chercher précisément ces objets ? Et comment aurait-elle fait pour se déplacer sans laisser d'empreintes sur le sol verglacé ?

Incapables l'un comme l'autre de fournir des réponses satisfaisantes, nous rassemblâmes tout ce qui restait de la panoplie de Keller et retrouvâmes Swamy qui avait emmené les enfants dans le salon de musique, là où ils ne verraient plus les corps de leurs camarades exécutés. L'Hindou surveillait le départ du feu qu'il était parvenu à allumer dans la cheminée.

— Vous l'avez eue, mon officier ?

— Non, Swamy. On ne sait pas où elle est. On va

reprendre la chasse dès l'aube, dans une heure à peu près. Comment vont les enfants ? demandai-je en jetant un coup d'œil aux marmots agglutinés comme une portée de lionceaux soudainement attaqués par une hyène.

— Pas très bien, je crois. Vous imaginez le choc pour eux…

Oui, j'imaginais quelles pouvaient être leurs pensées en cet instant même. Un des petits s'adressa à Ténidzé.

— Il demande s'ils peuvent aider à tuer Baba Yaga…, traduisit le Géorgien dans un demi-sourire.

— Baba Yaga ?

— C'est la méchante sorcière de nos contes slaves. Elle enlève les enfants, les mange et prend leur crâne pour en faire des lampions… Ne vous demandez plus ce qu'ils pensent de Keller, mon colonel !

Epuisé, transi jusqu'aux os par l'épouvantable nuit d'hiver qui nous cernait de toutes parts, je m'approchai du foyer qui crépitait maintenant d'une belle flambée. Swamy était à côté de moi et tentait de noyer son chagrin dans la contemplation des flammes. Je le regardais du coin de l'œil, n'osant troubler sa peine. Il se tenait immobile, presque pétrifié. C'est à peine s'il respirait. Puis je vis couler une épaisse larme rouge le long de sa tempe. Je ne compris pas tout de suite de quoi il s'agissait, mais les éclats de lumière que le feu lançait ne me laissèrent bientôt plus de doute.

— Swamy, vous vous êtes blessé ? demandai-je au Shudra d'une voix douce en me tournant vers lui.

Il ne me répondit pas, mais je constatai que d'autres coulées avaient déjà ruisselé sur son visage et le recouvraient comme d'un suaire de sang. Il se mit à trembler. Je le secouai et l'appelai. Sans résultat. L'Hindou était entré dans une catatonie profonde et je voyais maintenant son sang suer de sous ses vêtements. De larges taches sombres s'étendaient sur son battle-dress blanc, en saturaient les fibres et tombaient en lourdes gouttes sur le sol. Une flaque s'étendant rapidement cernait déjà le Shudra. Un enfant cria. Swamy s'effondra et entra en convulsions, battant des mains et des jambes, projetant du sang tout autour de lui. J'ouvris son vêtement pour localiser la plaie mais je savais déjà que je n'en trouverais aucune : son corps entier expulsait son sang comme une sueur mauvaise. Swamy mourait d'un mal provoqué par la sorcière Keller, et je savais que l'hémorragie générale qui le vidait, tel un vulgaire animal de boucherie, ne cesserait pas. Ténidzé s'approcha mais resta muet. Instinctivement, je crois qu'il savait lui aussi qu'il n'y avait pas d'espoir de sauver le petit sergent de Calcutta. Swamy expira en quelques minutes, sans avoir repris connaissance. Les enfants, qui avaient fait cercle autour de lui, pleuraient leur nouvel ami disparu.

— Conduisez les gamins dans le camion et procédez à la chauffe, dis-je à Ténidzé. Bloquez toutes les portes derrière vous. Si je ne suis pas revenu quand le ZIS sera prêt à démarrer, prenez le lance-flammes, incendiez le palais et puis foutez le camp. Ce sera la seule solution.

— Et vous ? Qu'est-ce que vous allez faire ? demanda le Géorgien.

Je ne répondis pas. Je n'étais plus en état de parler. Seules l'émotion et la rage qui me submergeaient dirigeaient ma volonté et mon intellect. J'engageai un chargeur plein dans mon pistolet-mitrailleur, fit monter la première balle dans la chambre de percussion et partis seul traquer l'Autrichienne dans le labyrinthe sombre de l'immense demeure seigneuriale. Mon corps et mes sens étaient tendus à l'extrême. Je ne savais pas où fouiller et, j'avais beau me torturer, je ne trouvais aucun point de rationalité sur lequel me fonder pour orienter mes recherches. C'était à peine si je distinguais ma droite de ma gauche, les hauteurs du sol, l'avant de l'arrière. Tremblant, l'arme au poing, j'avançais comme dans un océan de coton. Qu'avais-je objectivement à craindre, pourtant, de la part une femme armée d'un couteau ? Et moi qu'étais-je ? Un homme qu'animait un féroce désir de vengeance… Et mes doigts étaient crispés sur une machine qui pouvait donner la mort à cent mètres. En toute logique, Keller ne disposait d'aucune chance face à moi puisqu'elle ne possédait aucun objet m'appartenant qu'elle puisse utiliser pour ses maléfices. Il suffisait que je la débusque et je l'abattrais sur-le-champ. Sans me poser de questions. Sans l'ombre d'une hésitation. Alors ? Pourquoi étais-je donc ruisselant de peur en arpentant les interminables couloirs de ce palais silencieux pris par le givre ? Craignais-je donc que mes peurs les plus intimes s'y matérialisent tout à coup ? Craignais-je que les monstres de l'enfance s'y révèlent et viennent m'emporter dans leur antre pour m'y dévorer lentement, comme une araignée se délectant d'une mouche prise dans sa toile ? Le désespoir m'envahit tout entier, puis, venant comme une marée irrésistible, la colère me prit et, avec elle, revint le courage… Je cessai soudain de me tenir courbé comme un vieillard. Je dépliai mon corps, élargis mes épaules et fis rentrer autant d'air que je pus dans mes poumons en longues inspirations goulues. Je dégrafai la chasuble blanche que j'avais passée sur mon uniforme et qui me gênait dans mes mouvements, la jetai derrière moi avant de gagner le centre du couloir et d'avancer à découvert, sans plus chercher à me camoufler. Au-dehors, le jour commençait à se lever et une faible lumière ardoise montait peu à peu sur les murs du château. Je m'avançai sans plus me cacher ni tenter de masquer le bruit que je faisais. Au contraire. J'en avais assez de ce jeu de cache-cache. Je voulais en finir au plus vite, quelle que fût l'issue de la rencontre… Je traversai de part en part le rez-de-chaussée, ouvrant les portes à grand bruit, bousculant tout sur mon passage, renversant les tables et les fauteuils derrière lesquels Keller aurait pu s'abriter. Je cassai sous mes doigts les draps blancs raidis par le gel qui avaient été jetés sur presque tous les meubles et vérifiai méticuleusement chaque recoin de pièce. Mon ouïe, ma vue me semblaient plus aiguisées que jamais. Je percevais les moindres détails du décor, les moindres sons qui se propageaient le long des salles abandonnées. Je revins jusqu'au hall d'entrée, d'où partait un bel escalier de marbre noir menant aux étages. Je montai et entrai dans la première pièce droit devant moi, une longue galerie d'apparat sur les murs de laquelle était suspendue une série de tableaux impressionnants par leur taille et leur beauté. Le givre et le gel les recouvraient, eux aussi. Et c'était comme une couche de vernis miroir qui en avivait encore les couleurs, curieusement. Par endroits, la glace avait même un effet de loupe et faisait ressortir des détails que l'artiste avait voulu discrets mais qui, sous l'effet de ce phénomène inattendu, étaient propulsés à l'avant-scène de l'œuvre. Sur la première toile, une femme nue courait dans une forêt. Elle fuyait un chevalier à l'armure noire qui avait lancé une meute de chiens courant à ses trousses… Plus loin, je vis un dragon repoussant comme un ver succomber sous les coups d'une armée d'enfants agitant de courtes épées dont les lames s'ornaient d'étranges entrelacs en relief. Ailleurs, il y avait une sorte de Saturne repu, peint à la manière de Bosch, qui semblait fouiller ses propres excréments à la recherche d'une part de viande d'enfant non digérée qu'il pourrait mâchonner encore... Je m'arrêtai devant un grand saint Georges. C'était une toile immense, installée dans un renfoncement du mur que deux petites niches flanquaient à hauteur d'homme. On y voyait encore des restes de chandelles et des débris de ce qui avait dû être des fleurs des champs. Un banc de prière était disposé devant la peinture et l'ensemble faisait comme une chapelle. En m'avançant, je vis que l'armure du saint chevalier reflétait des myriades de visages d'enfants, comme imbriqués les uns dans les autres... Je ne parvenais pas à comprendre la signification de cette image mais il s'en dégageait une énergie puissante et j'éprouvai un grand réconfort à sa contemplation. Je ressentis le désir de m'agenouiller un instant sur le banc de prière et de me recueillir pour retremper mon âme à un peu de force saine au lieu de la colère qui l'animait, mais une masse compacte posée non loin sur le sol attira mon attention. Mon cœur se pinça. De nouveau pleinement aux aguets, j'avançai, tentant de percer du regard les ténèbres du fond de la galerie. Le cœur empli de rage, je me penchai sur le cadavre du garçonnet enlevé par Keller. Il avait été égorgé, lui aussi, et son corps était déjà en proie à la *rigor mortis*, cette pétrification interne provisoire qui se produit lorsque les muscles ne reçoivent plus d'influx nerveux. La peau de son visage s'était rétractée tout contre les os du front, des pommettes et des mâchoires. Au bout de son petit nez, le cartilage avait déjà horriblement fondu et laissait deviner les détails du squelette de la face. J'estimai qu'il avait été égorgé depuis une heure environ, à peu près au moment où Swamy avait commencé à saigner. J'observai attentivement l'endroit où il se trouvait : aucune trace de pas autres que les miens ne troublait la virginité des cristaux de givre qui, ici comme au rez-de-chaussée, recouvraient uniformément le sol.

A deux ou trois pieds du cadavre, je remarquai un objet grand d'à peine quelques pouces. Je le ramassai et l'observai avec un mélange de répulsion et d'inexplicable attirance. C'était une masse de cire grossièrement façonnée en forme d'homme : un simple rectangle pour le tronc, quatre boudins pour les membres et une boule pour la tête. Pas d'autre détail. Cela pouvait représenter n'importe qui. La poupée était gluante d'un liquide noir, dont l'odeur métallique ne permettait aucun doute : la marionnette avait été trempée dans le sang de l'enfant agonisant. En palpant l'immonde simulacre, je crus sentir une structure rigide à l'intérieur. Je grattai jusqu'au cœur de la cire et mis au jour une mince plaque de métal comme en portent tous les soldats du monde autour du cou. Des grumeaux noirs la recouvraient mais je pus lire encore les nom et matricule du sergent Habid Swamy. Toute ma raison m'abandonna et, oubliant toute prudence, je m'accroupis au centre de cette galerie pour demeurer là, sans rien savoir du temps qui passait. Mon regard s'était béatement fixé sur trois petites taches de sang s'étalant sur le givre. Les nouveaux cristaux qui se formaient constamment frottaient les taches rouges, les absorbaient, les rédimaient… Ce spectacle me fascinait et j'en tirai pour moi-même des conclusions étranges. J'eus le sentiment intense d'avoir déjà vécu cet instant, ou peut-être n'était-ce pas un de mes propres souvenirs qui me revenait en mémoire mais un instant *archétype*, un moment et une situation d'un symbolisme majeur dont je n'arrivais pas à saisir tout à fait le sens. Un bourdonnement monta à mes tempes, je fus saisi d'un vertige qui me fit m'allonger sur le dos. Avec la lumière de l'aube qui emplissait un peu plus la salle à chaque instant, je pus voir que le plafond reproduisait le firmament et les étoiles. De la Polaire cependant ne partait pas une seule et unique Grande Ourse, mais quatre, orientées vers les points cardinaux, équinoxes et solstices des saisons… C'était ici comme si les quatre stations majeures de l'année étaient confondues en un seul point, un unique moyeu céleste où le temps cessait d'être une ligne pour se lover en lui-même et se faire spirale, courbe, cycle éternel… Un rayon de soleil balaya la pièce et passa soudain sur mon visage, me tirant d'un coup de la léthargie dans laquelle je me noyais. Je me relevai debout, quittai la galerie de tableaux et redescendis l'escalier. Au-dehors, Tenidzé attendait près du camion. Il n'avait pas encore fait monter les enfants.

— Vous ne l'avez pas trouvée, n'est-ce pas ?

— Non. Pas encore. Peut-être a-t-elle choisi de s'enfuir dans les bois.

— C'est ce qu'elle a fait, je crois. Regardez !

Me tendant ses jumelles, le commissaire politique me désigna la lisière nord où un éclat de lumière accrochait bizarrement le soleil, à quatre ou cinq cents yards de nous. Je ne pus voir ce qui brillait ainsi aussi fort, mais, assurément, ce n'était pas naturel.

— Voulez-vous que j'aille vérifier ce que c'est ? proposa le Géorgien.

Je déclinai son offre. Keller n'appartenait qu'à moi et je ne voulais laisser à personne le soin de la traquer. Je pris donc à la volée quelques affaires dans le ZIS – une boussole, des rations pour une journée et des cartouches –, et partis sans me retourner après avoir prévenu Ténidzé :

— Donnez-moi jusqu'à la prochaine aube. Si je ne suis pas de retour avec la tête de l'ogresse à ce moment-là, foutez le camp sans m'attendre.

Le Géorgien me connaissait déjà trop bien pour ne pas sentir que ma décision était sans appel. Il me laissa partir en me promettant de veiller sur les enfants, quoi qu'il pût maintenant arriver.

Mon lourd PM accroché à mon cou et barrant ma poitrine, je me mis à avancer en direction de la forêt, plein nord. Mon corps alourdi par l'équipement, je m'enfonçais piteusement dans la neige. Heureusement, celle-ci était à ce point durcie par le gel qu'elle ne cédait pas tout à fait sous mon poids et que je pus, après quelques minutes d'accoutumance, trouver le bon rythme afin de propulser mon corps de manière efficace et suffisamment rapide pour que ma poursuite eût une chance d'aboutir. Encore fallait-il être certain de suivre la bonne piste, ce que je ne pus vraiment savoir avant d'avoir atteint ce fameux éclat de lumière qui persistait à renvoyer par intermittence les rayons rasants du soleil d'hiver. Arrivé au point d'où partaient ces reflets, je vis qu'on avait planté une dague dans le tronc d'un arbre de façon que sa lame accroche la lumière le plus longtemps possible. Je reconnus immédiatement la forme caractéristique de cette arme. « Dague SS, forgée sur le modèle des glaives des légions romaines », avait dit autrefois Hardens quand j'avais posé sur son bureau une pointe similaire, utilisée par Keller pour crever la trachée du soldat Liman. Car, oui, ce sémaphore délibérément enfoncé dans le bois était bien d'origine SS. La croix gammée et les runes de combat qui en ornaient le manche étaient explicites. Circonspect, je tirai sur la garde et dégageai la lame. Un lent filet de sève fluide coula dans la gouttière, prouvant que la dague n'avait entamé les fibres du bois que depuis moins d'une heure. Le cœur battant, je me mis à chercher d'autres indices et pénétrai dans les fourrés qui inauguraient la forêt profonde. Très vite je découvris des traces sur le sol ! C'étaient les pas d'un homme seul. Assez profondément enfoncés dans la neige, ils trahissaient un individu de grande taille et de bon poids. Des branches cassées sur le chemin qu'il avait pris faisaient comme une coulée d'animal sauvage, dans laquelle je n'avais plus qu'à me glisser moi-même ! Me délestant de mon matériel superflu pour ne conserver sur moi que mon pistolet-mitrailleur et un Thokarev avec deux chargeurs, je me mis à courir aussi vite que je le pus le long de cette voie qui s'ouvrait devant moi presque aussi clairement que l'aurait fait un sentier vicinal ! Tandis que l'air froid me déchirait la poitrine, j'essayais de deviner qui pouvait bien être celui qui me signalait sa présence d'une manière aussi inattendue. Mais j'eus beau plonger au plus profond de mes souvenirs et envisager toutes les hypothèses possibles, je ne pus trouver aucune réponse satisfaisante. J'en étais réduit à constater le fait qu'un chasseur inconnu s'était lancé sur les traces de Keller. A aucun moment il ne me vint à l'esprit que toute cette mise en scène avait pour but de m'égarer. Au contraire, plus je taillais mon chemin parmi les fourrés et les ravines forestières, plus j'étais persuadé que l'homme qui me précédait était dans mon camp, quelle que soit la couleur de l'uniforme qu'il portait. S'il avait voulu que je le suive, c'était parce qu'il réclamait mon aide… Je courus, me relevant à chaque fois que je tombais – et c'était fréquent car mes jambes alourdies avaient beaucoup de mal à éviter les racines ou les roches qui affleuraient en nombre –, me forçant à avancer bien au-delà de ma limite d'épuisement.

Vers midi, je traversai un immense lac gelé au milieu d'une plaine frottée par des vents violents qui abaissaient tant la température que les bois de pins que je venais de quitter pouvaient s'apparenter à des étuves en comparaison. La luminosité sur ce lac était terrible, si forte que des larmes coulèrent le long de mes joues et qu'il fallut que je progresse en fermant complètement les yeux pour ne pas me brûler les rétines. Arrivé enfin au bord du plan d'eau figé, je crus que j'avais perdu la trace de mon prédécesseur et que celui-ci avait mis à profit ce carrefour lisse pour bifurquer, mais je retrouvai l'empreinte de ses pas après quelques minutes de recherche angoissée… Je continuai ainsi jusqu'en milieu d'après-midi, ne pouvant plus penser ni même avoir peur. Mon corps n'était qu'une mécanique répétant inlassablement la même course jusqu'à la déchirure de mes muscles, la rupture de mes os… La nuit s'annonçait quand je parvins, après avoir traversé une interminable langue de taïga, à une nouvelle étendue forestière. Depuis longtemps déjà j'avais dépassé le point de non-retour et je savais qu'il me serait impossible de regagner avant la prochaine aube le palais de verre où m'attendaient encore Tenidzé et les gosses. Je n'en avais plus la force… Selon toute vraisemblance, sans vivres et sans abri pour passer la nuit, j'allais tomber au cours des toutes prochaines heures et ne plus jamais me relever… L'espoir de vivre m'avait abandonné. Ne me restait que la volonté de rattraper Keller avant que l'obscurité ne noie tout le paysage dans une opacité impénétrable à tout œil humain. Je plaquai mon pistolet-mitrailleur à ma hanche et me glissai dans la forêt. Le passage de la lumière du jour aux ombres du crépuscule faisait craquer le bois et geindre les pierres, mais je n'y prêtai pas garde. Mes pensées étaient encore concentrées sur les traces de bottes de mon guide maintenant à peine visibles dans la neige. Le visage penché presque au ras du sol, j'atteignis une vaste clairière où régnait un reste de clarté. Les traces s'y arrêtaient brusquement en lisière ! Désespéré, je cherchai à les retrouver, si bien que je m'avançai, courbé comme une vieille femme, jusqu'au centre de la trouée, mais tous mes efforts demeurèrent vains. Un premier flocon tomba doucement sur ma main. Puis un autre voleta devant mes yeux… La nuit amenait les nuages et, avec eux, une nouvelle averse de neige qui, en quelques minutes, finirait de balayer toute piste – à supposer qu'il y en eût encore une… Mes derniers espoirs de retrouver Keller s'évanouirent tout à fait, et je m'effondrai lourdement sur le sol, épuisé, étourdi, transi de froid et rongé d'impuissance… Pendant quelques instants, mon regard partit vers le ciel noir où je tentai en vain d'accrocher la chaleur d'une étoile mais tout, au-dessus de moi, demeura aussi noir, glacial et silencieux que si j'avais déjà été porté en terre. Je fermai les yeux, me roulai en boule contre le sol et attendis que la mort me prenne…

Un souffle d'air chaud passa soudain comme une flamme sur ma peau. Je me redressai vivement mais un adversaire, déjà, pesait de tout son poids sur moi, son genou enfoncé dans mon dos et sa main agrippée dans mes cheveux, me tirant en arrière avec une force du diable. Un éclair blanc passa devant mes yeux et je me débattis de toutes mes forces, comprenant qu'une lame de poignard cherchait ma carotide. Désespéré, me battant pour ma vie sans savoir contre qui je luttais, je ne parvins qu'à secouer mon corps de manière désordonnée et sans efficacité. Un avant-bras mince s'agita devant moi et je compris que c'était l'Autrichienne, l'agent du SD Ausland, qui s'évertuait à pénétrer la mince peau de ma gorge. Contractant mes muscles, j'essayai de la déséquilibrer, mais elle s'était bien accrochée à moi et résistait aux bourrades que je lui lançais de toutes mes forces, oubliant dans ma panique qu'il m'aurait suffi de dégainer le Thokarev pour faire feu sur elle à bout portant ! Mais j'étais bien trop affolé pour cela ! Soudain, je ressentis une douleur fulgurante au visage, qui me fit crier à m'en déchirer les cordes vocales. Je voulus respirer à pleins poumons mais, à l'inspiration, mon nez s'emplit d'un liquide chaud et gras, au goût de fer, qui me rentra en cascade dans la gorge et je faillis m'étouffer. La terreur, la furie causée par la douleur physique qui ne faisait qu'augmenter et paralysait maintenant une grande partie de mon visage, tout cela décupla mes forces et ma détermination à survivre. Je détendis mes jambes, appuyai à les rompre sur les muscles de mes cuisses et me relevai assez pour déséquilibrer Keller, qui roula par-dessus mon épaule dans la neige. Mon sang continuait de gicler et je n'avais pas encore eu le temps de bien localiser l'entaille. Mon visage était douloureux partout mais aucun liquide ne coulait dans mes yeux. Je passai ma main sur mes joues, mes lèvres, mon nez, à la place duquel je sentis un affreux vide… La lame de l'Autrichienne venait de me le trancher net ! Profitant de ma stupeur, Keller se releva avec la souplesse d'une gymnaste et revint à la charge, arme brandie bien haut. Je cherchai à l'esquiver mais mon pied glissa sur le givre et je m'abattis lourdement, sans pouvoir faire quoi que ce soit. Mue par une vélocité infernale, la fille s'agenouilla sur moi, pesant de tout son poids sur mes côtes, dont certaines craquèrent sous l'assaut, rentrant dans mes poumons, ajoutant encore à mes souffrances, à mon angoisse, à ma folie… Je vis sa lame plonger vers mon thorax sans que rien d'autre que l'épaisseur de mes vêtements d'hiver ne l'arrêtât. Un nouveau trait de douleur, fulgurant dans mon épaule droite, me paralysa tout à fait. Je ne pouvais plus opposer aucune résistance à Keller, qui me dominait complètement. Je vis son visage qui souriait, non à moi, bien sûr, mais certainement au démon qu'elle nourrissait, auquel elle était en train de faire offrande de ma vie... Je fermai les paupières et attendis la délivrance, certain de n'avoir plus que quelques secondes à souffrir avant qu'un bienheureux néant ne m'enveloppât pour l'éternité. Mais ce fut un choc terrible, le bruit d'une crosse s'abattant avec violence sur un crâne, que j'entendis, et non le sifflement de la lame fendant l'air. Malgré ma douleur, malgré ma peur, j'ouvris les yeux. Privée de sa conscience par le coup qui venait de lui être porté, l'Autrichienne bascula à mes côtés. Nous dominant d'une belle hauteur, elle et moi, un géant aux cheveux blonds et aux yeux gris crispait farouchement les mâchoires et levait déjà la crosse de son arme, sans doute prêt à frapper de nouveau si Keller faisait mine de bouger. Sur la manche de son uniforme de combat brillait l'écusson noir à double rune d'argent de l'armée des réprouvés SS !

*

Je n'ai jamais eu le détail de notre retour vers le palais de verre. Après que j'eus lutté contre Keller dans la clairière et qu'elle m'y eut tranché le nez, je m'étais en effet évanoui, mon dernier souvenir étant celui de l'apparition soudaine d'un homme portant les insignes de nos ennemis les plus farouches. Lorsque j'avais repris connaissance, le jour était levé et l'on m'avait installé sur un traîneau de fortune que tirait Keller elle-même, nullement entravée mais surveillée de près par le géant blond. Je voulus parler, demander à cet homme qui il était, mais les élancements de douleur que j'en ressentais étaient si violents que je retombai presque aussitôt dans l'inconscience. Ce fut la chaleur d'un grand feu qui me tira définitivement de mon gouffre. Au-dessus de moi s'activait Ténidzé, qui me forçait à avaler quelques cuillerées d'une soupe brûlante qu'il venait de préparer.

— Nous sommes toujours dans le château blanc, me dit-il. Un homme vous a sauvé. Il vous a ramenés, vous et Keller… C'est encore la nuit. Reposez-vous, colonel, nous repartirons demain et je vous dirai tout…

Mais je trouvai assez de forces pour me lever et insistai pour qu'on voulût bien m'expliquer ce qui s'était passé. Résigné, Grigor m'apprit alors le peu qu'il était parvenu à tirer de l'étranger. Il était apparu trois jours après mon départ et m'avait déposé devant le perron du château, avant d'appeler pour qu'on vînt me chercher. A la stupeur de Ténidzé qui l'avait mis en joue à la seule vue de son uniforme, le type lui avait révélé s'appeler Gärensen et avoir longtemps travaillé pour le SD Ausland.

— Pour nous, la guerre est déjà perdue, avait-il dit au Géorgien. Cette femme était des nôtres mais il est maintenant nécessaire qu'elle soit jugée par les vainqueurs pour ses crimes ! Pourtant, il y a encore une chose à faire pour que cela soit possible…

Alors, sous les yeux médusés du Soviétique et malgré les supplications de la fille qui s'était mise à crier comme une damnée dès qu'elle avait compris quelles étaient les intentions de Gärensen, il sortit de sa poche l'horrible poupée émaillée en forme de fœtus que nous avions découverte dans la boîte blindée cadenassée, et la brisa d'un coup de crosse bien ajusté. Alors que Ténidzé n'y comprenait pas grand-chose et que Keller s'était abattue dans la neige comme si elle avait soudain été privée d'os et de nerfs, l'Allemand avait tourné les talons et était reparti, sans aucune explication, sans rien réclamer non plus…

Grigor n'avait pas eu le courage de le retenir ni même la volonté de l'abattre. A quoi bon ? Il s'était contenté de hausser les épaules, de s'assurer des liens de Keller et de me tirer à l'intérieur du bâtiment pour laver mes plaies et réchauffer mon corps transi.

— Voilà. C'est tout ce que je sais, mon colonel, dit-il d'un air fataliste en achevant son récit. Si vous y comprenez quelque chose, vous êtes plus avancé que moi…

En vérité, je n'étais pas mieux loti que Ténidzé. Je connaissais le nom de Thorün Gärensen. Je l'avais conservé depuis presque dix ans au fond de ma mémoire et, même si on ne l'avait pas prononcé depuis lors, je savais parfaitement qui m'en avait parlé un jour, dans une maison des Indes, un homme aux lunettes rondes et aux lèvres ourlées que beaucoup nommaient Netaji… « Gärensen est l'officier traitant de Keller, avait dit Bose. C'est l'un des hommes de confiance d'Heydrich, lui-même bras droit de Himmler… » Ainsi donc, celui qui m'avait sauvé la vie et qui avait livré sa propre disciple à nos services était l'une des plus hautes figures de l'organigramme national-socialiste ! Cela me paraissait invraisemblable ! Pourquoi donc le responsable d'un des plus puissants réseaux d'espionnage au monde donnait-il la chasse à un de ses propres agents ? Cela n'avait pas de sens !

Cette question en fit bientôt naître quantité d'autres, et cela m'étourdit jusqu'au vertige, mais soudain, alors que je me croyais enfin en mesure d'ordonner mes pensées, et que j'apercevais peut-être des connexions logiques entre tous ces événements disparates, Ténidzé et moi entendîmes un cri déchirant résonner dans une pièce voisine. Le Géorgien se précipita, soucieux des enfants… Je le suivis comme je pus, me tenant aux murs et aux chambranles des portes pour progresser sans tomber. Lorsque je rejoignis le Soviétique, ce fut pour assister peut-être à la plus terrible scène de mon existence. Dans le petit salon où le Géorgien l'avait jetée soigneusement ligotée sur le sol, Keller se tordait, hurlait, se cabrait comme une mante attaquée par des myriades de fourmis. Sur elle grouillait la marée des enfants qui la mordaient avec rage, la tailladaient de leurs petits ongles, éclataient ses chairs à coups de poing, de pied, de genou et de coude… Ténidzé les laissait faire, comme un maître de chasse assiste, satisfait, à la curée de ses chiens. L'Autrichienne tentait bien de se débattre, mais la douzaine d'enfants qui s'accrochaient à elle lui interdisaient tout mouvement. Elle était prise. Elle le savait. Elle hurlait… Ses vêtements furent mis en lambeaux et sa chair apparut, nue, fragile, offerte à la voracité des petits vengeurs. Rendus fous par la vision de ce corps tendre et plein livré à leurs crocs et à leurs griffes, les gamins écorchèrent la fille à belles dents, l'épluchèrent comme un fruit sans l'once d'un scrupule, sans l'ombre d'un regret. Ils n'arrêtèrent que lorsqu'elle ne fut plus que pulpe, la peau arrachée révélant les nerfs, les muscles, les tendons comme un écorché pour école de médecine… Elle vivait encore pourtant, et trouvait même la force de remuer, germe rouge et visqueux condamné à ramper sur le sol gelé du palais de verre… Ténidzé courut dans le couloir, disparut à peine quelques instants puis revint vers moi pour me nouer un tissu autour du visage. Bouleversé par ce que je venais de voir, je n'eus pas la force de réagir et me laissai faire. Puis je le vis rassembler le troupeau des enfants fous, baignés de sang, leur indiquer de s'éloigner du corps palpitant d'Ostara Keller. Je l'entendis ouvrir grand la buse du lance-flammes qu'il avait chargé sur son dos et augmenter la pression du nitrogène dans le mécanisme de tir. Il y eut d'abord un long feulement d'huile tombant en fines gouttelettes et enrobant le corps de Keller d'une pellicule de graisse luisante puis, prenant son temps et sachant que les yeux crevés de l'Autrichienne ne l'empêchaient pas d'avoir compris quel sort l'attendait, Ténidzé enclencha le briquet au bout du canon. Tout s'embrasa alors en une seconde, et une atroce vague de chaleur mêlée d'une indescriptible odeur de chair carbonisée nous enveloppa, les enfants et nous. Keller hurla, mais elle n'était plus qu'une torche portée à incandescence. Même les Galjero n'auraient pas été capables de faire quelque chose pour elle.

— Vie de sorcière, mort de sorcière ! lâcha sentencieusement Ténidzé en laissant tomber son horrible engin sur le sol. J'espère seulement qu'il n'y en a pas d'autres comme elle, fit le Géorgien avant de passer mon bras sur ses épaules et de m'aider à sortir du palais.

Les enfants nous suivirent sans un regard pour leur victime qui déjà – mais trop tôt peut-être selon eux – ne criait plus. Depuis le salon, le feu se propagea rapidement au reste de l'édifice. En deux heures, tout ne fut plus que cendres…

Transatlantiques horizons

Ce qu'il advint ensuite est de l'ordre du détail. Nous ne quittâmes pas les abords du palais de verre avant d'avoir vu sa masse s'effondrer sur elle-même et se consumer tout ce qu'avaient contenu ses murs. Avec les enfants et le Géorgien, nous fîmes une longue prière pour Habid Swamy, chacun dans notre langue. Dans mon for intérieur, je savais qu'il aurait été heureux de savoir que son corps serait purifié par le feu. Une seconde, j'aurais voulu partager les croyances de son peuple. J'aurais alors été persuadé que le petit sergent Shudra de Calcutta allait bientôt se réincarner et mener enfin une existence digne de son intelligence, de sa ténacité, de sa bonté. Ténidzé m'installa dans la ridelle et prit à ses côtés dans la cabine les deux garçons les plus âgés.

Je ne me souviens que vaguement des péripéties du retour car, aussitôt que le ZIS se remit en marche, je sombrai dans un sommeil comateux. Je ne me réveillai que dans la chambre d'un hôpital militaire soviétique. Le consul britannique était à mon chevet. Nous étions fin janvier 1945, et les combats les plus meurtriers pour la libération de l'Europe restaient à venir. La guerre durerait encore cinq longs mois au cours desquels des atrocités sans nom seraient commises. Tout cela, pourtant, était bien terminé pour moi. Je me moquais des paroles réconfortantes du diplomate anglais. Il me parlait de Bose, dont tout le monde semblait avoir définitivement perdu la trace, et des Hindous de la Légion de l'Inde libre qui s'étaient pris dans le jeu funèbre de la guerre, mais je ne l'écoutai pas. Ce n'étaient pas les nouvelles que je voulais entendre. Mes pensées étaient tout occupées par les enfants de la colonne Keller. Voilà qu'après avoir perdu Khamurjee, j'avais tout de même pu les sauver, eux. Ma conscience m'interdisait maintenant de les abandonner lâchement à leur sort d'orphelins de guerre. Partout je demandai ce qu'ils étaient devenus, mais personne ne put me répondre. Et puis, un matin, Ténidzé entra dans ma chambre. Il était tout sourire, semblait joyeux, mais l'émotion que sa visite me procurait me submergea et je me mis à pleurer longuement. Très doucement, comme on parle à un grand malade, Grigor m'expliqua qu'il avait réussi à confier provisoirement les enfants à quelques familles d'un hameau campagnard, non loin de la ville où j'étais hospitalisé. Les gosses ne voulaient plus se quitter et attendaient impatiemment de me revoir.

— Vous allez être épaté, commandant Tewp ! Ces gamins sont extraordinaires ! Nous ne sommes pas au bout de nos surprises avec eux ! Je crois que ce sont tous des surdoués et ils agissent maintenant comme s'ils étaient vraiment frères !

Ce que me révéla le Géorgien ne me surprit pas. Moi aussi j'avais perçu un feu étrange briller dans les yeux de ces gamins, un feu comme celui qui illuminait les pupilles de Khamurjee quand il croquait dans un fruit, caressait sa mangouste ou récitait les légendes des anciens royaumes des Indes…

Avant que je ne sois rapatrié en Grande-Bretagne, j'écrivis à lord et lady Bentham afin de les informer de l'incroyable rebondissement que notre chasse aux monstres venait de connaître. Depuis le tout début des années quarante, ils n'habitaient plus Londres et avaient quitté le Vieux Continent pour s'installer à New York. C'est là qu'ils me proposèrent de les rejoindre – moi, ainsi que tous les enfants que j'avais sauvés des griffes de Keller... Il ne fut pas aisé d'accéder à leur requête car le monde était encore en guerre et, déjà, les rapports se tendaient entre Soviétiques et Alliés, chacun se méfiant de l'autre peut-être plus encore qu'ils ne se méfiaient de l'ennemi du jour... Mais, grâce à la fortune des Bentham et aux quelques influences que je fis moi-même jouer, je parvins, sitôt Berlin prise, à faire embarquer les enfants sur un transport civil en partance pour l'Amérique. Ténidzé nous accompagnait car le Géorgien avait tout bonnement déserté les rangs de l'Armée rouge...

— Je veux voir l'Amérique ! me lança-t-il triomphalement en tisonnant sans remords l'uniforme frappé de l'Etoile rouge qu'il avait mis tout entier à brûler dans un poêle émaillé. Et puis, les enfants ont besoin de moi. Je suis le seul à les comprendre ! Comment feriez-vous pour leur apprendre l'anglais, sans moi ?

J'avais ri de bon cœur. Avec le masque de cuir que j'avais été forcé de poser sur mon visage pour en dissimuler la laideur, il était vrai que je me sentais bien faible et bien triste. L'amitié du Géorgien, celle des enfants et la confiance des Bentham étaient tout ce qui me restait, en dehors de ma haine pour les Galjero...

Sur le pont du paquebot, nous avions donc donné nos premières leçons de vie occidentale aux enfants. Tous se révélèrent extraordinairement doués pour l'apprentissage, l'efficacité des cours étant encore accrue par l'expérience et le doigté dont faisait montre Grigor

Ténidzé. Il est vrai que l'ancien commissaire politique du NKVD avait lui-même reçu une solide formation à Moscou en matière de manipulation et de dressage pédagogique. L'excellence de cet enseignement faisait merveille. En quelques semaines à peine, nous avions transformé ces garçons, qui n'avaient entendu parler anglais pour la première fois de leur vie que dans la chenillette bringuebalante conduite par Habid Swamy, en petits *kiddos* dont on aurait pu dire qu'ils n'avaient jamais eu d'autre horizon que la grève de Coney Island ! Tous les soirs de la traversée, nous les avions aussi conduits au cinéma pour qu'ils s'y gorgent des manières et des accents du Nouveau Monde. Aussi émerveillés que circonspects, les petits y découvrirent les vestes à martingale de Cary Grant, les chapeaux indéformables de Spencer Tracy et la moue de bébé de Sinatra. Rentrés dans leurs cabines, les garçons s'amusaient à reproduire les mimiques de gangster de James Cagney et répétèrent longtemps comme exercice de classe le : « *Gimme a whiskey-ginger ale on the side, and don't be stingy, baby !* » de Garbo dans *Anna Christie*....

Aussi, lorsque nous franchîmes les grilles de la propriété des Bentham, tous purent se présenter et répondre correctement aux questions du couple Bentham. Charmés, ceux-ci prirent en charge leur éducation. Les garçons purent ainsi accéder aux plus prestigieuses *high schools* de Nouvelle-Angleterre avant d'intégrer l'université et de se tailler par leurs propres moyens des carrières brillantes d'avocats, de chercheurs, de professeurs... Longtemps je gardai des contacts avec eux, mais à la longue nos courriers se firent moins fréquents, s'estompèrent et cessèrent tout à fait...

Les premiers mois de leur installation chez les Bentham, je restai pourtant auprès d'eux, profitant moi aussi de l'hospitalité de mes hôtes. Officiellement, j'appartenais encore au MI 6 de Calcutta mais cela – qui ne revêtait déjà guère de sens dix années auparavant – n'avait maintenant plus aucune signification. L'Inde marchait à pleine vapeur vers son indépendance, et la partition programmée du sous-continent en plusieurs entités territoriales séparant les hindous des musulmans créait des troubles d'une ampleur que bien peu de gens, à Londres, avaient anticipés. Dernier vice-roi des Indes chargé de liquider la « perle de l'Empire », Mountbatten faisait ce qu'il pouvait pour éviter les massacres mais ses pouvoirs étaient minces et se réduisaient chaque jour davantage à mesure que grandissaient ceux de Gandhi… Il y eut des émeutes. Il y eut des massacres. Mais ni l'Europe ni l'Amérique ne s'y intéressaient vraiment. Quant à moi, je suivais les événements avec tristesse. Je savais que jamais plus je ne reverrais Calcutta, son quartier colonial, ses jardins et ses temples… Ma vraie désolation était que je n'avais pas pu serrer dans mes bras Lajwanti, l'épouse d'Habid Swamy… Qu'allait devenir cette femme, privée du soutien de son fier petit sergent du corps du Génie ? Toutefois, je rédigeai pour elle une longue lettre et intriguai auprès du ministère des Anciens Combattants pour que la pension que la Couronne lui devait fût presque doublée. Je ne revis jamais Lajwanti. Pas plus que Gillespie, Mog, Edmonds, le Bouclé ou encore le capitaine médecin Nicol…. Cette partie de ma vie était désormais derrière moi. Irrémédiablement…

— Que souhaitez-vous faire, désormais, colonel Tewp ? m'avait demandé lord Bentham un soir que nous étions seuls au salon.

— Reprendre mon office quelque part dans le monde, sir. Je crois que je suis trop vieux maintenant pour songer à quitter l'armée. On me rappelle à Londres. Je vais bientôt devoir vous quitter…

— Et les Galjero ? demanda le vieil homme dans un souffle. Vous abandonnez donc leur traque ? Moi pas. L'agence Xander est toujours mandatée pour les chasser.

— Non, sir. Moi non plus, je n'abandonne pas, et je croiserai à nouveau leur route. J'en suis certain. C'est une Française qui me l'a prédit…

— Ah ! Les Françaises ! soupira le lord avec un demi-sourire. Vous avez raison. Elles en savent toujours plus que les autres femmes. C'est pour cela qu'il faut les croire…

Et puis, deux jours avant la date que j'avais fixée pour mon départ de New York, deux visiteurs me demandèrent. L'un – je ne le connaissais pas – était gras et courtaud. Ses cheveux gris frisaient sur son cou épais et ses yeux étaient noirs comme le charbon. Vêtu d'un manteau en poil de chameau jeté sur un impeccable costume d'alpaga, il se présenta comme le sénateur Lewis Monti, tout nouvellement élu à la Chambre. Il formait un couple étrange avec l'homme qui l'accompagnait, aussi grand et blond que lui-même était brun et trapu. A la vue de cette silhouette, mon cœur se serra si fort que d'instinct je portai la main à ma hanche pour dégainer mon vieux Webley, oubliant que mon poing ne pouvait se crisper que sur du vide. Mon geste fit naître un petit sourire sur le visage de Lewis Monti.

— Cet homme vous a sauvé la vie. Il n'est pas votre ennemi, il vous l'a déjà prouvé. Laissez-nous, lui et moi, vous offrir notre aide pour traquer ceux que vous recherchez…

Devant moi, l'*Hauptmann* Gärensen ne portait plus son uniforme noir à runes d'argent. Il me souriait comme à un vieil ami, une lueur très claire brillant au fond de ses yeux bleus.

— Nous avons beaucoup à vous apprendre sur les Galjero, colonel Tewp, dit-il en s'avançant vers moi pour me tendre sa main large et forte.

Loin, très loin, de l'autre côté du monde, une femme au ventre lisse pinça ses longs doigts blancs sur les membres fragiles de trois poupées de cire…

NOTE DE L'AUTEUR

A qui serait soucieux de démêler la vérité historique de l'imaginaire dans la trame des *Ogres du Gange*, on apportera les précisions suivantes :

Bien qu'il ne jouisse d'aucune véritable notoriété en Occident, le chef hindou nationaliste Shubhas Chandra Bose est une figure reconnue de l'histoire récente des Indes. Si sa rencontre avec le lieutenant David Tewp est bien sûr inventée, la teneur de ses actes et propos est en revanche parfaitement conforme à la nature de ses engagements politiques. Allié aux Allemands pendant la Seconde Guerre mondiale, il a farouchement lutté contre son rival Gandhi, à qui il reprochait d'être favorable à la partition du pays. Mort en 1945 dans des circonstances mystérieuses, son « Armée de l'Inde libre » s'est illustrée sur les champs de bataille de Birmanie, de Normandie et d'Europe de l'Est.

La visite du roi Edouard VIII et de Mme Wallis Simpson aux Indes durant l'automne 1936 relève de la pure fiction. Récemment revenu d'un séjour sur les côtes de l'Adriatique, le couple se préparait alors à annoncer au monde la nouvelle de l'abdication du souverain. Le portrait qui est tracé du couple Windsor peut sembler outrancier. Cependant, le lecteur avide de détails biographiques jugera sans doute cette fiction très en dessous de la croustillante vérité. Sur une note plus grave, les sympathies du couple pour les dirigeants nazis sont malheureusement bien connues.

L'existence des moines Bôn Pô est mentionnée par de nombreux témoignages. Souvent considérés comme des « sorciers » capables de maîtriser les mystères de la mort, leur confrérie a été révélée pour la première fois en Occident par l'exploratrice française Alexandra David-Neel (dont est librement inspirée le personnage de Garance de Réault).

Enfin, quelle que soit la forme sous laquelle ils apparaissent, les éléments relatifs aux enjeux géopolitiques, philosophiques ou aux pratiques magico-religieuses se réfèrent toujours à des réalités et concepts attestés.

Table

Premier Livre de David Tewp

Bienvenue aux Indes 11
Un supérieur, deux subordonnés 20
Un thé au Harnett 35
La rive des morts 49
Chambre 511 69
La nuit de Shapûr Street 87
Des rencontres. Un combat 102
Arrêts de rigueur 129
La maison des herbes hautes 149
Opus Nefas 195

Second Livre de David Tewp

Le roi sans couronne 255
Kalighât Road 265
L'homme aux lunettes rondes 282
In media res 300
L'arrivée de la scandaleuse 325
Les grands fauves 340
La Suite des Princes 369

Dharma 397
Le matin de l'éléphant 426

Troisième Livre de David Tewp

Les Ivans 499
Les Tigres de Netaji 509
Le palais de verre 534
Transatlantiques horizons 562

Note de l'auteur 569

Du même auteur
aux Éditions Anne Carrière :

LES LOUPS DE BERLIN

LES ANGES DE PALERME

LA DAME DE TOSCANE

Composition réalisée par Chesteroc Ltd

Achevé d'imprimer en septembre 2006 en France sur Presse Offset par

BRODARD & TAUPIN

GROUPE CPI

La Flèche (Sarthe).
N° d'imprimeur : 37532 – N° d'éditeur : 76066
Dépôt légal 1re publication : octobre 2006
LIBRAIRIE GÉNÉRALE FRANÇAISE – 31, rue de Fleurus – 75278 Paris cedex 06.

31/1622/5